中华国学文库

曹植集校注

〔三国魏〕曹 植 著

赵幼文 校注

中华书局

图书在版编目（CIP）数据

曹植集校注/（三国魏）曹植著；赵幼文校注. —北京：中华书局，2018.9（2024.6 重印）
（中华国学文库）
ISBN 978-7-101-12698-3

Ⅰ.曹…　Ⅱ.①曹…②赵…　Ⅲ.曹植（192~232）–文集　Ⅳ.I213.612

中国版本图书馆 CIP 数据核字（2017）第 176801 号

书　　　名	曹植集校注
著　　　者	〔三国魏〕曹　植
校 注 者	赵幼文
丛 书 名	中华国学文库
责任编辑	朱兆虎
责任印制	陈丽娜
出版发行	中华书局
	（北京市丰台区太平桥西里 38 号　100073）
	http://www.zhbc.com.cn
	E-mail:zhbc@zhbc.com.cn
印　　　刷	河北新华第一印刷有限责任公司
版　　　次	2018 年 9 月第 1 版
	2024 年 6 月第 2 次印刷
规　　　格	开本/880×1230 毫米　1/32
	印张 22¾　插页 2　字数 530 千字
印　　　数	6001-7600 册
国际书号	ISBN 978-7-101-12698-3
定　　　价	78.00 元

中华国学文库出版缘起

《中华国学文库》的出版缘起，要从九十年前说起。

1920 年，中华书局在创办人陆费伯鸿先生的主持下，开始编纂《四部备要》。这套汇集三百三十六种典籍的大型丛书，精选经史子集的"最要之书"，校订成"通行善本"，以精雅的仿宋体铅字排印。一经推出，即以其选目实用、文字准确、品相精美、价格低廉的鲜明特点，最大限度地满足了国人研治学问、阅读典籍的需要，广受欢迎。丛书中的许多品种，至今仍为常用之书。

新中国成立之后，党和国家倡导系统整理中国传统文献典籍。六十余年来，在新的学术理念和新的整理方法的指导下，数千种古籍得到了系统整理，并涌现出许多精校精注整理本，已成为超越前代的新善本，为学界所必备。

同时，随着中华民族以前所未有的自信快速发展，全社会对中国固有的学术文化——国学，也表现出前所未有的关注和重视。让中华文化的优秀成果得到继承和创新，并在世界范围内进行传播和弘扬，普惠全人类，已经成为中华民族的历史使命。当此之时，符合当代国民阅读需要的权威的国学经典读本的出现，实为当务之急。于是，《中华国学文库》应运而生。

《中华国学文库》是我们追慕前贤、服务当代的产物，因此，它自当具备以下三个基本特点：

一、《文库》所选均为中国学术文化的"最要之书"。举凡哲学、历史、文学、宗教、科学、艺术等各类基本典籍，只要是公认的国学经典，皆在此列。

二、《文库》所选均为代表当代最新学术水平的"最善之本"，即经过精校精注的最有品质的整理本。其中既有传统旧注本的点校整理本，如朱熹《四书章句集注》，也有获得学界定评的新校新注本，如余嘉锡《世说新语笺疏》。总之，不以新旧为别，惟以善本是求。

三、《文库》所选均以新式标点、简体横排刊印。中国古籍向以繁体竖排为标准样式。时至当代，繁体竖排的标准古籍整理方式仍通行于学术界，但绝大多数国人早已习惯于现代通行的简体横排的图书样式。《文库》作为服务当代公众的国学读本，标准简体字横排本自当是恰当的选择。

《中华国学文库》将逐年分辑出版，每辑十种，一次推出；期以十年，以毕其功。在此，我们诚挚希望得到学术界、出版界同仁的襄助和广大读者的支持。

中华书局自1912年成立，至今已近百岁。我们将《中华国学文库》当作向中华书局百年诞辰敬献的一份贺礼，更是向致力于中华民族和平崛起、实现复兴大业的全国人民敬献的一份厚礼。我们自当努力，让《中华国学文库》当得起这份重任，这份荣誉。

中华书局编辑部

2010 年 12 月

前　言

　　曹植在我国中古建安时代是具有卓越成就的文学家。他继承先秦《诗》《骚》的优秀传统，又从两汉辞赋民歌中吸取营养，兼收并蓄，从而丰富了诗赋的内容与形式，这就为六朝隋唐文学开辟了前进的道路，影响所及，无疑是较为深远的。

　　《曹植集》，曹魏王朝中叶，产生两种集本，一是曹植手自编次的；另一是景初中明帝曹叡下令编辑的。由于史料缺乏，很难了解两种集本的具体内容。但根据景初编辑的，计赋、颂、诗、铭、杂论凡百余篇；曹植所写的《前录自序》所载，赋是七十八篇，两相比勘，显然已存在详略的差异。再就《晋书·曹志传》司马炎查询《六代论》作者这一史实考察，不难审知，如果景初辑本已包括曹植全部作品，而付藏内外，司马炎欲知作者，即命人检查中秘所藏《曹集》，便可判断，又何须等待曹志返家查核曹植手订目录之后，才能解决作品属谁写作的问题。因此，景初所录，或属于选本的范畴；曹植手自编次

1

的,可称之为全集了。

唐初所编《隋书·经籍志》史部杂传著录曹植《列女传颂》一卷。集部别集有《陈思王曹植集》三十卷,而总集中,又著录曹植《画赞》五卷。唐初所见曹植作品,合计三十六卷。后晋刘昫《唐书·经籍志》录魏《陈思王集》二十卷,又三十卷。欧阳修《新唐书·艺文志》依据刘志也著录二种集本。《四库全书提要》指出,三十卷是隋唐旧本,二十卷本是后来合并编定的,实无二本。宋人实未见隋唐旧本,疑散佚于五代兵燹之中了。刘昫是据开元存目而著录,他所见到的《曹集》,只有二十卷本。《隋志》所载的《列女传颂》、《画赞》刘志未录,似已编入二十卷本之中。陈振孙《直斋书录解题》说:二十卷有"采《御览》、《书抄》、《类聚》诸书中所有者,意皆后人附益。"那么,这种集本,已不是刘昫所见的二十卷本。马端临《文献通考》著录之十卷本,可能是陈氏二十卷本再度合并的。今存常熟瞿氏铁琴铜剑楼所藏南宋宁宗时刊本,或即马氏著录之十卷本,还保存宋人从类书中辑录的原始面貌。考瞿氏藏本,计有赋四十四篇,诗、乐府七十四篇,其他文体九十二篇,共二百十篇。《列女传颂》仅存《母仪》、《明贤》二篇,《画赞》二十六赞,已合并于集里,绝非隋唐所录的原式了。

曹植作品,有散见于隋唐旧籍而今本失载的,如《文心雕龙·定势篇》所引植文:"世之作者:或好繁文博采,深沉其旨者;或好离言辨白,分毫析厘者。所习不同,所务各异,言势殊也。"《隋书·李德林传》:"魏武相汉,曹植云:如虞翼唐。"都是宋本所失载。《诗经·东山篇》《正义》引曹植《萤火论》,《封氏见闻记》引植《诘纣文》,《艺文类聚》卷九十一引杨修《孔雀赋序》说曹植曾写此赋,都溢出于宋本之外,可以知宋人辑录之疏略了。

宋代刻书,北宋刊本较为精密,但苏轼已摘其失。时至南宋,国力衰弱,致校雠文字多误(详见校注)。明代《曹集》有休阳程氏刊本。程本虽出自宋刊,但明人刻书,不按旧式,文字辄多臆改(详见校注)。娄东张氏本,也存在同样的缺点。清代有汪士贤本,《密韵楼丛书》覆宋本,《四部丛刊》影写江安傅氏双鉴楼藏明活字本,文字亦有衍讹。朱绪曾《曹集撰异》,丁晏《曹集铨评》,多据旧本及类书检校,矜慎详密,号称善本。今取金陵书局《曹集铨评》作底本。丁氏未见宋刊,因以瞿氏藏宋本汇聚各本,参伍勘正。又据宋、明刊刻的类书覆校。复取严可均《全三国文》,丁福保《全三国诗》核对。即发见谬误,不径易原文,但附校语于下。如宋刊已讹,类书未录,而前人校订未及的,依准清儒校雠通例,以发疑正误。如:

一、依据文中征引的古籍:卷一《班婕妤赞》:"在晋正接。"各本都作"正接",句意不可理解。按上句:"在夷贞艰。"夷即《周易》之《明夷》,《明夷》爻辞:"明夷,利艰贞。"正用爻辞。疑"晋"亦《周易》卦名,"正接"亦应是

《晋》卦的爻辞。考《晋》卦爻辞："康侯用，锡马蕃庶，昼日三接。"此"正接"必系"三接"之形误，且与班婕妤史实相符，事见《汉书·外戚传》。

二、比勘集中前后用字：《文心雕龙·练字篇》说："魏代缀藻，字有常检。"这说明魏代作者遣词用字具有一定的标准。据此原则考核，如卷一《大暑赋》："缓神育灵。"卷二《毁鄄城故殿令》："绥神育灵。"考《诗经·桓篇》郑笺："绥，安也。"仲长统《乐志论》有安神一词。绥神即安神，此"缓"字当是"绥"字传钞之误。

三、探索上下词句涵意：卷一《叙愁赋》："诵六列之篇章。"按六列一词于此不可解，疑字有误。详究下文："观图画之遗形，窃庶几乎英皇。"六列或为列女二字之乙误。《列女传》古代附图，故卷二《精微篇》有"辨义在列图"之句，列图即《列女传图》的简称，英、皇即舜妃娥皇、女英，见《列女传》。综上所述，六列实为列女之误，列女篇章即谓《列女传》。

四、依据他书的旧刊：卷三《陈审举表》："及其见举于汤武周文。"案汲古阁本《魏志》汤武作武汤，作"武汤"是。因传写者习见汤武联文而妄乙，致有此误。《诗经·玄鸟篇》："古帝命武汤。"武汤即成汤。《史记·殷本纪》："汤曰吾甚武，号曰武王。"按下文："殷、周二王是矣。"更可证明曹植作武汤。若作汤、武、周文是三王，和下句殷周二王句意不相承应了。

《曹集》旧注，《隋书·经籍志》著录孙壑《洛神赋注》一卷，李善《文选注》引佚名《九咏注》，都已散佚。今存旧注，仅李善所注十余篇而已。近代有黄晦闻、古层冰二家注、笺，黄注较胜，然仅及于诗，其他文章则未见注释。今选录前贤研究成果，并附己意，为全集作注。其注例：

一、文中征引史实，必查对原书，掇录旧文，注明篇卷。减除覆检的烦劳，希求省览的便易，进而探求作品的内蕴。

二、语言文字乃传达人类思想感情的工具。由于社会的发展，字义也随着社会进程而发生变化。有些旧义在演进中逐渐趋于消亡了，而新意也就不断孳生了。因之，为古人文章作注，必须探究作者当时流行之字义，才有助于作品的理解。今为《曹集》注释，以汉魏字书及古注为依据，下限讫止于唐代，每字释义，注明出处，消除望文生义的弊病。如卷二《种葛篇》："往古皆欢遇。"案"遇"即《感婚赋》之"媾"字，媾遘古通。《诗经·草虫篇》郑笺："遘，遇也。"《正义》："谓之遇者，男女精气相觏遇。"如果取今义释之，就不能密合原意了。

三、旧注错误，取证旧籍以资订正。如卷三《桂之树行》："仙教尔服食日精。"丁晏引《埤雅》："菊，日精，谓餐菊延龄也。"按此篇曹植援用方术之士的言论，据《道藏》《九真华记》："日者霞之实，霞者日之精。"日精指霞。证以本集，如《驱车篇》："餐霞漱沆瀣。"《远游篇》："仰首吸朝霞。”丁氏说疑误。

四、汉魏作者，多用謰语。而謰语之形成，是以声音为其关键，不涉及字体的异同。因此根据声韵通转的原则，解释涵义。卷三《感节赋》的“洿潲”，即是潘岳《闲居赋》之“瀺潲”。卷二《九愁赋》之“荒悴”，也就是《诗经·出车篇》的“况瘁”，都在注中作了必要的说明。

《曹植集》旧本的编次，是据文体异同汇为十卷的。《曹植集校注》，依据作品创作时期的先后分为建安、黄初、太和三卷。这样则有助于理解作者思想感情的变化历程，从而对作品取得较深的认识。由于有关曹植史料贫乏，而作品又残缺太甚，企图确定每一作品的时代，显然存在困难，或不可能避免编年的错误，还有待于进一步探索。有些文章无从推测创作时间，汇于卷四。有非曹植所制，前人误编入集的，详录昔贤考辨，附为卷五，以资参证。

在校注过程中，承中国社会科学院历史研究所尹达同志予以巨大的支持，人民文学出版社古典文学编辑室戴鸿森同志，不吝宝贵的时间，校阅全稿，提出极有教益的意见，于此谨申衷心的感谢！

缮写毕事，实怀蚊负蚷驰之惭。自审识见寡陋，谬误实多。我诚恳地期待严肃的批评，以利改正补充，谨以十分兴奋的心情企盼着。

一九七九年十月重订于成都

目 录

目
录

7

目
录

9

曹植集校注

曹植集校注卷一 建安

斗　鸡

游目极妙伎〔一〕，清听厌宫商〔二〕。主人寂无为〔三〕，众宾进乐方〔四〕。长筵坐戏客〔五〕，斗鸡观闲房〔六〕。群雄正翕赫〔七〕，双翘自飞扬〔八〕。挥羽邀清风〔九〕，悍目发朱光〔一〇〕。觜落轻毛散，严距往往伤〔一一〕。长鸣入青云〔一二〕，扇翼独翱翔〔一三〕。愿蒙狸膏助〔一四〕，长得擅此场〔一五〕。

〔一〕游目，游、流古通用，《礼记·射义》郑注：“流，犹放也。”则游目即放目纵观之意。极，穷竟。妙伎，优美舞伎。

〔二〕厌，《后汉书·献帝纪》章怀注：“厌，倦也。”宫商，谓音乐。

〔三〕无为，意谓无所事事。

〔四〕乐方，娱乐方式。

〔五〕筵，竹席。《周礼·司几筵》《正义》：“初在地者一重即谓之筵，重在上者即谓之席。”古人席地而坐，筵长席短，故曰长筵。

〔六〕观闲，丁晏《曹集铨评》（以后简称《铨评》）：“《艺文》九十一作闲观。"宋刊本《曹子建文集》閒作间。案间为閒之俗体,字应作閒。閒房,《七启》:"即閒房。"宋刊本作闲,閒闲古通。閒,静也。

〔 七 〕《文选·甘泉赋》李注:"翕赫,盛貌。"案形容气势凶猛之状。

〔 八 〕翘,《铨评》:"《艺文》作翅。"《说文》:"翘,尾长毛也。"

〔 九 〕挥,《国语·周语》韦注:"振也。"羽,《左》隐五年传杜注:"鸟翼长毛谓之为羽。"邀清,《铨评》:"《艺文》作激流。"案《初学记》卷三十引与《艺文》同。《汉书·扬雄传》颜注:"激,发也。"流风犹急风。

〔一〇〕《荀子·王制篇》杨注:"悍,凶暴也。"刘桢《斗鸡》诗:"瞋目含火光。"与此意同。

〔一一〕严,《楚辞·国殇》王注:"壮也。"即强有力之义。距,《汉书·五行志》颜注:"距,鸡附足骨,斗时所用刺之。"《左》昭二十五年传:"季、郈之鸡斗:季氏介其鸡,郈氏为之金距。"《吕氏春秋·先识览》高注:"以利铁作锻距,沓其距上。"往往,《文选·甘泉赋》李注:"言非一也。"

〔一二〕《尸子》:"战如斗鸡,胜者先鸣。"《左》襄二十一年传杜注:"鸡斗胜则先鸣。"入青云,形容鸣声高亢。

〔一三〕翱翔,《诗经·载驱篇》毛传:"犹彷徉也。"

〔一四〕狸膏,《铨评》:"《事类赋注》引《庄子》逸篇:'羊沟之鸡,时以胜人者,以狸膏涂其头也。'"盖鸡畏狸,闻狸膏即退避故。

〔一五〕擅此场,《文选·东京赋》:"秦政利嘴长距,终得擅场。"薛注:"利喙长距者终擅一场也。"《说文》:"擅,专也。"谓在搏斗场中,胜算独操。

《铨评》:"《邺都故事》:魏明帝太和中筑斗鸡台。此篇乐府属杂曲歌辞，程列于诗类未合，依张移正。"朱绪曾《曹集考异》："刘桢、应场俱有《斗鸡诗》(见《艺文》卷九十一)，盖建安中同作。山阳丁晏作年谱，引《邺都故事》明帝太和中筑斗鸡台，谓作于太和中。然考其时，应、刘早卒矣。"黄节《曹子建诗注》："山阳丁晏以此篇为作于明帝太和中，殆未悟应场诗：兄弟游戏场，命驾迎众宾二语，乃子桓未即帝位时，与子建游戏斗鸡之作。若在明帝时，则不得言兄弟矣，朱氏驳之是也。"案场诗称曹丕、曹植为兄弟，与《侍五官中郎将建章台集诗》称丕为公子有别，疑此篇或作于曹丕未任五官中郎将之前，即建安十六年之前也。

送应氏二首

步登北邙阪〔一〕，遥望洛阳山〔二〕。洛阳何寂寞！宫室尽烧焚〔三〕。垣墙皆顿擗〔四〕，荆棘上参天。不见旧耆老，但睹新少年。侧足无行径，荒畴不复田。游子久不归，不识陌与阡〔五〕。中野何萧条〔六〕，千里无人烟。念我平生亲〔七〕，气结不能言〔八〕。

〔一〕邙，《铨评》："《文选》二十作芒。"案宋刊本《曹子建文集》作邙。北邙在洛阳县北，接偃师、巩、孟津三县界。郭缘生《述征记》："洛阳北芒岭，靡迤长阜，自荥阳山，连岭修亘，暨于东垣。"

〔二〕洛阳山，《水经·洛水注》："谓之大石山，在洛阳东南四十里。"自北芒望之，故曰遥望。

〔三〕《魏志·董卓传》："后汉初平元年二月，董卓徙献帝(刘协)都长安，纵兵焚烧洛阳宫殿。"

〔四〕顿擗，《汉书·严助传》颜注："坏也。"《一切经音义》引《广雅》："擗，分也。"

〔五〕陌阡，东西曰陌，南北曰阡。即今所谓田塍。

〔六〕中野，即野中。何，语中助词。萧条，《淮南·齐俗训》高注："深静也。"

〔七〕生亲，《铨评》："《文选》作常居。"案五臣本《文选》作"平生亲"，宋刊本《曹子建文集》作"平生居"。案疑作平生亲者是。苏武诗："叙此平生亲。"或即曹植所本。

〔八〕李善注："《古诗》曰：悲与亲友别，气结不能言。"盖哽咽气塞于喉，不能出声也。

其 二

清时难屡得〔一〕，嘉会不可常〔二〕。天地无终极〔三〕，人命若朝霜〔四〕。愿得展嬿婉〔五〕，我友之朔方〔六〕。亲昵并集送〔七〕，置酒此河阳〔八〕。中馈岂独薄〔九〕，宾饮不尽觞〔一〇〕。爱至望苦深〔一一〕，岂不愧中肠。山川阻且远〔一二〕，别促会日长〔一三〕。愿为比翼鸟〔一四〕，施翮起高翔〔一五〕。

〔一〕清时，太平之时。

〔二〕李注："李陵诗：嘉会难再逢。"（案《文选》杂诗李陵《与苏武》诗逢作遇。）《尔雅·释诂》："嘉，美也。"

〔三〕终极，犹穷尽。

〔四〕朝霜，李注："《汉书》：李陵谓苏武曰：人生如朝露。"朝露易干，以喻寿命之短促。此作朝霜，盖以协韵易字。

〔五〕展，申也。即今表达之义。嬿婉，《后汉书·文苑·边让传》："展中情之嬿婉。"章怀注："嬿婉，安也。"张铣注："嬿婉，欢乐也。"

〔六〕我友，谓应场。《尔雅·释诂》："之，往也。"

〔七〕亲昵，李注："昵，近也。"谓朋友。

〔八〕河阳，谓孟津渡。今河南省孟县南。

〔九〕中馈，《后汉书·王符传》章怀注："中馈，酒食也。"

〔一〇〕觞，《国策·秦策》高注："觞，酒爵也。"

〔一一〕爱至，《仪礼·聘礼记》郑注："至，极也。"李注："言恩爱至情之极，所望悲苦愈深也。"

〔一二〕阻，《铨评》："《艺文》二十九作迥。"案李注引毛诗："道阻且长。"足知李所见本作阻。阻，险隘也。作阻是。

〔一三〕促，《广雅·释诂三》："近也。"长，《吕氏春秋·长见》高注："远也。"

〔一四〕比翼鸟，《尔雅·释地》："南方有比翼鸟焉，不比不飞，其名谓之鹣鹣。"郭注："似凫，青赤色，一目一翼，相得乃飞。"

〔一五〕《史记·范雎蔡泽传》《正义》："施，犹展也。"则施翮即展翅。

《铨评》："《文选》六臣注良曰：送应璩场兄弟，时董卓迁献帝于西京，洛阳被烧，故多言荒芜之事。"刘履曰："子建为平原侯，场为庶子，送别而作。"朱绪曾曰："刘说非是。按诗首章云，遥望洛阳山。次章云，置酒此河阳。又云我友之朔方。朔方者，冀州，指邺而言。此应场辟为丞相掾属，子建在洛阳饯别而作。魏武自领冀州牧，虽四方征伐，而掾属常留邺，不必尽从。若为平原侯庶子，则朝夕相依，即偶尔遣使到邺，何必气结而伤别促会长也。"黄节曰："朱说亦未是。应场《侍五官中郎将建章台集诗》以朝雁自喻曰，问子游何乡？戢翼正徘徊……往春翔北土，今冬客南淮。远行蒙霜雪，毛羽日摧颓。建章台集不知何年。然考

《魏志》，子桓于建安十六年为五官中郎将，二十二年立为魏太子。应诗题曰侍五官中郎将，则是建安十六年至二十一年事。而其诗曰往春翔北土，正与此诗我友之朔方相合。应诗是述客游，非赴官之语，故其诗又曰良遇不可值，伸眉路何阶！是朱氏所云此应场辟为丞相掾属之说非也。又考《魏志》，子建于建安十六年封平原侯，是年从操西征马超，见本集《离思赋序》，殆由邺而西，道过洛阳，故本集有《洛阳赋》逸句，是此诗之作，盖在其时。"古直曰："《文选》六臣注云云，按卓迁献帝在初平元年，时子建尚未生，六臣注非也。考《魏志》应场辟丞相掾属转平原侯庶子，而子建以建安十六年封平原侯，《送应氏》诗当作于此际。"案晦闻先生谓应场诗中"翔北土"与子建诗之"之朔方"相合，更申言场诗是述客游而非补官，精审可从！但是定此诗作于建安十六年，似有可商。考子建封平原侯，时在建安十六年正月，曹操给诸子封侯者高选官属。历史纪载：邢颙为平原侯家丞，刘桢为庶子。场之为子建庶子之职，或许在刘桢之后。场诗有飘沦忧伤死生莫测之悲痛情绪，而子建诗具自愧无力止场远行，偿其所愿的情感内容，此《送应氏》诗似不能指的写于建安十六年。况场任庶子，朝夕相见，怎有"别促会日长"的悲叹呢！十六年秋，曹操西征，子建从行，曾发出"欲毕命于旌麾"之誓言，又那有可能愿为比翼和场同去呢？如上所述，《送应氏》诗似作于建安十六年之前，子建时在洛阳，场将北行，故为之饯别而赋诗送行，则与当时环境情事相合，故不从十六年创写之说，而移于其前。惜史料残佚，无从取证，粗陈所疑而已。

七　启 有序

昔枚乘作《七发》[一]，傅毅作《七激》[二]，张衡作《七辩》[三]，崔骃作《七依》[四]，辞各美丽，余有慕之焉！遂作《七启》，并命王粲作焉[五]。

玄微子隐居大荒之庭[六]，飞遁离俗[七]，澄神定灵[八]，轻禄傲贵[九]，与物无营[一〇]，耽虚好静[一一]，羡此永生[一二]。独驰思乎天云之际[一三]，无物象而能倾[一四]。于是镜机子闻而将往说焉：驾超野之驷[一五]，乘追风之舆[一六]，经迥漠[一七]，出幽墟，入乎泱漭之野[一八]，遂届玄微子之所居。其居也：左激水[一九]，右高岑[二〇]，背洞壑[二一]，对芳林。冠皮弁[二二]，被文裘[二三]。出山岫之潜穴[二四]，倚峻崖而嬉游[二五]。志飘飘焉，峣峣焉，似若狭六合而隘九州[二六]，若将飞而未逝，若举翼而中（流）〔留〕[二七]。于是镜机子攀葛藟而登，距岩而立[二八]，顺风而称曰："予闻君子不遁（俗）〔世〕而遗名[二九]，智士不背世而灭勋[三〇]。今吾子弃道艺之华[三一]，遗仁义之英[三二]，耗精神乎虚廓，废人事之纪经[三三]。譬若画形于无象，造响于无声[三四]，未之思乎？何所规之不通也。"玄微子俯而应之曰："嘻[三五]！有是言乎？夫太极之初，混沌未分[三六]，万物纷错[三七]，与道俱（隆）〔运〕[三八]。盖有形必朽，有（迹）〔端〕必穷[三九]，茫茫元气[四〇]，谁知其终。名秽我身，位累我躬[四一]，窃慕古人之所志，仰老庄之遗风[四二]，假灵龟以托喻，宁掉尾于涂中[四三]。"

镜机子曰："夫辩言之艳[四四]，能使穷泽生流[四五]，枯木发荣，庶感灵而激神〔四六〕，况近在乎人情。仆将为（君）〔吾〕子说游观之至娱，演声色之妖靡〔四七〕，论变化之至妙，敷道德之弘丽，愿闻之乎？"玄微子曰："吾子整身倦世〔四八〕，探隐拯沉〔四九〕，不远遐路〔五○〕，幸见光临〔五一〕，将敬涤耳，以听玉音〔五二〕。"

镜机子曰："芳菰精粺〔五三〕，霜蓄露葵〔五四〕，玄熊素肤〔五五〕，肥豢脓肌〔五六〕。蝉翼之割〔五七〕，剖纤析微；累如叠縠〔五八〕，离若散雪，轻随风飞，刀不转切〔五九〕。山鶪斥鷃〔六○〕，珠翠之珍〔六一〕。寒芳莲之巢龟〔六二〕，脍西海之飞鳞〔六三〕，臛江东之潜鼍〔六四〕，腾汉南之鸣鹑〔六五〕。糅以芳酸〔六六〕，甘和既醇〔六七〕。玄冥适咸〔六八〕，薅收调辛〔六九〕。紫兰丹椒，施和必节〔七○〕，滋味既殊，遗芳射越〔七一〕。乃有春清缥酒〔七二〕，康狄所营〔七三〕，应化则变〔七四〕，感气而成〔七五〕，弹徵则苦发〔七六〕，叩宫则甘生〔七七〕。于是盛以翠樽〔七八〕，酌以雕觞〔七九〕，浮蚁鼎沸〔八○〕，酷烈馨香〔八一〕，可以和神〔八二〕，可以娱肠〔八三〕。此肴馔之妙也，子能从我而食之乎？"玄微子曰："予甘藜藿〔八四〕，未暇此食也。"

镜机子曰："步光之剑〔八五〕，华藻繁缛〔八六〕，饰以文犀〔八七〕，雕以翠绿〔八八〕，缀以骊龙之珠〔八九〕，错以荆山之玉〔九○〕。陆断犀象，未足称隽〔九一〕；随波截鸿，水不渐刃〔九二〕。九旒之冕〔九三〕，散曜垂文〔九四〕。华组之缨，从风纷纭〔九五〕。佩则结绿悬黎〔九六〕，宝之妙微〔九七〕，符采照烂〔九八〕，流景扬辉〔九九〕。黼黻之服〔一○○〕，纱縠之裳〔一○一〕，金华之舄〔一○二〕，动趾遗光〔一○三〕。繁饰参差，微鲜若霜〔一○四〕。（绳）〔琨〕佩绸缪〔一○五〕，或雕或错，薰以幽若〔一○六〕，流芳肆布〔一○七〕。雍容闲步〔一○八〕，周旋驰曜〔一○九〕。南威为之解颜〔一一○〕，西施为之巧笑。此容饰之妙也，子能从我而服之乎？"

曹植集校注

玄微子曰："予好毛褐[一一]，未暇此服也。"

镜机子曰："驰骋足用荡思[一二]，游猎可以娱情。仆将为吾子驾云龙之飞驷[一三]，饰玉辂之繁缨[一四]。垂宛虹之长緌[一五]，抗招摇之华旍[一六]。插忘归之矢[一七]，秉繁弱之弓[一八]。忽蹑景而轻骛[一九]，逸奔骥而超遗风[二〇]。于是硺填谷塞，椎薉平夷[二一]。缘山置罝[二二]，弥野张罘[二三]。下无漏迹[二四]，上无逸飞[二五]。鸟集兽屯，然后会围[二六]。獠徒云布[二七]，武骑雾散。丹旗耀野，戈殳晧旰[二八]。曳文狐，掩狡兔，捎鹔鹴[二九]，拂振鹭[三〇]。当轨见藉[三一]，值足遇践。飞轫电逝[三二]，兽随轮转[三三]。翼不暇张，足不及腾，动触飞锋[三四]，举挂轻罾[三五]。搜林索险，探薄穷阻[三六]，腾山赴壑，风厉（森）〔焱〕举[三七]。机不虚发，中必饮羽[三八]。于是人稠网密，地逼势胁[三九]。哮阚之兽[四〇]，张牙奋鬣，志在触突，猛气不慴[四一]。乃使北宫、东郭之俦[四二]，生抽豹尾，分裂貙肩[四三]，形不抗手，骨不隐拳[四四]。批熊碎掌[四五]，拉虎攦斑[四六]。野无毛类[四七]，林无羽群。积兽如陵，飞翮成云[四八]。于是驰钟鸣鼓[四九]，收旌弛旆[五〇]，顿（纲）〔网〕纵（网）〔纲〕[五一]，（罴）〔罢〕獠回迈[五二]，骏骒齐骧[五三]，扬銮飞沫[五四]，俯倚金较[五五]，仰抚翠盖，雍容暇豫[五六]，娱志方外。此羽猎之妙也[五七]，子能从我而观之乎？"玄微子曰："予性乐恬静，未暇此观也。"

镜机子曰："闲宫显敞[五八]，云屋（晧旰）〔浩汗〕[五九]，崇景山之高基[六〇]，迎清风而立观[六一]。彤轩紫柱[六二]，文榱华梁[六三]，绮井含葩[六四]，金墀玉箱[六五]。温房则冬服絺绤[六六]，清室则中夏含霜[六七]。华阁缘云[六八]，飞陛凌虚[六九]，俯（眺）〔视〕

流星〔一七〇〕，仰观八隅〔一七一〕，升龙攀而不逮，眇天际而高居〔一七二〕。繁巧神怪，变（名）〔容〕异形〔一七三〕，班输无所措其斧斤〔一七四〕，离娄为之失（晴）〔睛〕〔一七五〕。丽草交植〔一七六〕，殊品诡类〔一七七〕，绿叶朱荣，熙天曜日〔一七八〕。素水盈沼，丛木成林，飞翮陵高〔一七九〕，鳞甲隐深。于是逍遥暇豫，忽若忘归。乃使任子垂钓〔一八〇〕，魏氏发机〔一八一〕。芳饵沉水，轻缴弋飞〔一八二〕。落翳云之翔鸟，援九渊之灵龟。然后采菱华，擢水蘋〔一八三〕，弄珠蠙，戏鲛人〔一八四〕。讽《汉广》之所咏，觐游女于水滨〔一八五〕。耀神景于中沚〔一八六〕，被轻縠之纤罗〔一八七〕，遗芳烈而静步〔一八八〕，抗皓手而清歌〔一八九〕。歌曰：望云际兮有好仇〔一九〇〕，天路长兮往无由〔一九一〕，佩兰蕙兮为谁修〔一九二〕，嬿婉绝兮我心愁。此宫馆之妙也〔一九三〕，子能从我而居之乎？"玄微子曰："予耽岩穴〔一九四〕，未暇此居也。"镜机子曰："既游观中原，逍遥闲宫，情放志荡，淫乐未终。亦将有才人妙妓，遗世越俗〔一九五〕，扬北里之流声〔一九六〕，绍阳阿之妙曲〔一九七〕。尔乃御文轩〔一九八〕，临洞庭〔一九九〕，琴瑟交挥〔二〇〇〕，左簧右笙〔二〇一〕，钟鼓俱振〔二〇二〕，箫管齐鸣。然后姣人乃被文縠之华袿，振轻绮之飘飘〔二〇三〕，戴金摇之熠耀〔二〇四〕，扬翠羽之双翅〔二〇五〕。挥流芳〔二〇六〕，耀飞文〔二〇七〕，历盘鼓，焕缤纷〔二〇八〕。长（裾）〔袖〕随风〔二〇九〕，悲歌入云。跷捷若飞〔二一〇〕，蹈虚远跽〔二一一〕，陵跃超骧〔二一二〕，蜿蝉挥霍〔二一三〕，翔尔鸿骛〔二一四〕，潎然凫没〔二一五〕。纵轻体以迅赴〔二一六〕，景追形而不逮〔二一七〕。飞声激尘〔二一八〕，依威厉响〔二一九〕，才捷若神，形难为象〔二二〇〕。于是为欢未渫〔二二一〕，白日西颓，散乐变饰〔二二二〕，微步中闱〔二二三〕。玄眉弛兮铅花落〔二二四〕，收乱发兮拂兰泽〔二二五〕，形婧服兮扬幽若〔二二六〕。红颜宜笑[二七]，睇盼流光[二八]。时与吾子，携手同行。践飞除，即閒房[二九]，华烛烂[三〇]，幄幕张[三一]。动朱唇，发清商[三二]，扬罗袂，振华裳，九秋之夕，为欢未央[三三]。此声色之妙也，子能从我而游之乎?"玄微子曰:"予愿清虚，未暇(及)此游也[三四]。"

镜机子曰:"予闻君子乐奋节以显义[三五]，烈士甘危躯以成仁[三六]。是以雄俊之徒[三七]，交党结伦[三八]，重气轻命[三九]，感分遗身[四〇]。故田光伏剑于北燕[四一]，公叔毕命于西秦[四二]。果毅轻断[四三]，虎步谷风[四四]。威慑万乘[四五]，华夏称雄"，词未及终，而玄微子曰:"善!"镜机子曰:"此乃游侠之徒耳，未足称妙也。若夫田文、无忌之俦[四六]，乃上古之俊公子也[四七]，皆飞仁扬义[四八]，腾跃道艺[四九]，游心无方[五〇]，抗志云际[五一]，陵轹诸侯[五二]，驱驰当世[五三]，挥袂则九野生风[五四]，慷慨则气成虹蜺。吾子若当此之时，能从我而友之乎?"玄微子曰:"予亮愿焉[五五]，然方于大道有累[五六]，如何?"

镜机子曰:"世有圣宰[五七]，翼帝霸世[五八]，同量乾坤[五九]，等曜日月[六〇]，玄化参神[六一]，与灵合契[六二]。惠泽播于黎苗[六三]，威灵振乎无外[六四]，超隆平于殷周[六五]，跞羲(皇)〔农〕而齐泰[六六]。显朝惟清[六七]，(王)〔皇〕道遐均[六八]，民望如草[六九]，我泽如春[七〇]。河滨无洗耳之士[七一]，乔岳无巢居之民[七二]。是以俊乂来仕，观国之光，举不遗材，进各异方[七三]。赞典礼于辟雍[七四]，讲文德于明堂[七五]，正流俗之华说[七六]，综孔氏之旧章[七七]。散乐移风[七八]，国富民康，神应休征〔二七九〕，屡获嘉祥。故甘露纷而晨降〔二八〇〕，景星宵而舒光〔二八一〕。观游龙于神渊〔二八二〕，聆鸣凤于高冈〔二八三〕。此霸道之至隆〔二八四〕，而雍熙之盛际〔二八五〕。然主上犹尚以沉恩之未广〔二八六〕，惧声教之未厉〔二八七〕，采英奇于仄陋〔二八八〕，宣皇明于岩穴〔二八九〕，此宁子商歌之秋〔二九〇〕，而吕望所以投纶而逝也〔二九一〕。吾子为太和之民，不欲仕陶唐之世乎?"于是玄微子攘袂而兴曰〔二九二〕："伟哉言乎! 近者吾子所述华淫〔二九三〕，欲以厉我〔二九四〕，祗搅予心〔二九五〕。至闻天下穆清〔二九六〕，明君莅国〔二九七〕，览盈虚之正义〔二九八〕，知顽素之迷惑〔二九九〕。(令)〔今〕予廓尔〔三〇〇〕，身轻若飞，愿反初服〔三〇一〕，从子而归。"

〔一〕枚乘，西汉武帝刘彻时人。《汉书》有传。《七发》见《昭明文选》。

〔二〕傅毅，东汉章帝刘炟时人。《后汉书》有传。《七激》见严可均《全后汉文》。

〔三〕张衡，东汉安帝刘祜时人。《后汉书》有传。《七辩》亦见《全后汉文》。

〔四〕崔骃，与傅毅同时人。《后汉书》亦有传。《七依》亦见《全后汉文》。《文心雕龙·杂文》："自《七发》以下，作者继踵：观枚氏首唱，信独拔而伟丽矣! 及傅毅《七激》，会清要之工;崔骃《七依》，入博雅之巧;张衡《七辩》，结采绵靡;崔瑗《七厉》，植义纯正;陈思《七启》，取美于宏壮;仲宣《七释》，致辨于事理。"叶树藩曰："晁无咎见子瞻，子瞻为称枚叔《七发》、曹植《七启》之文，引物连类，能究情状，于是拟之为《七述》，是体宋文人犹知贵之。"

〔五〕《铨评》："晏案：王粲所作名《七释》，见《艺文》五十七。"

〔六〕玄微子，曹假设道家之流隐士。居，《铨评》："《艺文》作于。"《文选》仍作居。李注："玄微，幽玄精微也。《山海经》曰：大荒之中有山，名曰大荒之山，日月所入，是谓大荒之野中也。"

〔七〕飞遁，即肥遁。《易·遁》爻辞："肥遁最在卦上，居无位之地，不为物所累，矰缴所不及，遁之最美，故名肥遁。"离俗，脱离社会。

〔八〕《淮南·原道训》："其魂不躁，其神不娆。"高注："精神定矣。"意谓心灵恬静，不为外物所干扰。

〔九〕傲贵，《离骚》王注："侮慢曰傲。"

〔一〇〕营，李注："蔡邕《释诲》曰：安贫乐贱，与世无营也。"案物，万物也。营，《楚辞·天问》王注："为也。"

〔一一〕耽虚，《淮南·原道训》："嗜欲不载，虚之至也。"好静，意谓重视恬静之人生哲理。

〔一二〕永生，即长生。

〔一三〕乎，《铨评》："《文选》三十四作于。"天云之际，象征最高境界。

〔一四〕物象，李注："《左氏传》韩简曰：物生而后有象。"案《正义》："象者，物初生之形。"倾，《汉书·田蚡传》颜注："倾，谓踰越而胜之也。"

〔一五〕李注："超野、追风，言疾也。"

〔一六〕追风之舆，《晋书·舆服志》："追锋车——去小平盖，加通幰，如轺车，驾二马。"《宣帝纪》叙此车一日一夜可行四百余里，追风疑即追锋也。

〔一七〕迥，远也。漠，沙漠。

〔一八〕泱漭，案《上林赋》："过乎泱漭之野。"郭注："张揖曰：《山海经》

所谓大荒之野。如淳曰：大貌也。”

〔一九〕激水，湍急河流。

〔二〇〕高岑，《尔雅·释山》：“山小而高，岑。”谓孤峰独秀。

〔二一〕《铨评》：“壑，《文选》作溪。”案傅毅《七激》：“背洞壑，临绝溪。”
　　　　疑为曹植所本。

〔二二〕皮弁，李注：“郑玄《仪礼注》：皮弁者，白鹿皮为冠，象上古也。”

〔二三〕文裘，李注：“文狐之裘也。”

〔二四〕岫，李注：“《尔雅》曰：山有穴曰岫。”潜，幽深貌。

〔二五〕峻崖，《铨评》：“《书钞》一百五十八崖作岑。”案宋刊本《曹子建
　　　　文集》作岩，《文选》作崖，疑作崖字是。

〔二六〕似，《铨评》：“程作以，从《文选》。”案作似字是。宋刊本《曹子
　　　　建文集》与《文选》同，丁校是。

〔二七〕流，《铨评》：“《文选》作留。”案作留字是。宋刊本及《密韵楼丛
　　　　书·曹子建文集》正作留。留，止也。

〔二八〕李注：“孔安国《尚书传》曰：距，至也。”

〔二九〕顺风而称，《荀子·劝学篇》：“顺风而呼，声非加疾也，而闻者
　　　　彰。”《礼记·射义》郑注：“称，犹言也。”俗，《铨评》：“《艺文》作
　　　　世。”案作世字疑是。李注：“《周易》曰：遁世无闷。”疑李所见
　　　　本作世，故引《易》文以证。而，《铨评》：“《艺文》作以。”遗名，
　　　　李注：“郑玄《毛诗笺》曰：遗，忘也。又《礼记注》曰：名，令闻
　　　　也。”案《史记·鲁仲连邹阳传》《索隐》：“遗，弃也。”

〔三〇〕世，《铨评》：“《艺文》作时。”《楚辞·惜诵》王注：“背，违也。”灭
　　　　勋，《小尔雅·广诂》：“灭，没也。”

〔三一〕道艺，《周礼·天官·宫正》郑司农注：“道，谓先王所以教道民
　　　　者。艺，谓礼、乐、射、御、书、数。”

〔三二〕仁义，《老子》："绝仁弃义。"王注："仁义，人之善也。"爱人及物谓之仁，而义谓等贵贱，明尊卑。

〔三三〕人事，指亲戚朋友交往之道。纪经，犹言纲领。

〔三四〕若，《铨评》："《艺文》作犹。"若、犹义同。画形无象二句，李注："言像因形生，响随声发，今欲无声而造响，图像而无形，岂有得哉！"

〔三五〕嘻，李注："郑玄《礼记注》曰：嘻，悲恨之声也。"案《史记·廉蔺列传》《索隐》："惊而怒之辞也。"

〔三六〕混沌，《铨评》："张作混混。"案《文选》混字作浑。《白虎通·天地》："始起先有太极，后有太始，形兆既成，名曰太素。混沌相连，视之不见，听之不闻。"则混沌形容阴阳未分之貌。

〔三七〕纷错，《铨评》："《御览》一作纯纯。"案纷错，杂乱貌。

〔三八〕隆，《铨评》："《御览》作运。"胡绍煐《文选笺证》曰："作运是也，与上句分为韵。后人误以下穷、终、躬、风韵，故易为隆。"案胡说是。《广雅·释诂四》："运，转也。"言万物随自然运转之规律而发生变化。

〔三九〕迹，《铨评》："《御览》作端。"疑作端字是。《家语·礼运》王注："端，始也。"

〔四〇〕茫茫，广大貌。元气，天气也。此谓宇宙。

〔四一〕《广雅·释言》："累，拘也。"

〔四二〕仰，《诗经·车辇篇》《正义》："心慕之辞也。"遗风，李注："如淳《汉书》注曰：遗，余也。"

〔四三〕李注："《庄子》曰：楚王使大夫往聘庄子。庄子曰：吾闻楚有神龟，死已三千岁矣！王巾笥而藏之于庙堂之上。此龟者，宁其死为留骨而贵乎？宁其生而曳尾涂中乎？二大夫曰：宁生曳尾涂中。庄子曰:往矣! 吾将曳尾于涂中也。"

〔四四〕艳,《穀梁序》《正义》:"艳者,文辞为美之称也。"

〔四五〕穷泽,犹言涸干之湖泊。

〔四六〕激,《楚辞·招魂》王注:"感也。"

〔四七〕君子,《铨评》:"《文选》君作吾。"疑作吾子是,下文"吾子整身倦世"可证。演,李注:"《小雅》曰:演,广也。"案《左》昭二年传《正义》:"演谓为其辞而演说之。"妖靡,妖,美也,形容色;靡,好也,形容声。

〔四八〕整身,整饬行为。倦世,李注:"倦于人间之世也。"案勤劳于人间之事。

〔四九〕探,《说文》:"远取之也。"朱骏声曰:"远取犹探取。"隐,谓隐居之士。拯沉,《广雅·释诂一》:"拯,举也。"沉,谓沉于下位之人。

〔五〇〕句意谓不以遐路为远。

〔五一〕光临,谓人来之敬词。

〔五二〕玉音,李注:"《尚书大传》曰:天下诸侯受命于周,莫不玉音金声。"案盖君子比德于玉,故玉音亦即德音,玉是赞美之词。李注似迂。

〔五三〕菰,生水边,芽嫩可食,其实如米,曰雕胡。俗名茭,中台如小儿臂曰茭手,可食(见朱骏声《说文通训定声》)。精稗,程瑶田曰:"人谓此为野稗,谓之精者,修辞家之美称。《说文》粺,黍属,音卑。"(《九谷考》)程说误。《说文》米部粺字段注云"粺,谓禾黍米"是也。

〔五四〕霜蓄,李注:"《毛诗》曰:我行其野,言采其蓫。郑玄曰:蓫,牛颓。蓫与蓄音义通也。"胡绍煐曰:"陆玑疏:扬州人谓之马蹄,

曹
植
集
校
注

幽州人谓之蓬,是蓬非可食之菜。观蓄与葵对举,则蓄非蓬矣。《邶·谷风》:我有旨蓄。笺:蓄聚美菜。《广韵》:蓄,冬菜。蓄为冬菜,故谓之霜蓄。蓄即今人家蔓菁菜,霜后味尤甘美,盖其一种。《急就篇》:老菁蘘荷冬日蓄是也。"露葵,《本草纲目》:"古人采葵,必待露解,故曰露葵。今人呼为滑菜,言其性也。"

〔五五〕玄熊,黑熊。素肤,白肉。

〔五六〕肥豢,李注:"郑玄《周礼注》:犬豕曰豢。"脓肌,李注:"脓,肥貌也。"案宋刊本《曹子建文集》脓作秾,疑作脓字是。脓肌即肥肉。

〔五七〕蝉翼,李注:"言薄也。"

〔五八〕叠縠,如重叠之薄绸,形容薄。

〔五九〕转,谓移动也。

〔六○〕山鶺,羽毛浅黄色,花纹如母雉,莱阳呼为山鸡。朱骏声曰:《尔雅》郭注:"鶺大如鸽,似雌雉,鼠足,无后指,岐尾,为鸟憨急群飞,出北方沙漠地也。肉美,俗名突厥雀,生蒿莱之间。"

〔六一〕李注:"珠翠,珠柱也。《南方异物记》曰:采珠人以珠肉作鲊也。"案《临海水土物志》:"玉珧似蚌,长二寸,广五寸,上大下小,其壳中柱炙之,味似酒。"(《御览》卷九百四十三引)翠通作膵。《玉篇》:"膵,鸟尾肉。"考江珧肉柱在体后部者粗大,殆位于壳之中央,在前部者甚小,附着于壳顶之下部,如鸟类之尾肉,故亦名曰翠,李善释为珠柱是也。叶树藩谓珠柱似即江瑶柱(见海绿轩本《文选》)。

〔六二〕寒,《铨评》:"程张作寒,从《文选》。"李注:"寒,今胜肉也。《盐铁论》曰:煎鱼切肝,羊淹鸡寒。刘熙《释名》曰:韩鸡本出韩国所为。寒与韩同。"朱珔《文选集释》："案胜与鲭同，酱类也。……酱称寒者，《广雅》：醶，酱也。醶与凉通。"案寒似即今人所谓之腌。莲，《铨评》："《文选》作茖，茖古莲字。"李注："茖与莲同。"巢龟，李注："《史记》曰：有神龟在江南嘉林中，常巢于芳莲之上。"曹植《龟赋》："赴芳莲而巢居。"

〔六三〕脍，《释名·释饮食》："脍，细切肉，令散分其赤白异切之，已，乃会合和之也。"西海之飞鳞，飞鳞即文鳐鱼，又名飞鱼。李注："《山海经》曰：泰器之山，濩水出焉，是多鳐鱼，常行西海，而游于东海，夜飞而行。"

〔六四〕臛，李注："《说文》曰：臛，肉羹也。"朱骏声曰："臛，羹之实于豆者，不以菜芼之，其质较干。"江东，《铨评》："《御览》八百六十一东作界。"宋刊本《曹子建文集》仍作东。潜鼍，陆玑《诗疏》："鼍形似水蜥蜴，四足，长丈余，生卵大如鹅卵，甲如铠甲。"案俗称猪婆龙，生长江中。

〔六五〕腼，李注："《苍颉解诂》曰：少汁臛也。"

〔六六〕糅，李注："郑玄《礼记注》曰：杂也。"

〔六七〕醇，《广雅·释诂三》："厚也。"

〔六八〕李注："《礼记》曰：北方，其神玄冥。北方，水也。《尚书》曰：水曰润下，润下作咸。"

〔六九〕李注："《礼记》曰：西方，其神蓐收。西方，金也。《尚书》曰：金曰从革，从革作辛。"

〔七〇〕和，《周礼·食医》郑注："调也。"谓调味之品。必节，《释名·释形体》："节，有限节也。"

〔七一〕射越，李注："《上林赋》曰：众香发越。郭璞曰：香气射散也。"

〔七二〕李注："《毛诗》曰：为此春酒。郑玄《礼记注》曰：清酒，今之中山,冬酿接夏而成也。缥,绿色而微白也。"

〔七三〕康、狄,杜康、仪狄,皆古之善酿者。李注:"《博物志》曰:杜康作酒。《战国策》曰:梁王请为鲁君举觞。鲁君曰:昔帝女仪狄作酒而美,进之于禹。禹饮而甘之。遂疏仪狄,乃绝旨酒。"

〔七四〕李注:"《淮南子》曰:物类之相应,故东风至而酒泛溢。高诱曰:东风木风也。其味酸,入酒故酢而泛者沸,盖非类相感也。"

〔七五〕气,谓气候。李注:"《春秋说题辞》曰:黍为酒,阳援阴乃能动,故以麦黍为酒。宋衷曰:麦,阴也。先渍曲,黍后入,故曰阳援阴,相得而沸,是其动也。"

〔七六〕李注:"《礼记》曰:季夏之月,其音徵,其味苦。"

〔七七〕李注:"《礼记》曰:中央土,其音宫,其味甘。"案《礼记·月令》郑注:"六月十八日巳后,土王气至,则黄钟之宫应之。"

〔七八〕《铨评》:"《书钞》一百四十八盛作酌。"案《文选》作盛。疑作盛字是。翠樽,翠玉制之酒器。《尚书·分器序》《正义》:"盛酒者为樽。"

〔七九〕酌,《铨评》:"《书钞》作盛。"案《文选》作酌,疑《书钞》误。觞,爵也,即酒杯。

〔八〇〕浮蚁,李注:"《释名》曰:酒有泛齐,浮蚁在上,泛泛然。"盖谓酒糟浮于酒上如蚁然。鼎沸,《铨评》:"《书钞》鼎作歇。"《文选》作鼎沸,谓如鼎之沸也。《书钞》作歇非是。

〔八一〕酷烈,李注:"《上林赋》曰:酷烈淑郁。郭注:香气盛也。"

〔八二〕和神,谓精神恬适。

〔八三〕娱肠,谓肠胃舒畅。

〔八四〕《韩非子·五蠹篇》:"藜藿之羹。"《史记·太史公自序》《正义》:"藜似藿而表赤。藿,豆叶也。"《文选》六臣刘良曰:"藜藿贱菜,布衣之所食。"

〔八五〕步光,李注:"《越绝书》曰:孔子从弟子七十人往奏。勾践乃身被赐夷之甲,带步光之剑。"

〔八六〕华,《铨评》:"《艺文》作采。"案《文选·思玄赋》:"昭采藻与雕琭兮。"旧注:"采,文采也;藻,华藻也。"繁缛,李注:"《说文》曰:缛,繁采饰也。"

〔八七〕文犀,案文犀即通天犀。葛洪《抱朴子·登涉》:"通天犀角有一赤(《事类赋》引无一字,赤作白)理如縰,有(《事类赋》引无)自本彻末(《事类赋》引有者字),以角盛米,置群鸡中,鸡欲啄之,未至数寸,即惊却,故南人或名通天犀为骇鸡犀。"

〔八八〕翠绿,案曹植《乐府歌词》:"通犀文玉间碧玙,翡翠饰鸡璧。"疑翠、绿即翡翠与碧玙,皆美玉之名。

〔八九〕骊龙之珠,谓骊龙颔下之珠。李注:"《庄子》曰:千金之珠,在九重之渊,而骊龙颔下。"

〔九〇〕错,《广雅·释器》:"镂谓之错。"荆山之玉,李注:"韩子曰:楚人和氏得璞玉于楚山之中也。"

〔九一〕隽,《左》宣十五年传杜注:"绝异也。"

〔九二〕李注:"《广雅》曰:渐,渍也。"谓刃上不留一丝水痕,言剑之锋利也。

〔九三〕九旒,李注:"应劭《汉官仪》曰:冕,公侯九斿者也。"旒即冕前所悬系之珠串。天子十二,诸侯九也。

〔九四〕李注:"刘梁《七举》曰:九旒之冕,散耀垂文。"散曜,谓散发晶莹之光辉。垂文,《汉书·司马相如传》颜注引张揖:"垂,悬也。"文谓文采。

曹植集校注

〔九五〕华组,冠上花带。缨,李注:"冠系也。"从风,言随风。纷纭,飘动之貌。

〔九六〕结绿、悬黎,李注:"《战国策》:应侯谓秦王曰:梁有悬黎,宋有结绿,而为天下名器也。"

〔九七〕妙,美也。妙微,精美之极也。

〔九八〕符采,李注:"刘渊林《蜀都赋》注曰:符采,玉之横文也。"照烂,《铨评》:"照《艺文》作焕。"案《文选》作照。照或作炤。《广雅·释诂四》:"炤,明也。"照烂,谓光泽鲜明之貌。

〔九九〕景,光也。流景,即流光。

〔一〇〇〕黼黻,《尚书·益稷》孙炎注:"黼文如斧形,盖半白半黑似斧刃白而身黑。黻谓两己相背,谓刺绣为己字,两己字相背也。"

〔一〇一〕纱縠,《铨评》:"纱,《艺文》作罗。"案《释名·释采帛》:"罗,文罗疏也。"縠,陈鳣《对策》六:"即今之漏地纱也。"曹丕《典论》:"雒阳郭珍居财巨亿,每暑夏召客,侍婢数十,盛装饰,披罗縠,使之进酒。"(《御览》四百七十二引)

〔一〇二〕金华,李注:"刘欣期《交州记》曰:金华出珠崖。"舄,崔豹《古今注》:"舄以木置履下,干蜡不畏泥湿也。"

〔一〇三〕李注:"言以金华饰舄,故动足而有余光也。"

〔一〇四〕微,《广雅·释诂四》:"明也。"《后汉书·班彪传》章怀注:"鲜,洁也。"言明洁如霜之洁白也。

〔一〇五〕绲佩,李注:"绲,织成带也。"案绲盖琨字之形误,字当作琨。《白虎通》:"能本道德则佩琨。"曹植《平原懿公主诔》:"琨佩惟鲜。"琨,美玉,故下文曰"或雕或错"也。若从李注所释为织成带,则与雕错之义不相承应矣。李注似未确。绸缪,《吴都赋》刘注:"花采密貌。"

〔一〇六〕薰，《文选·雪赋》李注："火烟上出也。"薰、熏古通用。幽若，李注："若，杜若也。若称幽若，犹兰曰幽兰也。"案幽疑当如曹植《迷迭香赋》"遂幽杀以增芳"之幽，《后汉书·张衡传》章怀注："幽，闭也。"谓密闭。

〔一〇七〕肆布，犹散布。《左》昭卅二年传杜注："肆，展放也。"

〔一〇八〕雍容，《文选·两都赋》序六臣吕向注："雍和，容缓。"即舒缓之貌。闲步，谓徐行。

〔一〇九〕驰曜，犹流光。谓光辉闪灼散布也。

〔一一〇〕南威，李注："《战国策》曰：晋文公得南威，三日不听朝。遂推而远之，曰：后必有以色亡其国者。"

〔一一一〕毛褐，李注："郑玄《毛诗笺》曰：褐，毛布也。"

〔一一二〕荡，摇也。谓摇荡性情。

〔一一三〕云龙，李注："马有龙称，而云从龙，故曰云龙也。《周礼》曰：凡马八尺已上为龙。"飞驷，谓四马。驰如飞，故曰飞驷。

〔一一四〕玉辂，《文选·东京赋》薛注："谓玉饰之也。"繁缨，李注："繁与鞶古字通。郑玄曰：谓今之马大带也。"即马腹下之带。李注："缨，今马鞅。"《释名·释车》："鞅，婴也。喉下称婴，言缨络之也。"

〔一一五〕宛，屈也。宛虹，谓宛屈如虹。长绥，《铨评》："《艺文》绥作缕。"李注："《礼记》曰：天子杀则下大绥。郑玄曰：绥当为緌。緌，有虞氏之旌旗也。"案《上林赋》："拖蜺旌。"张揖曰："析羽毛，染以五采，缀以缕为旌，有似虹蜺之气也。"与此意近。

〔一一六〕抗，举也。招摇，《西京赋》："树招摇。"薛注："招摇（北斗）第九星名，为盾，今卤簿中画之于旗，建树之以前驱。"华旍，《铨评》："旍，《艺文》作旌。"案《尔雅·释天》《释文》："旌，本又作旐。"是旐、旍同。华旐谓旐上画有招摇星之形,故称之曰华旐。

〔一一七〕插,《文选》作捷。李注:"《仪礼》曰:司射搢三挟一个。郑玄曰:搢,插也。"案插与捷古通用。《仪礼·士冠礼》《释文》:"捷,本作插。"是其证。忘归之矢,谓迅急。

〔一一八〕繁弱,李注:"《新序》:楚王载繁弱之弓,忘归之矢,以射随兕于梦也。"

〔一一九〕蹑景,李注:"景,日景也。蹑之言急也。"案蹑景,秦始皇良马之名,见崔豹《古今注》。轻骛,犹言疾驰。

〔一二〇〕遗风,《吕氏春秋·本味篇》:"马之美者,遗风之乘。"高注:"行迅谓之遗风。"

〔一二一〕司马相如《上林赋》:"填坑满谷,掩平弥泽。"盖曹植句意所本。榛,灌木林。

〔一二二〕罝,兽网。

〔一二三〕弥,李注:"郑玄《周礼注》:弥,遍也。"罜,鸟网。

〔一二四〕漏,《铨评》:"《文选》作满。"案宋刊本《曹子建文集》作漏,作漏字是。漏迹与逸飞语正相俪,一谓兽,另一指鸟也。

〔一二五〕逸,逃也。《西京赋》:"上无逸飞,下无遗走。"

〔一二六〕屯,李注:"《广雅》曰:屯,聚也。"会围即合围。

〔一二七〕獠徒,李注:"《说文》曰:獠,猎也。《封禅书(文)》曰:云布雾散。"案云布、雾散俱形容布置密集。

〔一二八〕戈殳,戈戟也。《华严经音义》引《论语图》:"戈形傍出一刃也。"殳,《方言》:"三刃枝其柄,自关而西谓之柲,或谓之殳。"晧旰,《说文》段注:"洁白光明之貌。"

〔一二九〕鹔鹴,《淮南·原道训》高注:"鹔鹴,鸟名也。长颈绿身,其形似雁。”

〔一三〇〕振鹭,《诗经·振鹭篇》《正义》:“此鸟名鹭而已。振与鹭连,即言于飞,《鲁颂》之言振振鹭,故知振振群飞貌也。”案鹭即鹭鹚。

〔一三一〕《西京赋》:“当足见蹍,值轮被轹。”与此句意同。见藉,谓被车所辗。

〔一三二〕飞轩,即飞车。电逝,形容车行迅疾,如电光之逝去也。

〔一三三〕随,《铨评》:“《御览》七百七十五引作逐。”案《文选》作随。逐,从也,与随义同。

〔一三四〕飞锋,谓箭。

〔一三五〕举,高飞。罾,空中张布之网。

〔一三六〕探薄,李注:“《广雅》曰:草藂生曰薄。”案《广雅·释邱》:“阻,险也。”穷阻即穷险。

〔一三七〕焱举,李注:“王逸注:焱,去疾貌。《说文》曰:焱,火华也。”《说文》段注:“古书焱与猋二字多互讹,李注合而为一,误。”焱举,谓如火熛之飞射也。

〔一三八〕饮羽,李注:“《吕氏春秋》曰:养由基射兕中石,矢饮羽。高诱曰:饮羽,饮矢至羽也。”谓箭射入兽体深,至于箭干附羽之处。

〔一三九〕势胁,即势迫。

〔一四〇〕哮阚之兽,《诗经·常武篇》:“阚如虓虎。”《后汉书·冯绲传》章怀注:“虓,虎怒声也。”《汉书·叙传》《音义》引《字林》:“虓音哮。”故李注谓哮与虓同也。哮阚之兽谓虎豹。

〔一四一〕慴,惧也。

〔一四二〕北宫,李注:“北宫黝之养勇也,不肤挠,不目逃,思以一毫挫于人,若挞于市朝。赵岐曰:北宫姓,黝名也。”东郭,李注:“《吕氏春秋》曰：齐有好勇者，一人居东郭，一人居西郭，卒然相遇于涂，曰：姑相饮乎？觞数行，曰：姑求肉乎？一人曰：子，肉也；我，肉也。因抽刀而相啖也。”

〔一四三〕《尔雅·释兽》：“貙似狸。”《集韵》：“貙，虎之大者。”

〔一四四〕李注：“《小雅》曰：抗，御也。服虔《汉书注》曰：隐，筑也。”意谓兽骨不禁武士之拳击而粉碎。

〔一四五〕批，侧手击。熊有力在掌，碎掌，形容武士壮健多力。

〔一四六〕斑，《铨评》：“程作班，从《文选》。”案斑为本字，班为借字。《文选·上林赋》李注：“班文，虎豹之皮也。”摧，《广雅·释诂一》：“折也。”

〔一四七〕毛类，《铨评》：“类，张作数。”案宋刊本《曹子建文集》正作类，《文选》同。张作数误。毛类，即兽类。

〔一四八〕飞翮，谓鸟羽飞于空中。如云，言多也。

〔一四九〕骇钟，李注：“《周礼》曰：鼓皆骇。郑玄曰：雷击鼓曰骇，骇古骇字。”骇钟，即击钟。

〔一五〇〕弛旆，李注：“杜预《左氏传》注曰：弛，解也。”

〔一五一〕顿纲纵网，案宋刊本《曹子建文集》作“顿网纵纲”，疑是。《文选·七命》：“于是撤围顿罔。”李注：“顿，舍也。”纵纲，谓放开网上之粗绳。

〔一五二〕罴獠，案《文选考异》：“案罴当作罢。”考宋刊本《曹子建文集》罴正作罢，作罢字是。《论语·子罕篇》皇疏：“罢，犹罢息也。”獠，《文选·蜀都赋》刘注：“猎也。”迈，《说文》：“远行也。”即本集《孟冬篇》“罢役解徒”意同。

〔一五三〕李注：“《南都赋》曰：骐骝齐镳。”骏骝皆良马。齐骧，齐驰也。

〔一五四〕扬銮，《后汉书·明帝纪》章怀注：“銮，铃也，在镳。”则扬銮与傅毅《舞赋》"扬镳"义同。飞沫,《文选·舞赋》李注:"马举首而横走,动镳则飞马口之沫也。"

〔一五五〕金较,李注:"《东京赋》曰:戴翠冒,倚金较。"较,车箱上横木,制作龙形,而饰以金,故曰金较。

〔一五六〕暇豫,李注:"韦昭曰:暇,闲也。豫,乐也。"

〔一五七〕羽猎,服虔曰:"士卒负羽也。"李奇曰:"羽林骑士。"则羽猎之义谓武士田猎也。

〔一五八〕闲宫,《楚辞·招魂》王注:"空宽曰闲。"显敞,《苍颉篇》曰:"敞,高显也。"

〔一五九〕云屋,李注:"言高如云也。"晧旰,疑当作浩汗,浩汗或作浩瀚。《淮南·俶真训》高注:"广大貌也。"

〔一六〇〕景山,案即《洛神赋》之景山。李善《洛神赋》注:"《河南郡图经》曰:景山,缑氏县南七里。"高基,李注:"基若景山,言极高也。"毛苌《诗传》曰:"崇,立也。"

〔一六一〕迎,面向。立观,李注:"《地理书》曰:迎风观在邺也。"案《赠徐幹》诗"迎风高中天",亦指此观而言。

〔一六二〕彤轩,红漆栏槛。紫柱,紫色殿柱。

〔一六三〕文榱,绘有图案之瓦桷。华梁,谓梁亦饰以彩绘。

〔一六四〕绮井,谓以板作井形,饰以丹青如绮也。刻作荷藻水物,所以厌火也(《风俗通》)。杨慎《丹铅外集》:"绮井谓之斗八。又曰:今之天花板也。"含葩,指绘有荷藻之属。

〔一六五〕金墀,《铨评》:"《御览》一百八十八墀作壁。"李注:"金墀,犹金阶也。《西京赋》曰:金阶玉阶。"案阶即门限,用铜沓冒,黄金涂,谓之金阶。玉箱,李注:"玉箱犹玉房也。"孙炎《尔雅注》:"箱,夹室前堂也。"

〔一六六〕絺绤，《国语·越语》韦注："絺，葛也。精曰絺，粗曰绤。"冬服絺绤，极意形容温室之暖也。

〔一六七〕清，《吕氏春秋·有度》高注："寒也。"清室，寒房。中夏，谓盛暑之时。含霜，谓藏霜。

〔一六八〕阁，即阁道。华阁，谓施之以彩绘者。缘云，犹临云，形容高峻。

〔一六九〕飞陛，谓阁道阶除，凌空直上，不在于地，故称曰飞陛。

〔一七〇〕俯眺，《铨评》："眺，《艺文》作视。"案宋刊本《曹子建文集》与《艺文》同。《文选·鲁灵光殿赋》："频视流星。"此或曹植句所本，应据以校正。句意形容殿宇巍峨之状。

〔一七一〕八隅，即八方。

〔一七二〕眇，《文选·东京赋》："眇天末以远期。"薛注："视也。"天际，犹天末。

〔一七三〕变名，案宋刊本《曹子建文集》"名"作"容"。疑作容字是。变容，谓不同于寻常之容貌。

〔一七四〕班输，李注："郑玄《礼记注》曰：公输若，匠师也。般，若之族，多技巧者也。"措，置也。

〔一七五〕晴，案《文选》作睛。宋刊本《曹子建文集》作精。晴当为睛之形误。李注："《孟子》曰：离娄之明。赵岐曰：古之明目者也，盖黄帝时人。"《文选·鲁灵光殿赋》："虽离朱之至精，犹眩曜而不能昭晰也。"与此句意同。精、睛古通用。

〔一七六〕交植，俱植也。

〔一七七〕诡类，异类。

〔一七八〕熙天，李注："熙，光也。"

〔一七九〕飞翮，指鸟类。陵高，升高空。

〔一八〇〕任子垂钓，《庄子·外物》："任公子为大钩巨缁，五十犗以为饵，蹲乎会稽，投竿东海，旦旦而钓，期年不得鱼。已而大鱼食之，牵巨钩陷没而下，惊扬而奋鬐，白波若山。"

〔一八一〕魏氏，李注："《吴越春秋》曰：越王欲伐吴，范蠡进善射者陈音。越王问其射所起焉，音曰：黄帝作弓以备四方，后有楚狐父以其道传羿，羿传逢蒙，逢蒙传楚琴氏，琴氏传大魏，大魏传楚三侯：麋侯、翼侯、魏侯也。"

〔一八二〕轻缴，古人猎取鸟类，将丝绳系于箭末，及射中鸟，则收绳而取鸟，名之曰缴。弋，《楚辞·惜诵》："矰弋机而在上兮。"王注："弋，射也。"飞，谓鸟类。是弋飞犹言射鸟，与下文"落翳云之翔鸟"义正相承。

〔一八三〕李注："许慎《淮南子注》曰：攫引也。"

〔一八四〕鲛人，李注："刘渊林《吴都赋》注曰：鲛人，水底居也。"

〔一八五〕《汉广》，李注："《韩诗序》曰：《汉广》，悦人也。《诗》曰：汉有游女，不可求思。薛君曰：游女，谓汉神也。"觌，遇见。

〔一八六〕耀，《释名·释天》："曜，耀也，光明照耀也。"神景，即《洛神赋》之神光。中沚，《尔雅·释水》："水中可居者曰洲，小洲曰渚，小渚曰沚。"《诗经·蒹葭篇》："宛在水中沚。"

〔一八七〕之，王引之《经传释词》："之犹与也。"

〔一八八〕静步，《铨评》："静《艺文》作靖。"案静、靖古通用。静，安也。安犹徐也。静步即徐行。遗，留也。芳烈，谓馥郁之馨香。

〔一八九〕李注："《广雅》曰：抗，举也。"清歌，犹悲歌。

〔一九〇〕《诗经·兔罝篇》："公侯好仇。"《尔雅·释诂》孙注："仇，相求之匹也。"犹今言配偶。

〔一九一〕无由，无从也。

〔一九二〕修,李注:"王逸注曰:修,饰也。"

〔一九三〕宫馆,《铨评》:"馆,《艺文》作观。"案《文选·雪赋》李注:"观,宫观也。"是宫观连文可证。

〔一九四〕岩穴,李注:"隐者所居。"

〔一九五〕遗世,李注:"《广雅》曰:遗,离也。"案离有绝义,见《国策·秦策》高注。则遗世犹言绝世。越,《铨评》:"《艺文》作超。"案超、越义同。

〔一九六〕北里,李注:"《史记》曰:纣使师涓作新淫之声,北里之舞,靡靡之乐。"案北里地名,女倡所居。流声,《礼记·乐记》郑注:"流,犹淫放也。"流声,即淫放之声。

〔一九七〕阳阿,李注《淮南子》曰:"夫歌采菱,发阳阿,郑人听之,不若延灵之和。"(《考异》:"陈云郑,鄙误;灵,露误是也。")案《淮南·俶真训》高注:"阳阿,古之名倡也。"

〔一九八〕文轩,《文选·西京赋》薛注:"槛,兰也,皆刻画。又以大板广四五尺,加漆泽焉,重置中间兰上,名曰轩。"李注:"文,画饰也。轩,殿槛也。"

〔一九九〕洞庭,李注:"洞庭,广庭也。"《铨评》:"洞,《艺文》作彤。"案宋刊本及《密韵楼丛书·曹子建文集》洞俱作彤。《文选·西都赋》:"后宫则有掖庭椒房、后妃之室……于是玄墀釦砌,玉阶彤庭。"《汉书·外戚传》:"其中庭彤朱。"是曰彤庭。《文选》作洞,或所见本异也。王粲《七释》:"七盘陈于广庭。"则李注是也。

〔二〇〇〕交挥,《铨评》:"挥,《艺文》作弹。"案《密韵楼丛书·曹子建文集》亦作弹,与《艺文》同。

〔二〇一〕籁,管乐。《吕氏春秋·仲夏纪》高注:"籁以竹,大二寸,长尺二寸，七孔，一孔上伏，横吹之。"

〔二〇二〕振，案《初学记》十五作震。案振、震古通用。李注："《广雅》曰：振，动也。"《史记·礼书》《索隐》："振，击也。"

〔二〇三〕袿，李注："《释文》曰：妇人上服谓之袿。"振，《铨评》："《艺文》作衣。"飘飖形容长裾飘动之貌。

〔二〇四〕金摇，头上饰物。用金制凤皇形，下悬五色玉，行动则玉摇荡，或名曰步摇。熠耀，案宋刊本《曹子建文集》作耀烁。皆形容光辉灿烂之貌。

〔二〇五〕翠羽双翘，谓舞伎头上插有两支绿色之长翎。

〔二〇六〕挥，李注："韩康伯《周易注》曰：挥，散也。"

〔二〇七〕谓舞伎身佩带之饰物，动时发出闪灼之光彩。

〔二〇八〕盘鼓，汉魏《七盘舞》。地上放置七盘，鼓置于舞伎足下，足踏鼓，鼓声以作舞蹈时之节拍。王仲殊《沂南石刻画像中的七盘舞》："在地面上有七个盘，分为二排，一排三个，一排四个，都系倒覆在地上。它们的大小形状和纹饰，看来都是一致的。"李善《舞赋》注："般鼓之舞，载籍无文。以诸赋言之，似舞人更递蹈之而为舞节。张衡《七盘舞赋》曰：历七盘而屣蹑。又曰：般鼓焕以骈罗。王粲《七释》曰：七盘陈于广庭，畴人俨其齐侯。揄皓袖而振策，竦并足而轩跱。邪睨鼓下，伉音赴节。安翘足以徐击，駃顿身而倾折。卞兰《许昌宫赋》曰：振华足以却蹈，若将绝而复连，鼓震动而不乱，足相续而不并。婉转鼓侧，蜲蛇丹庭。与七盘其递奏，觐轻捷之翾翾。义并同也。"

〔二〇九〕长裾，案宋刊本《曹子建文集》裾作袖，作袖字是。傅毅《舞赋》："长袖交横。"据画像舞伎身着长袖舞衣。随风，形容舞时长袖飘动之状。

〔二一〇〕描写舞伎舞姿轻盈敏捷。

〔二一一〕形容舞伎在七盘左右跳跃如风之疾,仿佛足不踏地,跨步极长之貌。

〔二一二〕超骧,案《初学记》十五骧作腾。骧、腾义同。

〔二一三〕蜿蝉,犹蜿蜒。形容转折回旋之舞态。挥霍,迅急之貌。

〔二一四〕翔,《铨评》:"《艺文》作翻。"案《初学记》十五与《艺文》同。宋刊本《曹子建文集》亦作翻。翻,飞貌。鸿鹜,《说文》:"鹜,飞举也。"

〔二一五〕潎然,《铨评》:"《初学记》十五然作尔。"李注:"潎,疾貌。"凫没,如凫没入水中。案上句描绘仰身向上飞跃之态,此句则形容俯身下伏之舞姿。如傅毅《舞赋》"浮腾累跪,趾蹋摩跌"也。

〔二一六〕体,《铨评》:"《艺文》作躯。"

〔二一七〕不逮,李注:"言疾也。"形容动作至为迅捷,达于高妙之境。

〔二一八〕激尘,李注:"《七略》曰:汉兴,善歌者鲁人虞公发声动梁上尘。"形容高亢歌声。

〔二一九〕依威,案宋刊本《曹子建文集》威作违。《文选》作违。李注:"依违,犹徘徊也。"依威、依违俱叠韵谦语,形容歌声婉转荡漾之词。厉,疾也。

〔二二〇〕意谓其形态极难作出具体之描绘。

〔二二一〕未渫,李注:"《东都赋》曰:士怒未渫。《方言》曰:渫,歇也。"

〔二二二〕散乐,《铨评》:"《艺文》作乐散。"案宋刊本《曹子建文集》同。乐散,谓乐队解散。变饰,更易装饰。

〔二二三〕微步,犹细步。

〔二二四〕玄眉,《释名·释首饰》:"黛,代也,灭眉毛去之,以此画代其处也。"黛,青黑色,故曰玄眉。弛,案宋刊本《曹子建文集》作施。

弛、施古通用。《后汉书·光武纪》章怀注："弛，解脱也。"铅花，案《文选》花作华。宋刊本《曹子建文集》亦作华。铅华，李注："粉也。"

〔二二五〕兰泽，李注："用兰浸油泽以涂头。"

〔二二六〕婟服，李注："《说文》曰：婟，南楚之外谓好也。"形婟服，谓现露出美丽之衣服。

〔二二七〕宜笑，《铨评》："《艺文》宜作既。"李注："《楚辞》曰：既含睇兮又宜笑。"则李所见本固作宜也。王注："又好口齿而宜笑。"作宜笑是。

〔二二八〕睇盼，《铨评》："盼，《文选》作眄。"案宋刊本《曹子建文集》亦作眄。李注："王逸曰：睇，微眄貌。"《一切经音义》引《苍颉篇》："傍视曰眄。"即斜视之貌。流光，谓眼光莹莹如波之流也。形容娇羞之态。

〔二二九〕閒房，案宋刊本《曹子建文集》閒作闲。閒、闲古通用。閒，静也。

〔二三〇〕烂，灿烂光明之貌。

〔二三一〕幄幕，《铨评》："《艺文》作罗帱。"罗帱，即罗帷。张，《楚辞·招魂》："罗帱张些。"王注："张，施也。"

〔二三二〕清商，《楚辞·惜誓》："余因称乎清商。"王注："清商，歌曲也。"

〔二三三〕九秋之夕，李注："言其长也。"九秋，犹深秋，谓夜长。未央，《广雅·释诂一》："央，尽也。"

〔二三四〕及，《铨评》："张脱及。"案宋刊本及《密韵楼丛书·曹子建文集》无及字，《文选》亦无，张本是，丁氏补及字误也，当删去。

〔二三五〕奋节，激扬品德。显义，即明义。

〔二三六〕李注："《论语》：子曰：志士仁人，有杀身以成仁。"成仁，焦循

曰:"为百姓御大灾、捍大患谓之仁。牺牲生命以完成曰成
仁。"(见《雕菰楼文集》)

〔二三七〕雄俊,谓才能出众。

〔二三八〕交党结伦,李注:"《西京赋》:结党连群。"谓联络意气相同
之人。

〔二三九〕重气轻命,李注:"《西京赋》:轻死重气。"谓重义气,轻生命。

〔二四〇〕感分,李注:"分,分义也。"案分犹志也。志犹言感情。遗身,
《铨评》:"遗《艺文》作忘。"案遗忘义同。

〔二四一〕李注:"《史记》:燕太子丹谓田光曰:丹所言者,国大事也,愿先
生勿泄也。光曰:诺。退见荆轲曰:吾闻长者为行,不使人疑
己。今太子疑光,非节侠也! 欲自杀以激荆轲,遂自刭。"北
燕,燕在中国北部地区,故曰北燕。

〔二四二〕公叔,李注:"公叔未详。"刘良曰:"公叔,荆轲之字。"(见《文
选》五臣注)

〔二四三〕果毅,《论语·泰伯篇》皇疏:"谓能强果断也。"轻断,谓草率作
出决定。

〔二四四〕李注:"《春秋元命苞》曰:猛虎啸而谷风起。"象征勇猛无畏
之状。

〔二四五〕慴,惧也。万乘,李注:"《汉书》曰:天子畿方千里,出兵车万
乘,故称万乘之主。"

〔二四六〕田文,齐孟尝君之姓名。孟尝君名文,姓田氏。孟尝君在薛,
招致诸侯宾客,食客数千人。无忌,魏公子名,魏安釐王之弟
也。安釐王封公子为信陵君,致食客三千(详见《史记》孟尝、
信陵君列传)。

〔二四七〕俊,《孟子·公孙丑篇》赵注:"俊,美才出众。"

〔二四八〕句意仁爱之心与正义之感皆传播极广。

〔二四九〕腾跃，卓越之意。

〔二五〇〕无方，李注："晋灼《汉书注》曰：方，常也。"犹言涉猎广泛。

〔二五一〕抗，举也。云际，比喻极高。

〔二五二〕陵轹，《铨评》："《韵补》四陵作凌。"案陵、凌古通用。陵轹，《后汉书·朱浮传》章怀注："陵轹，犹欺蔑也。"

〔二五三〕驱驰，《铨评》："《韵补》作驰驱。"案驱驰犹今言驱使。谓使当世之人，为之奔走。

〔二五四〕李注："《说文》曰：挥，奋也。《淮南子》曰：所谓一者，上通九天，下贯九野。刘邵《赵郡赋》曰：煦气成虹蜺，挥袖起风尘，文与此同，未详其本也。"

〔二五五〕亮愿，李注："《尔雅》曰：亮，信也。"

〔二五六〕方，《文选·东京赋》薛注："将也。"累，《吕氏春秋·审分》高注："累，犹负也。"犹今语妨害之意。

〔二五七〕世，《铨评》："《艺文》作时。"圣宰，指曹操。曹操于建安十三年夏六月为丞相，故植誉称曰圣宰。

〔二五八〕翼帝，谓辅佐汉献帝刘协。霸世，《论语·宪问》《正义》引郑注："天子衰，诸侯兴，故曰霸。霸者把也，言把持王者之政教。"

〔二五九〕同量乾坤，谓同天地无私之准则。

〔二六〇〕曜，《铨评》："《艺文》作明。"案《文选》作明。曜、明意同。句谓与日月同其明也。

〔二六一〕神，《铨评》："《艺文》作辰。"案参神谓拟于神，作辰疑误。玄化，谓深厚教化。

〔二六二〕合契，《铨评》："契程作气，从《文选》。"案宋刊本《曹子建文集》

亦作契，程本误。合契，《文选·剧秦美新》李注："言应录
而王。"

〔二六三〕黎苗，案宋刊本《曹子建文集》苗作蒸。《后汉书·班固传》章
怀注："黎、蒸皆众也。"《广雅·释诂三》："苗，众也。"是黎苗、
黎蒸义同。

〔二六四〕振，《铨评》："《文选》作震。"案振、震古通用。振震皆训动。无
外，犹言无限际。

〔二六五〕超，《铨评》："《艺文》作越。"隆平，《礼记·乐记》郑注："隆犹盛
也。"是隆平即太平盛世。

〔二六六〕《文选》李注："《东京赋》薛注：踵，继也。"羲皇，《铨评》："皇《艺
文》作浓，系农误。"羲农，伏羲、神农。《东京赋》："踵二皇之遐
武。"薛注："二皇，伏羲神农也。"则作农字是，丁校甚确。泰，
《论语·泰伯篇》皇疏："善大之称也。"

〔二六七〕显朝，《尔雅·释诂》："显，光也。"惟清，清，静也。

〔二六八〕王，《铨评》："《艺文》作皇。"疑作皇字是。皇谓汉帝。遐，远；
均，同也。

〔二六九〕李注："《汉书·文纪述》曰：我德如风，民应如草。"望，《广雅·
释诂一》："视也。"

〔二七〇〕泽，润泽。如春，谓如春之长育万物。

〔二七一〕洗耳，《铨评》："《书钞》作折舆，折乃接误。"案作洗耳为是。洗
耳与巢居语正相俪，若作接舆，与河滨词义不相承，《书钞》误，
丁校亦不确。李注："洗耳，许由也。《琴操》曰：尧大许由之
志，禅为天子。由以其不善，乃临河而洗耳。"

〔二七二〕乔岳，高山。李注："巢居，巢父也。皇甫谧《逸士传》曰：巢父
者，尧时隐人，常山居，以树为巢，而寝其上，时人号曰巢

父也。”

〔二七三〕进，谓入仕。方，《文选·东京赋》薛注：“道也。”

〔二七四〕赞，《释名·释典艺》：“称人之美曰赞，赞者纂也，纂集其美而叙之也。”辟雍，《白虎通》曰：“天子立辟雍者，所以行礼乐，宣教化。”

〔二七五〕讲，论也。见《广雅·释诂二》。明堂，古代皇帝朝诸侯、明政教之所。《淮南子·本经训》高注：“明堂，王者布政之堂，上圆下方，堂四出，各有左右房谓之个，凡十二所。王者月居其房，告朔朝历，颁宣其令，谓之明堂。”

〔二七六〕流俗，《礼记·射义》郑注：“失俗也。”华说，谓华而不实之言论。

〔二七七〕综，李注：“王肃《周易注》曰：理事也。”旧章，《铨评》：“张另列《七略》一则，即采此四句。惟赞作缵，说作谈，正作删，余同，今删。”案旧章，谓旧日之典章制度。

〔二七八〕《孝经》：“移风易俗，莫善于乐。”句意扩大音乐之感化作用，以转变社会之风尚。

〔二七九〕应，《国语·晋语》韦注：“答也。”休征，吉祥信验。

〔二八〇〕甘露，《铨评》：“露，《文选》作灵。”案宋刊本《曹子建文集》仍作露。甘露、景星皆吉祥之征兆，似以作露为允。

〔二八一〕景星，李注：“《史记》曰：天精明时，有赤方气与青方气相连。赤方中有两黄星，青方中有一黄星，凡三星合为景星，其状无常，出于有道之国也。”

〔二八二〕观，《义门读书记》：“观当作觐。”《文选·思玄赋》：“觐天皇于琼宫。”旧注：“见也。”

〔二八三〕《诗经·卷阿篇》：“凤凰鸣矣，于彼高冈。”

〔二八四〕霸道，谓曹操削平群雄而尊王室，谓其行为曰霸道。至隆，即
最高之意。

〔二八五〕雍熙，《文选·东京赋》薛注："上下咸悦，故能雍和而广也。"盛
际，至盛境界。

〔二八六〕主上，谓汉献帝刘协。沉恩，深恩。

〔二八七〕声教，《尚书·禹贡》《正义》："谓声威文教。"厉，李注："《广雅》
曰：厉，高也。"

〔二八八〕仄陋，李注："边让《章华台赋》曰：举英奇于侧陋。"案《尚书·
舜典》《正义》："不在朝廷谓之侧。居处褊隘故言陋。"仄、侧古
通用。《魏志·武帝纪》建安十五年令："二三子其佐我明扬仄
陋，唯才是举，吾得而用之。"此植文所本。

〔二八九〕皇明，《诗经·烈文篇》毛传："皇，美也。"《尔雅·释诂》："明，
成也。"

〔二九〇〕宁子商歌之秋，李注："《淮南子》曰：宁戚商歌车下，而桓公慨
然而悟。秋，犹时也。"案《荀子·王制篇》杨注："商，谓商声哀
思之音。"则商歌犹言悲歌也。

〔二九一〕吕望投纶而逝，李注："《尚书中候》曰：王至磻溪之水，吕尚钓
崖下，趋拜，尚立变名曰望。"案《诗经·采绿篇》郑笺："纶，钓
缴也。"投，弃也。

〔二九二〕攘袂，卷袖，形容激动之态。兴，起也。

〔二九三〕伟，《铨评》："《文选》作韡。"案伟，《庄子·大宗师篇》《释文》引
向注："美也。"韡，《广雅·释诂一》："盛也。"则伟、韡义近。华
淫，犹言不实际而浮夸。

〔二九四〕厉，李注："杜预《左氏传注》曰：劝励也。"案《汉书·儒林传》颜
注："厉，劝勉之也。"

〔二九五〕《诗经·何人斯篇》："祗搅我心。"毛传："搅，乱也。"

〔二九六〕穆清，《史记·自序》《正义》："穆，美也，言天子有美德而教化清也。"案穆清谓社会安静之世。

〔二九七〕莅，李注："毛苌《诗传》曰:莅，临也。"案《穀梁》哀七年传范注："临者，抚有之也。"

〔二九八〕盈虚，谓盛衰。正义，谓正道。

〔二九九〕素，李注："薛君《韩诗章句》曰:素，质也。言人但有质朴，无治人之才也。"案《广雅·释诂一》："顽，愚也。"

〔三〇〇〕令，《铨评》："《文选》作今。"疑作今字是。廓尔，《铨评》："尔，《艺文》作然。"《文选·长杨赋》："廓然已昭矣。"李注："廓，除貌。"

〔三〇一〕初，《尔雅·释诂一》："始也。"服，事也。见《尔雅·释诂》。

曹操消灭袁绍，统治冀州，复取荆州。为了进一步发展统一事业，必需争取士族与之合作。针对这一客观现实，便在建安十五年宣布《求贤令》，提出"唯才是举"的征用原则，借以网罗散居在野的士族，充实曹魏政权的统治力量。曹植以统治集团成员立场，热烈歌颂求贤措施的必要性，而且极力阐述国家对此的决心。并借献帝刘协的号召，期求鼓舞在野士族参加政治之积极情结，从而创建国富民康的理想社会。通过玄微、镜机问答，更深刻指出不愿为当前政治服务的思想，是错误的，这就配合曹操政治意图作了有力的宣传，显示文学与政治具着密切的联系性。文中称曹操为圣宰，是在操任丞相时。故疑此文作于《求贤令》之后，即建安十五年左右。

赠王粲

端坐苦愁思[一]，揽衣起西游[二]。树木发春华，清池激长流[三]。中有孤鸳鸯，哀鸣求匹俦[四]。我愿执此鸟[五]，惜哉无轻舟[六]！欲归忘古道[七]，顾望但怀愁。悲风鸣我侧，羲和逝不留[八]。重阴润万物[九]，何惧泽不周[一〇]？谁令君多念[一一]，遂使怀百忧[一二]。

〔一〕端坐，《汉书·贾谊传》颜注："端，正也，直也。"端坐即正坐。苦，厌苦。

〔二〕揽，《广雅·释诂三》："持也。"西游，西谓西园。西园在邺城西，故曰西游。王粲《杂诗》："日暮游西园，冀写忧思情。"曹植此篇，盖答粲诗而作。

〔三〕清池，刘渊林《魏都赋》注："玄武池在邺城西苑中，有鱼梁，钓台，竹园，蒲桃诸果。"《水经·洹水注》："魏武玄武苑，旧有玄武池，以肄舟师。有渔梁、钓台、竹木灌丛。今池林绝灭，略无遗迹。"

〔四〕李注："鸳鸯，喻粲也。"匹俦，同义辞。王粲杂诗："上有特栖鸟，怀春向我鸣。"

〔五〕执，朱骏声《说文通训定声》："执借为接。"执有接近之意。

〔六〕李注："言愿执鸟，而无轻舟，以喻己之思粲，而无良会也。"

〔七〕古道，《铨评》："《文选》二十八作故。"案宋刊本《曹子建文集》与《文选》同。故道即旧路。

〔八〕李注："王逸曰：羲和，日御也。"句谓时日易去。

〔九〕重阴，李注："重阴以喻太祖。蔡邕《月令章句》：阴者，密云也。"案《春秋繁露·基义》："臣为阴。"操时为丞相，故曰重阴。

〔一〇〕周,《广雅·释诂二》:"遍也。"

〔一一〕君,指王粲。念,《尔雅·释诂》:"思也。"

〔一二〕遂,《铨评》:"《文选》作自。"案宋刊本《曹子建文集》仍作遂。
《广雅·释诂三》:"遂,竟也。"

王粲初归曹操,未任显职,对当时政治待遇抱着悒郁不满之
悲思,欲见曹植申诉而无机会,故写诗借以倾诉自己的愿望。曹
植答以"重阴润万物,何惧泽不周",而劝慰之。考《魏志·杜袭
传》:"魏国初建,为侍中,与王粲、和洽并用。粲强识博闻,故太
祖游观,出入多得参乘,至其见敬,不及洽、袭。袭尝独见,至于
夜半。粲性躁竞,起坐曰:不知公对杜袭道何等也? 洽笑答曰:
天下事岂有尽耶! 卿昼侍可矣! 悒悒于此,欲兼之乎!"据此史
实考查,它反映了曹操对于王粲的政治态度,同样也展示王粲之
躁竞性格。王粲已任侍中尚且如此,那么在此已前的思想状况
下,写此诗篇,自然更容易理解了。

感婚赋〔一〕

阳气动兮淑清〔二〕,百卉郁兮含英〔三〕。春风起兮萧条〔四〕,蛰虫出
兮悲鸣〔五〕。顾有怀兮妖娆〔六〕,用搔首兮屏营〔七〕。登清台以荡
志〔八〕,伏高轩而游情〔九〕。悲良媒之不顾〔一〇〕,惧欢媾之不
成〔一一〕。慨仰首而太息〔一二〕,风飘飘以动缨〔一三〕。

〔一〕张华《感婚赋序》:"彩丽之观,相继于路;嫁娶之会,不乏于目,
乃作《感婚赋》。"

〔二〕阳气,《文选·东京赋》薛注:"阳,暖也。"淑清,《说文》:"淑,清

湛也。"淑清,谓气候温煦。

〔 三 〕百卉,即百草。郁,茂盛之貌。含英,谓已生蓓蕾。

〔 四 〕萧条,已见《送应氏》诗注。

〔 五 〕蛰虫出,《吕氏春秋·孟春纪》:"蛰虫始振苏。"《说文》:"蛰,藏也。"

〔 六 〕怀,念也。妖娆,《铨评》:"《艺文》四十娆作人。"案宋刊本《曹子建文集》作饶。疑饶或系娆字之形误。朱骏声曰:"《说文》:娆,一曰嬛也。此后人所用妖娆字。"(《说文通训定声》)案《说文》:"嬛,直好貌。"《广雅·释诂一》:"嬛,好貌。"此盖借嬛为娆。妖娆,谓美好之女。

〔 七 〕用,《一切经音义》引《苍颉》:"以也。"以,因也。搔首,《铨评》:"程张搔作骚,从《艺文》。"案宋刊本《曹子建文集》亦作搔。《诗经·静女篇》:"搔首踟蹰。"谓人有烦急,用手搔头。屏营,即彷徨,与踟蹰义同。

〔 八 〕清台,《文选·思玄赋》旧注:"清,静也。"荡志,《古诗》:"荡涤放情志,何为自结束。"荡,动也。

〔 九 〕游情,《吕氏春秋·贵直篇》高注:"游,乐也。"

〔一〇〕良媒,《诗经·氓篇》:"匪我愆期,子无良媒。"顾,视也。

〔一一〕媾,《易经·屯卦》:"求婚媾。"《释文》引郑注:"媾,会也。"是欢媾犹欢会,喻婚也。

〔一二〕慨与忾同。《尚书大传·洛诰》:"忾然必有闻乎其叹息之声。"太息,《史记·苏秦传》《索隐》:"谓久蓄气而大吁也。"太息即叹息。

〔一三〕飘飘,《铨评》:"《艺文》作飘飘。"案《白帖》引亦作飘飘,或唐人所见本如此。缨,冠上绳。

案赋句佚落过甚，就其残存部分探索，似为曹植青年时期，有所恋慕而志不遂，发为篇章，以抒写内心苦闷情绪之作。

愍志赋_{有序}

或人有好邻人之女者〔一〕，时无良媒〔二〕，礼不成焉〔三〕！彼女遂行适人〔四〕。有言之于予者，予心感焉！乃作赋曰：

窃托音于往昔，迄来春之不从。思同游而无路，情壅隔而靡通〔五〕。哀莫哀于永绝〔六〕，悲莫悲于生离〔七〕。岂良时之难俟〔八〕，痛予质之日亏〔九〕。登高楼以临下，望所欢之攸居〔一〇〕。去君子之清宇〔一一〕，归小人之蓬庐〔一二〕。欲轻飞而从之，迫礼防之我拘〔一三〕。

妾秽宗之陋女，蒙日月之余辉。委薄躯于贵戚，奉君子之裳衣《书钞》卷八十四引《愍志赋》。此疑篇首脱文。

〔一〕好，《楚辞·惜诵》王注：“爱也。”

〔二〕媒，《说文》：“媒，谋也。谋合二姓。”《诗经·南山篇》：“娶妻如之何？匪媒不得。”

〔三〕礼，谓聘礼。

〔四〕遂，《广雅·释诂三》：“竟也。”适人，《尔雅·释诂》：“适，往也。”适人犹言嫁人。

〔五〕壅隔，《广雅·释诂一》：“壅，隔也。”壅隔复义词，犹言阻塞。

〔六〕永绝，犹永久断绝。

〔七〕《古辞》：“悲莫悲兮生别离。”

〔八〕良时，喻婚期。俟，《诗经·静女篇》毛传：“待也。”

〔九〕痛，《广雅·释诂二》："伤也。"质，《易·系辞》王注："体也。"亏，《小尔雅·广言》："损也。"

〔一〇〕所欢，谓所爱恋之男子。攸居，即所居。《尔雅·释言》："攸，所也。"

〔一一〕清宇，清，尊敬之饰词；宇，屋宇。

〔一二〕蓬庐，犹言茅屋，含轻蔑之意。

〔一三〕礼防，《礼记·坊记》："夫礼坊民所淫，章民之别，使民无嫌，以为民纪者也。故男女无媒不交，无币不相见，恐男女之无别也。以此坊民，民犹有自献其身。"坊与防通，《国语·周语》韦注："防，障也。"拘，《铨评》："程作居，《艺文》三十作拘。"案作拘字是。《后汉书·王霸传》章怀注："拘犹限也。"

案赋有残缺。曹植对于封建礼制束缚着男女婚姻的自由，深深地感到愤慨。通过描述，写出女子纯真的情操，欲突破礼防而有所顾忌，流露着悲恨的复杂心绪，进而显示渴慕自由之高尚情怀。

弃妇篇〔一〕

石榴植前庭，绿叶摇缥青〔二〕。丹华灼烈烈〔三〕，璀采有光荣〔四〕。光荣晔流离〔五〕，可以处淑灵〔六〕。(有)〔翠〕鸟飞来集〔七〕，拊翼以悲鸣〔八〕。悲鸣夫何为？丹华实不成〔九〕。拊心长叹息，无子当归宁〔一〇〕。有子月经天〔一一〕，无子若流星；天月相终始，流星没无精〔一二〕。栖迟失所宜〔一三〕，下与瓦石并〔一四〕。忧怀从中来〔一五〕，叹息通鸡鸣〔一六〕。反侧不能寐〔一七〕，逍遥于前庭。蹢躅还入房〔一八〕，肃肃帷幕声〔一九〕。搴帷更摄带〔二〇〕，抚弦调鸣筝〔二一〕。

慷慨有余音〔二二〕，要妙悲且清〔二三〕。收泪长叹息〔二四〕，何以负神灵？招摇待霜露〔二五〕，何必春夏成〔二六〕。晚获为良实〔二七〕，愿君安且宁。

〔一〕《铨评》："程缺。"

〔二〕石榴叶面深绿色，叶背青白色。缥，《说文》："帛，青白色也。"叶片为风吹动，呈现青白叶背。蔡邕《翠鸟诗》："动摇扬缥青。"或此句所本。

〔三〕《诗经·桃夭篇》毛传："灼灼，华之盛也。"烈烈，形容榴花赤红如火之盛。

〔四〕璀采，即璀璨，光彩鲜明之貌。

〔五〕流离，火齐珠，色黄赤，此借喻榴花之色。晔，光也。谓光采如流离也。

〔六〕淑灵，淑，善也；灵，神也。古谓鸾凤为神灵之精，故淑灵指鸟而言，与下文"有鸟飞来集"意正相承。

〔七〕有，《铨评》："《御览》九百七十作翠。"疑作翠字是。蔡邕《翠鸟诗》："翠鸟时来集。"或此句所本。

〔八〕拊翼，《左》襄二十五传《释文》："拊，拍也。"以犹而也。

〔九〕实，借喻子。

〔一〇〕归宁，《诗经·葛覃篇》："归宁父母。"女子回返母家曰归宁。女不生子，封建社会构成离异之条件，故《仪礼·丧服》出妻《正义》："七出者，无子一也。"

〔一一〕经，《孟子·尽心篇》赵注："行也。"

〔一二〕没，《小尔雅·广诂》："灭也。"精，《淮南·本经训》高注："光明也。"

〔一三〕栖迟，《诗经·衡门篇》："可以栖迟。"毛传："栖迟，游息也。"

曹植集校注

〔一四〕瓦石,比喻微贱。并,《汉书·李广传》颜注:"合也。"

〔一五〕忧怀,即忧思。中,《史记·乐书》《正义》:"中犹心也。"

〔一六〕通,《国语·晋语》韦注:"至也。"

〔一七〕《诗经·何人斯篇》郑笺:"反侧,展转也。"

〔一八〕踟蹰,犹徘徊也。

〔一九〕肃肃,帷幕之声。

〔二〇〕搴,《楚辞·湘君》王注:"手取也。"摄,《庄子·胠箧篇》《释文》
引李注:"结也。"

〔二一〕《铨评》:"调,《玉台》作弹。"案调谓和声。抚、弹义复,疑作调
字为得。《古诗》:"丈人且安坐,调丝方未央。"亦此意。筝,乐
器名,形如瑟,以木为之,十二弦。

〔二二〕慷慨,《后汉书·杨赐传》章怀注:"悲叹。"此谓悲壮之音色。

〔二三〕要妙,犹飘眇。《文选·啸赋》李注:"声清长貌。"

〔二四〕叹息,《铨评》:"张脱息,从《玉台》补。"

〔二五〕招摇,喻桂。《山海经·南山经》:"鹊山,其首曰招摇,临于西
海之上,多桂。"

〔二六〕《铨评》:"春夏下张衍息,删。"

〔二七〕良实,古代传说:桂子冬天成熟,实大如枣,食之可以长生,故
称之曰良实。且具大器晚成之意。

考《玉台新咏》:"王宋者,平虏将军刘勋妻也。入门二十余年,
后勋悦山阳司马氏女,以宋无子出之。"曹植此篇,盖讽刘勋借无
子出妻而作,故诗有"晚获为良实,愿君安且宁"以劝慰之。刘勋
于建安五年为孙策所败,遂降曹操。曹操封魏公,勋列名劝进,
后伏诛。则此诗之作,或在建安十六年前也,故列于此。

出妇赋

妾十五而束带〔一〕,辞父母而适人〔二〕。以才薄(之陋质)〔而质陋〕〔三〕,奉君子之清尘〔四〕。承颜色而接意〔五〕,恐疏贱而不亲。悦新婚而忘妾,哀爱惠之中零〔六〕。遂摧颓而失望〔七〕,退幽屏(于)〔之〕下庭〔八〕。痛一旦而见弃〔九〕,心切切以悲惊〔一○〕。衣入门之初服〔一一〕,背床室而出征〔一二〕。攀仆御而登车,左右悲而失声。嗟冤结而无诉〔一三〕,乃愁苦以长穷〔一四〕。恨无愆而见弃,悼君施之不终〔一五〕。

〔 一 〕十五,《家语·本命解》:"女子年十五岁,笄而字,即可以适人也。"束带,《尚书·秦誓》《正义》引《论语》孔注:"束带修饰。"

〔 二 〕妾十五两句,《铨评》:"此二句程、张脱,依《书钞》八十四补。"

〔 三 〕之,《铨评》:"《书钞》作而。"陋质,《铨评》:"《艺文》三十作质陋。"案之字作而,陋质作质陋是。质陋,姿色不美。

〔 四 〕君子,指丈夫。清尘,《文选》卢谌《赠刘琨诗》李注:"人行必尘起,不敢指斥尊者,故假尘以言之。言清,尊之也。"

〔 五 〕承,《礼记·孔子闲居》郑注:"承,奉承不失坠也。"接,《广雅·释诂二》:"合也。"

〔 六 〕中零,中落。

〔 七 〕摧颓,《铨评》:"摧程作随,从《艺文》。"案宋刊本《曹子建文集》亦作摧。《易林》:"中复摧颓,常恐衰微。"摧颓,叠韵谜语,挫折之意。

〔 八 〕幽屏,即《汉书·食货志》之隐屏。本集卷三《谢入觐表》:"出幽屏之城。"与此意同。谓幽暗僻静。于字疑当作之字。下庭，疑指婢妾所居。

〔九〕旦，《吕氏春秋·顺民》高注：“朝也。”一旦犹一朝。见，《诗经·褰裳篇》序《正义》：“见者自彼加己之辞。”见弃，犹今云被遗弃。

〔一〇〕忉忉，《铨评》：“《艺文》作忉怛。”案宋刊本《曹子建文集》与《艺文》同。《文选·登楼赋》：“意忉怛而憯恻。”忉怛，忧痛之貌。悲，《铨评》：“程作非，从《艺文》。”案非当系悲字之残脱而误。

〔一一〕入门，谓嫁时。

〔一二〕背，《荀子·解蔽》杨注：“弃去也。”征，《尔雅·释言》：“行也。”

〔一三〕冤结，即苑结。情感郁悒不舒之貌。

〔一四〕长穷，犹长终，言无止境。

〔一五〕悼，痛心。施，《国语·晋语》韦注：“惠也。”终，《论语·卫灵公篇》皇疏：“犹竟也。”

此赋疑非全，或有佚句。

静思赋

夫何美女之娴妖〔一〕，红颜晔而流光。卓特出而无匹〔二〕，呈才好其莫当〔三〕。性通畅以聪惠〔四〕，行（孏）〔孊〕密而妍详〔五〕。荫高岑以翳日〔六〕，临绿水之清流〔七〕。秋风起于中林，离鸟鸣而相求〔八〕。愁惨惨以增伤悲〔九〕，予安能乎淹留〔一〇〕。

〔一〕娴，《铨评》：“程、张作烂，从《艺文》十八。”案作娴字是。本集《美女篇》：“美女妖且娴。”《后汉书·北海靖王兴传》章怀注：“娴，雅也。”娴雅，犹言沉静。妖，谓容色美丽。

〔二〕《论语·子罕篇》皇疏：“卓，高远貌也。”特，《广雅·释诂三》：

"独也。"匹,《礼记·三年问》郑注:"偶也。"

〔三〕呈,《文选·洛神赋》李注:"见也。"当,《国策·秦策》高注:"敌也。"

〔四〕惠慧古通。聪惠即聪慧。以,犹而也。

〔五〕嬺密,《说文》无嬺字,疑当作靡,靡密双声謰语,舒缓之意。妍详即安详,《说文》:"妍,一曰安也。"

〔六〕《尔雅·释山》:"山小而高,岑。"

〔七〕绿,《铨评》:"《艺文》作渌。"《说文》漉或从录作渌,是渌为绿字之借。

〔八〕离鸟,《淮南·精神训》高注:"离,散也。"离鸟谓分散之鸟。

〔九〕案赋俱以六字成句,而此共七字,疑悲伤二字,当衍其一。

〔一〇〕淹留,即久留。《尔雅·释诂》:"淹,久也。"

九华扇赋有序

昔吾先君常侍〔一〕,得(幸)〔奉〕汉桓帝〔二〕,时赐尚方竹扇〔三〕。其扇不方不圆〔四〕,其中结成文,名曰九华(扇)〔五〕。故为赋〔六〕。其辞曰:

有神区之名竹〔七〕,生不周之高岑〔八〕。对绿水之素波〔九〕,背玄涧之重深〔一〇〕。体虚畅以立干〔一一〕,播翠叶以成林〔一二〕。形五离而九(华)〔析〕〔一三〕,篾鼗解而缕分〔一四〕。效虬龙之蜿蝉〔一五〕,法虹霓之氤氲〔一六〕。摅微妙以历时〔一七〕,〔结〕九层之华文〔一八〕。尔乃浸以芷若〔一九〕,拂以江蓠〔二〇〕,摇〔以〕五香〔二一〕,濯以兰池〔二二〕。因形致好,不常厥仪〔二三〕。方不应矩,圆不中规〔二四〕。随皓腕以徐转〔二五〕,发惠风之微寒〔二六〕。时清气以方厉〔二七〕,纷飘动(分)

〔乎〕绮纨〔二八〕。

〔 一 〕先君常侍,谓曹植曾祖父中常侍曹腾。

〔 二 〕幸,《铨评》:"《白帖》十四作奉。"疑作奉字是。奉,供事之意。
汉桓帝,《铨评》:"《艺文》六十九有帝。"汉桓帝名志。《魏志·
武帝纪》:"桓帝世,曹腾为中常侍,大长秋。"裴注引司马彪《续
汉书》:"桓帝即位,以腾先帝旧臣,忠孝彰著,封费亭侯,加位
特进。"

〔 三 〕时,《铨评》:"程、张脱时,《御览》七百二作得,《白帖》作时。"案
作时字是。当以帝字断句,时字属下读。尚方,《铨评》:"尚,
《白帖》作上。"案尚、上古通用。尚方,为皇帝制造御用器物之
官。赐尚方竹扇,《铨评》:"程脱尚、竹,张脱竹,从《艺文》增。"
案宋刊本《曹子建文集》有尚、竹二字,丁校补是。

〔 四 〕其扇,《铨评》:"程、张脱此二字,《白帖》有。"不方不圆,《铨
评》:"《白帖》方圆互倒。"

〔 五 〕九华扇,《铨评》:"程、张脱扇,《白帖》有。"案扇字疑衍。

〔 六 〕故为赋,《铨评》:"程、张脱此三字,《书钞》一百三十四有。"

〔 七 〕神区,神人所居之地。

〔 八 〕不周,山名。《淮南·原道训》:"上古之时,共工与颛顼争,共
工怒,以首触不周之山。"高注:"在昆仑西北。"

〔 九 〕对,面向。绿,《铨评》:"《艺文》作渌。"说见《静思赋》注。

〔一〇〕背,犹后也。玄涧,《后汉书·张衡传赞》章怀注:"玄犹深也。"
玄涧即深涧。句当云背重深之玄涧,以叶韵倒。

〔一一〕王褒《洞箫赋》:"洞条畅而罕节兮。"李注:"条畅,条直通畅
也。"此言虚畅,谓竹干中空而通,语意相同。立,《广雅·释诂
三》:"成也。"

〔一二〕播，《尚书·舜典》孔传："布也。"

〔一三〕离，分也。九华，《铨评》："《艺文》华作折，《御览》作析。"案作析字是。析，《声类》："劈也。"五离、九析谓将竹剖分成片。

〔一四〕氂，《铨评》："程作氊，从《御览》。"案宋刊本《曹子建文集》作釐。氂、釐古通。《广雅·释器》："氂，毛也。"缕，《说文》："线也。"氂解、缕分谓将竹篾再次剖分为极细之篾丝。

〔一五〕效，《铨评》："《御览》作放。"《广雅·释诂三》："放，效也。"是放效义同。虬龙，《楚辞·天问》王注："无角曰虬，有角曰龙。"蜿蝉，《铨评》："《艺文》蝉作蜒。"案蜿蝉、蜿蜒俱叠韵谦语。《楚辞·守志》王注："蜿蝉，群蛟之形也。"形容竹篾弯曲之状。

〔一六〕虹霓，《铨评》："虹《书钞》作云。"氤氲，形容气体濛濛之状。

〔一七〕摅，《广雅·释诂四》："舒也。"微妙，《荀子·议兵篇》杨注："精尽也。"《文选·西京赋》薛注："经，历也。"经时犹历时。

〔一八〕九上《铨评》脱一字，据严辑《全三国文》作结。结，《文选》陶渊明《杂诗》李注："犹构也。"

〔一九〕芷若，谓白芷、杜若，皆香草名。

〔二〇〕拂，朱骏声《说文通训定声》："随击随过，苏俗语谓之拍也，与拭略同。"江蓠即川芎。

〔二一〕摇下《铨评》脱一字。严辑《全三国文》作以字，似应据补。五香，即青木香。或曰：五香一株五根，一茎五枝，一枝五叶，叶间五节，故名五香，烧之能上彻九天（见《三洞珠囊》）。

〔二二〕《铨评》："以上六句，程、张脱，依《书钞》补。"

〔二三〕不常厥仪当作厥仪不常，言扇形式不常见也，今倒句以叶韵耳。

〔二四〕《铨评》："应，《白帖》作中。"此两句即赋序所云不方不圆之意。

〔二五〕徐转，缓缓摇动。

〔二六〕之，《铨评》："《白帖》作以。"案作之字是。微寒，《铨评》："程作寒微，从《艺文》。"犹微寒之惠风。

〔二七〕清气，《庄子·人间世》《释文》："清，凉也。"清气即凉气。方，《铨评》："《艺文》方作芳。"案作方字是。方，《广雅·释诂一》："始也。"厉，急也。

〔二八〕兮，《铨评》："《艺文》作乎。"案疑当从《艺文》作乎。《吕氏春秋·贵信》高注："乎，于也。"绮纨，《铨评》："程作纨绮，从《艺文》。"案《艺文》是。寒、纨协韵，若从程本作微、绮，则失其韵矣，疑非。绮，《说文》："文缯也。"《汉书·地理志》颜注："即今细绫也。"纨，《说文》："素也。"今之细生绢也。

离思赋有序

建安十六年，大军西讨马超，(太)〔世〕子留监国〔一〕，植时从焉。意有忆恋〔二〕，遂作离思赋云〔三〕。

在肇秋之嘉月〔四〕，将曜师而西旗〔五〕。余抱疾以宾从〔六〕，扶衡轸而不怡〔七〕。虑征期之方至，伤无阶以告辞〔八〕。念慈君之光惠〔九〕，庶没命而不疑〔一〇〕。欲毕力于旌麾〔一一〕，将何心而远之〔一二〕！愿我君之自爱〔一三〕，为皇朝而宝己〔一四〕。水重深而鱼悦，林修茂而鸟喜〔一五〕。

〔一〕曹丕《感离赋序》："建安十六年，上西征，余居守，老母诸弟皆从，不胜思慕！"案《魏志·武帝纪》："建安十六年春正月，天子命公世子丕为五官中郎将。"序作太子,疑当从《武纪》作世子为是。《礼记·曲礼》《正义》:"世子谓诸侯之适子也。"监国,《左》闵二年传:"君行则守,有守则从。从曰抚军,守曰监国,古之制也。"《国语·晋语》韦注:"监,察也。"

〔二〕忆,《铨评》:"《艺文》二十一作怀。"《尔雅·释诂》:"怀,思也。"

〔三〕赋云,《铨评》:"《艺文》作之赋。"案《密韵楼丛书·曹子建文集》作赋之,或误乙。

〔四〕肇,《尔雅·释诂》:"始也。"《魏志·武帝纪》:"建安十六年,秋七月,公西征。"

〔五〕曜师,案《文选·东京赋》:"曜威中原。"薛注:"曜威谓治兵也。"曜师、曜威义同。西旗,《公羊》庄卅一年传何注:"旗,军帜名,各有色,与金鼓俱举,使士卒望而为陈者。"西,指向西。

〔六〕抱疾,犹言负疴。宾从,《文选·吴都赋》:"傧从奕奕。"宾从即傧从。《列子·黄帝》《释文》:"宾当作傧。"《广雅·释诂三》:"导也。"

〔七〕衡,辕前横木。轸,车后横木(见《说文》)。不怡,《尔雅·释诂》:"怡,乐也。"

〔八〕阶,《小尔雅·广诂》:"因也。"

〔九〕慈,《铨评》:"程作兹,从《艺文》。"案慈君,父之代称。谓曹操。光惠,《诗经·皇矣篇》毛传:"光,大也。"

〔一〇〕没命,《诗经·渐渐之石篇》毛传:"没,尽也。"没命即尽命。疑,《周书·王佩》孔注:"犹豫不果也。"

〔一一〕旌麾,旌,《说文》:"所以精进士卒。"麾,《文选·思玄赋》旧注:"麾,执旄以指撝也。"则旌麾谓在战斗之中。

〔一一〕沅之,《吕氏春秋·不苟论》:"臣闻忠臣毕其忠,而不敢远其

52

曹植集校注

死。”或曹植此句所本。

〔一三〕我君，盖谓曹操。

〔一四〕皇朝指汉朝。宝己，珍重自己。

〔一五〕《吕氏春秋·仲春纪·功名》：“水泉深则鱼鳖归之，树木盛则
　　　　飞鸟归之，庶草茂则禽兽归之，人主贤则豪杰归之。”

　　　案赋有佚句，非足篇。

赠徐幹

惊风飘白日，忽然归西山〔一〕。圆景光未满，众星粲以繁〔二〕。志士
营世业〔三〕，小人亦不闲〔四〕。聊且夜行游，游彼双阙间〔五〕。文昌
郁云兴〔六〕，迎风高中天〔七〕。春鸠鸣飞栋〔八〕，流猋激棂轩〔九〕。
顾念蓬室士〔一〇〕，贫贱诚足怜。薇藿弗充虚〔一一〕，皮褐犹不
全〔一二〕。慷慨有悲心〔一三〕，兴文自成篇〔一四〕。宝弃怨何人？和氏
有其愆〔一五〕。弹冠俟知己〔一六〕，知己谁不然。良田无晚岁，膏泽
多丰年〔一七〕。亮怀玙璠美〔一八〕，积久德愈宣〔一九〕。亲交义在
敦〔二〇〕，申章复何言〔二一〕！

〔一〕李注：“夫日丽于天，风生乎地，而言飘者，夫浮景骏奔，倏焉西
　　　迈，余光杳杳，似若飘然。”

〔二〕圆景，李注：“月也。”光未满谓弦月。粲，李注：“《广雅》曰：粲，
　　　明也。”繁，《广雅·释诂三》：“多也。”

〔三〕志士，《孟子·滕文公篇》赵注：“守义者也。”世业，李注：“《孔
　　　丛子》曰：世业不替。”案《左》桓九年经《正义》：“古者大之与世
　　　义相通。”疑世业犹大业也。

〔四〕《左》昭五年传杜注：“闲，暇也。”

〔五〕双阙，《文选·魏都赋》：“岩岩北阙，南端逌遵，竦峭双碣，方驾比轮。”则双阙在文昌殿外，端门左右。

〔六〕文昌，《铨评》：“《文选》二十四李善注引刘渊林曰：文昌，正殿名也。”案《魏都赋》：“造文昌之广殿，极栋宇之弘规。”郁云兴，李注：“《广雅》曰：郁，出也。”案《文选·江赋》李注：“郁，盛貌。”形容文昌殿郁郁然如云之升起。《魏都赋》：“髣若玄云舒蜺以高垂”亦此意。

〔七〕迎风，李注：“《地理书》曰：迎风观在邺。”案即《登台赋》之华观。中天，李注：“《列子》曰：周穆王筑台，号中天之台。”案《列子·力命篇》张注：“中，半也。”则中天犹半天，谓其高也。

〔八〕栋，屋梁。飞形容高。

〔九〕猋，李注：“《尔雅》曰：扶摇谓之飙。郭璞曰：暴风从上下者。猋与飙同。”棂，《文选》江文通《杂体·许征君诗》：“曲棂激鲜飙。”李注：“棂，窗间孔也。”轩，李注：“长廊之有窗也。”

〔一〇〕顾念，李注：“《苍颉篇》曰：顾，旋也。”案《诗经·那篇》郑笺：“顾犹念也。”顾念复义词。蓬室，贫者以蓬为门，故称之曰蓬室。蓬室士，李注：“谓徐干也。”

〔一一〕薇藿，《说文》：“薇，菜也，似藿。”陆玑《毛诗草木疏》：“薇，山菜也。”朱骏声曰：“山厓水滨皆生之，即山碗豆也。”《广雅·释草》：“豆角谓之荚，其叶谓之藿。”因薇藿相似，故连类而言。充虚，李注：“《墨子》曰：古之人其为食也，足以增气充虚而已。”郑玄《周礼注》曰：“充，足也。”

〔一二〕皮褐，李注：“《淮南子》曰：贫人冬则羊裘短褐，不掩形也。”案《杂诗》：“毛褐不掩形，薇藿常不充。”与此意同。《中论》序：

“环堵之墙，以庇妻子。并日而食，不以为戚。”（见傅增湘藏明刊本《中论》）

〔一三〕慷慨，《铨评》：“慷，《文选》作忼。”案忼慷古同。李注：“《说文》曰：忼慨，壮士不得志于心也。”

〔一四〕兴文，李注：“郑玄《考工记注》曰：兴，发也。”谓创作文章。成篇，曹丕《与吴质书》：“著《中论》二十余篇，成一家之言，辞义典雅，足传于后，此子为不朽矣！”

〔一五〕宝，李注：“宝以喻幹。和氏喻知己也。”《韩非子·和氏篇》：“楚人和氏得玉璞楚山中，奉而献之厉王，厉王使玉人相之。玉人曰：石也。王以和为诳，而刖其左足。及厉王薨，武王即位，和又奉其璞而献之武王。武王使玉人相之，又曰：石也。王又以和为诳，而刖其右足。武王薨，文王即位，和乃抱其璞而哭于楚山之下，三日三夜，泪尽而继之以血。王闻之，使人问其故，曰：天下之刖者多矣，子哭之悲也！和曰：吾非悲刖也，悲宝玉而题之以石，贞士而名之以诳，此吾所以悲也。王乃使玉人理其璞而得宝焉，遂名曰和氏之璧。”句意谓才能之士，不为世用，识之者莫为之荐举，使其沉沦，则识之者之过失也。

〔一六〕弹冠，《汉书·王吉传》：“吉与贡禹为友，世称：王阳在位，贡公弹冠，言其取舍同也。”颜注：“弹冠者，且入仕也。”李注：“言欲弹冠以俟知己，知己谁不同于弃宝而能相万（《考异》作荐）乎！”

lowest〔一七〕李注：“良田、膏泽喻有德也。无晚岁、多丰年喻必荣也。”

〔一八〕亮怀，李注：“《尔雅》曰：亮，信也。《苍颉篇》曰：怀，抱也。”玼璠，《铨评》：“张作璠玼。”李注：“杜预曰：玼璠，美玉，君所佩也。"案美玉比德君子,此喻徐幹德行卓越。《魏志·王粲传》裴注引《先贤行状》:"幹清玄体道,六行修备,聪识洽闻,操翰成章,轻官忽禄,不耽世荣。"

〔一九〕愈,《铨评》:"《文选》作逾。"《小尔雅·广诂》:"愈,益也。"《淮南·原道训》高注:"逾,益也。"是愈逾同义。宣,《诗经·淇奥》《释文》引韩诗:"显也。"句谓修饬德行,积久不懈,则愈能彰明显著。

〔二〇〕亲交,亲近之友。义,谓友谊。敦,李注:"孔安国《尚书传》曰:敦,厚也。"

〔二一〕申,李注:"申,重也。"

案《魏志·王粲传》:幹为司空军谋祭酒掾属,官职卑微,阮瑀、陈琳并任司空军谋祭酒管记室,而幹位居其下,故植写诗慰勉。但幹"少无宦情,有箕颖之心事,故仕世多素辞"(谢灵运《拟魏太子邺中集诗序》)。其不乐仕宦,恬淡寡欲,植见幹生活困苦,而劝出仕,且表示愿为荐引,流露着深厚之友情。

登台赋

从明后(之)〔而〕嬉游兮〔一〕,(聊登)〔登层〕台以娱情〔二〕。见天府之广开兮〔三〕,观圣德之所营〔四〕。建高(殿)〔门〕之嵯峨兮〔五〕,浮双阙乎太清〔六〕。立(冲)〔中〕天之华观兮〔七〕,连飞阁乎西城〔八〕。临漳川之长流兮〔九〕,望(众)〔园〕果之滋荣〔一〇〕。仰春风之和穆兮〔一一〕,听百鸟之悲鸣。天功(恒)〔坦〕其既立兮〔一二〕,家愿得而获(呈)〔逞〕〔一三〕。扬仁化于宇内兮〔一四〕,尽肃恭于上京〔一五〕。虽桓文之为盛兮〔一六〕,岂足方乎圣明〔一七〕。休矣美矣!惠泽远

扬〔一八〕。翼佐我皇家兮〔一九〕，宁彼四方〔二〇〕。同天地之矩量
兮〔二一〕，齐日月之辉光〔二二〕。永贵尊而无极兮，等年寿于东王〔二三〕。

〔一〕明后，明，尊敬之词；后，君也。谓曹操。《魏志·陈思王植
传》：“时邺铜爵台新成，太祖悉将诸子登台，使各为赋。”之，
《铨评》：“《魏志》本传注作而。”案作而字是。嬉游，《文选·思
玄赋》李注：“嬉，乐也。”嬉游，即乐游。

〔二〕聊登，《铨评》：“《志注》作登层。”案《楚辞·招魂》：“层台累
榭。”王注：“层，重也。”作层台是。层台谓铜爵台。《邺中记》：
“铜爵台因城为基址，高一十丈，有屋一百二十间，周围弥覆
其上。”

〔三〕天，《铨评》：“《志注》作太。”府，宫府。太府即大府。开，《铨
评》：“张作阅。”疑误。《尔雅·释言》：“开，辟也。”

〔四〕圣，谓曹操。营，《广雅·释诂一》：“度也。”左思《魏都赋》所谓
“经始之制，牢笼百王”也。

〔五〕高殿，《铨评》：“《志注》殿作门。”案《邺中记》：“邺宫南面三门，
西凤阳门，高二十五丈，上六层反宇。向阳下开二门，未到邺
台七八里，遥望此门。”据此似应依《志注》作门为得。作殿，疑
为后人所改，盖因见文昌殿之高而以意易之也。嵯峨，高
峻貌。

〔六〕双阙，已见《赠徐幹》诗注。太清，《后汉书·蔡邕传》章怀注：
“太清，谓天也。”谓双阙高耸，如浮于天也。

〔七〕冲天，《铨评》：“《志注》冲作中。”案冲当作中。即《赠徐幹》诗：
“迎风高中天”可证。华观，即迎风观。华，谓彩饰也。

〔八〕西城，潘眉《三国志考证》：“邺二城：东西六里，南北八里六十
步者，邺之南城（见《河朔访古记》）；东西七里，南北五里者，邺

之北城(见《水经注》)。魏铜爵台在邺都北城西北隅,邺无西城。所谓西城者,北城之西面也。台在北城西北隅,与城西北楼阁相接,故曰连飞阁乎西城。"案阁,谓阁道,飞,谓跨空而建也。

〔 九 〕川,《铨评》:"《志注》作水。"《水经·谷水注》:"武帝引漳流自邺城西,东入径铜爵台下,伏流入城东注,谓之长明沟也。"

〔一○〕众果,《铨评》:"《志注》众作园。"案疑作园字是。园,谓铜爵园。滋荣,犹茂盛。

〔一一〕仰,《荀子·议兵篇》杨注:"下托上曰仰。"和穆,温暖之意。

〔一二〕功,《铨评》:"《志注》作云,《艺文》六十二作工。"案工、功义同。《尚书·皋陶谟》:"天工人其代之。"《小尔雅·广诂》:"功,事也。"《后汉书·张奋传》章怀注:"功谓王业。"天功与家愿正相俪。恒,《铨评》:"张作恒,《志注》作垣,《艺文》作坦,程作怛。"案恒疑当作坦。坦,《文选·东京赋》薛注:"大也。"怛、恒、垣于此无义,或皆坦字之形误。

〔一三〕愿,《铨评》:"程作颠,从《志注》。"案颠盖为愿字之形误。家愿,谓曹氏愿望。呈,《铨评》:"《志注》作逞。"梁章钜《三国志旁证》:"曹子建集逞作呈,与上下韵,是也,此逞字恐误。"沈家本曰:"古韵不分平仄,论文义逞字为长。"案张衡《思玄赋》,逞与祯、鸣、荣协韵。章怀注:"逞,协韵,音丑贞切。"则逞字是。曹集作呈,或后人所改,盖未知汉魏音固协也。逞,《广雅·释诂二》:"快也。"

〔一四〕仁化犹仁恩。宇内,《铨评》:"《初学记》二十四内作宙。"案作内字是。宇内,区字之内也。

〔一五〕肃恭,谓敬事尊上。上京,谓许,汉献帝刘协所居。今河南许昌县。

〔一六〕虽,《铨评》:"《志注》作惟。"桓、文,春秋时齐桓公、晋文公。曹操《明本志令》:"齐桓、晋文之所以垂称至今日者,以其兵势广大,犹能奉事周室也。"

〔一七〕方,《吕氏春秋·安死篇》高注:"比也。"圣明,谓曹操。

〔一八〕扬,《方言》注:"扬谓播扬也。"

〔一九〕翼佐,辅助。我,《铨评》:"程、张脱我,从《志注》补。"皇家谓刘协。

〔二○〕宁,《尔雅·释诂》:"安也。"彼,语中助词。

〔二一〕矩量,《铨评》:"《志注》矩作规。"矩量,犹度量。《淮南子·本经训》高注:"矩,度也。"即天无私覆,地无私载之义。

〔二二〕犹日月无私照之意。

〔二三〕东王,《铨评》:"此二句程脱,依《志注》补。又赋中各兮字程亦脱,均依《志注》补。"按东王即东王父。《十洲记》:扶桑有太帝宫,太真东王父所居。与《远游篇》之东父同,详彼注。

《铨评》:"《魏志》本传,时邺铜雀台新成,太祖悉将诸子登台,使各为赋,植援笔立成,可观。太祖甚异之。晏案《武帝纪》建安十五年冬作铜雀台,时子建甫十九岁。"案丁晏《曹子建年谱》列此赋于建安十五年,谓是曹植十九岁所作。考曹丕《登台赋序》:"建安十七年春,上游西园,登铜爵台,命余兄弟并作。"则作赋时期,当在十七年春,与赋中所述景物相合。如丁晏考订作于十五年冬,则与所述景物抵触了,显然是错误的。《魏志》裴注引阴澹《魏纪》录此赋,于东王句下赘云云两字,是此赋系节录而非全文。

娱宾赋

感夏日之炎景兮[一]，游曲观之清凉[二]。遂衎宾而高会兮[三]，丹帏晔以四张[四]。办中厨之丰膳兮[五]，作齐郑之妍倡[六]。文人骋其妙说兮[七]，飞轻翰而成章[八]。谈在昔之清风兮[九]，总贤圣之纪纲[一〇]。欣公子之高义兮[一一]，德芬芳其若兰[一二]。扬仁恩于白屋兮，踰周公之弃餐[一三]。听仁风以忘忧兮[一四]，美酒清而肴(廿)〔干〕[一五]。

〔 一 〕炎景，毒热之日光。

〔 二 〕曲观清凉，即清凉曲观。以协韵倒。案此二句，《铨评》脱，《初学记》卷十引有，今据严辑《全三国文》补入。

〔 三 〕衎，《尔雅·释诂》："乐也。"高，《国策·秦策》高注："大也。"

〔 四 〕晔，光明之貌。张，《广雅·释诂三》："施也。"即设置之义。

〔 五 〕办，《考工记总目》郑注："犹具也。"中厨即内厨。

〔 六 〕作，《周礼·司士》郑注："使之也。"齐、郑，今山东、河南。妍倡，《广雅·释诂一》："妍，好也。"倡，《一切经音义》引《字林》："优乐也。"

〔 七 〕妙说，妙，美善也；说，谓言论。曹丕《与吴质书》："每至觞酌流行，丝竹并奏，酒酣耳热，仰而赋诗。"可证。

〔 八 〕形容快速故曰飞。翰，笔也。章，《礼记·缁衣篇》郑注："章，文章也。"

〔 九 〕清风，《诗经·烝民篇》："吉甫作颂，穆如清风。"《正义》："以清微之风化养万物，故以比清美之诗。"

〔一〇〕总，《文选·东京赋》薛注："总，犹括也。"圣贤纪纲，曹丕《与朝歌令吴质书》所谓"既妙思六经,逍遥百氏。"即此意。

〔一一〕公子,谓曹丕。高义,高尚行为。

〔一二〕若兰,《易经·系辞》:"同心之言,其臭如兰。"此赋句所本。

〔一三〕白屋,《韩诗外传》:"周公践天子之位,七年,成王封伯禽于鲁。周公诫之曰:无以鲁国骄士。吾文王之子,武王之弟,成王叔父也,又相天下,吾于天下亦不轻矣!然一沐三握发,一饭三吐哺,犹恐失天下之士也。"贫士以茅盖屋,故曰白屋,以贫士所居,故以喻贫士。

〔一四〕风,《诗经·国风》《释文》:"风者诸侯之诗也。"仁风犹言仁惠之言。

〔一五〕甘,《铨评》:"程作干,从张本。"案宋刊本及《密韵楼丛书·曹子建文集》甘俱作干。《礼记·聘义》:"酒清而人不敢饮,肴干而人不敢食。"盖赋句所本。丁氏从张本改干为甘,干、餐、兰韵,作甘则韵不协,丁校或非。

案赋句残佚,然此可借以考见建安中叶贵胄子弟之生活片段。

公 宴

公子(爱敬)〔敬爱〕客〔一〕,终宴不知疲〔二〕。清夜游西园〔三〕,飞盖相追随〔四〕。明月澄清景〔五〕,列宿正参差〔六〕。秋兰被长坂,朱华冒绿池〔七〕。潜鱼跃清波,好鸟鸣高枝。神飙接丹毂〔八〕,轻辇随风移〔九〕。飘飘放志意〔一○〕,千秋长若斯〔一一〕!

〔一〕李注:"公子谓文帝。时武帝在,谓五官中郎(将)也。"爱敬,《铨评》:"《文选》二十作敬爱。"案宋刊本及《密韵楼丛书·曹子建文集》俱作敬爱。应场《侍五官中郎将建章台集诗》："公子敬爱客，乐饮不知疲。"可证作敬爱是。

〔二〕终宴，《铨评》："《御览》八百二十四宴作夜。"案谢灵运《邺中集诗序》李注引作讌。宴、讌古通，作宴字是。《御览》作夜或非。终宴，谓宴会告终。

〔三〕清夜，寂静之夜。西园，已见前注。曹丕《与朝歌令吴质书》："白日既匿，继以朗月，同乘并载，以游后园。"盖一时事也。

〔四〕盖，《释名·释车》："盖在上覆盖人也。"飞盖犹羽盖。此谓文学宾从之车。

〔五〕澄，李注："《字书》曰：澄，湛也。《说文》曰：景，光也。"案《礼记·内则》郑注："湛亦渍也。"

〔六〕参差，不齐貌，形容疏疏落落之状。

〔七〕《文选·东京赋》："芙蓉覆水，秋兰被涯。"薛注："秋兰，香草，生水边，秋时盛也。"李注："朱华，芙蓉也。毛苌《诗传》曰：冒犹覆也。"

〔八〕飙，《尔雅·释天》孙注："回风从下上曰猋。"接，《说文》："交也。"丹毂，毂，车轮中心圆木，以丹涂饰曰丹毂，王或太子所乘之车，乃有此饰。

〔九〕辇，《文选·东京赋》薛注："辇，人挽车。"

〔一〇〕飘飖如消摇，叠韵谰语。《庄子·逍遥游篇》《释文》："逍遥游者，义取闲放不拘，怡适自得。"放，放荡。志意，感情思想。

〔一一〕千秋，《铨评》："秋，张作古。"案作秋字是。千秋犹千年。长，《广雅·释诂一》："常也。"考曹丕《与朝歌令吴质书》："乐往哀来，怆然伤怀。余顾而言，斯乐难常，足下之徒，咸以为然。"曹植诗末二句，《义门读书记》："结到讌，亦以颂终之。"

　　案丁氏《年谱》列此诗于建安十六年。据《魏志·武帝纪》，建安十六年秋七月，曹操西征马超，植从行，见本卷《离思赋》序，似植不得有此诗也，丁谱或未确。此篇疑和曹丕《芙蓉池诗》而作。反映建安中叶文章之士，在丕、植招邀之下，游观苑囿，流连诗酒，享受逸豫的创作生活。植诗遣词属句，如秋兰四句，不仅词性密切相俪，而点染精工，且其组织形式已孕育着后代之律体。结句复具着爽朗之情调，则异于曹丕诗保己终百年的抑沉忧伤之思，显然与作者的处境及其人生观紧密联系的。

光禄大夫荀侯诔〔一〕

如冰之清〔二〕，如玉之洁〔三〕；法而不威〔四〕，和而不褻〔五〕。百寮歛歔〔六〕，天子霑缨〔七〕。机女投杼〔八〕，农夫辍耕。轮结（辄）〔辙〕而不转〔九〕，马悲鸣而倚衡〔一○〕。

〔一〕《铨评》："《魏志·荀彧传》：建安十七年，彧以侍中光禄大夫持
　　　　节参丞相军事。彧疾，留寿春，以忧薨，谥曰敬侯。"

〔二〕《典略》："其在台阁，不以私欲挠意。彧有群从一人，才行实
　　　　薄。或谓彧曰：以君当事，不可不以某为议郎耶？彧笑曰：官
　　　　者所以表才也，若如来言，众人其谓我何邪！其持心平正皆
　　　　类此。"

〔三〕《魏志·荀彧传》："彧谦冲节俭，禄赐散之宗族知旧，家无
　　　　余财。"

〔四〕句意谓遵守法度而不以势服人。

〔五〕《铨评》："褻，程、张作褻，从《艺文》四十九。"案从《艺文》作褻
　　　　是，褻为褻之形误。《广雅·释言》："褻，狎也。"谓待人和蔼而

不狎媟。

〔六〕寮，《尔雅·释诂》：“官也。”欷歔，《铨评》：“《艺文》作士庶。”案宋刊本《曹子建文集》作欷歔。《文选·闲居赋》李注引《苍颉》：“欷歔，泣余声也。”

〔七〕天子，《铨评》：“《艺文》作欷歔。”案宋刊本《曹子建文集》作天子。天子谓汉献帝刘协。《后汉书·荀彧传》：“（彧）饮药而卒，时年五十，帝哀惜之。祖日，为之废讌乐。”霑缨，谓泪落霑冠缨也。疑《艺文》所引或非，当据宋本《子建集》订正。

〔八〕机女即织妇。投，《诗经·抑篇》郑笺：“犹掷也。”杼，《说文》：“机之持纬者。”今谓之梭。

〔九〕辄，《铨评》：“程作徹。”案宋刊本《曹子建文集》辄作辙。《汉书·贾谊传》颜注：“车迹曰辙。”徹辙古通。《铨评》作辄，或非。结，《文选·闲居赋》李注引张揖：“犹屈也。”结辙言屈轨不行也。

〔一〇〕倚衡，马不前行也。

谇残脱太甚，文意不具。

释思赋 有序

家弟出养族父郎中〔一〕，伊予以兄弟之爱〔二〕，心有恋然，作此赋以赠之。

彼（翔）〔朋〕友之离别〔三〕，犹求思乎白驹〔四〕。况同生之义绝〔五〕，重背亲而为疏〔六〕。乐鸳鸯之同池〔七〕，羡比翼之共林〔八〕。亮根异其何戚〔九〕，痛别干（之）〔而〕伤心〔一〇〕。

〔一〕《铨评》：“《魏志·武文世王公传》：武皇帝二十五男郿戴公子

整,奉从叔父郎中绍后。建安二十二年封鄄侯。"族父,宋刊本《曹子建文集》作旋父,旋或族字之形误,疑作族父是,旋父不词。

〔二〕伊,发语词。

〔三〕翔,《铨评》:"《艺文》二十一作朋。"案作朋字是,朋,《后汉书·张衡传》章怀注:"朋犹侣也。"翔友不词。

〔四〕白驹,《诗经》篇名:诗曰:"皎皎白驹,在彼空谷。生刍一束,其人如玉。无金玉尔音,而有遐心。"毛传谓不能用贤,与赋意不合,疑曹植本诸韩诗。

〔五〕同生,同父所生。义绝谓理绝。

〔六〕背亲为疏,古代宗法制度:出嗣叔父,则称本生父为伯父,而称叔父为父。《汉晋春秋》载审配献书于(袁)谭曰:"昔先公废绌将军以续贤兄,立我将军以为适嗣,上告祖灵,下书谱牒。先公谓将军为兄子,将军谓先公为叔父。"此其证。背,违也。

〔七〕鸳鸯,水鸟名。《诗经·鸳鸯篇》郑笺:"言其止则相偶,飞则为双。"

〔八〕比翼,已见《送应氏》诗注。

〔九〕根,本根,比喻同族。异,《广雅·释诂一》:"分也。"其,语中助词。戚,《广雅·释诂三》:"悲也。"

〔一〇〕干,比喻父。之字疑当作而。

此赋残佚。

愁霖赋二首〔一〕

迎朔风而爰迈兮〔二〕,雨微微而逮行〔三〕。悼朝阳之隐曜兮〔四〕,怨北辰之潜精〔五〕。车结辙以盘桓兮〔六〕，马踯躅以悲鸣〔七〕。攀扶桑而仰观兮，假九日于天皇〔八〕。瞻沉云之泱漭兮〔九〕，哀吾愿之不将〔一〇〕。

〔一〕《铨评》："二首，程作一首，然前云朔风，后云季秋，时序不同，张析为二首是也。今从张。"严可均曰："案前明刻《子建集》既载前赋，复载一赋云夫何季秋之淫雨兮凡六句，张溥本亦如此，盖据《类聚》连载两赋也。考《文选》曹植《美女篇》注、张协《杂诗》注知第二赋为蔡邕作，《类聚》误编耳，今删。"（见《全三国文》）案严说甚允，今从之删，仅存一首。

〔二〕爰，《文选·思玄赋》旧注："于是也。"《广雅·释诂》："迈，往也。"

〔三〕微微，形容细雨濛濛之状。逮，《尔雅·释言》："及也。"

〔四〕隐曜，谓日光隐没不见。

〔五〕北辰，北斗也。潜精，《说文》："潜，一曰藏也。"精，光明也。《天文要集》："北斗者，不欲云覆之；有黑云覆之，天大雨。"（见《御览》卷八引）

〔六〕车，《铨评》："程作神，从《艺文》二。"案作车字是。结辙，已见《荀彧诔》注。沈涛《铜熨斗斋随笔》："《史记·孝文纪》《索隐》引司马彪云：结(沈云当脱辙字)谓车辙回旋错结之也。"盘桓，《文选·西京赋》薛注："便旋也。"《海赋》李注："旋绕也。"盘桓，叠韵謰语。

〔七〕踯躅即彳亍。《文选·射雉赋》："彳亍中辍。"注："止貌也。"犹今语踏步不前之意。

〔八〕九日，《山海东经》："黑齿国有汤谷，汤谷上有扶桑，十日所浴，在黑齿北居水中。有大木，九日居上枝，一日居下枝。"

〔 九 〕沉云，《文选·登庐山香炉峰诗》李注引蔡邕《月令章句》："沉者，云之重也。"泱漭，《西京赋》薛注："无限域之貌。"

〔一〇〕不将，《汉书·礼乐志》颜注："将，从也。"

　　案《艺文》卷二载曹丕、应场《愁霖赋》。丕赋句云："脂余车而秣马，将言旋乎邺都。"丕不称邺为魏都或魏京而称邺都，似在曹操尚未为魏公时。魏公已后，便称邺为魏都或魏京了，观《朔风诗》、《王仲宣诔》可证。则此赋之创作时期，必在建安十九年之前可以推知。考《魏志·武帝纪》十七年冬十月，曹操东征孙权。据曹丕《临涡赋序》，丕、植随行。十八年夏四月反邺。因由南而北，故赋有迎朔风而爰迈之句，可以设想，赋当作于十八年返邺途中。赋句多佚失，惟存此数句。

离　友 有序 二首〔一〕

乡人有夏侯威者〔二〕，少有成人之风〔三〕。余尚其为人〔四〕，与之昵好〔五〕。王师振旅〔六〕，送予于魏邦〔七〕，心有眷然〔八〕，为之陨涕〔九〕。乃作离友之诗。其辞曰：

王旅旋兮背故乡〔一〇〕，彼君子兮笃人纲〔一一〕，媵予行兮归朔方〔一二〕。驰原隰兮寻旧疆〔一三〕，车载奔兮马繁骧〔一四〕。涉浮济兮泛轻航〔一五〕，迄魏都兮息兰房〔一六〕，展宴好兮惟乐康〔一七〕。

67

〔 一 〕《铨评》："第二首，程缺。"

〔 二 〕夏侯威字季权，谯人，魏将夏侯渊之子。曹植亦谯人，故称威曰乡人（《魏志·夏侯渊传》裴注引《世语》）。

〔 三 〕成人之风，谓成年人之风度。

〔四〕尚，《广雅·释诂四》："高也。"

〔五〕昵好，《尔雅·释诂》孙注："昵，亲近也。"《诗经·遵大路篇》郑笺："好，犹善也。"

〔六〕师，《铨评》："程作归，从《艺文》二十一。"案程本误，《艺文》作师字是。王师，王者之军。振旅，《左》隐五年传："入而振旅。"杜注："振，整也。"

〔七〕魏邦，《魏志·武帝纪》："天子使御史大夫郗虑持节策命公为魏公。……今以冀州之河东、河内、魏郡、赵国、中山、常山、钜鹿、安平、甘陵、平原凡十郡，封君为魏公。"魏邦，即魏国。

〔八〕眷，恋也。

〔九〕陨，落也。

〔一〇〕王旅，即王师。《魏志·武帝纪》："建安十八年，春正月，乃引军还。夏四月，至邺。"旋，《铨评》："程、张作游，从《御览》四百十。"案旋，反也，作旋字是。背，《荀子·解蔽篇》杨注："弃去也。"故乡谓谯。

〔一一〕彼君子，谓夏侯威。笃，厚也。人纲，指人之伦理准则，此谓友谊。

〔一二〕媵予，《铨评》："《御览》作腾驾。"案作媵予是。媵，《尔雅·释言》："送也。"朔方指邺。邺在谯之北，故称为朔方。

〔一三〕原隰，《尔雅·释地》："广平曰原，下湿曰隰。"寻，《汉书·郊祀志》颜注引晋灼："遂往之义也。"或寻缘字之义。

〔一四〕车载，《铨评》："程作载车，从《艺文》。"案作车载是。载，句中助词。繁，《广雅·释诂三》："多也。"骧，飞驰。

〔一五〕济，今河南省济源县王屋山，有东西二池，合流至温县，东南入河。浮济，顺流曰浮。轻航，犹言轻舟。

〔一六〕魏都谓邺。兰房犹兰室。

〔一七〕宴好，《国语·周语》韦注：“宴好，所以通情结好也。”康，安乐。

案曹丕《临涡赋序》：“上建安十八年至谯，余兄弟从上拜坟墓，遂乘马游观。”（《初学记》卷九引）则植此诗，作于建安十八年反邺后也。

其　二

凉风肃兮白雾滋〔一〕，木感气兮（柔）〔条〕叶辞〔二〕。临渌水兮登重
基〔三〕，折秋华兮采灵芝〔四〕，寻永归兮赠所思〔五〕。感离隔兮会无期，伊郁悒兮情不怡〔六〕！

日匿景兮天微阴，经迥路兮造北林《铨评》：张本。见《初学记》十八。张既杂入遗句，又注前诗下。今删移。

〔一〕肃，《管子·幼官篇》尹注：“寒也。”滋，盛也。

〔二〕柔，《铨评》：“《艺文》二十九作条。”案作条字是。条叶辞即叶辞条，以协韵倒。谓木叶已落，时入秋令。

〔三〕重基，《铨评》：“《诗纪》重作崇。”案《春秋运斗枢》：“山为地之基。”崇，高也，则崇基犹言高山。

〔四〕秋华，疑谓菊。

〔五〕所思，谓怀念之人。

69

〔六〕伊，发语词，郁悒即於邑。内心闷塞，情绪不能发舒之貌。

案《魏志·武帝纪》：“建安十八年夏四月至邺。”而此篇所述皆秋日景物，疑与前作异，似非怀念夏侯威者。未能考其写作岁月，姑附于此，且志所疑。

归思赋

背故乡而迁徂〔一〕,将遥憩乎(他)〔北〕滨〔二〕。经平常之旧居〔三〕,感荒坏而莫振〔四〕。城邑寂以空虚〔五〕,草木秽而荆榛〔六〕。嗟乔木之无阴〔七〕,处原野其何为〔八〕!信乐土之足慕〔九〕,忽并日(之)〔而〕载驰〔一〇〕。

〔一〕背,违也。故乡谓谯。迁,去也。徂,往也。

〔二〕遥憩,远息。他滨,《铨评》:"他《艺文》三十作北。"案作北字是。滨,厓也。由谯归邺向北行,故曰遥憩北滨。

〔三〕平常,钱大昕曰:"犹云常时也。"(《恒言录》)

〔四〕振,《说文》:"振,举救也。"

〔五〕寂,荒凉清静。

〔六〕秽,《后汉书·班彪传》章怀注:"谓榛芜之林,虎兕之所居也。"荆榛,《文选·东征赋》:"睹蒲城之丘墟兮,生荆棘之榛榛。"蓁榛古通,植赋句本之。王粲《从军诗》:"四望无烟火,但见林与丘。城郭生榛棘,蹊径无所由。"与植所见略同。

〔七〕无阴,《铨评》:"《艺文》阴作荫。"案阴、荫古通。《诗经·桑柔篇》《释文》:"阴,谓覆荫也。"谓乔木无有枝叶,以荫蔽也。

〔八〕为,犹用也。何为,即何用。

〔九〕乐土,谓邺。慕,怀念。

〔一〇〕之,《铨评》:"《艺文》作而。"案作而字是。并日载驰,犹言兼程前进。

案《魏志·武帝纪》:"建安七年春正月,公军谯。令曰:吾起义兵为天下除暴乱,旧土人民,死丧略尽,国中终日行不见所识,

曹植集校注

70

使吾悽怆伤怀……。"谯国在豪强武装混战之中,人民死亡惨重,土地大量荒芜,遭受严重的破坏。至建安十八年,还呈现荒凉残破的景象,可见兵燹之惨烈。此赋仅存数句。

鹦鹉赋

美中州之令鸟〔一〕,越众类(之)〔而〕殊名〔二〕。感阳和而振翼〔三〕,遁太阴以存形〔四〕。遇旅人之严网〔五〕,残六翮之无遗〔六〕。身挂滞于重笼〔七〕,孤雌鸣而独归。岂予身之足惜,怜众雏之未飞〔八〕。分糜躯以润镬〔九〕,何全济之敢希。蒙含育之厚德〔一〇〕,奉君子之光辉〔一一〕。怨身轻而施重〔一二〕,恐往惠之中亏〔一三〕。常戢心以怀惧〔一四〕,虽处安其若危〔一五〕。永哀鸣(其)〔以〕报德〔一六〕,庶终来而不疲〔一七〕。

〔 一 〕中州,《铨评》:"《艺文》九十一作洲中。"案宋刊本《曹子建文集》亦作洲中。《尔雅·释水》:"水中可居止曰洲。"

〔 二 〕越,《铨评》:"《艺文》作超。"超越义同。之,《铨评》:"《初学记》三十作而。"作而字是。殊名,异名。我国鸟类,多属单名,鹦鹉则复名,故曰殊名。

〔 三 〕阳和,《文选·东京赋》:"春日载阳。"薛注:"阳,暖也。"阳和,暖和,谓春日。

〔 四 〕太阴,《后汉书·张衡传》章怀注:"太阴,北方极阴之地也。"案《家语·本命篇》王注:"阴为冬也。"疑释为冬义是。与上句言春正相应成文。存形,犹言存身。

〔 五 〕旅人,《仪礼·公食大夫礼》注:"旅人,饔人之属,旅食者也。"

〔 六 〕残,《铨评》:"程、张作殊。从《初学记》。"案作残字是。《华严经音义》引《苍颉》："残，伤也。"之，《铨评》："《艺文》作而。"案《初学记》卷三十亦作而。无遗，无余。

〔 七 〕笼，《铨评》："《艺文》作緤。"案宋刊本《曹子建文集》作緤，当是緤字之形误。緤，网之绳。考祢衡《鹦鹉赋》："闭以雕笼，翦其翅羽。"此上已云遇严网，下不得云挂纲，疑当作笼是。

〔 八 〕祢衡《鹦鹉赋》："匪余年之足惜，愍众雏之无知。"或植赋句所本。

〔 九 〕分，《文选·应诏诗》李注："分，甘惬也。"镬，《汉书·刑法志》颜注："鼎大而无足曰镬，煮食物者。"

〔一〇〕含育，《铨评》："《初学记》作育养。"案《国策·秦策》高注："含，怀也。"《广雅·释诂一》："育，生也。"

〔一一〕祢衡《鹦鹉赋》："侍君子之光仪。"

〔一二〕施重即恩重。

〔一三〕往惠，《铨评》："往，《初学记》作佳。"案《文选·寡妇赋》李注引仍作往。往惠犹言旧恩。中亏，《小尔雅·广言》："亏，损也。"

〔一四〕戢心，《诗经·鸳鸯篇》郑笺："戢，敛也。"

〔一五〕其，《铨评》："《初学记》作而。"

〔一六〕永，《初学记》卷三十作求。疑作永字是。《诗经·白驹篇》郑笺："永，久也。"祢衡《鹦鹉赋》："期守死以报德。"其，《铨评》："《艺文》作以。"案宋刊本《曹子建文集》同。作以字是。

〔一七〕来，疑当训为勤。《尔雅·释诂》："来，勤也。"与下疲字义相应。祢衡《鹦鹉赋》："庶弥久而不渝。"与此句义近。

　　案王粲、陈琳、应场、阮瑀，俱作《鹦鹉赋》，见《艺文类聚》。瑀死于建安十七年，植赋当作于瑀死之前也。

橘　赋〔一〕

有朱橘之珍树，于鹑火之遐乡〔二〕。禀太阳之烈气〔三〕，嘉杲日之休光〔四〕。体天然之素分〔五〕，不迁徙于殊方〔六〕。播万里而遥植〔七〕，列铜爵之园庭〔八〕。背(山川)〔江州〕之暖气〔九〕，处玄朔之肃清〔一〇〕。邦换壤别〔一一〕，爰用丧生〔一二〕。处彼不凋〔一三〕，在此先零〔一四〕。朱实不卸〔一五〕，焉得素荣〔一六〕！惜寒暑之不均〔一七〕，嗟华实之永乖〔一八〕。仰凯风以倾叶〔一九〕，冀炎气之(所)〔可〕怀〔二〇〕。飔鸣条以流响〔二一〕，希越鸟之来栖〔二二〕。夫灵德之所感〔二三〕，物无微而不和〔二四〕。神盖幽而易激〔二五〕，信天道之不讹〔二六〕。既萌根而弗干，谅结叶而不华〔二七〕。渐玄化而弗变〔二八〕，非彰德于邦家〔二九〕。(附)〔拊〕微条以叹息〔三〇〕，哀草木之难化。

〔一〕《铨评》："程张作《植橘赋》。《艺文》八十六、《初学记》二十八、《御览》九百六十六皆无植字，系误合标题连写也，今删。"案丁校是。

〔二〕鹑火，星名。朱骏声曰："《周语》：岁在鹑火。按南方七宿星，七星形如鸟伸项，故得鹑名。若统七宿言，则井当为昧，鬼柳为项，星张为胸腹，翼轸为尾，象鸟栖也。故其次有鹑首、鹑火、鹑尾之名。"(《说文通训定声》)或曰：徐陵《广州刺史欧阳頠德政碑》："岳领龙蟠，星悬鹑火。"则鹑火指粤地，故下文云"播万里而遥植"也。遐，远也。

〔三〕烈，《汉书·晁错传》颜注："猛火曰烈。"烈气即炎热之气。

〔四〕嘉，《礼记·礼运》郑注："乐也。"杲日，《诗经·伯兮篇》："杲杲出日。"杲，明也。

〔 五 〕体，《管子·君臣》尹注："犹依也。"素，《广雅·释诂三》："本也。"分，《文选》卢谌《赠刘琨诗》李注："谓己所当得。"

〔 六 〕《楚辞·橘颂》："受命不迁，生南国兮；深固难徙，更壹其志。"

〔 七 〕播，流移之义（见《左》襄廿五年传杜注）。

〔 八 〕铜爵园庭，已见前注。

〔 九 〕山川，《铨评》："《初学记》二十八作江洲，《艺文》八十六作江川。"案《文选》赵景真《与嵇茂齐书》李注引曹植《橘赋》作江洲，与《初学记》同。宋刊本《曹子建文集》与《艺文》同。疑川或州字之形误，州为洲字之本字。江州，如崔琦《七蠲》之江罜。《七蠲》："于斯江罜，实产橘柚。"罜或作皋。《汉书·贾山传》："江皋河濒。"颜注引李奇："皋，水边淤地也。"江洲、江皋义近，盖谓南国水濒之区。

〔一〇〕玄朔，《铨评》："朔程作翔，从《艺文》。"案《文选》赵景真《与嵇茂齐书》李注引作朔，作朔字是。玄朔谓北方，此指邺城。肃清，《铨评》："《初学记》清作霜。"案《文选》嵇康《琴赋》："冬夜肃清。"疑霜字误。清与生协韵，作霜则失韵矣。肃清，谓寒也。

〔一一〕壤别，《铨评》："别，《艺文》作殊。"

〔一二〕爰用，《铨评》："用，张作几。"案《密韵楼丛书·曹子建文集》仍作用，作用字是，用，以也。以，因也。

〔一三〕彼，指江洲。

〔一四〕此，谓邺。零，落也。

〔一五〕不卸，《铨评》："卸程作御，《初学记》作萌，又作凋，张作唧。"案宋刊本《曹子建文集》卸作彫，严辑《全三国文》作衔。案唧为衔之俗体，字当作衔。衔，含也。

74

〔一六〕素荣,橘花白色,故曰素荣。

〔一七〕均,《诗经·皇皇者华篇》毛传:"调也。"

〔一八〕乖,《说文》:"戾也。"

〔一九〕凯风,南风。倾,《说文》:"仄也。"

〔二〇〕所怀,《铨评》:"《艺文》所作可。"案作可字是。怀,《尔雅·释
诂》:"至也。"

〔二一〕飏,《汉书·杨雄传》颜注:"飏古扬字。"《列子·黄帝》《释文》:
"扬,犹飏,物从风也。"鸣条,谓橘枝摇动发出音响。流,荡散
之意。

〔二二〕希,《铨评》:"《艺文》作晞。"案宋刊本《曹子建文集》与《艺文》
同。考《说文》"晞,干也",于此无义,疑字当作睎。《广雅·释
诂一》:"睎,望也。"

〔二三〕灵德,象征曹操恩德。

〔二四〕和,《淮南·俶真训》高注:"适也。"

〔二五〕激,《铨评》:"《庄子注》:明也。"

〔二六〕讹,《诗经·沔水篇》郑笺:"伪也。"

〔二七〕谅,信也。

〔二八〕渐,《汉书·董仲舒传》颜注:"浸润也。"

〔二九〕彰,《广雅·释诂四》:"明也。"

〔三〇〕附疑当作拊。拊与抚同义。《释名·释姿容》:"抚,敷也,敷手
以拍之也。"

案徐幹作《橘赋》,见曹丕《典论·论文》。

叙愁赋有序

时家二女弟〔一〕,故汉皇帝聘以为贵人〔二〕。家母见二弟愁

思〔三〕，故令予作赋。曰：

嗟妾身之微薄〔四〕，信未达乎义方〔五〕。遭母氏之圣善〔六〕，奉恩化之弥长〔七〕。迄盛年而始立〔八〕，修女职于衣裳〔九〕。承师保之明训〔一〇〕，诵（六）〔女〕列之篇章〔一一〕。观图象之遗形〔一二〕，窃庶几乎英皇〔一三〕。委微躯于帝室〔一四〕，充末列于椒房〔一五〕。荷印绶之令服〔一六〕，非陋才之所望〔一七〕。对床帐而太息，慕二亲以（憎）〔增〕伤〔一八〕。扬罗袖而掩涕〔一九〕，起出户而彷徨〔二〇〕。顾堂宇之旧处〔二一〕，悲一别（之）〔而〕异乡〔二二〕。

〔 一 〕《铨评》："《魏志·武帝纪》：建安十八年，天子聘魏公三女为贵人，少者待年于国。故赋序云二女弟。时子建二十二岁。"案裴注引《献帝起居注》："使使持节行太常大司农安阳亭侯王邑，赍璧、帛、玄纁、绢五万匹之邺纳聘，介者五人，皆以议郎行大夫事，副介一人。"二女弟，《后汉书·献穆皇后传》：一名宪，一名节，一名华。华以待年于国，故惟宪与节二人，赋称二女弟即谓宪与节也。

〔 二 〕汉皇帝谓献帝刘协。

〔 三 〕家母，谓曹操妻卞氏。

〔 四 〕微薄，谓资质低下。

〔 五 〕达，通晓。义方，《管子·心术》："君臣父子人间之事谓之义。"方，《国语·周语》韦注："方，道也。"

〔 六 〕《诗经·凯风篇》："母氏圣善。"毛传："圣，睿也。"圣善，谓品德明智而爱敬。

〔 七 〕奉，承受。恩化，抚养教育。弥，久也。

〔 八 〕盛年，古人谓男子弱冠至壮曰盛年。女子则指及笄已后，即十五岁至二十岁。立，《礼记·冠义》郑注："立犹成也。"

〔九〕女职，即曹大家《女诫》之妇功。《孔雀东南飞篇》："十三能织素，十四学裁衣。"可资参证。

〔一〇〕师保，《礼记·文王世子篇》："入则有保，出则有师，是以教喻而德成也。师也者，教之以事而喻诸德者也。保也者，慎其身以辅翼之而归诸道者也。"

〔一一〕六列，意难理解。疑六为女字之形误而乙。列女篇章，谓刘向所作《列女传》也。《列女传》有图，《精微篇》所谓"辩义在列图"是也。下句"观图象之遗形"，正承此而言。

〔一二〕遗形，《史记·孝文纪》《索隐》："遗，犹留也。"言遗留之形象。

〔一三〕窃，《广雅·释诂四》："私也。"庶几，刘淇《助字辨略》："冀幸之词。"英皇，《铨评》："《艺文》三十五作皇英。"案宋刊本《曹子建文集》亦作皇英，与《艺文》同。皇、英即尧之二女娥皇与女英。尧以二女与舜，舜即帝位，娥皇为后，女英为妃。见《列女传》。

〔一四〕委，《左》成二年传杜注："属也。"微躯犹贱躯，谦抑之词。帝谓刘协。

〔一五〕末列，《国语·周语》韦注："列，位次也。"末列犹下位。椒房，《汉官仪》："皇后称椒房，取其蕃实之义也。"（《后汉书·献帝伏皇后纪》引）《弟五伦传》章怀注："后妃以椒涂壁，取其蕃衍多子，故曰椒房。"

〔一六〕荷，承当。印绂，曹操《内诫令》："今贵人位为贵人，金印蓝绂，女人爵位之极。"（《御览》六百九十一）令，善也。

〔一七〕陋才，女子谦词。望，《说文》："出亡在外望其还也。"是望为希觊之义。

〔一八〕憎伤，《铨评》："《艺文》憎作增，增、憎古字通。"案作增字是。

《尔雅·释言》:"增,益也。"《广雅·释诂二》:"加也。"憎为增字之形误,非古字通也,丁校非是。

〔一九〕扬,举也。掩,《淮南·天文训》高注:"蔽也。"

〔二〇〕彷徨,犹徘徊也。

〔二一〕顾,《诗经·匪风篇》郑笺:"回首曰顾。"

〔二二〕之字于此无义,字当作而,而犹如也。《洛神赋》:"哀一逝而异乡"语意正同,似应据正。句谓既入后宫,会晤难期,如居异乡然也。

案封建社会,男女婚姻不是爱情的结果,而是为家族利益所决定。曹操鉴于宫庭内发生推翻曹魏统治的阴谋活动,争取对汉王朝进一步的控制,竟将二少女嫁给刘协。但女子并不以身为王妃而感到满足,反而内心充塞着绵绵无尽的哀思。赋中委婉地表达女子之心情,从而客观上揭示专制婚姻制度之残酷性。赋句残脱不完,全意无从考见。

东征赋有序〔一〕

建安十九年,王师东征吴寇〔二〕,余典禁兵〔三〕,卫(官)〔宫〕省〔四〕。然神武一举,东夷必克〔五〕,想见振旅之盛〔六〕,故作赋一篇〔七〕。

登城隅之飞观兮〔八〕,望六师之所营〔九〕。幡旗转而心异兮〔一〇〕,舟楫动而伤情〔一一〕。顾身微而任显兮〔一二〕,愧责重而命轻〔一三〕。嗟我愁其何为兮〔一四〕,心遥思而悬旌〔一五〕。师旅凭皇穹之灵佑兮〔一六〕,亮元勋之必举〔一七〕。挥朱旗以东指兮〔一八〕,横大江而莫御〔一九〕。循戈橹于清流兮〔二〇〕,氾云梯而容与〔二一〕。禽元帅于中舟兮〔二二〕,振灵威于东野〔二三〕。

〔 一 〕《铨评》:"《御览》卷三百三十六作《征东赋》。"

〔 二 〕《魏志·武帝纪》:"建安十九年秋七月,公(曹操)征孙权。"

〔 三 〕曹魏时设中领军,掌禁兵,主五校尉、中垒、武卫三营。《魏志·陈思王植传》:"太祖征孙权,使植留守邺。戒之曰:吾昔为顿丘令,年二十三,思此时所行,无悔于今。今汝年亦二十三矣,可不勉与!"

〔 四 〕官,《铨评》:"张作宫。"案官字当从张本作宫,《圣皇篇》:"宫省寂无人。"《文选·魏都赋》李注:"《魏武集》:汉制王所居曰禁中,诸公所居曰省中。"

〔 五 〕东夷,宋刊本《曹子建文集》夷作吴。

〔 六 〕想象凯旋之盛况。

〔 七 〕《铨评》:"一,程作二,从《艺文》五十九。"案宋刊本《曹子建文集》亦作一,与《艺文》同,丁校是。

〔 八 〕城隅,《周礼·考工记·匠人》郑注:"谓角浮思也。"飞观,已见前注。

〔 九 〕六师,即六军。古谓天子之军曰六军。时曹操尚臣事汉献帝,假命出征,故亦称六师也。《楚辞·天问》王注:"营,为也。"

〔一〇〕幡,窄而长之旗,垂悬于竿。心异,《说文》:"异,分也。"杨修《出征赋》:"公命临淄,守于邺都。侯怀大舜,乃号乃慕。"(《艺文类聚》卷五十九)

〔一一〕杨修《出征赋》:"泛从风而回舻,徐日转而月移。旆已入乎河口,殿尚集于园池。"(同上引)盖曹操出征,舟师集于玄武池,径漳入河,由河入淮。

〔一二〕任显，《诗经·文王》毛传："显，光也。"犹言职务光荣。

〔一三〕责重，《铨评》："程、张责作任，此从《艺文》。"案作责字是。责犹今语责任之意。命，谓命运。

〔一四〕嗟，发语词。

〔一五〕遥思，远念。而与如字同义。悬旌，悬谓如悬物之动也，则悬旌形容情绪不宁之状。

〔一六〕师旅，案赋句俱以六字或七字为句，而此句九字，疑师旅二字下当有挩文，无他证以足之。皇穹，谓天神。灵佑，神助。

〔一七〕亮，信也。元勋，犹言大功。举，《吕览·下贤》高注："举犹取也。"

〔一八〕朱旗，李注："汉火德，操为汉臣，故建朱旗，时献帝在故也。"

〔一九〕横，径渡。莫御，御、禦古通用。《诗经·谷风篇》毛传："御，禦也。"《小尔雅·广言》："禦，抗也。"

〔二〇〕循戈橹于清流兮，《铨评》："戈与兮字依张补，《御览》脱。"案丁补是也。《密韵楼丛书·曹子建文集》亦有戈兮二字。循，《汉书·李陵传》颜注："谓摩顺也。"橹，《家语·儒行篇》王注："大戟。"

〔二一〕氾即泛字，浮也。云梯，攻城具。高长上与云齐，故曰云梯（见《淮南·修务训》高注）。容与，优游舒缓之貌。此歌颂曹操行师用兵好整以暇之军容。

〔二二〕中舟兮，《铨评》："兮字《御览》脱，依张补。"中舟即舟中。

〔二三〕振，奋发之意。灵威即神威。东野，江东之野，指吴国。《铨评》："以上四句，程脱，依《御览》卷三百三十六补。"严辑《全三国文》亦补此四句，丁补是。

案此赋残佚非全文。

杂 诗

飞观百余尺,临牖御棂轩〔一〕。远望周千里〔二〕,朝夕见平原〔三〕。烈士多悲心〔四〕,小人偷自闲〔五〕。国雠亮不塞〔六〕,甘心思丧元〔七〕。抚剑西南望〔八〕,思欲赴太山〔九〕。弦急悲声发〔一〇〕,聆我慷慨言〔一一〕。

〔一〕临牖,犹当窗。《文选》李注:"御,犹凭也。《说文》曰:棂,楯栏也。韦昭《汉书注》曰:轩,槛上板也。"

〔二〕周,《周礼·司会》郑注:"犹遍也。"

〔三〕夕,《铨评》:"张作日。"案《文选》作夕,朝夕犹早晚。

〔四〕烈士,《文选》李注:"《风俗通》曰:烈士者,有不易之分。"案谓重义轻生之人。

〔五〕偷,《后汉书·崔骃传》章怀注:"偷,苟且也。"闲,《左》昭五年传杜注:"暇也。"

〔六〕国雠,指吴国。亮,信也。塞,《文选》李注:"谓杜绝也。"

〔七〕甘心,《诗经·伯兮篇》:"甘心首疾。"毛传:"甘,厌也。"丧元,李注:"《孟子》曰:勇士不忘丧其元。"《易经·坤卦》王注:"丧,失也。"元,《孟子·滕文公篇》赵注:"首也。"

〔八〕西南,《文选》李注:"西喻蜀也。"案李说疑误。此与蜀无涉,西南亦指吴地。

〔九〕太山即东岳。《文选》李注:"太山接吴之境。"按本集《责躬诗》"愿蒙矢石,建旗东岳"可证。

〔一〇〕弦急,《文选》李注:"《古诗》曰:音响一何悲,弦急知柱促。"

〔一一〕慷慨,《说文》:"壮士不得志于心也。"

《文选》李注:"此(《杂诗》)六篇别京已后,在鄄城思乡而作。"黄节曰:"《御览》三百三十载曹植《东征赋》曰云云。植有是赋,此诗盖同时作也。"案黄说甚允,今从之。

游观赋

静闲居而无事,将游目以自娱〔一〕。登北观而启路〔二〕,涉云际之飞除〔三〕。从罴熊之武士〔四〕,荷长戟而先驱。罢若云归〔五〕,会如雾聚〔六〕。车不及回〔七〕,尘不获举〔八〕。奋袂成风〔九〕,挥汗如雨〔一〇〕。

〔一〕娱,乐也。

〔二〕北观,指铜爵台。启路,犹启行。《周礼·乡师》《正义》:"军在前曰启。"

〔三〕飞除,《上林赋》司马彪注:"除,楼陛也。"今云楼梯。飞谓凌空构建,仿佛若飞,因名之曰飞除,形容极高。

〔四〕罴熊,《铨评》:"《艺文》作熊罴。"案《尚书·牧誓》:"如熊如罴。"《尔雅·释兽》:"罴如熊,黄白文。"熊罴形容武士勇猛。

〔五〕罢,《论语·子罕篇》皇疏:"罢,犹罢息也。"云归,归,《广雅·释言》:"反也。"案云归犹《名都篇》之云散,义相同也。

〔六〕雾聚,喻武士结集如雾之合也。

〔七〕回,《离骚》王注:"旋也。"

〔八〕举,飞扬。

〔九〕奋,《广雅·释诂一》:"动也。"奋袂犹言动袖。

〔一〇〕挥,《战国策·齐策》:"挥汗成雨。"高注:"挥,振也。"

曹植集校注

此赋残佚不具。案赋句：登北观，涉飞除，据此探索，似作于在邺时。又云：从罴熊之武士，或写于典禁兵之际，盖在建安十九年秋也。

画赞序[一]

盖画者，鸟书之流也[二]。昔明德马后美于色[三]，厚于德[四]，帝用嘉之[五]！尝从观画，过虞舜(庙)〔之像〕[六]，见娥皇、女英。帝指之，戏后曰："恨不得如此人为妃[七]！"又前见陶唐之像[八]。后指尧曰："嗟乎！群臣百寮恨不得戴君如是[九]。"帝顾而(笑)〔咨嗟焉〕[一〇]。故夫画，所见多矣。上形太极混元之前，却列将来未萌之事[一一]。

观画者[一二]，见三皇五帝，莫不仰戴[一三]。见三季暴主，莫不悲恍[一四]。见篡臣贼嗣[一五]，莫不切齿。见高节妙士，莫不忘食[一六]。见忠节死难，莫不抗首[一七]。见忠臣孝子[一八]，莫不叹息。见淫夫妒妇，莫不侧目[一九]。见令妃顺后，莫不嘉贵[二〇]。是知存乎鉴者(何如)〔图画〕也[二一]。

〔 一 〕《铨评》列入序类，校云："程缺，张属赞类，今移正。张脱序字，依《御览》七百五十补。"

〔 二 〕鸟书，鸟虫书，古代象形文字。流，即派字之意。也，《铨评》："张脱也，据《御览》七百五十补。"

〔 三 〕明德马后，后汉明帝刘庄之后，马援之女，《后汉书》有传。

〔 四 〕品德醇厚。

〔 五 〕帝，谓明帝。用，因也。《仪礼·觐礼》郑注："嘉之者，美之辞也。"

〔六〕过虞舜庙,《铨评》:"庙,《御览》作之像。"案作之像是。两汉多于宫殿壁间图绘历史人物,以资儆戒。《文选·鲁灵光殿赋》:"图画天地,品类群生。"又云:"写载其状,托之丹青。千变万化,事各缪形。"

〔七〕此人,《铨评》:"张脱人,据《御览》补。"

〔八〕陶唐,《铨评》:"《御览》作唐尧。"

〔九〕戴,《铨评》:"张作为,从《御览》改。"案作戴字是。《国语·周语》:"欣戴武王。"韦注:"戴,奉也。"

〔一〇〕笑,《铨评》:"《御览》作咨嗟焉。"案当从《御览》改正。

〔一一〕上形二句,《铨评》:"《御览一》引《画赞序》。"未列入正文,今据严辑《全三国文》补入。窃疑此二句当在序首,无文以资参订,姑从严氏附于此。《鲁灵光殿赋》:"上纪开辟,遂古之初。"张揖注:"更画太古开辟之时,帝王之君也。"即上形句之意。却列即后列。未萌犹未生。

〔一二〕观画者以下,《铨评》列入卷九说类,校云:"程缺。"严辑《全三国文》云:"案此条亦《画赞序》也,张溥题为《画说》非。"今据《全三国文》移于此。

〔一三〕仰,谓上向也(《汉书·沟洫志》颜注)。

〔一四〕三季,谓夏、商、周之末世。暴主即夏桀、殷纣与周幽也。悲惋,《铨评》:"张作宛,据《御览》七百五十一改。"《说文》:"悲,痛也。"惋,《一切经音义》三引《字略》:"惊异也。"

〔一五〕篡臣,如王莽。贼嗣,谓子杀父而自立为君者,如春秋楚之商臣是也。

〔一六〕忘食,形容企羡之心理,孔子所谓发愤忘食也。

〔一七〕抗首,《广雅·释诂一》:"抗,举也。"

〔一八〕忠，《铨评》：“《御览》作放。”案放臣如屈原。孝，《铨评》：“《御览》作斥。”《文选·思玄赋》旧注：“斥，却也。”如孝子伯奇。

〔一九〕侧目，谓侧目而视，愤恨之状。

〔二〇〕嘉贵，嘉美尊重。

〔二一〕鉴，鉴戒。何如，《铨评》：“《御览》作图画。”疑作图画是。《鲁灵光殿赋》：“贤愚成败，靡不载叙。恶以诫世，善以示后。”即此意也。

案《魏志·梁习传》：建安十八年，又使于上党取大材供邺宫室。邺宫之建，在刘协封操为魏公之后。《魏都赋》：“特有温室。仪形宇宙，历像贤圣。图以百瑞，綷以藻咏。芒芒终古，此焉是镜。有虞作绘，兹亦等竞。”所谓藻咏，即指《画像赞》也。刘渊林注：“听政殿后，有鸣鹤堂。鸣鹤堂之前，次听政殿之后，东西二坊之中央有温室，中有《画像赞》。”据此，《画像赞》盖植作于魏宫建成之时，亦即建安十九年之际也。

庖牺赞

木德风姓〔一〕，八卦创焉〔二〕。龙瑞名官〔三〕，法地象天。庖厨祭祀〔四〕，网罟鱼畋〔五〕。瑟以像时〔六〕，神德通玄〔七〕。

〔一〕木德，按五德终始论者谓伏牺以木德王（见《春秋内事》）。风姓，《帝王世纪》：“太昊帝庖牺氏，风姓也。”

〔二〕八卦，乾☰、坤☷、兑☱、坎☵、离☲、巽☴、震☳、艮☶。创焉，《易经·系辞》：“庖牺氏之王天下也，仰则观象于天，俯则观法于地，视鸟兽之文，与地之宜，近取诸身，远取诸物，于是始作

〔 三 〕名官,《铨评》:"程作官名,从《艺文》十一。"案宋刊本《曹子建
文集》、《御览》七十八引俱与《艺文》同,应据正,丁校是也。
《左》昭公十七年传:"郯子曰:太皞氏以龙纪,故以龙师而龙
名。"杜注:"太皞伏羲氏,有龙瑞,故以龙名官。"

〔 四 〕庖厨,《礼记·王制》郑注:"庖,今之厨也。"庖、厨义同,故
连及。

〔 五 〕网罟,《铨评》:"《艺文》作罟网。"案宋刊本《曹子建文集》与《艺
文》同。罟,鱼网。鱼畋,《易经·系辞》:"以佃以渔。"畋与佃
通。《易经释文》:"取兽曰佃。"

〔 六 〕"瑟以"二句,《铨评》:"程作琴瑟以像,时神通玄。误衍琴,又
脱德,从《艺文》。"案《御览》卷七十八引与《艺文》同,应据以增
删。《帝王世纪》:"伏羲作瑟三十六弦,象一年三百六十余
日。"故曰"瑟以像时"。

〔 七 〕通玄,《广雅·释言》:"玄,天也。"

女娲赞

古之国君〔一〕,造簧作笙〔二〕。礼物未就〔三〕,轩辕纂成〔四〕。或云
二皇〔五〕,人首蛇形〔六〕;神化七十〔七〕,何德之灵〔八〕!

〔 一 〕《山海经》郭璞注:"女娲,古神女而帝者。"

〔 二 〕《铨评》:"《御览》七十八作制造笙簧。"《礼记·明堂位》郑注:
"笙簧,笙中之簧也。女娲作笙簧。"《古今注》:"女娲……欲人
之生而制其乐,以为发生之象;其大者十九簧,小者十二簧
也。"簧,笙上之竹管。

〔　三　〕礼物，谓制度与器物。

〔　四　〕纂成，《尔雅·释诂》：“纂，继也。”纂成，继续完成。

〔　五　〕二皇，《铨评》：“皇，《御览》作君。”二君，即伏牺、女娲。

〔　六　〕《帝王世纪》：“庖牺氏蛇身人首。女娲氏承庖牺制度，亦蛇身
人首。”《鲁灵光殿赋》：“伏牺鳞身，女娲蛇躯。”

〔　七　〕古代传说：女娲氏一日之中，出现七十种变化（郭璞《山海经
注》）。

〔　八　〕灵，《广雅·释诂一》：“善也。”

神农赞[一]

少典之胤[二]，火德承木[三]。造为耒耜[四]，导民播谷[五]。正为
雅琴[六]，以畅风俗[七]。

〔　一　〕《礼含文嘉》：“神农始作耒耜，教民耕，其德浓厚若神，故为神
农也。”

〔　二　〕《帝王世纪》：“神农氏母曰任姒，有乔氏之女名登，为少典妃。
游于华阳，有神龙首感女登于常羊。”神农为登所生，故曰少典
之胤。

〔　三　〕承，《铨评》：“程张作成，从《艺文》十一。”案承，《广雅·释诂
四》：“继也。”作成字误。《汉书·律历志》：“神农氏作，以火承
木，故曰炎帝。”《帝王世纪》：“炎帝人身牛首，长于姜水，有圣
德，以火承木，位在南方，主夏，故谓之炎帝。”

〔　四　〕耒、耜，皆田器。《易经·系辞》：“神农氏作，斫木为耜，揉木为
耒，耒耜之利，以教天下。”《礼记·月令·季冬》《正义》：“耒者
以木为之，长六尺六寸，底长尺有一寸，中央直者三尺有三寸，

勾者二尺有二寸。底谓末下向前曲接耝者头而着耝。耝，金
铁为之。”

〔五〕导，《铨评》：“程、张作遵，从《艺文》。”《淮南·缪称训》高注：
“导，教也。”作导字是。播，《诗经·噫嘻篇》郑笺：“犹种也。”

〔六〕《帝王世纪》：“神农创五弦之琴。”雅，《风俗通·声音》：“雅之
为言正也。”

〔七〕畅，通也。

案各赞俱以八句四韵成篇，而此赞仅六句三韵，疑脱二句。

黄帝赞

少典之孙〔一〕，神明圣哲〔二〕。土德承火〔三〕，赤帝是灭〔四〕。服牛
乘马〔五〕，衣裳是制〔六〕。云氏名官〔七〕，功冠五帝〔八〕。

〔一〕少典之孙，《史记·五帝本纪》：“黄帝者，少典之子，姓公孙，名
轩辕。”

〔二〕《大戴礼·五帝德篇》：“轩辕生而神灵，弱而能言。”谓轩辕具
有特殊聪明智慧之本质。

〔三〕《春秋内事》：“轩辕以土德王天下。”

〔四〕赤帝，即神农氏。轩辕与神农氏族大战于阪泉之野，消灭神
农，即帝位（见《大戴礼·五帝德篇》）。

〔五〕《易经·系辞》：“服牛乘马，引重致远，以利天下。”服，《说文》：
“用也。”乘，《汉书·司马相如传》颜注引张揖：“用也。”

〔六〕开始制造衣裳。

〔七〕云氏，《铨评》：“《艺文》十一作氏云。”案宋刊本《曹子建文集》
与《艺文》同。《左》昭十七年传：“郯子曰：黄帝以云纪，故为云

师而云名。"

〔八〕帝，《铨评》："《艺文》作列。"案宋刊本《曹子建文集》与《艺文》
　　　同。《小尔雅·广诂》："列，次也。"谓位次列于五帝之首。即
　　　黄帝、颛顼、帝喾与尧、舜也。

少昊赞

祖自轩辕，青阳之裔〔一〕。金德承土〔二〕，仪凤帝世〔三〕。官鸟号
名〔四〕，殊职别系〔五〕。农正扈(氏)〔民〕〔六〕，各有品制〔七〕。

〔一〕少昊，《古史考》："穷桑氏，嬴姓也。以金德王，故号金天氏。
　　　或曰宗师大昊之道，故曰少昊。"《帝系》："黄帝生玄嚣。"《史
　　　记·五帝本纪》："黄帝正妃生二子，其后皆有天下。其一曰玄
　　　嚣，是为青阳，降居江水。"《左》昭十七年传《正义》："言降居江
　　　水，谓不为帝也。"则少昊当是黄帝之孙，玄嚣之子。玄嚣又名
　　　青阳，故曹植谓为青阳之裔。

〔二〕黄帝以土德王，少昊代之，五行家谓之为金德承土。

〔三〕《左》昭十七年传："郯子曰：我高祖少昊挚之立也，凤鸟适至，
　　　故纪于鸟，为鸟师而鸟名。"

〔四〕疑此句当作鸟号名官。意谓以鸟名作官吏之职称。

〔五〕《左》昭十七年传："郯子曰：凤鸟氏，历正也；玄鸟氏，司分者
　　　也；伯赵氏，司至者也；青鸟氏，司启者也；丹鸟氏，司闭者也。"
　　　此皆主持历法之官，历法与农业生产具有极其密切之联系。
　　　又云："祝鸠氏，司徒也；鴡鸠氏，司马也；鸤鸠氏，司空也；爽鸠
　　　氏，司寇也；鹘鸠氏，司事也；五鸠鸠民者也。五雉为五工正，
　　　利器用，正度量，夷民者也。"

〔六〕氏，《铨评》："《御览》七十九作民。"案作民字是。《左传》："九扈为九农正，扈民无淫者也。"农正，主持农业生产之官。扈民，《小尔雅·广诂》："扈，止也。"防止百姓怠于农业生产而使之努力于耕种。

〔七〕品制，即今所谓等级制度。

颛顼赞

昌意之子〔一〕，祖自轩辕〔二〕。始诛九黎〔三〕，水德统天〔四〕。以国为号，风化神宣〔五〕。威畅八极〔六〕，靡不祗虔〔七〕。

〔一〕《山海经》："黄帝妻雷祖生昌意，昌意降居若水，生韩流。取淖子曰阿女，生帝颛顼。"据此则颛顼是昌意之孙。《帝王世纪》："颛顼，黄帝之孙，昌意之子。"曹植赞曰昌意之子，盖据《帝王世纪》，而不取郭璞说。

〔二〕自，《铨评》："程作有，从《艺文》十一。"案《御览》七十九引与《艺文》同，作自字是。

〔三〕九黎，《国语·楚语》韦注："九黎，黎氏九人，蚩尤之徒也。"疑黎或即今黎族之祖先。

〔四〕《古史考》："高阳氏妘姓，以水德王。"又："高阳、高辛皆国氏土地之号。"

〔五〕风化，犹言政令。神宣，谓无远弗届。

〔六〕八极，犹八方。畅，达也。

〔七〕祗虔，《史记·五帝本纪》："北至幽陵，南至交趾，西济流沙，东至蟠木，动静之物，大小之神，日月所照，莫不祗肃。"祗虔，犹祗肃也。

帝喾赞

祖自轩辕,玄嚣之裔[一]。生言其名[二],木德帝世[三]。抚宁天地[四],神圣灵察[五]。教弭四海[六],明并日月[七]。

〔一〕《史记·五帝本纪》:"帝喾高辛氏者,黄帝之曾孙也。父曰蟜极,蟜极父曰玄嚣,玄嚣父曰黄帝。"

〔二〕《帝王世纪》:"其母不见,生而神异,自言其名曰逡。"

〔三〕木,《铨评》:"程作才,从《艺文》十一。"案宋刊本《曹子建文集》、《御览》八十引与《艺文》同,作木字是。《古史考》"高辛氏以木德王"可证。

〔四〕抚宁,抚,《说文》:"安也;一曰循也。"

〔五〕神圣,谓特殊聪明智慧。灵察,具有卓越之观察力。

〔六〕弭,案弭、弥古通用。《淮南·原道训》:"横之而弥于四海。"《周礼·太祝》郑注:"弥犹遍也。"

〔七〕谓帝喾之德如日月辉光,千古常新。

帝尧赞

火德统位[一],父则高辛[二]。克平共工[三],万国同尘[四]。调适阴阳[五],其惠如春[六]。巍巍成功[七],(配)〔则〕天(则)〔之〕神[八]。

〔一〕火,《铨评》:"程作大,从《艺文》十一。"案宋刊本《曹子建文集》、《御览》八十引亦俱作火。《帝王世纪》:"帝尧年二十而登帝位,以火承木。"则作火字是也。

〔二〕《大戴礼·五帝德篇》:"宰我曰:请问帝尧? 孔子曰:高辛氏之

子也。"

〔三〕克平，《铨评》："平，《御览》八十作流。"《尚书·舜典》："流共工于幽州。"共工上古氏族之一。《山海经·海外北经》郭注："共工霸九州者。"

〔四〕尘，谓风俗。

〔五〕阴阳，指寒暑气候。

〔六〕春，《独断》："春为少阳，其气始出生养。"故春为滋长繁茂之象征。

〔七〕巍巍，《论语·泰伯篇》："巍巍乎其有成功也。"形容高大之貌。

〔八〕配，《铨评》："《御览》作则。"则，《铨评》："《御览》作之。"案《论语·泰伯篇》："子曰：大哉！尧之为君也，巍巍乎！唯天为大，唯尧则之。"曹植句盖本此，当作则天之神为得。谓尧效法天之广博无私之精神。

帝舜赞

颛顼之族〔一〕，重瞳神圣〔二〕。克协顽瞽〔三〕，应唐莅政〔四〕。除凶举俊〔五〕，以齐七政〔六〕。应历受禅〔七〕，显天之命。

〔一〕之，《铨评》："《艺文》十一作氏。"《帝王世纪》："舜，姚姓也，其先出自颛顼。"《大戴礼》："颛顼生穷蝉，穷蝉生敬康，敬康生勾芒，勾芒生蹻牛，蹻牛生瞽瞍，瞽瞍生舜。"据此疑作之字是。《艺文》作氏，或非。

〔二〕重瞳，《春秋演孔图》："舜目四童，谓之重明。"神圣，《尚书·大禹谟》："乃圣乃神。"孔传："圣无所不通，神妙无方。"

〔三〕克协，《尚书·尧典》："父顽、母嚚、象傲克谐以孝。"王引之曰：

"三复经文，当读克谐为句，以孝烝烝为句。"（《经义述闻》）曹植赞克协顽嚚为句，足以证成王说。协，和也。《尚书》作谐，盖由今古文之异而然。顽嚚，即舜父，以舜父不能辨别贤愚，时人名之曰嚚，谓如无目之人也。

〔四〕唐，唐尧。莅，《周礼·大宗伯》郑注："临视也。"

〔五〕除凶，《左》文十八年传："舜臣尧，流四凶族：浑敦、穷奇、梼杌、饕餮，投诸四裔，以御螭魅。"举俊，《左》文十八年传："……此十六族也，世济其美，不陨其名，以至于尧，尧不能举。舜臣尧，举八恺使主后土，以揆百事，莫不时序，地平天成。举八元，使布五教于四方，父义、母慈、兄友、弟共、子孝，内平外成。"

〔六〕七政，谓日月与金、木、水、火、土五星运行之规律。舜仰观天象，是否合符自然规律。合则反映政治措施恰当，若不合则政治显然存在缺点，以为改革之依据。

〔七〕应历，《尚书·大禹谟》："天之历数在汝躬。"受禅，接受尧让予之帝位。

夏禹赞

吁嗟天子〔一〕，拯世济民〔二〕。克卑宫室〔三〕，致孝鬼神〔四〕。蔬食薄服，黻冕乃新〔五〕。厥德不回〔六〕，其诚可亲。亹亹其德〔七〕，温温其（人）〔仁〕〔八〕。尼称无间〔九〕，何德之纯〔一〇〕！

舜居陇亩，明德上宣。孝乎顽嚚，义不格奸。《铨评》："《韵补》二引《禹赞》。"

舜将崩殂，告天禅位。虞氏既没，三年礼毕。《铨评》："《韵补》五引《禹赞》。"

避隐商山,示不敢莅。诸侯向己,乃奉天秩。《铨评》:"《韵补》五引《禹赞》。"

〔　一　〕吁嗟,感叹词。此示赞叹。天子,《铨评》:"《艺文》十一天作夫。"案《御览》八十二天亦作夫。夫子指夏禹。

〔　二　〕拯世济民,谓治理洪水之灾。故孔子曰:"微禹,吾其鱼乎!"

〔　三　〕《论语·泰伯篇》:"子曰:禹吾无间然矣!菲饮食而致孝乎鬼神,恶衣服而致美乎黻冕,卑宫室而尽力乎沟洫,禹吾无间然矣!"

〔　四　〕《论语·学而篇》皇疏:"致,极也。"

〔　五　〕《铨评》:"黻,《艺文》作绋。"案黻绋古通用。黻冕谓祭服。见《诗经·候人篇》《释文》。

〔　六　〕《诗经·大明篇》:"厥德不回。"《文选·西京赋》李注引《韩诗章句》:"回,邪辟也。"

〔　七　〕亹亹,勤勉之意。

〔　八　〕温温,《诗经·小宛篇》毛传:"和柔貌。"人,《铨评》:"《艺文》作仁。"案作仁字是。《庄子·天地》:"爱人利物谓之仁。"

〔　九　〕尼,仲尼。间,《左》昭十二年传杜注:"隙也。"无间即无隙。

〔一〇〕《淮南·齐俗训》高注:"纯,厚也。"

殷汤赞

殷汤(代)〔伐〕夏〔一〕,诸侯振仰〔二〕。放桀鸣条〔三〕,南面以王〔四〕。桑林之祷〔五〕,炎灾克偿〔六〕。伊尹佐治〔七〕,可谓贤相。

〔　一　〕代,《铨评》:"《艺文》作伐。"作伐字是。

〔　二　〕振与震义通。《诗经·车辖篇》郑笺:"仰是心慕之辞。"

〔三〕鸣条,《括地志》:"高涯原在蒲州安邑县北三十里南阪口,即古鸣条陌也。"

〔四〕古代天子南面而坐,诸侯北面以朝,故南面为为帝之代词。

〔五〕《帝王世纪》:"汤自伐桀,大旱七年,洛川竭。殷史卜曰:当以人祷。汤曰:吾所为请雨者,民也。若必以人祷,吾请自当。遂斋戒翦发断爪,以己为牲,祷于桑林之社。"祷,祭神求福。

〔六〕炎灾,谓旱灾。偿,《广雅·释言》:"偿,复也。"

〔七〕伊尹,有莘氏之媵臣,后为汤相。佐治,谓助理国家政务。

汤祷桑林赞

惟殷之世,炎旱七年。汤祷桑林,祈福于天。翦发离爪,自以为牲〔一〕。皇灵感应,时雨以零〔二〕。

〔一〕事见前注。

〔二〕《左》襄十五年传《正义》引《书传》:"祷于桑林之社,而雨大至,方数千里。"皇灵,谓天神。时雨,《广雅·释诂一》:"时,善也。"零,落也。

周文王赞

於赫圣德〔一〕,实惟文王〔二〕;三分有二,犹服事商〔三〕。化加虞芮〔四〕,傍暨四方〔五〕。王业克昭〔六〕,武嗣遂光〔七〕。

〔一〕於赫,赞美之辞。

〔二〕实,宋刊本《曹子建文集》作寔。案实寔古通。《诗经·燕燕篇》:"实劳我心。"《释文》:"本作寔。"是其证。《文选·西京赋》薛注："寔，是也。"

〔 三 〕《论语·泰伯篇》："孔子曰：……三分天下有其二，以服事殷，周之德可谓至德也已矣！"三分有二，即九州文王占有六州——雍、梁、荆、豫、徐、扬，冀、兖、青三州则属纣。服，《铨评》："《御览》八十四作复。"案服事见《论语》，《御览》作复，疑非。《诗经·关雎篇》郑笺："服，事也。"服事复义辞。

〔 四 〕《史记·周本纪》："虞、芮之人有狱不能决，乃如周。入界，耕者皆让畔，民俗皆让长。虞、芮之人未见西伯皆惭。相谓曰：吾所争固人所耻，何往为，只取辱耳！遂还，俱让而去。"《诗经·绵篇》："虞、芮质厥成。"毛传："虞、芮之君相与争田，久而不平。乃相谓曰：西伯仁人，盍往质焉！乃相与朝周：入其境则耕者让畔，行者让路。入其邑，男女异路，班白不提挈。入其朝，士让为大夫，大夫让为卿。二国君相谓曰：我等小人，不可履君子之庭，乃相让所争地以为间田。"加，《吕览·孝行》高注："施也。"《括地志》："故虞城在陕州河北县东北五十里虞山之上，古虞国也。故芮在芮城县西二十里，古芮国也。《晋太康记》：虞西百四十里有芮城。"（《绵篇》《正义》）

〔 五 〕暨，《铨评》："张作开，误。"傍暨犹言普及。四方，《铨评》："四，《艺文》十二作西。"案宋刊本《艺文》仍作四，作四字是。《诗经·绵篇》毛传："天下之人知此事，服周者有四十余国。"

〔 六 〕昭，《尔雅·释诂》："光也。"

〔 七 〕句意谓武王嗣位即光大发扬，消灭殷商，而即帝位。

周武王赞

桓桓武王〔一〕，继世灭殷〔二〕。咸任尚父〔三〕，且作商臣。功冒四海〔四〕,救世济民。天下宗周〔五〕,万国是宾〔六〕。

〔 一 〕桓桓,《诗经·桓篇》:"桓桓武王。"《尔雅·释训》孙注:"桓桓,
　　　　威猛之貌。"

〔 二 〕继世,继承文王。

〔 三 〕咸,《尔雅·释诂》:"皆也。"尚父谓吕望。尚父,尊敬之称谓。

〔 四 〕冒,《铨评》:"《艺文》十二作加。"案宋刊本《曹子建文集》与《艺
　　　　文》同,考《吕览·孝行》:"光耀加于百姓。""加犹高也",见《礼
　　　　记·内则》郑注。

〔 五 〕宗周,《文选·东京赋》薛注:"宗,尊也。"宗周犹尊周。

〔 六 〕宾,《尔雅·释诂》:"服也。"

周公赞

成王即位,年尚幼稚〔一〕。周公居摄〔二〕,四海慕利〔三〕。罚叛柔
服〔四〕,祥应仍至〔五〕。诵长反政〔六〕,达夫忠义〔七〕。

〔 一 〕《帝王世纪》:"成王即位,年十二岁。"

〔 二 〕居摄,《礼记·明堂位》《正义》:"代也。"谓处于代行天子政务
　　　　之职位。

〔 三 〕利,《易经·文言》传:"利者义之和也。"

〔 四 〕罚叛,谓讨伐商奄淮夷徐戎。柔服,安抚服从之诸侯。

〔 五 〕仍至,《汉书·武帝纪》颜注:"仍,频也。"仍至,即频至。

〔 六 〕诵,成王名。《帝王世纪》:"周公居冢宰摄政。成王年少,未能
　　　　治事,故号曰孺子。八年王始躬亲王事。"

〔 七 〕夫,《铨评》:"《艺文》十二作天。"案天当是夫字之形误。夫,语
　　　　中助词。《淮南·泛论训》:"成王既壮,周公属籍致政,北面委

质而臣事之。请而后为，复而后行，无擅恣之志，无伐矜之色，可谓能臣矣。"即忠义二字所本。

周成王赞

成王继武，贤圣保傅〔一〕。年虽幼稚，岐嶷有素〔二〕。初疑周公，终焉克寤〔三〕。旦奭佐治，遂致刑错〔四〕。

〔一〕贤，谓召公奭。圣，周公旦。保傅，《尚书·君奭篇》："召公为保，周公为师，相成王为左右。"

〔二〕岐嶷，《文选·吴都赋》刘注："谓有识知也。"素，《广雅·释诂三》："本也。"

〔三〕事见《尚书·金縢篇》，文长不具录。克寤，能醒悟。

〔四〕错，《书序》《释文》引马融曰："错，废也。"《史记·周本纪》："成康之际，天下安宁，刑措四十余年不用。"

汉高祖赞

屯云斩蛇〔一〕，灵母告祥〔二〕。朱旗既抗〔三〕，九野披攘〔四〕。禽婴克羽〔五〕，扫灭英雄〔六〕。承机帝世〔七〕，功著武汤〔八〕。

〔一〕杜笃《论都赋》："大汉开基，高祖有勋。斩白蛇，屯黑云。"《史记·高祖纪》："高祖隐于芒砀山泽间，吕氏与人俱求常得之。高祖怪问，吕氏曰：季所居上常有云气，故从往，得季。"又，"高祖被酒，夜径泽中，令一人行前。行前者还报曰：前有大蛇当径，愿还。高祖醉曰：壮士行何畏！乃前，拔剑斩蛇，蛇分为两，谊开。"

〔 二 〕灵母,神母。《史记·高祖纪》:"后人来至蛇所,有一老姬夜
　　　哭。人问姬何哭?姬曰:人杀吾子。人曰:姬子何故见杀?姬
　　　曰:吾子白帝子也,化为蛇,当道。今者赤帝子斩之,故哭。人
　　　以姬为不诚,欲苦之。姬因忽不见。"

〔 三 〕抗,举也。

〔 四 〕九野,即九州。披攘,《广雅·释诂三》:"披,散也。"《国语·鲁
　　　语》韦注:"攘,却也。"

〔 五 〕禽婴,婴,秦王子婴。克羽,《尚书·洪范》马注:"克,胜也。"
　　　羽,项羽。

〔 六 〕英雄,指齐王田广、魏王豹等地方割据势力。

〔 七 〕承机,谓承受机运。犹言承受天命。

〔 八 〕武汤,当作汤武,以协韵倒。成汤、武王俱以兵力夺取帝位者。

汉文帝赞

孝文即位,爱物俭身〔一〕。骄吴抚越〔二〕,匈奴和亲〔三〕。纳谏赦
罪〔四〕,以德(讓)〔懷〕民〔五〕。殆至刑错〔六〕,万国化淳〔七〕。

〔 一 〕爱物,谓爱人民。俭,《铨评》:"《艺文》十二作检。"《汉书·黄
　　　霸传》颜注:"检,局也。"检身,谓约束自身。《史记·孝文纪》:
　　　"(文帝)尝欲作露台,召匠计之,直百金。上曰:百金,中人十
　　　家之产,吾奉先帝宫室,常恐羞之,何以台为!"

〔 二 〕骄,《国策·秦策》高注:"宠也。"吴指吴王濞。《汉书·孝文
　　　纪》:"吴王诈病不朝,赐之几杖。"抚越,越谓南越王赵佗。《汉
　　　书·孝文纪》:南越尉佗自立为帝,召贵佗兄弟,以德怀之,佗
　　　遂称臣。

〔三〕文帝以家人子妻匈奴单于,使匈奴不再入寇。

〔四〕纳谏,《汉书·孝文纪》:"诏曰:古之治天下,朝有进善之旌,诽谤之木,所以通治道而来谏者也。今法有诽谤訞言之罪,是使众臣不敢尽情,而上无由闻过失也,将何以来远方贤良?其除之。群臣袁盎等谏说虽切,常假借纳用焉。"赦罪,《汉书·孝文纪》:"张武等受赂金钱,觉,更加赏赐,以愧其心。"

〔五〕讓,严可均《全三国文》作懷,疑作懷字是。《尚书·尧典》:"黎民怀之。"《礼记·学记》郑注:"怀,来也,安也。"《汉书·孝文纪》赞:"专务以德化民。"

〔六〕殆,《礼记·檀弓篇》郑注:"几也。"《汉书·孝文纪》:"是以海内殷富,兴于礼义,断狱数百,几致刑措。"

〔七〕化淳,谓风俗淳朴。

汉景帝赞

景帝明德,继文之则〔一〕。肃清王室,克灭七国〔二〕。省役薄赋〔三〕,百姓殷昌〔四〕。风移俗易,齐美成康〔五〕。

〔一〕文谓孝文帝。则,法制。

〔二〕七国,吴王濞、楚王戊、赵王遂,胶西王卬、济南王辟光、菑川王贤、胶东王熊渠。景帝即位三年,七国一齐发兵反,以清君侧为名。景帝任周亚夫为太尉,率三十六军击吴、楚。吴王濞为人所杀,楚王戊自杀。胶东、菑川等王皆诛死(事详《汉书·景帝纪》)。

〔三〕省役,减少百姓担负徭役之日数。薄赋,实施三十税一之税制。

〔四〕殷，众也。昌，《广雅·释诂二》："盛也。"谓人口增加，物资丰盛。

〔五〕齐美，即比美。成、康，即周成王、康王。《汉书·景帝纪》赞："周言成康，汉言文景，美矣！"

汉武帝赞

世宗光光〔一〕，文武是（攘）〔穰〕〔二〕。威振百蛮〔三〕，恢拓土疆〔四〕。简定律历〔五〕，辨修旧章〔六〕。封天禅土〔七〕，功越百王〔八〕。

〔一〕世宗，武帝庙号。光光，广大之貌。

〔二〕攘，疑字当作穰。汉樊敏碑："京师扰穰。"攘作穰。穰，《广雅·释诂四》："丰也。"作攘失其韵。文武是穰，谓文治武功俱丰盛也。

〔三〕振，《铨评》："《艺文》十二作震。"案宋刊本《曹子建文集》与《艺文》同。《国语·周语》韦注："震，惧也。"《礼记·王制》："南方曰蛮。"百蛮，言其种类非一。

〔四〕恢拓，恢，广也。《小尔雅·广诂》："拓，开也。"汉武帝以南越地为南海九郡，平西南夷，设武都、牂牁五郡。扩大汉朝统治地区。

〔五〕简，《尔雅·释诂》："择也。"律，《大戴礼·曾子天圆篇》："截十二管，以索八音之上下清浊，谓之律。"武帝以李延年为协律都尉以司其事。历，废除秦代历法，采用以建寅之月为岁首，行《太初历》。

〔六〕谓分别厘定原有之制度。如立太学，修郊祀。

〔七〕封天谓封泰山，祭天神。禅土谓禅梁甫以祀地神（见《史记·

孝武纪》及《封禅书》）。

〔八〕越，《铨评》：“《御览》八十八作超。”案超、越义同。

姜嫄简狄赞

喾(有)〔卜〕四妃〔一〕，子皆为王。帝挚早崩〔二〕，尧承天纲〔三〕。玄鸟大迹〔四〕，殷周美祥〔五〕。稷契既生，翊化虞唐〔六〕。

〔一〕喾，帝喾。有，《铨评》：“《艺文》十五作卜。”案《初学记》十引作十，有字当作卜，十为卜字之形误。《帝王世纪》：“喾亦纳四妃，卜其子，皆有天下。元妃有台氏女曰姜嫄，生后稷。次有娀氏女曰简狄，生契。次陈丰氏女曰庆都，生放勋。下妃娵訾氏女曰常仪，生帝挚。”

〔二〕早，《铨评》：“张、程作且，从《艺文》。”案《初学记》十亦引作早，作早字是。《史记·五帝本纪》：“帝挚立不善崩。”《索隐》引卫宏说：“挚立九年，而唐德盛，因禅位焉。”曹植赞谓为早崩，与卫宏说异。

〔三〕天纲，喻帝位。

〔四〕玄鸟，即燕。《诗经·玄鸟篇》：“天命玄鸟，降而生商。”古谓简狄过洛水，见燕卵，拾而吞之，因怀孕而生契（见《史记·殷本纪》）。大迹，《诗经·生民篇》郑笺：“时有大神之迹，姜嫄履之，足不能满，履其拇指之处，心体歆歆然。其左右所止住，如有人道感己者，于是遂有身，而肃戒不复御，后则生子曰弃。”

〔五〕美祥，犹吉兆。

〔六〕翊化，《铨评》：“《艺文》作功显。”《尚书·舜典》：契作司徒，弃居稷。故曰功著于唐虞之世。

曹植集校注

102

班婕妤赞

有德有言〔一〕，实惟班婕〔二〕。盈冲其骄〔三〕，穷〔悦〕其厌（悦）〔四〕。在夷（贞艰）〔艰贞〕〔五〕，在晋（正）〔三〕接〔六〕。临飙端干〔七〕，冲霜振叶〔八〕。

〔一〕《论语·宪问篇》："子曰：有德者必有言。"

〔二〕班，《铨评》："程作斑，从《初学记》十。"案作班字是。见《广韵》上平删韵。婕，婕妤，汉代嫔妃之号。

〔三〕《汉书·班婕妤传》："成帝游于后庭，尝欲与婕妤同辇载。婕妤辞曰：观古图画，贤圣之君皆有名臣在侧，三代末主，乃有嬖女，今欲同辇，得无近似之乎！"句谓得持盈保泰之理，不自满于现实之尊荣。

〔四〕《铨评》："程作穷悦其厌，从张本。"案《初学记》十引作穷悦其厌，宋刊本《曹子建文集》与《初学记》引同。考婕厌接叶四字协韵，作悦失韵。丁校非。句谓了解守穷之旨，而安于他人之排挤陷害。《汉书·班婕妤传》："鸿嘉三年：赵飞燕谮告班婕妤挟媚道咒诅后宫，署及主上……考问班婕妤。婕妤对曰：妾闻死生有命，富贵在天，修正尚未蒙福，为邪欲有何望！使鬼神有知，不受不臣之愬；如其无知，愬之何益，故不为也。"

〔五〕在夷贞艰，《铨评》："程作在汉夷贞，从《初学记》。"案丁校是。夷，即《明夷》，《易经》卦名。《明夷》爻辞："明夷，利艰贞。"《正义》："时虽至暗，不可随世倾邪，均宜艰难坚固，守其贞正之德。"据此贞艰当作艰贞为得，赞盖误乙。

〔六〕晋，《易经》卦名。按《晋卦》爻辞："康侯用，锡马蕃庶，昼日三接。"《正义》："昼日三接，言非惟蒙福繁多，又被亲宠频数，一日之间，三度接见也。"赞作正接，当是三接之误。《汉书·外戚传·班婕妤》："（成）帝初即位，选入后宫。始为少使，俄而大幸，为婕妤，居增成舍。再就馆，有男，数月失之。"

〔七〕句谓面对暴急旋风，树干端立不屈。

〔八〕冒凛冽严霜，而树叶仍挺然不萎。飙、霜喻严酷之压力，端干、振叶象征坚强正直之品质，独立不惧之精神。

许由巢父池主赞〔一〕

尧禅许由〔二〕，巢父是耻〔三〕；秽其溷听〔四〕，临河洗耳。池主是让〔五〕，以水为浊。嗟此三士，清足厉俗〔六〕！

〔一〕《铨评》："程、张脱许由池主四字，依《艺文》三十六补。"

〔二〕嵇康《高士传》："许由字武仲，尧舜皆师之，与啮缺论尧而去，隐于沛泽之中。尧舜乃致天下而让焉。"

〔三〕《高士传》："巢父，尧时隐人，年老，以树为巢而寝其上，故人号为巢父。"

〔四〕溷，《汉书·翼奉传》颜注："污也。"《高士传》："巢父闻由为尧所让，以为污，乃临池水而洗其耳。"

〔五〕让，斥责。《高士传》："池主怒曰：何以污我水。"

〔六〕纯清之操，足以针砭当时贪浊风尚。

卞随赞〔一〕

汤将伐桀，谋于卞子〔二〕。既（闻）〔克〕让位，随以为耻〔三〕。薄于殷世〔四〕，着自污己〔五〕。自投颍水〔六〕，清风邈矣〔七〕！

〔 一 〕《铨评》:"程、张作《务光赞》,误。依《艺文》三十六改。"

〔 二 〕《吕氏春秋·离俗览》:"汤将伐桀,因卞随而谋。卞随辞曰:非吾事也。"

〔 三 〕闻,《铨评》:"《艺文》三十六作克。"案宋刊本《曹子建文集》亦作克。作克字是。《离俗览》:"汤遂与伊尹谋夏伐桀,克之,以让卞随。卞随辞曰:后之伐桀也,谋乎我,必以我为贼也。胜桀而让我,必以我为贪也。吾生乎乱世,而无道之人再来詢我,吾不忍数闻也。乃自投于颍水而死。"

〔 四 〕薄,《文选》左思《咏史诗》李注:"轻鄙之也。"

〔 五 〕着,《一切经音义》三引《字书》:"相附着也。"

〔 六 〕颍水,河南省河名。

〔 七 〕邈,远也。

商山四皓赞

嗟尔四皓〔一〕,避秦隐形〔二〕。刘项之争,养志弗营〔三〕。不应朝聘〔四〕,保节全贞。应命太子〔五〕,汉嗣以宁〔六〕。

〔 一 〕四皓者皆八十余岁,须眉皓白,故谓之四皓。《汉书·王贡两龚鲍传》序:"汉兴,有园公、绮里季、夏黄公、甪里先生。此四人者,当秦之世,避而入商雒深山,以待天下之定也。自高祖闻而召之,不至。其后,吕氏用留侯计,使皇太子卑辞束帛、敬礼安车迎而致之。四人既至,从太子见高祖,客而敬焉。太子得以自重,遂用自安。"

〔 二 〕避秦代乱,潜居于商山。商山在今陕西省商县东南。

〔 三 〕养志,犹养心。《孟子·尽心》赵注:"养,治也。"营,求也。谓营求禄位。

〔四〕《史记·留侯世家》:"上乃大惊曰:吾求公数岁,公辟逃我,今公何自从吾儿游乎？四人皆曰:陛下轻士善骂,臣等义不受辱,故恐而亡匿。"

〔五〕太子,谓孝惠帝刘盈。

〔六〕《史记·留侯世家》:"四人为寿已毕,趋去。上目送之。召戚夫人指示四人者曰:我欲易之,彼四人辅之,羽翼已成,难动矣！竟不易太子者,留侯本招此四人之力也。"

古冶子等赞〔一〕

齐(姜)〔强〕接子〔二〕,勇节徇名〔三〕。虎门之(博)〔搏〕〔四〕,忽晏置衅〔五〕。矜而(曰)〔自〕伐〔六〕,轻死重分〔七〕。

〔一〕《铨评》:"程缺。晏案《晏子》载古冶子事景公,以勇力搏虎闻。诸葛孔明《梁甫吟》亦用古冶子事。"

〔二〕齐姜,《铨评》:"《御览》七百五十四作强。"案作强字是。强即田开强。春秋时,公孙接、田开强、古冶子三人皆齐景公之著名力士。

〔三〕勇节,操行勇敢。徇名,以死求名。

〔四〕虎门,《左》昭十年传《正义》引《周礼》郑注:"虎门,路寝门也。王日视朝于路寝,门外画虎焉,以明勇猛于守宜也。"博,疑字当作搏。《广雅·释诂三》:"搏,击也。"《左》昭十年传:"子良曰:先得公,陈、鲍焉往！遂伐虎门。"是时齐国旧贵族栾氏、高氏与新兴贵族陈氏、鲍氏争夺统治权力,致以兵戎相见,战于虎门。疑赞"虎门之搏",或指此事。《御览》以为博弈,恐未的。

〔五〕晏，谓晏婴，齐景公相。衅，《左》桓八年传杜注："瑕隙也。"

〔六〕矜，《礼记·表记》郑注："谓自尊大也。"曰，《铨评》："《御览》作自。"案作自字是。自伐，《论语·宪问篇》皇疏："谓有功而自称。"

〔七〕分，《文选·七启》李注："分，分义也。"重分犹言重义气。事详《晏子春秋·内篇谏下》。

案此赞仅六句三韵，当有脱句。

三鼎赞〔一〕

鼎质之精〔二〕，古之神器。黄帝是铸〔三〕，以像太一〔四〕。能轻能重，知凶识吉〔五〕。世衰则隐，世和则出〔六〕。

〔一〕《铨评》："张作《黄帝三鼎赞》。"

〔二〕之，《铨评》："《艺文》十一作文。"案宋刊本《曹子建文集》与《艺文》同。文，谓鼎上之图案。

〔三〕《汉书·郊祀志》："黄帝作宝鼎三，象天地人。"

〔四〕一，《铨评》："程作上，张作乙，从《艺文》。"案《瑞应图》："黄帝造三鼎，以像太乙。"太乙，天神。乙、一古通。程本作上误。

〔五〕《晋中兴书》："神鼎者，仁器也。能轻能重，能息能行……乱则藏于深山，文明应运而至。"（《御览》七百五十六引）

〔六〕和，谓太平。

赤雀赞〔一〕

西伯积德，天命攸顾〔二〕。赤雀衔书，爰集昌户〔三〕。瑞为天使，和气所致。嗟尔后王,昌期而至〔四〕。

〔 一 〕《铨评》:"程雀下衍赋,删。《艺文》十二作《文王赤雀赞》。"案宋刊本《曹子建文集》无赋字,丁删赋字是。

〔 二 〕西伯,周文王。详见《史记·周本纪》。攸,所也。顾,《文选·东京赋》薛注:"眷也。"

〔 三 〕《尚书中候》:"季秋三月甲子,赤乌衔丹书入酆郭,止于昌户。王乃拜稽首曰:受天命姬昌,苍帝子。亡殷者纣也。"

〔 四 〕昌,盛也。期,时也。而,犹即也。

吹云赞〔一〕

天地变化,是生神物。吹云吐润〔二〕,浮气蓊郁〔三〕。

〔 一 〕意义不审,不可究知。

〔 二 〕吐润,谓落雨。

〔 三 〕气,《铨评》:"程作云,从《艺文》一。"蓊郁,双声謰语,云盛貌。

　　此赞疑有逸句,文意不具。

蝉　赋

惟夫蝉之清素兮〔一〕,潜厥类乎太阴〔二〕。在盛阳之仲夏兮〔三〕,始游豫乎芳林〔四〕。实澹泊而寡欲兮〔五〕,独怡乐而长吟〔六〕。声(嘞嘞)〔嗷嗷〕而弥厉兮〔七〕,似贞士之介心〔八〕。内含和而弗食兮〔九〕,与众物而无求。栖高枝而仰首兮〔一○〕,漱朝露之清流〔一一〕。隐柔桑之稠叶兮〔一二〕,快闲居而遁暑〔一三〕。苦黄雀之作害兮〔一四〕,患螳螂之劲斧〔一五〕。冀飘翔而远托兮〔一六〕,毒蜘蛛之网罟〔一七〕。欲降身而卑窜兮〔一八〕,惧草虫之袭予〔一九〕。免众难而弗获兮〔二○〕,遥迁集乎宫宇〔二一〕。依名果之茂阴兮〔二二〕,托修干以静处〔二三〕。有翩翩之狡童兮〔二四〕,步容与于园圃〔二五〕。体离朱之聪视兮〔二六〕,姿才捷于狝猿〔二七〕。条罔叶而不挽兮〔二八〕,树无榦而不缘〔二九〕。翳轻躯而奋进兮〔三○〕,跪侧足以自闲〔三一〕。恐余身之惊骇兮,精曾(睌)〔睆〕而目连〔三二〕。持柔竿之冉冉兮〔三三〕,运微黏而我缠〔三四〕。欲翻飞而逾滞兮〔三五〕,知性命之长捐〔三六〕。委厥体于(庖)〔膳〕夫〔三七〕,(炽)〔往〕炎炭而就燔〔三八〕。秋霜纷以宵下〔三九〕,晨风(烈)〔冽〕其过庭〔四○〕。气惛怛而薄躯〔四一〕,足攀木而失茎〔四二〕。吟嘶哑以沮败〔四三〕,状枯槁以丧形〔四四〕。乱曰〔四五〕:诗叹鸣蜩,声嘒嘒兮〔四六〕。盛阳则来〔四七〕,太阴逝兮〔四八〕。皎皎贞素〔四九〕,侔夷节兮〔五○〕。帝臣是戴〔五一〕,尚其洁兮〔五二〕。

〔 一 〕惟,发语词。清素,《铨评》:"《初学记》三十素作洁。"郭璞赞:"虫之精洁,可贵者蝉。"精洁犹清洁。复义词。

〔 二 〕乎,《铨评》:"《艺文》九十七作于。"乎、于义同。太阴,谓地。

〔 三 〕盛,《铨评》:"《艺文》作炎。"案宋刊本《曹子建文集》亦作炎,《初学记》引同。炎,《诗经·云汉篇》毛传:"炎,热气盛也。"仲夏,《铨评》:"仲,《艺文》作中。"中夏谓五月。《礼记·月令》:"五月之节……夏至之日后五日,蜩始鸣。"

〔 四 〕游豫,复义词。《孟子·梁惠王篇》赵注:"豫亦游也。"乎,《铨评》:"《艺文》作于。"案《文选》卢子谅《赠崔温》李注引曹植《蝉赋》作乎。芳林即林,芳,美之词也。

〔 五 〕澹泊,宋刊本《曹子建文集》澹作淡,《初学记》引同。《文选·

长杨赋》：“澹泊为德。”《子虚赋》李注：“《说文》曰：怕，无为也。《广雅》曰：憺、怕，静也。”则澹泊具安静之义。

〔六〕怡，宋刊本《曹子建文集》字作咍。《广雅·释诂一》：“咍，笑也。”

〔七〕嗷嗷，《铨评》：“《初学记》作噭噭。”案宋刊本《曹子建文集》嗷作嗷，嗷当是嗷字之形误。考《初学记》作嗷，《铨评》谓作噭，当系传录之误。嗷嗷，蝉鸣声。厉，《广雅·释诂四》：“高也。”

〔八〕贞士，谓品德纯正之人。介心，耿介之性。《孟子音义》：“介谓特立之行。”之，《铨评》：“《初学记》作而。”案作而疑误。

〔九〕内，《汉书·文帝纪》颜注引臣瓒：“中也。”含和，《淮南·俶真训》高注：“和，气也。”气，谓阴阳中和之气（见《荀子·不苟篇》杨注）。

〔一〇〕高枝，《铨评》：“《初学记》高作乔。”案乔、高义同。

〔一一〕漱，《铨评》：“程作濑，从《艺文》。”案《初学记》作嗽。《通俗文》：“含吸曰嗽。”清流，犹言清液。

〔一二〕隐，《后汉书·孔融传》章怀注：“凭也。”柔桑，《广雅·释诂一》：“柔，弱也。”谓桑枝。稠，密也。

〔一三〕闲居，《铨评》：“《初学记》作喟号。”闲，静也。而，《铨评》：“《艺文》作以。”遁暑，即逃暑，犹避暑也。

〔一四〕苦，《铨评》：“程作若，从《艺文》。”案宋刊本《曹子建文集》、《初学记》字俱作苦，苦，《法言·先知篇》李注：“患也。”作苦字是，苦、若形近易误。作害，即为害。

〔一五〕螳螂，《铨评》：“《初学记》作螗螂。程、张作蜋螳，从《艺文》。”案《淮南·时则训》高注：“螳螂世谓之天马，一名齿肬，兖、豫谓之巨斧也。”劲斧，《尔雅》郭注：“螳螂，有斧虫。”《正义》：“螳

110

螳捕蝉而食,有臂若斧,奋之当轶不避。"

〔一六〕飘翔,疾飞貌。

〔一七〕毒,《广雅·释诂三》:"恶也。"

〔一八〕窜,《广雅·释诂四》:"藏也。"卑窜,谓下藏。

〔一九〕袭,《国语·晋语》韦注:"掩也。"

〔二○〕难,《铨评》:"《初学记》作艰。"

〔二一〕遥,远也。

〔二二〕阴,《铨评》:"《初学记》阴作荫。"案《释名·释形体》:"阴,荫也,言所在荫翳也。"是阴、荫古通。

〔二三〕托,《国策·齐策》高注:"附也。"

〔二四〕翩翩,《易经·泰卦》《释文》:"轻举貌。"狡童,《诗经·山有扶苏篇》《正义》引孙毓云:"此狡,狡好之狡,谓有貌无实者也。"

〔二五〕容与,《史记·司马相如传》《索隐》:"游戏貌也。"

〔二六〕体,《淮南·泛论训》高注:"行也。"离朱即离娄。《孟子·离娄篇》赵注:"离娄者,古之明目者,盖以为黄帝之时人也。黄帝亡其玄珠,使离朱索之,离朱即离娄也。视于百步之外,见秋毫之末。"聪视,聪,察也,见《说文》。

〔二七〕姿,资也。才,才力也。狝猿,宋刊本《曹子建文集》作猿猴。

〔二八〕条,枝也。挽,《小尔雅·广诂》:"引也。"

〔二九〕榦,宋刊本《曹子建文集》作幹。缘,攀缘。

〔三○〕躯,《铨评》:"程作驱,从《初学记》。"案驱字误。进,《铨评》:"《初学记》进作迅。"案奋迅复义词。迅,《尔雅·释诂》:"疾也。"

〔三一〕《广雅·释诂二》:"闲,遮也。"

〔三二〕余,《铨评》:"《初学记》作此。"案余谓蝉自称。精,谓眼睛。

睆，《初学记》作睕，疑作睕字是。《庄子释文》李注："睆，穷视貌。"犹今语之盯字。连，《国语·楚语》韦注："属也。"目连，犹言注视。

〔三三〕持，《铨评》："《初学记》作怿。"案作持字是。冉冉，《古诗》："冉冉孤生竹。"《说文》："冉，毛冉冉也。"犹今语颤悠悠之意。

〔三四〕运，《礼记·少仪》《正义》："动也。"缠，《广雅·释诂三》："束也。"

〔三五〕滞，《楚辞·涉江》王注："留也。"

〔三六〕捐，弃也。

〔三七〕委，《国策·齐策》高注："付也。"庖夫，《铨评》："《艺文》作膳夫。《内则》食品有蜩，故有庖夫之语。"案宋刊本《曹子建文集》与《艺文》同。《周礼·天官》："膳夫，掌王之食饮膳羞，以养王及后世子。"作膳夫为是。丁校未确。

〔三八〕炽，《铨评》："《艺文》作归。"案宋刊本《曹子建文集》与《艺文》同。作归字是。《广雅·释诂一》："归，往也。"

〔三九〕宵，《铨评》："《艺文》作霄。"案宋刊本《曹子建文集》字作宵。作宵字是。《尔雅·释言》："宵，夜也。"

〔四〇〕烈其，《艺文》卷九十一作冽其。案作冽字是。冽，《诗经·下泉篇》毛传："寒也。"冽其犹冽然。烈字疑非。

〔四一〕慯怛，犹惨慄，寒冷之貌。薄，迫也。

〔四二〕失茎，谓下坠也。

〔四三〕嘶哑，谓声散也。沮败，犹言停止。

〔四四〕丧形，《铨评》："以上八句，张脱。"

〔四五〕乱曰，《铨评》："乱，程作辞，从《初学记》。"案作乱字是。《文选·幽通赋》："乱曰，曹大家曰：乱，理也。"

〔四六〕《诗经·小弁篇》："菀彼柳斯,鸣蜩嘒嘒。"嘒嘒,蝉鸣声。

〔四七〕盛阳,谓炎暑之时。

〔四八〕太阴,指冬日(见《独断》)。

〔四九〕皎皎,皎同皎。《诗经·白驹篇》《释文》："洁白也。"贞素,正直
清白之品德。

〔五○〕侔,《文选·鲁灵光殿赋》张注引《字林》："齐等也。"夷节,《铨
评》:"节,《初学记》作惠。"夷谓伯夷,《史记》有传。案此当作
夷节,与下句洁字叶韵。作惠则失韵,或非。

〔五一〕董巴《舆服志》:"侍中、中常侍冠武弁大冠,加金珰,附蝉
为文。"

〔五二〕尚,《后汉书·张衡传》章怀注:"慕也。"

神龟赋有序〔一〕

龟寿千岁〔二〕。时有遗余龟者,数日而死,肌肉消尽,唯甲存
焉! 余感而赋之。曰:

嘉四灵之建德〔三〕,各潜位乎一方〔四〕:苍龙虬于东岳〔五〕,白虎啸
于西冈,玄武集于寒门〔六〕,朱雀栖于南乡〔七〕。顺仁风以消
息〔八〕,应圣时而后翔〔九〕。嗟神龟之奇物,体乾坤之自然。下夷
方以则地〔一○〕,上规隆而法天〔一一〕。顺阴阳以呼吸,藏景曜于重
泉〔一二〕。餐飞尘以实气〔一三〕,饮不竭于朝露。步容趾以俯
仰〔一四〕,时鸾回而鹤顾。忽万载而不恤〔一五〕,周无疆于太素〔一六〕。
感白(龙)〔灵〕之翔鹜〔一七〕,卒不免乎豫且〔一八〕。虽见珍于宗
庙〔一九〕,罹剞剥之重辜〔二○〕。欲愬怨于上帝,将等愧乎游鱼〔二一〕。
惧沉泥之逢殆〔二二〕,赴芳莲以巢居〔二三〕。安玄云而好静〔二四〕,不淫

113

翔而改度〔二五〕。昔严周之抗节，援斯灵而托喻〔二六〕。嗟禄运之屯蹇〔二七〕，终遇获于江滨。归(笼)〔枙〕槛以幽处〔二八〕，遭淳美之仁人〔二九〕。昼顾瞻以终日，夕抚顺而接晨〔三〇〕。遭淫灾以陨越〔三一〕，命剿绝而不振〔三二〕。天道昧而未分〔三三〕，神明幽而难烛〔三四〕。黄氏没于空泽〔三五〕，松乔化于扶木〔三六〕。蛇(折)〔析〕鳞于平皋〔三七〕，龙脱骨于深谷〔三八〕。亮物类之迁化〔三九〕，疑斯灵之解壳。

〔一〕案陈琳《答东阿王笺》："并示《龟赋》。"

〔二〕寿，《铨评》："《艺文》九十六作号。"《释名·释语言》："号，呼也，以其善恶呼名之也。"则号犹今语之号称。

〔三〕嘉，赞美之词。四灵，《三辅黄图》："苍龙、白虎、朱雀、玄武，天之四灵，以正四方。"

〔四〕潜，隐也。位，《周礼·太仆》郑注："立处也。"

〔五〕虬，蟠屈之貌。

〔六〕玄武，《后汉书·冯衍传》章怀注："谓龟蛇位在北方，故曰玄。"寒门，《初学记》卷三十作塞门。原注："天北门也。"《淮南·墬形训》："北极之山曰寒门。"高注："积寒所在，故曰寒门。"《初学记》作塞，盖以形近而误。

〔七〕朱雀，即凤。

〔八〕消息，《史记·历书》："起消息。"《正义》引皇侃："坤者，阴死为消；乾者，阳生为息。"则消息犹言死生。

〔九〕翔，《文选·东京赋》薛注："行也。"

〔一〇〕下，谓龟板。夷方，平方。则，法也。

〔一一〕上，谓龟壳。规隆，圆而隆起。《礼说》："神龟之象，上圆法天，下方法地。"此二句所本。

〔一二〕藏，《山海经·西山经》郭注："犹隐也。"景曜，日月光。重泉，
深水中。龟惧光，二千年始出头一次(见郭子横《洞冥记》)。

〔一三〕餐，《铨评》："《艺文》作食。"案《初学记》亦作食。宋刊本《曹子
建文集》作湌。湌当作飱，从食从水，为餐字之异体。《广雅·
释诂二》："餐，食也。"实气，《礼记·祭法》郑注："气谓嘘吸出
入者也。"犹今言生命力。《史记·龟策列传》："余至江南，江
旁人家常畜龟，饮食之。以为能导引致气，有益于助衰养老。"

〔一四〕容趾，舒缓之貌。此二句形容龟举动呼吸之状。陈仲弓《异闻
记》："……入就之，乃知其不死。问之从何得食？女言粮初尽
时，甚饥，见冢角有一物，伸颈吞气，试效之，转不复饥。日月
为之，以至于今。……广定乃索女所言物，乃是一大龟耳。"
(《抱朴子·对俗篇》)

〔一五〕忽，轻视之义。不恤，犹言不忧。

〔一六〕周，《论衡·正说》："周者至也。"疆，《穀梁》昭元年传："疆之为
言竟也。"于，王引之曰："于犹如也。"太素，《大戴礼·易本命
篇》卢注引《易说》："质之始也。"此谓天地。

〔一七〕白龙，宋刊本《曹子建文集》作白灵，严辑《全三国文》亦作白
灵。案白灵即白龟，作白灵是。

〔一八〕豫且，《庄子·外物篇》："……明日余且朝。君(宋元君)曰：渔
何得？对曰：且之网得白龟焉，其圆五尺。君曰：献若之龟。
龟至，君再欲杀之，再欲活之，心疑，卜之，曰：杀龟以卜吉。乃
刳龟，七十二钻而无遗策。"余且，《史记·龟策列传》作豫且。

〔一九〕珍，宋刊本《曹子建文集》作尊。案《广雅·释诂三》："重也。"
《左》昭五年传杜注："尊，重也。"是珍、尊同义。宗庙，《说文》：

"宗,尊祖庙也。"

〔二〇〕罹,遭也。重辜,《周礼·掌戮》郑注:"辜之言枯也,谓磔之。"即今语剐字之义。《庄子·外物篇》:"仲尼曰:神龟能见梦于元君,而不能避余且之网;知能七十二钻而无遗策,不能避刳肠之患。"

〔二一〕愬怨,申诉愤恨。游鱼,古有白龙自天降于清冷之渊,化为鱼。捕鱼者豫且射之,伤目。白龙诉射之者于上帝,帝曰:如何置汝之形乎?白龙曰:化为鱼。帝曰:鱼原为人所欲射者,既如此,豫且有何罪乎!事出《说苑·正谏篇》,曹植将二事合为一,疑失检。

〔二二〕沉泥,沉,《史记·酷吏传》《集解》引《汉书音义》:"藏匿也。"泥,土中。殆,《礼记·大学》郑注:"危也。"

〔二三〕芳莲,《史记·龟策列传》:"龟千岁,乃游于莲叶之上。"巢居,龟栖止于莲叶之上,如鸟之栖于树也,故植赋谓之巢居。

〔二四〕玄云,象征荷叶茂密。

〔二五〕淫翔,宋刊本《曹子建文集》作注翔。案淫,《礼记·哀公问》郑注:"放也。"作淫字是。作注盖以形近而误。翔,游也。度,《左》昭四年传杜注:"法也。"

〔二六〕严周,《铨评》:"严周谓庄周也。"案庄之作严,盖避汉明帝讳故。抗,案抗与亢通,《广雅·释诂四》:"亢,高也。"托喻,《铨评》:"《庄子》云:神龟能见梦于元君,而不能避豫且之网。"案丁说误。《史记·老庄申韩列传》:"楚王使二大夫往聘庄子。庄子曰:吾闻楚有神龟,死已三千岁矣!王巾笥而藏之于庙堂之上。此龟者宁其死为留骨而贵乎?宁其生而曳尾途中乎?二大夫曰:宁生曳尾途中。庄子曰:往矣!吾将曳尾于途中也。”

〔二七〕禄运，《文选》颜延之《皇太子释奠会诗》李注：“运，录运也。”录运即禄运，犹命运也。屯蹇，《文选》班固《幽通赋》：“纷屯邅与蹇连兮。”曹大家曰：“屯、蹇，皆难也。”

〔二八〕笼槛，《说文》：“柩，槛也。”《三仓》：“柩所以盛禽兽栏槛也。”案笼当作柩，柩槛复义词。幽处犹幽居，谓独处时也。

〔二九〕淳美，仁厚之意。

〔三〇〕抚顺，犹拊循。《荀子·富国篇》杨注：“慰悦之也。”

〔三一〕淫灾，《尔雅·释诂》：“淫，大也。”陨越，《左》僖九年传：“恐陨越于下。”杜注：“颠坠也。”

〔三二〕剿绝，《尚书·甘誓》：“天命剿绝其命。”孔传：“剿，绝也。”《正义》：“剿是斩断之义。”振，《左》昭十四年传杜注：“救也。”

〔三三〕昧，暗也。分，《吕览·察传》高注：“明也。”

〔三四〕幽，黑暗。烛，照也。

〔三五〕黄氏，谓轩辕。没于空泽，《论衡·道虚篇》：“龙不升天，黄帝骑之，乃明黄氏不升天也。龙起云雨，因乘而行；云散雨止，降复入渊。如实，黄帝骑龙，随溺于渊也。”没于空泽，即随溺于渊之意。赋句盖本之。

〔三六〕松乔，赤松子、王子乔。相传赤松子，神农时雨师，服水玉以教神农。王子乔，周灵王太子，名晋，浮丘公接引入嵩山，松、乔详见《列仙传》。扶木，《铨评》：“扶，《初学记》三十作株。”案《淮南·坠形训》：“扶木在阳州，日之所曊。”高注：“扶木，扶桑也。”《后汉书·张衡传》章怀注：“扶桑，日所出，在旸谷中，其桑相扶而生。”扶作株，盖传写之误。

〔三七〕折鳞，案折，《说文》：“断也。”于此无义，疑字当作柝。《说文》：

117

"柝，判也。"俗作拆，与折形近。柝鳞，犹今语蜕皮。平皋，《汉书·司马相如传》："注平皋之广衍。"颜注："皋，水边地也。"

〔三八〕脱，《铨评》："《初学记》作蜕。"《说文》："蜕，蝉蛇所解皮也。"《广雅·释诂一》："蜕，解也。"脱蜕义近。深谷，宋刊本《曹子建文集》深字作幽。《诗经·伐木篇》："出自幽谷。"毛传："幽，深也。"

〔三九〕迁化，《汉书·外戚传》："忽迁化而不反兮，魄放逸以飞扬。"迁化，谓死亡。

《铨评》："陈琳《答东阿王笺》：并示《龟赋》，披览粲然。即此赋也。王三十八岁徙封东阿，此赋在东阿时作。"案陈琳死于建安二十二年，植徙封东阿，则在曹叡太和三年，距琳死时已在十二年之后，则琳怎有可能得读而与植信呢！琳信说："君侯体高世之才。"若植在东阿已封王爵，从称谓考虑只应称君王而不得称曰君侯了。此题乃后人臆改，非原式也。赋从龟之死亡，怀疑龟寿千岁的传说，从而推断黄帝松乔所谓成仙，一似龟之解壳，这显示否定神仙长生之思想。而这种思想，在曹操封魏王时所作《辨道论》里又作了比较全面的阐述，不难看出两篇作品之内在联系，而论较赋所述思想更向前发展一步。如此说可从，则《龟赋》创作时期，大约在植封侯之后，陈琳死之前。文献多缺，姑置于此。

离缴雁赋有序

余游于玄武陂中[一]，有雁离缴[二]，不能复飞，顾命舟人追而得之，故怜而赋焉！

怜孤雁之偏特兮〔三〕，情惆焉而内伤〔四〕。寻淑类之殊异兮〔五〕，禀上天之休祥〔六〕。含中和之纯气兮〔七〕，赴四节而征行〔八〕。远玄冬于南裔兮〔九〕，避炎夏于朔方〔一〇〕。白露凄以飞扬兮〔一一〕，秋风发乎西商〔一二〕。感节运之复至兮〔一三〕，假魏道而翱翔〔一四〕。接羽翮以南北兮〔一五〕，情逸豫而永康〔一六〕。望范氏之发机兮〔一七〕，播纤缴以凌云〔一八〕。挂微躯之轻翼兮〔一九〕，忽颓落而离群〔二〇〕。旅（暗）〔朋〕惊而鸣（远）〔逝〕兮〔二一〕，徒矫首而莫闻〔二二〕。甘充君之下厨〔二三〕，膏函牛之鼎镬〔二四〕。蒙生全之顾复〔二五〕，何恩施之隆博〔二六〕！于是纵躯归命〔二七〕，无虑无求〔二八〕；饥食稻粱〔二九〕，渴饮清流。

〔一〕玄武陂，《铨评》："程、张作武陵，从《艺文》九十一。"《魏志·武帝纪》："建安十三年正月，作玄武池，以肄舟师。"据此程、张作武陵，盖误。见《赠王粲》诗注。

〔二〕离，《淮南·泛论训》高注："遭也。"缴，《后汉书·赵壹传》章怀注："缴以缕系箭而射者也。"

〔三〕偏特，犹孤独。兮，《铨评》："程、张脱兮，从《初学记》三十增。"

〔四〕惆，《铨评》："《初学记》作怅。"悲痛失志貌。内伤，即心伤。

〔五〕寻，《文选》陆士衡《悲哉行》李注："寻，犹缘也。"淑，善也。

〔六〕禀，承受。《铨评》："此二句程脱，依《初学记》补。"

〔七〕含，《铨评》："《艺文》作合。"案宋刊本《曹子建文集》作含，作含字是。《白鹤赋》："含奇气之淑祥。"语意相近可证。纯气，《铨评》："纯程作绝。从《艺文》。"案《初学记》卷三十亦作纯，程本误。纯，《淮南·览冥训》高注："一也。"不杂曰纯。兮，《铨评》："程、张脱兮，从《初学记》补。"

〔 八 〕赴，《尔雅·释诂》："至也。"四节，即四时。

〔 九 〕远，《方言》六："离，楚或谓之远。"玄冬，《尔雅·释天》："冬为玄英。"故称冬曰玄冬。南裔，《广雅·释言》："裔，边也。"兮，《铨评》："程脱兮，从《初学记》补。"

〔一○〕于，《铨评》："《初学记》作兮，《艺文》作乎。"案作兮字误，乎、于意同。

〔一一〕凄，薄寒。飞扬，《铨评》："张脱扬。"案张本误。

〔一二〕西商，《礼记·月令》郑注："秋气和则商声调。"秋之方位在西，故西商为秋季之代词。

〔一三〕节运，节谓节气；运，《广雅·释诂四》："转也。"

〔一四〕魏道，汉献帝建安十八年，曹操为魏公，以十郡为魏国。雁过邺城上空，故曰假魏道。

〔一五〕接羽翩，谓雁群并翼而飞。

〔一六〕逸豫，悦乐也。永康，《尔雅·释诂》："康，安也。"谓永久平安。

〔一七〕望，《汉书·陈余传》颜注："怨望也。"范氏，案本集《七启》及《孟冬篇》俱云魏氏发机，此云范氏，未详，俟考。

〔一八〕播，《尚书·尧典》孔传："布也。"凌云，形容高。《铨评》："以上八句，程脱，依《初学记》补。"

〔一九〕挂，《文选·西京赋》薛注："矢丝挂鸟上也。"兮，《铨评》："程脱兮，从《初学记》补。"

〔二○〕颓，《尔雅·释天》李注："下也。"颓落，即下落。

〔二一〕暗，《铨评》："《艺文》作朋。"案作朋字是。旅朋，同行辈类。鸣远，《铨评》："远，《初学记》作逝。"案《艺文》卷九十一远亦作逝。作逝字是。逝，往也。兮，《铨评》："程脱兮，从《初学记》补。"

〔二二〕徒，《仪礼·乡射礼》郑注：“犹空也。”矫首，谓仰头而鸣。莫闻，谓群雁无闻之者。

〔二三〕下，含卑贱之意。

〔二四〕膏，润泽之意。函牛之鼎镬，《淮南·铨言训》高注：“函牛之鼎，受一牛之鼎也。”

〔二五〕顾复，《诗经·蓼莪篇》：“顾我复我。”郑笺：“顾，旋视也。复，反覆也。”

〔二六〕恩施，犹恩惠。隆博，《铨评》：“博张作溥。”隆博犹言广大。

〔二七〕纵躯，即放躯。《说文》：“纵，一曰舍也。”归命言委命。

〔二八〕虑，《尔雅·释诂》：“谋也。”

〔二九〕稻粱，宋刊本《曹子建文集》作粱稻。《艺文》九十一引同。

案《初学记》卷三作《缴雁赋》。

汉二祖优劣论〔一〕

有客问予曰〔二〕：“夫汉二帝，高祖、光武，俱为受命拨乱之君〔三〕，比时事之难易〔四〕，论其人之优劣，孰者为先〔五〕？”予应之曰：“昔汉之初兴，高祖因暴秦而起〔六〕，官由亭长〔七〕，□自亡徒〔八〕，招集英雄〔九〕，遂诛强楚〔一〇〕，光有天下〔一一〕，功齐汤武〔一二〕，业流后嗣〔一三〕，诚帝王之元勋，人君之盛事也〔一四〕！然而名不继德〔一五〕，行不纯道〔一六〕，直寡善人之美称〔一七〕，鲜君子之风采〔一八〕，惑秦宫而不出〔一九〕，窘项座而不起〔二〇〕，计失乎郦生〔二一〕，忿过乎韩信〔二二〕，太公是(浩)〔诘〕〔二三〕，于孝违矣！败古今之大教〔二四〕，伤王道之实义〔二五〕。身殁之后，崩亡之际，果令凶妇肆酖酷之心〔二六〕，嬖妾被人豕之刑〔二七〕，亡赵幽囚〔二八〕，祸殃骨肉〔二九〕，诸吕专权〔三〇〕，社稷几移。凡此诸事，岂非高祖寡计浅虑以致□〔三一〕！然彼之雄材大略，俶傥之节〔三二〕，信当世至豪健壮杰士也。又其枭将画臣〔三三〕，皆古今之鲜有，历世之希睹。彼能任其才而用之〔三四〕，听其言而察之〔三五〕，故兼天下而有帝位〔三六〕，流巨（功）〔勋〕而遗元（勋）〔功〕也〔三七〕。不然，斯不免于间阎之人〔三八〕，当世之匹夫也〔三九〕。世祖体乾灵之休德〔四〇〕，禀贞和之纯精〔四一〕，通黄中之妙理〔四二〕，韬亚圣之懿才〔四三〕。其为德也，（通）〔聪〕达而多识〔四四〕，仁知而明恕〔四五〕，重慎而周密〔四六〕，乐施而爱人〔四七〕。值阳九无妄之世〔四八〕，遭炎光厄会之运〔四九〕，殷尔雷发〔五〇〕，赫然神举〔五一〕。（用）〔奋〕武略以攘暴〔五二〕，兴义兵以扫残〔五三〕。神光前驱〔五四〕，威风先逝〔五五〕。军未出于南京〔五六〕，莽已毙于西都〔五七〕。破二公于昆阳〔五八〕，斩阜、赐于汉津〔五九〕。当此时也：九州鼎沸，四海渊涌〔六〇〕，言帝者二三〔六一〕，称王者四五〔六二〕；咸鸱视狼顾〔六三〕，虎超龙骧〔六四〕。光武秉朱光之臣钺〔六五〕，震赫斯之隆怒〔六六〕。夫其荡涤凶秽〔六七〕，剿除丑类〔六八〕，若顺迅风而纵烈火，晒白日而扫朝云也〔六九〕。若克东齐难胜之寇〔七〇〕，降赤眉不计之虏〔七一〕；彭宠以望异内陨〔七二〕，庞萌以叛主取诛〔七三〕，隗戎以背信躯毙〔七四〕，公孙以离心授首〔七五〕。尔乃庙谋而后动众〔七六〕，计定而后行师，故攻无不陷之垒，战无奔北之卒〔七七〕。是以群下欣欣〔七八〕，归心圣德〔七九〕。宣仁以和众，迈德以来远〔八〇〕。于时战克之将，筹画之臣，承诏奉令者获宠，违命犯旨者颠危〔八一〕。故曰：建武之行师也，计出于主心，胜决于庙堂〔八二〕。故窦融闻声而景附〔八三〕，马援一见而叹息〔八四〕。股肱有济济之美〔八五〕，元首有穆穆之容〔八六〕。敦睦九族，有唐虞之称〔八七〕；高尚纯朴，有羲皇之素〔八八〕；谦虚纳下，有吐握之劳〔八九〕；留心庶事，有日昃之勤〔九○〕。乃规弘迹而造皇极〔九一〕，创帝道而立德基〔九二〕。是以计功则业殊〔九三〕，比隆则事异〔九四〕，旌德则靡愆〔九五〕，言行则无秽〔九六〕，量力则势微，论辅则力劣〔九七〕。卒能握乾坤之休征〔九八〕，应五百之显期〔九九〕，立不刊之遒迹〔一○○〕，建不朽之元功；金石播其休烈〔一○一〕，诗书载其（勋懿）〔懿勋〕〔一○二〕，故曰：光武其近优也〔一○三〕。

汉之二祖，俱起布衣，高祖阙于微细，光武知于礼法。《铨评》："《金楼子》四引曹植语。此疑篇首'予应之曰'下脱文。"

高祖又鲜君子之风，溺儒冠不可言敬；辟阳淫僻，与众共之。诗书礼乐，帝尧之所以为治也，而高帝轻之。济济多士，文王之所以获宁也，高帝蔑之不用。听戚姬之邪媚，致吕氏之暴戾。《铨评》："同上。原引下接'果令凶妇肆酖酷之心'句，疑为'名不继德，行不纯道'下脱文。案此文俱称刘邦作高祖，而此称高帝，疑有误。"丁说是。

将则难比于韩周，谋臣则不敌于良平。《铨评》："同上。此二句与上两条不相属。原引云：诸葛亮曰，曹子建论光武云云。疑亦此论脱文，姑附于此。下又引武侯语云：光武上将非减于韩周，谋臣非劣于良平，即用子建语诘难。将上疑脱上字。"丁校订是，当正。

〔一〕《铨评》："《御览》四百四十七作《汉二祖论》。"疑是。

〔二〕有客，《铨评》："《艺文》十二作客有。"案严可均《全三国文》有客二字乙。

〔三〕受，《铨评》："程张作授，从《艺文》。"案丁校是。受命，承受天命。拨乱，《公羊》哀十四年传："拨乱世。"何注："拨犹治也。"

〔四〕比,《铨评》:"程作此,从张本。"案作比是。《周礼·野庐氏》郑注:"比犹较也。"

〔五〕孰,谁也。

〔六〕暴秦,谓秦法暴虐。

〔七〕亭长,《汉书·高帝纪》:"为泗上亭长。"颜注:"秦法:十里一亭。亭长者,主亭之吏也。亭,谓停留行旅宿食之馆。"

〔八〕□自亡徒,严可均《全三国文》自字上有□,盖有脱文。亡徒,《汉书·高帝纪》:"高祖以亭长为县送徒骊山,徒多道亡,自度比至皆亡之。到丰西泽中亭,止饮,夜皆解纵所送徒。曰:公等皆去,吾亦从此逝矣。"

〔九〕英雄,《铨评》:"以上十一字,程、张脱,依《御览》四百四十七补。"

〔一〇〕强楚,谓项羽。

〔一一〕光有,广有。

〔一二〕汤武,成汤、周武王俱以征伐统一中国,而取帝位,故曰功齐。

〔一三〕业,谓王业。流后嗣,传与子孙。

〔一四〕谓高祖以平民而统治中国,故颂之曰元勋、盛事也。

〔一五〕继,续也。句谓声誉与品质不相承应。

〔一六〕行动不完全符合道德之准则。

〔一七〕直,严可均《全三国文》无直字,《铨评》有。善人,《左》襄三十年传:"善人,国之主也。"

〔一八〕鲜,少也。风采,犹言风度。

〔一九〕《史记·留侯世家》:"沛公入秦宫,宫室、帷帐、狗马、重宝、妇女以千数,意欲留居之。樊哙谏沛公出舍,沛公不听。"

〔二〇〕窘,《诗经·正月》毛传:"困也。"项坐,指鸿门宴时事。《史记·项羽本纪》："项王即日因留沛公与饮，项王、项伯东向坐，亚父南向坐，——亚父者，范增也。沛公北向坐，张良西向侍。"刘邦在项羽坐中，不能脱身，赖张良、樊哙，然后得免。语详《项羽本纪》，文长不具录。

〔二一〕郦生，郦食其。《汉书·张良传》："良从外来，谒汉王。汉王方食，曰：客有为我计桡楚权者，具以郦生计告良。曰：于子房何如？良曰：谁为陛下画此计者？陛下事去矣！……汉王辍食吐哺，骂曰：竖儒，几败乃公事！令趣销印。"

〔二二〕《汉书·韩信传》："……臣请自立为假王。当是时，楚方急围汉王于荥阳。使者至，发书。汉王大怒，骂曰：吾困于此，旦暮望而来佐我，乃欲自立为王。张良、陈平伏后蹑汉王足，因附耳语曰：汉方不利，宁能禁信之自王乎？不如因立，善遇之，使自为守；不然变生。汉王亦寤。因复骂曰：大丈夫定诸侯，即为真王耳，何以假为！"

〔二三〕诰，疑字当作诘，《广雅·释诂三》："问也。"又《释诂一》："责也。"《汉书·高帝纪》："九年冬十月，淮南王、梁王、赵王、楚王朝未央宫，置酒前殿。上奉玉卮为太上皇寿。曰：始大人常以臣亡赖，不能治产业，不如仲力，今某之业，所就孰与仲多？殿上群臣皆称万岁，大笑为乐。"

〔二四〕教谓孝道。

〔二五〕义，《管子·心术》："君臣父子人间之事谓之义。"自"直寡善人之美称"至"伤王道之实义"止，《铨评》："《御览》四百四十七引《汉二祖优劣论》。此论高祖语，原引接'人君之盛事也'句下，疑亦'名不继德，行不纯道'下脱文，与《金楼子》所引，互有详略也。"案《铨评》置于正文后。今据《全三国文》补入正文。

〔二六〕凶妇，谓吕后。肆，《小尔雅·广言》："极也。"酖，《铨评》："程作耽，据《金楼子》四改。"案程本误。酖酷，酖为鸩之借，见《晋书音义》。鸩，毒也。酷犹甚也。见《文选·洞箫赋》李注。

〔二七〕嬖妾，谓戚夫人。人豕，《史记·吕后纪》："太后遂断戚夫人手足，去眼煇耳，饮瘖药，使居厕中，命曰人彘。"豕即彘也。

〔二八〕亡赵，《史记·吕后纪》："吕后最怨戚夫人及其子赵王。……孝惠元年十二月，帝晨出射，赵王少，不能蚤起。太后闻其独居，使人持酖饮之。黎明，孝惠还，赵王已死。"幽囚，《汉书·高五王传》："太后召赵王友……赵王至，置邸不见，令卫围守之，弗与食。其群臣或窃馈，辄捕论之。赵王饿……丁丑，赵王幽死，以民礼葬之长安民冢次。"

〔二九〕祸殃骨肉，如迫梁王恢自杀，遣人杀燕王建之子。

〔三〇〕诸吕专权，《史记·吕后纪》："齐王乃遗诸侯王书曰：孝惠崩，高后用事，春秋高，听诸吕擅废帝更立，又比杀三赵王，灭梁、赵、燕以王诸吕，分齐为四，忠臣进谏，上惑乱弗听。今高后崩，而帝春秋富，未能治天下，固恃大王、诸侯。而诸吕又擅自尊官聚兵，严威劫列侯忠臣，矫制以令天下，宗庙所以危。"

〔三一〕致□，严可均《全三国文》致下有脱文。案疑脱之乎二字，否则语意不具。

〔三二〕俶傥或作倜傥，《广韵》锡韵："倜傥，不羁。"俶傥，双声謰语。《史记·高祖纪》："仁而爱人，喜施，意豁如也。常有大度，不事家人生产作业。及壮，试为吏，为泗水亭长。廷中吏无所不狎侮，好酒及色。"此不羁之行也。

〔三三〕枭，案《御览》卷四百四十七引作骁。枭即骁，《广雅·释诂一》："健也。"枭将即健将。谓韩信、黥布、彭越等。画臣，《铨

评》："《御览》作荩。"《诗经·文王篇》："王之荩臣。"毛传："荩，
进也。"谓张良、陈平等。

〔三四〕彼，《铨评》："《御览》作而。"彼谓刘邦。《史记·高祖纪》："高
祖曰：公知其一，未知其二。夫运筹策帷帐之中，决胜于千里
之外，吾不如子房。镇国家，抚百姓，给馈饷，不绝粮道，吾不
如萧何。连百万之军，战必胜，攻必取，吾不如韩信。此三人
者，皆人杰也，吾能用之，此吾所以取天下也。"

〔三五〕如袁生劝汉王出武关，走荥阳以破楚。娄敬劝高祖都关中。
语见《高祖纪》。

〔三六〕而有，《铨评》："程、张脱而，从《御览》补。"

〔三七〕巨功，《铨评》："《艺文》功作勋。"元勋，《铨评》："《艺文》勋作
功。"案宋刊本《曹子建文集》功勋二字互易，与《艺文》同，当
据改。

〔三八〕间阎，《文选·西都赋》："间阎且千。"李注："《字林》曰：间，里
门也。阎，里中门也。"间阎之人谓平民。

〔三九〕匹夫，《铨评》："《御览》匹作妄。"案《孟子·梁惠王》赵注："匹
夫，一夫也。"《御览》作妄，或非。《铨评》："以上十六字，程、张
脱，依《金楼子》、《御览》补。"

〔四〇〕世祖，光武帝刘秀庙号。乾灵，谓天神。休德，美德，即天无私
覆之德。

〔四一〕贞和，正直和平。纯精，纯粹品质。《后汉书·光武纪》："时宗
室诸母因酒酣悦，相与语曰：文叔少时谨信，与人不款曲，唯直
柔耳，今乃能如此。"

〔四二〕黄中，《铨评》："中，程作钟，从《艺文》。"案宋刊本《曹子建文
集》亦作中。《国语·周语》："故名之曰黄中。"作中字是。句

谓鉴识正确，通晓万物精微之理。

〔四三〕韬，藏也。亚，次也。亚圣，谓次于圣者。懿，《铨评》："《御览》作奇。"案懿，美也，作懿字是。

〔四四〕通，《铨评》："《艺文》作聪。"案宋刊本《曹子建文集》亦作聪。《春秋繁露·五行五事篇》："聪者，能闻事而审其意也。"作聪字是。多识，《说文》："识，知也。"

〔四五〕建武三年秋七月庚辰诏曰："吏不满六百石，下至墨绶长相，有罪先请。男子八十以上，十岁以下，及妇人从坐者，自非不道，诏所名捕，皆不得系，当验问者即就验，女徒雇山归家。"

〔四六〕重慎，谓郑重谨慎。而，《铨评》："程脱而，从《艺文》补。"

〔四七〕施，予也。

〔四八〕阳九，方以智《通雅》："阳九百六，有三说：《汉志》所言，一元之中，九度，阳五阴四，阳为旱，阴为水。一说：九、七、五、三皆阳卦也，故曰阳九之厄。刘珧表曰：阳九之会，其数四千六百一十七岁为一元，初入元，百六岁有厄，故曰百六之会。《董卓传》：百六有会，遇剥成灾。《灵宝运度经》：三千三百年为小阳九，小百六也。九千九百年为大阳九，大百六也。天厄谓之阳九，地亏谓之百六。洪景卢疑之者，则王湜《大乙肘后备检》云：四百五十六年为一阳九，二百八十八年为一百六者也。大抵大乙论阴阳之厄，自是一数，托之阳九、百六，乃傅会其名耳。"无妄，《后汉书·崔骃传》："吾生无妄之世。"《集解》："惠栋曰：《易》有无妄，大旱之卦。故《杂卦》云：无妄，灾也。值无妄主卦则为灾，与阳九、百六同义。谷永对策曰：遭无妄之卦运，是也。"案京房曰："无妄大旱之卦，万物皆死，无所复望。"

〔四九〕炎光，象征汉朝。汉以火德王，故曰炎光。运，命运。

〔五〇〕殷尔，形容雷声。《诗经》"殷其雷"，殷其犹殷尔也。

〔五一〕赫然，盛大貌。

〔五二〕用，《铨评》："《金楼子》作奋。"疑作奋字是。《广雅·释言》："奋，振也。"攘，《公羊》僖四年传何注："却也。"

〔五三〕扫残，《铨评》："程作残贼，从《艺文》。"案宋刊本《曹子建文集》与《艺文》同，丁校改是。攘暴与扫残语正相俪。

〔五四〕神光，《后汉书·光武纪》："夜有流星坠营中，昼有云如坏山当营而陨，不及地尺而散，吏士皆厌伏。"章怀注："《续汉志》：雷如坏山，谓营头之星也。"

〔五五〕风，《铨评》："程作光，从《艺文》。"案宋刊本《曹子建文集》与《艺文》同。逝，《铨评》："程作游，从《艺文》。"作逝字是。逝，往也。

〔五六〕南京即宛，今河南南阳县。光武建都洛阳，以南阳在洛阳之南，己南阳人，故以宛县为南都。张衡有《南都赋》，见《文选》。

〔五七〕毙，《铨评》："程作弊，从《艺文》。"西都指长安。《后汉书·光武纪》："九月庚戌，三辅豪杰共诛王莽，传首诣宛。"

〔五八〕二公，指王莽大司徒王寻、大司空王邑。称公以其为司徒、司空故。昆阳，今河南叶县。《后汉书·光武纪》："莽遣大司徒王寻、大司空王邑将兵百万，其甲士四十二万人……光武乃与敢死者三千人，从城西水上冲其中坚。寻、邑阵乱，乘锐崩之，遂杀王寻……王邑、严尤、陈茂轻骑乘死人度水逃去。"

〔五九〕阜、赐，阜谓甄阜；赐，梁丘赐。汉津即沘水，今名泌河，在今河南南阳县。《后汉书·光武纪》："与王莽前队大夫甄阜、属正梁丘赐战于小长安，汉军大败，还保棘阳。更始元年，正月甲子朔，汉军复与甄阜梁丘赐战于沘水西，大破之，斩阜赐。"《铨评》："此二句程、张脱，依《金楼子》补。"

〔六〇〕鼎沸、渊涌俱形容社会至为混乱之状。

〔六一〕言帝者二三，谓称帝者如公孙述，建武元年四月，遂自立为天子，号成家；王昌，一名郎，更始元年十二月，（刘）林等遂率车骑数百，晨入邯郸城，止于王宫，立郎为天子；刘永亦曾专据东方，自称天子。

〔六二〕称王者四五，案董宪称淮南王，卢芳称西平王，延岑称武安王，庞萌称东平王，事详本传。

〔六三〕鸱视、狼顾，形容凶残贪暴之状。

〔六四〕虎超、龙骧，形容勇猛骠悍之状。

〔六五〕巨钺，象征强大威慑力量。

〔六六〕赫斯，《诗经·皇矣篇》："王赫斯怒。"郑笺："赫，怒意也。"斯，语中助词，犹赫然也。隆怒犹盛怒。《铨评》："以上四十五字，程、张脱，依《御览》补。"

〔六七〕荡涤，《礼记·昏义篇》郑注："荡涤，去秽恶也。"似今语洗刷之义。

〔六八〕丑类，《左》文十八年传："丑类恶物。"杜注："丑亦恶也。"则丑类即恶类，谓割据豪强。

〔六九〕迅，《铨评》："《御览》作劲。"顺风纵火、晒日扫云比喻扫除群雄其发展至为猛烈迅急。

〔七〇〕东齐难胜之寇，《后汉书·耿弇传》："后数日，车驾至临菑自劳军，群臣大会。帝谓弇曰：昔韩信破历下以开基，今将军攻祝阿以发迹，此皆齐之西界，功足相方。而韩信袭击已降，将军独拔劲敌，其功乃难于信也。"

〔七一〕不计，不可计算。《后汉书·耿弇传》："又铜马赤眉之属数十辈,辈数十百万。"《刘盆子传》:"赤眉忽遇大军,惊震不知所为,乃遣刘恭乞降……樊崇乃将盆子及丞相徐宣以下三十余人肉袒降,上所得传国玺绶,更始七尺宝剑及玉璧各一。积兵甲宜阳城西,与熊耳山齐。"

〔七二〕彭宠,《后汉书·彭宠传》:"光武追铜马,北至蓟。宠上谒,自负其功,意望甚高。光武接之不能满,以此怀不平……及即位,吴汉、王梁,宠之所遣,并为三公,而宠独无所加,愈怏怏不得志,……遂发兵反。自将二万余人攻朱浮于蓟……遂攻拔蓟城,自立为燕王。五年春,宠斋,独在便室。苍头子密等三人因宠卧寐,共缚着床……于是收金玉衣物,至宠所装之,被马六疋,使妻缝两缣囊。昏夜后解宠手,令作记告城门将军……书成,即斩宠及妻头置囊中,便持记驰出城,因以诣阙。"

〔七三〕庞萌,《后汉书·庞萌传》:"拜为平狄将军,与盖延共击董宪。时诏书独下延而不及萌,萌以为延谮己,自疑,遂反。帝闻之大怒,乃自将讨萌……方与人黔陵亦斩萌,传首洛阳。"

〔七四〕隗戎,谓隗嚣。隗嚣,天水成纪人,古谓西方少数族曰戎,故曹植称之曰戎。《后汉书·隗嚣传》:"嚣既有功于汉,又受邓禹爵署,其腹心议者多劝通使京师。(建武)三年,嚣乃上书诣阙。光武素闻其风声,报以殊礼,言称字,用敌国之仪,所以慰藉之甚厚……嚣知帝审其诈,遂遣使称臣于公孙述。明年,述以嚣为朔宁王,遣兵往来,为之援势……(建武)九年春,嚣病且饿,出城餐糗糒,恚愤而死。"

〔七五〕公孙,公孙述。《后汉书·公孙述传》:帝"乃与述书曰:……君非吾乱臣贼子,仓卒时人皆欲为君事耳,何足数也!君日月已逝，妻子弱小，当早为定计，可以无忧。天下神器，不可力争，宜留三思。署曰公孙皇帝。述不答。……建武十二年十一月，臧宫军至咸门。……乃自将数万人攻（吴）汉，使延岑拒宫，大战。岑三合三胜。自旦及日中，军士不得食，并疲。汉因令壮士突之，述兵大乱，被刺洞胸堕马，左右舆入城。述以兵属延岑，其夜死。"《铨评》："以上四十三字，程、张脱，依《金楼子》补。"

〔七六〕庙谋，《铨评》："《金楼子》谋作胜。"案《后汉书·耿弇传论》章怀注："庙胜，谓谋兵于庙而胜敌。"

〔七七〕奔北即奔败。

〔七八〕欣欣，欢乐貌。

〔七九〕《后汉书·光武纪》："于是诸将议上尊号。马武先进曰：天下无主，……大王虽执谦退，奈宗庙社稷何！宜且还蓟即尊位，乃议征伐。今此谁贼而驰骛击之乎？光武惊曰：何将军出是言？可斩也。武曰：诸将尽然。光武使出晓之，乃引军还至蓟。……至中山，诸将复上奏……光武又不听。行到南平棘，诸将复固请之。光武曰：寇贼未平，四面受敌，何遽欲正号位乎！诸将且出。耿纯进曰……今功业即定，天人亦应，而大王留时逆众，不正号位，纯恐士大夫望绝计穷，则有去归之思，无为久自苦也。大众一散，难可复合，时不可留，众不可逆。纯言甚诚切，光武深感，曰：吾将思之。"

〔八〇〕迈德，《尚书·大禹谟》："皋陶迈种德。"孔传："迈，行也。"案迈疑借作劢，《说文》："劢，勉力也。"《左》庄八年传杜注："励，勉也。"可证。

〔八一〕犯旨，违反帝王意旨。颠危，犹言覆败。《后汉书·吴汉传》：

"帝戒汉曰：成都十余万众，不可轻也。但坚据广都，待其来攻，勿与争锋；若不敢来，公转营迫之，须其力疲，乃可击也。汉乘利遂自将步骑二万余人进逼成都，去城十余里，阻江北为营，作浮桥。使副将武威将军刘尚将万余人屯于江南，相去二十余里。帝闻大惊。让汉曰：比敕公千条万端，何意临事勃乱，既轻敌深入，又与尚别营，事有缓急，不复相及。贼若出兵缀公，以大众攻尚，尚破，公即败矣。幸无它者，急引兵还广都。诏书未到，述果使其将谢丰、袁吉将众十许万，分为二十余营，并出攻汉。使别将万余人劫刘尚，令不得相救。汉与大战一日，兵败走入壁，丰因围之……于是引还广都，留刘尚拒述，具以状上，深自谴责。帝报曰：公还广都，甚得其宜，述必不敢略尚而击公也。若先攻尚，公从广都五十里，悉步骑赴之，适当值其危困，破之必矣！自是汉与述战于广都、成都之间，八战八克，遂军于其郭中。"

〔八二〕胜决于庙堂，案薛莹《汉纪》："古者师不内御。而光武命将，皆授以方略，使奉图而进，违失无不折伤。"（《御览》卷九十引）

〔八三〕窦融，《后汉书·窦融传》："融等遥闻光武即位，而心欲东向，以河西隔远，未能自通。……融小心精详，遂决策东向。"

〔八四〕马援，《后汉书·马援传》："建武四年冬，（隗）嚣使援奉书洛阳。援至，引见于宣德殿。世祖迎笑谓援曰：卿遨游二帝间，今见卿，使人大惭。援顿首辞谢。因曰……天下反覆，盗名字者不可胜数，今见陛下恢廓大度，同符高祖，乃知帝王自有真也！"

〔八五〕股肱，王褒《四子讲德论》："盖君为元首，臣为股肱。"济济，《礼记·曲礼》："大夫济济。"《玉藻》郑注："庄敬貌也。"

〔八六〕元首,谓天子。穆穆,《礼记·曲礼》:"天子穆穆。"郝懿行《尔雅义疏》:"穆,睦之借音也。"《说文》:"睦,敬和也。"

〔八七〕《尚书·尧典》:"克明峻德,以亲九族,九族既睦,平章百姓。"称,声誉。

〔八八〕培植朴质淳厚之俗。羲皇,伏羲。素,《文选》谢灵运《还旧园诗》李注:"素犹实也。"

〔八九〕纳下,《广雅·释诂三》:"纳,入也。"犹言接纳。谓接纳臣民。吐握,《汉书·萧望之传》:"恐非周公相成王,躬吐握之礼。"颜注:"周公摄政,一沐三握发,一饭三吐哺,以接天下之士。"

〔九〇〕庶事,谓国家政务。日昃之勤,《公羊》定十五年传何注:"昃,日西也。"《后汉书·光武纪》:"每旦视朝,日侧乃罢。数引公卿郎将,讲论经理,夜分乃寐。"

〔九一〕弘迹,谓弘伟规模。皇极,喻帝位。

〔九二〕德基,教化基础。《后汉书·光武纪》:"虽身济大业,兢兢如不及,故能明慎政体,总揽权纲,量时度力,举无过事。"

〔九三〕业殊,谓成就不一。

〔九四〕比隆,比较事功小大。

〔九五〕旌,《铨评》:"《御览》作语。"靡愆,无过之意。

〔九六〕秽,《文选·东都赋》李注引《字书》:"不洁清也。"

〔九七〕论辅力劣,即"将则难比于韩周,谋臣则不敌于良平"。

〔九八〕乾坤,《铨评》:"坤,《艺文》作图。"案宋刊本《曹子建文集》亦作图。乾图,谓汉代流行之图谶。光武太学同学强华所献《赤伏符》云"刘秀发兵捕不道,四夷云集龙斗野,四七之际火为主"之类。休征,吉祥预兆。

〔九九〕五百,《孟子·公孙丑》:"五百年必有王者兴。"

〔一〇〇〕不刊，不磨灭。遐迹，犹远迹。《文选·吊魏武帝文》：“远迹顿
于促路。”李注：“迹，功业也。”

〔一〇一〕金石，《吕氏春秋·求人》：“故功绩铭于金石。”高注：“金，钟
鼎；石，丰碑也。”休烈，美绩。

〔一〇二〕诗书，《墨子·天志篇》：“书于竹帛，镂之金石。”勋懿，疑当作
懿勋。《尔雅·释诂》：“懿，美也。”美勋与休烈语正相俪。

〔一〇三〕近，《铨评》：“程、张脱近，从《御览》。”

　　评论历史人物优劣，是建安时期邺下文士文艺活动项目之
一。此篇疑作于建安中期。文有脱佚，意不联属，然可以由此考
察当时人士于历史人物的评价，也反映他们的政治观点。

〔周〕成（王）汉昭论〔一〕

周公以天下初定，武王既终，而成王尚幼，未能定南面之事〔二〕。
是以推（以）〔己〕忠诚〔三〕，称制假号〔四〕。二弟流言，召公疑之〔五〕，
发金縢之匮，然后用寤〔六〕，亦未决也〔七〕。至于昭帝，所以不疑
于霍光，亦缘武帝有遗诏于光〔八〕。使光若周公，践天子之位，行
周公之事，吾恐叛者非徒二弟〔九〕，疑者非徒召公也。且贤者固
不能知圣（贤）〔一〇〕，自其宜尔！昭帝固可不疑霍光〔一一〕，周王自
可疑周公也〔一二〕。若以昭帝胜成王，霍光当踰周公邪？若以尧
舜为成王，汤禹作管、蔡、召公，周公之不见疑必也。

〔一〕《铨评》：“程缺。”案此论原题似当作《周成汉昭论》。《御览》卷
　　四百四十七引曹丕《论周成汉昭》。《艺文》卷十二、《御览》卷
　　八十九引丁仪《周成汉昭论》。而今题为《成王汉昭论》，疑误，

当据正。

〔二〕《史记·鲁周公世家》："武王崩，成王少，在强葆之中，周公恐天下闻武王崩而畔。周公乃践阼，代成王摄行政当国。"

〔三〕推以，《铨评》："《御览》四百四十七以作己。"案作己字是。己，自己。

〔四〕《独断》："制者王者之言，必为法制也。"称制，谓发布命令，以皇帝名义行之。假号，假，借也；号谓天子名位。

〔五〕二弟，管叔、蔡叔。召公，召公奭也。《史记·鲁周公世家》："管叔及其群弟流言于国，曰：周公将不利于成王。"《集解》："孔安国曰：放言于国，以诬周公，以惑成王也。"《史记·燕召公世家》："周公摄政，当国践阼，召公疑之。作《君奭》。"

〔六〕金縢，《集解》："孔安国曰：藏之于匮，缄之以金，不欲人开也。"寤，觉寤。事出《尚书·金縢篇》，《史记·鲁周公世家》无之。曹植此句盖本《尚书》为说，而下句"亦未决也"，则据《史记》"及成王用事，人或谮周公，周公奔楚"而言。然《诘咎文》云："偃禾之复，姬公去楚。"则与《史记》所记有异，载籍有缺，不知曹植之所据也。存参。

〔七〕决，《淮南·时则训》高注："断也。"

〔八〕缘，因也。遗诏，《汉书·霍光传》："上乃使黄门画者画周公负成王朝诸侯以赐光。后元二年春，上游五柞宫，病笃。光涕泣问曰：如有不讳，谁当嗣者？上曰：君未谕前画意耶？立少子，君行周公之事……受遗诏，辅少主。"

〔九〕徒，《华严经音义》引刘熙："犹独也。"

〔一〇〕圣贤，案贤字疑衍，贤者固不能知圣，语意已足，无缘重赘贤字也，似应删。

〔一〕《汉书·霍光传》:"有诏召大将军。光入,免冠顿首谢。上曰:将军冠,朕知是言诈也,将军无罪!光曰:陛下何以知之?上曰:将军之广明,都郎属耳;调校尉以来,未能十日,燕王何以得知之?且将军为非,不须校尉。是时帝年十四,尚书、左右皆惊……后杰党与有谮光者,上辄怒曰:大将军忠臣,先帝所属以辅朕身,敢有毁者坐之。自是杰等不敢复言。"

〔一二〕自可,《铨评》:"张脱可,从《御览》补。"

此论文有脱佚。曹丕、丁仪都写同一题目,必作于建安中。建安中期,有人提出"方周成于汉昭,金尚成而下昭"的论点。曹植他们不同意这一认识,展开讨论。丁仪依据史实,得出汉昭为优的结论。曹丕在他写的论文里,举出周成"不亮周公之圣德,而信金滕之教言,岂不暗哉!"于汉昭就称曰:"早智夙成,发燕书之诈,亮霍光之诚,岂将有启金滕、信国史,而后乃寤哉!"很显然也是抑成扬昭,反对当时流行观点的。可以想见,当时讨论是各抒己见,坚持论据,促进对事物理解的深入,有一定的意义。

学官颂有序〔一〕

自五帝典绝〔二〕,三皇礼废〔三〕,应期命世〔四〕,齐贤等圣者,莫高于孔子也。故有若曰〔五〕:出乎其类,拔乎其萃〔六〕。诚所谓性与天道不可得而闻矣〔七〕!

(由)〔回〕也务学〔八〕,名在前志。宰予昼寝,粪土作诚〔九〕。过庭子弟,诗礼明记〔一〇〕。歌以咏言〔一一〕,文以骋志〔一二〕,予今不述,后贤曷识〔一三〕。於铄尼父〔一四〕,生民之杰〔一五〕,性与天成〔一六〕,该

137

圣备艺〔一七〕。德伦三五〔一八〕，配皇作烈〔一九〕。玄镜独鉴〔二〇〕，神明昭晰〔二一〕。仁塞宇宙〔二二〕，志凌云霓〔二三〕。学者三千〔二四〕，莫不俊乂。惟仁(是)〔可〕凭〔二五〕，惟道足恃〔二六〕。钻仰弥高〔二七〕，请益不已〔二八〕。

言为世范，行为时矩。《铨评》："《文选》沈休文《安陆昭王碑文》李注引《学官颂》。"

〔 一 〕学官颂，《铨评》："张作《孔庙颂》。"案严可均《全三国文》据《艺文类聚》卷三十八作《学宫颂》。

〔 二 〕五帝，轩辕、颛顼、高辛、唐尧、虞舜。典，《诗经·文王篇》毛传："法也。"《文选·东京赋》薛注："五典，五帝之书也。"

〔 三 〕皇，《铨评》："《艺文》三十八作王。"三王，夏、商、周也。

〔 四 〕《孟子·公孙丑章》："孟子曰：五百年必有王者兴，其间必有名世者。"应期，应五百年之期。命世，即名世，谓显名当时。

〔 五 〕有若，鲁人，孔子弟子。

〔 六 〕出乎犹出于。其类，《铨评》："程、张脱其，从《艺文》补。"其萃，《铨评》："程、张脱其，从《艺文》补。"案：语见《孟子·公孙丑章》，俱有其字，丁校补是。萃，赵注："聚也。"

〔 七 〕性，谓人之本性。天道，谓大自然规律。人性难知，天道深微，孔子不言，故弟子莫得而闻。语出《论语·公冶长篇》。

〔 八 〕由，子路名。务学，《公羊》定二年传何注："务，勉也。"务学，勤勉于学。案由字疑有误，或当作回，回，孔子弟子颜回。考《论语·雍也篇》："哀公问孔子孰为好学？孔子对曰：有颜回者好学。"《先进篇》："季康子问弟子孰为好学？孔子对曰：有颜回者好学。"《论语》中未见称述子路好学之语，回、由盖以形近致误。

〔九〕宰予,孔子弟子。《论语·公冶长篇》:"宰予昼寝。子曰:朽木不可雕也,粪土之墙,不可圬也。"诫,警告之义。

〔一〇〕《铨评》:"子弟,《艺文》作之言。诗礼,《艺文》作子弟。"案严可均《全三国文》据《艺文》仍从今本。《论语·季氏篇》:"陈亢问于伯鱼曰:子亦有异闻乎?对曰:未也!尝独立,鲤趋而过庭。曰:学诗乎?对曰:未也。不学诗,无以言。鲤退而学诗。他日又独立,鲤趋而过庭。曰:学礼乎?对曰:未也。不学礼,无以立。鲤退而学礼。"

〔一一〕咏言,《尚书·舜典》:"歌永言。"郑注:"歌所以长言诗之意也。"

〔一二〕文,谓文章。志,言情感。骋志犹言表达情感。

〔一三〕曷识,案《说文》:"曷,何也。"曷识,犹言何所知也。

〔一四〕於铄,《诗经·酌篇》:"於铄王师。"毛传:"铄,美也。"於,发语辞。尼父,《左》哀三年传:"呜呼,尼父!"尼,孔子字,父,男子之美称也。

〔一五〕《孟子·公孙丑章》:"有若曰:自生民以来,未有盛于孔子也。"

〔一六〕与,《广雅·释言》:"如也。"

〔一七〕该,《楚辞·招魂》王注:"该犹备也。"《论语·子罕篇》:"太宰问于子贡曰:夫子圣者与,何其多能也?子贡曰:固天纵之将圣,又多能也。子闻之曰:太宰知我乎?吾少也贱,故多能鄙事……"

〔一八〕伦犹比也。三五,谓三皇五帝。

〔一九〕配,《楚辞·守志》王注:"匹也。"匹皇,汉《公羊》家谓孔子身虽无帝王之位,而修春秋,以制明主之法。亦即庄子所谓素王也。

〔二〇〕玄镜,象征特殊观察力。

〔二一〕昭晰,《说文》:"晰,昭晰,明也。"段玉裁注:"案昭晰皆从日,本
　　谓日之光,引申之为人之明哲。"

〔二二〕仁,《国语·周语》:"博爱于人为仁。"塞,《礼记·孔子闲居》郑
　　注:"满也。"

〔二三〕云霓,比喻至高。

〔二四〕三千,《史记·孔子世家》:"孔子以诗书礼乐教弟子,盖三
　　千焉。"

〔二五〕是,《铨评》:"《艺文》作可。"案作可字是。《论语·述而篇》:
　　"依于仁。"何晏《集解》:"仁者功施于人,故可倚。"凭、倚义同。

〔二六〕足恃,《论语·述而篇》:"志于道。"《集解》:"志,慕也。道不可
　　体,故志之而已。"案曹植作恃,恃,赖也,则与何氏异义。

〔二七〕钻仰,《论语·子罕篇》:"颜渊喟然而叹曰:仰之弥高,钻之弥
　　坚。"《集解》:"言不可穷尽。"

〔二八〕请益,《论语·子路篇》:"请益。"《礼记·曲礼》郑注:"益谓受
　　说不了,欲师更明说之。"刘宝楠《正义》:"不了,谓说有未尽。"
　　不已,犹无倦也。

　　　此颂残佚。疑作于建安中期。考《魏志·高柔传》:"太祖初
兴,愍其如此,在于拨乱之际,并使郡县立教学之官。"则植此颂,
盖写于此时。无以确定其年代,姑附于此。

玄俗颂

玄俗妙识,饥饵神颖〔一〕。在阴倏游,即阳无景〔二〕。逍遥北

岳〔三〕,凌霄引领〔四〕。挥雾昊天,含神自静〔五〕。

〔 一 〕《列仙传》:"玄俗者,自言河间人也。饵巴豆、云英。"

〔 二 〕游,《铨评》:"《艺文》七十八作逝。"案《淮南·原道训》:"经霜
雪而无迹。"与此意同。无景即无影。《原道训》:"照日光而无
景。"《列仙传》:"王家老舍人自言父世见俗,俗形无影。王呼
俗著日中,实无影。"阳即日也。

〔 三 〕北岳,恒山,在今河北省曲阳县西北。

〔 四 〕凌霄,犹言升空。

〔 五 〕含神,《国语·周语》韦注:"含,藏也。"静,安宁之意。

考左思《魏都赋》有"玄俗无影"之句。玄俗,河间人,河间故
赵国,是曹操封魏公的十郡之一。曹植此颂,或在曹操封魏公之
后,即建安中期。但史实散佚,不易确指颂的创作年代,暂附于
此。而陆云《登遐颂》、《玄洛颂》与此颂文全同,疑误收入植集,
俟考。

相 论〔一〕

世固有人身瘠而志立〔二〕,体小而名高者〔三〕;于圣则否〔四〕。是以
尧眉八采〔五〕,舜目重瞳〔六〕,禹耳参漏〔七〕,文王四乳〔八〕。然则世
亦有四乳者,此则驽马一毛似骥尔! 宋臣有公孙吕者〔九〕,〔身〕长七
尺〔一〇〕,面长三尺,广三(尺)〔寸〕〔一一〕,名震天下〔一二〕。若此之状,
盖远代而求,非一世之异也。使形殊于外,道合其中〔一三〕,名震
天下,不亦宜乎! 语云:无忧而戚,忧必及之;无庆而欢,乐必
(随)〔遂〕之〔一四〕。此心有先动,而神有先知,则色有先见也〔一五〕。

故扁鹊见桓公〔一六〕，知其将亡〔一七〕；申叔见巫臣，知其窃妻而逃也〔一八〕。荀子曰：以为天不知人事耶？则周公有风雷之灾〔一九〕，宋景有三舍之福〔二〇〕。以为知人事耶〔二一〕？则楚昭有弗禜之应〔二二〕，(魏)〔郏〕文无延期之报〔二三〕。由是言之，则天道之与相占，可知而疑，不可得而无也。

白起为人，头小而锐，瞳子白黑分明，故可与持久，难与争锋。《铨评》："《书钞》一百十五引《相论》。"

〔一〕《铨评》："此篇《艺文》七十五引为植作。《御览》七百三十一自宋臣有公孙吕下分为二篇，皆标《论衡》。今以《论衡》校之，惟尧眉八采四句见《骨相篇》，余文均不见，疑《御览》误引也。"案慧琳《一切经音义》卷八十六引曹植《相人论》云"周公形如断菑"，又卷九十八引"孔子面如蒙俱"。今本俱缺，盖论在宋代前已残佚不全。严可均《全三国文》引分为三段，不相连属，或是也。

〔二〕世固有人，《铨评》："《艺文》七十五作世人固有。"案《御览》七百三十一引与《艺文》同，疑是。瘠，瘦弱。立，成也。

〔三〕名高，案《史记·管晏列传》："晏子长不满六尺，身相齐国，名显诸侯。"

〔四〕否，不然也。

〔五〕八采，《抱朴子·祛惑篇》："尧眉八彩，谓直两眉头竖似八字耳。"

〔六〕重瞳，《史记·项羽本纪》《集解》："《尸子》曰：舜两眸子，是谓重瞳。"

〔七〕参漏，《淮南·修务训》高注："参，三也。漏，穴也。"

〔八〕四乳，《论衡·骨相篇》：“文王四乳。”谓乳房有四。

〔九〕宋臣，《铨评》：“程宋上有又曰，依张删。”案程本有又曰二字，尚存自《艺文》移录之迹，故严氏《全三国文》提行，而《铨评》合之。此见《荀子·非相篇》。

〔一〇〕长七尺，案《荀子·非相篇》长上有身字，似应据补。

〔一一〕广三尺，《铨评》：“尺，程、张作寸，《御览》七百三十一作尺。”案《荀子·非相篇》尺作寸，《御览》卷三百六十五亦作寸，作尺字误。

〔一二〕《铨评》：“程、张脱此四字，从《御览》补。”

〔一三〕道，理也。中，心也。

〔一四〕随，《铨评》：“《艺文》作还。”案《御览》亦作还，宋刊本《曹子建文集》作遂，《文选·与山巨源绝交书》李注引《国语》贾注：“遂，从也。”疑作遂字是。

〔一五〕色，《铨评》：“程脱色，从《艺文》补。”案《御览》有色字。色，面色。见即现字。

〔一六〕扁鹊，《史记·扁鹊传》：“扁鹊者，勃海郡郑人也。姓秦氏，名越人。”桓公，《史记·扁鹊传》作桓侯。《集解》引傅玄曰：“是时齐无桓侯。裴骃曰：谓是齐侯田和之子桓公午也，盖与赵简子颇亦相当。”据此作桓公是。

〔一七〕知其将亡，《史记·扁鹊传》：“扁鹊过齐，齐桓侯客之。入朝，见曰：君有疾，在腠理，不治将深！桓侯曰：寡人无疾。扁鹊出。桓侯谓左右曰：医之好利也，欲以不疾者为功。后五日，扁鹊复见，曰：君有疾在血脉，不治恐深！桓侯曰：寡人无疾……后五日，扁鹊复见，望见桓侯而退走。桓侯使人问其故？扁鹊曰……其在骨髓，虽司命无奈之何！今在骨髓，臣是以无请也。后五日，桓侯体病，使人召扁鹊，扁鹊已逃去，桓侯遂死。"

〔一八〕《左》成公二年传："及共王即位，将为阳桥之役，使屈巫聘于齐，且告师期。巫臣尽室以行。申叔跪从其父将适郢（今湖北江陵县北），遇之。曰：异哉！夫子有三军之惧，而又有桑中之喜，宜将窃妻以逃者也。"

〔一九〕风雷之灾，《尚书·金縢篇》："秋大熟，未获。天大雷电以风，禾尽偃，大木斯拔，邦人大恐。"

〔二〇〕三舍，《铨评》："舍，《艺文》作次。"案《淮南·览冥训》高注："舍，次宿也。"《文选》郭景纯《游仙诗》李注引《淮南》许注："二十八宿一宿为一舍。"《吕览·制乐篇》："宋景公有疾，荧惑在心。公惧，召子韦而问之，曰：荧惑在心何也？子韦曰：荧惑，天罚也；心，宋分野也，祸当君；虽然，可移于宰相。公曰：宰相所使治国家也；而移死焉，不祥。子韦曰：可移于民。公曰：民死，寡人将谁为君也，宁独死耳！子韦曰：可移于岁。公曰：民饥必死，为人君而欲杀其民以自活也，其谁以我为君者乎？是寡人命固尽也。子毋复言！子韦还走北面再拜曰：臣敢贺君，天之处高而听卑，君有君人之言三，天必三赏君。今夕星必徙三舍，君延命二十一年。"

〔二一〕耶，《铨评》："《艺文》作乎。"案宋刊本《曹子建文集》与《艺文》同。

〔二二〕则，《铨评》："程脱则，从《艺文》。"案宋刊本《曹子建文集》亦有则字。禜，《铨评》："程作荣，从《艺文》。"案宋刊本《曹子建文集》亦作禜。禜，祭神禳灾。《左》哀六年传："王有疾。庚寅，昭王攻大冥，卒于城父……是岁也，有云如众鸟夹日以飞，三日。楚子(昭王)使问诸周太史。周太史曰：其当王身乎！若禜之，可移于令尹、司马。王曰：除腹心之疾，而置诸股肱，何益？不穀不有大过，天其夭诸；有罪受罚，又焉移之？遂弗禜。”

〔二三〕魏，《铨评》：“《艺文》作邾。”案据《左氏传》，以作邾字为得。《左》文十二年传：“邾文公卜迁于绎。史曰：利于民而不利于君。邾子曰：苟利于民，孤之利也。天生民而树之君，以利之也，民既利矣，孤必与焉！左右曰：命可长也，君何弗为？邾子曰：命在养民，死之短长，时也；民苟利矣，迁也，吉莫如之！遂迁于绎。五月，邾文公卒。君子曰：知命！”

此论自《艺文》节录。兹据佚存部份文字考察：曹植依据历史纪录，论证天道人事具着不相应的现象，从而提出“可知而疑”的论点。但客观上又存在相应的一面，故不能给予完全的否定。

金瓠哀辞〔一〕

金瓠，予之首女，虽未能言，固已授色知心矣〔二〕！生十九旬而夭折〔三〕，乃作此辞。辞曰：

在襁褓而抚育〔四〕，（向）〔尚〕孩笑而未言〔五〕。不终年而夭绝〔六〕，何见罚于皇天〔七〕。信吾罪之所招，悲弱子之无愆〔八〕。去父母之怀抱，灭微骸于粪土〔九〕。天长地久〔一〇〕，人生几时？先后无觉〔一一〕，从尔有期〔一二〕。

〔一〕挚虞《文章流别论》：“哀辞者，诔之流也。崔瑗、苏顺、马融等为之，率以施于童殇夭折不以寿终者。建安中，文帝、临淄侯

各失稚子,命徐幹、刘桢等为之哀辞。哀辞之体,以哀痛为主,
缘以叹息之辞。"(见《太平御览》卷五百九十六引)

〔二〕已,《铨评》:"《艺文》三十四作以。"案以已古通用。授色知心,
即识人颜色、知人喜怒之意。

〔三〕十九旬,一百九十日。夭折,谓短命。

〔四〕襁褓,《史记·鲁周公世家》《正义》:"阔八寸,长八尺,用约小
儿于背。"《说文》:"负儿衣也。"

〔五〕向,《铨评》:"张作尚。"案作尚字是。《文选·七发》李注引《国
语》贾注:"且也。"孩,《字林》:"小儿笑也。"

〔六〕终年,一周岁。终犹竟也。

〔七〕见,《铨评》:"《艺文》作负。"案宋刊本《曹子建文集》与《艺文》
同。《史记·黥布传》《索隐》:"犹被也。"负罚,即被罚。

〔八〕悲,《铨评》:"程作非,从《艺文》。"案宋刊本《曹子建文集》亦作
悲。作悲字是。悲,伤也。愆,《尔雅·释言》:"过也。"

〔九〕灭,《荀子·臣道篇》杨注:"掩没也。"

〔一〇〕《老子》曰:"天长地久。"谓天地永无穷尽之时。

〔一一〕觉,《左》文四年传《正义》:"觉者悟知之意。"

〔一二〕从,《铨评》:"程作促,从《艺文》。"案程本作促字误。从,随也。
从尔,喻死亡。

仲雍哀辞

曹喈字仲雍〔一〕,魏太子之仲子也〔二〕。三月而生,五月而亡〔三〕。
昔后稷之在寒冰〔四〕,鷉縠之在楚泽〔五〕,咸依鸟冯虎,而无风尘
之灾〔六〕。今之玄第文茵〔七〕,无寒冰之惨〔八〕;罗帏绮帐〔九〕,暖于
翔鸟之翼〔一〇〕。幽房闲宇〔一一〕,密于云梦之野〔一二〕;慈母良

保〔一三〕，仁乎（鸟虎）〔乌菟〕之情〔一四〕。卒不能延期于期载〔一五〕，离六旬而夭（殃）〔殁〕〔一六〕。彼孤兰之眇眇〔一七〕，亮成干其毕荣〔一八〕。哀绵绵之弱子〔一九〕，早背世而潜形〔二〇〕。且四孟之未周〔二一〕，将何愿乎一龄〔二二〕。阴云回于素盖〔二三〕，悲风动其扶轮〔二四〕。临埏阒以欷歔〔二五〕，泪流射而沾巾〔二六〕。

流尘飘荡魂安归。《铨评》："《文选》刘休玄《拟古诗》李注引《仲雍诔》。诔疑即此哀辞。"

痛玄庐之虚廓。《铨评》："《文选》陆士衡《挽歌》李注引《仲雍哀辞》。"

〔一〕"曹暗字仲雍"以下至"离六旬而夭殃"止，严可均《全三国文》谓为序文，丁氏未及区分，当据严氏说厘正。魏太子指曹丕。

〔二〕仲，《铨评》："《艺文》三十四作中。"案宋刊本《曹子建文集》亦作中。

〔三〕三月而生，五月而亡，《铨评》："《艺文》作三月生而五月亡。"

〔四〕寒冰，《诗经·生民篇》："诞置之寒冰，鸟覆翼之。"

〔五〕鬭縠，《左》宣四年传："初若敖娶于䢵，生斗伯比。若敖卒，从其母畜于䢵，淫于䢵子之女，生子文焉。䢵夫人使弃诸梦中，虎乳之。䢵子田，见之惧而归以告，遂使收之。楚人谓乳——縠，谓虎——於菟。"

〔六〕风尘，喻危难也。

〔七〕第，《铨评》："程作第，张作绨，从《艺文》。"案程、张俱误。字当作第。第，《说文》："床簀也。"玄，黑色。文茵，《诗经·小戎篇》："文茵畅毂。"毛传："文茵，虎皮也。"《释名·释车》："文茵，车中所坐者也，用虎皮为之，有文采。"

〔 八 〕惨,《说文》:"毒也。"《广雅·释诂四》:"苦也。"

〔 九 〕罗帏,《铨评》:"帏,《艺文》作帱。"案《尔雅·释训》:"帱谓之帐。"《文选·寡妇赋》李注引《纂要》:"在上曰帐,在旁曰帏,单帐曰帱。"下文言绮帐,则此不应重言罗帐,似当作帏为是,否则语复。

〔一〇〕翔鸟,《铨评》:"《艺文》鸟作禽。"此谓后稷。

〔一一〕幽房,深邃之屋。闲宇,静寂之室。

〔一二〕云梦即上文引左氏之梦。春秋时楚国大湖,约在今湖北省京山、枝江等县境。

〔一三〕慈母,《礼记·内则》郑注:"慈母知其嗜欲者。"良保,见《叙愁赋》注。慈母盖负教养之责,保则指左右服事之人。

〔一四〕鸟虎,《铨评》:"《艺文》作乌菟。"案作乌菟为是。乌菟即於菟,谓虎。玄第二句承后稷之在寒冰而言。幽房二句承鬻穀之在楚泽言也。与鸟无涉,应据《艺文》所引订正。

〔一五〕期载,《铨评》:"期程张作暮。从《艺文》。"宋刊本《曹子建文集》期作暮。案期借为稘。《说文》:"稘,复其时也。"段注:"稘言帀也。十二月帀为期年。"即一周岁也。暮、暮形近致误。

〔一六〕离,《铨评》:"程、张作虽,从《艺文》。"案离,《国语·晋语》韦注:"历也。"虽字于此无义,应是离字之形误。殃,《铨评》:"《艺文》作没。"案宋刊本《曹子建文集》殃作殁,没、殁义同,作殃字误。

〔一七〕兰,象征曹喈优秀品质。眇眇,《文选·幽通赋》:"咨孤蒙之眇眇兮。"曹大家注:"眇,微也。"

〔一八〕毕荣,象征盛年。荣即华也。

〔一九〕绵绵,《诗经·绵篇》:"绵绵瓜瓞,民之初生。"《正义》:"绵绵,微细之辞。”

〔二〇〕背世，《荀子·解蔽》杨注：“背，弃去也。”背世即弃世，喻死。潜形，潜藏也。形，身体。

〔二一〕四孟指孟春、孟夏、孟秋与孟冬。周，遍也。四孟未周，犹云未满一年。

〔二二〕将何，《铨评》：“程、张脱何，从《艺文》补。”愿，《铨评》：“张衍之字，依《艺文》删。”案《密韵楼丛书·曹子建文集》作将愿子乎一龄，与宋刊本同。

〔二三〕回，《离骚》王注：“旋也。”

〔二四〕扶轮即蒲轮。谓丧车车轮，以蒲草裹之，取其安稳。古扶、蒲通用。如扶伏《七发》作蒲伏。《左》昭十三年传“以蒲焉”，《释文》：“蒲亦作扶。”可证。

〔二五〕埏，《文选·杨武仲诔》李注引《声类》：“墓隧也。”闼，小门也。此指墓门。

〔二六〕流射，形容眼泪夺眶而出之状。

案哀辞句有脱佚，非全章也。

酒　赋 有序

余览扬雄《酒赋》[一]，辞甚瑰玮[二]，颇戏而不雅[三]，聊作《酒赋》，粗究其终始。赋曰：

嘉仪氏之造思[四]，亮兹美之独珍。嗟曲蘖之殊味，□□□□□□[五]。仰酒旗之景曜[六]，(协)〔征〕嘉号于天辰[七]。穆公酣而兴霸[八]，汉祖醉而蛇分[九]；穆生(以)〔失〕醴而辞楚[一〇]，侯嬴

感爵而轻身〔一〕。谅千钟之可慕，何百觚之足云〔二〕！其味有
□□亮沂，久载休名〔三〕，宜城醪醴〔四〕，苍梧缥清〔五〕。或秋
藏冬发，或春酝夏成〔六〕。或云（拂）〔沸〕潮涌〔七〕，或素蚁（浮）
〔如〕萍〔八〕。尔乃王孙公子，游侠翱翔〔九〕，将承（芬）〔欢〕以接
意〔二〇〕，会陵云（于）〔之〕朱堂〔二一〕。献酬交错〔二二〕，宴笑无方〔二三〕。
于是饮者并醉，纵横喧哗，或扬袂屡舞〔二四〕，或叩剑清歌〔二五〕；或噇
（嗽）〔蹴〕辞觞〔二六〕，或奋爵横飞〔二七〕；或叹骊驹既驾〔二八〕，或称朝露
未晞〔二九〕。于斯时也，质者或文〔三〇〕，刚者或仁〔三一〕；卑者忘
贱〔三二〕，窭者忘贫〔三三〕。和睚眦之宿憾〔三四〕，虽怨雠其必亲〔三五〕。
于是矫俗先生闻之而叹曰〔三六〕：噫〔三七〕！夫言何容易，此乃荒淫
之源〔三八〕，非作者之事〔三九〕。若耽于觞酌〔四〇〕，流情纵逸〔四一〕，先
王所禁〔四二〕，君子所（斥）〔失〕〔四三〕。

叙嘉宾之欢会，惟耽乐之既阕。日晻暗于桑榆兮，命仆夫
而皆逝。《铨评》："《韵补》四引《酒赋》。"

安沉湎而为娱，非往圣之所述。辟酒诰之明戒，同元凶于
三季。《铨评》："《韵补》四引《酒赋》。"

〔一〕扬雄字子云，四川郫县人，西汉成帝时著名辞赋家。《汉书》有
传。《酒赋》全文不存。严可均《全汉文》有佚文。

〔二〕瑰玮，《广雅·释训》："琦玩也。"《文选·西京赋》薛注："瑰玮，
奇好也。"

〔三〕戏，《尔雅·释诂》："谑也。"雅，《风俗通·声音》："雅之为言
正也。"

〔四〕仪氏即仪狄。已见前注。造思，谓创造之智慧。

〔五〕曲蘖，造酒之酵母。于此为酒之代词。《铨评》："《书钞》一百四

十八引《酒赋》。此句原引下连仰酒旗之景曜二句，然文义与韵皆不接，其下必有脱文，未敢径补。"今据严辑《全三国文》补入。

〔六〕酒旗，星宿名。《晋书·天文志》："轩辕右角南三星，曰酒旗，酒官之旗也，主飨宴饮食。五星守酒旗，天下有酺。"景曜，《文选·西京赋》："流景曜之韡晔。"李注："景，光景也。"《释名·释天》："曜，耀也，光明照耀也。"犹言光辉灿烂。

〔七〕协，《铨评》："《书钞》一百四十八作征。"案疑作征字是。《汉书·五行志》颜注："征，应也。"嘉号，美名。天辰，即上所云酒旗星。

〔八〕穆公二句，《铨评》："《书钞》一百四十八引《酒赋》。此疑侯嬴感爵而轻身句下脱文。"今据严辑《全三国文》补入。穆公，秦穆公。事见《史记·秦本纪》。

〔九〕汉祖，汉高祖。醉而蛇分，见本卷《汉高祖赞》。

〔一〇〕穆生，西汉时人。以，《铨评》："《艺文》七十二作失。"案作失字是。失醴辞楚，《汉书·楚元王交传》："元王敬礼申公等，穆生不耆酒，元王每置酒，常为穆生设醴。及王戊即位，常设，后忘设焉。穆生退曰：可以逝矣！醴酒不设，王之意怠，不去，楚人将钳我于市……遂谢病去。"

〔一一〕侯嬴，战国时人，魏国隐士，七十余岁，任魏大梁夷门（东门）监者。轻身，《铨评》："程作增深，从《艺文》。"案宋刊本《曹子建文集》增作憎。疑《艺文》是。《史记·信陵君传》："……至家，公子（信陵君）引侯生坐上坐，遍赞宾客，宾客皆惊。酒酣，公子起为寿侯生前……公子过谢。侯生曰：臣宜从，老不能，请数公子行日以至晋鄙军之日，北向自刭，以送公子之行。公子与侯生诀，至军，侯生果北向自刭。"是轻身谓自刭也。

〔一二〕千钟、百觚，《铨评》："以上二句程、张脱，依《书钞》补。"《孔丛子·儒服篇》："平原君曰：昔有遗谚：尧、舜千钟，孔子百觚。"《后汉书·孔融传》章怀注引融集与曹操书曰："尧不千钟，无以建太平；孔非百觚，无以堪上圣。"谅，信也。足云，足，《礼记·礼器》郑注："犹得也。""云，言也。"见《礼记·乐记》《正义》。

〔一三〕亮沂久载休名，《铨评》："此六字程、张脱，依《书钞》补。"案亮沂二字不可解，句有脱误。

〔一四〕宜城，乐史《太平寰宇记》："山南东道襄州宜城出美酒，俗号为竹叶杯。"在今襄阳县南。醪醴，《文选》陆韩卿《奉答内兄希叔》李注引陈思王《酒赋》："酒有宜城浓醪。"《说文》："醪，汁滓酒也。"谓酒与糟相混未分离者。醴一夜酿熟，味至淡。醪，味醇浓而甜。张华《轻薄篇》："宜城九酝酒。"《魏武集·奏上九酝酒法》曰："三日一酿，满九斛米止。"

〔一五〕苍梧，今广西苍梧县。缥青，见本卷《弃妇篇》。张华《轻薄篇》："苍梧竹叶青。"此二地所酿酒，魏晋时负有盛名。

〔一六〕秋藏冬发，谓秋日酿至冬方熟。春酤夏成，《文选》王僧达《答颜延年》李注引《酒赋》成作开。案《周礼·酒正》郑注："清酒今之中山，冬酿接夏而成也。"盖清酒百日而成，即张衡《南都赋》所云"十旬兼清"也。

〔一七〕云拂，《铨评》："《艺文》拂作沸。"案宋刊本《曹子建文集》亦作沸。潮涌，《铨评》："《艺文》潮作川。"案宋刊本《曹子建文集》潮作沸。疑非。此句形容酒发酵时，清酒汩汩然上冒，有如云沸潮涌。

〔一八〕浮萍，《铨评》："浮，《艺文》作如。"案张衡《南都赋》："浮蚁若萍。"李注引《释名》："酒有泛齐，浮蚁在上，泛泛然如萍之多者。"此本《南都赋》,当作如字是,如若义同。

〔一九〕游侠,见本集《七启》注。

〔二〇〕承芬,《铨评》:"《艺文》芬作欢。"案作欢字是。

〔二一〕于,《铨评》:"《艺文》作之。"案于当从《艺文》作之,于字于此不词。

〔二二〕献酬,《诗经·楚茨篇》:"献醻交错。"郑笺:"始主人酌宾为献,宾既酌主人,主人又自饮酌宾曰醻。"《释文》:"醻或作酬。"谓主客一往一来相互劝饮曰交错。

〔二三〕无方,《太玄·务》范注:"无常方也。"

〔二四〕扬袂,即举袖。

〔二五〕叩剑,《广雅·释诂三》:"击也。"清歌,《方言》:"清,急也。"清歌即急歌。或云清歌犹徒歌,似未的。

〔二六〕嚬蹴,《铨评》:"《艺文》蹴作蹙。"案作嚬蹙是。或作嚬蹵。《一切经音义》二十三:"毛诗传曰:蹙,促也。言人有忧愁则皴撮眉额,鼻目皆相促近也。"辞,《说文》作辤,"不受也"。经传皆以辞为之。辞觞,谓不接酒杯。

〔二七〕奋爵谓举杯。横,《后汉书·酷吏传》章怀注:"犹狂也。"横飞即狂飞。

〔二八〕骊驹既驾,《大戴礼·客篇》:"骊驹在门,仆夫具存;骊驹在路,仆夫整驾。"《汉书·儒林王式传》:"博士江公……心嫉式,谓歌吹诸生曰:歌骊驹。式曰:闻之于师,客歌骊驹,主人歌客毋庸归,今日诸君为主人,日尚早,未可也。"

〔二九〕朝露未晞,《诗经·湛露篇》:"湛湛露斯,匪阳不晞;厌厌夜饮,不醉无归。"

〔三〇〕质者,谓朴野之人。文,雍容闲雅之态。

〔三一〕刚者,个性倔强者。仁谓性情温和。

〔三二〕地位低下者忘其卑贱。

〔三三〕贫穷者忘其自身之困苦。

〔三四〕和,《广雅·释诂三》:"谐也。"睚眦,《史记·范雎传》:"睚眦之怨必报。"《后汉书·窦宪传》章怀注:"睚眦,裂眦瞋目貌。"宿憾,即旧恨。

〔三五〕此二句《铨评》:"《书钞》一百四十八引《酒赋》,此疑窭者忘贫句下脱文。"今据严辑《全三国文》补入。

〔三六〕矫俗先生,曹植设想者,如子虚、乌有之类。矫俗,纠正世俗风尚之义。

〔三七〕噫,惊讶之词。

〔三八〕荒,《诗经·蟋蟀篇》郑笺:"废乱也。"淫,《礼记·缁衣》郑注:"贪侈也。"源,根源。

〔三九〕作者,《论语·宪问篇》:"子曰:贤者辟世,其次辟地,其次辟色,其次辟言。子曰:作者七人矣!"则作者盖指贤者。

〔四○〕耽,《尚书·无逸篇》孔传:"过乐谓之耽。"觞酌,《楚辞·招魂》王注:"酌,酒杯也。"此为酒之代词。

〔四一〕流情,《礼记·射义》郑注:"流犹放也。"流情犹放情。纵逸,《铨评》:"《艺文》逸作佚。"《广雅·释诂一》:"乐也。"纵佚即纵乐。

〔四二〕先王指禹。谓禹疏仪狄而绝旨酒。见《国策·魏策》。

〔四三〕斥,《铨评》:"《艺文》作失。"案作失字是。失、佚协韵,作斥是失韵矣。《礼记·礼运》郑注:"失,犹去也。"

考《魏志·徐邈传》:"魏国既建,时科禁断酒。"似此赋创作时期,疑在建安十八年颁布禁酒令后。王粲《酒赋》:"暨我中叶,酒流遂多,群庶崇饮,日富月奢。"可见当时社会酗酒状况。植赋

着重述说酗酒之危害性,与乎必须禁断的理由。但因句多散佚,
文意或不衔接,致义理不具。

赠丁(仪)〔廙〕〔一〕

初秋凉气发,庭树微销落〔二〕。凝霜依玉除〔三〕,清风飘飞阁〔四〕。
朝云不归山〔五〕,霖雨成川泽〔六〕。黍稷委畴陇〔七〕,农夫安所
获〔八〕。在贵多忘贱,为恩谁能博!狐白足御冬〔九〕,焉念无衣
客〔一〇〕!思慕延陵子〔一一〕,宝剑非所惜〔一二〕。子其宁尔心〔一三〕,
亲交义不薄〔一四〕。

〔 一 〕丁仪,《铨评》:"《文选》卷二十四李善注:《集》云与都亭侯丁
　　　翼,今云仪,误也。"案翼,《魏志·陈思王植传》作廙。廙,字敬
　　　礼,仪之弟也。裴注引《文士传》:"廙少有才姿,博学洽闻。初
　　　辟公府,建安中为黄门侍郎。廙尝从容谓太祖曰:临菑侯天性
　　　仁孝,发于自然,而聪明智达,其殆庶几。至于博学渊识,文章
　　　绝伦,当今天下之贤才君子,不问少长,皆愿从其游而为之死,
　　　实天所以钟福于大魏,而永授无穷之祚也。欲以劝动太祖。"
　　　是廙欲操以植为嗣,故进此言。后曹丕嗣魏王,仪、廙并诛。

〔 二 〕销落,凋零之意。

〔 三 〕玉除,玉阶。

〔 四 〕飞阁,《文选》谢灵运《从斤竹涧越岭溪行》李注引《通俗文》:
　　　"版阁曰栈,盖如蜀之栈道,施版为之者,故曰飞阁。"即《节游
　　　赋》之云阁,说详彼注。

〔 五 〕不归山,《文选》谢灵运《游南亭》李注:"雨则云出,晴则云
　　　归也。"

〔六〕霖雨，《左》隐九年传："凡雨自三日以往为霖。"

〔七〕委，李注："弃也。"畴，《说文》曰："耕治之田也。"陇，借为垄，田埂也。

〔八〕安所犹何可。获，《铨评》："张作穑。"案获、穑古通用。

〔九〕李注："《晏子春秋》曰：景公之时，雨雪三日。公被狐白之裘，坐于堂侧，谓晏子曰：雨雪三日，天下不寒，何也？晏子曰：贤君饱知人饥，温知人寒。"御，《小尔雅·广言》："抗也。"

〔一〇〕李注："言服狐白者，不念无衣；以喻处尊贵者，多忘贫贱也。"

〔一一〕延陵子即吴公子季札，吴王寿梦季子，封于延陵。

〔一二〕李注："《新序》曰：延陵季子将西聘晋，带宝剑以过徐君。徐君不言，而色欲之。季为有上国之事，未献也，然心许之矣！致使于晋。顾反，则徐君死，于是以剑带徐君墓树而去。《广雅》曰：惜，爱也。言延陵不欺于死，而况其生者乎！故己思慕之，冀异于俗也。"

〔一三〕子谓丁廙。其，语中助词。宁，《尔雅·释诂》："静也。"即安静之意。

〔一四〕交，《楚辞·湘君》王注："友也。"

闲居赋

何吾人之介特〔一〕，去朋匹而无俦〔二〕。出靡时以娱志〔三〕，入无乐以消忧〔四〕。何岁月之若骛〔五〕！复民生之无常〔六〕。感阳春之发节〔七〕，聊轻驾(之)〔而〕远翔〔八〕。登高丘以延企〔九〕，时薄暮而起雨〔一〇〕。仰归云以载奔〔一一〕，遇兰蕙之长圃。冀芬芳之可服〔一二〕，结春荑以延伫〔一三〕。入虚(廊)〔廓〕之闲馆〔一四〕，步生风之(高)〔广〕庑〔一五〕。践密迩之修除〔一六〕，即蔽景之玄宇〔一七〕。翡翠翔于南枝〔一八〕，玄鹤鸣于北野〔一九〕。青鱼跃于东沼，白鸟戏于西渚〔二○〕。遂乃背通谷，对绿波，藉文（菌）〔茵〕〔二一〕，翳春华〔二二〕。丹毂更驰〔二三〕，羽骑相过〔二四〕。

恩寒风以开襟。《铨评》："《文选》潘安仁《西征赋》李注引《闲居赋》。"严辑《全三国文》又见沈约《游沈道士馆》诗注。

愿同衾于寒女。《铨评》："《文选》郭泰机《答傅咸》诗李注引《闲居赋》。"

〔一　〕之，《铨评》："《艺文》六十四作而。"案作之字是。介特，《后汉书·马融传》章怀注："谓孤介特立也。"案介特复义词。

〔二　〕匹，《铨评》："程作正，从《艺文》。"案作匹字是。《广雅·释诂一》："匹，辈也。"俦，亦匹字之义。

〔三　〕靡，无也。娱志，愉乐心情。

〔四　〕乐，谓娱乐之事。销，《文选·恨赋》李注："散也。"

〔五　〕若骛，犹言若驰。

〔六　〕民生，即人生。喻寿命。

〔七　〕发，《史记·乐书》《正义》："始也。"句谓初春。

〔八　〕之，《铨评》："《艺文》作而。"案作而字是。远翔犹言远游。

〔九　〕延企，谓延颈企踵，远望之貌。

〔一○〕起雨，案各本俱作起余，《铨评》作起雨，《铨评》是。雨与下文囿字协韵，作余失韵矣。起，《文选》谢玄晖《和伏武昌登孙权故城》诗李注引《庄子》司马彪注："飞也。"则起雨犹飞雨。

〔一一〕归云，傅毅《七激》："仰归云，恩游风。"载，语中助词。

〔一二〕冀，希冀。服，《淮南·说山训》高注："佩也。"

〔一三〕蘅,《铨评》:"程、张作衡,从《艺文》。"案作蘅是。杜蘅,香草名。延伫,《楚辞·大司命》:"结桂枝兮延伫。"王注:"延,长也。伫,立也。"

〔一四〕虚廊,《铨评》:"《艺文》廊作廓。"虚廓,空阔。作廓字是。闲馆,寂静之室。

〔一五〕生风,《庄子》"空阅来风",司马彪注:"门户孔空,风善从之。"宋玉《风赋》:"空穴来风。"则生风盖喻空洞之意。高,《铨评》:"《艺文》作广。"宋刊本《曹子建文集》作庶。疑庶为广字之形误,作广字是。庑,《声类》:"堂下周屋也。"见《御览》一百八十一引。

〔一六〕密迩,即密尔。《尔雅·释诂》:"密,静也。"密尔,静寂之貌。修除,《西都赋》:"修除飞阁。"李注引《上林赋》司马彪注:"楼陛也。"

〔一七〕蔽景,荫蔽日光。玄宇,深邃屋宇。

〔一八〕翡翠,《铨评》:"《艺文》作翡鸟。"案宋刊本《曹子建文集》与《艺文》同。翡鸟即翡翠,大如燕,腹背纯红色(《南中八郡异物志》)。

〔一九〕玄鹤,黑色之鹤。

〔二〇〕此四句铺叙,所述鱼鸟,各以其方之色形之,非实也。

〔二一〕文茵,《铨评》:"《艺文》作茵。"案宋刊本《曹子建文集》亦作茵。《诗经·小戎篇》:"文茵畅毂。"作茵字是。文茵,已见前《仲雍哀辞》注。藉,《仪礼·士虞礼》郑注:"犹荐也。"今曰垫。

〔二二〕翳,《离骚》王注:"蔽也。"《文选·西京赋》:"翳灵芝。"薛注:"翳,覆也。"

〔二三〕丹毂,见前《公宴》诗注。

〔二四〕羽骑,即羽林骑士,王者之侍卫。

案赋疑作于典禁兵时，内容言春日景物，似作于建安二十年春。赋句残脱。

述行赋

寻曲路之南隅[一]，观秦政之骊坟[二]。哀黔首之罹毒[三]，酷始皇之为君[四]。濯余身于（秦）〔神〕井[五]，伟汤液之若焚[六]。

恨西夏之不纲。《铨评》：“《文选》潘安仁《西征赋》李注引《述行赋》。”

〔一〕《文选》陆士衡乐府《悲歌行》李注：“寻，犹缘也。”

〔二〕政，秦始皇名。骊坟即始皇陵。在骊山下，故称骊坟。在今陕西省临潼县东十五里。

〔三〕黔首，《史记·秦始皇纪》：“更名民曰黔首。”《集解》引应劭：“黔亦黎黑也。”罹毒，犹言受苦。《广雅·释诂四》：“毒，苦也。”

〔四〕酷，痛恨之意，《颜氏家训·文章》：“衔酷茹恨。”事见《秦始皇纪》。

〔五〕秦，《铨评》：“《初学记》七作神。”案作神字是。张衡《温泉赋序》：“余适（原作出，据《文选·雪赋》李注引改）丽山，观温泉，浴神井。”古代神话：始皇与神女游，不合神女意，便唾始皇，沾肤成疮。始皇谢，神女乃以温泉涤之。事见《水经·渭水注》引《三秦记》。在陕西临潼县骊山下，即今华清池。

〔六〕伟，《铨评》：“程作律，从《初学记》。”《文选·思玄赋》旧注：“伟，异也。”汤液，《铨评》：“张作汤涛，《初学记》作温涛。”若焚，《铨评》：“此谓温泉也。”若焚形容热度极高。《水经·渭水注》："祭则得入，不祭则烂人肉。"亦言其高温。

案《魏志·武帝纪》："（建安）二十年三月，公西征张鲁。"子建从行，故得观温泉。赋仅存此六句。

赠丁（仪）〔廙〕王粲〔一〕

从军度函谷〔二〕，驱马过西京〔三〕。山岑高无极〔四〕，泾渭扬浊清〔五〕。壮哉帝王居〔六〕，佳丽殊百城〔七〕。员阙（浮出）〔出浮〕云〔八〕，承露概泰清〔九〕。皇佐扬天惠〔一〇〕，四海无交兵〔一一〕。权家虽爱胜〔一二〕，全国为令名〔一三〕。君子在末位〔一四〕，不能歌德声〔一五〕。丁生怨在朝〔一六〕，王子欢自营〔一七〕。欢怨非贞则〔一八〕，中和诚可经〔一九〕。

〔　一　〕《铨评》："《文选》二十四李善注：《集》云答丁敬礼、王仲宣，今云仪，误也。"

〔　二　〕函谷，李注："《汉书》：弘农县故秦函谷关。"今河南灵宝县西南。东至崤山，西至潼津，大山中裂，绝壁千仞，有路如槽，深险如函，故曰函谷。

〔　三　〕西京，张衡有《西京赋》，述西汉事。西京，指西汉都城长安。

〔　四　〕岑，宋刊本《曹子建文集》作峰，《文选》作岑。峰、岑义近。谓陡峭之山峰，指华山。

〔　五　〕泾，《说文》："泾水出安定泾阳开头山，东南入渭。"今甘肃平凉西南笄头（崆峒山），经陕西邠县至西安高陵县入渭。渭，《说文》："出陇西首阳渭首亭南谷，东入河。"今甘肃渭源县，首阳山在鸟鼠山之西北，至陕西华阳县北入河。扬，《淮南·览冥

训》高注:"明也。"浊清,《诗经·谷风篇》:"泾以渭浊。"谓泾水
浊、渭水清也。

〔 六 〕帝王居,长安为秦汉旧都,故云。

〔 七 〕佳,宏伟。丽,华美。殊,《后汉书·梁竦传》章怀注:"犹
过也。"

〔 八 〕员阙,《三辅黄图》:"建章宫周围三十里,又于宫门北造圆阙,
高二十五丈,上有铜凤皇。"《西京赋》薛注:"圆阙上作铁凤凰,
令张两翼,举头敷尾。"浮出,《铨评》:"《文选》二十四作出浮。"
案作出浮是,此误乙。张衡《西京赋》:"圜阙竦以造天。"正谓
出于浮云之上也。

〔 九 〕承露,《三辅故事》:"建章宫承露盘,高二十丈,大十围,以铜为
之。上有仙人掌承露盘。"概,李注:"《广雅》曰:扢,摩也。概
与扢同,古字通。"泰清,谓天。

〔一〇〕皇佐,李注:"太祖也。"即曹操。扬,《诗经·泮水篇》《正义》:
"高举之义。"天惠,犹言君恩。

〔一一〕交兵,喻战争。

〔一二〕权家,李注:"兵家也。"谓军中策画战计者,如刘晔、司马懿之
俦。《魏志·刘晔传》:"既至汉中,山峻难登,军食颇乏。太祖
曰:此妖妄之国耳,何能为有无! 吾军少食,不如速还。便自
引归,令晔督后诸军,使以次出。晔策鲁可克,加粮道不继,虽
出军犹不能皆全,驰白太祖,不如致攻。遂进兵,多出弩以射
其营。鲁奔走,汉中遂平。"

〔一三〕全国,李注:"《孙子兵法》曰:用兵法,全国为上,破国次之。"
《魏志·张鲁传》:"(鲁)于是乃奔南山入巴中。左右欲悉烧宝
货仓库。鲁曰:本欲归命国家,而意未达,今之走避锐锋,非有

恶意,宝货仓库,国家之有。遂封藏而去。太祖入南郑,甚嘉之。"令名,李注:"郑玄《礼记注》曰:名,令闻也。"

〔一四〕君子,李注:"谓丁、王也。"末位谓下位。

〔一五〕李注:"德声谓太祖令德之声也。"

〔一六〕丁生,丁廙时为黄门侍郎,不获从行,故生怨心。

〔一七〕王子即王粲。《从军诗》:"外参时明政,内不废家私。"或此即诗所指为自营。

〔一八〕贞则谓正则。

〔一九〕中和,《礼记·中庸篇》:"喜怒哀乐之未发谓之中,发而皆中节谓之和。"经,法也。李注:"言欢怨虽殊,俱非忠贞之则,惟有中和乐职,诚可谓经也。《汉书》王襄使王褒作《中和乐职宣布诗》。如淳曰:言王政中和,在官者乐其职。"窃疑句意以丁怨王欢,皆失之于偏激,故提出中和一词以正其非,且谓可作立身处世之恒永准则,似与《中和乐职诗》无涉也。

三　良

功名不可为〔一〕,忠义我所安〔二〕。秦穆先下世〔三〕,三臣皆自残〔四〕。生时等荣乐,既没同忧患〔五〕。谁言捐躯易?杀身诚独难〔六〕!揽涕登君墓〔七〕,临穴仰天叹〔八〕。长夜何冥冥!一往不复还〔九〕。黄鸟为悲鸣〔一〇〕,哀哉伤肺肝〔一一〕。

〔一〕李注:"言功立不由于己,故不可为也。《吕氏春秋》曰:功名之立,天也。"盖古人谓立功垂名,受天之支配,而非人所能为。即死生有命,富贵在天之意。

〔二〕忠义,李注:"《孝经注》曰:死君之难为尽忠。《谥法》曰:能制命曰义。我，谓三良也。"安，《淮南·泛论训》高注："乐也。"

〔 三 〕秦穆，秦穆公，名任好。下世，《周礼·司氏》郑注："下犹去也。"下世即去世。

〔 四 〕三臣，《左》文六年传："秦穆公任好卒，以子车氏之三子奄息、仲行、鍼虎为殉，皆秦之良也。"自残，李注："贾逵《国语注》曰：没身为残。"

〔 五 〕李注："应劭《汉书注》曰：秦穆与群臣饮酒，酒酣。公曰：生共此乐，死共此哀。奄息等许诺，及公薨，皆从死。"

〔 六 〕李注："《说文》曰：捐，弃也。"

〔 七 〕揽，《释名·释姿容》："揽，敛也，敛置手中也。"揽涕今曰拭泪。君，指三良。

〔 八 〕临穴，《诗经·黄鸟篇》："临其穴。"郑笺："穴谓冢圹也。"仰天叹，《黄鸟篇》："彼苍者天。"

〔 九 〕长夜，《左》襄十三年传杜注："谓埋葬。"喻坟墓。何，语中助词。冥冥，《广雅·释训》："暗也。"言墓中昏暗不明。李注："邓太后报邓闾曰：长归冥冥，往而不反。"

〔一〇〕《诗经·黄鸟篇》序："《黄鸟》，哀三良也。国人刺穆公以人从死，而作是诗也。"悲鸣，《黄鸟篇》句云："交交黄鸟止于棘。"

〔一一〕李注："《古歌》曰：大忧摧人肺肝心。"

案刘知几《史通·浮词篇》："夫探揣古意，而广足新言，此犹子建之《三良》……至于临穴泪下……虽语多本传，而事无异说……"《铨评》："《文选》六臣注，良曰：悔不随武帝死，而托是诗。"朱绪曾："唐释皎然《诗式》曰：陈王《三良诗》，秦穆先下世，三良皆自残。王粲云：秦穆杀三良，惜哉空尔为！盖以陈王移国、任城被害以后，常有忧生之虑，故其词婉娩，存几谏也。绪曾案：粲卒于建安二十一年（按《魏志·王粲传》："建安二十一年从征吴，二十二年春道病卒"），任城王彰卒于黄初四年，粲无因预知任城遇害、子建遭谗之事，而以《三良诗》为直谏也。况粲卒后，至建安二十五年魏武始薨，皎然之说，殊为失当！刘良曰：植被文帝责黜，意者是悔不从武帝，而作是诗。然此诗乃建安二十年从征张鲁至关中，过秦穆公墓，与王粲同作。若黄初时作，则粲已早卒，恐转涉附会也。"案朱说此诗为建安二十年作，或当稍后，盖曹操征张鲁之役，曹植并未从行（黄节诗注援《文选》魏文帝《与钟大理书》，论证精详），不得"与王粲同作"。

车渠椀赋〔一〕

惟斯椀之所生〔二〕，于凉风之（浚）〔峻〕湄〔三〕。采金光（之）〔以〕定色〔四〕，拟朝阳而发辉〔五〕。丰玄素之暐暐〔六〕，带朱荣之葳蕤〔七〕。缊丝纶以肆采〔八〕，藻繁布以相追〔九〕。翩飘飖而浮景〔一〇〕，若惊鹄之双飞〔一一〕。隐神璞于西野〔一二〕，弥百叶而莫希〔一三〕。于时乃有笃厚神后〔一四〕，广被仁声〔一五〕。夷慕义而重使〔一六〕，献兹宝于斯庭。命公输之巧匠〔一七〕，穷妍丽之殊形〔一八〕。华色粲烂，文若点成〔一九〕。郁翁云蒸〔二〇〕，蜿蝉龙征〔二一〕，光如激电〔二二〕，景若浮星〔二三〕。何神怪之巨伟〔二四〕，信一览而九惊〔二五〕。虽离朱之聪目〔二六〕，（内）〔犹〕炫曜而失精〔二七〕。何明丽之可悦，超群宝而特章〔二八〕。（俟）〔侍〕君子之闲燕〔二九〕，酌甘醴于斯觥〔三〇〕。既娱情而可贵，故（求）〔永〕御而不忘〔三一〕。

〔一〕《铨评》："车渠，大贝也。崔豹《古今注》：魏帝以车渠石为椀。晏案：文帝、应玚、王粲皆有赋。"案曹丕《车渠椀赋序》："车渠，玉属也。多纤理缛文，生于西国，其俗宝之。小以系颈，大以为器。"徐幹亦作赋，见《艺文》卷七十三。椀，《说文》作盌，"小盂也。"

〔 二 〕斯，《铨评》："程、张作新，从《艺文》七十三。"案作斯字是，斯，此也。

〔 三 〕凉风，《淮南·墬形训》："在昆仑闾阖之中。"亦即《离骚》之阆风。王注："阆风，山名，在昆仑之上。凉、阆一声之转。"浚湄，《铨评》："浚，《艺文》作峻。湄，程作滨，从《艺文》。"案《艺文》是。《尔雅·释水》："水草交曰湄。"峻湄，陡峭岸侧。《广志》："车渠出大秦(罗马)及西域诸国。"

〔 四 〕之，《铨评》："《艺文》作以。"案作以字是。定色，《淮南·天文训》高注："定犹成也。"定色即成色。谓车渠质地系金黄色，谓采取黄金光辉而成色也。

〔 五 〕拟，《汉书·杨雄传》颜注："比象也。"

〔 六 〕玄素，谓黑白二色。车渠具暗褐色与淡白色。暐暐，《铨评》："《艺文》作炜晔。"或作韡晔。《文选·西京赋》薛注："言明盛也。"即色彩鲜明貌。

〔 七 〕朱荣，红花。葳蕤，《文选》六臣张铣注："花鲜好貌。"

〔 八 〕缊同蕴，聚积之意。丝纶，形容花文如蚕丝之细长。肆，遍布也。

〔 九 〕藻，《文选·七启》李注："文采也。"句意花文密布如相追逐。

〔一〇〕翩飘飘，形容光彩闪灼之貌。浮景即浮影。

〔一一〕惊鹄双飞，曹丕句："或如朝云浮高山，或如飞鸟厉苍天。"意虽相类，惟语较质实，似不及植句之刻画精工也。

〔一二〕神，赞美之词。璞，《文选·南都赋》李注："玉之未理者。"

〔一三〕弥，《尔雅·释言》："终也。"叶，《广雅·释言》："世也。"百叶，百世。希，《后汉书·皇甫规传》章怀注："希，慕也。"

〔一四〕笃厚，《铨评》："《艺文》作明笃。"宋刊本《曹子建文集》无厚字。明笃，谓聪睿敦厚。神后，指曹操。

〔一五〕广被，《铨评》："《艺文》被作彼。"疑彼当作被，传钞致误。宋刊本《曹子建文集》正作被。《文选·东京赋》："惠风广被。"广被，溥覆也。

〔一六〕夷，谓少数民族。重使犹重译。此歌颂曹操功德远及异域。

〔一七〕公输，春秋时人，即鲁般，是我国古代技艺精湛之工师。之巧，《铨评》："《艺文》作使制。"宋刊本《曹子建文集》与《艺文》同。考张衡《西京赋》："命般尔之巧匠。"或植句所本，《艺文》作使制，疑非。

〔一八〕穷，《广雅·释诂一》："极也。"妍丽，犹美好。殊形，特殊形式。

〔一九〕点成，《尔雅·释器》注："以笔灭字为点。"点成，犹言点染而成也。

〔二〇〕郁嵡，形容蓬勃浮动之貌。云蒸，云升。

〔二一〕蜿蝉，《铨评》："《艺文》蝉作蜒。"已见《九华扇赋》注。龙征，龙行。

〔二二〕激，《庄子·盗跖篇》《释文》引司马注："明也。"

〔二三〕浮星，谓闪灼之星光。

〔二四〕巨伟，《铨评》："《御览》八百八作瑰玮。"瑰玮，《广雅·释训》："琦玩也。"

〔二五〕九惊，《铨评》："《韵补》一作敬。"案宋刊本《曹子建文集》亦作敬。疑敬或是惊字之残脱，作惊字是。惊，精韵，作敬韵不协。

〔二六〕离朱，已见前注。聪目，《铨评》："《韵补》目作明。"案宋刊本《曹子建文集》仍作目，作目字是。聪，《说文》："察也。"聪目谓视力极强。

〔二七〕内，《铨评》：“《韵补》作狁。”案作狁字是。《诗经·常武篇》郑笺：“狁，尚也。”炫曜，《楚辞·离骚》王注：“惑乱也。”失精，《铨评》：“失程作矢，从《艺文》。”案作失字是。《楚辞·橘颂》王注：“精，明也。”失精犹失明。如今语云眼花。

〔二八〕特章，特，独也；章，显也。

〔二九〕俟君子，案俟当作侍。侍，《说文》：“承也。”王粲赋：“侍君子之宴坐。”可证。闲燕，闲，私也；燕与讌通。

〔三〇〕斯觚，《铨评》：“觚《艺文》作觞。”觚、觞义同。《中华古今注》：“魏武帝以车渠石为酒椀。”徐幹《车渠椀赋》：“盛彼清醴，承以雕盘。”

〔三一〕求御，《铨评》：“求张作永。”案作永字是。王褒《洞箫赋》：“故永御而可贵。”永，久也。《楚辞·涉江》王注：“御，用也。”永御犹言久用。

案《魏志·武帝纪》：建安二十年，曹操攻屠河池，西平、金城诸将麴演、蒋石等共斩送韩遂首。凉州平定，西域交通开始恢复，西域诸国馈送，才能达致邺都。应、徐、王俱死于二十二年，则此赋创作时期，不会后于二十二年春天，是时王粲已死，据此或写于二十一年中。

迷迭香赋〔一〕

播西都之丽草兮〔二〕，应青春而凝晖〔三〕。流翠叶于纤柯兮〔四〕，结微根于丹墀〔五〕。信繁华之速实兮〔六〕，弗见凋于严霜〔七〕。芳莫秋之幽兰兮〔八〕，丽昆仑之芝英〔九〕。既经时而收采兮〔一〇〕，遂幽杀以增芳〔一〕。去枝叶而特御兮〔二〕，入绡縠之雾裳〔三〕。附玉体以行止兮，顺微风而舒光〔四〕。

〔 一 〕《铨评》："迷迭，香名也。《御览》（九百）八十二引魏文帝、应场、陈琳《迷迭赋》。"案曹丕、应场、陈琳、王粲所作，见《艺文》卷八十一。曹丕《迷迭赋序》："余种迷迭于中庭，嘉其扬条吐香，馥有令芳。"《魏略》："大秦出迷迭。"（《魏志·四夷传》裴注引）王粲《迷迭赋》："产昆仑之极幽。"则迷迭盖西域所产。

〔 二 〕西都，或说："迷迭香出西蜀，其生处土如渥丹。遇严冬，花始盛开，开即谢，入土结成珠，颗颗如火齐。佩之香浸入肌体，闻之者迷恋不能去，故曰迷迭香。"疑迷迭盖外来语之音译，其所述开花时与结实状，与此赋所述不同，似应以赋为是。

〔 三 〕应，当也。青春，《尔雅·释天》："春为青阳。"因名春为青春。凝，《铨评》："《艺文》八十一作发。"晖，《说文》："光也。"发晖，谓新叶初生，仿佛如有光采也。

〔 四 〕陈琳赋："立碧茎之婀娜，铺绿条之蟺蜿。"据此迷迭系藤属植物，故此赋谓之曰"纤柯"。

〔 五 〕结，《文选·南都赋》李注："犹固也。"丹墀，《说文》："墀，涂地也。"《礼》："天子赤墀。"《汉书·梅福传》颜注引应劭："以丹淹泥涂殿上也。"

〔 六 〕实谓果实。

〔 七 〕见，被字之意。

〔 八 〕莫、暮古今字。莫秋，晚秋。谓迷迭果实香如晚秋之兰花。

〔 九 〕芝英，《铨评》："程、张作英芝，从《艺文》。案作芝英是。"芝英，芝草之花。缪袭《神芝赞》："其色紫丹，其质光曜。"是芝花紫红色，迷迭花亦似之，故曰丽，谓美丽也。

〔一〇〕经时，《文选·西京赋》薛注："经，历也。"

〔一一〕幽杀，密闭收藏之意。增芳，增加果实芳香之浓度。

〔一二〕特御，独用。

〔一三〕入，《吕氏春秋·无义》高注："犹纳也。"雾裳，形容裳之薄如
雾然。

〔一四〕舒光，《淮南·本经训》高注："舒，散也。"

赠丁(翼)〔廙〕〔一〕

嘉宾填城阙〔二〕，丰膳出中厨〔三〕。吾与二三子，曲宴此城隅〔四〕。
秦筝发西气〔五〕，齐瑟扬东讴〔六〕。肴来不虚归〔七〕，觞至反无
余〔八〕。我岂狎异人〔九〕！朋友与我俱。大国多良材，譬海出明
珠。君子义休偫〔一〇〕，小人德无储〔一一〕。积善有余庆〔一二〕，荣枯
立可须〔一三〕。滔荡固大节〔一四〕，世俗多所拘〔一五〕。君子通大
道〔一六〕，无愿为世儒〔一七〕！

〔一〕丁翼，《铨评》："《艺文》三十九、《御览》五百三十九均作《与丁
廙》。"案《魏志·陈思王植传》翼亦作廙。《玉篇》："廙，敬也。"
丁廙字敬礼，名与字义相承，则作廙字或是。

〔二〕填，李注："郑玄《礼记注》曰：填，满也。"城阙，《诗经·子衿
篇》："在城阙兮。"毛传："乘城而见阙。"《释名·释宫室》："阙
在门两旁，中间阙然为道也。"

〔三〕中厨，内厨。

〔四〕曲宴，《文选·吴都赋》张注："曲，僻也。"城隅，《诗经·静女
篇》："俟我于城隅。"《周礼·考工·匠人》郑注："城隅谓角桴
思也。"《礼记·明堂位》《正义》："汉时东阙浮思灾。以此诸文

参之,则桴思,小楼也,故城隅阙上皆有之。"案即今城上角楼。

〔五〕秦筝,《风俗通》:"筝,蒙恬所造。"《说文》:"鼓弦竹身乐也。"
（《御览》鼓作五）朱骏声《通训定声》:"按古五弦施于竹如筑,
秦蒙恬改为十二弦,变形如瑟,易竹以木,唐以后加十三弦。"
发西气,《铨评》:"气《韵补》一作音。"《释名·释乐器》:"筝施
弦高急筝筝然也。"杜佑《通典》:"筝,秦声也。"谓陕西多高亢
酸楚之曲调。

〔六〕齐瑟,《史记·田氏世家》苏秦曰:"临菑甚富,其民无不吹竽鼓
瑟。"东讴,李注:"《说文》曰:讴,齐歌也。"

〔七〕虚归,《铨评》:"《艺文》三十九虚作满。"案虚,《广雅·释诂
三》:"空也。"《文选》亦作虚。不虚归,谓食之且尽也。

〔八〕此二句极意形容宴饮酬酢之欢乐。

〔九〕狎,李注:"《尔雅》曰:狎,习也。"案《论语·乡党篇》皇疏:"狎,
谓素相亲狎也。"异人,《吕览·上农》高注:"异,犹他也。"

〔一〇〕《铨评》:"《文选》二十四李善注:《说文》曰:偫,待也。"案李注:
"言君子之义美而且具。"

〔一一〕李注:"小人之德寡而无储。储,谓蓄积之以待无也。"

〔一二〕积善,李注:"《周易》曰:积善之家,必有余庆。"《国语·周语》
韦注:"庆,福也。"

〔一三〕荣枯,以草木喻人之贵贱也。须,李注:"孔安国《尚书传》曰:
待也。"立可须,犹言可立而待。

〔一四〕滔荡,《楚辞·怨思》王注:"广大貌也。"

〔一五〕世,《铨评》:"张作时。"《吕览·诬徒》高注:"世,时也。"世俗实
时俗,犹言社会风尚。拘,《后汉书·王霸传》章怀注:"犹限
也。"即今限制之意。

〔一六〕通,《释名·释语言》:"通,洞也,无所不贯洞也。"

〔一七〕世儒,李注:"《论衡》曰:说经者为世儒。"案说见《论衡·书解篇》。揆子建之意,似蔑视章句之儒,而其所谓大道,或与杨修书中所云"勠力上国,流惠下民"之意同,于此可见子建当时之意愿。

与吴季重书〔一〕

植白:季重足下。前日虽因常调〔二〕,得为密坐〔三〕。虽燕饮弥日〔四〕,其于别远会稀〔五〕,犹不尽其劳积也〔六〕。若夫觞酌陵波于前〔七〕,箫笳发音于后;足下鹰扬其体,凤观虎视〔八〕,谓萧曹不足俦〔九〕,卫霍不足侔也〔一〇〕。左顾右(盻)〔眄〕〔一一〕,谓若无人,岂非君子壮志哉〔一二〕!过屠门而大嚼〔一三〕,虽不得肉,贵且快意〔一四〕。当斯之时,愿举泰山以为肉,倾东海以为酒〔一五〕,伐云梦之竹以为笛,斩泗滨之梓以为筝〔一六〕;食若填巨壑,饮若灌漏卮〔一七〕。(如上言〔一八〕,)其乐固难量,岂非大丈夫之乐哉!然日不我与〔一九〕,曜灵急节〔二〇〕,面有过景之速〔二一〕,别有参商之阔〔二二〕。思欲抑六龙之首〔二三〕,顿羲和之辔〔二四〕,折若木之华〔二五〕,闭蒙汜之谷〔二六〕。天路高邈〔二七〕,良久无缘〔二八〕,怀恋反侧〔二九〕,何如何如〔三〇〕?得所来讯〔三一〕,文采委曲〔三二〕,晔若春荣〔三三〕,浏若清风〔三四〕,申咏反覆〔三五〕,旷若复面〔三六〕。其诸贤所著文章,想还所治复申咏之也〔三七〕。可令憙事小(吏)〔史〕讽而诵之〔三八〕。夫文章之难,非独今也,古之君子犹亦病诸〔三九〕!家有千里,骥而不珍焉;人怀盈尺,和氏而无贵矣〔四〇〕!夫君子而不知音乐〔四一〕,古之达论谓之通而蔽〔四二〕;墨翟不好伎,何为过朝歌而回车乎〔四三〕？足下好伎,而正值墨翟回车之县,想足下助我张目也〔四四〕。又闻足下在彼,自有佳政。夫求而不得者有之矣,未有不求而自得者也。且改辙而行,非良乐之御〔四五〕；易民而治,非楚郑之政〔四六〕,愿足下勉之而已矣。适对嘉宾,口授不悉〔四七〕,往来数相闻。曹植白〔四八〕。

〔一〕《魏略》:"质字季重,以才学通博,为五官将及诸侯所礼爱,质亦善处其兄弟之间,若前世楼君卿之游五侯矣。河北平定,大将军(李慈铭《三国志札记》:当作五官将)为世子,质与刘桢等并在坐席。桢坐谴之际,质出为朝歌长。"

〔二〕常调,谓守土之官在一定时期向执政者述职。

〔三〕密,疏之对也。即亲近之意。

〔四〕弥日,终日。

〔五〕别远会稀,犹言离多会少。

〔六〕劳积,《汉书·谷永传》颜注:"劳,忧也。"

〔七〕觞、酌俱谓酒杯。陵波,即乘波。前,坐客前。吴质《答东阿王书》:"临曲池而行觞。"亦指此事。

〔八〕凤观,《铨评》:"观,《艺文》二十六作翔,《文选》四十二作叹。"凤叹虎视,李注:"凤以喻文也,虎以喻武也。叹犹歌也,取美壮之意。"

〔九〕萧曹,萧何、曹参,皆汉高祖、惠帝丞相。

〔一〇〕卫霍,卫青、霍去病,汉武帝时名将。俦、侔,言匹敌也。

〔一一〕盼,《铨评》:"张作眄。"案宋刊本《曹子建文集》亦作眄。盼,《诗经·硕人篇》毛传:"黑白分也。"于此无义。眄,《一切经音义一》引《苍颉》:"旁视曰眄。"此盼字当作眄。

〔一二〕君子,《铨评》:"君,《文选》作吾。"宋刊本《曹子建文集》亦作吾,吾子,谓吴质。此述吴质骄豪自恣之状。

〔一三〕李注:"桓子《新论》曰:人闻长安乐,则出门向西而笑;知肉味美,对屠门而大嚼。"

〔一四〕快意,《国策·秦策》高注:"快,乐也。"

〔一五〕倾,《铨评》:"《书钞》一百四十五作济。"案《文选》孙子荆《征西官属诗》李注:"倾犹尽也。"作济非。

〔一六〕梓,木名。木质细密。叶似桐,夏开淡黄花。

〔一七〕漏卮,李注:"《淮南子》曰:今夫霤水足以溢壶榼,而江河不能实漏卮。"卮,《庄子·寓言》《释文》引李注:"圆酒器也。"

〔一八〕如上言,《铨评》:"程、张脱此三字,据《书钞》一百四十三补。"案《文选》无此三字,宋刊本《曹子建文集》亦无此三字,似应删。

〔一九〕日,《铨评》:"《艺文》作岁。"

〔二〇〕曜灵,李注:"《广雅》曰:日也。"急节,《文选》傅毅《舞赋》李注:"逼迫于曲之急节也。"引伸为疾速前进之意。

〔二一〕面,《仪礼》《聘礼》郑注:"面亦见也。"过,《铨评》:"《文选》作逸。"《国语·晋语》韦注:"逸,奔也。"

〔二二〕参商,李注:"《左氏传》:子产曰:昔高辛氏有二子,伯曰阏伯,季曰实沈,不相能。后帝不臧,迁阏伯于商丘,主辰,商人是因,故辰为商星。迁实沈于大夏,主参,唐人是因,其季叶为唐叔,故参为晋星。"阔,《尔雅·释诂》:"远也。"

〔二三〕抑,《说文》:"按也。"六龙,《春秋命历序》:"皇伯登出扶桑,日之阳,驾六龙以上下。"马驰则昂头,抑其首,使不得行也。

〔二四〕顿,《文选》陆士衡《演连珠》李注:"顿犹舍也。"

〔二五〕李注：“王逸曰：若木在昆仑，言折取若木以拂击蔽日，使之还却也。”案《离骚》王注：“若木在昆仑西极，其华照下地。”子建《感节赋》：“折若华之翳日，庶朱光之常照。”亦同此意。

〔二六〕濛汜，《天问》：“次于濛汜。”谓日在黄昏，落于西极蒙水之涯。《文选·蜀都赋》刘注：“濛汜，日所入也。”

〔二七〕高邈，犹高远。

〔二八〕久无，《铨评》：“《文选》作无由。”案胡本《文选》作“良久无缘”，宋刊本《曹子建文集》作“良无由缘”。由缘复义词，因字之义。

〔二九〕反侧，不安也。

〔三○〕何如何如，《铨评》：“张作如何如何。”案《文选》作“如何如何”。

〔三一〕来讯，《荀子·赋篇》杨注：“讯，书问也。”来讯犹来书。

〔三二〕委曲，犹委佗。《尔雅·释训》郭注：“佳丽美丽之貌。”

〔三三〕晔，《神女赋序》：“晔兮如华。”李注：“晔，盛貌。”春荣，春花。

〔三四〕浏，《文选·甘泉赋》李注引孟康：“清也。”清风，已见《娱宾赋》注。案上句言辞藻之美，此句谓内容之佳。

〔三五〕申咏，申，《尔雅·释诂》：“重也。”咏，《说文》：“歌也。”

〔三六〕旷，《说文》：“明也。”

〔三七〕所治，李注：“谓朝歌也。”

〔三八〕憙事，案宋刊本《曹子建文集》憙字作喜。憙事犹今言好（去声）事。小吏，《铨评》：“《文选》吏作史。”案宋刊本《曹子建文集》亦作史，胡本《文选》作吏。作史字是。《周礼·天官·序官》郑注：“史，掌书者。”即誊写文件之人。讽诵，李注：“《周礼》曰：讽诵言语。郑玄曰：背文曰讽，以声节之曰诵。”

〔三九〕病诸，《论语·宪问篇》：“尧舜其犹病诸。”皇疏：“病犹难也。”诸，《小尔雅·广训》：“之乎也。”诸为之乎二字之合音。

〔四〇〕千里，谓千里马。盈尺，谓盈尺之璧。和氏指卞和。李注："言骥及和氏，以希为贵。今若家有千里，人怀盈尺，即骥及和氏宁得珍贵乎。"

〔四一〕不知，案《文选》知上无不字。说详胡氏《考异》。宋刊本《曹子建文集》亦无。疑有不字为是。而犹如也。如不知方与下句谓之通而蔽义相承，无不字则文义龃龉难通矣。

〔四二〕《荀子·解蔽篇》："墨子蔽于用而不知文。"达论盖谓《解蔽篇》。通而蔽，盖谓其不知文也。

〔四三〕伎或作妓，《华严经音义》引《切韵》："女乐也。"朝歌，河南省县名。《文选》邹阳《狱中上书》："邑号朝歌，墨子回车。"李注："《淮南子》曰：墨子非乐，不入朝歌。然古有此事，未详其本。"

〔四四〕墨翟，《铨评》："翟，《文选》作氏。"案宋刊本《曹子建文集》作翟。胡刻《文选》亦作翟，不作氏。张，开也。张目，犹言扩展视野。

〔四五〕良乐，李注："《吕氏春秋》曰：古之善相马者，若赵之王良，秦之伯乐，尤尽其妙也。"

〔四六〕李注："《战国策》曰：赵告谓赵王曰：臣闻之，圣人不易民而教，智者不变俗而劝。《史记》曰：循吏，楚有孙叔敖，郑有子产，而二国俱治，是不易之民也。"

〔四七〕口授，谓口述而令人书写。不悉，不详尽之意。

〔四八〕《铨评》："《文选》李注云：植集此书别题云：夫为君子而不知音乐，古之达论，谓之通而蔽。墨翟自不好伎，何为过朝歌而回车乎！足下好伎，而正值墨氏回车之县，想足下助我张目也。今本以墨翟之好伎置和氏无贵矣之下，盖昭明移之，与季重之书相映耳。案据李注，则夫君子以下八句，古本别为一通，字句亦稍异，唐本或据《文选》增之。"

案《文选》李注："《典略》曰：质出为朝歌长，临淄侯与质书。"考丕与吴质书，有云"元瑜长逝"，阮瑀卒于建安十七年，则质已为朝歌令矣。而质复植书云："墨子回车，而质四年。"似植与质书，当在质任朝歌令四年时也。即建安二十年或二十一年。

槐　赋[一]

羡良木之华丽[二]，爰获贵于至尊[三]。凭文昌之华殿[四]，森列峙乎端门[五]。观朱(欀之)〔榱以〕振条[六]，据文陛而结根[七]。(畅)〔扬〕沉阴以博覆[八]，似明后之垂恩[九]。在季春以初茂[一〇]，践朱夏而乃繁[一一]。覆阳精之炎景[一二]，散流耀以增鲜[一三]。

〔一〕《铨评》："《初学记》二十八作《槐树赋》。"案曹丕《槐赋序》曰："文昌殿中槐树，盛暑之时，余数游其下，美而赋之！王粲直登贤门，小阁外亦有槐树，乃就使赋焉。"(见《艺文》卷八十八)

〔二〕良木，指槐树。

〔三〕爰，于是之意。《太公金匮》："请树槐于王门内，有益者入，无益者距之。"所以为王者所重视。至尊，指曹操。时曹操已封魏王，故尊称曰至尊。

〔四〕文昌，邺宫正殿。已见《赠徐幹》诗注。华殿，《文选·东京赋》薛注："华，采画也。"殿施采画，故曰华殿。

〔五〕森，《文选·文赋》李注："多木长貌。"列峙，犹列立。端门，《文选·魏都赋》刘注："文昌殿前值端门。"李注："凡南方正门皆谓之端。"

〔六〕朱欀,《铨评》:"《艺文》八十八欀作榱。左思《吴都赋》有文欀。刘渊林注谓可作饼,似面,交阯卢亭有之。"案欀字当从《艺文》作榱。朱榱,朱桷。左思《魏都赋》:"朱桷森列而支离。"可证。丁说不足据。之,《铨评》:"《艺文》作以。"案作以字是。振条,犹言举枝。句谓观殿上朱桷而举伸长枝。

〔七〕据,《诗经·柏舟篇》毛传:"依也。"文陛,陛,阶也;文,谓雕刻。此二句叙述一上一下,相俪成文,更足证欀系误字。

〔八〕畅,《铨评》:"《艺文》作扬。"案作扬字是。扬,《文选·典引》蔡注:"振布之意。"博覆,《铨评》:"《初学记》二十八博作溥。"案溥,遍也。

〔九〕明后,谓曹操。垂,《荀子·富国篇》杨注:"下也。"下有降义,垂恩,犹降恩也。垂为示敬之词。

〔一○〕初茂,谓叶始茂盛。

〔一一〕践,《论语·先进篇》皇疏:"循也。"朱夏,《尔雅·释天》:"夏为朱明。"故谓夏为朱夏。

〔一二〕阳精,《礼记·郊特牲》郑注:"日,太阳之精也。"故阳精指日。炎景,《文选·东都赋》李注引《字林》:"炎,火光。"

〔一三〕耀,光也。流耀犹流光。增鲜,增加光明。

案《王仲宣诔》:"我王建国,百司俊义。君以显举,秉机省闼。"省闼,疑指登贤门。则此赋盖作于王粲为侍中时。据《魏志·武帝纪》裴注:王粲为侍中,在建安十八年十一月。又考《武纪》:曹操十九年秋七月征孙权,十二月至孟津。二十年三月,操西征张鲁。二十一年二月还邺。二十二年正月,王粲病死。曹操出征,王粲皆从行。则王粲为侍中而夏季在邺时只十九年与二十一年。十九年曹丕在孟津，惟二十一年夏，子建兄弟与王粲俱在邺。而赋称操为至尊，当在操封魏王时。此赋创作时代，或在此时。赋句残遗。

大暑赋

炎帝掌节[一]，祝融司方[二]；羲和按辔[三]，南雀舞衡[四]。映扶桑之高（炽）〔燎〕[五]，（燎）〔炽〕九日之重光[六]。大暑赫其遂蒸[七]，玄服革而尚黄[八]。蛇（折）〔柝〕鳞于灵窟[九]，龙解角于晧苍[一〇]。遂乃温风赫曦[一一]，草木垂干。山坼海沸[一二]，沙融砾烂[一三]。飞鱼跃渚，潜鼋浮岸[一四]。鸟张翼而（近）〔远〕栖[一五]，兽交（游）〔逝〕而云散[一六]。于时黎庶徙倚[一七]，棋布叶分[一八]。机女绝综[一九]，农夫释耘[二〇]。背暑者不群而齐迹[二一]，向阴者不会而成群[二二]。于是大人迁居宅幽[二三]，（缓）〔绥〕神育灵[二四]。云屋重构[二五]，闲房肃清[二六]。寒泉涌流，玄木奋荣[二七]。积素冰于幽馆[二八]，气飞结而为霜[二九]。奏白雪于琴瑟[三〇]，朔风感而增凉[三一]。

壮皇居之瑰玮兮，步八闳而为宇。节四运之常气兮，踰太素之仪矩。《铨评》："《御览》一引《大暑赋》。此疑篇首脱文。"

178

〔一〕炎帝，神农氏。五行家谓以火德王。魏相上书云："南方之神炎帝，乘离，执衡，司夏。"（见《汉书·魏相传》）掌节，《广雅·释诂三》："掌，主也。"《左》僖十二年传杜注："节，时也。"掌节，与《魏相传》司夏之意同。

〔二〕祝融，"颛顼之孙，老童之子，名吴回。一说名黎，为高辛氏火正之官，号为祝融，死为火神。"（见《淮南·时则训》高注）司方，司，主也；方，谓南方。《淮南·时则训》："夏，赤帝祝融之所司者万二千里。"

〔 三 〕羲和，《离骚》："吾令羲和弭节兮。"《广雅·释天》："日御谓之羲和。"按，《管子·霸言篇》尹注："抑也。"与弭节之意同。

〔 四 〕南雀，《史记·天官书》："南宫朱鸟。"《索隐》："《文耀钩》云：南宫赤帝，其精为朱鸟也。"则南雀即朱鸟，谓凤也。舞衡，《淮南·时则训》："夏治以衡，衡者所以平万物也。"《天文训》："执衡而治。"即舞衡之义。

〔 五 〕映，《铨评》："《初学记》三作维。"案疑作映字是。《小尔雅·广言》："映，晒也。"扶桑，《铨评》："扶，《书钞》作暑。此字依《初学记》改。"按作暑字误。扶桑，已见前注。炽，《铨评》："《初学记》作燎。"疑作燎字是。按《仪礼·士丧礼》郑注："火在地曰燎。"

〔 六 〕燎，《铨评》："《初学记》作炽。"案《说文》："炽，盛也。"重光，《铨评》："此二句程、张脱，依《书钞》一百五十六补。"

〔 七 〕赫其，犹赫然，盛貌。遂蒸，王粲《大暑赋》："重阳积而上升。"蒸、升意同。

〔 八 〕玄，黑色。革，更改也。尚黄，《铨评》："此二句程、张脱，从《御览》三十四补。"《吕氏春秋·季夏纪》："中央土……驾黄骝，载黄旗，衣黄衣。"

〔 九 〕折鳞，《铨评》："《御览》折作拒。"案折、拒疑皆柝字之误。《说文》："柝，判也。"作柝是。柝鳞，如今言蜕皮。灵，神也，赞美之词。窟，洞穴。

〔一〇〕晧，或作昊。《尔雅·释天》："夏为昊天。"晧苍指天。

〔一一〕温风，《铨评》：“风，《书钞》作气。”案张衡《思玄赋》：“温风翕其增热兮。”《礼记·月令篇》：“小暑之日，温风至。”《后汉书·张衡传》章怀注：“温风，炎风也。”作风字是。赫曦，《铨评》：“程、张曦作戏，从《艺文》四。”案《文选·西京赋》：“叛赫戏以辉煌。”薛注：“赫戏，炎盛也。”曦、戏皆属晓纽字，赫曦、赫戏双声謰语，似不必易字为得。

〔一二〕山坼，《铨评》：“坼，程作折，从《艺文》。”案程本误。《说苑·君道篇》：“汤之时，大旱七年，雒坼川竭。”《淮南·本经训》：“天旱地坼。”高注：“燥裂也。”

〔一三〕沙融砾烂，《说苑·君道篇》：“煎沙烂石。”或植所本。

〔一四〕飞鱼、潜鼋二句，形容气候极热，鱼鼋在水中不能存身。

〔一五〕近栖，《铨评》：“近，《御览》作远。”案作远字是。

〔一六〕交游，《铨评》：“《御览》游作逝。”案作逝是。交逝即俱逝。

〔一七〕徙倚，《楚辞·哀时命》王注：“徙倚犹低徊也。”

〔一八〕棋布叶分，形容分散之状。

〔一九〕综，杨慎云：“综所持经而施纬，使不失条理。”（见桂馥《说文义证》）朱骏声曰：“按谓机缕持丝者，屈绳制经，令得开合。”绝综，犹言织作停止。

〔二〇〕释耘，释，舍也；耘，《说文》：“除苗间秽也。”谓放弃农作。

〔二一〕背暑，犹言逃暑。齐迹，谓行动一致。

〔二二〕向阴，犹言纳凉。

〔二三〕大人，《铨评》：“人，《艺文》作臣。”《孟子·离娄》赵注：“大人谓君国。”此指曹操。宅幽，居处幽深之室。

〔二四〕缓神，缓字于此无义，疑为绥字之形误。曹植《毁鄄城故殿令》：“绥神育灵。”可证此误。绥，安宁之意。育灵，即今语养神。

〔二五〕云屋,见本卷《七启》注。重构,《淮南·本经训》:"大厦曾加。"
高注:"曾,重。加,材木相乘架也。"即云屋重构之意。

〔二六〕闲房,黄节《曹子建诗注》:"殿旁之室。"

〔二七〕玄木,《文选·高唐赋》:"玄木冬荣。"奋荣,犹今语扬花。

〔二八〕素冰,白色冰。幽馆,深邃之屋。

〔二九〕气谓寒气。

〔三〇〕白雪,瑟曲名。"大帝使素女鼓五十弦弹此曲。"(见张华《博物志》)

〔三一〕朔风,《文选·出师颂》:"朔风变楚。"朔,北方。

案《文选》杨修《答临淄侯书》:"是以对鹖而辞,《暑赋》弥日
而不献。"李注:"植为《鹖鸟赋》,亦命修为之而辞让。植又作《大
暑赋》,而修亦作之,竟日不敢献。"而植与修书,曾写:"仆少好辞
赋,迄今二十有五年矣!"又王粲亦作《大暑赋》,则鹖鸟、大暑赋
盖创作在建安二十一年之时。此赋残佚。

鹖　赋 有序

鹖之为禽猛气〔一〕,其斗终无胜负〔二〕,期于必死,遂赋之焉!

美遐圻之伟鸟〔三〕,生太行之崇阻〔四〕。体贞刚之烈性〔五〕,亮乾德
之所辅〔六〕。戴毛角之双立〔七〕,扬玄黄之劲羽〔八〕。甘沉殒而重
辱〔九〕,有节士之仪矩〔一〇〕。降居(檀)〔擅〕泽〔一一〕,高处保岑〔一二〕。
游不同岭,栖必异林〔一三〕。若有翻雄骇游〔一四〕,孤雌惊翔;则长鸣
挑敌〔一五〕,鼓翼专场〔一六〕。踰高越壑〔一七〕,双战只僵〔一八〕。阶侍

斯珥[一九]，俯耀文墀[二〇]；成武官之首饰[二一]，增庭燎之（光）〔高〕辉[二二]。

〔一〕曹操《鹖鸡赋序》："鹖鸡猛气，其斗终无负，期于必死。今人以鹖为冠，像此也。"（见严辑《全三国文》引《大观本草》）然系之曹操，恐非。疑此或属曹植《鹖赋》序文，今集序有遗落，似应据此订补。

〔二〕其，《铨评》："张作共。"案宋刊本《曹子建文集》共作其，张本误。

〔三〕遐圻，《铨评》："程作忻，从《艺文》九十。"案丁校改是。遐，远也。圻，《文选·辩亡论》李注："界也。"伟，异也。赞颂之词。

〔四〕太行，《说文》："鹖似雉，出上党。"嵓阻，险峻岩穴。

〔五〕贞刚，纯质坚强。烈性，猛烈性格。

〔六〕乾德，《铨评》："乾，《艺文》作金。"案宋刊本《曹子建文集》与《艺文》同。《周易·说卦》："乾为金。"《正义》："为金，取其刚之清明也。"是乾、金意同，然作乾字是。辅，《广雅·释诂》二："助也。"

〔七〕郭璞《山海经·中山经》注："鹖似雉而大，青色，有毛角，勇健，斗死方止。"

〔八〕玄黄，颜之推《家训·勉学篇》："吾曰：鹖出上党，数曾见之，色并黄黑，无驳杂也。"

〔九〕甘，《铨评》："程、张作其，从《艺文》。"案作甘字是。《一切经音义》一引《广雅》："甘，乐也。"沉陨谓死亡。重辱，《史记·司马相如传》《索隐》："重犹难也。"辱，耻辱。

〔一〇〕节士，《铨评》："士，《艺文》作侠。"宋刊本《曹子建文集》与《艺文》同。节侠，谓重义轻生之人。仪矩，犹言风度。

〔一一〕檀泽,宋刊本《曹子建文集》檀作擅。《史记·魏豹彭越传》《索隐》:"擅犹专也。"作檀非。

〔一二〕保,《诗经·楚茨篇》郑笺:"居也。"

〔一三〕以上四句,皆形容鹖鸡不合群之特性。

〔一四〕若,《铨评》:"程作苦,从《艺文》。"案宋刊本《曹子建文集》亦作若。作若字是。翻,《文选》谢宣远《张子房诗》注引《韩诗章句》:"飞貌。"骇,《诗经·渐渐之石篇》《正义》:"马惊谓之骇,则骇者躁疾之言。"游,《铨评》:"《艺文》作逝。"

〔一五〕挑,《后汉书·陈龟传》章怀注:"犹取也。"

〔一六〕专场,《铨评》:"场程作扬,从《艺文》。"案专场即擅场。详《斗鸡》诗注。

〔一七〕高,谓峰峦。

〔一八〕战,《铨评》:"程、张作不,从《艺文》。"案宋刊本《曹子建文集》战字作载,载当系战字之形误,应据《艺文》作战为是。只僵,《续汉书·舆服志》:"鹖者,勇雉也,共斗对,一死乃止。"

〔一九〕阶侍,谓立于殿阶下之卫士。珥,《文选》左太冲《咏史诗》李注:"插也。"荀绰《晋百官表注》:"冠插两鹖,鸷之暴疏者也。每所攫撮,应爪摧衄,天子武骑,故以冠焉。"《续汉书·舆服志》:"鹖冠武冠,环缨无蕤,以青丝为绲,加双鹖尾,竖立左右为鹖冠。五官左右虎贲、羽林,五官中郎将羽林左右监,皆冠鹖冠。"

〔二〇〕文,谓雕刻。文墀,即殿台阶石上雕镂之图案。

〔二一〕武官,指虎贲羽林。首饰,头上饰物。

〔二二〕庭燎,《国语·周语》韦注:"设大烛于庭,谓之庭燎。"古代朝会,用竹或芦苇成巨束,油灌其中,长一二丈,竖立殿下。入夜，以火燃之，光明可达殿内外。光辉，《铨评》："光，《艺文》作高。"案宋刊本《曹子建文集》亦作高，作高字是。高辉，谓一二丈高之光辉也。

与杨德祖书

植白：数日不见，思子为劳〔一〕，想同之也。仆少小好为文章，迄至于今二十有五年矣〔二〕。然今世作者可略而言也〔三〕：昔仲宣独步于汉南〔四〕；孔璋鹰扬于河朔〔五〕；伟长擅名于青土〔六〕；公幹振藻于海隅〔七〕；德琏发迹于（大）〔北〕魏〔八〕；足下高视于上京〔九〕。当此之时〔一〇〕，人人自谓握灵蛇之珠〔一一〕，家家自谓抱荆山之玉〔一二〕。吾王于是设天网以该之〔一三〕，顿八纮以掩之〔一四〕，今悉集兹国矣〔一五〕！然此数子犹复不能飞轩绝迹〔一六〕，一举千里也。以孔璋之才，不闲于词赋〔一七〕，而多自谓能与司马长卿同风〔一八〕；譬画虎不成，反为狗〔者〕也〔一九〕。前有书嘲之〔二〇〕，反作论盛道仆赞其文。夫钟期不失听，于今称之〔二一〕，吾亦不能妄叹者〔二二〕，畏后世之嗤余也〔二三〕！世人之著述不能无病〔二四〕，仆（尝）〔常〕好人讥弹其文〔二五〕，有不善者〔二六〕，应时改定。昔丁敬礼尝作小文〔二七〕，使仆润饰之〔二八〕。仆自以才不过若人〔二九〕，辞不为也。敬礼谓仆〔三〇〕：卿何所疑难〔三一〕？文之佳（恶）〔丽〕〔三二〕，吾自得之，后世谁（相）〔将〕知定吾文者耶〔三三〕！吾尝叹此达言〔三四〕，以为美谈〔三五〕。昔尼父之文辞，与人通流〔三六〕，至于制《春秋》，游夏之徒乃不能措一辞〔三七〕。过此而言不病者，吾未之见也！盖有南威之容，乃可以论于淑媛〔三八〕；有龙（泉）〔渊〕之利〔三九〕，乃可以议于断割〔四〇〕。刘季绪才不能逮于作者〔四一〕,而好诋诃文章〔四二〕,掎摭利病〔四三〕。昔田巴毁五帝、罪三王、訾五霸于稷下〔四四〕,一旦而服千人。鲁连一说,使终身杜口〔四五〕。刘生之辩,未若田氏;今之仲连,求之不难,可无(叹)息乎〔四六〕!人各有好尚:兰茝荪蕙之芳〔四七〕,众人(之)所好〔四八〕,而海畔有逐臭之夫〔四九〕;《咸池》、《六茎》之发〔五〇〕,众人所共乐,而墨翟有非之之论〔五一〕,岂可同哉!今往仆少小所著辞赋一通相与〔五二〕。夫街谈巷说,必有可采〔五三〕;击辕之歌,有应风雅〔五四〕,匹夫之思未易轻弃也〔五五〕。辞赋小道,固未足以揄扬大义〔五六〕,彰示来世也〔五七〕。昔扬子云先朝执戟之臣耳,犹称壮夫不为也〔五八〕。吾虽薄德〔五九〕,位为藩侯〔六〇〕,犹庶几勠力上国〔六一〕,流惠下民〔六二〕,建永世之业〔六三〕,流金石之功〔六四〕,岂徒以翰墨为勋绩〔六五〕,辞赋为君子哉〔六六〕!若吾志未果,吾道不行,则将采(庶)〔史〕官之实录〔六七〕,辩时俗之得失,定仁义之衷〔六八〕,成一家之言〔六九〕,虽未能藏之于名山,将以传之于同好〔七〇〕;(非)〔此〕要之皓首〔七一〕,岂今日之论乎〔七二〕!其言之不惭〔七三〕,恃惠子之知我也〔七四〕。明早相迎,书不尽怀〔七五〕。曹植白。

〔 一 〕劳,《淮南·精神训》高注:"病也。"为劳,犹成病也。

〔 二 〕二十五年,考植生于初平二年,至建安二十一年,正二十五岁。

〔 三 〕作者,谓创作文章之人。

〔 四 〕仲宣,王粲字。独步,意谓一时无二。汉南,汉水之南,指襄阳。谓粲依刘表时。

〔 五 〕孔璋,陈琳字。鹰扬,如鹰飞高空,具超越侪辈之意。河朔,黄河之北,指冀州。谓任袁绍记室之时。

〔 六 〕伟长,徐幹字。擅名,独享盛誉。青土,李注:"徐伟长居北海郡，《禹贡》之青州也，故云青土。”

〔七〕公幹，刘桢字。振，《孟子·万章篇》赵注：“扬也。”藻，谓文章。海隅，李注：“公幹东平宁阳人也。宁阳边齐，故云海隅。《吕氏春秋》曰：东方为海隅。青州，齐也。”

〔八〕德琏，应玚字。大魏，《铨评》：“程、张大作北，据《魏志》本传注改。”案《文选》作此魏。《初学记》卷二十七引作北魏。沈家本《三国志校记》：“是时汉祚未移，不得称大魏，作此字为是。”窃疑沈氏未的。此或北字之形误。《王仲宣诔》：“发轸北魏。”是当时有此称谓，则作北字是也。

〔九〕《铨评》：“下程作以，从志注。”足下，谓杨修。高视，含蔑视之意。杨修《答临淄侯笺》：“目周章于省览，何遑高视哉！”正对此而言。上京，谓许，汉献帝居此。杨彪为献帝尚书令，后为太常，居许都，时修亦在许。故曰上京。

〔一〇〕之时，《铨评》：“《初学记》二十七作时也。”案《文选》作之时。

〔一一〕灵蛇之珠，李注：“《淮南子》曰：随侯之珠。高诱曰：隋侯见大蛇伤断，以药傅而涂之。后蛇于大江中，衔珠以报之，因曰随侯之珠。”案干宝《搜神记》：“隋侯行，见大蛇伤断，救而治之。蛇后衔珠以报。径寸，纯白而夜光，可以烛堂。”

〔一二〕荆山之玉，已见《七启》注。《铨评》：“玉下《志注》有也字。”案《文选》无。

〔一三〕吾王，指曹操。该之，该疑为晐字之借。《广雅·释言》：“晐，包也。”

〔一四〕马融《广成颂》：“顿八纮。”《文选·演连珠》李注：“顿犹整也。”八纮，纮谓绳。地有八方，故用八纮。掩，《方言》：“掩，取也。”二句形容曹操极意招致各地文学之士，靡有遗漏。

曹植集校注

186

〔一五〕悉，《铨评》：“《志注》作尽。”《文选》作悉。

〔一六〕飞轩，《铨评》：“轩，张作骞，《志注》作翰。”案宋刊本《曹子建文集》作骞。轩、骞义同。《广雅·释诂三》：“飞也。”于此疑含高飞之意。绝迹喻迅疾。

〔一七〕闲，习也。曹丕《典论·论文》：“孔璋章表殊健，微为繁富。”可为不闲辞赋之证。

〔一八〕多，《汉书·陈余传》颜注：“犹重也。”司马相如，汉武帝时之辞赋家。同风，同一创作风格。

〔一九〕反，《铨评》：“《志注》作还。”狗，《铨评》：“《志注》狗下有者字。”案宋刊本《曹子建文集》同，应据增。李注：“《东观汉记》曰：马援《诫子严书》曰：效杜季良而不成，陷为天下轻薄子，所谓画虎不成反类狗也。”

〔二〇〕有，《铨评》：“《志注》作为。”嘲，《铨评》：“《志注》作啁。”啁、嘲古通用。啁，今曰讽刺。

〔二一〕钟期不失听，《列子·汤问》：“伯牙弹琴，奏高山之曲，钟子期听之曰：巍巍乎！如太山。伯牙又弹流水之曲。钟子期曰：洋洋乎！如江河。”失听，谓错误理解乐曲所蕴蓄之情感内容。于今称之，《广雅·释诂四》：“称，誉也。”称之即誉之。

〔二二〕能，《铨评》：“《志注》作敢。”妄，《铨评》：“《文选》四十二作忘。”案作妄字是。妄，《说文》：“乱也。”则妄叹犹言错误赞赏。

〔二三〕嗤，《后汉书·隗嚣传》章怀注：“笑也。”今云冷笑。

〔二四〕之，《铨评》：“程、张脱之，据《御览》五百九十九补。”案《文选》亦有之字。病，《国语·晋语》韦注：“短也。”

〔二五〕尝，《铨评》：“《志注》作常。”案《文选》作常，作常字是。讥弹，朱骏声《说文通训定声》：“《广雅·释言》：弹，拚也。《众经音义》引仲长统《昌言》云：绳墨得拼弹。后人纠弹、讥弹亦此义也。"其，语中助词。

〔二六〕者，《铨评》："程脱者，据《志注》补。"案《文选》有者字。

〔二七〕丁敬礼，丁廙字。

〔二八〕润饰，钱大昭《广雅疏义》："润者，文之益也。润饰犹言增饰。"

〔二九〕不，《铨评》："《志注》不下有能字。"案《文选》无能字。若人，李注："谓敬礼也。《论语》：子谓子贱，君子哉若人。包曰：若人，若此之人也。"

〔三〇〕《铨评》："谓，《志注》作云。衍仆字。"案《文选》作谓，不作云，有仆字。

〔三一〕卿，谓曹植。疑难，《铨评》："疑程作宜，据《志注》改。"案宋刊本《曹子建文集》亦作疑，《文选》同。疑难犹言顾虑、为难。作宜字误。《铨评》："难下《志注》有乎字。"案宋刊本《曹子建文集》及《文选》俱无乎字。

〔三二〕佳恶，《铨评》："恶，《志注》作丽。"案《御览》卷五百九十九引亦作丽。作丽字是。何焯云："自得佳丽，则是受弹者之益。传之后世，但以佳丽见称，亦谁知因改定而佳丽乎！今文多误会。"此作佳恶，盖浅人妄改。

〔三三〕相知，《铨评》："《御览》相作将。"何焯云："言吾自得润饰之益，后世读者孰知吾文乃赖改定邪！今人多因相字误会，失本意矣。"改定犹言改正。案相字当从《御览》作将。

〔三四〕达言，《铨评》："《御览》作言达。"《广雅·释诂一》："达，通也。"作达言是。

〔三五〕以，《铨评》："《御览》作可。"李注："《公羊传》曰：鲁人至今以为美谈。"美谈犹好言。

〔三六〕尼父，李注："《礼记》曰：鲁哀公曰：呜呼尼父。"通流，李注：
　　　　"《史记》曰：孔子文辞有可与共者。"《后汉书·来历传》章怀
　　　　注："通犹共也。"《广雅·释诂一》："流，行也。"

〔三七〕一辞，《铨评》："辞，《志注》作字。"案《文选》作辞。游，子游；
　　　　夏，子夏，皆孔子弟子。《春秋说题辞》："孔子作《春秋》一万八
　　　　千字，九月而成书，以授游、夏，游、夏之徒不能措一字。"

〔三八〕南威，见《七启》注。于，《铨评》："《文选》作其。"淑媛，《尔雅·
　　　　释训》："美女为媛。"

〔三九〕龙泉，《铨评》："泉《志注》作渊。"案宋刊本《曹子建文集》亦作
　　　　渊。曹植原作渊，盖唐人避李渊讳改。李注："《战国策》：韩之
　　　　剑戟，龙渊、大阿，陆断牛马，水击鸿雁。"

〔四〇〕议，《广雅·释诂四》："言也。"《铨评》："《文选》作其。"断割，
　　　　《铨评》："《志注》作割断。"

〔四一〕刘季绪，李注："挚虞《文章志》曰：刘表子，官至乐安太守，著
　　　　诗、赋颂六篇。"

〔四二〕诋诃，李注："《说文》曰：诃，大言也。"案诋诃，复义词。《史
　　　　记·老庄申韩传》《索隐》："诋，讦也。"《论语·阳货篇》皇疏：
　　　　"讦，谓面发人之隐私也。"

〔四三〕掎摭，李注："《说文》曰：掎，偏引也。"案即今语之指摘。利病，
　　　　今云优缺。

〔四四〕田巴，齐国诡辩家。毁，《国策·齐策》高注："谤也。"今曰毁
　　　　谤。罪，责备。訾，文选作呰。訾、呰古通。《礼记·丧服四
　　　　制》郑注："口毁曰訾。"稷下，齐都临蕾城门名，当时学者聚集
　　　　之所，是战国时齐国学术讨论中心（见《史记·孟荀列传》）。

〔四五〕鲁连，鲁仲连。杜，《小尔雅·广诂》："塞也。"李注："鲁连子

曰：齐之辩者曰田巴，辩于狙丘，而议于稷下，毁五帝，罪三王，一日而服千人。有徐劫弟子曰鲁连，谓劫曰：臣愿当田子，使不敢复说。"又见《史记·鲁仲连传》《索隐》。

〔四六〕叹息，《铨评》："程脱叹，从《志注》补。"案宋刊本《曹子建文集》无叹字，《文选》亦无。孙志祖曰："李注：息，止也，则非叹息明矣。"是李善所见唐本无叹字，故注云息、止也。梁章钜《文选旁证》亦以无叹字为是。《志注》有叹字，或习见叹息连文而未详究文义妄增耳。丁氏据之以补，非是，当删去。

〔四七〕有，《铨评》："《志注》作有所。"案宋刊本《曹子建文集》无所字。语意已足，不烦增字。李注："喻人评文章，爱好不同也。"兰、茝、荪、蕙皆香草名。

〔四八〕之所，《铨评》："程脱之，从《志注》补。"案宋刊本《曹子建文集》无之字，《文选》同，无烦据增。

〔四九〕逐臭之夫，李注："《吕氏春秋》曰：人有大臭者，其亲戚兄弟妻妾知识无能与居者，自苦而居海上。人有悦其臭者，昼夜随而不去。"

〔五〇〕《咸池》，李注："《乐动声仪》曰：黄帝乐曰《咸池》。"《六茎》，《铨评》："《志注》茎作英。"李注："《汉书》曰：颛顼作《六茎》乐。"案《六英》，帝喾乐名。

〔五一〕墨翟非之之论，李注："墨子有《非乐篇》。"

〔五二〕往，犹云送去。相与，何焯曰："相与二字无当，疑有误。"案《诗经·行苇篇》传《正义》："相者两相之辞。"

〔五三〕街谈巷说，李注："《汉书》曰：小说家者，街谈巷语，道听涂说之所造也。"

〔五四〕击辕之歌，《铨评》："《文选》李善注引崔骃曰：窃作颂一篇，以当野人击辕之歌。"

〔五五〕匹夫之思，李注："我此一通，同匹夫之思也。"

〔五六〕揄扬，犹今语阐发之意。

〔五七〕彰示，犹显示。

〔五八〕扬子云，扬雄字。西汉著名赋家。先朝指西汉。执戟之臣，李
注："《汉书》曰：扬雄奏《羽猎赋》，为郎，然郎皆执戟而侍也。"
此谓官职卑下。壮夫不为，李注："《扬子法言》曰：雕虫篆刻，
壮夫不为也。"

〔五九〕薄德，谓资性低下。

〔六〇〕藩侯，谓封临淄侯。

〔六一〕庶几，犹言希望。勠力，李注："《国语》曰：勠力一心。"韦注：
"勠，并也。"今云努力。上国指汉朝。

〔六二〕流惠，《尔雅·释言》："流，覃也。"覃有延义。

〔六三〕永世即长世。业，《易经·文言》《正义》："业谓功业。"

〔六四〕流，《铨评》："《文选》作留。"案流、留古通用。金石之功，李注：
"《吴越春秋》：乐师谓越王曰：君王德可刻金石。"谓钟鼎碑铭。

〔六五〕翰墨即笔墨，喻创作文章。

〔六六〕赋，《铨评》："《志注》作颂。"

〔六七〕则，《铨评》："《志注》作亦。"案宋刊本《曹子建文集》无则字。
庶，《铨评》："《志注》作史。"疑作史字是。实录，李注："班固
《汉书·司马迁赞》曰：有良史之才，其文直，其事核，不虚美，
不隐恶，故谓之实录。应劭曰：言其实录事也。"

〔六八〕衷，中也。

〔六九〕一家之言，李注："司马迁书曰：通古今之变，成一家之言。"

〔七〇〕司马迁《报任少卿书》："藏之名山，传之其人。"李注："其人，谓

与己同志者。"与此同好意近。

〔七一〕非，何焯校本非改此。云："《魏志注》作此。案非或传写误耳。"（见《文选考异》引）何校改是。此字含上述采史官之实录等句内容。要，《孟子·告子篇》赵注："要，求也。"皓首，《铨评》："皓，《志注》作白。"皓、白意同。

〔七二〕岂，《铨评》："《志注》岂下有可以二字。"之论，《志注》无之字。《文选》无可以二字，有之字。

〔七三〕不惭，《志注》惭作怍。案《论语·宪问篇》："其言之不怍。"怍、惭意同。马融曰："怍，惭也。内有其实，则言之不惭。积其实者，为之难也。"

〔七四〕恃，《铨评》："程作待，据《文选》改。"案宋刊本《曹子建文集》正作恃，丁校是。《说文》："恃，赖也。"惠子，惠施，战国著名刑名学家。常与庄周辩论。《淮南·修务训》："惠施死而庄子寝说，言见世莫可为语者也。"李注："张平子书曰：其言之不惭，恃鲍子之知我。"或曹植句所本。植以庄周自拟，而以惠施比杨修，可知友谊之笃厚。

〔七五〕怀，《尔雅·释诂》："思也。"

宝刀赋有序〔一〕

建安中，家父魏王〔二〕，乃命有司造宝刀五枚〔三〕，三年乃就〔四〕，以龙、虎、熊、马、雀为识〔五〕。太子得一〔六〕，余及余弟饶阳侯各得一焉〔七〕。其余二枚，家王自杖之。赋曰〔八〕：

有皇汉之明后〔九〕，思明达而玄通〔一〇〕。飞文藻以博致〔一一〕，扬武备以御凶〔一二〕。乃炽火炎炉〔一三〕，融铁（挺）〔铤〕英〔一四〕。乌获奋椎^{〔一五〕}，欧冶是营^{〔一六〕}。扇景风以激气^{〔一七〕}，飞光鉴于天庭^{〔一八〕}。爰告祠于太乙^{〔一九〕}，乃感梦而通灵^{〔二〇〕}。然后砺以五方之石^{〔二一〕}，(鉴)〔凿〕以中黄之壤^{〔二二〕}；规圆景以定环^{〔二三〕}，摅神(思)〔功〕而造象^{〔二四〕}。垂华纷之葳蕤^{〔二五〕}，流翠采之滉瀁^{〔二六〕}。故其利：陆断犀革，水断龙角^{〔二七〕}；轻击浮截^{〔二八〕}，刃不纤削^{〔二九〕}。踰南越之巨阙^{〔三〇〕}，超西楚之太阿^{〔三一〕}。实真人之攸御^{〔三二〕}，永天禄而是荷^{〔三三〕}！

〔 一 〕《铨评》："《书钞》一百二十三作《宝刀剑赋》。"案赋惟述铸刀，未涉及剑，似剑字当删，作《宝刀赋》为是。

〔 二 〕家父，《铨评》："程脱此二字，从《御览》三百四十六增。"案宋刊本《曹子建文集》无此二字。魏王，建安二十一年夏五月，曹操为魏王(见《魏志·武帝纪》)。

〔 三 〕乃，《铨评》："程脱乃，从《御览》增。"案宋刊本《曹子建文集》无乃字。五枚，《铨评》："枚，程作板，从《艺文》六十。"案《初学记》卷二十二、《白帖》卷十三引俱作枚，宋刊本《曹子建文集》亦作枚。《左传》襄二十一年《释文》："枚本或作板。"然当作枚是。枚犹今云把。

〔 四 〕三年乃就，《铨评》："程脱此四字，据《御览》增。"

〔 五 〕龙虎，《铨评》："程脱虎，据《御览》增。"熊、马，《铨评》："马，程作乌，《艺文》作鸟，从《白帖》十三。"案《御览》亦作马。乌、鸟或马字之形误。为识，《白帖》卷十三识作饰。《史记·孝武纪》《索隐》："识，犹表识。"今曰标志。

〔 六 〕太子，建安二十二年冬十月，刘协命曹丕为魏太子(见《魏志·武帝纪》)。曹操《百辟刀令》："往岁作百辟刀五枚，适成，先以

一与五官将。其余四,吾诸子中有不好武而好文学者,将以次
与之。"(见《艺文》卷六十)

〔 七 〕余及,《铨评》:"程脱此二字,从《艺文》增。"案《初学记》卷二十
二引亦有此二字。宋刊本《曹子建文集》亦脱余及二字。饶阳
侯,《铨评》:"《魏志·沛穆王林传》:建安十六年封饶阳侯。"案
林,杜夫人所生,二十二年徙封谯。饶阳,今河北饶阳县东。

〔 八 〕杖之,《说文》:"杖,持也。"《铨评》:"赋曰以上十二字程脱,依
《御览》补。"

〔 九 〕皇,《诗经·楚茨篇》毛传:"大也。"皇汉即大汉。时汉帝犹在,
故称操为皇汉明后。明后,见本卷《登台赋》注。

〔一〇〕明,《铨评》:"《艺文》作潜,《初学记》二十二作冥。"案潜、冥意
近,具深邃之义。玄通与冥达意同。

〔一一〕飞,《汉书·天文志》颜注引孟康:"绝迹而去也。"具广布之意。
文藻,《铨评》:"《艺文》藻作义。"案文藻犹言文辞。如曹操所
颁《求贤令》。博致,广泛招致。

〔一二〕武备,谓军事准备。御凶,遏止暴乱。

〔一三〕炎,《说文》:"火光上也。"

〔一四〕挺英,挺疑字当作铤。玄应《众经音义》:"铤,铜铁之璞未成器
用者也。"《论衡·本性篇》:"其本铤,山中之恒铁也。冶工锻
炼,成为钴利。"英,精华。铤英,谓铁质之精华。

〔一五〕乌获,秦武王时力士。

〔一六〕欧冶,春秋时有名制剑者。

〔一七〕扇景风以激气,句谓鼓扇热风,立使炉温迅速增高。

〔一八〕光,谓火光。鉴,《广雅·释诂三》:"照也。"天庭,星名。《礼
疏》:"太微为天庭,位乎北斗之南,轸翼之北,有星十,以五帝

座为中枢。"于此作高空释。

〔一九〕爰，于是。告祠，犹言祈祷。太乙，《史记·天官书》《索隐》："案《春秋合诚图》云：紫微，大帝室，太一之精也。"古传欧冶铸剑时，太乙下观，天精下之，欧冶乃因天之精，悉其技巧（见《越绝书》）。

〔二〇〕感梦通灵，句谓神于梦中而予以启示。《铨评》："以上八句，程脱，依《御览》补。"

〔二一〕砺，磨也。《铨评》："程脱以，依《御览》补。"五方，谓东南西北中也。

〔二二〕鉴，《铨评》："《御览》作錾。"案作錾字是。錾与错通。《史记索隐》：晋出公名錾，《六国表》作错，是其证。《易经·说卦传》虞注："错，摩也。"《雷焕别传》："君初经南昌，遣人取西山北岩下土二升，黄白色，拭剑光艳照耀，莫不惊愕。"《北齐书·方伎传》："广平郡南干子城，昔干将铸剑处，其土可以莹刀。"据此我国中古时期，刀剑制成之后，选择特殊之土，作出光之需。

〔二三〕规，计度。圆景，日也。环，《释名·释器》："其本曰环，形似环也。"谓刀把上端制成圆形。

〔二四〕思，《铨评》："《艺文》作功。"案作功是。摅神功，谓发挥卓绝之技巧。造象，制成龙、虎、熊、马、雀之形象。

〔二五〕华纷，指刀上纹。葳蕤，《史记·司马相如传》《索隐》引张揖："乱貌。"《越绝书》："观其剑烂如列星之行。"张景阳《七命》："流绮星连。"亦此意。

〔二六〕流翠采，谓刀浮现湛蓝之光采。溅爚，光辉闪灼之貌。《越绝书》："观其光，浑浑如水之将溢。"亦即《七命》"流彩艳发"之意。《铨评》："此二句程脱，依《御览》补。"

〔二七〕故其利，《铨评》："程、张脱此三字，依《书钞》一百二十三补。"
陆断，《铨评》："断《艺文》作斩。"革，《铨评》："《艺文》作象。"
角，《铨评》："《书钞》作舟。"《淮南·修务训》："水断龙舟（角），
陆剸犀甲。"王褒《圣主得贤臣颂》："水断蛟龙，陆剸犀革。"

〔二八〕击，《铨评》："程作系，从《艺文》。"案系为击字传钞之误。丁校
改是。《初学记》卷二十二、宋刊本《曹子建集》俱作击可证。
浮截，《说文》："截，断也。"浮，《国语·楚语》韦注："轻也。"轻
击、浮截义同，皆形容用力不多。

〔二九〕《铨评》："刃，程作刀，从《艺文》。纤，《艺文》作瀸。削，程作
流，从张本。"案削疑为剿字之省。《周礼·考工记》郑注："剿
纤，杀小貌也。"角、剿，觉韵字。刃不纤削，犹言刃不少损也。

〔三〇〕南越之巨阙，越王勾践之剑，《越绝书》："巨阙初成之时，吾坐
于露坛之上，宫人有四驾白鹿而过者，车奔鹿惊，吾引剑而指
之，四驾上飞扬，不知其绝也。穿铜釜，绝铁鑶，胥中决如粢
米，故曰巨阙。"

〔三一〕西，《铨评》："程、张作有，从《艺文》。"案《初学记》卷二十二亦
作西。西楚之泰阿，《越绝书》："楚王令风服子之吴，见欧冶子
干将，使人作铁剑。欧冶子干将凿茨山，泄其溪，取铁英，作为
铁剑三枚：一曰龙渊，二泰阿，三工布。"

〔三二〕人，《铨评》："《艺文》作精。"案作人字是。《庄子·刻意篇》：
"能体纯素谓之真人。"此颂曹操。攸御，《铨评》："御程作遇，
从《艺文》。"案《初学记》卷二十二亦作御。《文选》王文考《鲁
灵光殿赋》："实至尊之所御。"作御字是。《诗经·吉日篇》《正
义》："御者给与充用之词。"

〔三三〕天禄，《后汉书·桓帝纪》章怀注："天位也。"是荷，《诗经·玄

鸟篇》：“百禄是何。”何，即荷，《释文》：“何，担负也。”

案赋非全，有佚句。

王仲宣诔有序〔一〕

维〔二〕建安二十二年正月（二）十四日戊申〔三〕，魏故侍中关内侯王君卒〔四〕，呜呼哀哉！皇穹神察〔五〕，喆人是恃〔六〕。如何灵祇〔七〕，歼我吉士〔八〕。谁谓不痛〔九〕，早世即冥〔一〇〕；谁谓不伤，华繁中零〔一一〕。存亡分流〔一二〕，（天地）〔天遂〕同期〔一三〕。朝闻夕没，先民所思〔一四〕。何用诔德，表之素旗〔一五〕；何以赠终，哀以送之〔一六〕。遂作诔曰：

猗欤侍中〔一七〕，远祖弥芳〔一八〕。公高建业，佐武伐商〔一九〕。爵同齐鲁〔二〇〕，邦（嗣）〔祀〕绝亡〔二一〕。流裔毕万〔二二〕，勋绩惟光。晋献赐封，于魏之疆〔二三〕。天开之祚〔二四〕，末胄称王〔二五〕。厥姓斯氏，条分叶散〔二六〕。世（兹）〔滋〕芳烈〔二七〕，扬声秦汉〔二八〕。会遭阳九〔二九〕，炎光中朦〔三〇〕。世祖拨乱，爰建时雍〔三一〕。三台树位，履道是钟〔三二〕。宠爵之加，匪惠惟恭〔三三〕。自君二祖，为光为龙〔三四〕。金曰休哉，宜翼汉邦〔三五〕。或统太尉〔三六〕，或掌司空〔三七〕。百揆惟叙〔三八〕，五典克从〔三九〕。天静（人）〔民〕和〔四〇〕，皇教遐通〔四一〕。伊君显考〔四二〕，奕叶佐时〔四三〕。入管机密〔四四〕，朝政以治。出临朔岱〔四五〕，庶绩咸熙〔四六〕。君以淑懿，继此洪基〔四七〕。既有令德〔四八〕，材技广宣〔四九〕。强记洽闻〔五〇〕，幽赞微言〔五一〕。文若春华，思若涌泉。发言可咏〔五二〕，下笔成篇〔五三〕。何道不洽〔五四〕，何艺不闲〔五五〕。棋局逞巧〔五六〕，博弈惟贤〔五七〕。

皇家不造〔五八〕，京室陨颠〔五九〕。宰臣专制〔六〇〕，帝用西迁〔六一〕。君乃羁旅〔六二〕，离此阻艰〔六三〕。翕然凤举〔六四〕，远窜荆蛮〔六五〕。身穷志达〔六六〕，居鄙行鲜〔六七〕。振冠南岳，濯缨清川〔六八〕。潜处蓬室〔六九〕，不干势权〔七〇〕。我公奋钺〔七一〕，耀威南楚〔七二〕。荆人或违，陈戎讲武〔七三〕。君乃义发，算我师旅〔七四〕。高尚霸功〔七五〕，投身帝宇〔七六〕。斯言既发，谋夫是与〔七七〕。是与伊何？响我明德〔七八〕。投戈编都〔七九〕，稽颡汉北〔八〇〕。我公寔嘉，表扬京国。金龟紫绶〔八一〕，以彰勋则〔八二〕。勋则伊何？劳谦靡已〔八三〕。忧世忘家，殊略卓峙〔八四〕。乃署祭酒，与（君）〔军〕行止〔八五〕。算无遗策，画无失理〔八六〕。我王建国〔八七〕，百司俊乂〔八八〕。君以显举，秉机省闼〔八九〕。戴蝉珥貂〔九〇〕，朱衣晧带〔九一〕。入侍帷幄〔九二〕，出拥华盖〔九三〕。荣耀当世，芳风晻蔼〔九四〕。嗟彼东夷〔九五〕，凭江阻湖〔九六〕，骚扰边境，劳我师徒。光光戎辂〔九七〕，霆骇风徂〔九八〕。君侍华毂〔九九〕，辉辉王涂〔一〇〇〕。思荣怀附〔一〇一〕，望彼来威〔一〇二〕。如何不济〔一〇三〕，运极命衰〔一〇四〕。寝疾弥留〔一〇五〕，吉往凶归。呜呼哀哉！翩翩孤嗣〔一〇六〕，号恸崩摧〔一〇七〕。发轸北魏〔一〇八〕，远迄南淮〔一〇九〕。经历山河，泣涕如颓〔一一〇〕。哀风兴感〔一一一〕，行云徘徊。游鱼失浪，归鸟忘栖。呜呼哀哉！吾与夫子〔一一二〕，义贯丹青〔一一三〕。好和琴瑟〔一一四〕，分过友生〔一一五〕。庶几遐年，携手同征〔一一六〕。如何奄忽〔一一七〕，弃我夙零〔一一八〕。感昔宴会，志各高厉〔一一九〕。予戏夫子，金石难弊〔一二〇〕，人命靡常，吉凶异制〔一二一〕。此欢之人〔一二二〕，孰先陨越？〔一二三〕何痛夫子〔一二四〕，果乃先逝！又论死生，存亡数度〔一二五〕。子犹怀疑，求之明据〔一二六〕。傥独有灵，游魂泰素〔一二七〕。我将假翼，飘飘高举。超登景云，要子天路〔一二八〕。

丧枢既臻〔一二九〕,将及魏京〔一三〇〕,灵輀回轨〔一三一〕,白骥悲鸣。虚廓无见〔一三二〕,藏景蔽形〔一三三〕。孰云仲宣,不闻其声。延首叹息,雨泣交颈〔一三四〕。嗟乎夫子,永安幽冥〔一三五〕。人谁不殁,达士殉名〔一三六〕。生荣死哀,亦孔之荣〔一三七〕。呜呼哀哉!

〔 一 〕《铨评》:"晏案:仲宣卒于建安之季,未际禅代,犹为汉人也。"

〔 二 〕维,《铨评》:"程、张脱维,从《艺文》四十八补。"案维,发语词。

〔 三 〕二十四日,考建安二十二年正月乙未朔,戊申当是十四日,此二字宜删(据严敦杰先生说)。

〔 四 〕卒,《铨评》:"《艺文》作薨。"

〔 五 〕皇穹,《文选·寡妇赋》李注:"天也。"神察,意谓观察精微。

〔 六 〕是恃,《铨评》:"是,《艺文》作足。"案《文选》作是。宋刊本《曹子建文集》同,作是字是。恃,赖也。

〔 七 〕灵祇,天神曰灵,地神曰祇。

〔 八 〕《诗经·黄鸟篇》:"歼我良人。"毛传:"歼,尽也。"

〔 九 〕痛,《铨评》:"《文选》五十六作庸。"案胡克家《文选考异》:"陈云:庸,痛误。袁本、茶陵本作痛,云善作庸。案庸字不可通,盖各本所见,皆传写误。"痛,悲痛。

〔一〇〕早世,《铨评》:"《魏志·王粲传》:卒年四十一,故云早世。"冥,幽暗也。喻坟墓。

〔一一〕繁,盛也。华繁喻盛年。零,落也。

〔一二〕分流,《淮南·时则训》高注:"流,行也。"《髑髅说》:"存亡异势。"与此义同。

〔一三〕天地,《铨评》:"程、张作夭遂。"案宋刊本《曹子建文集》天地作夭遂,与《文选》同。李注:"《庄子》曰:虽有寿夭,相去几何。

又曰：圣也者，遂于命也。"是李氏所见本，固作夭遂也。遂，《周书·太子晋篇》孔注："终也。"谓终其天年也。作夭遂是。

〔一四〕《论语·里仁篇》："子曰：朝闻道，夕死可也。"先民指孔子。《文帝诔》"孔志所存"意同。

〔一五〕素旗，《铨评》："旗，《艺文》作旞。"考《尔雅·释天》："错革鸟曰旟。"李注："旟以革为之，置于旐端。"案《武帝诔》："表之素旗。"《文选》陆士衡《挽歌诗》李注："《礼记》曰：以死者为不可别也，故以其旗识之。贺循《葬礼》曰：杠今之旐也。古以缁布为之，绛缯题姓名而已，不为画饰。"

〔一六〕李注："《孝经》曰：哀以送之。"

〔一七〕猗欤，感叹词。

〔一八〕弥芳，《仪礼·士冠礼》郑注："弥犹益也。"《离骚》王注："芳，德之貌也。"

〔一九〕公，《铨评》："程作功，从《文选》。"案公高即毕公高，功字误。《史记·魏世家》："魏之先，毕公高之后也。毕公高与周同姓。武王之伐纣而高封于毕。"

〔二〇〕《尚书·康王之诰》："毕公率东方诸侯。"《正义》引王肃云："毕公代周公为东伯，故率东方诸侯。"故曰爵与太公望、周公旦皆同。

〔二一〕邦祀，《铨评》："祀，《文选》作祀。"案宋刊本《曹子建文集》亦作祀，应据改。邦祀，国家祭祀。绝亡谓其子孙失其爵位，降为庶人，不能修其祭祀也。盖毕国绝封之后，子孙为民，或居中国，或在外族（见《通志·氏族略四》）。

〔二二〕流裔，《广雅·释诂一》："流，末也。"《左》昭二十九年传杜注："玄孙之后曰裔。"

〔二三〕《左》闵元年传："晋侯作二军：公将上军，太子申生将下军，赵夙御戎，毕万为右，以灭耿、灭霍、灭魏。赐赵夙耿，赐毕万魏，以为大夫。"

〔二四〕《左》闵元年传："卜偃曰：毕万之后必大。万，盈数也；魏，大名也，以是始赏，天启之矣。天子曰兆民，诸侯曰万民，今名之大，以从盈数，其必有众。"

〔二五〕末胄，李注："《楚词》曰：伊伯庸之末胄也。"王注："胄，后也。"圈称《陈留风俗记》曰："浚仪县，魏之都也。魏灭，晋献公以魏封大夫毕万。后世文侯初盛，至子孙称王，是为惠王，然以称王因氏焉。"（《文选》李注引）考魏王假被秦始皇消灭之后，子孙分散，时人谓之王家。或云：魏昭王彤生无忌，封信陵君。信陵君生闲忧，闲忧生卑子。秦灭魏，卑子逃至泰山。汉高祖召为中涓，封兰陵侯。时人因其为王族，谓之王家（见《通志·氏族略四》）。

〔二六〕条分，犹言枝分。条分叶散，形容王姓在中国分布极广。

〔二七〕兹，《铨评》："《文选》作滋。"案宋刊本《曹子建文集》亦作滋，作滋是。《小尔雅·广诂》："益也。"芳烈谓德业。

〔二八〕秦将王翦、汉丞相王陵著名二代。

〔二九〕阳九，李注："《汉书》曰：阳九厄日，初入百六阳九。《音义》曰：《易》称所谓阳九之厄，百六之会者也。"

〔三〇〕炎光，象征汉代统治权力。中矇，李注："《说文》曰：矇，不明也。中矇谓遭王莽之乱也。"

〔三一〕世祖，李注："谓光武皇帝也。"拨，《广雅·释诂三》："除也。"爰建，于是建立。时雍，李注："《尚书》曰：黎民于变时雍。"孔传："时，是也。雍，和也。"

〔三二〕三台即三公。李注："《春秋汉含孳》曰：三公象五岳,在天法三台。台、能同。"案《后汉书·郎顗传》章怀注："魁下六星两两而比曰三台。"树,《后汉书·梁冀传》章怀注："置也。"履,《礼记·表记》郑注："犹行也。"钟,《文选·舞鹤赋》李注引曹植《九咏章句》："当也。"谓行道乃能当之也。

〔三三〕匪惠惟恭,意谓不出乎帝者之私恩,而因己之恪勤其职。

〔三四〕二祖,李注："张璠《汉纪》曰：王龚字伯宗,有高名于天下。顺帝时为太尉。畅字叔茂,名在八俊。灵帝时为司空。《魏志》曰：粲曾祖父龚,祖父畅,皆为汉三公。"龙光,李注："《毛诗》曰：既见君子,为龙为光。毛苌曰：龙,宠也。"案《曹休诔》："称曰龙光。"龙光似为君子之代词。

〔三五〕金曰,《尚书·尧典》："佥曰于。"孔传："佥,皆也。"休,美也。翼,佐也。

〔三六〕太尉,汉代统率全国军队之官。

〔三七〕掌,主也。司空协助丞相处理国家政务,且负有纠察官吏行为之责。

〔三八〕百揆,李注："《尚书》曰：纳于百揆,百揆时叙。"案百揆即百官。时,是也,叙,《周礼·小宰》郑注："秩次也,谓长幼尊卑也。"

〔三九〕五典,李注："《〈尚书〉》曰：慎徽五典,五典克从。"五典谓父义、母慈、兄友、弟恭、子孝。克从,言百姓皆能顺从而行之。

〔四〇〕天静,谓天无急风暴雨之灾害。人和,案人宋刊本《曹子建文集》作民,疑作民是。《文选》作人,盖李善避唐太宗讳改。民和,谓社会安静,百姓康乐。

〔四一〕皇教,国家教化;遐通,远达也。

〔四二〕伊,发语词。显,明也,尊敬之词。《尔雅·释亲》："父为考,"

显考,李注:"《魏志》曰:粲父谦,为大将军何进长史。"

〔四三〕奕叶,案宋刊本《曹子建文集》叶作世。叶、世意同。《国语·
周语》:"奕世载德。"《后汉书·杨秉传》章怀注:"奕犹重也。"
佐时,辅佐当世。

〔四四〕入管机密,《易经·涣卦》六四王注:"内掌机密,外宣化命
者也。"

〔四五〕朔岱,李注:"粲父无传,其官未详。"案朔谓河北省、岱山东省。
王谦出任二地之官。

〔四六〕庶绩咸熙,李注:"《尚书》曰:庶绩咸熙。"案即《史记·五帝
纪》:"众功皆兴也。"

〔四七〕淑、懿并美也。《魏志·王粲传》:"(蔡)邕曰:此王公孙也,有
异才,吾不如也。吾家书籍文章尽当与之。"洪基,洪,大也;
基,本也。谓继承祖父之阀阅地位,如蔡邕称之为王公孙
可证。

〔四八〕令德,良好品质。

〔四九〕广宣,宣犹扬也。

〔五〇〕强记,《魏志·王粲传》:"初粲与人共行读道边碑。人问曰:卿
能暗诵乎?曰能。因使背而诵之,不失一字。"洽闻,《汉书·
终军传》颜注:"溥也。"犹博闻。《魏志·王粲传》:"博物多识,
闻无不对。"《异苑》:"魏武北征蹋顿,升岭眺瞩,见一冈不生百
草。王粲曰:必是古冢,此人在世服生矾(据《政和本草》矾为
礜字形误,字当作礜)石死,而石性热蒸出外,致卉木焦灭。命
即凿之,果得大墓,有矾(礜)石满莹。"(《御览》五百五十九引)

〔五一〕幽赞,幽,深也;赞,《方言》:"解也。"微言,精妙之言。案《隋
书·经籍志》:"《周易》五卷,汉荆州牧刘表章句。"《英雄记》:

"表乃开立学官,博求儒士,使綦毋闿、宋忠等撰定五经章句。"
或王粲亦参与撰述,故曹植称之如此,史失纪载耳。

〔五二〕可咏,《铨评》:"《艺文》可作成。"疑成字与下文成篇字复,
或非。

〔五三〕《魏志·王粲传》:"善属文,举笔便成,无所改定,时人常以为
宿构;然正复精意覃思,亦不能加也。"

〔五四〕道,犹今日学术。洽,《一切经音义》六引《苍颉》:"遍彻也。"

〔五五〕艺,《礼记·乐记》郑注:"才技也。"闲,《尔雅·释诂》:"习也。"

〔五六〕逞,《文选·西京赋》薛注:"犹见也。"《铨评》:"《魏志·王粲
传》称其围棋,覆局,以帊盖之,更为他局,用相比较,不误
一道。"

〔五七〕李注:"《论语》:子曰:不有博弈者乎?为之犹贤乎已!"

〔五八〕皇家,谓汉朝。不造,李注:"《毛诗》曰:闵予小子,遭家不造。"
案《说文》:"造,就也。"

〔五九〕陨颠,《尔雅·释诂》:"陨,坠也。"颠,《诗经·荡篇》毛传:"仆
也。"谓汉朝统治权力下落。

〔六〇〕宰臣,指董卓。

〔六一〕帝,汉献帝。《魏志·董卓传》:"卓既率精兵来,适值帝室大
乱,得专废立,据有武库甲兵,国家珍宝,威震天下。……卓以
山东豪杰并起,恐惧不宁。初平元年二月,乃徙天子都长安。"
长安在洛阳西,故曰西迁。

〔六二〕羁旅,李注:"《左氏春秋》:陈敬仲曰:羁旅之臣。杜预注曰:
羁,寄也。旅,客也。"王粲山阳高平人(今山东邹县西南)。献
帝西迁,自洛阳徙居长安,故曹植谓之曰羁旅。羁旅,作客异
乡之人。

〔六三〕离，遭也。阻艰，《广雅·释邱》：“阻，险也。”《离骚》王注：“艰，难也。”

〔六四〕翕，《说文》：“起也。”翕然，起貌。凤举，如凤高飞。凤，赞美王粲之词。

〔六五〕窜，《后汉书·班彪传》章怀注：“走也。”李注：“《魏志》曰：粲以西京扰乱，乃之荆州依刘表。”案《后汉书·王畅传》：“刘表年十七，从畅受学，以故粲往依之。”王粲《七哀诗》：“西京乱无象，豺虎方构患。复弃中国去，远身适荆蛮。”荆，荆州。蛮，南方。

〔六六〕身穷，《王粲传》：“表以粲貌寝而体弱通侻，不甚重也。”《国策·秦策》高注：“穷，困也。”志达，谓意志得遂。

〔六七〕居鄙，谓位虽卑贱。行鲜，行为光明。

〔六八〕《楚辞·渔父》：“新沐者必弹冠，新浴者必振衣，安能以身之察察，受物之汶汶者乎！”又曰：“沧浪之水清兮，可以濯我缨。”此曹植诔句所本。与《释愁文》：“濯缨弹冠。”文同而意异，此具洁身自好之意。清川，《铨评》：“《文选》李善注云：《集本》清或为洧，误也。”案李注：“盛弘之《荆州记》曰：襄阳城西南有徐元直宅。其西北八里方山，山北际河水，山下有王仲宣宅。故东阿王诔云：振冠南岳，濯缨清川。”考《襄沔记》：王粲宅在襄阳县西二十里岘山下。

〔六九〕潜处，《广雅·释诂四》：“潜，隐也。”则潜处犹言隐居。蓬室，贫士所居。

〔七〇〕干，《尔雅·释言》：“干，求也。”势权，谓有权势者。

〔七一〕我公，指曹操。建安十三年，操为丞相，故称公。奋钺，《尚书·牧誓》：“王左仗黄钺。”钺，大斧。比喻出征。

〔七二〕耀威,《文选·东京赋》薛注:"耀威,治兵也。"

〔七三〕违,《左》哀十四年传杜注:"不从也。"陈戎,部置军队。讲武,训练士卒。案《魏志》未载刘琮遣军拒操南下之事,仅于傅巽劝琮降操语中涉及之(见《魏志·刘表传》)。

〔七四〕谓对曹操用兵作出估计。此《魏志》未载。

〔七五〕高尚,犹尊重。霸功,李注:"桓谭陈便宜曰:所谓霸功者,法度明正,百官修治威令流行者也。"霸指曹操。《魏志·王粲传》:"明公定冀州之日,下车即缮其甲卒,收其豪杰而用之,以横行天下。"

〔七六〕帝,谓汉献帝。谓归命汉朝。

〔七七〕斯言,谓粲首劝琮降操之建议。《粲传》失载。谋夫,刘琮谋臣,如蒯越、韩嵩、傅巽等。是与,犹言赞同。语见《魏志·刘表传》。

〔七八〕伊,语中助词。响,孙志祖《文选考异》:"响当作飨。"《国语·晋语》韦注:"飨,食也。"案响与向通,具仰字之意。

〔七九〕投,弃也。投戈犹今语放下武器。编都,《铨评》:"都张作郡。"案宋刊本《曹子建文集》亦作郡,《文选》作都。李注:"《汉书》:南郡有编都县。"作都字是。在今湖北宜城县东南。

〔八〇〕稽颡,《礼记·檀弓篇》《释文》:"触地无容。"象征屈服。汉北,谓襄阳,襄阳在汉水之北。《魏志·刘表传》:"太祖军到襄阳,琮举州降。"

〔八一〕金龟紫绶,李注:"《魏志》曰:太祖辟粲为丞相掾,赐爵关内侯。《汉旧仪》曰:列侯黄金龟纽。又曰:金印紫绶。"

〔八二〕勋则,谓奖功法制。

〔八三〕劳谦,李注:"《周易》曰:劳谦君子,有终吉。"劳,勤劳;谦,谦逊。靡已,不止也。

〔八四〕李注:"赵岐《孟子章指》曰:忧国忘家。"殊略,殊异谋略。卓,高也;峙,立也。谓计谋出众。

〔八五〕署,《释名·释书契》:"署,予也,题所予者官号也。"祭酒,李注:"《魏志》曰:后迁军谋祭酒。"与君,案君宋刊本《曹子建文集》作军。《文选考异》曰:"袁本茶陵本君作军。"作军字是。与军,犹言随军。

〔八六〕遗策,弃策。

〔八七〕建国,建安十八年,刘协封曹操为魏公。《魏志·武帝纪》:"今以冀州之河东、河内、魏郡、赵国、中山、常山、巨鹿、安平、甘陵、平原,凡十郡,封君为魏公。秋七月,始建魏社稷宗庙。"

〔八八〕百司,百官。俊义,《尚书·皋陶谟》《释文》:"马云:千人为俊,百人为义。"案《汉书·谷永传》:"永对曰:经曰:九德咸事,俊义在官。未有众贤布于官而不治者也。"《魏志·武帝纪》:"建安十八年十一月,初置尚书、侍中、六卿。"裴注引《魏氏春秋》:"以荀攸为尚书令,凉茂为仆射,毛玠、崔琰、常林、徐奕、何夔为尚书,王粲、杜袭、卫觊、和洽为侍中。"

〔八九〕显举,言光荣选拔。秉机,秉,执也;机,谓机要之事。省闼,见《槐赋》注。

〔九○〕徐广《车服杂注》:"侍中帽上装饰,蝉在左,貂在右。因北土寒凉,本以貂皮暖,附施于冠,因遂变而成饰。"(《御览》卷六百八十八引)

〔九一〕晧带,玉带。

〔九二〕帷幄,在旁曰帷,在上为幄。《周礼·幕人》郑注:"四合象宫室曰幄,王所居之帐也。"

〔九三〕拥,《广雅·释诂三》:"持也。"华盖,《后汉书·蔡邕传》:"拥华盖而奉皇枢。"崔豹《古今注》："华盖,黄帝所作也。与蚩尤战于涿鹿之野,常有五色云气,金枝玉叶,止于帝上,有花葩之象,故因而作华盖也。"《齐职仪》："东汉侍中,便蕃左右,与帝升降。法驾出,多识者一人参乘。"(《御览》卷二百十九引)

〔九四〕芳风,美好声誉。晻蔼,盛貌。

〔九五〕东夷,李注:"谓吴。"

〔九六〕凭江阻湖,谓孙权据守长江及巢湖险要地区。

〔九七〕光光,武勇貌。《诗经·江汉篇》："武夫光光,经营四方。"戎辂,兵车。

〔九八〕霆骇,犹言雷动。形容武力强大。风徂,形容行动迅速。

〔九九〕华毂,谓雕画车毂之车,王者所乘。为曹操之代词。建安二十一年,曹操征吴,王粲从行。

〔一〇〇〕辉辉,《铨评》："张作辉耀。"光明貌。王涂,李注:"蔡邕《刘宽碑》曰:统艾三事,以清王涂也。"案王涂犹王道。

〔一〇一〕李注:"言仲宣思念宠荣,志在怀附异类。"

〔一〇二〕彼,指吴国。《诗经·采芑篇》："蛮荆来威。"李注:"望彼吴国畏威而来也。"

〔一〇三〕济,《周书·皇门》孔注:"遂也。"

〔一〇四〕谓命运已尽。

〔一〇五〕弥留,孙星衍曰:"弥者,《释言》云:终也。既命当终而淹留之际。"李注:"《魏志》曰:建安二十一年,从征吴,二十二年春,道病卒。"

〔一〇六〕翩翩,急飞貌。孤嗣,《礼记·曲礼》："幼而无父曰孤。"此指王粲二子。

〔一〇七〕崩摧,悲伤至极貌。

〔一〇八〕《汉书·天文志》:"轸为车。"发轸谓发车。北魏谓邺。即下文之魏京。

〔一〇九〕迄,至也。南淮指居巢。《魏志·武帝纪》:"二十二年春正月,王军居巢。"居巢在淮水之南。王粲从征,或死于此。今安徽巢县东北五里,即汉、魏之居巢县也。

〔一一〇〕如颓,《史记·河渠书》《集解》引瓒曰:"下流曰颓。"

〔一一一〕哀风兴感四句,谓风、云、鱼、鸟似皆感粲死而悲伤,借以衬托哀痛之深切感情。

〔一一二〕吾,《铨评》:"《艺文》作予。"案宋刊本《曹子建文集》仍作吾,与《文选》同。夫子,《史记·周本纪》《集解》:"郑玄曰:夫子,丈夫之称。"案前称君,而此称夫子,称谓变化,亦表达感情之变化。

〔一一三〕贯,《铨评》:"《艺文》作贵。"案《列子·周穆王篇》:"贯金石。"《释文》:"贯犹中也。"疑贵是贯字之形误,作贯是。丹青,李注:"丹青二色名,言不渝也。"

〔一一四〕李注:"《毛诗》曰:妻子好合,如鼓瑟琴。"此借夫妇之纯真恩谊,以喻与粲之诚挚之友情。故下文云分过友生也。

〔一一五〕分犹志也。《毛诗序》曰:"在心为志,发言为诗。"则志犹今语感情之意。友生,朋友。

〔一一六〕庶几,希冀之义。遐,《尔雅·释诂》:"远也。"遐年犹遐龄。同征,征,《尔雅·释言》:行也。潘岳《金谷集诗》:"投分寄石友,白首同所归。"即此句之意。

〔一一七〕奄忽,迅疾之意。

〔一一八〕夙,《铨评》:"《艺文》作宿。"案宿、夙古通用,夙,早也。零,落也。夙零,早死。

〔一一九〕厉,抗也。句谓预宴者情绪皆激昂兴奋。

〔一二〇〕戏，《尔雅·释诂》：“谑也。”金石至坚，不易毁灭也。

〔一二一〕异制，案宋刊本《曹子建文集》制作志。作志误。制，制度。

〔一二二〕此欢，在此同乐。

〔一二三〕陨越，《左》僖九年传：“恐陨越于下。”杜注：“陨越，颠坠也。”此喻死亡。

〔一二四〕寤，《后汉书·班彪传》章怀注：“犹晓也。”

〔一二五〕数度，谓命运长短之法则。

〔一二六〕明据，明确证据。

〔一二七〕傥，或也。灵，神也。泰素，李注：“《列子》曰：太素者，质之始也。”案太素指天。

〔一二八〕案《仙人篇》：“要我于天衢。”李注：“《西京赋》曰：美往昔之乔松，要羡门乎天路。”天路即天衢也。要，《礼记·乐记》郑注：“犹会也。”《汉书·赵充国传》颜注：“遮也。”

〔一二九〕臻，至也。

〔一三〇〕及，《铨评》：“《文选》作反。”魏京指邺。

〔一三一〕灵輀，李注：“《说文》曰：輀，丧车也。”輀、轜同，今本《说文》作轜。回轨，即《愁霖赋》之结辙，说详彼注。

〔一三二〕虚廓，空廓。

〔一三三〕藏景，《山海经·西山经》郭注：“藏犹隐也。”景即影字。蔽形，《老子》王注：“蔽，覆盖也。”

〔一三四〕延首，犹引领也。雨泣，《诗经·燕燕篇》：“瞻望弗及，伫立雨泣。”雨泣，谓泣下如雨也。交颈，谓泪落接于颈也。

〔一三五〕幽冥，《汉书·刘歆传》颜注：“犹暗昧也。”此喻坟墓。

〔一三六〕殉名，《文选·吴都赋》刘注：“徇，营也。亡身从物曰徇。”名，声誉。

〔一三七〕李注:"《论语》:子贡曰:夫子其生也荣,其死也哀。"孔,甚也。

朔　风〔一〕

仰彼朔风〔二〕,用怀魏都〔三〕,愿骋代马〔四〕,儵忽北徂〔五〕。凯风永至,思彼蛮方〔六〕,愿随越鸟,翻飞南翔〔七〕。四气代谢〔八〕,悬景运周〔九〕,别如俯仰〔一〇〕,脱若三秋〔一一〕。昔我初迁,朱华未希〔一二〕,今我旋止,素雪云飞〔一三〕。俯降千仞,仰登天阻〔一四〕,风飘蓬飞,载离寒暑〔一五〕。千仞易陟,天阻可越;昔我同袍〔一六〕,今永乖别〔一七〕。子好芳草,岂忘尔贻〔一八〕;繁华将茂,秋霜悴之〔一九〕。君不垂眷,岂云其诚〔二〇〕?秋兰可喻,桂树冬荣〔二一〕。弦歌荡思,谁与销忧〔二二〕!临川慕思,何为泛舟〔二三〕!岂无和乐?游非我(邻)〔怜〕〔二四〕。谁忘泛舟?愧无榜人〔二五〕!

〔一〕《铨评》:"《诗纪》分为五章。"

〔二〕仰,《广雅·释诂四》:"向也。"

〔三〕用,因也。怀,思也。魏都指邺。左思有《魏都赋》,见《文选》。

〔四〕骋,驰也。代马,《古诗》:"胡马依北风。"代,今山西省东北即古之代郡,产良马。

〔五〕儵忽,迅急之貌。徂,《尔雅·释诂》:"往也。"

〔六〕李注:"毛苌《诗传》曰:南风谓之凯风。《礼记》曰:南方曰蛮。《毛诗》曰:用遏蛮方。"

〔七〕李注:"《古诗》曰:越鸟巢南枝。"越,今江浙之地,古之越国也。翻,飞貌。

〔八〕四气,李注:"《尔雅》曰:四气和谓之玉烛。"四气谓春夏秋冬之气。《月令》:"以达秋气。"可证。故四气犹言四时。代谢,如春谢夏代,谓更迭代易也。

〔九〕悬景,谓日。运周,运行周币。

〔一〇〕俯仰,《庄子·在宥篇》:"其疾也俯仰之间。"则俯仰形容时间至短之意。

〔一一〕脱,《广雅·释诂三》:"离也。"三秋犹言三月。

〔一二〕朱华,荷花。《公宴诗》:"朱华冒绿池。"未希,《铨评》:"希张作晞。"李注:"希与稀同,古字通也。"案张作晞,晞,干也,于此无义,字当作希。王尧衢《古唐诗合解》释为见朱华之未落。黄节诗注释未希为将希,且云当七月时,或是也。

〔一三〕旋止,《周易·履卦》《正义》:"旋反也。"止,语尾助词。云飞,《铨评》:"《文选》二十九作云。"案宋刊本《曹子建文集》仍作云。胡克家《文选考异》:"袁本、茶陵本雲作云,云善作雲。案各本所见,皆传写误。素雪与朱华偶句,云飞与未希偶句。假令作雲,殊乖文义,非善如此也。"案《史记·封禅书》《集解》引瓒曰:"云,足句之辞也。"

〔一四〕千仞,《吕览·适威篇》:"若决积水于千仞之溪。"此千仞为深溪之代词。天阻,李注:"山也。"

〔一五〕风飘蓬飞,李注:"《商君书》曰:夫飞蓬遇飘风而行千里,乘风之势也。"案此形容流离道路之状。载离,李注:"《毛诗》曰:载离寒暑。"案载语辞。离,《国语·晋语》韦注:"历也。"

〔一六〕同袍,《诗经·无衣篇》:"与子同袍。"同袍,谓朋友。据《毛诗·无衣》《正义》引王肃说。刘履以同袍为兄弟之代词。朱绪曾谓指曹丕,黄节谓指任城,俱本刘说。然考汉魏未见以同袍释为兄弟者,疑刘、朱、黄三家说或非。当以王肃释为正。

〔一七〕乖别,《广雅·释诂三》:"乖,离也。"疑此句喻死亡。盖指王粲挚友之死。

〔一八〕贻,予也。

〔一九〕悴,李注:"《方言》曰:悴,伤也。"《文子》:"丛兰欲茂,秋风败
之。"语意相似。

〔二〇〕李注:"言君虽不垂眷,己则岂得不言其诚。《苍颉篇》曰:岂,
冀也。"朱珔《文选集释》:"注盖以岂为觊,故引《苍颉篇》以证。
得下不乃衍字,殆后人习见岂不文法而误增之,非善意也。"
眷,《广雅·释言》:"顾也。"

〔二一〕李注:"兰以秋馥,可以喻言。桂以冬荣,可以喻性。"案荣,
华也。

〔二二〕李注:"言弦歌可以荡涤悲思,谁与共奏以销忧也。"

〔二三〕慕思,《铨评》:"《文选》作暮。"案宋刊本《曹子建文集》仍作慕。
李注:"言临川日暮,而又相思,何为泛舟而不济,以相从乎!"
是李所见本正作暮,故以日暮释之。窃疑暮当作慕,《孟子·
离娄篇》赵注:"慕,思也。"慕思复义词。何为犹何如。古谚有
云:临渊羡鱼,何如退而结网。义与此近。李注或未审。

〔二四〕李注:"言岂无和乐以荡思乎?为游非我邻,故不奏也。"案宋
刊本《曹子建文集》作怜。疑作怜字是。《尔雅·释诂》:"怜,
爱也。"言游非我爱,语意方顺。《楚辞·九辨》怜与人韵协,是
真、先古韵转也。

〔二五〕谁忘,《铨评》:"《御览》七百七十作何以。"李注:"言岂忘泛舟
以相从乎? 愧无榜人,所以不济也。榜人,喻良朋也。张揖
《汉书注》云:榜人,船长也。"是李善所见本不作何以可证。

李周翰曰:"时为东阿王在藩,感北风思归而作。"刘履曰:
"黄初四年还雍丘作。"朱绪曾曰:"明帝太和三年还雍丘作。"黄

节曰："此诗盖黄初六年在雍丘时作也。"考诸家意纷歧，由于对诗中词句之解释不能一致，故训释有差异。如同袍释为兄弟，遂疑指丕与彪，显然不恰当。同袍已知古训作朋友，则与丕、彪无关了。魏都指邺，不是谓京洛。诗昔我初迁，迁，去也，见《诗经·巷伯篇》毛传，不应作迁都解。况诗之四句，是规摹《诗经·采薇篇》"昔我往矣，杨柳依依；今我来思，雨雪霏霏"句，只说明来去时间之距离，似不羼杂其他内容。据《魏志·后妃传》裴注引《魏略》：二十一年十月，太祖东征，武宣皇后、文帝及明帝、东乡公主皆从。可证思彼蛮方之本意。是时曹植似未在邺——《王仲宣诔》：丧枢既臻，将反魏京。既臻谓至曹植所在地，然后方去邺都。故有怀邺之思。疑此诗或于建安二十二年后作也。

与陈琳书[一]

夫披翠云以为衣，戴北斗以为冠[二]，带虹蜺以为绅[三]，连日月以为佩，此服非不美也[四]。然而帝王不服者，望殊于天[五]，志绝于心矣[六]！

葛天氏之乐，千人唱，万人和，因以蔑《韶》《夏》矣！《铨评》："《文心雕龙》八引报孔璋书。《文心雕龙》云：陈思，群才之英也，报孔璋书云云。此引事之实谬也。按葛天之歌，唱和三人而已。相如《上林》云：奏陶唐之舞，听葛天之歌，千人唱，万人和。唱和千万人，乃相如接入。然而滥侈葛天，推三成万者，信赋妄书，致斯谬也。"

骥騄不常一步，应良御而效足。《铨评》："《文选》颜延年《赭白马赋》及陆士衡《汉高祖功臣颂》李注引《与陈琳书》。"

〔一〕《铨评》："程缺。"

〔 二 〕北斗即北辰。

〔 三 〕虹蜺，《铨评》：“《书钞》一百二十九作蜿虹。”绅，腰带。

〔 四 〕不，《铨评》：“张作其，从《御览》六百八十四改正。”

〔 五 〕望，《说文》：“望，出亡在外，望其还也。”即此望字之义。殊，
　　　　绝也。

〔 六 〕志，思想感情。

　　案此书残佚太甚，无从考证其写作时间。陈琳死于建安二
十二年，此书当作于此年之前，姑附于此。

说疫气二首〔一〕

建安二十二年，疠气流行〔二〕。家家有僵尸之痛〔三〕，室室有号泣
之哀。或阖门而殪，或覆族而丧〔四〕。或以为疫者，鬼神所
作〔五〕。夫罹此者，悉被褐茹藿之子〔六〕，荆室蓬户之人耳！若夫
殿处鼎食之家，重貂累蓐之门〔七〕，若是者鲜焉〔八〕！此乃阴阳失
位〔九〕，寒暑错时〔一〇〕，是故生疫。而愚民悬符厌之〔一一〕，亦可
笑也。

〔 一 〕《铨评》：“程缺。”

〔 二 〕疠气，《左》昭四年传杜注：“疠，恶气也。”流行，荡散之意。

〔 三 〕《文选·西京赋》：“尸僵路隅。”薛注：“僵，仆也。”痛，悲痛。

〔 四 〕覆族，《汉书·邹阳传》颜注：“覆，尽也。”则覆族即尽一族之
　　　　人。丧，谓死亡。

〔 五 〕所，《铨评》：“张作□，依《御览》七百四十二补。”作，《尔雅·释
　　　　言》：“作，为也。”

〔 六 〕被褐，着毛布衣。茹藿，食豆叶。与下文荆室蓬户俱指贫民。

〔 七 〕殿处，居高大之屋。鼎食，谓列鼎而食。《周礼·掌客》郑注：
　　　　"牲器也。"则鼎食犹言肉食。重貂，貂皮轻暖而服数件。蓐今
　　　　作褥，荐也。此四者谓富贵者之所享有。

〔 八 〕鲜，少也。

〔 九 〕阴阳指天地。《礼记·中庸篇》："天地位焉。"失位犹失正。

〔一〇〕气候失常。

〔一一〕悬符，《荆楚岁时记》："帖画鸡于户上，悬苇索于其上，插桃符
　　　　其旁，百鬼畏之。"厌，《诗经·还篇》序《释文》："止也。"

　　曹植从时疫流行的环境中，发现贫穷人家死亡率高而富贵
者少的矛盾现象，根据自己的探索分析，从而判断疫气不是鬼神
所散布，而是气候失常，贫民物质生活条件不能与之相适应而导
致如此的。由于时代科学水平之制约，不可能理解时疫发生之
真正原因。但能在迷信浓厚时代里，作出比较正确的结论，排除
封建迷信，具着朴素唯物主义的认识，是难能而可贵的。

　　案《魏志·司马朗传》："建安二十二年，与夏侯惇、臧霸等征
吴，到居巢，军中（据《御览》引改）大疫。"曹丕《与吴质书》："昔年
疾疫，亲故多离其灾，徐、陈、应、刘一时俱逝，痛可言邪！"可证当
时疫气流行之烈，死亡之众。疑此说文不具，致意不详悉。

又

　　咸水之鱼，不游于江；澹水之鱼，不入于海。

侍太子坐

白日曜青春〔一〕，时雨静飞尘〔二〕。寒冰辟炎景〔三〕，凉风飘我身。

清醴盈金觞〔四〕，肴馔纵横陈〔五〕。齐人进奇乐〔六〕，歌者出西秦〔七〕。翩翩我公子〔八〕，机巧忽若神〔九〕。

〔一〕《铨评》："《御览》五百三十九春作天。"案宋刊本《曹子建文集》仍作春。黄节《曹子建诗注》："《楚辞·大招》注曰：言岁始春，青帝用事，盛阴已去，少阳受之。则日色黄白，昭然光明。陈思此诗，作于夏日，而言青春者，谓雨后日出，可爱如春，亦以喻太子也。"案此诗天字不误。盖谓青天无云，白日丽空，弥感蒸暑。倏而微雨忽来，炎威为祛，此乃叙述当前景物，初不关乎比兴也。黄说似未的。

〔二〕时，《铨评》："《御览》作微。"静，安宁之意。

〔三〕辟与避通。《一切经音义》九引《苍颉》："避，去也。"

〔四〕清醴，王粲《公䜩诗》："旨酒盈金罍。"与此意同。《文选·南都赋》李注："《韩诗》曰：醴甜而不沴也。"

〔五〕纵横陈，王粲诗："嘉肴充圆方。"

〔六〕齐，今之山东。

〔七〕西秦，今之陕西。王粲诗："管弦发徽音，曲度清且悲。"

〔八〕翩翩，《史记·平原君传赞》："平原君翩翩浊世之佳公子也。"《文选·鹪鹩赋》李注："翩翩，自得貌。"

〔九〕机巧忽若神，曹丕《典论自叙》："余于他戏弄之事少所喜，唯弹棋略尽其妙（据《世说·巧艺》注改），少为之赋。昔京师先工有二焉（原作马，据《世说》改），合乡侯东方安世张公子，（予）常恨不得与彼数子者对。"《博物志》："帝善弹棋，能用手巾角（挥之，黄门跪受）。"（据《书钞》百三十六引补）

《魏志·武帝纪》："建安二十二年冬十月，以五官中郎将丕

卷一 侍太子坐

217

为魏太子。"据诗中所叙景物，则此诗创作年代应在二十三年夏天。但是深入诗之内容，和王粲《公讌诗》极近似，又和曹丕《与吴质书》所述宴乐情景相同，因此疑其创作时期当与《公讌诗》同，未可因题《侍太子坐》即谓作于建安二十三年。谨志所疑于此。

芙蓉赋〔一〕

曹植集校注

览百卉之英茂〔二〕，无斯华之独灵〔三〕！结修根于重壤〔四〕，泛清流而擢茎〔五〕。退润王宇〔六〕，进文帝庭〔七〕。竦芳柯以从风〔八〕，奋纤枝之璀璨〔九〕。其始荣也，皦若夜光寻扶（桑）〔木〕〔一○〕；其扬辉也，晃若九阳出旸谷〔一一〕。芙蓉（骞产）〔鶱翔〕〔一二〕，菡萏星属〔一三〕。丝条垂珠〔一四〕，丹荣吐绿〔一五〕。焜焜韡韡〔一六〕，烂若龙烛〔一七〕。观者终朝〔一八〕，情犹未足。于是狡童媛女〔一九〕，相与同游，擢素手于罗袖〔二○〕，接红葩于中流。

〔一〕《铨评》："《御览》九百九十九作《美芙蓉赋》。"案《御览》有美字疑非。《文选》刘休玄《拟明月皎夜光篇》李注引曹植《芙蓉赋》无美字。

〔二〕英，《尔雅·释草》："荣而不实者谓之英。"英即华也。茂，《诗经·生民篇》毛传："美也。"

〔三〕灵，《广雅·释诂一》："善也。"

〔四〕修根，谓藕。《尔雅·释草》："其根藕。"

〔五〕泛，《国语·晋语》韦注："浮也。"擢茎，《尔雅·释草》《释文》引《苍颉篇》："擢，抽也。"

〔六〕王宇，《文选》刘休玄《拟明月皎夜光》篇李注引《芙蓉赋》："退润玉宇。"是李善所见本故作玉也。玉宇疑指曹操所居，操时为汉臣，故曰退润。《广雅·释诂二》："润，饰也。"

〔 七 〕文，《广雅·释诂》："饰也。"帝，谓汉献帝。退润、进文二句，据严可均《全三国文》引录入。

〔 八 〕竦，谓亭亭挺立。芳柯，指荷茎。从风，《铨评》："《御览》九百九十九有分。"

〔 九 〕《铨评》："此二句程、张脱，依《初学记》二十七补。璨韵与上下不协，仍有佚句。"案丁校是。璀璨即綷縩，原以形容衣声，于此谓荷叶被风吹动，摇曳发出猎猎之声。

〔一〇〕始荣，指荷华将放。曒即皎。夜光喻月。寻犹缘也。扶桑，《铨评》："《御览》桑作木。"案作木字是。木与下句谷协韵，作桑失其韵矣。扶木，见《神龟赋》注。

〔一一〕九阳，即九日。《铨评》："阳《御览》作日。"九日见《愁霖赋》注。旸谷，《铨评》："旸《初学记》作汤。"考《尚书·尧典》作旸谷，《史记》旧本作汤谷（见《五帝本纪》《索隐》）。是旸谷即汤谷。《淮南·墬形训》高注："旸谷，日之所出也。"阎鸿《芙蓉赋》："灼若夜光之在玄岫，赤若太阳之映朝云。"与此二句意同。

〔一二〕芙蓉，《铨评》："《御览》蓉作蕖。"案《初学记》卷二十七引亦作蕖。《尔雅·释草》："荷，芙蕖。"郭注："别名芙蓉。"《说文》："华未发为菡萏，已发为芙蓉。"则芙蓉指盛开之荷华也。蹇产，《铨评》："《御览》作骞翔。"案《广雅·释训》："蹇产，诘诎也。"于此无义。疑应从《御览》，骞似当作鶱。《说文》："鶱，飞貌。"鶱翔形容如鸟之翩然飞也。

〔一三〕菡萏谓尚未开放之荷华。星属，如星宿历历然联属也。

〔一四〕丝条谓荷花之花蕊。垂珠，《尔雅·释草》："其中菂。"菂今日

莲实。《文选·鲁灵光殿赋》："窬咤垂珠。"段玉裁释之曰："莲
房之实窬咤然见于房外,如垂珠也。"则珠谓为莲实可知。

〔一五〕丹荣,《铨评》:"《初学记》荣作茎。"案作荣字是。丹荣谓荷华。
《公讌诗》所云朱华也。吐绿,《铨评》:"吐,《艺文》八十二作
加。"案作吐字是。《鲁灵光殿赋》:"绿房紫菂。"此绿字以喻莲
房,即今之莲斗也。莲斗在华中,如吐出然,故曰吐绿。

〔一六〕焜焜,《铨评》:"《御览》有兮字。"焜焜,光明貌。韡韡,《初学
记》卷二十七作烨烨。烨烨,光盛貌。

〔一七〕烂,光明貌。龙烛,《楚辞》王注:"天西北有幽冥无日之国,有
龙含烛而照之。"

〔一八〕终朝,《诗经·采绿篇》毛传:"自旦及食时为终朝。"

〔一九〕狡童,见《蝉赋》注。媛女,《尔雅·释言》:"美女为媛。"

〔二〇〕擢,伸引之义。

此赋佚残。创作年代不可考,然据帝庭之义必作建安中,姑
附于此。

行女哀辞

行女生于季秋,而终于首夏。三年之中,二子频丧〔一〕。

伊上帝之降命〔二〕,何短修之难裁〔三〕:或华发以终年〔四〕;或怀妊
而逢灾〔五〕。感前哀之未阕〔六〕,复新殃之重来〔七〕!方朝华而晚
敷〔八〕,比晨露而先晞〔九〕。感逝者之不追,怅情忽而失度〔一〇〕。
天盖高而无阶〔一一〕,怀此恨其谁诉!

家王征蜀汉《铨评》:"《文选》谢灵运《拟魏太子邺中诗》李注引《行女

哀辞》。此疑《哀辞》序中脱文。"

〔一〕二子指金瓠、行女。频,《广雅·释诂三》:"比也。"

〔二〕上帝,宋刊本《曹子建文集》帝字作灵。《翻译名义》五引尸子:"天神曰灵。"降命,降,下也;命,寿命。谓人之寿命是天神所赋予。

〔三〕短修即短长。裁,《淮南·主术训》高注:"度也。"今语曰揣测。

〔四〕华发,《后汉书·边让传》章怀注:"白首也。"终年,终其天年。

〔五〕怀妊即怀孕。

〔六〕前哀,《铨评》:"哀程作爱。从《艺文》三十四。"阕,《广雅·释诂四》:"讫也。"前哀未阕,谓金瓠之死哀犹未尽也。

〔七〕新殃,谓行女之殇。

〔八〕方,比如。朝华,木槿,晨开夕谢。晚敷,谓日暮始开。花刚开即谢,比喻生命极短促。

〔九〕比,《铨评》:"程作北,从《艺文》。"案宋刊本《曹子建文集》亦作比。比,如像之意。晨露,《铨评》:"晨,程、张作辰,从《艺文》。"案严可均《全三国文》亦作晨,作晨字是。晞,干也。

〔一〇〕怅情,《铨评》:"《艺文》作情忽。"案严可均《全三国文》亦作情忽。《文选·高唐赋》李注:"忽忽,迷貌。"度,今曰常态。

〔一一〕盖高,《诗经·正月篇》:"惟天盖高。"盖,语中助词。无阶,无阶梯。

据《魏志·武帝纪》:"建安二十三年秋七月,治兵,遂西征刘备。"哀辞遗句"家王征蜀汉",则此文之作,或在二十四年首夏后也。

节游赋

览宫宇之显丽〔一〕，实大人之攸居〔二〕。建三台于前处〔三〕，飘飞陛以凌虚〔四〕。连云阁以远径〔五〕，营观榭于城隅〔六〕。亢高轩以回眺〔七〕，缘云霓而结疏〔八〕。仰西岳之崧岑〔九〕，临漳滏之清渠〔一〇〕。观靡靡而无终〔一一〕，何眇眇而难殊〔一二〕。亮灵后之所处〔一三〕，非吾人之所庐〔一四〕。于是仲春之月，百卉丛生，姕姕蔼蔼〔一五〕，翠叶朱茎。竹林青葱〔一六〕，珍果含荣〔一七〕。凯风发而时鸟欢〔一八〕，微波动而水虫鸣〔一九〕。感气运之和（顺）〔润〕〔二〇〕，乐时泽之有成〔二一〕。遂乃浮素盖〔二二〕，御骅骝〔二三〕；命友生〔二四〕，携同俦，诵风人之所叹，遂驾言而出游〔二五〕。步北园而驰骛〔二六〕，庶翱翔以（解）〔写〕忧〔二七〕。望洪池之滉瀁〔二八〕，遂降集乎轻舟。（浮沉）〔沉浮〕蚁于金罍〔二九〕，行觞爵于好仇〔三〇〕。丝竹发而响厉〔三一〕，悲风激于中流〔三二〕。且容与以尽观〔三三〕，聊永日而忘愁〔三四〕。嗟羲和之奋（迅）〔策〕〔三五〕，怨曜灵之无光〔三六〕。念人生之不永〔三七〕，若春日之微霜〔三八〕。谅遗名之可纪〔三九〕，信天命之无常〔四〇〕。愈志荡以淫游〔四一〕，非经国之大纲〔四二〕。罢曲宴而旋服〔四三〕，遂言归乎旧房〔四四〕。

〔一〕宫宇，指邺宫。显丽，明敞华丽。

〔二〕大人，《孟子·离娄章》赵注："谓君国。"指曹操。攸居，犹言所居。

〔三〕三台，谓铜爵、金虎、冰井台。《魏志·武帝纪》："建安十五年冬作铜爵台，十八年九月作金虎台。"冰井台建于何时，史阙载。前处,谓在文昌殿前。

〔四〕飘,通作漂。《文选·鲁灵光殿赋》:"漂峣峣而枝柱。"李注:
"漂,轻也。"飞陛即《游观赋》之飞除,说见彼注。凌虚,乘空
之意。

〔五〕云阁疑即左思《魏都赋》之牟首。张注:"牟首,阁道有室者
也。"云,形容上与云齐,言其高,故曰云阁。远径,即《魏都赋》
之长途。亦即班固《西都赋》之修除。朱珔《文选集释》:"《上
林赋》:步阁周流,长途中宿。李注引郭璞说:中途,阁间陛道。
刘渊林《魏都赋》注:三台与法殿皆阁道相通。"与此赋意正可
互证。

〔六〕观榭,《楚辞·大招》王注:"观犹楼也。"《淮南·时则训》高注:
"台有屋曰榭。"城隅,见《赠丁翼》诗注。

〔七〕亢,《广雅·释诂三》:"当也。"高轩,《铨评》:"《艺文》二十八作
轩,程作轻。"案丁校改作轩字是。轩,有窗长廊。回,《铨评》:
"《艺文》作迴。"眺,《铨评》:"程、张作跳,此从《艺文》。"迴,远
也。远眺即远望。

〔八〕结,《文选·陶渊明·杂诗》李注:"结犹构也。"疏,《史记·礼
书》《索隐》:"疏谓窗也。"

〔九〕西岳,《魏志·武帝纪》:"若循西山来者。"赵一清《三国志补
注》:"按西山当谓太行也。"此西岳即西山。崧,《铨评》:"张作
松。"案作松字误。崧岑,《尔雅·释山》:"山大而高,崧;山小
而高,岑。"此谓太行山诸峰峦。

〔一〇〕临,从上向下曰临。漳,河南水名。滏,《铨评》:"程、张作淦,
《艺文》作滏。"案作滏是。《续汉书·郡国志》:"邺有滏水。"顾
祖禹《方舆纪要》:"滏在临漳县西四十五里。永乐中,漳水自

张固村决入滏水。成化中,漳水复挟而东南出,滏水之旧流几绝。"清渠,《魏志·武帝纪》:"建安十八年九月,凿渠引漳水入白沟以通河。"《魏都赋》张注:"魏武帝时,堰漳水,在邺西十里,名曰漳渠堰。东入邺城,经宫中东出,南北二沟夹道,东行出城,所经石窦者也"。

〔一一〕靡靡,《文选·长门赋》:"观夫靡靡而无穷。"李注引郭璞《方言注》:"靡靡,细好也。"

〔一二〕眇眇,《广雅·释训》:"远也。"

〔一三〕灵后,《铨评》:"程作虚厚,从《艺文》。"案作灵后是。班固《西京赋》:"实列仙之攸馆,非吾人之所宁。"植句昉此。

〔一四〕庐,《文选·西京赋》薛注:"居也。"

〔一五〕萋萋,《诗经·葛覃篇》毛传:"茂盛貌。"蔼蔼,《文选·补亡诗》:"其林蔼蔼。"李注:"茂盛貌。"盖草盛曰萋萋,而木茂谓之蔼蔼也。

〔一六〕青葱,碧绿色。

〔一七〕含荣,谓含苞待放。

〔一八〕欢,《尚书·无逸篇》:"言乃欢。"郑注:"欢,喜悦也。"此谓鸟雀欢乐鸣噪声。

〔一九〕微波动,冰已渐融,水缓缓流动。

〔二〇〕气运,谓"五行之气应天之运而主化者也。"见《素问》王冰注。和顺,《铨评》:"《艺文》顺作润。"案宋刊本《曹子建文集》亦作润。作润字是。和润,温暖润湿。

〔二一〕时泽,犹时雨。有成,谓丰收。《淮南·原道训》:"春风至则甘雨降,生育万物。"此二句意盖象征曹操政治修明,时和岁丰,寓赞颂之意。

〔二二〕浮，《礼记·坊记》郑注："在上曰浮。"

〔二三〕骅骝，骏马名。

〔二四〕友生，《诗经·伐木篇》："求其友生。"友生，朋友。《伐木》序："燕朋友故旧也。"

〔二五〕诵，《国语·晋语》韦注："不歌曰诵。"风人所叹，指《诗经·竹竿篇》。诗曰："驾言出游，以写我忧。"言，语中助辞。

〔二六〕《离骚》："步余马于兰皋兮。"王注："步，徐行也。"北园，盖指玄武苑。见《赠王粲》诗注。

〔二七〕翱翔，《诗经·羔裘篇》郑注："犹逍遥也。"即纵情游观之意。解忧，《铨评》："《艺文》解作写。"案宋刊本《曹子建文集》亦作写。作写字是。写忧，见《诗经·竹竿》及《泉水篇》。《尔雅》郭注："写，有忧者思散写也。"《广雅·释诂三》："写，除也。"

〔二八〕洪池，指玄武池。滉漾，《铨评》："漾，《艺文》作漾。"案滉漾、滉漾俱叠韵谦语，形容广阔无涯之状。

〔二九〕浮沉，《铨评》："《艺文》作沉浮。"案宋刊本《曹子建文集》与《艺文》同，应据乙。张衡《南都赋》："醪敷径寸，浮蚁若萍。"浮蚁，谓酒酿熟后，米糟上浮如蚁聚也，故以浮蚁为酒之代词。金罍，《诗经·卷耳篇》："我姑酌彼金罍。"罍，酒鐏也。《卷耳篇》《释文》引韩诗："罍，天子以玉饰，诸侯大夫皆以黄金饰，士以梓。"

〔三〇〕行，巡行。觞、爵，皆酒杯名，古人饮燕，以一杯酌酒传递次第取饮。好仇，《铨评》："程作求，从《艺文》。"案《诗经·兔罝篇》："公侯好仇。"好仇，谓朋友，与毛传作妃偶异义，疑曹植此义本《韩诗》。

〔三一〕丝竹，指琴、瑟、笙、笛、筑、筝、琵琶七种乐器。即汉魏流行相和歌之乐队。《宋书·乐志》："相和,汉旧歌也,丝竹更相和,执节者歌。歌本一部,魏明帝分为二。"响厉,《铨评》:"响,张作向。"案张本误,《洛神赋》李注:"厉,急也。"响厉,即《元会诗》之厉响。谓高亢激越之声。

〔三二〕《汉书·杨雄传》颜注:"激,发也。"

〔三三〕容与,优游舒缓之貌。

〔三四〕永日,《诗经·山有枢篇》:"且以永日。"毛传:"永,引也。"案犹今语消磨时间之意。

〔三五〕羲和,《离骚》王注:"羲和,日御也。"奋迅,《铨评》:"《艺文》迅作策。"案作策是。奋策即扬鞭。

〔三六〕曜灵,日也。曜灵无光,谓黄昏日没之时。

〔三七〕人生指寿命。永,长久。

〔三八〕春日微霜言易干,喻寿命之短促。

〔三九〕谅,揣度之词。遗名,留名。可纪言可称述。

〔四〇〕天命无常,《文选》班叔皮《北征赋》:"非天命之靡常。"李注:"言人吉凶乃时会之变化,岂天命之无常乎!"植句反是而言之。案《论语·雍也》皇疏:"命者禀天所得以生,如受天教命也。"是天命盖指寿命。寿夭难测,故曰无常。

〔四一〕志荡,志,感情;荡,放纵。《古诗》:"荡涤放情志。"即此意。淫游,《尚书·无逸篇》孔传:"淫者浸浸不止。"淫游,纵情游乐。

〔四二〕经国,治理国家。

〔四三〕罢,停止。曲宴,见《赠丁廙》诗注。旋服,旋,反也;服,语尾助词。

〔四四〕言归,《诗经·黄鸟篇》:"言旋言归。"言,语中助词。乎,于也。

考《艺文类聚》卷二十八引杨修《节游赋》,未见王粲、徐幹之作，疑此赋作于诸人逝世之后。就赋中内容考查，正如谢灵运《拟魏太子邺中集诗序》所述："公子不及世事，但美遨游，然颇有忧生之嗟。"此赋流露着人生不永之悲感，若以《娱宾赋》或《公宴诗》所表达的情绪作比较，很显然此赋具有不同的思想内容。可以说：欢乐之意少而伤感之情多。这或许由于死丧之哀所引发，一如曹丕与《大理王朗书》中之所叙。故疑此赋或创制于建安二十二年大疫之后。

辨道论[一]

夫神仙之书、道家之言，乃云：傅说上为辰尾宿[二]；岁星降下为东方朔[三]；淮南王安诛于淮南，而谓之获道轻举[四]；钩弋死于云阳，而谓之尸逝柩空[五]。其为虚妄甚矣哉[六]！中兴笃论之士有桓君山者[七]，其所著述多善。刘子骏尝问[八]："（言人）〔人言〕诚能抑嗜欲[九]，阖耳目[一〇]，可不衰竭乎[一一]？"时庭中有一老榆[一二]，君山指而谓曰："此树无情欲可忍，无耳目可阖，然犹枯槁腐朽。而子骏乃言可不衰竭，非谈也。"君山援榆喻之，未是也。何者[一三]？……"余前为王莽典乐大夫[一四]。《乐记》云[一五]：文帝得魏文侯乐人窦公，年百八十，两目盲。帝奇而问之，何所施行[一六]？对曰：臣年十三而失明，父母哀其不及事[一七]，教臣鼓琴。臣不能导引[一八]，不知寿得何力！"君山论之曰："颇得少盲[一九]，专一内视[二〇]，（情）〔精〕不外鉴之助也[二一]。"先难子骏以内视无益[二二]；退论窦公，便以不外鉴证之[二三]，吾未见其定论也[二四]。君山又曰："方（山）〔士〕有董仲君者[二五]，有罪系狱[二六]，佯死，数日，目陷虫出[二七]，死而复生，然后竟死。"生之必死，君子所达〔二八〕，夫何喻乎〔二九〕！夫至神不过天地，不能使蛰虫夏潜〔三〇〕，震雷冬发，时变则物动〔三一〕，气移而事应〔三二〕。彼仲君者，乃能藏其气〔三三〕，尸其体〔三四〕，烂其肤，出其虫，无乃大怪乎〔三五〕！世有方士，吾王悉所招致〔三六〕，甘陵有甘始，庐江有左慈〔三七〕，阳城有郗俭。始能行气导引，慈晓房中之术〔三八〕，俭善辟谷，悉号数百岁〔人〕〔三九〕。本所以集之于魏国者〔四〇〕，诚恐（此）〔斯〕人之徒〔四一〕，接奸诡以欺众〔四二〕，行妖（恶）〔慝〕以惑民〔四三〕，故聚而禁之也〔四四〕。岂复欲观神仙于瀛洲〔四五〕，求安期于边海〔四六〕，释金辂而顾云舆〔四七〕，弃（文）〔六〕骥而（求）〔羡〕飞龙哉〔四八〕！自家王与太子及余兄弟，咸以为调笑，不信之矣〔四九〕。然始等知上遇之有恒，奉不过于员吏〔五〇〕，赏不加于无功，海岛难得而游，六黻难得而佩〔五一〕，终不敢进虚诞之言〔五二〕，出非常之语。余尝试郗俭，绝谷百日〔五三〕，躬与之寝处，行步起居自若也〔五四〕。夫人不食七日则死，而俭乃如是〔五五〕。然不必益寿，可以疗疾，而不惮饥馑焉〔五六〕！左慈善修房（内）〔中〕之术〔五七〕，差可终命〔五八〕。然自非有志至精〔五九〕，莫能行也。甘始者，老而有少容〔六〇〕，自诸术士咸共归之〔六一〕。然始辞繁寡实，颇有怪言〔六二〕。余尝辟左右〔六三〕，独与之谈，问其所行；温颜以诱之〔六四〕，美辞以导之〔六五〕。始语余："吾本师姓韩，字世雄。尝与师于南海作金，前后数四〔六六〕，投数万斤金于海。"又言："诸梁时，西域胡来献香罽腰带、割玉刀〔六七〕，时悔不取也。"又言："车师之西国〔六八〕，儿生，擘背出脾〔六九〕，欲其食少而努行也〔七〇〕。"又言："取鲤鱼五寸一双，（合）〔令〕其一（煮）〔含〕药〔七一〕，俱投沸膏中。有药者奋尾鼓（鳃）〔鳍〕〔七二〕，游行沉浮，有若处渊。其一者已熟而可啖。”余时问言：“率可试不？”言：“是药去此逾万里，当出塞〔七三〕，始不自行，不能得也〔七四〕。”言不尽于此，颇难悉载，故粗举其巨怪者。始若遭秦始皇、汉武帝，则复为徐市、栾大之徒也〔七五〕！桀纣殊世而齐恶，奸人异代而等伪〔七六〕，乃如此邪！又世虚然有仙人之说〔七七〕。仙人者，党猱猿之属与〔七八〕？世人得道化为仙人乎？夫雉入海为蜃〔七九〕，燕入海为蛤〔八〇〕；当夫徘徊其翼，差池其羽〔八一〕，犹自识也〔八二〕。忽然自投〔八三〕，神化体变〔八四〕，乃更与鼋鳖为群，岂复自识翔林薄、巢垣屋之娱乎〔八五〕！牛哀病而为虎〔八六〕，逢其兄而噬之。若此者，何贵于变化邪〔八七〕！夫帝者，位殊万国〔八八〕，富有天下，威尊彰明，齐光日月，宫殿阙庭，（焜）〔等〕耀紫（薇）〔微〕〔八九〕，何顾乎王母之宫、昆仑之域哉〔九〇〕！夫三（乌）〔鸟〕被（致）〔役〕〔九一〕，不如百官之美也。素女（嫦）〔姮〕娥，不若椒房之丽也〔九二〕。云衣羽裳，不若黼黻之饰也〔九三〕。驾螭载霓，不若乘舆之盛也〔九四〕。琼蕊玉华〔九五〕，不若玉圭之洁也。而顾为匹夫所罔〔九六〕，纳虚妄之辞，信眩惑之说〔九七〕，隆礼以招弗臣〔九八〕，倾产以供虚求〔九九〕，散王爵以荣之〔一〇〇〕，清闲馆以居之〔一〇一〕，经年累稔〔一〇二〕，终无一验〔一〇三〕，或殁于沙丘〔一〇四〕，或崩于五柞〔一〇五〕，临时复诛其身〔一〇六〕，灭其族，纷然足为天下（一）笑矣〔一〇七〕！若夫玄黄所以娱目〔一〇八〕，铿锵所以（耸）〔乐〕耳〔一〇九〕，媛妃所以绍先〔一一〇〕，刍豢所以悦口也〔一一一〕。何（以）〔必〕甘无味之味，听无声之乐，观无采之色（也）〔乎〕〔一一二〕？然寿命长短，骨体强劣，各有人焉。善养者终之，劳扰者半之〔一一三〕，虚用者夭之〔一一四〕，其斯之谓欤〔一一五〕！

〔 一 〕《铨评》："此论张载二篇：一与程本略同，而稍增多；一另据《广弘明集》，然与前篇大同小异。《续苑》九所引《辨道论》，系据《辨正论》，并荟萃群书，订补为一篇，其裁鉴极精审。今从其次第录之，删张本之复文，仍分注异同脱误于各文中。"

〔 二 〕傅说上为辰尾宿，《庄子·大宗师篇》："傅说得之，以相武丁，奄有天下，乘东维，骑箕尾，而比于列星。"成疏："傅说，星精也。而傅说一星在箕尾上。"案尾星九星其一名傅说。

〔 三 〕岁星降下，《铨评》："张脱下，从《续苑》九。"东方朔，汉武帝刘彻时人，字曼倩。应劭《风俗通·正失篇》："俗言东方朔太白星精。"夏侯湛《东方朔画象赞》："谈者以先生嘘吸冲和，吐故纳新，蝉蜕龙变，弃俗登仙。"

〔 四 〕《汉书·武帝纪》："元狩元年，安反诛。"《风俗通·正失篇》："安亲伏白刃，何能神仙？安所养士或颇漏出，耻其如此，因饰诈说，后人吠声，遂传行耳。"而《神仙传》则云："雷被诬告安谋反，人谓八公曰：安可以去矣！遂偕八公入山，即日飞升矣。"此道家之言也。

〔 五 〕钩弋，《铨评》："弋张作戈，从《续苑》。"案作弋字是。《汉书·外戚传》："钩弋婕妤从幸甘泉，有过见谴，以忧死，因葬云阳。"而《神仙传》则云："钩弋夫人生昭帝，武帝赐之死。殡时尸不臭，数月散发香气。昭帝立，改葬之，棺空，惟衣履存。"

〔 六 〕虚妄，谓谬误。

〔 七 〕中兴，指光武即位时。桓君山，桓谭字君山，王莽时为典乐大夫。光武即位为给事中，是当时排斥谶纬之著名学者。著《新论》二十九篇（详《后汉书·桓谭传》）。

〔 八 〕刘子骏，刘歆字子骏，向少子也。少通诗书，能属文，为黄门郎，至中垒校尉。王莽时为羲和、京兆尹（详《汉书》本传）。

〔九〕言人，《铨评》："张作人言，从《续苑》。"案《广弘明集》与张本同。疑作人言是。如今语有人说之意，《续苑》作言人，或非。抑，《史记·河渠书》《索隐》："犹遏也。"今曰压制。

〔一〇〕阖，闭也。

〔一一〕衰竭，衰弱与死亡。

〔一二〕庭中，《铨评》："《续苑》中作下。"

〔一三〕何者，《铨评》："《续苑》注云：此处有脱文。"

〔一四〕《御览》七百四十引《新论》无前为王莽四字。

〔一五〕《乐记》，案《御览》卷三百八十三，又卷七百四十引《新论》作《乐家书记》，疑此有脱字。

〔一六〕《广雅·释训》："施，施行也。"案《御览》九百五十六引《新论》："问其何服食至此？"

〔一七〕不及，犹言不能。事，案《御览》卷三百八十三、又卷七百四十引事上有众技二字。

〔一八〕不，《铨评》："张作又，从《续苑》。"案《御览》卷七百四十引亦作不。导引，《素问·异法方宜篇》注："谓摇筋骨，动支节也。"《淮南·精神训》："若吹呴呼吸，吐故内新，熊经鸟伸，凫浴蝯躩，鸱视虎顾，是养形之人也。"

〔一九〕《御览》卷七百四十引《新论》"余以为窦公少盲"。

〔二〇〕内视，《文选·射雉赋》李注："内，心也。"谓不用目视也。

〔二一〕情，《铨评》："《续苑》作精。"案作精字是。《文选·神女赋》李注："精，神也。"《吕览·适音篇》高注："鉴，察也。"

〔二二〕难，诘难之意。

〔二三〕外，《铨评》："张脱外，《续苑》有。"此承上文而言，丁校补是。

〔二四〕定,正也。

〔二五〕方山,《铨评》:"山,《续苑》作士。"案《广弘明集》山亦作士。作士字是。方士,《后汉书·桓谭传》章怀注:"有方术之士也。"董仲君,桓谭《新论》:"近哀、平间,睢陵有董仲君好方道。尝犯事,坐重罪系狱。佯病死,数日目陷虫出。吏捐弃之,既而复活。"《登真隐诀》:"董仲君,淮阳人也。少时服气炼形,年百余岁不老。常见诬系狱,尸解仙去。"(《御览》卷六百六十一引)

〔二六〕有罪,《铨评》:"张脱此二字,据《续苑》补。"

〔二七〕目陷,眼珠下陷。虫出,《荀子·劝学篇》:"肉腐出虫。"

〔二八〕达,通达也。

〔二九〕喻,犹今语说明之意。

〔三〇〕夏潜,《铨评》:"潜,《续苑》作逝。"案《广弘明集》仍作潜。《左》昭二十九年传杜注:"潜,藏也。"作潜是。

〔三一〕时变,季节变易。物动,谓蛰虫出动。

〔三二〕气移,谓气候转化。则自然现象必与之相适应。如夏有雷电,而冬则罕见之谓。

〔三三〕藏,戢也。收敛之意。

〔三四〕尸,《白虎通·崩薨》:"尸之为言陈也。失气亡神,形体独陈。"

〔三五〕《铨评》:"自篇首至此,程脱。"

〔三六〕吾王谓曹操。

〔三七〕庐,《铨评》:"程作卢。《魏志·华陀传》注作庐。"案《广弘明集》正作庐。作庐字是。庐江,汉郡名,今安徽潜山县。

〔三八〕《神仙传》:"甘始,太康人。善行气不食,服天门冬。治病不用针艾。在人间三百岁,乃入王屋山。"房中之术,《汉书·艺文志·方技略》载房中术八家。

〔三九〕俭,《铨评》:“以上十三字,程脱,依《志注》补。”悉号数,《铨评》:“《志注》数作三。”案《广弘明集》亦作三。岁下《博物志》引有人字,应据增。

〔四〇〕本,《铨评》:“程脱本,《志注》作卒,从张本。”案《广弘明集》亦作本。于,《铨评》:“程脱于,依《志注》补。”案《广弘明集》有于字。

〔四一〕此,《铨评》:“《志注》作斯。”案《广弘明集》亦作斯。此、斯义同,然作斯为是。斯人之徒见于《论语》可证。

〔四二〕接,《广雅·释诂二》:“合也。”奸诡,《铨评》:“《志注》诡作宄。”案《广弘明集》亦作诡。奸诡或作奸宄,诡亦作轨。《左》成十七年传:“臣闻乱在外为奸,在内为轨,御奸以德,御轨以刑。”

〔四三〕妖恶,《铨评》:“恶张作慝,《志注》作隐。”案《广弘明集》恶作慝。《三国志》武英殿本作慝,汲古阁本作隐,《艺文》卷七十八作恶。疑作慝字是。慝,言隐匿其情以饰非也。民,《铨评》:“张作人。”案作民字是。盖唐人避太宗讳改。

〔四四〕《铨评》:“此句程脱,张脱也,依《续苑》补。”

〔四五〕神仙,《铨评》:“《艺文》七十八作山。”瀛洲,《史记·秦始皇本纪》:“齐人徐市等上书言:海中有三神山,名曰蓬莱、方丈、瀛洲,仙人居之。”

〔四六〕安期,《神仙传》:“安期生,琅邪阜乡人也。卖药东海边,时人皆呼千岁翁。秦始皇时,东游,请见。与语三日夜,赐金璧数千万,出置阜乡亭而去。留书并赤玉舄一两为报。曰:后数年,求我于蓬莱山。”边海,《铨评》:“《志注》作海岛。”

〔四七〕释,舍弃之意。顾,《铨评》:“《志注》作履。”案顾犹念也。云舆，神仙所乘之车。

〔四八〕文骥，《铨评》：“《志注》作六骥。”案文字误，作六字是。张衡
　　　　《西京赋》：“天子乃驾雕轸，六骏驳。”薛注：“天子驾六马。”求，
　　　　《铨评》：“《志注》作羡，《艺文》作羡。”案《三国志》汲古阁本作
　　　　羡，《册府》卷八百七十六引亦作羡，武英殿本则作羡。疑作羡
　　　　字是。《广雅·释诂一》：“羡，欲也。”《文选·思玄赋》旧注：
　　　　“羡，慕也。”

〔四九〕家王，谓曹操。太子，谓曹丕。建安二十二年冬十月，以五官
　　　　中郎将丕为魏太子。曹丕《典论》论郤俭等事：“刘向惑于《鸿
　　　　宝》之说，君游眩于子政之言，古今愚谬，岂唯一人哉。”

〔五〇〕员吏，曹丕《典论》论郤俭等事：“颍川郤俭能辟谷、饵伏苓。甘
　　　　陵甘始亦善行气，老有少容。庐江左慈知补导之术，并为
　　　　军吏。”

〔五一〕绂，系印带。此谓栾大于汉武帝时，曾佩五将军与一侯印，故
　　　　曰六绂。

〔五二〕虚诞，荒唐悠谬之意。

〔五三〕余尝试郤俭，《博物志》：“东阿王尝录甘始同寝处，百日不食，
　　　　而容体自若。”（《御览》卷七百六十六引）此作甘始，或传闻
　　　　之失。

〔五四〕躬，亲也。自若，即自如。

〔五五〕乃，竟字之意。

〔五六〕饥馑，《尔雅·释天》：“谷不熟为饥，蔬不熟为馑。”

〔五七〕房内之术，内疑字当作中，说见前注。

〔五八〕差，《博物志》作善。终命，谓终其天年。

〔五九〕《抱朴子·释滞篇》：“房中之法十余家：或以补救伤损，或以攻

治众病,或以采阴益阳,或以增年延寿。其大要在于还精补脑之一事耳。此法乃真人口口相传,本不书也。虽服名药,而复不知此要,亦不得长生也。……若不得口诀之术,万无一人为之,而不以此自伤煞者也。"

〔六〇〕少容,犹今语曰童颜。

〔六一〕诸,《广弘明集》作余。

〔六二〕颇下《广弘明集》有窃字。

〔六三〕辟,《小尔雅·广言》:"除也。"

〔六四〕温颜,和颜悦色。诱,《尔雅·释诂》:"进也。"

〔六五〕美,好也。导,《论语·为政篇》皇疏:"诱引也。"

〔六六〕数四,犹言几次。

〔六七〕西域,《铨评》:"域张作城,从《书钞》一百二十九。"案《三国志》裴注引正作域,作域是。汉魏西域在今新疆地区。香罽,具有香气之毛织物。割玉刀即昆吾刀,能剖玉。

〔六八〕车师,在今新疆土鲁番。后庭在乌鲁木齐东、阜康县之南。

〔六九〕擘,《后汉书·方术传》章怀注:"擘作劈。"案擘借为劈。《说文》:"劈,破也。"脾,脾脏。《释名·释形体》:"脾,裨也,在胃下,裨助胃气,主化谷也。"

〔七〇〕努,《铨评》:"《续苑》作怒,《志注》作弩。"《广雅·释诂三》:"怒,勉也。"

〔七一〕合,《铨评》:"《续苑》作含,《御览》九百三十六作令。"案作令字是。《志注》引正作令。其一,《铨评》:"《御览》作一者。"煮,《铨评》:"《续苑》作以,《御览》作含。"案作含字是。《释疑论》"令甘以药含生鱼",作含字可证。

〔七二〕奋,《广雅·释诂一》:"动也。"鳃,《铨评》:"《御览》鳃作鳍。"案

《上林赋》："捷鳍掉尾。"郭璞曰："捷，举也。"是举鳍与鼓鳍意
　　同，疑作鳍字是。

〔七三〕出塞，塞谓长城。

〔七四〕始不，《铨评》："不，《御览》作非。"

〔七五〕徐市即徐福。《史记·始皇本纪》："请得斋戒，与童男女求之。
　　于是遣徐市发童男女数千人，入海求仙人。"栾大，《史记·孝
　　武纪》："乐成侯上书言栾大。栾大，胶东宫人，故尝与文成将
　　军同师……大言曰：臣尝往来海中，见安期、羡门之属，顾以为
　　臣贱，不信臣……臣之师曰：黄金可成，而河决可塞，不死之药
　　可得，仙人可致也。……上方忧河决，而黄金不就，乃拜大为
　　五利将军。居月余，得四金印，佩天士将军、地士将军、大通将
　　军、天道将军印。……以二千户封地士将军大为乐通侯。赐
　　列侯甲第，僮千人。乘舆斥车马帷帐器物以充其家……而五
　　利将军使，不敢入海，之泰山祠。上使人微随验，实无所见，五
　　利妄言见其师，其方尽，多不雠。上乃诛五利。"

〔七六〕奸人，指徐市、栾大。异代，谓秦汉二代。

〔七七〕虚然，《广雅·释诂三》："虚，空也。"

〔七八〕党同傥，《史记·伯夷传》注："傥，未然之辞也。"猱，《诗经·角
　　弓篇》毛传："猿属。"与即软字。

〔七九〕蜃，《铨评》："《续苑》作蛤。"案《易进卦验》："小雪，雉入水为
　　蜃。"《淮南·时则训》："雉入大水为蜃。"作蜃字是。

〔八〇〕蛤，《铨评》："《续苑》作蜃。"案《易进卦验》："立冬，燕雀入水为
　　蛤。"《礼记·月令篇》："宾爵入大水为蛤。"作蛤字是。

〔八一〕《诗经·燕燕篇》："燕燕于飞，差池其羽。"《左》襄廿一年杜注：
　　"差池，不齐一。"《燕燕篇》《正义》："差池，往飞之貌。"

〔八二〕自识,《说文》:"识,知也。"

〔八三〕自投,《吕览·离俗》高注:"投犹沉也。"

〔八四〕意谓精神形体俱发生变化。

〔八五〕翔林薄谓雉,巢垣屋谓燕。娱乎,《铨评》:"自家王与太子句至此,程脱。"

〔八六〕牛哀,《淮南·俶真训》:"公牛哀转病也,七日化为虎,其兄掩而入觇之,则虎搏而食之。"高注:"公牛氏韩人。"《文选·思玄赋》旧注则以为鲁人。

〔八七〕《铨评》:"以上二十一字,程张脱,依《续苑》所引《辨正论》陈子良注补。"

〔八八〕万国谓诸侯。

〔八九〕焜耀,《铨评》:"焜《艺文》作等。"案作等字是。等耀与上句齐光语正相俪。紫薇,《铨评》:"《艺文》作微。"案作微字是。《后汉书·张衡传》章怀注:"紫宫、太微并星名也。"《淮南·天文训》:"紫宫者,太一之居也。"是紫微谓天帝所居之宫。

〔九〇〕王母宫在昆仑山。《五岳名山图》:"昆仑三角:其一角正北,名曰阆风巅;其一角正西,名曰玄圃台;其一角正东,名曰昆仑宫。上有玉楼十二,景云映日,朱霞流光,西王母之治所。"顾,犹念也。

〔九一〕三乌,《铨评》:"《续苑》乌作鸟。"案作鸟字是。被致,《铨评》:"《艺文》作备投。"案宋刊本《曹子建文集》致作役。作役字是,投盖役字之形误。《汉武故事》:"七月七日,忽有青鸟飞来,集于殿前。东方朔曰:西王母将至。未几,王母至,三青鸟侍立于王母之侧。"

〔九二〕嫦娥,《铨评》:"嫦《艺文》作姮。"案宋刊本《曹子建文集》与《艺文》同。《淮南·览冥训》高注:"姮娥,羿妻。羿请不死之药于西王母,未及服也。姮娥盗食之,得仙,奔入月中为月精。"是子建原作姮娥,后人改作嫦娥也。椒房,后妃所居,故假以为后妃之代词。

〔九三〕羽裳,《铨评》:"《续苑》作雨。"案雨字疑误。考《太上飞行羽经》:"衣玄羽飞裳。"又云:"衣青羽飞裳。"可证雨字之讹。羽之作雨,盖由云衣,而云雨连文因致误也。黼黻,《汉书·郊祀志》颜注:"冕服也。"谓天子之服。

〔九四〕驾,《铨评》:"程作鸾,从《艺文》。"案作驾字是。螭,《吕览·举难》高注:"龙之别也。"谓以龙驾车。载霓谓以霓为旌旗也。霓即虹。乘舆,天子之车。《西都赋》李注:"蔡雍《独断》曰:天子至尊,不敢媟渎言之,故托于乘舆也。"

〔九五〕琼蕊即玉华。

〔九六〕顾,《国策·秦策》高注:"反也。"罔,《汉书·郊祀志》颜注:"罔犹蔽也。"犹今言蒙蔽。

〔九七〕眩惑,《铨评》:"惑程作感,从《艺文》。"案《广弘明集》、宋刊本《曹子建文集》俱作惑。眩惑,犹迷瞀也。眩惑复义辞。

〔九八〕隆礼,《礼记·经解》郑注:"谓盛行礼也。"招,召也。弗臣,《史记·孝武纪》:"于是天子又刻玉印曰:天道将军。使使衣羽衣,夜立白茅上。五利将军亦衣羽衣,立白茅上受印,以示弗臣也。"

〔九九〕虚求,空求。言所求不得也。

〔一○○〕散,《公羊》庄十二年传何注:"放也。"王爵,《铨评》:"王程作玉,从《艺文》。"案《广弘明集》、宋刊本《曹子建文集》俱作王,作王是。王爵,如栾大封乐通侯。盖爵位天子所主,故曰王爵。

〔一○一〕清,《文选·东京赋》薛注:"洁也。"闲馆,闲,《文选·魏都赋》

注引《韩诗章句》："大也。"即《史记·孝武纪》之列侯甲第。

〔一〇二〕经年，犹历年。稔，《广雅·释诂一》："年也。"

〔一〇三〕验，《铨评》："张作效。"案《广弘明集》亦作效。效、验意同。

〔一〇四〕沙丘，秦始皇死于沙丘平台。在今河北省平乡县。

〔一〇五〕五柞，宫名，武帝崩于五柞宫。因有五柞树，故以名宫。在今陕西盩厔县。

〔一〇六〕临时，《铨评》："以上十二字程脱，依《续苑》所引《辨正论》补。"

〔一〇七〕一笑，《铨评》："张脱一。"案《艺文》七十八、《广弘明集》、宋刊本《曹子建文集》俱无一字，丁补一非是，应据删。

〔一〇八〕玄黄指衣冠颜色。

〔一〇九〕铿锵谓音乐。耸，《铨评》："《艺文》作乐。"案宋刊本《曹子建文集》同。耸字于此无义，当据《艺文》及宋本《曹集》改正。

〔一一〇〕绍先，《铨评》："先程作光。"案光是先字之形误。《文选》司马迁《报任少卿书》李注："先，祖也。"绍先谓后妃生子嗣续祖先也。

〔一一一〕刍豢，《孟子·告子篇》："犹刍豢之悦我口。"赵注："草食曰刍，谷食曰豢。"即牛羊犬豕也。

〔一一二〕何以，《铨评》："以《艺文》作必。也《艺文》作乎。"案当据《艺文》正。此三句谓学神仙之术，必须竭力抑制物质享受，屏绝滋味声色，以求长生不老。子建于此，意存非难，且致讥评，故以诘问语意发之。

〔一一三〕善养者，谓善于摄生之人，自能终其天年。过于劳累，其寿命仅及善养者之半。

〔一一四〕虚用者，谓浪费精力而不知节制，其惟夭折而已。此意与司马迁《论六家要旨》"神太用则竭"诸句同，或子建之所本。

〔一一五〕谓钦，《铨评》："钦《续苑》作矣。自然寿命长短至此，程脱。"案

《广弘明集》仍作欤。

曹操招集方术之士，其意图在《魏志·武帝纪》裴注引张华《博物志》和《全三国文》所录《与皇甫隆书》，叙述非常清楚。但这一措施，所谓上有好者，下必甚焉，却鼓动群众对方士虔诚的崇奉（曹丕《典论》论郤俭等事）。曹操在镇压黄巾农民起义之后，深惧由此导致不测事变之发生，而有所戒惧。为了巩固曹魏政权统治地位，对此不能不作深切的考虑。曹植此论是代表统治阶层的愿望而创作的，所以论中着重申明曹操聚方士于邺下，是具有严肃政治目的性，从而给信仰者提出警告。其次揭露方士之虚伪性，嘲笑秦皇汉武之受骗，为曹操招致方士作了进一步的辩解，借以消除他们在群众中的影响。无可否认，此论在当时是有其一定政治内容的。可是整篇罗陈史实和现象，其阐述仅停留在一般感性认识阶段，不能作出深透的理论性的概括和分析，因之刘彦和在其所著《文心雕龙》里，对此曾给予尖锐的批评。虽然仍可借以了解曹魏统治集团对黄巾的态度与乎警惧心理，也反映了方士在建安时期之社会中所产生的影响。而论中又不一地否定神仙之存在，指出长寿的基本原则，则显示朴素唯物主义的倾向。由于反对方士，在后代释、道二教的斗争中，此论成了佛教攻击道教的有力文献。

柳颂序

予以闲暇，驾言出游[一]，过友人杨德祖之家[二]。视其屋宇寥廓[三]。庭中有一柳树，聊戏刊其枝叶[四]。故著斯文[五]，表之遗翰[六]，遂因辞势，以讥当世之士[七]。

〔一〕《诗经·竹竿篇》:"驾言出游。"言,语中助词。

〔二〕德祖,杨修字。《典略》曰:"太尉彪子也。谦恭才博。建安中,举孝廉,除郎中。丞相请署仓曹属主簿。是时军国多事,修总知外内事,皆称意。自魏太子已下并争与交好。又是时临菑侯植以才捷爱幸,来(秉)意投修。至二十四年秋,公(曹操)以修前后漏泄言教,交关诸侯,乃收杀之。"(《魏志·陈思王植传》裴注引)

〔三〕寥廓,《文选·甘泉赋》李注:"虚静貌。"

〔四〕刊,《广雅·释诂二》:"削也。"枝叶,《铨评》:"此二字程作树,从《艺文》八十九。"

〔五〕斯文,指《柳颂》。

〔六〕遗翰,遗,余也;翰,笔也。

〔七〕当世之士,指具有政治权力而陷害杨修者。

建安末期,王朝内部展开王位继承权的斗争。丁仪兄弟等拥戴曹植,曹丕凭借其取得的政治地位,极意笼络士族,为之羽翼,相互陷害,势同水火。终于令杨修以倚注遇害,丁仪以希意族灭(鱼豢语)。修死后百余日而曹操死,操死于建安二十五年正月,修被杀在二十四年秋末冬初。则此颂序似建安年间作也。姑附于此。

武(帝)〔王〕诔有序〔一〕

於惟我王,承运之衰〔二〕。神武震发〔三〕,群雄(戡)〔殄〕夷〔四〕。拯民于下〔五〕,登帝太微〔六〕。德美旦奭〔七〕,功越彭韦〔八〕。九德光备〔九〕,万国作师〔一〇〕。寝疾不兴〔一一〕,圣体长违〔一二〕。华夏饮泪，黎庶含悲。神翳功显，身沉名飞〔一三〕。敢扬圣德，表之素旗〔一四〕。乃作诔曰：

於穆我王，胄稷胤周〔一五〕。贤圣是绍，元懿允休〔一六〕。先侯佐汉，实惟平阳〔一七〕；功成绩著，德昭二王〔一八〕。民以宁一，兴咏有章〔一九〕。我王承统，天姿(特)〔时〕生〔二〇〕。年在志学〔二一〕，谋过老成〔二二〕。奋臂旧邦〔二三〕，翻身上京〔二四〕。袁与我王〔二五〕，交兵若神〔二六〕。张陈背誓〔二七〕，傲(弟)〔帝〕虐民〔二八〕，拥徒百万〔二九〕，虎视朔滨〔三〇〕。我王赫怒〔三一〕，戎车列陈，武卒虓阚〔三二〕，如雷如震〔三三〕。櫕枪北扫〔三四〕，举不浃辰〔三五〕，绍遂奔北〔三六〕，河朔是宾〔三七〕。振旅京师〔三八〕，帝嘉厥庸〔三九〕，乃位丞相，总摄三公〔四〇〕。(进)〔光〕受上爵〔四一〕，(临君)〔君临〕魏邦〔四二〕。九锡昭备〔四三〕，大路火龙〔四四〕。玄鉴灵察〔四五〕，探幽洞微〔四六〕。下无伪情〔四七〕，奸不容非〔四八〕。敦俭尚古〔四九〕，不玩珠玉〔五〇〕，以身先下，民以纯朴〔五一〕。圣性严毅〔五二〕，平修清一〔五三〕。惟善是嘉，靡疏靡昵〔五四〕。怒过雷电〔五五〕，喜踰春日〔五六〕。万国肃虔〔五七〕，望风震栗〔五八〕。既总庶政〔五九〕，兼览儒林〔六〇〕。躬著雅颂，被之瑟琴〔六一〕。茫茫四海〔六二〕，我王康之〔六三〕。微微汉嗣，我王匡之〔六四〕。群杰扇动〔六五〕，我王服之。喁喁黎庶，我王育之〔六六〕。光有天下，万国作君〔六七〕。虔奉本朝，德美周文〔六八〕。以宽克众〔六九〕，每征必举。四夷宾服，功(夷)〔踰〕圣武〔七〇〕。翼帝(王)〔主〕世〔七一〕，神武鹰扬〔七二〕，左铖右旄〔七三〕，威凌伊吕〔七四〕。年踰耳顺〔七五〕，体(壮)〔愉〕志肃〔七六〕，乾乾庶事〔七七〕，气过方叔〔七八〕。宜并南岳〔七九〕，君国无穷。如何不吊〔八〇〕，祸钟圣躬〔八一〕。弃离臣子,背世长终〔八二〕。兆民号咷〔八三〕,仰愬上穹。既以约终〔八四〕,令节不衰。既即梓宫〔八五〕,躬御缀衣〔八六〕。玺不存身〔八七〕,唯绋是荷〔八八〕。明器无饰〔八九〕,陶素是嘉〔九〇〕。既次西陵〔九一〕,幽闺启路〔九二〕。群臣奉迎,我王安厝〔九三〕。窈窕玄宇〔九四〕,三光不(晰)〔入〕〔九五〕。幽闼一扃〔九六〕,尊灵永蛰〔九七〕。圣上临穴〔九八〕,哀号靡及〔九九〕。群臣陪临〔一〇〇〕,亻立以泣〔一〇一〕。去此昭昭〔一〇二〕,于彼冥冥,永弃兆民,下君百灵〔一〇三〕。千代万叶〔一〇四〕,曷时复形〔一〇五〕。

人事既关,聪镜神理。《铨评》:"《文选》谢灵运《述祖德诗》李注引《武帝诔》。"

〔 一 〕《武帝诔》,案《魏志·武帝纪》:建安二十五年谥曰武王。《文帝纪》:黄初元年十一月,追尊武王为武皇帝。诔作于建安二十五年操葬时,不得称曰武帝,且诔中屡云我王可证,当作《武王诔》为是。今题作《武帝诔》,显系后人追改,非植之原题如是也,应订正。

〔 二 〕於,发语词。承,《铨评》:"张作乘。"承,《国语·晋语》韦注:"奉也。"运,《文选·皇太子释奠会诗》李注:"录运也。"句意谓正当国家命运衰危之时。

〔 三 〕谓曹操起兵征伐四方。神武,指曹操神奇战略。震发,如巨雷之轰击。

〔 四 〕群雄,谓二袁、吕布、刘表等。戡,《铨评》:"《艺文》十三作殄。"案宋刊本《曹子建文集》亦作殄。作殄是。殄夷即绝灭。

〔 五 〕拯,援救。

〔 六 〕帝,指汉献帝刘协。太微,《晋书·天文志》:"太微,天子庭也。"此喻帝位。时刘协自长安逃至洛阳,曹操亲率兵迎都许。《魏志·武帝纪》:"建安元年九月,车驾出轘辕而东,以太祖为大将军,封武平侯。自天子西迁,朝廷日乱,至是宗庙社稷制度始立。"

〔七〕旦奭即周公旦、召公奭。《尚书·君奭篇》序:"召公为保,周公为师,相成王为左右。"

〔八〕彭韦,彭,大彭;韦,豕韦。《国语·郑语》:"大彭、豕韦为商伯矣。"韦注:"大彭,陆终第三子,曰籛,为彭姓,封于大彭,谓之彭祖,彭城是也。豕韦,彭姓之别封于豕韦者。殷衰,二国相继为商伯。"《左传》杜注:"豕韦,国名。东郡白马县东南有韦城。"在今河南滑县东南五十里。

〔九〕九德,《尚书·皋陶谟》:"宽而栗,柔而立,愿而恭,乱而敬,扰而毅,直而温,简而廉,刚而塞,强而义。"光,《尔雅·释言》:"光,充也。"备,具也。

〔一〇〕此句以协韵倒。《周书·泰誓》:"天佑下民,作之君,作之师。"作师,施行教化。

〔一一〕兴,起也。

〔一二〕长违,《铨评》:"违,《艺文》作归。"

〔一三〕翳,《汉书·甘泉赋》颜注引韦昭说:"隐也。"沉,《广雅·释诂一》:"没也。"名飞犹名扬。

〔一四〕素旗,《文选》陆士衡《挽歌诗》李注:"《礼记》曰:以死者为不可别也,故以其旗识之。贺循《葬礼》曰:杠,今之旒也,古以缁布为之。绛缯题姓名而已,不为画饰。"故曰素旗。

〔一五〕穆,美也。胄稷胤周:胄,后也;稷,后稷;胤,《尔雅·释诂》舍人注。"继世也。"《魏志·蒋济传》裴注,"蒋济立郊议称《曹腾碑文》云:曹氏族出自邾。《魏书》述曹氏胤绪亦如之。魏武作《家传》,自云曹叔振铎之后,故陈思王作《武帝诔》曰:於穆武王(据毛本),胄稷胤周。"案曹叔振铎,文王之子。《左氏传》云"曹叔振铎,文之昭也"可证。

〔一六〕《易经·文言传》:"元者,善之长也。"懿,《尔雅·释诂》:"美也。"允,《尔雅·释诂》:"信也。"休,《国语·楚语》韦注:"嘉也。"

〔一七〕先侯,谓曹参。《魏志·武帝纪》:"太祖武皇帝,姓曹讳操,字孟德,汉相国参之后。"《汉书》:"高祖六年与诸侯剖符,赐参爵列侯,食邑平阳万六百三十户。世世勿绝,号平阳侯。"

〔一八〕二王,《铨评》:"《艺文》王作皇。"案宋刊本《曹子建文集》亦作皇。二皇,指高祖与孝惠帝。

〔一九〕宁一,安靖朴质之意。《汉书·曹参传》:"百姓歌之曰:萧何为法,斠若画一;曹参代之,守而勿失。载其清静,民以宁一。"兴咏,创制歌诗。有章,《诗经·裳裳者华篇》郑笺:"章,礼文也。"

〔二〇〕承统,继承曹参传统。天姿,《铨评》:"程、张天作文,从《艺文》。"案天姿即天资,谓天赋资质。特生,案宋刊本《曹子建文集》与《艺文》特字俱作时。作时字是。苏武《答李陵书》:"每念足下,才为世生,器为时出。"时生犹时出也。意谓曹操才智应时之需而生也。

〔二一〕志学,《论语·为政篇》:"吾年十有五而志于学。"则此志学二字即借为十五岁之代词。

〔二二〕老成,《诗经·荡篇》:"虽无老成人。"《正义》:"年老成德之人。"《魏志·武帝纪》:"太祖少机警,有权术。"

〔二三〕奋臂，举手，谓招集士卒。旧邦，《魏志·武帝纪》："太祖至陈留，散家财，合义兵，将以诛卓。冬十二月，始起兵于己吾（谢钟英"己吾在今归德府宁陵县西三十里"），是岁中平六年也。"

〔二四〕上京谓洛阳。《魏志·武帝纪》："建安元年秋七月，杨奉、韩暹以天子还洛阳；奉别屯梁。太祖遂至洛阳，卫京都，暹遁走。"

〔二五〕袁，《铨评》："程作表，从张本。"案严可均《全三国文》亦作袁。袁，指袁绍。

〔二六〕交兵，《铨评》："《艺文》作兵交。"案宋刊本《曹子建文集》与《艺文》同。兵交谓战争。若神，《魏志·武帝纪》裴注引《魏书》："其行军用师，大较依孙、吴之法。而因事设奇，谲敌制胜，变化如神。"

〔二七〕张陈，张，张邈；陈，陈宫。《魏志·武帝纪》："兴平元年，会张邈与陈宫叛迎吕布，郡县皆应。"考张邈、陈宫皆与曹操有旧恩友善，后背叛，故子建斥之曰背誓。然上下文俱言袁绍，而此插入张、陈事，疑文义不贯，或有遗脱句，惜文献多缺，无以证补。

〔二八〕傲弟，《铨评》："弟《艺文》作帝。"案宋刊本《曹子建文集》亦作帝。作帝字是。帝，谓刘协。傲帝，《典略》："绍贡御希慢，私使主簿耿苞密白曰：赤德衰尽，袁为黄胤，宜顺天意。"（见《魏志·袁绍传》裴注引）虐民，《魏书》载公令曰："……袁氏之治也，使豪强擅恣，亲戚兼并，下民贫弱，代出租赋，衒鬻家财，不足应命。"（见《魏志·武帝纪》裴注引）

〔二九〕百万，案《魏志·袁绍传》："又以中子熙为幽州，甥高幹为并州，众数十万。"此言百万，盖夸饰也。

〔三〇〕虎视，《易经·颐卦》《爻辞》："虎视眈眈，其欲逐逐。"形容袁绍怀有吞并之志。朔滨，指黄河以北之地。即今河南北部及山东、山西、河北省。

〔三一〕赫怒，《诗经·皇矣篇》："王赫斯怒。"赫，怒貌。

〔三二〕虓，《铨评》："程作虓，从《艺文》。"案作虓字是。《诗经·常武篇》："阚如虓虎。"郑笺："阚然如虎之怒。"

〔三三〕震，《铨评》："程作电，从《艺文》。"案宋刊本《曹子建文集》亦作震。《诗经·常武篇》："如雷如霆。"《左》隐九年传《正义》："雷之甚者曰震。"震、霆义同。此形容曹操军威强大。

〔三四〕欃枪，《尔雅·释天》："彗星为欃枪。"《新序·杂事四》："天之有彗以除秽也。"

〔三五〕举，《史记·苏秦传》《索隐》："拔也。"浃辰，《左》成九年传《正义》："十二日也。"《魏志·武帝纪》："公谓运者曰：却十五日，为汝破绍，不复劳汝矣！"

〔三六〕奔北，即奔败。谓退走也。败、北一声之转。

〔三七〕宾，《尔雅·释诂》："服也。"

〔三八〕振旅，《穀梁》庄八年传："入曰振旅，习战也。"京师，《铨评》："《艺文》师作室。"京室指许，刘协所居。

〔三九〕嘉，《尔雅·释诂》："善也。"庸，功也。

〔四〇〕《魏志·武帝纪》："建安十三年，汉罢三公官。夏六月，以公为丞相。"三公，司徒、太尉、司空也。摄，《论语·八佾篇》《集解》引包氏："犹兼也。"曹操先罢三公官，为使国家政权总揽于己奠定基础。

〔四一〕进，《铨评》："《艺文》作光。"案疑作光字是。《诗经·韩奕篇》郑笺："光犹荣也。"光受即荣受。上爵谓公爵，古封爵计五等，以公爵最尊，故曰上爵。《魏志·武帝纪》："建安十八年五月丙申,天子使御史大夫郗虑持节策命公为魏公。"

〔四二〕临君,《铨评》:"张作君临。"案宋刊本《曹子建文集》亦作君临。案作君临是。《责躬诗》:"君临万邦。"李注:"《尚书》曰:君临周邦。"《文选》任彦升《天监三年策秀才文》李注:"《左氏传》:子襄曰:赫赫楚国,而君临之。"是作君临可证。《穀梁》哀七年传范注:"临者抚有之也。"

〔四三〕九锡:一、大辂戎辂各一,玄牡二驷;二、衮冕之服,赤舄焉;三、轩悬之乐,六佾之舞;四、朱户;五、纳陛;六、虎贲三百人;七、铁钺各一;八、彤弓一,彤矢百,玈弓十,玈矢千;九、秬鬯一卣,圭瓒副焉(见《魏志·武帝纪》建安十八年)。昭备,《左》桓二年传:"昭俭、昭度、昭数、昭文、昭物、昭声、昭明。"昭即上文之昭。昭,显也;备,具也。

〔四四〕大路,《尚书·顾命篇》郑注:"玉辂。"天子祭天所乘之车。火龙,《铨评》:"火程作光,从《艺文》。"案作火字是。火龙谓天子礼服所绘火与龙之图案。《左》桓二年传:"火龙黼黻。"

〔四五〕玄鉴,犹言神镜。灵察,《铨评》:"《艺文》察作蔡。"案宋刊本《曹子建文集》亦作蔡。《论语·公冶长篇》皇疏:"蔡,大龟也。"灵蔡即神龟。谓曹操预见性有如神镜神龟,能知吉凶于未兆也。

〔四六〕探,《说文》:"远取之也。"远取犹深取。洞,通达之意。

〔四七〕《魏志·武帝纪》裴注引《魏书》:"知人善察,难眩以伪"。

〔四八〕容,《广雅·释诂二》:"饰也。"容非谓文饰己过。

〔四九〕敦、尚,重视之意。案据《魏书》:"雅性节俭,不好华丽。后宫衣不锦绣,侍御履不二采。帷帐屏风,坏则补纳。茵褥取温,无有缘饰。"

〔五〇〕玩，《汉书·五行志》颜注：“爱也。”

〔五一〕先，《荀子·修身篇》杨注：“谓首唱也。”下，指百姓、官吏。见《魏志·毛玠传》。纯朴，纯厚朴质，言不侈靡也。

〔五二〕圣指曹操。严毅，严厉果断。《魏志·何夔传》：“太祖性严（按今本《魏志》严下脱毅字，应据《白帖》卷三十三引补），掾属以公事，往往加杖。”

〔五三〕平，《铨评》：“程作手，从《艺文》。”案作平字是。《淮南·时则训》高注：“平，治也。”修，《国语·晋语》韦注：“行也。”清一，《老子》：“天得一以清。”意谓曹操统治实施上天无私之准则。

〔五四〕昵，近也。犹言无亲疏远近之别。《魏书》：“勋劳宜赏，不吝千金；无功望施，分毫不予。”与此意同。

〔五五〕雷电，《铨评》：“电，《艺文》作霆。”雷霆，象征威严可畏。

〔五六〕春日，谓春阳和煦，以喻仁厚。

〔五七〕肃虔，肃敬。

〔五八〕震栗，《铨评》：“栗，程作肃，从《艺文》。”案宋刊本《曹子建文集》亦作栗。震栗，恐惧之意。

〔五九〕庶政，众事。

〔六〇〕儒林，《魏志·武帝纪》裴注引《魏书》：“御军三十余年，手不舍书，昼则讲军策，夜则思经传。”

〔六一〕躬，《铨评》：“程、张作窮，从《艺文》。”案窮字误，当作躬。《吕览·孟春纪》高注：“躬，亲也。”雅颂谓诗歌。瑟琴，《铨评》：“程作琴瑟，从《艺文》。”案作瑟琴是。林琴协韵。《魏志·武帝纪》裴注引《魏书》：“及造新诗，被之管弦，皆成乐章。”

〔六二〕茫茫，《孟子·公孙丑章》赵注：“疲倦之貌。”四海，谓四海之人。

〔六三〕康之,《尔雅·释诂》:"康,安也。"

〔六四〕微微,细小之貌。汉嗣,《尔雅·释诂》:"嗣,继也。"谓汉之继承者,指刘协。匡,《尔雅·释言》:"正也。"

〔六五〕群杰,《铨评》:"杰,《艺文》作桀。"案杰、桀同。《诗经·伯兮篇》毛传:"桀,特立也。"群杰指当时地区割据势力。扇动,《方言》注:"扇拂,相佐助也。"

〔六六〕喁喁,《后汉书·隗嚣传》章怀注:"众口向上也。"育,长养之意。

〔六七〕光,《国语·周语》:"故能光有天下。"韦注:"光,大也。"万国作君,犹言作君万国,以协韵倒。

〔六八〕虔奉,敬奉。本朝谓汉朝。《淮南·泛论训》高注:"本朝,国朝也。"周文,周文王。《论语·泰伯篇》:"三分天下有其二,以服事殷,周之德其可谓至德矣!"《魏志·武帝纪》裴注引《魏氏春秋》:"王曰:施于有政,是亦为政。若天命在吾,吾为周文王矣!"

〔六九〕克,胜也。

〔七〇〕功夷,《铨评》:"夷,《艺文》作逾。"案作逾是。逾具超越之意。圣武,谓周武王。

〔七一〕翼,辅佐。帝谓刘协。王世,《铨评》:"王《艺文》作主。"案作主字是。《广雅·释诂一》:"主,君也。"君有统治之义。

〔七二〕鹰扬,《诗经·大明篇》:"时维鹰扬。"孙星衍曰:扬即鸉字(见马瑞辰《毛诗传笺通释》)。鸉即鹞。鹰鸉皆鸷鸟,比喻勇猛。

〔七三〕钺,大斧。旄,《周礼·春官·序官》郑注:"旄牛尾。"《管子·小匡》尹注:"旄者,所以誓勤兵士。"《尚书·牧誓》:"王左杖黄钺,右秉白旄以麾。"此句所本。

〔七四〕伊吕，伊，伊尹；吕，吕尚。伊助汤伐桀，吕助周武伐纣。凌，
越也。

〔七五〕耳顺，《论语·学而篇》：“六十而耳顺。”耳顺借为六十岁之代
词。曹操死于建安二十五年正月，年六十六，故曰“年踰耳
顺”。

〔七六〕体壮，《铨评》：“壮《艺文》作愉。”案作愉是。《尔雅·释诂》：
“愉，劳也。”志肃，《礼记·玉藻篇》：“气容肃。”郑注：“气容肃，
似不息也。”

〔七七〕乾乾，《吕览·士容篇》高注：“进不倦也。”

〔七八〕气，《列子·汤问篇》张注：“谓质性。”方叔，周宣王卿士。《诗
经·采芑篇》：“方叔元老，克壮其犹。”

〔七九〕南岳，即《诗经·天保篇》之南山。《天保》诗云：“如南山之寿，
不骞不崩。”谓曹操寿命将等同南山之长久。

〔八〇〕不吊，王引之《经义述闻》：“吊有祥善之意。”案《家语·终记
篇》：“昊天不吊。”王注：“吊，善也。”则不吊犹言不善。

〔八一〕祸钟，《铨评》：“钟程作终，从《艺文》。”案宋刊本《曹子建文集》
亦作钟。《文选·舞鹤赋》李注引曹植《九咏章句》：“钟，当
也。”《左》昭二十一年传杜注：“聚也。”圣躬，指曹操。

〔八二〕背世犹弃世。终，谓终没也。

〔八三〕兆民，《左》闵二年传：“卜偃曰：天子曰兆民，诸侯曰万民。”曹
操未即帝位，宜曰万民。今曰兆民，是直谓已代汉而有天下
矣。号咷，《一切经音义》：“大哭也。”即今语之嚎啕。

〔八四〕约，俭约。《魏志·武帝纪》裴注引《魏书》：“常以送终之制，袭
称之数，繁而无益，俗又过之。故预自制终亡衣服四箧而已。”
又题识送终衣箧：“有不讳（谓死），随时以敛。金珥珠玉铜铁

之物，一不得送。"（《通典》七十九引）

〔八五〕梓宫，《后汉书·明帝纪》章怀注："以梓木为棺。"

〔八六〕缀衣，古人死小敛之时，以两袋，每袋横缝合一头，又连缝一边，余一边不缝。敛时先以袋自尸之脚套向上，另以一袋自头往下，不缝之一边，天子钉带七，尸贮内后，将带缀成结，即所谓缀衣（见《礼记·丧服大记》《正义》）。

〔八七〕玺，《广雅·释器》："印谓之玺。"存，《尔雅·释诂》舍人注："存，即在。"《宋书·礼志》："……及受禅，刻金玺，追加尊号，不得开埏，乃为石室藏玺埏首，示陵中无金银诸物也。"

〔八八〕绂，系印带。《魏武遗令》："吾历官所得绶，皆着藏中。"（见《文选》陆机《吊魏武文》）荷，承受之意。

〔八九〕明器，《释名·释丧制》："送死曰明器，神明之器，异于人也。"故《盐铁论》曰："古者明器，有形无实，示人不用也。"

〔九〇〕陶，陶器，素谓未加工修饰之器。

〔九一〕次，止也。西陵，《元和郡县志》："魏武帝西陵，在邺县西三十里。"按《魏志·武帝纪》："六月令曰：古之葬者，必居瘠薄之地，其规西门豹祠西原上为寿陵。因高为基，不封不树。"

〔九二〕幽闺谓墓门。

〔九三〕我王谓曹丕。安厝，按《孝经》："卜其宅兆，而安厝之。"安厝，静置也。

〔九四〕窈窕，《说文》："窈，深远也。"案窈窕，深静之貌。玄宇，玄，黑色；宇，屋边。则玄宇指墓穴。

〔九五〕三光，日、月、星也。晰，《铨评》："《艺文》作入。"案宋刊本《曹子建文集》亦作入。作入是。入与下文蛰协韵。

〔九六〕幽，《铨评》："《艺文》作潜。"案宋刊本《曹子建文集》幽作僭。

僭为潜字之形误。《尔雅·释言》:"潜,深也。"潜闶,指墓中小门。扃,闭也。

〔九七〕尊灵,谓曹操灵魂。蛰,潜藏也。《文心雕龙·指瑕》:"陈思之文,群才之俊也;而《武帝诔》云尊灵永蛰……永蛰颇疑于昆虫,施之尊极,岂其(顾校作有)当乎?"

〔九八〕圣上,谓刘协。时刘协在位,故称圣上。临穴,已见《三良诗》注。

〔九九〕靡及,无及。

〔一○○〕临,《吕览·观表》高注:"哭也。"

〔一○一〕伫立,《诗经·燕燕篇》:"瞻望弗及,伫立以泣。"毛传:"伫立,久立也。"

〔一○二〕昭昭,喻人世。

〔一○三〕下,谓地下。君,《汉书·西域传》颜注:"君者谓为之君也。"百灵即百神。

〔一○四〕千代,《铨评》:"代程、张作伐,从《艺文》。"案宋刊本《曹子建文集》亦作代。代、伐形近致误。万叶,《铨评》:"叶程、张作乘,从《艺文》。"案宋刊本《曹子建文集》亦作叶,作叶是。千代万叶犹言千秋万世。

〔一○五〕复形,复见也。

案此诔作于葬时。曹操于建安二十五年二月丁卯葬高陵。

野田黄雀行

高树多悲风〔一〕,海水扬其波〔二〕。利剑不在掌〔三〕,结友何须多!不见篱间雀?见鹞自投罗。罗家得雀喜〔四〕,少年见雀悲〔五〕。拔剑捎罗网[六]，黄雀得飞飞。飞飞摩苍天[七]，来下谢少年。

〔一〕高树，象征曹丕政权。悲风，谓法制严峻。

〔二〕海水喻群臣。扬其波谓推波助澜，扩大迫害。

〔三〕利剑，象征权力。在掌，谓在手。

〔四〕罗家指布罗之人。

〔五〕少年，曹植期望中之援助者。

〔六〕捎，《汉书·杨雄传》颜注："犹拂也。"罗网喻法律。

〔七〕摩，迫近之意。形容脱离险境，得庆更生之快乐心情。

此篇属相和歌辞瑟调曲。考《魏志·陈思王植传》裴注引《魏略》："时仪亦恨不得尚公主，而与临菑侯亲善，数称其奇才。太祖既有意欲立植，而仪又共赞之。及太子立，欲治仪罪，转仪为右刺奸掾，欲仪自裁。而仪不能，乃对中领军夏侯尚叩头求哀。尚为涕泣，而不能救。乃因职事收付狱杀之。"疑植此篇，盖因仪之被囚而希有权力者为之营救而作也，故多比兴之词。

请祭先王表[一]

臣虽比拜表[二]，自计违远以来[三]，有蹋旬（日）〔月〕垂竟[四]，夏节方到[五]，臣悲伤有心[六]。念先王公以夏至日终[七]，是以家俗不以夏日祭[八]。至于先王[九]，自可以今辰告祠[一〇]。臣虽卑鄙，实禀体于先王[一一]。自臣虽贫窭[一二]，蒙陛下厚赐，足供太牢之具[一三]。臣欲祭先王于北河之上[一四]，羊猪牛臣自能办，杏者臣县自有[一五]。先王喜食鳆鱼[一六]，臣前以表，得徐州臧霸（上）〔遗〕鳆二百枚[一七]，足以供事[一八]。乞请水瓜五枚[一九]，白㮈二

曹植集校注

十枚〔二〇〕。计先王崩来，未能半岁〔二一〕。臣实欲告敬，且欲复尽哀。

〔 一 〕《铨评》：“程缺。《御览》五百二十六请作求。”

〔 二 〕《铨评》：“此五字张脱，依《御览》五百二十六补。”比，近也。

〔 三 〕违远，《广雅·释诂三》：“违，离也。”违远，复义词。

〔 四 〕疑此句当作“有踰旬，月垂竟。”有，又也。考曹丕诏：“得月二十八日表。”故曰月垂竟。今本日字误，当作月字为得。月垂竟，谓此月将终也。

〔 五 〕夏节，夏至节。方，将也。

〔 六 〕悲伤，《铨评》：“伤《御览》作感。”

〔 七 〕念，《铨评》：“张脱念，从《御览》补。”《论语·公冶长篇》皇疏：“念，识录也。”先王公指曹嵩。以，《铨评》：“张脱以，从《御览》补。”终，死也。

〔 八 〕家俗，家庭习俗。

〔 九 〕先王，谓曹操。

〔一〇〕祠，祭也。

〔一一〕禀体，《左》昭二十六年传杜注：“禀，受也。”

〔一二〕贫窭，《诗经·北门篇》：“终窭且贫。”《艺文》三十五引《字林》：“窭贫，空也。”犹言贫乏。

〔一三〕太牢，《左》桓六年传《正义》：“牛羊豕也。”

〔一四〕北河之上，疑此时曹植已改封鄄城，史缺纪载。鄄城在黄河之侧。

〔一五〕杏，《铨评》：“张脱杏，从《御览》补。”

〔一六〕喜食，《铨评》：“张脱食，从《御览》九百三十八补。”案《御览》卷三百八十九引无食字。鳆鱼，《铨评》：“张脱鱼，从《御览》补。”

《后汉书·伏隆传》章怀注:"鳆鱼似蛤,偏着石。引《广志》:鳆无鳞有壳,一面附石,细孔杂杂,或七或九。《本草》:石决明,一名鳆鱼。"

〔一七〕徐州臧霸,《魏志·臧霸传》:"与夏侯渊讨黄巾余贼徐和等有功,迁徐州刺史。文帝即王位,迁镇东将军,进爵武安乡侯,都督青州诸军事。"盖此时霸兼徐州刺史,故植称徐州臧霸也。上,《铨评》:"张脱上,从《御览》补。"案《御览》卷八百八十九引作遗。遗,《广雅·释诂三》:"予也。"即馈赠之意。霸已封侯,于植不得言上,疑作遗字是。鳆二,《铨评》:"张作二鳆,从《御览》乙。"

〔一八〕供,《说文》:"一曰给也。"

〔一九〕乞,《铨评》:"张脱乞,从《御览》九百七十八补。"水瓜,崔寔《四民月令》:"六月初伏,荐麦瓜于祖祢。"

〔二〇〕白柰二十枚,《铨评》:"此五字张脱,依《御览》九百二十补。"白柰,《文选·蜀都赋》:"素柰夏成。"张注:"素柰,白柰也。"《广志》:"张掖有白柰。"卢谌《祭法》:"夏祠法用柰。"

〔二一〕未能,未及之意。《淮南·修务训》高注:"能犹及也。"

《铨评》:"《御览》五百二十六又云:博士鹿优、韩盖等以为礼公子不得称先君,公子之子不得祖诸侯,谓不得立其庙而祭之也。礼又曰:庶子不得祭宗庙。诏曰:得月二十八日表,知侯推情,欲祭先王于河上。览省上下,悲伤感切,将欲遣礼,以纾侯敬恭之意。会博士鹿优等奏礼如此,故写以下。开国承家,顾迫礼制,惟侯存心,与吾同之。"

曹植集校注卷二_{黄初}

喜霁赋

禹身誓于阳(旰)〔旴〕^{〔一〕}，卒锡圭而告成^{〔二〕}；汤感旱于殷时^{〔三〕}，造桑林而敷诚^{〔四〕}。动玉辋而云披^{〔五〕}，鸣銮铃而日阳^{〔六〕}。指北极以为期^{〔七〕}，吾将倍道而兼行^{〔八〕}。

〔一〕誓，《铨评》："程、张作逝，从《艺文》二。"案《淮南·修务训》："以身解于阳盱之阿。"高注："阳盱，盖在秦地。解，说也。"此作誓，誓，告也，誓、解义近，程、张作逝误。阳，《铨评》："张作旸。"旰当作旴，《铨评》误。阳旴疑即《尔雅·释地》十薮之秦有阳陓。

〔二〕《尚书·禹贡》："禹锡玄圭，告厥成功。"

〔三〕见卷一《汤祷桑林赞》注。

〔四〕造，《周礼·司门》郑注："造犹至也。"敷诚，表达诚心。

〔五〕辋，《铨评》："程、张作朝，从《艺文》。"案丁校是。《释名·释

257

车》：“辒，罔也，罔罗车轮之外也。”因借为车之代词。玉辒，谓
皇帝之车。云披，《广雅·释诂三》：“披，散也。”

〔 六 〕銮铃，系在马辔两旁之铃。《说文》銮字注：“銮铃，象鸾鸟之
声。”崔豹《古今注》：“鸾口衔铃，故谓之銮。”阳，《释名·释
天》：“阳，扬也。”日阳，谓日已升起。

〔 七 〕指，《铨评》：“程脱指，从《艺文》。”案丁补是。《离骚》：“指九天
以为正。”王注：“指，语也。”北极，即北辰。古代占候家谓“天
将晴，釜星荧荧出，北辰星亦即明朗。”

〔 八 〕倍道兼行，谓急速趱行。

　　考《初学记》卷二引《魏略·五行志》：“延康元年，大霖雨五
十余日，魏有天下乃霁，将受大禅（《艺文》卷二引作祚，是）之应
也。”此赋所征史实，如禹锡玄圭，汤祷桑林，皆古开国帝王传说。
而曹丕《喜霁赋》有句云：“厌群萌之至愿，感上下之明神。”显然
是准备受禅而言。此赋写作时期，当在延康末将即帝位之日。
赋残缺过甚，仅遗存此数句。

庆文帝受禅表〔一〕

陛下以圣德龙飞〔二〕，顺天革命〔三〕，允答神符〔四〕，诞作民主〔五〕。
乃祖先后〔六〕，积德累仁，世济其美〔七〕，以暨于先王〔八〕。勤恤民
隐〔九〕，劬劳勤力，以除其害〔一〇〕；经营四方〔一一〕，不遑（起）〔启〕
处〔一二〕。是用隆兹福庆〔一三〕，光启于魏〔一四〕。陛下承统〔一五〕，缵
戎前绪〔一六〕，克广德音〔一七〕，绥静内外。绍先周之旧迹〔一八〕，袭
文武之懿德〔一九〕；保大定功〔二〇〕，海内为一〔二一〕，岂不休哉〔二二〕！

〔一〕《铨评》：“《艺文》十三表作章。”案宋刊本《曹子建文集》与《艺文》同。《汉杂事》：“凡群臣之书通于天子者四品：一曰章，章者需头称稽首上以闻，谢恩、陈事、诣阙通者也。”

〔二〕龙飞，《易经·乾卦·爻辞》：“飞龙在天，利见大人。”《东京赋》薛注：“龙飞，以喻圣人之兴也。”

〔三〕《易经·革卦·爻辞》：“汤武革命，顺乎天而应乎人。”

〔四〕允，信也。见《尔雅·释诂》。答，《汉书·郊祀志》颜注：“答，应也。”

〔五〕诞，发语词，无义。民主谓作百姓之主。

〔六〕先后，《铨评》：“后程作後，从《艺文》十三改。”先后指周代诸王。

〔七〕世济其美，语出《左》文公十八年传。杜注：“济，成也。”

〔八〕先王，《铨评》：“《艺文》有王。”先王指曹操。暨，至字之意。

〔九〕勤恤民隐，语出《国语》。《周语》：“祭公谋父曰：勤恤民隐，而除其害。”《东京赋》薛注：“恤，忧也；隐，痛也。言有隐痛不安者，令忧恤之也。”

〔一〇〕劬劳，马瑞辰曰：“《小雅·鸿雁》《释文》引《韩诗》：劬，数也，数则劳苦。”见《毛诗传笺通释》。郝懿行《尔雅义疏》曰：“劬劳者，力乏病也。”勠力，即努力。除害，谓消除百姓之苦难。

〔一一〕经营，《后汉书·冯衍传》章怀注：“经营，犹往来也。”此句出《诗经·北山》。

〔一二〕起，《铨评》：“《艺文》作启。”案宋刊本《曹子建文集》亦作启。《诗经·采薇》：“不遑启处。”作启字是。《正义》：“故又不得闲暇而跪处者。”犹今语无暇休息之意。

〔一三〕福庆，谓幸福吉祥。

〔一四〕《国语·郑语》："必光启土。"韦注："光,大也。"《广雅·释诂三》："启,开也。"

〔一五〕陛下,《铨评》："程脱陛,从《艺文》补。"陛下,谓曹丕。承统,《铨评》："程衍业,依《艺文》删。"《广雅·释诂四》："承,继也。"《后汉书·班彪传》章怀注："统,业也。"承统谓继承曹操之事业。

〔一六〕缵,《铨评》："程、张作赞,从《艺文》。"戎,张作成。案宋刊本《曹子建文集》正作戎。《诗经·大雅·烝民》："缵戎祖考。"作缵戎为得。意谓继续光大前人之业绩。

〔一七〕德音,谓仁惠之教令。

〔一八〕绍,承继。先周,曹操自谓曹姓,曹叔振铎之后,曹叔振铎乃文王之子,以是故称周为先周。

〔一九〕文武,周文王、武王。懿德,美德。

〔二〇〕保大定功,语出《尚书·夏书》。盖谓保守帝位,安定王业。

〔二一〕海内为一,谓消灭吴蜀,统一中国。

〔二二〕休,《尔雅·释诂》："休,美也。"

又〔一〕

陛下以明圣之德,受天显命〔二〕,良辰即祚〔三〕,以临天下〔四〕。洪化宣流〔五〕,洋溢宇内〔六〕。是以普天率土〔七〕,莫不承风欣庆〔八〕,执贽奔走〔九〕,奉贺阙下。况臣亲体至戚,怀欢踊跃〔一〇〕!

〔一　〕《铨评》："张作《庆受禅上礼表》。"

〔二　〕《尔雅·释诂》："显,光也。"命,天命。

〔三　〕即祚,朱骏声《说文通训定声》："按天子践阼,临祭祀,故国运曰阼。阼，位也。今字书作祚。"即祚犹即位。

〔 四 〕临，《穀梁》哀公七年传范注："临者，抚有之也。"

〔 五 〕洪化犹大恩。宣流谓溥布。

〔 六 〕洋溢，《尔雅·释诂》注："洋溢，亦多貌。"犹言弥漫。宇，上下四方曰宇。见《淮南·齐俗》。

〔 七 〕普天，《铨评》："普《艺文》十三作溥。"《诗经·大雅·北山》："普天之下，莫非王土。率土之滨，莫非王臣。"

〔 八 〕承风，《易·归妹》虞注："自下受上称承。"风，指即位诏令。

〔 九 〕执贽，《仪礼·士相见礼》郑注："贽，所执以至者。君子见于所尊敬，必执贽以将其厚意也。"

〔一〇〕至戚，《孟子·告子》赵注："戚，亲也。"至戚犹至亲，谓兄弟。踊跃，《汉书·司马相如传》颜注引张揖："踊跃，跳也。"

魏德论

元气否塞〔一〕，玄黄喷薄〔二〕，(辰星乱逆)〔星辰逆行〕〔三〕，阴阳舛错〔四〕。国无完邑，陵无掩椁〔五〕，四海鼎沸，萧条沙漠。武(王)〔皇〕之兴也〔六〕，以道凌残〔七〕，义气风发〔八〕。神戈退指，则妖氛顺制〔九〕；灵(旗)〔弧〕一举，则朝阳播越〔一〇〕。惟我圣后〔一一〕，神武盖天〔一二〕，威光(佐)〔左〕扫〔一三〕，辰彗北弯〔一四〕，首尾争击，气齐率然〔一五〕。乃电〔□〕北〔□〕〔一六〕，席卷千里〔一七〕，隐乎若崩岳〔一八〕，(盰)〔旴〕乎若溃海〔一九〕。愠彼蛮夏〔二〇〕，蠢尔弗恭〔二一〕，脂我萧斧〔二二〕，简武练锋〔二三〕，星陈而天运〔二四〕，振耀乎南封〔二五〕。荆人风靡〔二六〕，交、益景从〔二七〕。军蕴余势，袭利乘权〔二八〕。荡鬼区于白水〔二九〕，擒矫制于遐川〔三〇〕。仰属目于条攴〔三一〕，(晞)〔睎〕弱水之潺湲〔三二〕，薄张骞于大夏〔三三〕，笑骠骑于祁连〔三四〕。其化之也如神〔三五〕，其养之也如春〔三六〕。柔远能迩〔三七〕，谁敢不宾！宪度增饰〔三八〕，日曜月(明)〔光〕〔三九〕。迹存乎建安〔四〇〕，道隆乎延康〔四一〕。于是汉氏归义〔四二〕，顾音孔昭〔四三〕，显禅天位〔四四〕，希唐效尧〔四五〕。上犹谦谦弗纳也〔四六〕，发不世之明诏，薄皇居而弗泰〔四七〕，蹈北人之清节〔四八〕，美石户之高介〔四九〕。义贯金石，神明已兴〔五〇〕。(神)〔坤〕祇致祥〔五一〕，乾灵效祜〔五二〕。于是群公卿士、功臣列辟率尔而进曰：昔文王三分居二以服事殷，非能之而弗欲，盖欲之而弗能。况天网弗禁〔五三〕，皇纲纪纽〔五四〕，(侯)〔一〕民非复汉萌〔五五〕，尺土非复汉有。故(皇父)〔武皇〕创迹于前〔五六〕，陛下光美于后〔五七〕，盖所谓勋成于彼，位定于此者也〔五八〕。将使斯民播秬鬯〔五九〕，植灵芝，锄岐穗〔六〇〕，挹醴滋〔六一〕，遂乃凯风回焱〔六二〕，甘露匝时，农夫咏于田陇，织妇(欣)〔吟〕而综丝〔六三〕。黄吻之龀，含哺而怡〔六四〕；鲐背之老〔六五〕，击壤而嬉〔六六〕。古虽称乎赫胥〔六七〕，曷若斯之大治乎！于时上富于春秋〔六八〕，圣德汪濊〔六九〕，奇志妙思，神鉴灵(察)〔蔡〕〔七〇〕。方将审御阴阳〔七一〕，增耀日月。极祯祥于遐奥〔七二〕，飞仁风以树惠。既游精于万机，探幽洞深〔七四〕；复逍遥乎六艺〔七五〕，兼览儒林〔七六〕。抗思乎文藻之场(囿)〔圃〕〔七七〕，容与乎道术之疆畔〔七八〕。超天路而高峙，阶清云以妙观〔七九〕。将参迹于三皇〔八〇〕，岂徒论功于大汉〔八一〕！天地位矣〔八二〕，九域清矣〔八三〕，皇化四达〔八四〕，帝猷成矣〔八五〕。明哉元首，股肱贞矣〔八六〕。礼乐既作，兴颂声矣〔八七〕。固将封泰山，禅梁甫〔八八〕，历名山以祈福〔八九〕，周五方之灵宇〔九〇〕。越八九于往素〔九一〕，踵帝王之灵矩〔九二〕。流余祚于黎烝，钟元吉乎圣主〔九三〕。

纤云不形，阳光赫戏《铨评》："《文选》傅休奕《杂诗》李注引《魏德论》。"

武创洪基，克光厥德《铨评》："《文选》孙子荆《为石仲容与孙皓书》李注引《魏德论》。又王元长《永明九年策秀才文》李注引作《魏德颂》。"

玄宴之化，丰洽之政《铨评》："《文选》陆士衡《演连珠》李注引《魏德论》。"

武帝执政日，白雀集于庭槐《铨评》："《艺文》八十八引《魏德论》。"

栖笔寝牍，含光而不明，蒙窃惑焉《铨评》："《书钞》一百四引《魏德论》。"

名儒按谶，良史披图《铨评》："《书钞》九十六引《魏德喻》。喻乃论误。"

有白鹊之瑞《铨评》："《白帖》九十五引《魏德论》。"

不能贯道艺之清英，穷混元于太素，亦以明矣《铨评》："《御览》一引《魏德论》。"

在昔太初，玄黄混并，浑沌鸿蒙，兆朕未形《铨评》："《御览》一引《魏德论》。此疑篇首脱文。"

严可均《全三国文校语》云："案《文心雕龙·封禅篇》云：'陈思《魏德》，假论客主，问答迂缓，且已千言，劳深绩寡，飙焰缺焉。'据此知《魏德论》假客主问答，所辑《书钞》二条，乃客问也，余皆主答。"

〔一〕元气，《广雅·释言》："元，天也。"元气即天气。否塞，《易经·否卦》《释文》："否，塞也。"不通畅之意。

〔二〕玄黄，《易经·文言》："夫玄黄者，天地之杂色也。天玄而地黄。"故借为天地之代词。喷薄，《铨评》："《御览》一喷作渍。"案渍疑为愤字之形误。愤薄见丁仪妻《寡妇赋》。喷薄、愤薄皆双声謰语,盖形容气郁积于中不能发舒之貌。此二句以喻社会混乱,指后汉桓、灵之际,董卓倡乱之时。

〔 三 〕辰星,《铨评》:"《艺文》十作星辰。"案作星辰是,此误乙。乱逆,《铨评》:"《御览》作逆行。"案作逆行是。言星辰运行反违自然规律。

〔 四 〕舛错,谓气候亦出现反常现象。如《礼记·月令》所说"夏行春令"之类是。

〔 五 〕国无完邑,《铨评》:"此二句程、张脱,依《御览》补。"案椁《全三国文》作骼。骼谓尸骨。曹丕《典论·自叙》云:"乡邑望烟而奔,城郭睹尘而溃;百姓死亡,暴骨如莽。"

〔 六 〕武王,《铨评》:"《艺文》王作皇。"案宋刊本《曹子建文集》与《艺文》同。《魏志·文帝纪》:"黄初元年,谥操为武皇帝。"据此论作于曹丕即帝位之后,应作武皇为允。

〔 七 〕凌,《文选·思玄赋》旧注:"凌,乘也。"谓曹操以正义乘凶残者。即《魏志·武帝纪》所云:"太祖至陈留,散家财,合义兵,将以诛卓。"

〔 八 〕《魏志·武帝纪》:"诸君听吾计……示天下形势,以顺诛逆,可立定也。今兵以义动,持疑而不进,失天下之望,窃为诸君耻之。"

〔 九 〕神戈,喻军队。曹操先与黑山义军在河南地区作战,后转向山东,曹植谓之退指。妖氛,诬蔑黄巾义军之词。初平四年,青州黄巾百余万入兖州,曹操在寿张东率兵拒战,仅乃胜之。追至济北,黄巾乞降,曹操收其精锐三十余万为青州军(事详《魏志·武帝纪》)。诱降黄巾,归操节制,曹植谓曰顺制。

〔一〇〕灵旗,《铨评》:"旗《艺文》作弧。"案宋刊本《曹子建文集》同,当

曹植集校注

据改。弧,《礼记·明堂位》郑注:"旌旗所以张幅也。"则弧为旌旗之代词,灵弧,犹言神旗。一,《铨评》:"《艺文》作云。"案宋刊本《曹子建文集》同。云,形容众多之貌。播越,《后汉书·袁术传》章怀注:"播,迁也;越,逸也,言失其所居。"盖谓献帝刘协流离道路,由洛阳而往长安,复从长安而去洛阳,未有一定居地。

〔一一〕圣后谓曹操。

〔一二〕盖,《小尔雅·广诂》:"覆也。"盖天,谓出世人之上。曹操具备卓越之军事才能,故孙权曾云"至于御将,自古少有。"

〔一三〕威光,疑谓威弧之光。张衡《思玄赋》:"弯威弧之拨剌兮。"《史记·天官书》:"狼下有四星曰弧。"《正义》:"弧九星在狼东南,天之弓也,以伐叛服远。"佐,《铨评》:"《书钞》十三作左。"疑是。

〔一四〕辰,《铨评》:"《韵补》二作神。"案当作辰。北,《铨评》:"《韵补》作比。"案作比误。弯,《铨评》:"程、张作蛮,从《艺文》。"案宋刊本《曹子建文集》亦作弯,蛮或为弯字之形误。刘向《洪范传》:"彗者去秽布新者也。"彗主扫除,而此论云"威光左扫,辰彗北弯",盖互文以协韵耳。

〔一五〕率然,《孙子·九地篇》:"故善用兵者,譬如率然。率然者,常山之蛇也。"此蛇击首则尾应,击尾则首应,击其中则首尾交应,故曰"首尾争击"。此形容曹操用兵奇妙灵活。

〔一六〕乃电北,《铨评》:"此句疑脱一字。"案严可均《全三国文》引作"乃电□北□",则似脱二字。此节以四字为句,严校是。

〔一七〕席卷,《后汉书·冯衍传》章怀注:"席卷,言无余也。"此谓消灭袁绍战役。

〔一八〕隐乎,隐与殷同。《诗·殷其雷》毛传:"殷,雷声也。"崩岳即
　　　　山崩。

〔一九〕旰乎,案宋刊本《曹子建文集》旰作旰。《史记·河渠书》:"皓
　　　　皓旰旰,闾殚为河。"旰是旰字之误。旰,《文选·景福殿赋》李
　　　　注:"盛貌。"溃,《后汉书·班彪传》章怀注:"傍决也。"

〔二〇〕愠,《诗经·柏舟》毛传:"怒也。"蛮夏,南方曰蛮,指荆州牧
　　　　刘表。

〔二一〕蠢尔,《诗经·采芑》:"蠢尔蛮荆,大邦为雠。"《尔雅·释训》郭
　　　　注:"蠢动为恶不谦逊也。"弗恭,《尔雅·释诂》:"恭,敬也。"

〔二二〕脂,《铨评》:"程作措,从《艺文》正。"案丁校是。脂谓以脂膏涂
　　　　斧,求其利。萧斧,段玉裁曰:"萧与肃同音通用,萧斧之萧训
　　　　肃。"(见《说文解字》萧字注)案《礼记·玉藻》《正义》:"肃,
　　　　威也。"

〔二三〕简武,谓选择士卒。练锋,谓训练技击。《魏志·武帝纪》:"建
　　　　安十三年作玄武池以肄舟师。"

〔二四〕天运,犹言天行。星陈,张衡《东京赋》:"天行星陈。"薛综注:
　　　　"言天子行如上天之星行,罗列有次。"

〔二五〕振耀,犹振武曜威。南封即南邦,指荆州。

〔二六〕风靡,《铨评》:"风程作封,从《艺文》。"案宋刊本《曹子建文集》
　　　　亦作风,丁校是。风靡,谓望风而披靡也。事已见卷一《王仲
　　　　宣诔》注。

〔二七〕交谓交州,今广东、广西之地。益谓益州,今四川、云南二省
　　　　地。景从,案《密韵楼丛书·曹子建文集》景字作影,景、影古
　　　　通。景从犹影之随形也。《吴志·士燮传》:"燮遣吏张旻奉贡
　　　　诣京都。是时天下丧乱,道路断绝,而燮不废贡职。"《魏志·

武帝纪》:"建安十三年,益州牧刘璋始受征役,遣兵给军。"

〔二八〕蕴,《庄子·齐物论》郭注:"积也。"袭,《礼记·中庸》郑注:"因也。"权,《庄子·应帝王》郭注:"机也。"《魏志·武帝纪》:"建安十六年秋七月,公西征。公曰……既为不可胜,且以示弱,渡渭为坚垒,虏至不出,所以骄之也。故贼不为营垒而求割地,吾顺言许之,所以从其意,使自安而不为备,因畜士卒之力,一旦击之,所谓疾雷不及掩耳,兵之变化,固非一道也。始贼每一部到,公辄有喜色。贼破之后,诸将问其故? 公答曰:关中长远,若贼各依险阻,征之不一二年不可定也。今皆来集,其众虽多,莫相归服,军无适主,一举可灭,为功差易,吾是以喜。"

〔二九〕鬼区,赵一清《三国志补注》:"鬼区即九区。"案鬼区疑即《大戴礼·帝系篇》"陆终氏娶于鬼方氏"之鬼方。孔广森补注:"鬼方,西落鬼戎。"宋衷《世本注》:"于汉则先零羌是也。"若如上述,则此篇之鬼区,盖指三国时居于甘肃、青海之羌族。《魏志·武帝纪》:"建安十八年十一月,马超在汉阳(今天水)复因羌、胡为害,氏王千万叛应超,屯兴国,使夏侯渊讨之。十九年……韩遂徙金城,入氏王千万部,率羌、胡万余骑与夏侯渊战,大破之。"白水,疑指汉江。

〔三〇〕擒,《铨评》:"程、张作摛,从《书钞》改正。"案丁校是。摛疑为擒字之形误。矫制,案《大戴礼·曾子立事》:"非其事而居之,矫也。"谓宋建。《魏志·武帝纪》:"初陇西宋建自称河首平汉王,聚众枹罕(今宁夏市),改元,置百官,三十余年。建安十九年遣夏侯渊自兴国讨之。冬十月,屠枹罕,斩宋建,凉州平。"遐,远也。

〔三一〕属目，犹注目。条支，汉代西域国名，约当今叙利亚国境。

〔三二〕晞，干也，于此无义，疑字当作睎。睎，《广雅·释诂一》："望也。"弱水，《山海经》云："昆仑之丘，其下有弱水之川环之。"或云：弱水出今甘肃张掖，即今之张掖河。潺湲，水流湍疾之貌。

〔三三〕薄，蔑视之意。张骞，汉武帝时出使西域诸国者，《汉书》有传。大夏，汉西域国名，在今阿富汗国北部地区。

〔三四〕骠骑，汉武帝征匈奴之名将霍去病，任骠骑将军，率兵与匈奴战，远度大漠，深入祁连山区。《汉书》有传。祁连，山名，绵亘于甘肃、青海两省界。二句赞美曹操开边拓境，超越汉武。

〔三五〕化，《周礼·栉氏》郑注："化犹生也。"神谓天神。言曹操如天神之生长万物。

〔三六〕谓曹操养育万物，使之蕃殖茂盛如春日也。

〔三七〕《尚书·舜典》："柔远能迩。"孔传："柔，安也；迩，近也。能当读为而。而，如也。言安远国如其近者。"

〔三八〕宪度谓法制。增饰，饰疑为饬，饬，整饬之意。

〔三九〕月明，《铨评》："明，《艺文》作光。"案宋刊本《曹子建文集》同。作光是，光、康协韵。

〔四〇〕迹存乎建安，案《尔雅·释诂》："存，在也。"谓曹操削平群雄，统一大河南北地区，奠定魏朝基础，故曰迹存。

〔四一〕道隆乎延康，谓帝道隆盛于曹丕继承魏王之时。《魏志·文帝纪》："改建安二十五年为延康元年。"

〔四二〕汉氏指汉献帝刘协。归，《广雅·释言》："返也。"指禅位。

〔四三〕顾音，顾谓眷顾。指刘协禅位之诏书（见《魏志·文帝纪》）。孔昭，犹言甚明。

〔四四〕天位，即帝位。

〔四五〕效，《铨评》：“《艺文》效作放。”案《密韵楼丛书·曹子建文集》效亦作放。《魏志·文帝纪》载刘协禅位诏曰：“金曰：尔度克协于虞舜，用率我唐典，敬逊尔位。”

〔四六〕上谓曹丕。因曹丕已即帝位，故称之曰上。弗纳，《铨评》：“纳程作讷，从《艺文》正。”案宋刊本《曹子建文集》亦作纳。弗纳，不接受。

〔四七〕薄皇，《铨评》：“程脱皇，从《艺文》补。”案宋刊本《曹子建文集》亦有皇字。丁补是。皇居，犹言帝室。泰，《铨评》：“程作从，从《艺文》。”案《密韵楼丛书·曹了建文集》亦作泰，丁校是。张平子《西京赋》：“心奓体泰。”薛注：“泰或谓忕习之忕，言习于丽好也。”泰有丽好之义，正与皇居意相承，作泰字为得。

〔四八〕北人即北人无择。事见《吕氏春秋·离俗篇》。

〔四九〕石户即石户之农。事见《庄子·让王篇》。高介，《孟子·尽心篇》刘注：“介，操也。”《魏志·文帝纪》裴注引《献帝传》：“舜亦让（帝位）于善卷、石户之农、北人无择……或携子入海，终身不反（指石户之农）；或以为辱，自投深渊（指北人无择），咸高节而尚义，轻富而贱贵，故书名千载，于今称焉！”

〔五〇〕已，《铨评》：“《艺文》作以。”案已、以古字通用。

〔五一〕神祇，案神字疑误，字当作坤，坤祇谓地神，与下文乾灵谓天神词正相俪，应改正。

〔五二〕祐，《铨评》：“《艺文》作祐。”案《密韵楼丛书·曹子建文集》与《艺文》同。《汉书·杨雄传》颜注：“祐，福也。”

〔五三〕天网，《铨评》：“程作纲，从《艺文》。”案宋刊本《曹子建文集》亦作网，作网是。弗禁，不能禁止。

〔五四〕圮纽，《文选》干令升《晋纪总论》：“天网解纽。”案《东京赋》薛

注："圮，绝也。"《荀子·正名篇》杨注："纽，结也。"则圮纽犹云解纽。谓维持国家安定之制度已被破坏。

〔五五〕侯民，案疑当作一民。《孟子·公孙丑》章："尺地莫非其有也，一民莫非其臣也。"《魏志·武帝纪》裴注引《魏略》："侍中陈群、尚书桓阶奏曰：尺土一民，皆非汉有。"刘协《册诏魏王禅代天下诏》曰："当斯之时，尺土非复汉有，一夫岂复朕民。"皆作一民或一夫，未有作侯民者。且古籍似亦未见侯民联文。况魏晋文制，字有常检，故当作一民为得，侯是误字。

〔五六〕皇父，《铨评》："《艺文》作武皇。"案宋刊本《曹子建文集》与《艺文》同，当据正。皇父或浅人妄改。

〔五七〕陛下谓曹丕。

〔五八〕彼谓曹操时，《魏志·武帝纪》裴注引《魏氏春秋》："王曰：施于有政，是亦为政，若天命在吾，吾其为周文王矣。"此谓曹丕时。

〔五九〕秬，黑黍，一稃二米。《诗经·江汉篇》郑笺："秬鬯，黑黍酒也。谓之鬯者，芬香条鬯也。"

〔六〇〕岐穗，《铨评》："《艺文》作六穟。"案宋刊本《曹子建文集》作六穗。《说文解字》："穗，禾成秀也，人所以收。""穟，禾采之貌也。"是穟、穗同义。一茎六穗指嘉禾。

〔六一〕醴滋，即醴泉。《论衡·是应篇》："《尔雅》又言：甘露时降，万物以嘉，谓之醴泉。醴泉乃谓甘露也。今儒者说之，谓泉从地中出，其味甘若醴，故曰醴泉。"挹，舀字之意。挹醴滋，盖子建从地中出之说，故云挹也。

〔六二〕回焱，《铨评》："《艺文》作回回。"

〔六三〕欣，《铨评》："《艺文》作吟。"案《密韵楼丛书·曹子建文集》欣字作今，疑系吟字残脱而误。作吟字是，与上文咏字意相应。

综，《列女传·母仪》："推而往、引而来者综也。"朱骏声曰："按谓机缕持丝者，屈绳制经令得开合。"

〔六四〕黄吻即黄口。龀，《说文解字》云："龀，毁齿也。男八月生齿，八岁而龀；女七月生齿，七岁而龀。"句谓小孩。哺，口含食物。

〔六五〕鲐背，《释名·释长幼》："九十曰鲐背，背有鲐文也。"

〔六六〕击壤，《艺经》云："壤，以木为之，前广后锐，长尺四，阔三寸，其形如履。将戏，先侧一壤于地，遥于三四十步以手中壤敲之，中者为上。"（见《御览》卷七百五十五）

〔六七〕赫胥，古人想象之原始社会。《庄子·马蹄篇》："赫胥氏之时，民居不知所为，行不知所之，含哺而嬉，鼓腹而游。"

〔六八〕富于春秋，意谓年龄尚轻。时曹丕三十四岁。

〔六九〕汪濊，《汉书·司马相如传·难蜀父老》："湛恩汪濊。"颜注："汪濊，深广也。"

〔七〇〕神鉴灵察，案察疑为蔡字之形误。《论语·公冶长篇》皇疏："蔡，大龟也。"鉴，镜也。神镜灵龟即《武帝诔》之"玄鉴灵察"，说见彼注。

〔七一〕审御，《后汉书·段颎传》章怀注："御，制御也。"句意谨慎掌握气候寒燠之变化。

〔七二〕遐奥，辽远偏僻之地。

〔七三〕游精，犹言留心。游、留古通用。

〔七四〕探幽洞深，《铨评》："程脱此四字，依《艺文》补。"案宋刊本《曹子建文集》亦脱，丁补是。意谓曹丕之观察力极其深入而透澈。

〔七五〕逍遥，《庄子·大宗师篇》成疏："逍遥，自得逸豫之名也。"六艺，谓《诗》、《书》、《易》、《礼》、《乐》、《春秋》。

〔七六〕儒林，《魏志·文帝纪》裴注引《典论·自叙》云："余是以少诵（《御览》卷五百九十二引作习）诗论，及长而备历五经、四部、史记、诸子百家之言，靡不毕览。"

〔七七〕抗思，《文选·长笛赋》李注："抗，极也。"抗思犹极竭心力。文藻犹言文章。场圃，圃疑是圃字之形误，严可均《全三国文》圃作圃。古籍多以场圃联文，未见场圃为词者，作圃疑非。

〔七八〕容与，案《后汉书·冯衍传》章怀注："容与，犹从容也。"疆畔，《国语·周语》："修其疆畔。"韦注："畔，界也。"则疆畔犹言疆界。

〔七九〕阶，《后汉书·张衡传》章怀注："阶，升也。"妙观，谓精微观察。

〔八〇〕参迹，谓业绩并同。

〔八一〕论，《汉书·郊祀志》颜注："论，议也。"

〔八二〕天地位矣，案《中庸》："天地位焉。"郑注："位，正也。"

〔八三〕九域，即九州。

〔八四〕达，《铨评》："《书钞》十五作远。"案疑作达字是。

〔八五〕猷，案《方言》三："猷，道也。"帝猷即帝道。

〔八六〕明哉元首，股肱贞矣，《尚书·益稷》："元首明哉，股肱良哉！"贞，正也。

〔八七〕颂声，《诗·大序》曰："颂者美盛德之形容，以其成功告于神明者也。"

〔八八〕固将，《铨评》："程、张脱将，依《艺文》补。"梁甫，在今山东泗水县北八十里。

〔八九〕名山，《铨评》："山《艺文》作川。"

〔九〇〕周，《诗经·崧高》郑笺："周，遍也。"五方，《汉书·郊祀志》："郊见五帝青、赤、白、黄、黑五方之帝。"《周礼·春官·小宗伯》:"兆五帝于四郊。"郑注:"五帝苍曰灵威仰,赤曰赤熛怒,黄曰含枢纽,白曰白招拒,黑曰叶光纪。"灵宇即神祠。

〔九一〕八九谓七十二。《史记·封禅书》云:"古者封泰山禅梁父者七十二家。"往素,犹往昔也。

〔九二〕帝王,案宋刊本《曹子建文集》王作皇。帝王指五帝三王。灵矩,灵,善也;矩,法制也。

〔九三〕钟,《左》昭廿一年传杜注:"钟,聚也。"元吉,大吉。圣主,谓曹丕。

魏德论讴附 六首

谷

於穆圣皇〔一〕,仁畅惠渥〔二〕。辞献减膳〔三〕,以服鳏独〔四〕。和气致祥〔五〕,时雨洒沃〔六〕。野草萌芽〔七〕,(变化)〔化成〕嘉谷〔八〕。

〔 一 〕於穆,已见《武帝诔》注。

〔 二 〕《礼记·月令》郑注:"畅,充也。"渥,厚也。

〔 三 〕减膳,减少菜肴之品数。

〔 四 〕服,《诗经·关雎》郑笺:"服,事也。"鳏,《孝经》郑注:"丈夫六十无妻曰鳏。"独,《释名·释亲属》:"老而无子曰独;独,只也,言无所依也。"

〔 五 〕致,《汉书·公孙弘传》颜注:"致,引而至也。"

〔 六 〕洒沃,《铨评》:"《艺文》八十五作渗灖。"案宋刊本《曹子建文集》作添洒。疑添洒为渗灖二字之形误。《史记·司马相如传》:"滋液渗灖。"《索隐》:"案《说文》渗灖,水下流之貌也。"

273

〔七〕芽，《铨评》：“《艺文》作变。”案东方朔《非有先生论》：“朱草萌芽。”是萌芽语亦通。

〔八〕变化，《铨评》：“《艺文》作化成。”疑是。嘉谷，案任昉《述异记》：“尧时中刍为禾。”

禾

猗猗嘉禾〔一〕，惟谷之精〔二〕。其洪盈箱〔三〕，协穗殊茎〔四〕。昔生周朝〔五〕，今植魏庭〔六〕。献之(朝)〔庙〕堂〔七〕，以昭祖灵〔八〕。

〔一〕猗猗，《诗经·淇奥》：“绿竹猗猗。”毛传：“猗猗，美盛貌。”嘉禾，《白虎通·封禅》：“嘉禾者，大禾也。”

〔二〕《孙氏瑞应图》：“嘉禾，五谷之长，盛德之精也。”

〔三〕箱，《文选·思玄赋》旧注：“箱，大车也。”

〔四〕《晋征祥说》：“王者盛德则嘉禾生。嘉禾者，仁卉也。其大盈箱，一稃二米，国政质，则同本而异颖；国政文，则同颖而异本。”

〔五〕周朝，《孙氏瑞应图》：“周时嘉禾三年，本同穗异，贯桑而生，其穗盈箱，生于唐叔之国以献。”

〔六〕魏庭，《魏略》：“黄初元年，郡国三言嘉禾生。”

〔七〕朝，《铨评》：“《艺文》八十五作庙。”案作庙是。庙谓祖庙。

〔八〕昭，《铨评》：“程作照，从《艺文》正。”案丁校是。《书经·益稷》孔传：“昭，明也。”祖灵，祖先盛德。《孙氏瑞应图》：“周公曰：此嘉禾也。太和气之所生焉，此文王之德。乃献文王之庙。”

鹊

鹊之彊彊〔一〕，诗人取喻〔二〕。今存圣世〔三〕，呈质见素〔四〕。饥食苕华〔五〕,渴饮清露。异于俦匹〔六〕,众鸟是(骛)〔慕〕〔七〕。

〔一〕彊彊,《铨评》:"程、张作疆疆,从《艺文》九十二正。"《诗经·鹑之奔奔篇》《释文》:"乘匹之貌。"形容雌雄相互追逐之貌。

〔二〕诗人,指《诗经·鹑之奔奔篇》之作者。取喻,谓取之以作譬喻。

〔三〕《白帖》九十三引《魏德论》云"有白鹊之瑞"可证。

〔四〕见,现字之义。

〔五〕苕华即凌霄花。

〔六〕俦匹同义词,《荀子·劝学》杨注:"俦,类也。"

〔七〕骛,《铨评》:"《艺文》作慕。"案宋刊本《曹子建文集》同,作慕是。慕,思也。

鸠

班班者鸠〔一〕,爰素其质。昔翔殷邦〔二〕,今为魏出〔三〕。朱目丹趾,灵姿诡类〔四〕。载飞载鸣〔五〕,彰我皇懿〔六〕。

〔一〕班班,羽毛鲜明之貌。

〔二〕《孙氏瑞应图》谓成汤之时曾见白鸠。《魏书·灵征志》:"殷汤时至。王者养耆老,遵道德,不以新失旧则至。"

〔三〕《魏略》:"文帝欲受禅,郡国奏白鸠十九见。"

〔四〕灵姿,美好之姿态。诡类,诡,异也。谓异于同种之意。

〔五〕见《诗经·小宛篇》。郑笺:"载,则也。"

〔六〕皇懿,谓曹丕之懿美。

甘 露〔一〕

玄德洞幽〔二〕,飞化上蒸〔三〕。甘露以降,蜜淳冰凝〔四〕。观阳弗晞〔五〕,琼爵是承〔六〕。献之帝朝,以明圣征〔七〕。

〔一〕《铨评》:"程缺。"

〔二〕玄德,《尚书·舜典》孔传:"玄谓幽潜。"德犹思也。洞幽,洞达隐微之域。

〔三〕上蒸,《铨评》:"蒸张作承,从《御览》十二改正。"案丁校是。上蒸,即上升。

〔四〕蜜,《铨评》:"张作密,从《初学记》二改正。"蜜淳,淳甘如蜜。冰凝,《铨评》:"冰张作水,从《初学记》正。"案《晋中兴征祥记》:"甘露者,仁泽也。凝如脂,甘如蜜,王者德至于天则降。"

〔五〕观,《铨评》:"《御览》作睹。"案《广雅·释诂三》:"睹,见也。"晞,干也,已见前注。

〔六〕琼爵,玉杯。承,盛也。见《汉书·王莽传》颜注。

〔七〕圣,《铨评》:"张作贾,从《初学记》正。"《鹖冠子》:"圣德上及太清,下及万灵,则膏露下。"

连理木〔一〕

皇树嘉德,风靡云披。有木连理,别干同枝〔二〕。将承大同〔三〕,应天之规〔四〕。

〔一〕《铨评》:"程缺。"

〔二〕《晋中兴征祥记》:"连理者,或数枝还合,或两树合共。"

〔三〕《孙氏瑞应图》云:"王者德化洽四方,合为一家,则木连理。"

〔四〕顺应天无私覆之准则。

案以上五讴,俱以八句成章,而此讴仅存六句,当有脱逸,无他书以补之。

制命宗圣侯孔羡奉家祀碑^{〔一〕}

维黄初元年，大魏受命^{〔二〕}，胤轩辕之高纵^{〔三〕}，绍虞氏之遐统^{〔四〕}，应历数以改物^{〔五〕}，扬仁风以作教^{〔六〕}。于是揖五瑞^{〔七〕}，班宗彝^{〔八〕}，钧衡石，同度量^{〔九〕}。秩群祀于无文^{〔一○〕}，顺天时以布化^{〔一一〕}。既乃缉熙圣绪^{〔一二〕}，绍显上世^{〔一三〕}，追存二代三恪之礼^{〔一四〕}，兼绍宣尼褒成之后^{〔一五〕}，以鲁县百户命孔子廿一世孙议郎孔羡为宗圣侯^{〔一六〕}，以奉孔子之祀。制诏三公曰^{〔一七〕}："昔仲尼姿大圣之才^{〔一八〕}，怀帝王之器^{〔一九〕}，当衰周之末^{〔二○〕}，而无受命之运^{〔二一〕}，□生乎鲁卫之朝^{〔二二〕}，教化乎(汶)〔洙〕泗之上^{〔二三〕}。栖栖焉，皇皇焉^{〔二四〕}，欲屈己以存道^{〔二五〕}，贬身以救世^{〔二六〕}，当时王公终莫能用^{〔二七〕}。乃追考(五)〔三〕代之礼^{〔二八〕}，修素王之事^{〔二九〕}，因鲁史而制《春秋》^{〔三○〕}，就太师而正《雅》《颂》^{〔三一〕}。俾千载之后^{〔三二〕}，莫不采其文以述作^{〔三三〕}，卬其圣以成谋^{〔三四〕}，咨可谓命世大圣^{〔三五〕}，亿载之师表者已^{〔三六〕}。〔以〕遭天下大乱^{〔三七〕}，百祀堕坏^{〔三八〕}，旧居之庙毁而不修，褒成之后绝而莫继，阙里不闻讲诵之声^{〔三九〕}，四时不睹烝尝之位^{〔四○〕}，斯岂所谓崇(化)〔礼〕报功、盛德百世必祀者哉^{〔四一〕}！嗟乎，朕甚闵焉^{〔四二〕}！其以议郎孔羡为宗圣侯^{〔四三〕}，邑百户，奉孔子之祀^{〔四四〕}。令鲁郡修起旧庙^{〔四五〕}，置百(户)〔石〕卒吏以守卫之^{〔四六〕}。又于其外广为屋宇^{〔四七〕}，以居学者。"于是鲁之父老、诸生、游士，睹庙堂之始复^{〔四八〕}，观俎豆之初设^{〔四九〕}，嘉圣灵于髣髴^{〔五○〕}，想贞祥之来集^{〔五一〕}，乃慨然而叹曰：大道衰废^{〔五二〕}，礼(学)〔乐〕灭绝卅余年^{〔五三〕}。皇上怀仁圣之懿德〔五四〕，兼二仪之化育〔五五〕，广大苞于无方〔五六〕，渊（恩）〔深〕沦于不测〔五七〕。故自受命以来，天人咸和〔五八〕，神气烟煴〔五九〕，嘉瑞踵武〔六〇〕，休征屡臻〔六一〕。殊俗解编发而慕义〔六二〕，遐夷越险阻而来宾〔六三〕。虽太皓游龙以君世〔六四〕，虞氏仪凤以临民〔六五〕，伯禹命玄（宫）〔官〕而为夏后〔六六〕，西伯由岐社而为周文〔六七〕，尚何足称于大魏哉〔六八〕！若乃绍继微绝〔六九〕，兴修废官，畴咨稽古〔七〇〕，崇配乾ⅲ〔七一〕，允神明之所福祚〔七二〕，宇内之所欢欣也〔七三〕，岂徒鲁邦而已哉〔七四〕！尔乃感殷人路寝之义〔七五〕，嘉先民泮宫之事〔七六〕。以为高宗、僖公〔七七〕，盖嗣世之王、诸侯之国耳，犹著德于名颂〔七八〕，腾声乎千载〔七九〕。况今圣皇肇造区夏〔八〇〕，创业垂统〔八一〕，受命之日，曾未下舆〔八二〕，而褒崇大圣〔八三〕，隆化如此〔八四〕，能无颂乎！乃作颂曰：

煌煌大魏〔八五〕，受命溥将〔八六〕。继体黄虞〔八七〕，含夏苞商〔八八〕。降釐下土〔八九〕，（廓）〔上〕清三光〔九〇〕。群祀咸秩，靡事不纲〔九一〕。嘉彼玄圣〔九二〕，有（邈）〔赫〕其灵〔九三〕，遭世雾乱〔九四〕，莫显其荣〔九五〕。褒成既绝，寝庙斯倾〔九六〕，阙里萧条，靡歆靡馨〔九七〕。我皇悼之，寻其世武〔九八〕，乃建宗圣，以绍厥后〔九九〕。修复旧（堂）〔庙〕〔一〇〇〕，丰其甍宇〔一〇一〕。莘莘学徒〔一〇二〕，爰居爰处〔一〇三〕。王教既备〔一〇四〕，群小遄沮〔一〇五〕。鲁道以兴〔一〇六〕，永作宪矩〔一〇七〕。洪声（岂）〔登〕遐〔一〇八〕，神祇来（和）〔祜〕〔一〇九〕。休征杂还〔一一〇〕，瑞我邦家。内光区域〔一一一〕，外被荒遐〔一一二〕。殊方重译〔一一三〕，搏拊扬歌〔一一四〕。於赫四圣〔一一五〕，运世应期〔一一六〕，仲尼既没，文亦在兹〔一一七〕。彬彬我后〔一一八〕，越而五之〔一一九〕。并于亿载〔一二〇〕，如山之基〔一二一〕。

〔一〕《铨评》：“程作《孔子庙颂》。程仅载颂内修复旧堂至外被荒遐十四句，今删。张全载此碑，而多脱误。今悉依碑本分书录之，而分注程张异同于下。碑在今曲阜县。《隶释》十九载此碑，曹植词，梁鹄书。”

〔二〕受命，谓承受天命。

〔三〕胤，《尔雅·释诂》：“胤，继也。”纵，《铨评》：“张作踪。”案汉碑多以踪作纵。如汉《石门颂》“君其继纵”，夏承碑“绍纵先轨”可证。踪，迹也。据五德终始论之说，轩辕以土德代炎帝之火德而得帝位，曹魏亦以土德代汉火德而受汉禅，故曰继踪。

〔四〕虞氏，虞舜。已见《魏德论》注。遐，远也。统，业也。

〔五〕历数，《尚书·大禹谟》：“天之历数在汝躬。”孔传：“历数，天道，谓天历运之数。帝王易姓而兴，故言历数谓天道。”改物谓改革制度。

〔六〕教，谓教令。

〔七〕揖，《铨评》：“张作辑。”案《尚书·舜典》：“辑五瑞。”《史记·五帝纪》、《汉书·郊祀志》辑俱作揖，揖、辑古今字。《舜典》孔传：“辑，敛也。”五瑞，《舜典·正义》云：“公执桓圭，侯执信圭，伯执躬圭，子执谷璧，男执蒲璧。圭璧为五等之瑞，诸侯执之以为王者瑞信，故称瑞也。”

〔八〕班宗彝，《公羊》僖卅一年传何注：“班者，布遍还之辞。”宗彝，《中庸》郑注：“祭器也。”古代皇帝封诸侯，赐予宗庙祭器，展示慎重任命之意。

〔九〕钧衡石、同度量，《铨评》：“量张作量。”案《吕氏春秋·仲春纪》：“钧衡石。”高注：“钧，铨也。”谓平衡统一全国度量衡之制度。

〔一〇〕秩，《尚书·舜典》郑注："秩，次也。"文，《书大传》："谓尊卑之差制也。"谓厘订群神尊卑高下之祭典。如五岳视三公，四渎视诸侯，其余或伯或子男大小有差。

〔一一〕布化，谓宣布教令。

〔一二〕缉熙，《诗经·文王》毛传："光明也。"圣绪，圣王之业。

〔一三〕绍显，嗣续发扬。

〔一四〕二代，《铨评》："二张作三。"三恪，《铨评》："张脱此二字。"案丁补是。二代谓夏殷，三恪谓黄帝、尧、舜之后代。周得天下，曾封黄帝、尧、舜与夏殷之后代为诸侯。曹丕即帝位，复封之，故曰追存，追存即补存。

〔一五〕宣尼谓孔子。宣是后代赠予之谥。褒成，汉平帝时，王莽摄政，乃封孔子后孔均为褒成侯，追谥孔子为褒成宣尼。光武建武十三年，复封均子志为褒成侯。世世相传，至献帝初始绝（见《后汉书·儒林·孔僖传》）。

〔一六〕命孔子廿一世孙，《铨评》："廿张作二十。"《说文》："廿，二十并也。"

〔一七〕秦始皇始称制。《独断》："制者，王者之言必为法制也。"

〔一八〕姿，《铨评》："《魏志·文帝纪》作资，张作负。"案姿、资古通。《释名·释姿容》："姿，资也。"《国语·晋语》韦注："资，禀也。"犹今语曰天赋。

〔一九〕器，《论语·子路》皇疏："器犹能也。"

〔二〇〕之末，《铨评》："碑缺此二字，据《魏志》补。"

〔二一〕运，犹天命。

〔二二〕□生乎鲁卫，《铨评》："《魏志》作在鲁卫。"案《隶释》十九无在字，有□牛平三字，丁校本《隶释》所载。鲁、卫谓鲁哀公、卫灵公。孔子曾仕于二国，皆当国力衰弱、政治混乱之时。

〔二三〕教化乎，《铨评》："张脱乎。"洙泗之上，《铨评》："洙，《魏志》作
洙。"案《魏志》作洙是。《礼记·檀弓》："曾子谓子夏曰：吾与
汝事夫子于洙泗之间。"《水经·洙水注》："北为洙渎，南则泗
水，夫子教于洙泗之间，今于城北二水之中，即夫子所居也。"

〔二四〕栖栖，《铨评》："《魏志》作悽悽。"皇皇，《铨评》："《魏志》作遑
遑。"案悽当作棲，棲、栖同。栖栖皇皇，《文选·答宾戏》李注：
"棲皇，不安居之意也。"

〔二五〕屈己，谓抑退自己。

〔二六〕贬身，谓降低身分。

〔二七〕当，《铨评》："《魏志》作于。"时王公，《铨评》："张时作是，碑缺
此三字，从《魏志》。"终莫能用，《铨评》："用下《魏志》有之字。"

〔二八〕乃追，《铨评》："追《魏志》作退。"案《史记·孔子世家》："追迹
三代之礼。"三代之礼已亡，故曰追，考。五代，谓唐、虞、夏、
商、周。礼，谓法度。但窃疑五当从《史记》作三，此本《孔子世
家》为说，不容易字。

〔二九〕素王，《庄子·天道篇》："有其道为天下所归，而无其爵者，所
谓素王。"

〔三〇〕因，依据之义。制《春秋》，谓编辑《春秋》。

〔三一〕正《雅》《颂》，谓订正《雅》与《颂》之乐谱。

〔三二〕俾，使字之意。

〔三三〕采，《铨评》："《魏志》作宗。"

〔三四〕卬，《铨评》："《魏志》作仰。"案卬、仰古通用。《广雅·释诂
三》："仰，恃也。"成谋，《铨评》："张脱成。"

〔三五〕咨，发语词。命世，《孟子·公孙丑篇》："五百年必有王者兴，

其间必有名世者。"名、命古通用。大圣,《铨评》:"《魏志》大上有之字。"

〔三六〕师表,《后汉书·刘佑传》章怀注:"表犹标准也。"已,《铨评》:"《魏志》作也。"案《宋书·礼志》亦作也。

〔三七〕遭,案《宋书·礼志》遭上有以字,似应据增。以犹因也。

〔三八〕堕坏,《宋书·礼志》坏作废。

〔三九〕阙里,《后汉书·明帝纪》章怀注:"孔子宅,在今兖州曲阜县故鲁城中,归德门内。阙里之中,背洙面泗。"《后征记》:"洙泗二水交于鲁城东北十七里。阙里背洙面泗,墙南北一百二十步,东西六十步。四门各有石阃。北门去洙水百余步。"诵,《铨评》:"《魏志》作颂。"案诵、颂古通。

〔四〇〕烝尝,《尔雅·释天》:"秋祭曰尝,冬祭曰烝。"

〔四一〕化,《铨评》:"《魏志》作礼。"案《宋书·礼志》亦作礼。疑作礼字是。崇礼,谓隆重祭祀。百世必,《铨评》:"张作必百世。"案《魏志》作"百世必",张本误乙。

〔四二〕闵,《铨评》:"张作悯。"《诗经·闵予小子篇》郑笺:"闵,悼伤之言也。"

〔四三〕其,汉代诏令用词,具命令之意。

〔四四〕之祀,《宋书·礼志》无之字。

〔四五〕修起,《宋书·礼志》无起字。

〔四六〕百户卒吏,案当作百石卒史。顾炎武《金石文字记》云:"百石卒史者,秩百石之卒史也。《汉书·儒林传》:郡国置五经百石卒史。臣瓒曰:《汉志》卒史秩百石是也。《晋书》及《通典》皆讹为百户吏卒,误与此同。"汉有《孔庙置守庙百石卒史碑》。

〔四七〕屋宇,《铨评》:"《魏志》作室屋。"

〔四八〕始复，开始恢复。

〔四九〕俎豆，《一切经音义》五引《字书》：“俎，四脚小盘也。”《公羊》桓四年传何注：“豆，祭器名，状如镫。”

〔五〇〕圣灵，谓孔子魂灵。髣髴，犹恍忽，双声謰语。史晨《孔庙碑》：“髣髴如在。”即不分明之貌。

〔五一〕贞，《铨评》：“张作祯。”《中庸》：“国家将兴，必有祯祥。”《正义》：“祯祥，吉之萌兆。祥，善也，言国家之将兴，必先有嘉庆善祥也。”是祯祥即吉祥之征兆。集，《广雅·释诂三》：“集，聚也。”

〔五二〕谓社会混乱，维持封建秩序之法制遭遇严重破坏。

〔五三〕学，《铨评》：“张作乐。”疑作乐字是。即谓礼坏乐崩。灭绝，《铨评》：“张作绝灭。”卅，《铨评》：“张作三十。”指董卓废立之时至黄初元年约三十余年。

〔五四〕皇上，指曹丕。怀，《文选·北征赋》李注引《苍颉》：“抱也。”懿德，即美德。

〔五五〕二仪，谓天地。化育，谓使万物生长繁茂。

〔五六〕苞，《铨评》：“张作包。”无方，犹言无有界限。

〔五七〕渊，《铨评》：“碑缺渊，从张本。”恩，《铨评》：“张作深。”案疑作深字为是，渊深、广大相对成文。不测，不可度量。

〔五八〕咸和，咸，皆也。和，协和之意。

〔五九〕烟煴，《铨评》：“张作氤氲。”案烟煴即氤氲。《一切经音义》：“氤氲，祥瑞气也。似云非云，而轻盈如青烟。”

〔六〇〕踵武，《离骚》：“及前王之踵武。”王注：“踵，继也，武，迹也。”

〔六一〕休征，意与祯祥同。臻，至也。

〔六二〕殊俗，谓不同风俗之少数民族。编发，《汉书·终军传》：“解编发。"颜注:"编读为辫。"

〔六三〕遐夷,辽远地区之少数民族。宾,《尔雅·释诂》:"服也。"

〔六四〕太皓,《铨评》:"皓,张作皥。"太皓即伏羲。游龙,见卷一《伏羲赞》注。

〔六五〕仪凤,《尚书·益稷》:"箫韶九成,凤皇来仪。"仪,来字之意。

〔六六〕玄官,官疑为官字之形误。玄,水色。玄官,治水之官。舜命禹作司空,平治洪水,功成,受舜之禅,国号曰夏。

〔六七〕岐社,谓岐山之地。周文即周文王,为西伯。

〔六八〕称,《国语·晋语》韦注:"称述也。"

〔六九〕即《论语》所谓"兴灭国,继绝世"之意。

〔七〇〕畴咨,《尚书·尧典》:"帝曰畴咨,若时登庸。"魏《元丕碑》:"訦咨群僚。"《刘宽碑》:"訦咨儒林。"畴,孔传:"谁也。"疑此为发语词,无义。咨,《诗经·皇皇者华》毛传:"访问于善曰咨。"稽古,《尚书·尧典》:"若稽古帝尧。"孔传:"稽,考也。"

〔七一〕乾ЩШ即乾坤,谓天地。

〔七二〕允,《铨评》:"张作况。"案张作况,误。允,《尔雅·释诂》:"信也。"福祚,《铨评》:"张作作。"案张本误。《方言》十三注:"福谓福祚也。"是福祚连文可证。

〔七三〕宇内,《铨评》:"内张作宙。"案宇谓上下四方,宙谓古往今来(《庄子·庚桑楚》《释文》引《三苍》),是宇宙于此无义,当作宇内为得。宇内,《左》昭四年传杜注:"于国四垂为宇。"则宇内即国内。张作宙误。欢,《铨评》:"张作观。"案作观字误。欣也,《铨评》:"张作欣欣之色。"案张本误。

〔七四〕鲁邦,谓鲁郡。

〔七五〕殷人路寝,《诗经·商颂·殷武篇》:"陟彼景山,松柏丸丸。是断是迁，方斫是虔。松桷有梴，旅楹有闲，寝成孔安！"陈奂《毛诗传疏》云："诗于篇末逐言修治路寝之事。"路寝，制如明堂以听政（《诗正义》）。句意如《正义》所云"前王有废政教，不修寝庙，而高宗重新建修"，是与曹丕修造孔子庙同。

〔七六〕泮宫，古诸侯教育人才之所。先民，谓鲁国人。指《诗经·鲁颂·泮水篇》。诗人歌颂鲁僖公修泮宫之事。

〔七七〕高宗，殷高宗。殷王武丁。

〔七八〕名，《铨评》："张作三。"案张作三误。上述仅《鲁颂》《商颂》，不得云为三也。名，《国策·秦策》高注："大也。"名颂，即大颂，美之之辞。

〔七九〕乎，《铨评》："张作于。"腾声，谓声誉流传。

〔八〇〕区夏谓中国。

〔八一〕创业，谓创立帝业。垂统，谓帝统留传于后。

〔八二〕下舆，下车。言不敢少事延缓之意。盖曹植以此比拟曹丕如周武王（见《史记·周本纪》）。

〔八三〕崇，《铨评》："张作美。"案作崇字是。《国语·周语》韦注："崇，尊也。"

〔八四〕隆化，谓崇奉教化。

〔八五〕煌煌，形容伟大光明之貌。

〔八六〕溥将，《诗经·商颂·那篇》："我受命溥将。"广大之意。

〔八七〕虞，《铨评》："张作唐。"案张本误，虞正承上文"绍虞氏之遐统"而言。

〔八八〕含、苞，《铨评》："张本二字互易。"

〔八九〕釐，幸福。降釐谓赐予幸福。下土，喻百姓。

〔九〇〕廓，《全三国文》作上，疑作上字是。三光，日月星也。

〔九一〕纲,《诗经·棫朴篇》郑笺:"张之为纲。"《广雅·释诂三》:"张,施也。"

〔九二〕玄圣,班固《典引》:"故先命玄圣,使缀学立制。"李注:"玄圣,孔子也。《春秋演孔图》:玄丘制命。"

〔九三〕邎,《铨评》:"张作赫。"案《诗经·生民篇》:"以赫厥灵。"毛传:"赫,显也。"作邎字疑非。

〔九四〕霿乱,犹昏乱。

〔九五〕莫显其荣,案即其荣莫显,以叶韵倒。

〔九六〕倾,《礼记·曲礼》《正义》:"欹侧也。"犹言倾斜。

〔九七〕歆,古人谓当祭祀时,神来享用祭品曰歆。神领受祭物之香气曰馨。

〔九八〕世武,犹后代。

〔九九〕厥谓孔子。

〔一〇〇〕堂,《铨评》:"程作庙。"案《艺文》卷八十三、宋刊本《曹子建文集》亦俱作庙,作庙字是。

〔一〇一〕丰,《方言一》:"大也。"甍,屋脊。宇,屋檐。

〔一〇二〕莘莘,众多之貌。

〔一〇三〕爰,于此之义。或为语词。此本《诗经·击鼓篇》。

〔一〇四〕王教,国家教化。备,《铨评》:"张作新。"案备,谓具备。

〔一〇五〕遄沮,《诗经·巧言篇》:"乱庶遄沮。"遄沮,速止之义。

〔一〇六〕句意谓周公制订之政教制度既已建立。

〔一〇七〕宪矩,谓作为法式与典范。

〔一〇八〕岂,《铨评》:"程作登。"案宋刊本《曹子建文集》亦作登,作登字是。《尔雅·释诂》:"登假,升也。"《列子·汤问》:"秦之西有仪渠之国者,其亲戚死,聚柴积而焚之,熏则烟上,谓之登遐。"

〔一〇九〕和,《铨评》:"程作祜。"案宋刊本《曹子建文集》和作祐。祐当为祜之形误。《尔雅·释诂》:"祜,福也。"祜与宇、处、沮、矩为韵,作和字误,当从程本作祜为得。

〔一一〇〕杂遝,《文选·洞箫赋》李注:"众多貌也。"

〔一一一〕光,充也。区域指国内。

〔一一二〕荒遐,辽远之区。

〔一一三〕重译,《铨评》:"张作慕义。"

〔一一四〕搏拊,《尚书·益稷》《正义》:"搏拊形如鼓,以韦(生牛皮)为之,实之以糠,击之以节乐。"

〔一一五〕四圣,谓黄帝、虞舜、夏禹、周文王。

〔一一六〕运世,《文选·运命论》题注:"运谓五德更运,帝王所禀以生也。"

〔一一七〕文,指治理国家之典章制度。《论语·子罕篇》:"文王既没,文不在兹乎!"此云孔子虽死,而典章制度因曹丕乃得以保存。

〔一一八〕彬彬,形容温文尔雅之貌。我后,谓曹丕。

〔一一九〕五之,谓与黄帝虞舜夏禹周文乃曹丕为五圣。

〔一二〇〕并,《铨评》:"张作垂。"案垂有留传之意。

〔一二一〕此祝魏王朝之事业当如山之基趾,不可动摇。

《铨评》:"碑本后有'陈思王曹植正书'七字。晏案:此碑洪氏题梁鹄书。汝帖集此碑之字,亦题鹄书,嘉祐张稚圭图记并同。宋以来相传如此,谓为梁孟皇书,当可信也。碑揖五瑞,今书作辑,《史记·封禅书》《汉书·郊祀志》俱引揖五瑞,乃古文之仅存者。高纵即高踪,三恪即三恪,编发即辫发,烟煴即氤氲,太皓即太昊,乾ш即乾坤。又云'咨可谓大圣亿载之师表者已',

咨属下读。魏孔庙李仲璇碑,'咨可谓开阖之儒圣。'吾乡吴山夫先生《金石存》云:'《尔雅·释诂》:咨、兹,此也。邢疏云:咨与兹同。《文类》改作兹,非也。'"案顾炎武《金石文字记》谓碑末所刻曹植撰、梁鹄书等字系后人附加,录以存疑。朱彝尊云:"洪氏(洪适《隶释》)以是碑文称黄初元年,而《魏志》作二年,谓误在史。考魏王受禅在汉延康元年十一月,既升坛即阼事讫,改延康为黄初。而碑辞叙'黄初元年,应历数以改物,秩群后于无文。既乃缉熙圣绪,昭显上世,则诏三公'云云。原受禅之始,岁且将终,碑有'既乃'之文,则下诏在明年二月,史未必误。"

上九尾狐表〔一〕

黄初元年十一月二十三日于鄄城县北〔二〕,见众狐数十首在后,大狐在中央,长七八尺,赤紫色,举头树尾〔三〕,尾甚长大,林列有枝甚多〔四〕。然后知九尾狐。斯诚圣王德政和气所应也〔五〕。

〔 一 〕《铨评》缺此表,今据严可均《全三国文》引《开元占经》一百十六补入。

〔 二 〕黄初,《宋书·符瑞志》:"有黄鸟衔丹书集于尚书台,于是改元为黄初。"十一月,案曹丕黄初《受禅碑》言冬十月辛未受禅,辛未即二十九日。朱彝尊《跋孔羡碑》云:"魏受禅在延康元年十一月,则与此表十一月二十三日抵触,此表所纪月日,盖可信也。"鄄城,案曹植本传其年(黄初二年)改封鄄城侯,而此表已云于鄄城县北,岂黄初元年已至鄄城耶? 说见年表。

〔 三 〕谓昂头竖尾。

〔 四 〕林列,《广雅·释诂三》:"林,聚也。"《广雅·释诂二》:"列,陈也。”

〔五〕郭璞《山海经注》：“世平则出为瑞也。”古以九尾狐之出现，认
为帝王吉祥之征兆。

猎　表〔一〕

于七月伏鹿鸣（尘）〔麀〕〔二〕，四月五月射雉之际〔三〕，此正乐猎
之时。

〔一〕《铨评》：“程脱。”案严可均《全三国文》作《求出猎表》。

〔二〕案尘字于此不可解，字当作麀，盖形近致误。麀，牝鹿。谓秋
日为鹿交尾期。鹿交尾时，牡鹿于隐僻处鸣，牝鹿闻声即
驰往。

〔三〕四月、五月为雉之交尾期，潘安仁《射雉赋》：“于是青阳告谢，
朱明肇授。”即指初夏。《诗经·匏有苦叶篇》：“雉鸣求其牡。”
此谓鹿雉交尾时皆鸣唤，则猎者易于寻声追捕。

案本传：“黄初二年，监国谒者灌均希指，奏植醉酒悖慢，劫
胁使者，有司请治罪。”《文选·责躬诗》李注引植《求出猎表》云：
“臣自招罪衅，徙居京师，待罪南宫。”是植得罪后，免爵居鄄，《九
愁赋》所云：“信旧都之可怀。”又云：“登高陵而反顾。”可证。则
此表疑上于斯时，或可信也。此表残脱不具。

谢初封安乡侯表〔一〕

臣抱罪即道〔二〕，忧惶恐怖，不知刑罪当所限齐〔三〕。陛下哀愍臣
身，不听有司所执〔四〕，待之过厚，即日于延津受安乡侯印绶〔五〕。

奉诏之日,且惧且悲:惧于不修[六],始违宪法;悲于不慎,速此贬退[七]。上增陛下垂念[八],下遗太后见忧[九]。臣自知罪深责重[一〇],受恩无量,精(魄)〔魂〕飞散[一一],忘躯殒命[一二]。

〔 一 〕《铨评》:"程、张脱谢,依《艺文》五十一补。"安乡,在今河北晋
县东。

〔 二 〕即道即就道。

〔 三 〕限齐,《家语·曲礼·子贡问》注:"齐,限也。"限齐,复义词,即
界限之义。

〔 四 〕《魏志》本传裴注引《魏书》载诏曰:"植,朕之同母弟。朕于天
下,无所不容,而况植乎!骨肉之亲,舍而不诛,其改封植。"
《魏志·方伎·周宣传》:"时帝欲治植之罪,逼于太后,但加
贬爵。"

〔 五 〕延津,杜预《左传》注:"陈留酸枣县北有延津。"今河南延津
县北。

〔 六 〕修,《后汉书·张衡传》章怀注:"修谓自修为善也。"

〔 七 〕速,《诗经·行露篇》:"何以速我狱。"毛传:"速,召也。"

〔 八 〕陛下,指曹丕。垂念,《荀子·富国篇》杨注:"垂,下也。"垂念
即下念。

〔 九 〕太后,谓曹植母卞氏。见忧,《礼记·曲礼》《正义》:"自上诒下
之词。"见有被意,见《庄子·秋水篇》成玄瑛疏。

〔一〇〕责重,谓过失严重。

〔一一〕精魄,《铨评》:"魄,《艺文》五十一作魂。"案宋刊本《曹子建文
集》亦作魂。魄不得云飞散,故当作魂为是。精魂即魂之义。

〔一二〕忘躯,《汉书·戾太子传》颜注:"忘,亡也。"《榖梁》襄公六年传
范注:"亡,灭也。"殒命,《铨评》:"程衍云,依张删。"案云字示

句有未尽之辞，盖编者所加，非曹植原有此字，丁删是。

案《魏志·陈思王植传》："黄初二年，监国谒者灌均希指，奏植醉酒悖慢，劫胁使者，有司请治罪。帝以太后故，贬爵安乡侯。"曹丕因积怨，欲置植于死地，故授意灌均捏造罪状。但因太后卞氏反对，曹丕不得已，才宣布封安乡侯。

白鹤赋

嗟皓丽之素鸟兮〔一〕，含奇气之淑祥〔二〕。薄幽林以屏处兮〔三〕，荫重景之余光〔四〕。(狭)〔挟〕单巢于弱条兮〔五〕，惧冲风之难当〔六〕。无沙棠之逸志兮〔七〕，欣六翮之不伤〔八〕。承避近之侥倖兮〔九〕，得接翼于鸾皇〔一〇〕。同毛衣之气类兮〔一一〕，信休息之同行〔一二〕。痛美会之中绝兮〔一三〕，遭严灾而逢殃〔一四〕。(共)〔并〕太息而祗惧兮〔一五〕，抑吞声而不扬〔一六〕。伤本规之违忤〔一七〕，怅离群而独处。恒窜伏以穷栖〔一八〕，独哀鸣而戢羽〔一九〕。冀(大纲)〔天网〕之解结〔二〇〕，得奋翅而远游〔二一〕。聆雅琴之清均〔二二〕，(记)〔托〕六翮之末流〔二三〕。

〔一〕皓丽，雪白美好之貌。素，白也。

〔二〕句当作含淑祥之奇气，此以叶韵倒。淑祥，善良。奇气，谓特殊气质。

〔三〕薄，迫近。幽林，深邃之森林。屏处，《汉书·窦婴传》颜注："屏，隐也。"则屏处犹隐处。

〔四〕景，日也。重景喻曹操。

〔五〕狭，窄狭，于此无义，疑字当作挟。《尔雅·释言》："挟，藏也。"

单巢,独巢。弱条即细枝。

〔六〕冲风,《铨评》:"冲张作春。"案春字误。《楚辞·河伯》:"冲风起兮水横波。"王注:"冲,隧也。"《诗经·桑柔篇》:"大风有隧。"陆景《典语》:"冲风之吹枯枝,烈火之炎寒草。"冲风、烈火相俪成文,则冲风盖谓迅急大风也。

〔七〕沙棠,《山海经·西山经》:"昆仑之丘有木焉,其状如棠,黄华赤实,其味如李而无核,名曰沙棠,可以洁水,食之使人不溺。"

〔八〕翮,鸟翎管。《尔雅·释器》:"羽本谓之翮。"六翮谓鹤。

〔九〕邂逅,《诗经·野有蔓草篇》毛传:"不期而遇曰邂逅。"侥倖,《一切经音义》十云:"非其所当得而得之。"

〔一〇〕鸾皇,喻曹丕。谓与曹丕为兄弟,故曰接翼。

〔一一〕毛衣,鸟以毛为衣,故以毛衣喻鸟。气类,《铨评》:"《艺文》九十气作系。"案《广雅·释诂四》:"系,连也。"似于此无义。气类犹言含气之属,即生物之义。

〔一二〕之,《铨评》:"《艺文》作而。"谓行止在一处也。

〔一三〕美会,《铨评》:"《初学记》三十美作良。"美、良意同。中绝即中断。

〔一四〕严灾,严酷祸灾。遘、逢义同。《广雅·释言》:"殃,咎也。"

〔一五〕共,《铨评》:"程作拜,从《初学记》。"案宋刊本《曹子建文集》共作并,程作拜,疑为并字之形误。并,《广雅·释言》:"兼也。"丁从《初学记》改作共,疑未确。

〔一六〕《广雅·释言》:"吞,咽也。"吞声即不敢出声。《国策·齐策》高注:"扬,发扬也。"此谓曹丕罗织其罪,心怀恐惧,不敢出声也。

〔一七〕本规,原定计划。违忤,即违反抵触。

〔一八〕窜伏，《国语·晋语》韦注：“窜，隐也。”伏，《广雅·释诂四》：“藏也。”穷栖，《国策·秦策》高注：“穷，困也。”栖与楼同。

〔一九〕戢羽，《诗经·鸳鸯篇》：“戢其左翼。”郑笺：“戢，敛也。”戢羽，即戢翼。

〔二〇〕大纲，宋刊本《曹子建文集》纲作网。疑大纲当作天网。《责躬诗》：“天网不可重罹。”失题诗：“但恐天网张。”天网，指国家法制。解结，《铨评》：“解程作难。从《艺文》。”句象征法制所加之束缚得到消除。

〔二一〕奋翅，《铨评》：“翅《艺文》作趐。”案趐当属翅字之形误。

〔二二〕雅琴，《后汉书·儒林·刘昆传》：“……刘昆……少习容礼，……能弹雅琴。”嵇康《琴赋序》：“众器之中，琴德最优。”《风俗通·声音》：“雅之为言正也。”均，《铨评》：“程、张作韵，从《艺文》。”案宋刊本《曹子建文集》与《艺文》同。《文选·啸赋》李注：“均，古韵字也。”

〔二三〕记，疑当作托，形近致误。《汉书·外戚传》：“托长信之末流。”语式正同。颜注：“流谓等列也。”托，《国策·齐策》高注：“托，附也。”意谓不敢与鸾皇接翼而飞，附于鸟类之下等而已。

此赋曹植借喻白鹤，象征自己品德的纯正。在曹丕即位之后，身受极为沉重之政治迫害，幽禁独处，死生莫测。惟一希望是如何能够解除法制的控制，争取人身自由，且借以消除曹丕疑忌心理。词语直抒胸臆，流露凄苦的情绪。而另一面，充分揭示统治者在私有观念支配下，骨肉相残的丑恶本质。

写灌均上事令〔一〕

孤前令写灌均所上孤章，三台九府所奏事〔二〕，及诏书一通〔三〕，置之坐隅〔四〕。孤欲朝夕讽咏〔五〕，以自警诫也〔六〕。

〔 一 〕《铨评》："程缺。晏案：《魏志》本传称监国谒者灌均希旨，奏植
　　　　醉酒悖慢，劫胁使者，即此章也。"案《后汉书·阜陵王传》："使
　　　　谒者一人，监护延，不得与吏人通。"则监国谒者特置以监察有
　　　　罪侯王行动之吏耳。

〔 二 〕三台，即尚书、御史、谒者台。九府，即九卿：太常、光禄勋、卫
　　　　尉、廷尉、大司农、少府、将作大匠、太仆、大鸿胪。

〔 三 〕见《谢初封安乡侯表》注引。

〔 四 〕坐隅，《楚辞·逢尤》王注："隅，旁也。"坐隅，即坐旁。

〔 五 〕讽，《周礼·大司乐》郑注："倍文曰讽。"咏，《礼记·檀弓》郑
　　　　注："讴也。"则讽咏犹言诵读。

〔 六 〕也，《铨评》："从《御览》五百九十三补。张脱。"

玄畅赋_{有序}

夫富者非财也，贵者非宝也。或有轻爵禄而重荣声者〔一〕，或
有反性命而徇功名者〔二〕。是以孔老异情〔三〕，杨墨殊义〔四〕。
聊作斯赋〔五〕，名曰玄畅。庶以司马相如为《上林赋》〔六〕，控引
天地古今〔七〕，陶神知机〔八〕，摘理表微〔九〕，……

夫何希世之大人〔一○〕，馨天壤而作皇〔一一〕。该仁圣之上义〔一二〕，
据神位以统方〔一三〕。补五（常）〔帝〕之漏（阙）〔目〕〔一四〕，缀三代（以）
〔之〕维纲〔一五〕。□□□□□□，絪日际而来王〔一六〕。傥余生之
幸禄，遭九二之嘉祥〔一七〕。上同契于稷卨〔一八〕，降合颖于伊
望〔一九〕。思荐宝以继佩〔二○〕，怨和璞之始镌〔二一〕；思黄钟以协

律〔二二〕，怨伶夔之不存〔二三〕。嗟所图之莫合〔二四〕，怅蕴结而延伫〔二五〕。希鹏举以（抟）〔傅〕天〔二六〕，蹴青云而奋羽〔二七〕。（企驷跃）〔舍余驷〕而改驾〔二八〕，任中才之展御〔二九〕。望前（轵）〔轨〕而致策〔三〇〕，顾后乘而安驱〔三一〕。匪逞迈之短修〔三二〕，（长）〔取〕全贞而保素〔三三〕。弘道德以为宇〔三四〕，筑无怨以作藩〔三五〕。播慈惠以为圃〔三六〕，耕柔顺以为田〔三七〕。不愧景而惭魄〔三八〕，信乐天之何欲〔三九〕。逸千载而流声〔四〇〕，超遗黎而度俗〔四一〕。

众才所归《铨评》："《书钞》二十九引《玄畅赋序》。"

〔一〕荣声，谓荣誉。

〔二〕反，《铨评》："《艺文》二十六作受。"疑字或误。《任城王诔》："凡夫受命。"宋刊本《曹子建文集》、《艺文》卷四十五引受字皆作爰，是受、爰形讹之证。《礼记·表记》郑注："爰犹惜也。"徇与殉通，《史记·屈贾列传》《索隐》引臣瓒："亡身从物谓之殉。"而，《铨评》："《艺文》作以。"

〔三〕情，《铨评》："《艺文》作旨。"案宋刊本《曹子建文集》情亦作旨。旨，意也。老子尚道德，孔子重仁义；儒家言人事，道家谈玄虚；儒者言名教，老庄谈自然，取舍不同，故云"孔老异旨"。

〔四〕杨，杨朱。墨，墨翟。《孟子·尽心篇》："杨子取为我，拔一毛而利天下，不为也；墨子兼爱，摩顶放踵利天下，为之。"

〔五〕《铨评》："程脱斯，据《艺文》补。"案《北堂书钞》卷百二引与《艺文》同，丁补是。

〔六〕庶以下二十四字，《铨评》："程、张脱，依《书钞》百二补。"司马相如字长卿，四川成都人，《汉书》有传。《上林赋》，司马相如作，见《汉书》本传。

〔七〕控，《说文》："引也。"控引复义词。天地古今句有脱字。控引天地为句，则古今上疑脱二字。

〔八〕陶，《文选·七发》李注引《韩诗章句》："陶，畅也。"机，《易·系词》："几者动之微，吉之先见者也。"

〔九〕摛，《广雅·释诂四》："舒也。"表微，《礼记·坊记》郑注："微谓幽隐不显。"案句下疑有脱文，语意未完。

〔一〇〕希，少也。大人谓君，指曹丕。

〔一一〕罄，尽字之意。天壤犹天地。谓曹丕代汉而为魏帝。

〔一二〕《穀梁》哀元年传范注："该，备也。"仁圣上义，班彪《王命论》云："帝王之祚，必有明圣显懿之德，丰功厚利积累之业。"

〔一三〕神位，喻帝位也。《汉书·贾山传》颜注："统，治也。"《尚书·益稷》孔传："方，四方也。"

〔一四〕五常，案常系帝字之形误。五帝与三代正相俪成文。《汉书·司马相如传》："惟汉继五帝末流，接三代绝业。"扬雄《剧秦美新》："帝典阙而不补，王纲弛而未张。"帝即五帝，王谓三王也。足证常系帝字之误。漏阙，《铨评》："阙，《艺文》作目。"疑作目字是。目，条目。

〔一五〕缀，《铨评》："《艺文》作钜。"案钜字于此无义。《礼记·檀弓》郑注："缀犹联也。"以，《铨评》："《艺文》作之。"案作之字是。维纲原意网上绳，此以喻国家政法制度。

〔一六〕案此二句原脱，见《文选》颜延年《宋郊祀歌》李注引，《铨评》谓属赋遗句，列于赋后，严可均《全三国文》置于"侥余生之幸禄"句上，今据以补录入正文。緪原义为粗绳，此为亘字之借。亘，穷竟之意。际，界也。日际，谓日所照临之区。来王，《诗经·殷武篇》："莫敢不来王。"郑笺："世见曰王。"

〔一七〕遘,遇也。九二,《易经·乾卦》:"九二,见龙在田,利见大人。"嘉祥,吉利之征应。意谓曹丕准备即帝位之时。

〔一八〕稷,姜嫄之子,为舜稷官。卨即契,有娀之子,为舜司徒。

〔一九〕伊,伊尹,成汤之相。望,太公望,即吕尚,助武王灭商,为周首辅。二句意谓上当如稷、契之辅虞舜,下亦同伊尹、吕尚之佐殷、周。

〔二〇〕继佩,《离骚》:"折琼枝以继佩。"王注:"继,续也。折琼枝以续佩,守行仁义,志弥固也。"佩,《白虎通》:"所以必有佩者,表德见所能也。"

〔二一〕和,卞和;璞,未剖之玉石。镌,《广雅·释言》:"凿也。"《说文》:"一曰琢石也。"

〔二二〕黄钟,音调之一,比喻才能。律,音调。

〔二三〕伶伦,轩辕乐官。轩辕使伶伦取嶰谷之竹,断两节间而吹之,以为黄钟之宫(事详《汉书·律历志》)。夔,虞舜乐官。《尚书·舜典》:"帝曰:夔,命汝典乐,教胄子。"不存,《尔雅·释诂》:"存,察也。"陆机《演连珠》:"而无伶伦之察。"二句意谓己之德行不获试用于世,而才能未被省察,则亦不克展。

〔二四〕嗟,《铨评》:"《艺文》作考。"案宋刊本《曹子建文集》仍作嗟。嗟,叹声。考于此无义。所图莫合,承上文而言。图,图谋。

〔二五〕怅,失望之貌。蕴结,《诗经·都人士篇》:"我心苑结。"蕴结、苑结皆形容心情抑郁不舒之貌。延伫,延颈伫立。

〔二六〕希,《铨评》:"《艺文》作志。"案宋刊本《曹子建文集》仍作希。惟延伫作延志,盖误。《礼记·孔子闲居》郑注:"志谓思意也。"《后汉书·吴良传》注:"希,犹冀望也。"疑作希字是。鹏,古凤字。《王仲宣诔》:"翕然凤举。"义见彼注。抟天,《铨评》:

"抟《艺文》作补。"案宋刊本《曹子建文集》作傅天,疑作傅天
是。《诗经·卷阿篇》:"亦傅于天。"郑笺:"傅犹戾也。"《菀柳》
笺:"傅,至也。"《艺文》作补,或傅字之形误。

〔二七〕句当作奋羽而蹶青云,以协韵倒。蹶,《后汉书·皇甫嵩朱隽
传》章怀注:"蹶犹踬也。"奋羽即奋翅。意谓奋翅高飞竟从云
中下跌。喻己受沉重打击而遭贬退。

〔二八〕企驷跃,《铨评》:"《艺文》作舍余驷。"案当从《艺文》正。《论
语·雍也》章皇疏:"舍,弃也。"

〔二九〕展,《铨评》:"《艺文》作法。"疑作展字是。《周礼·司市》贾注:
"展之言整也。"

〔三〇〕前轵,《铨评》:"《艺文》作轨。"案疑作轨字是。陆机《叹逝赋》:
"瞻前轨之既覆。"李注:"《晏子春秋》曰:前车覆,后车戒。"致
策,犹言挥鞭。

〔三一〕安驱,《汉书·文帝纪》颜注:"安犹徐也。"言不奔驰。

〔三二〕逞迈,犹言急行。《广雅·释诂》:"逞,疾也;迈,行也。"短修即
短长。

〔三三〕《铨评》:"长,《艺文》作取;全,程作前,从《艺文》。"案《密韵楼
丛书·曹子建文集》长亦作取,全亦作前,与《艺文》同。宋刊
本《曹子建文集》仍作长,不作取。窃疑作取字是。《释名·释
言语》:"取,趣也。"贞,《独断》:"清心自守曰贞。"《文选·七
命》李注:"素,朴素也。"

〔三四〕弘,大也。以为,《铨评》:"《艺文》以作而。"案以、而通用。宇,
《楚辞·招魂》王注:"屋也。"

〔三五〕藩,篱也。

〔三六〕播,《铨评》:"程、张作溜,此从《艺文》。"案作播字是。《诗经·

噫嘻篇》郑笺："播，种也。"

〔三七〕柔顺，王弼《周易·未济》注："夫以柔顺文明之质，居于尊位，付与于能而不自役，使武以文，御刚以柔，斯君子之光也。"

〔三八〕景即影字。

〔三九〕信乐，《铨评》："程作言悬，此从《艺文》。"案《密韵楼丛书·曹子建文集》与程本同。窃谓乐天即乐天委命之意。陶潜《归去来辞》："乐夫天命复奚疑。"

〔四〇〕流声，即遗留声誉。

〔四一〕遗黎，《铨评》："遗《艺文》作贵。"案作遗黎是。《广雅·释诂三》："遗，余也。"《诗经·天保》郑笺："黎，众也。"遗黎犹言余民。度俗，《汉书·王莽传》颜注："度，踰越也。"

赋句有遗脱。就其残存考查，此赋内容是曹植自述思想变迁的历程。当曹魏王朝缔造之初，热情洋溢争取作王朝政权中之重要助手，实现平素的政治抱负。但因过去争夺继承魏王地位，与曹丕发生不可调解的嫌怨，成了曹丕最疑忌的对象。这不仅平生愿望缺乏实现的可能性，反而遭遇着严酷的打击，遂致在黄初前期彷徨于死亡的边缘。在这样的境遇里，进取信念固然消沉，当前要求只是如何保全自己的生命而已。所以全贞保素之人生准则，与乎乐天委命的消极情绪，便处于意识中主导地位。此赋似写作于黄初二年。

封鄄城王谢表〔一〕

臣愚弩垢秽〔二〕，才质疵下〔三〕。过受陛下日月之恩〔四〕，不能摧身碎首，以答陛下厚德〔五〕。而狂悖发露〔六〕，始干天宪〔七〕。自分放弃〔八〕，抱罪终身，苟贪视息，无复（睎）〔希〕幸〔九〕。不悟圣恩爵以非望，枯木生叶，白骨更肉〔一〇〕，非臣罪庲所当宜蒙。俯仰惭惶，五内战悸〔一一〕。奉诏之日，悲喜参至〔一二〕。虽因拜章陈答圣恩，下情未展〔一三〕。

〔一〕《铨评》："程缺，张鄞误甄，依《艺文》五十一改。"

〔二〕愚驽，谓知识低劣，才能寡薄。

〔三〕疵，朱骏声《说文通训定声》："疵借为呰。《史记·货殖传》《集解》：弱也。"

〔四〕日月，象征无私，日月无私照之义。

〔五〕摧身，犹言毁身。

〔六〕狂悖，《铨评》："《艺文》五十一悖作悖。"案作悖字误。《汉书·五行志》："时王贺狂悖。"颜注："悖，乱也。"发露，《广雅·释诂一》："发，举也。"《文选·长杨赋》李注："露，暴露也。"

〔七〕天宪即国法。

〔八〕自分，自甘惬也。放，流放。

〔九〕睎，《铨评》："张作睎，从《艺文》。"案张本误。当作希。《后汉书·吴良传》章怀注："希，犹冀望也。"《艺文》作睎亦误。

〔一〇〕二句比喻再得生存之意。

〔一一〕五内，《魏志·王凌传》："闻命惊愕，五内失守。"五内犹言五脏。悸，惧也。见《楚辞·悼乱》王注。

〔一二〕参至，《穀梁》桓五年传范注："参者，交互之意。"参至，即交互而来，形容悲喜俱至之复杂心情。

〔一三〕未展，谓未尽陈述。

案《魏志·文帝纪》："黄初三年三月乙丑，立帝弟鄢陵公彰等十一人皆为王。夏四月戊申，立鄄城侯植为鄄城王。"植封晚于曹彰兄弟十一人一月余，迟封正反映曹丕疑忌心理没有消除。但逼于太后之压力，不得不勉强给与王爵，而严密控制并未丝毫松弛，观植《黄初六年令》所叙可知。

封二子为公谢恩章[一]

诏书封臣息男苗为高阳乡公，志为穆乡公[二]。臣伏自惟：文无升堂庙胜之(功)〔助〕[三]，武无摧锋接刃之效[四]，天时运幸，得生贵门[五]。遇以亲戚[六]，少荷光宠[七]。窃位列侯[八]，荣曜当世。顾景惭形，流汗反侧。洪恩罔极，云雨增加，既荣本干[九]，枝叶并蒙[一〇]。苗、志小竖[一一]，既顽且稚，猥荷列爵，并佩金紫[一二]，施崇所加[一三]，惠及父子。

〔一〕《铨评》："《魏志》本传，子志嗣。裴注引《别传》，帝受禅，改封鄄城公。子苗不见于传。"

〔二〕《晋书·曹志传》："志字允恭，少好学，以才行称，夷简有大度，兼善骑射。植曰：此保家之主也。立以为嗣。"《魏志·文帝纪》："黄初三年三月，初制封王之庶子为乡公。"

〔三〕古代用兵，先事于大庙，筹商作战策略，以求获致胜利，故曰升堂庙胜。《铨评》："功，《艺文》五十一作助。"案《论语·先进》《集解》引孔注："助，犹益也。"疑作助字是。

〔四〕摧锋，《楚辞·忧苦》王注："摧，挫也。"效，《荀子·议兵篇》杨注："效，验也。"

〔五〕贵，《广雅·释言》："贵，尊也。"用下敬上之词。

〔六〕遇，《文选·出师表》李注："遇，谓以恩相接也。"亲戚，谓子弟。

见顾炎武《日知录》二十四。

〔七〕少，谓年幼时。

〔八〕窃位，《论语·卫灵公篇》：“臧文仲其窃位者欤。”皇疏：“窃，盗也。”

〔九〕本干，曹植自喻。

〔一〇〕枝叶，喻曹苗、曹志。

〔一一〕小竖，《国语·楚语》韦注：“未冠者也。”即年龄未到二十岁之男子。

〔一二〕金紫，谓金印紫绶。

〔一三〕所加，《铨评》：“《艺文》作一门。”

毁鄄城故殿令〔一〕

令：鄄城有故殿，名汉武帝殿。昔武帝好游行，或所幸处也〔二〕。梁桷倾顿〔三〕，栋宇零落〔四〕。修之不成良宅，置之终于毁坏，故颇撤取〔五〕，以备宫舍。余时获疾，望风乘虚〔六〕，卒得恍惚〔七〕，数日后瘳。而医巫妄说，以为武帝魂神，生兹疾病〔八〕。此小人之无知，愚惑之甚者也。昔汤之隆也，则夏馆无余迹〔九〕；武之兴也，则殷台无遗基〔一〇〕。周之亡也，则伊洛无只椽；秦之灭也，则阿房无尺桷〔一一〕。汉道衰则建章撤〔一二〕，灵帝崩则两宫燔〔一三〕。高祖之魂不能□未央〔一四〕，孝明之神不能救德阳〔一五〕。天子之存也，必居名邦□土；则死有知，亦当逍遥于华都〔一六〕，留神于旧室。则甘泉通天之台〔一七〕，云阳九层之阁〔一八〕，足以绥神育灵。夫何恋于下县，而居灵于朽宅哉？以生谕死〔一九〕，则不然也，况于死者之无知乎！且圣帝明王顾宫阙之泰〔二〇〕，苑囿之侈〔二一〕，有妨于时者,或省以惠人[二二]。况汉氏绝业,大魏龙兴,只人尺土,非复汉有。是以咸阳则魏之西都,伊洛为魏之东京[二三],故夷朱雀而树阊阖[二四],平德阳而建泰极[二五],况下县腐殿为狐狸之窟藏者乎！今将撤坏,以修殿舍,恐无知之人,坐自生疑[二六],故为此令,亦足以反惑而解迷焉[二七]！

〔一〕《铨评》:"《文馆词林》六百九十五。"案此令各家刊本均无,丁氏《铨评》据《文馆词林》而列置逸文,今据严可均《全三国文》列入集中。

〔二〕幸,《独断》:"天子所至曰幸。"

〔三〕倾,斜也。顿,坏也。

〔四〕零落,《离骚》王注:"零落皆坠也。"零落,复义词。

〔五〕颇,《广雅·释诂》:"少也。"

〔六〕望风,谓出外放散。乘虚,登上故殿废址。

〔七〕卒,猝也。即突然之义。恍惚,《素问·灵兰秘典论》:"恍惚者似有似无也。"

〔八〕兹,此也。

〔九〕馆,《周礼·委人》郑注:"舍也。"夏馆谓夏代屋舍。余迹,剩余痕迹。

〔一〇〕殷台,殷代之台观。遗基,遗留基址。

〔一一〕阿房,宫名,秦始皇所建之宫。《关中记》:"在长安西南二十里。"栭,屋檐。项羽入咸阳,焚烧阿房,火三月不灭(见《项羽本纪》),故云无尺栭。

〔一二〕建章,宫名,汉武帝刘彻于柏梁台被焚之后修建者,周二十余里,千门万户,在未央宫西,长安城外(《三辅黄图》)。地皇元年,(王)莽乃博征天下工匠……坏撤城西苑中建章……凡十余所,取其材瓦以起九庙(《汉书·王莽传》)。

〔一三〕灵帝,刘宏。两宫,指洛阳南北二宫。蔡质《汉官典职》曰:"南宫北宫,相去七里。"燔,烧毁。董卓见关东兵起,强迫献帝迁都长安,纵兵烧毁洛阳宫殿(《魏志·董卓传》)。

〔一四〕未央,宫名。汉高祖七年,萧何主持计划建修,周回二十八里。

〔一五〕孝明,刘庄。德阳,刘庄所建殿名,在洛阳,与崇德殿相对。崇德在东,德阳在西,相去五十步(《文选·东京赋》薛注)。《汉官典职》:"德阳殿周旋容万人,激洛水于殿下。"

〔一六〕华都,繁华都城。

〔一七〕通天台在甘泉宫中。《三辅黄图》云:"台离地百余丈(《汉旧仪》云高三十余丈),望云雨悉在其下。武帝时,祭大乙,令人升台,以候天神。"

〔一八〕云阳,汉县名,今陕西省淳化县西北。《方舆纪要》引旧志云:"云阳故城在今泾阳县,县西北百二十里有甘泉山……其地最高,在长安三百里,望见长安城堞。"九层之阁未详。

〔一九〕谕,《汉书·贾谊传》颜注:"谕,譬也。"

〔二〇〕泰,案泰与汰通。《荀子·仲尼篇》杨注:"汰,侈也。"

〔二一〕侈,宏大。

〔二二〕妨于时,谓妨害农业生产。惠人疑原作惠民,避唐讳改。

〔二三〕《魏略》:"改长安、谯、许昌、邺、洛阳为五都。"《魏志·文帝纪》裴注引。

〔二四〕朱雀,洛阳宫城南门名。夷,削平。闾阖,宫城门名。

〔二五〕泰极即正殿名。《魏志·明帝纪》青龙三年,是时大治洛阳宫,起昭阳、太极殿。《水经·谷水注》:"魏明帝上法太极,于洛阳南宫起太极殿于汉崇德殿之故处。"案《魏志》与《水经注》俱谓太极建修于曹叡之青龙三年，而曹植死于太和六年。青龙三年，曹植已死逾三年，何能预知？况令文云平德阳而建泰极，与《水经注》于崇德殿之故基，地址复有不同。曹植此令作于封鄄城时，在黄初三年，距青龙三年则早十三年。窃谓令文所述之泰极，是指曹丕建修洛阳宫之正殿，与曹叡扩建洛阳宫当属两事。由于曹丕修建洛阳宫殿，缺乏历史纪载，金兆丰《校补三国疆域志》，竟将二事牵合为一，疑不足据。

〔二六〕朱骏声《说文通训定声》云："坐为自然之词。陆机诗：体泽坐自捐，谓无故自捐也。"

〔二七〕反惑，解释怀疑之事。解迷，破除迷信。

曹植以自身生活的体验，严肃地批判鬼神致病的迷信传说，从而否定灵魂之存在，明确指出死者之无知。显然这是在《说疫气》的认识基础之上，进一步发展了无鬼这一理论，提出事实根据。

龙见贺表〔一〕

臣闻凤凰复见于鄄南，黄龙双出于清泉〔二〕。圣德至理〔三〕，以致嘉瑞。将栖凤于林囿，豢龙于陂池〔四〕，为百姓旦夕之所观〔五〕。

305

〔一〕《铨评》："程脱贺，依《艺文》九十八补。"

〔二〕《魏志·中山恭王衮传》："其年（黄初三年）黄龙见鄄西漳水。衮上书赞颂。"疑植贺表亦作于此时。

〔三〕至理，犹言致太平。

〔四〕豢，饲养。

《铨评》:"观下《艺文》九十八有也字。"案也字非原文,或辑录
　　　者所加。

杂　诗

高台多悲风〔一〕,朝日照北林〔二〕。之子在万里,江湖迥且深〔三〕。
方舟安可极〔四〕,离思故难任〔五〕! 孤雁飞南游,过庭长哀吟〔六〕。
翘思慕远人〔七〕,愿欲托遗音〔八〕。形景忽不见,翩翩伤我心〔九〕。

〔一〕《文选》李注:"《新语》曰:高台喻京师;悲风言教令。"案比喻严
　　　峻法令。

〔二〕《文选》李注:"《新语》曰:朝日喻君之明;照北林,言狭,比喻
　　　小人。"

〔三〕之子,疑指曹彪。彪雅好文学。黄初三年封弋阳王,其年徙封
　　　吴王(见《魏志·楚王彪传》)。故诗云"在万里"。李注:"江湖
　　　喻小人隔蔽。《尔雅》曰:迥,远也。"

〔四〕李注:"《尔雅》曰:大夫方舟。郭璞曰:并两船也。毛苌《诗传》
　　　曰:极,至也。"

〔五〕任,《国语·楚语》韦注:"负荷也。"

〔六〕哀吟犹哀鸣。

〔七〕李注:"翘犹悬也。"翘思犹悬念。远人指曹彪。

〔八〕遗音即余音。

〔九〕翩翩,《文选·鹡鸰赋》李注:"《字林》曰:翩,疾飞也。"

　　　《铨评》:"《文选》二十九李善注:别京已后,在鄄城思乡而
作。"黄节《曹子建诗注》:"此诗第一首似作于徙封雍丘之前。"案
曹丕颁布禁止藩国兄弟通问的严令。曹植与曹彪年纪相若,又

俱好文学，彪远封吴王，故有江湖迥深之语。而思念之情，不能自达，用托喻孤雁以寄其阔别之思，因疑此篇为植怀彪而作。

九愁赋

嗟离思之难忘，心惨毒而含哀〔一〕。践南畿之末境〔二〕，越引领之徘徊〔三〕。眷浮云以太息〔四〕，顾攀登而无阶〔五〕。匪徇荣而愉乐〔六〕，信旧都之可怀〔七〕。恨时王之谬听〔八〕，受奸枉之虚辞〔九〕，扬天威以临下〔一○〕，忽放臣而不疑〔一一〕。登高陵而反顾〔一二〕，心怀愁而荒悴〔一三〕，念先宠之既隆〔一四〕，哀后施之不遂〔一五〕。虽危亡之不豫〔一六〕，亮无远君之心〔一七〕。刈桂兰而秣马〔一八〕，舍余车于西林〔一九〕。愿接翼于归鸿〔二○〕，嗟高飞而莫攀〔二一〕。因流景而寄言〔二二〕，响一绝而不还〔二三〕。伤时俗之趋险〔二四〕，独怅望而长愁〔二五〕。感龙鸾而匿迹〔二六〕，如吾身之不留。审江介之旷野〔二七〕，独眇眇而泛舟〔二八〕。思孤客之可悲，愍予身之翩翔〔二九〕。岂天监之孔明〔三○〕，将时运之无常〔三一〕！谓内思而自策〔三二〕，算乃昔之愆殃〔三三〕。以忠言而见黜〔三四〕，信无负于时王。俗参差而不齐〔三五〕，岂毁誉之可同〔三六〕。竞昏瞀以营私〔三七〕，害予身之奉公〔三八〕。共朋党而妒贤〔三九〕，俾予济乎长江〔四○〕。嗟大化之移易〔四一〕，悲性命之攸遭〔四二〕。愁慊慊而继怀〔四三〕，恒惨惨而情挽〔四四〕。旷年载而不回〔四五〕，长去君兮悠远〔四六〕。御飞龙之婉蜒〔四七〕，扬翠（电）〔霓〕之华旌〔四八〕，绝紫霄而高鹜〔四九〕，飘弭节于天庭〔五○〕。披轻云而下观〔五一〕，览九土之殊形〔五二〕。顾南郢之邦壤〔五三〕，咸芜秽而倚倾〔五四〕。骖盘桓而思服〔五五〕，仰御骧以悲鸣〔五六〕。纤予袂而（长）〔收〕涕〔五七〕，仆夫感以失声〔五八〕。履先王之正路〔五九〕，岂淫径之可遵〔六〇〕！知犯君之招咎〔六一〕，耻干媚而求亲〔六二〕。顾旋复之无（軓）〔轨〕〔六三〕，长自弃于遐滨〔六四〕。与麋鹿（以）〔而〕为群，宿林薮之葳蕤〔六五〕。野萧条而极望〔六六〕，旷千里而无人〔六七〕。民生期于必死〔六八〕，何自苦以终身！宁作清水之沉泥〔六九〕，不为浊路之飞尘〔七〇〕。践蹊隧之危阻〔七一〕，登岩嵯之高岑〔七二〕。见失群之离兽，觌偏栖之孤禽〔七三〕。怀愤激以切痛，（苦）〔若〕回（忍）〔刃〕之在心〔七四〕。愁戚戚其无为〔七五〕，游绿林而逍遥。临白水以悲啸〔七六〕，猿惊听以失条〔七七〕。亮无怨而弃逐，乃余行之所招。

〔 一 〕惨毒，《说文》心部："惨，毒也。"惨毒复义词。

〔 二 〕《魏志·文帝纪》裴注引《魏略》："立石表：西界宜阳，北循大行，东北界阳平，南循鲁阳，东界郏，为中都之地。"畿，《诗经·烈祖》毛传："畿，疆也。"雍丘在所谓中都之地之南，故曰南畿。末境，《楚辞·离世》王注："末，远也。"犹言远境。

〔 三 〕越，《铨评》："《艺文》三十五作超。"案《广雅·释诂一》："越，远也；超，远也。"越、超义同。

〔 四 〕眷，《铨评》："程作捲，从《艺文》。"案宋刊本《曹子建文集》作卷，疑是眷字之形误。《广雅·释诂四》："眷，向也。"

〔 五 〕顾，《铨评》："《艺文》作愿。"

〔 六 〕徇荣，追求显荣。愉乐，案愉或作偷。《离骚》："惟党人之偷乐兮。"偷，苟且之意。

〔 七 〕旧都谓邺都。怀，思念。

〔 八 〕时王，谓曹丕。谬，错误。

〔 九 〕虚辞，不实之辞。即监国谒者灌均希指所奏之辞。又为东郡太守王机、防辅吏仓辑枉所诬白。

〔一○〕扬,举也。天威,喻皇帝威慑权力。临下,《左》昭六年疏:"谓
位居其上,俯临其下,临下,御于下。"

〔一一〕放,斥逐。

〔一二〕登高陵,《魏志·武帝纪》:"二月丁卯葬高陵。"《元和郡县志》:
"在邺西三十里。"

〔一三〕荒悴,《诗经·出车篇》:"仆夫况瘁。"《楚辞·九叹》:"顾仆夫
之憔悴。"又云:"仆夫慌悴。"是荒悴即《诗经》之况瘁,犹憔悴。
憔悴,忧愁之貌。

〔一四〕先谓曹操。时操已死故曰先。宠,《史记·赵世家》《集解》:
"宠,贵宠也。"谓曹操予以封爵而率其出征。

〔一五〕后,谓曹丕。施,《国语·晋语》韦注:"施,惠也。"不遂即不终。
《周书·太子晋》孔注:"遂,终也。"《出妇赋》:"悼君惠之不
终。"语意正同。

〔一六〕《荀子·大略篇》:"先患虑患谓之豫。"不豫,犹言不可预先
估计。

〔一七〕君,指曹丕。

〔一八〕刈,割字之意。桂、兰俱芳香植物,此借以喻才能之人。刈桂
兰以饲马,象征贤能之被贱视。

〔一九〕舍,《铨评》:"程作含,从《艺文》。"舍,停止。丁校是。

〔二○〕归鸿,北飞之鸿,与上文"信旧都之可怀"意相承应。

〔二一〕嗟,《铨评》:"《艺文》作羌。"《吕览·知化》高注:"嗟,叹词也。"

〔二二〕流,《荀子·非十二子篇》杨注:"流者不复反也。"流景,谓飞鸿
之影。寄言,托其传语。

〔二三〕一绝,犹一停。

〔二四〕时俗，社会风尚。趋险，趋向于倾轧狡诈。

〔二五〕怅望，《铨评》："《艺文》作惆怅。"惆怅，悲伤之貌。长愁，常愁。

〔二六〕鸾即凤。古谓龙凤当世乱则隐匿不见，太平之时则出现。曹植以自身之不留，而被放逐，如龙凤之匿迹。

〔二七〕窜，《尚书·舜典》："窜三苗于三危。"《史记·五帝纪》窜作迁，是窜有迁义。

〔二八〕眇眇，无所归附之貌。泛，《铨评》："程、张作沈，从《艺文》。"案作泛字是。《国语·晋语》："泛舟于河。"韦注："泛，浮也。"

〔二九〕愍，《铨评》："程、张作改，从《艺文》。"案改字误。愍，哀怜之意。翩翔，形容孤独远行之貌。

〔三〇〕张衡《思玄赋》："彼天监之孔明兮。"李注："监，视也；孔，甚也。"

〔三一〕将，《广雅·释言》："将，且也。"时运，运犹命也。无常，《荀子·修身篇》："趣舍无定谓之无常。"

〔三二〕内思，自思。自策，自我考虑。《礼记·仲尼闲居》郑注："策，谋也。"

〔三三〕司马相如《长门赋》："数昔日之愆殃。"与此句意同。算与数俱谓命运。愆，过失。殃，祸患。

〔三四〕见黜，被罢斥。

〔三五〕参差，不整齐之貌。

310

〔三六〕句言毁与誉岂能取得同一耶？

〔三七〕昏瞀，犹愚昧。营私，《诗经·黍苗篇》郑笺："营，治也。"

〔三八〕害，《淮南·修务》高注："害，患也。"

〔三九〕共朋党，谓共同结合为朋党。妒，忌也。

〔四〇〕俾，使也。

〔四一〕大化,《华严经音义》引《珠丛》:“教成于上而易俗于下谓之化也。”大化谓国家教令。移易,谓变化。

〔四二〕攸遭,即所遇。

〔四三〕慊慊,愤恨不平之貌。继,不绝之意。继怀,谓不绝于心怀。

〔四四〕恒,《铨评》:“程作惟,张作怛,从《艺文》。”恒,常也。惨惨,悲痛不安之貌。挽,牵掣之意。

〔四五〕旷,《广雅·释诂三》:“旷,久也。”

〔四六〕君兮,《铨评》:“《艺文》兮作乎。”

〔四七〕飞龙,古代神话谓神人以龙驾车而升天。蜿蜒,《铨评》:“《艺文》作蜿蜿。”案宋刊本《曹子建文集》与《艺文》同。张衡《西京赋》:“海鳞变而成龙,状蜿蜿以蝹蝹。”薛注:“蜿蜿、蝹蝹,龙行貌也。”

〔四八〕扬,高举之意。翠电,《铨评》:“电《艺文》作霓。”案作霓字是。宋刊本《曹子建文集》亦作霓。翠霓,犹言彩虹。华旌,彩色之旗。

〔四九〕绝,《淮南·墬形训》高注:“绝犹过也。”紫霄,《铨评》:“《艺文》紫作九。”案九霄犹九天。霄,《后汉书·仲长统传》章怀注:“霄,摩天赤气也。”紫霄犹紫色云。

〔五〇〕弭节,《离骚》王注:“按节徐行。”天庭,《礼记》《正义》:“太微为天庭,中有五帝座。”天庭,谓天帝所居。

〔五一〕披犹拨开。

〔五二〕九土,九州。殊形,不同形状。

〔五三〕郢,楚国旧都。南郢即南楚。雍丘本春秋杞国,为楚所灭,在楚都之南。邦壤,土地。

〔五四〕芜秽,草木丛杂景象。倚倾,《铨评》:“倾,程、张作顿,从《艺文》。"案《文选》司马相如《上林赋》："欽岩倚倾。"张铣注："倚倾，不齐貌。"于此形容庐舍毁坏之状。《魏志·武帝纪》："兴平二年，张邈从（吕）布，使其弟超将家属保雍丘。秋八月，（曹操）围雍丘。十二月雍丘溃，超自杀，夷邈三族。"雍丘遭遇战争，故破坏极严重。

〔五五〕骖，古代公侯之车驾四马，其辕外二马为骖。盘桓，回旋不前之貌。思服，《铨评》："《艺文》作让路。"案《诗经·关雎》毛传："服，思之也。"

〔五六〕句意谓马向御者昂头而悲鸣。

〔五七〕纡，《铨评》："程作行，从《艺文》。"案纡，曲也，作纡字是。袂，袖也。长涕，《铨评》："长，《艺文》作收。"案宋刊本《曹子建文集》与《艺文》同，疑作收字是。《礼记·玉藻》《正义》："收谓敛持在手。"则收具拭字之义。

〔五八〕仆夫，谓驾车人。失声，谓悲痛至极不禁哭泣出声。

〔五九〕履，践也。

〔六〇〕《国语·晋语》韦注："淫，邪也。"淫径，即邪路。遵，循也。

〔六一〕犯，触牾。

〔六二〕张衡《思玄赋》："欲巧笑以干媚兮。"李注："干，求也。"

〔六三〕顾，犹考虑到。无轵，《铨评》："轵，《艺文》作轨。"案作轨是。轨谓道路。

〔六四〕遐滨，远地，指雍丘。

〔六五〕以，《铨评》："《艺文》作而。"案作而字是。林薮，《文选·典引》李邕注："丛木曰林，泽无水曰薮。"葳蕤，形容草木丛杂之貌。

〔六六〕极望，尽力远视。

〔六七〕旷，空阔。《文选》班彪《北征赋》："野萧条以莽荡，迥千里而无家。"句意相同。

〔六八〕民生，即人生。

〔六九〕宁，《说文》："愿词也。"清水，比喻清明政治。沉泥，比喻低下
地位。

〔七〇〕浊路，喻混乱政治。飞尘，喻高显职务。

〔七一〕蹊隧，《铨评》："隧《艺文》作径。"蹊径即道路。危阻，犹言危险
阻碍。

〔七二〕峣，高而陡貌。

〔七三〕觌，遇见。偏栖，独居。

〔七四〕苦，《铨评》："《艺文》作若。"《密韵楼丛书·曹子建文集》亦作
若。作若字是，若，如字之义。回忍，《铨评》："《艺文》忍作
刃。"案宋刊本《曹子建文集》亦作刃，作刃字是。句意谓其苦
痛有如利刃在心上回旋。如今语心如刀绞之意。

〔七五〕戚戚，忧惧貌。无为，言无所事事。

〔七六〕啸，撮唇作声。《楚辞》："临深水而长啸。"与此意同。

〔七七〕以，《铨评》："《艺文》作而。"失条，不能紧握树枝而坠落。形容
感物之深。

　　此赋曹植铺叙自身所经历的困窘境遇，细致描绘当时由此
而产生的复杂错综之心理。时而激烈，时而消沉，终而吐露自怨
自艾的痛苦情绪。运用朴素的语言，系统地倾吐出来；而采取象
征描写技巧，委婉曲折，达到文学艺术最高境界。因此明代沈嘉
则说："遭谗受诬，以致放逐，而瞻天恋阙之忧，耿耿不替。至于
贞心亮节，矢志靡他，又可为臣子处变之法。若论文章，则伯仲
屈平，贾、宋诸人未堪与俦。"丁晏在《铨评》中写着："楚骚之遗，

风人之旨。"又说："文辞凄咽深婉,何减灵均。"上述评语,具有一定的正确性。这是封建社会知识分子有其同一的感受,又何怪给予如此崇高的评价,不是没原因的。

郦生颂序^{〔一〕}

余道经郦生之墓^{〔二〕},聊驻马^{〔三〕},书此文于其碑侧(也)^{〔四〕}。

〔 一 〕《铨评》："程缺。《书钞》九十八作《郦生序颂》。"郦生,郦食其,高阳人。秦时为里中管门人。刘邦过高阳,食其往见。后为汉使劝齐王降汉,韩信率军袭齐。齐王怒,谓被食其所卖,遂烹之(事详《史记·郦食其传》)。

〔 二 〕《括地志》："郦生墓在雍丘西南二十八里。"

〔 三 〕驻马,《铨评》："张脱马,据《书钞》九十八引补。"

〔 四 〕《铨评》："张脱也,据《书钞》补。"案也字疑非原文所有,盖辑录《书钞》者所加,丁补疑误。

　　此序残脱,仅存此数语。

禹庙赞序^{〔一〕}

有禹祠,植移于其城,城本名杞城^{〔二〕}。

〔 一 〕此序各本俱缺,据严可均《全三国文》补录。

〔 二 〕杞城即雍丘。

　　此序仅存此三句。

禹妻赞

禹妻涂山〔一〕，土功是急〔二〕。惟启之生〔三〕，过门不入〔四〕。女娇达义〔五〕，勋庸是执〔六〕。成长圣嗣〔七〕，大禄以袭〔八〕。

〔 一 〕《铨评》："妻《艺文》十五作娶。"涂山，古氏族之一。杜预谓在寿春县（即今安徽寿县东北），见《左》哀七年传注。

〔 二 〕土功，《尚书·皋陶谟》："惟荒度土功。"谓急于平治水土工作。

〔 三 〕惟，《铨评》：《艺文》作闻。"启，禹子名。

〔 四 〕《孟子·滕文公篇》："禹八年于外，三过其门而不入。"《尚书·皋陶谟》："予娶于涂山，辛壬癸甲，启呱呱而泣，予弗子。"

〔 五 〕女娇达义，《铨评》："程作矫达明义；从《艺文》。《艺文》引《列女传》：启母涂山之女，曰女娇。"案《帝系》云："禹娶涂山氏之子，谓之女娇。"丁氏据《艺文》改是。

〔 六 〕勋庸，《铨评》："《艺文》作明勋。"案明勋，显著功绩。执，持也。

〔 七 〕圣，《铨评》："程作望，从《艺文》。"案《初学记》十亦作圣。圣嗣，谓启。

〔 八 〕大禄，《铨评》："《艺文》大作天。"案《初学记》十引同。天禄，喻帝位。袭，《左》昭廿八年传杜注："袭，受也。"

禹治水赞〔一〕

315

嗟夫夏禹，实劳水功。西凿龙门〔二〕，疏河道江〔三〕。梁岐既辟〔四〕，九州以同〔五〕。天锡玄圭，奄有万邦〔六〕。

〔 一 〕《铨评》："程缺。"

〔二〕《汉书·地理志》：“龙门山在冯翊夏阳县北。山当河之道，禹凿以通。”在今陕西韩城县东北。

〔三〕《孟子·滕文公篇》：“禹疏九河，瀹济漯而注诸海，决汝汉、排淮泗而注之江。”意谓禹整理当时中国两大水系：山东、河北之间九河与山东省济河、漯河，皆加以疏浚，使黄河下流水道畅通，排注入海；整理长江水系，凿通汝水、汉江，堵塞淮河、泗水，使水泄入长江，然后入海。

〔四〕梁岐即梁山、岐山。梁山在今陕西省郃阳、韩城二县界。岐山在今陕西岐山县东北。二山指关中平原，遭遇洪水，禹治洪水，使土地辟垦，得以播殖。

〔五〕以，因字之意。

〔六〕奄有，《尚书·大禹谟》：“奄有四海。”孔传：“奄，同也。”万邦，即万国。《尚书·益稷》：“禹会诸侯于涂山，执玉帛者万国。”

禹渡河赞〔一〕

禹济于河〔二〕，黄龙负船〔三〕。舟人并惧，禹叹仰天。予受大运〔四〕，勤功恤民〔五〕，死亡命也〔六〕！龙乃弭身〔七〕。

〔一〕《铨评》：“程缺。”

〔二〕河，《吕览》、《淮南》、《新序》俱作江。《水经·江水注》：“大江右得龙穴水口，北对虎洲，洲北有龙巢地名。禹南济江，黄龙夹舟，故水地取名。”

〔三〕负，《铨评》：“《御览》八十二作乘。”案《淮南·精神训》乘作负。《艺文》引亦作负。

〔四〕大，《铨评》：“《御览》作天。”大运，即天命。《淮南·精神训》：

"我受命于天。"

〔五〕《淮南·精神训》:"竭力以劳万民。"即此句意。高注:"劳，
爱也。"

〔六〕《吕览·知分篇》:"生，性也；死，命也，余何忧于龙焉！"

〔七〕乃，《铨评》:"《御览》作闻。"案《淮南·精神训》:"龙乃弭身掉
尾而逃。"《史记·司马相如传》《索隐》:"弭，犹低也。"

盘石篇

盘石山巅石〔一〕，飘飖涧底蓬〔二〕。我本泰山人〔三〕，何为客淮
东〔四〕？蒹葭弥斥土〔五〕，林木无芬重〔六〕。岸岩若崩缺，湖水何汹
汹〔七〕！蚌蛤被滨涯〔八〕，光采如锦虹〔九〕；高波陵云霄，浮气象螭
龙〔一〇〕。鲸脊若丘陵，须若山上松〔一一〕。呼吸吞船樋〔一二〕，澎濞
戏中鸿〔一三〕。方舟寻高价〔一四〕，珍宝丽以通〔一五〕。一举必千里，
乘飔举帆幢〔一六〕。经危履险阻，未知命所钟〔一七〕。常恐沈黄
垆〔一八〕，下与鼋鳖同。南极苍梧野〔一九〕，游盼穷九江〔二〇〕。中夜
指参辰，欲师当定从〔二一〕！仰天长叹息，思想怀故邦〔二二〕。乘桴
何所志？吁嗟我孔公〔二三〕！

〔一〕盘石，《曹集考异》作盘盘。盘盘，巨大之貌。

〔二〕飘飖，《曹集考异》作飘飖。《文选·秋兴赋》李注:"飘飖，
飞貌。"

〔三〕泰山人，案曹植生于东武阳，后封平原，改封临菑，再迁鄄城，
皆在山东境。泰山，山东名山，故自谓泰山人。

〔四〕淮，《铨评》:"《乐府》六十四作海。"案淮东指雍丘。作海疑误。

〔五〕蒹，《铨评》:"《乐府》作藿。"案《尔雅·释草》:"藿，芄兰。"于此

无义,应作蒹。蒹葭,苇属。弥,满也。斥土,《尚书·禹贡》:"海滨广斥。"郑注:"斥谓地咸卤。"即今所谓盐碱地。

〔 六 〕芬,《铨评》:"《乐府》作分。"案芬字是。《汉书·礼乐志》颜注:"芬亦谓众多。"则芬重形容茂盛之貌。

〔 七 〕湖水,《水经·睢水注》:"睢水又东径雍丘县,城北水积成湖,俗谓之白羊陂,陂方四十里。"疑湖水即指此。

〔 八 〕滨涯,谓湖边。

〔 九 〕锦虹,谓如锦如虹。《文选·海赋》:"绫罗被光于螺蚌之节。"李注:"螺蚌之节,光若绫罗也。"

〔一〇〕螭,《汉书·杨雄传》《音义》引李奇:"螭,雌龙也。"刘劭《赵都赋》:"吸潦吐波,气成云雾。"

〔一一〕魏武《四时食制》:"东海有大鱼如山,长五六里,谓之鲸鲵。次有如屋者。其须长一丈二三尺。"

〔一二〕吞,《铨评》:"程作乔,从《乐府》。"案《文选·海赋》:"茹鳞甲,吞龙舟。"丁校是。艒,《铨评》:"程脱艒,从《乐府》。"案宋刊本《曹子建文集》有艒字。艒,小船。

〔一三〕澎濞,《铨评》:"程脱此二字,从《乐府》。"案宋刊本《曹子建文集》有此二字,丁补是。《文选·海赋》:"噏波则洪涟踧蹜,吹涝则百川倒流。"澎濞即澎湃,《史记·司马相如传》注引郭璞说:"澎湃,鼓怒郁梗之貌。"中鸿,疑即《海赋》之沖瀜。李注:"沖瀜,深广貌。"黄节《曹子建诗注》谓当作"中戏鸿",与曹植诗句词例不合,疑恐未的。

〔一四〕高价,谓奇异之珍宝。

〔一五〕丽,附也。通,流通。

〔一六〕飔,急风。幢当作橦。《文选·海赋》:"决帆摧橦。"李注:"橦,百尺也。"即悬帆之竿。

〔一七〕钟，聚也。

〔一八〕黄垆即黄土。沈黄垆，喻死亡。

〔一九〕极，至也。苍梧今广西苍梧县。此泛指广西地。

〔二○〕盼，《铨评》："《乐府》作眄。"游眄，犹流目。九江，《尚书·禹贡》："九江孔殷。"指今江西省地。应劭《汉书注》："江自庐江、浔阳分为九也。"故曰九江。

〔二一〕参辰，即参商。黄节《诗注》："《法言》曰：'吾不睹参辰之相比也，是以贵迁善……'盖以参辰之出没，喻一身之进退，师参则从参，师辰则从辰也。"

〔二二〕黄节《诗注》："进退何从，是以仰天叹息，怀想故邦，而兴浮海之叹也。"案此二句之意，怀念故邦，欲归未得，因而仰天长叹，非有浮海之意，观下文可知。黄说或违原旨。

〔二三〕桴，木筏。《论语·公冶长篇》："子曰：道不行，乘桴浮于海。"嗟我，《铨评》："张作我嗟。"案张本误。孔公，谓孔子。

《铨评》："《文选》木玄虚《海赋》李注引作《齐瑟行》。"案此篇杂曲歌辞。曹植远封雍丘，自伤废弃，辞中叙述雍丘之贫瘠，沧海之风物（班彪《览海赋》：余有事于淮浦，观沧海之茫茫），而发生思乡之感，从而否定孔子乘桴浮海的思想。

仙人篇

仙人揽六著，对博太山隅〔一〕。湘娥拊琴瑟〔二〕，秦女吹笙竽〔三〕。玉樽盈桂酒〔四〕，河伯献神鱼〔五〕。四海一何局〔六〕！九州安所如〔七〕？韩终与王乔〔八〕，要我于天衢〔九〕。万里不足步，轻举陵太虚〔一〇〕。飞腾踰景云〔一一〕，高风吹我躯。回驾（观）〔过〕紫（薇）〔微〕〔一二〕，与帝合灵符〔一三〕。阊阖正嵯峨〔一四〕，双阙万丈余。玉树扶道生〔一五〕，白虎夹门枢〔一六〕。驱风游四海，东过王母庐〔一七〕。俯观五岳间，人生如寄居〔一八〕。潜光养羽翼〔一九〕，进趋且徐徐〔二〇〕。不见轩辕氏〔二一〕！乘龙出鼎湖〔二二〕。徘徊九天上〔二三〕，与尔长相须〔二四〕。

〔 一 〕六著，《铨评》："六著，博戏之名。徐陵《玉台新咏序》：投壶玉女，为欢尽于百骁；争博齐姬，心赏穷乎六著。"案《古博经》："二人相对坐向局。局分为十二道，两头当中名为水。用棋十二枚，六白六黑；又用鱼二枚置于水中。其掷采以琼为之。琼方寸三分，长寸五分，锐其头，钻刻琼四面为眼，亦名为齿。二人互掷采行棋。棋行到处即竖之，名曰骁棋；即入水食鱼，名曰牵鱼。每牵一鱼获二筹，翻一鱼获二筹。"

〔 二 〕湘娥，湘江女神。尧之二女娥皇、女英，随舜南巡不反，堕湘水死，为水神，号湘夫人。拊即抚，弹字之意。

〔 三 〕秦女，《铨评》："《艺文》四十二秦作素。"案《列仙传》："箫史者，秦缪公时人，善吹箫。缪公有女字弄玉好之，公遂以妻焉。箫史教弄玉学吹箫，作凤鸣，一旦皆随凤皇飞去。"笙竽，案笙十三簧，诸簧参差如鸟翼，宫簧在左。竽列管瓠中，内施三十六簧，长四尺二寸，宫簧在中央。《韩非子》："竽者，五声之长，竽先，则钟瑟皆随；竽唱，则诸乐皆和。"

〔 四 〕玉樽，玉酒杯。桂酒，《楚辞·九歌》："奠桂酒兮椒浆。"王注："桂酒，切桂以置酒中也。"

〔 五 〕河伯，黄河水神。神鱼，谓黄河鲤。鲤跃越龙门则成龙，故称神鱼。

〔 六 〕局，《广雅·释诂三》：“局，近也。”

〔 七 〕如，《尔雅·释诂》：“如，往也。”

〔 八 〕韩终，古仙人，或作韩众，即秦始皇命求仙人不死之药者（见《史记·秦始皇本纪》）。

〔 九 〕天衢，即天路。

〔一〇〕陵，《文选·西京赋》李注：“升也。”太虚谓天。

〔一一〕景云，即庆云。《史记·天官书》：“若烟非烟，若云非云；郁郁芬芬，萧索轮囷，是谓卿云。”卿、庆一声之转，古通用。

〔一二〕观，《铨评》：“《艺文》作过。”案疑作过字是。紫薇，《铨评》：“《艺文》薇作微。”案宋刊本《曹子建文集》亦作微，作微字是。紫微本星宿名，此谓天帝所居。

〔一三〕帝，谓天帝。符，古代诸侯分封之时，国家将符剖分为二，一予诸侯，另一由政府保存。诸侯来朝，持所予半符与国家保存之半符相勘合，作为其身份之凭证，名曰合符。引申作朝见之代词。此作灵符，即神符也。

〔一四〕阊阖，谓天门。嵯峨，高耸貌。

〔一五〕扶，《释名·释言语》：“扶，傅也，傅近之也。”扶道生，犹言缘路而生。

〔一六〕白虎，即《诗经》中之驺虞，谓其不伤害生物，被称为仁兽。白毛而有黑色花纹，故曰白虎。枢，即门斗。

〔一七〕王母庐，《五岳名山图》：“昆仑三角，其一角正北，名曰阆风巅；其一角正西，名曰玄圃台；其一角正东，名曰昆仑宫。上有玉楼十二，景云映日，朱霞流光，西王母之治所。”

〔一八〕《尸子》：“老莱子曰：人生天地之间寄也。”谓人生短促，如寄居之客。

〔一九〕潜光，谓隐居。养羽翼，《意林》：“得道者生六翮于臂，长羽毛于腹，飞无际之苍天，度无穷之世俗。”即羽化登仙，长生不死。

〔二〇〕《铨评》：“《乐府》六十四趁作趣。”徐徐，《庄子·应帝王篇》司马彪注：“徐徐，安隐貌。”

〔二一〕轩辕氏，《铨评》：“《乐府》作昔轩辕。”案宋刊本《曹子建文集》与《乐府》同。

〔二二〕乘，《铨评》：“《乐府》作升。”案宋刊本《曹子建文集》亦作升。鼎湖，《史记·封禅书》：“黄帝采首山铜，铸鼎于荆山下。鼎既成，有龙垂胡髯，下迎黄帝，黄帝上骑龙，龙乃上去……百姓仰望黄帝既上天，乃抱其弓与龙胡髯而号，故后世因名其处曰鼎湖。”

〔二三〕九天，谓九重天。《楚辞·天问》：“圜则九重，孰营度之？”即此意。上，《铨评》：“《乐府》作下。”案作上字是，宋刊本《曹子建文集》正作上。

〔二四〕须，等待。

黄初中，曹丕用严峻法律，派遣监国官吏，控制诸王行动，而且颁布诸侯游猎不得过三十里的规定，将他们活动限制在一定区域里。曹植处于这样的境遇，古代神仙传说，自然容易出现在他意识中。仙人翱翔云表，逍遥八荒，没有任何拘束，任意行游。他使用生动的笔触，渲染一幅缥缈绮丽的仙景，热烈地歌颂自由的可贵。但是在他歌颂实体之外，隐隐投射愤恨迫害的阴影，是和一般游仙异趣的。此篇属杂曲歌辞。

游　仙

人生不满百〔一〕，岁岁少欢娱〔二〕。意欲奋六翮〔三〕，排雾陵紫虚〔四〕。蝉蜕同松乔〔五〕，翻迹登鼎湖〔六〕。翱翔九天上，骋辔远行游。东观扶桑曜〔七〕，西临弱水流〔八〕，北极玄天渚〔九〕，南翔陟丹丘〔一〇〕。

〔一〕《古诗》："人生不满百，常怀千岁忧。"

〔二〕岁岁，《铨评》："《艺文》七十八作戚戚。"戚戚，愁苦貌。作戚戚义长。

〔三〕《论衡·无形篇》："图仙人之形，体生毛，臂变为翼，行于云，则年增矣，千岁不死。"

〔四〕紫虚，如《九愁赋》紫霄之意。

〔五〕蝉蜕，蝉从粪壤中蜕皮而出。此象征人脱离污浊尘世而成仙。松，赤松子。乔，王子乔。《列仙传》："王乔者，周灵王太子晋也。好吹笙，作凤鸣，游伊洛之间。道人浮丘公接以上嵩高山，三十余年后，求之于山上，见柏良曰：告我家，七月七日，待我于缑山头。果乘白鹤驻山头，望之不得到，举手谢时人，数日而去。"

〔六〕翻，《广雅·释训》："飞也。"

〔七〕扶桑，即《神龟赋》之扶木，详彼注。曜，光也。

〔八〕弱水，已见前注。

〔九〕玄天，《铨评》："《艺文》作登玄。"案宋刊本《曹子建文集》与《艺文》同。登玄渚与下句陟丹丘语正相俪，应据《艺文》及宋本《曹集》改正。

〔一〇〕陟，登也。丹丘，谓昼夜常明之地。见《楚辞·远游》王注。

升天行〔一〕

乘蹻追术士〔二〕，远之蓬莱山〔三〕。灵液飞素波〔四〕，兰桂上参天。
玄豹游其下〔五〕，翔鸥戏其巅。乘风忽登举〔六〕，仿佛见众仙。

〔一〕《铨评》：“《文选》郭景纯《游仙诗》李注作《苦寒行》。”

〔二〕蹻，《抱朴子·杂应篇》：“若能乘蹻者，可以周流天下，不拘山
河。凡乘蹻，道有三法：一曰龙蹻，二曰虎蹻，三曰鹿卢蹻。”术
士，即方术之士，如三国时之左慈、于吉等。

〔三〕战国时，齐威王、宣王、燕昭王使人入海，求蓬莱、方丈、瀛州。
此三神山者，仙人及不死之药皆在焉。

〔四〕《文选·游仙诗》李注：“灵液谓玉膏之属也。曹植《苦寒行》
曰：灵液飞波，兰桂参天。”

〔五〕玄豹，黑豹。

〔六〕鸥，与鹓同。《淮南·览冥训》高注：“鹓鸡，凤皇之别名。”登，
《左》隐五年传杜注：“登，升也。”

《铨评》：“《乐府》六十三云：《升天行》曹植云：日月何时留。
植又有《上仙箓》与《神游》、《五游》、《龙欲升天》等篇，皆伤人世
不永，俗情险艰，当求神仙，翱翔六合之外，与《飞龙》、《仙人》、
《远游篇》、《前缓声歌》同意。”

其　二

扶桑之所出，乃在朝阳溪〔一〕。中心陵苍昊〔二〕，布叶盖天涯。日

出登东干，既夕没西枝。愿得纡阳辔〔三〕，回日使东驰。

〔一〕朝阳溪，疑即《尧典》之旸谷。《后汉书·东夷传》章怀注："旸谷，日之所出也。"

〔二〕中心，指树干。苍昊，《尔雅·释天》："春曰苍天，夏曰昊天。"则苍昊盖谓天也。

〔三〕纡，《后汉书·孔融传》章怀注："纡，解也，缓也。"阳辔，羲和为日御车之马辔。

此篇结句蕴蓄日月易逝，时不我与之感。

谢入觐表〔一〕

不世之命〔二〕，非所致思〔三〕，有若披浮云而睹白日〔四〕，出幽谷而登乔木〔五〕；目希庭燎〔六〕，心存(泰)〔太〕极〔七〕。

〔一〕《铨评》："程缺。"

〔二〕指黄初四年召诸王朝京师，会节气之诏。曹丕曾下诏不许诸王入朝，今下诏令入朝，故曰不世之命。

〔三〕致，《后汉书·荀爽传》章怀注："致，犹尽也、极也。"犹言不是思维所能想得者。

〔四〕睹，《铨评》："《艺文》三十九作晒。"案晒疑为曬字之形误。《后汉书·马融传》章怀注："曬，视也。"

〔五〕《诗经·伐木篇》："出于幽谷，迁于乔木。"此喻从幽暗之中而升于光明之境。

〔六〕目希，朱骏声《说文通训定声》："希借为睎，睎，望也。"庭燎已见卷一《鹖赋》注。

〔七〕存,《礼记·祭义》郑注:"谓其思念也。"泰极,案泰疑当作太。山谦之《丹阳记》:"秦汉曰前殿,今称太极曰前殿,洛宫之号始自魏。案《史记》秦皇改帝宫为庙,以拟太极,魏号正殿为太极,盖采其义而加以太,亦犹汉夏门,魏加曰大夏耳。咸康中,散骑侍郎庚阐议,求改太为泰,盖谬矣!"

此表严可均谓作于黄初四年,可信。此表遗脱太甚,惟存此数语。

责躬有表〔一〕

臣植言:〔二〕臣自抱衅归藩〔三〕,刻肌刻骨〔四〕,追思罪戾〔五〕,昼分而食,夜分而寝〔六〕,诚以天网不可重罹〔七〕,圣恩难可再恃。窃感《相鼠》之篇,无礼遄死之义〔八〕,形影相吊〔九〕,五情愧赧!以罪弃生,则违古贤夕改之劝〔一〇〕;忍垢苟全,则犯诗人胡颜之讥〔一一〕。伏惟陛下德象天地,恩隆父母,施畅春风,泽如时雨〔一二〕。是以不别荆棘者〔一三〕,庆云之惠也;七子均养者,鸤鸠之仁也〔一四〕;舍罪责功者,明君之举也〔一五〕;矜愚爱能者,慈父之恩也〔一六〕,是以愚臣徘徊于恩泽而不(敢)〔能〕自弃者也〔一七〕。前奉诏书,臣等绝朝〔一八〕,心离志绝,自分黄耇永无执圭之望〔一九〕。不图圣诏,猥垂齿召〔二〇〕。至止之日,驰心辇毂〔二一〕。僻处西馆,未奉阙庭〔二二〕。踊跃之怀,瞻望反侧〔二三〕,不胜犬马恋主之情,谨拜表,并献诗二首〔二四〕。词旨浅末,不足采览,贵露下情,冒颜以闻〔二五〕。臣植诚惶诚恐,顿首顿首,死罪死罪〔二六〕。

於穆显考,时惟武皇〔二七〕,受命于天,宁济四方〔二八〕。朱旗所拂,九土披攘〔二九〕。玄化滂流〔三〇〕,荒服来王〔三一〕。超商越周,与唐比踪〔三二〕。笃生我皇,亦世载聪〔三三〕。武则肃烈,文则时雍〔三四〕。受禅于汉,(君临)〔临君〕万邦〔三五〕。万邦既化,率由旧则〔三六〕。广命懿亲,以藩王国〔三七〕。帝曰尔侯,君兹青土〔三八〕,奄有海滨,方周于鲁〔三九〕。车服有辉,旗章有叙〔四〇〕,济济隽乂,我弼我辅〔四一〕。伊(尔)〔予〕小子,恃宠骄盈〔四二〕,举挂时网,动乱国经〔四三〕。作藩作屏,先轨是隳〔四四〕,傲我皇使,犯我朝仪〔四五〕。国有典刑,我削我黜〔四六〕,将寘于理,元凶是率〔四七〕。明明天子,时惟笃类〔四八〕,不忍我刑,暴之朝肆〔四九〕。违彼执宪,哀予小子〔五〇〕。改封兖邑,于河之滨〔五一〕,股肱弗置,有君无臣〔五二〕。荒淫之阙〔五三〕,谁弼余身!茕茕仆夫,于彼冀方〔五四〕,嗟予小子,乃罹斯殃〔五五〕。赫赫天子,恩不遗物〔五六〕,冠我玄冕,要我朱绂〔五七〕。光光(天使)〔大魏〕,(我荣我)〔使我荣〕华〔五八〕,剖符授玉,王爵是加〔五九〕。仰齿金玺,俯执圣策〔六〇〕,皇恩过隆,祇承怵惕〔六一〕。咨我小子,顽凶是婴〔六二〕,逝惭陵墓,存愧阙庭〔六三〕。匪敢傲德〔六四〕,寔恩是恃,威灵改加,足以没齿〔六五〕。昊天罔极,生命不图〔六六〕,常惧颠沛,抱罪黄垆〔六七〕。愿蒙矢石,建旗东岳〔六八〕,庶立毫厘〔六九〕,微功自赎。危躯授命,知足免戾〔七〇〕,甘赴江(湘)〔湖〕,奋戈吴越〔七一〕。天启其衷,得会京畿〔七二〕。迟奉圣颜〔七三〕,如渴如饥。心之云慕,怆矣其悲〔七四〕!天高听卑〔七五〕,皇肯照微〔七六〕!

〔一 〕《铨评》:"张于表类载此表文,与程同。诗类又载之,复沓未
　　　检,今删并。程分表与诗为二,此依《文选》所载,合并一处,表
　　　以献诗,正一时事也。"

〔二〕臣植言,《铨评》:"张诗类脱此三字。"

〔三〕《文选》李善注:"植集曰:植抱罪,徙居京师,后归本国。而《魏志》不载,盖《魏志》略也。"

〔四〕《文选》李注:"《孝经钩命诀》:削肌刻骨。"

〔五〕追惟,犹追思。罪戾,李注:"《尔雅》曰戾,罪也。"罪戾复义词。

〔六〕《礼记·月令》郑注:"分,犹半也。"

〔七〕天网,喻国家法制。罹,《铨评》:"《魏志》本传作离。"案《史记·管蔡世家》《索隐》:"离即罹。"《后汉书·郭伋传》注:"离犹遭也。"

〔八〕窃,《铨评》:"程作切,从《魏志》。"案《广雅·释诂三》:"窃,私也。"《文选》李注:"感,犹想也。"《相鼠》之篇,《诗经·鄘风》篇名。《相鼠篇》:"人而无礼,胡不遄死。"《文选》李注:"《尔雅》:遄,速也。"

〔九〕吊,《左》襄十四年传杜注:"恤也。"

〔一〇〕违,《铨评》:"程作为,从《魏志》。"案作违字是。《左》哀十四年传杜注:"违,不从也。"《文选》李注:"曾子曰:君子朝有过,夕改则与之。夕有过,朝改则与之。"

〔一一〕忍垢,《铨评》:"垢,《魏志》作活。"案作垢字是。垢借为诟,《荀子·解蔽篇》:"厚颜而忍诟。"《左》定八年传杜注:"诟,耻也。"苟全谓苟且全身。诗人,谓《诗经·巧言篇》作者。胡颜,李注:"即上胡不遄死之义也。《毛诗》谓何颜而不速死也。"王应麟《困学纪闻》:"《诗》无此。李善引《毛诗》何颜而不速死也,今《相鼠》注无之。"胡克家《文选考异》:"按考《毛诗》传笺皆无此文,盖毛字传写有误,此所引或在三家诗耳。"

〔一二〕李注:"《吕氏春秋》曰:甘露时雨,不私一物。"

〔一三〕《铨评》:"不程作下,从《魏志》。"案作不字是。不别犹不分别。荆棘喻无用而有害之物。

〔一四〕鸤鸠,《铨评》:"张诗类鸤作尸。"李注:"《毛诗》曰:鸤鸠在桑,其子七兮。毛苌曰:鸤鸠之养其子,旦从上下,暮从下上,其均平如一。"案鸤鸠今之布谷鸟。

〔一五〕《史记·秦本纪》:"三将至(孟明视、西乞术、白乙丙为晋所虏,晋释之归),缪公素服郊迎,向三人哭曰:孤以不用百里奚蹇叔言,以辱三子,三子何罪乎! 子其悉心雪耻无怠。遂复三人官秩如故。"

〔一六〕李注:"孔安国《尚书传》曰:矜,怜也。《论衡》曰:父母之于子,恩等,岂为贵贤加意,贱愚不察乎!"

〔一七〕《铨评》:"敢《魏志》作能。"案《文选》亦作敢,作能字义长。李注:"《左氏传》:士贞伯曰:郑伯其死乎! 自弃也已。"

〔一八〕臣等,朱绪曾曰:"指任城王彰、吴王彪也。"案《魏志·明帝纪》:"先帝著令,不欲使诸王在京师者……"即是此诏。

〔一九〕心离志绝,谓信念、意图俱已破灭。分,李注:"谓甘愿也。"案自分犹言自己考虑。黄耇,黄,黄发;耇,老人背伛偻,皆老人征也。永无,《铨评》:"《魏志》作无复。"执圭,古诸侯朝见天子,必执圭以为贽,故执圭因为朝见之代词。

〔二〇〕狠,李注:"曲也。"朱骏声《说文通训定声》:"狠注皆训曲,实亦发声之词。"垂,下达之意,系下对上之敬词。齿召,《礼记·王制》郑注:"齿,犹录也。"

〔二一〕辇毂,李注:"胡广《汉官解诂注》:毂下,喻在辇毂之下,京城之中。"

〔二二〕僻,《离骚》王注:"幽也。"西馆,即《应诏诗》之西墉。阙庭喻天子所居。

〔二三〕李注:"《毛诗》:瞻望不及,又曰展转反侧。"案毛传:"瞻,视也。"反侧,《后汉书·光武纪》章怀注:"不安也。"即忐忑难安之貌。

〔二四〕并献诗二首,《铨评》:"首《魏志》作篇,又有其辞曰三字。"

〔二五〕冒,《文选·吴都赋》李注:"犯也。"

〔二六〕《铨评》:"以上十四字程、张脱,依《文选》二十补。"案李注:"《汉书音义》张晏曰:人臣上书,当昧犯死罪而言也。"

〔二七〕於,赞叹之词。穆,美也。显,《礼记·祭法》郑注:"光也。"显考此词施之于死者。时,是也。惟,语中助词。武皇谓曹操。

〔二八〕宁,安也。济,《易·杂卦传》:"既济,定也。"则宁济犹言安定。

〔二九〕朱旗,见卷一《东征赋》注。披攘,《广雅·释诂三》:"披,散也。"《左》僖四年传杜注:"攘,除也。"

〔三〇〕玄化,李注:"《广雅》曰:玄,道也,谓道德之化也。"滂流,广布之意。

〔三一〕王,《大戴礼·盛德篇》卢注:"王者往也,民所归也。"

〔三二〕李注:"商、周用师,故云超越。唐、虞禅让,故云比踪。"案此段专言曹操,不可能涉及曹丕禅让之事,李注或未确。与唐比踪盖承上文荒服来王而言。

〔三三〕笃,《尔雅·释诂》:"厚也。"笃生,谓圣性感气之厚。我皇,指曹丕。亦,《铨评》:"《魏志》作奕。"案《国语·周语》:"奕世载德。"韦注:"奕亦前人也。"

〔三四〕《尚书·太甲》孔传:"肃,严也。"《洛诰》郑注:"烈,威也。"时雍,《太玄·玄首》范注:"时,调也。雍,和也。"

〔三五〕于,《铨评》:"《魏志》作炎。"钱仪吉《三国志证闻》:"《文选》作于。"案宋刊本《曹子建文集》亦作于,作于字是。君临,《铨评》:"《魏志》作临君。"案作临君与今本《顾命》合,是也。

〔三六〕李注:"《毛诗》曰:不愆不忘,率由旧章。郑玄曰:率,循也。"《铨评》:"则程作章,从《魏志》。"案则、国叶韵。旧章犹旧则。

〔三七〕李注:"《尔雅》曰:命,告也,尊君令谓之命。"懿,美也。懿亲谓兄弟。藩,捍卫之意。

〔三八〕帝曰,帝疑指曹操。侯指曹植。李注:"《魏志》曰:建安十九年,植封临淄侯,临淄,属齐郡,旧青州之境。"

〔三九〕李注:"《论语注》曰:方,比方也。"

〔四〇〕李注:"《国语》曰:为车服旗章以旌之。《礼记》曰:以为旗章,以别贵贱。郑玄曰:章,帜也。"

〔四一〕隽乂,谓德才兼备者。如邢颙为植家丞,司马孚为植文学掾。《魏志·邢颙传》:"是时太祖诸子高选官属。令曰:侯家吏宜得渊深法度如邢颙者。颙防闲以礼,无所屈挠。""植负才凌物,(司马)孚每切谏,初不合意,后乃谢之。"见《册府元龟》卷七〇九引。

〔四二〕伊,发语词。尔,《铨评》:"《魏志》作予。"案《文选》作余,作予字是。恃宠,谓恃曹操之宠爱。骄盈,谓骄傲自满。

〔四三〕时网、国经,皆谓法令制度。《魏志·陈思王植传》:"植尝乘车行驰道中,开司马门出。太祖大怒,公车令坐死,由是重诸侯科禁,而植宠日衰。"

〔四四〕《诗经·板篇》:"价人为藩,大邦为屏。"《左》僖二十四年《正义》:"藩屏者,分地以建诸侯,使与京师作藩篱屏扞也。"隳,《铨评》:"《魏志》作坠。"案作隳字是,隳与仪韵叶。李注:"孔安国《尚书传》曰:隳,废也。"

〔四五〕李注:"《魏志》曰:黄初二年,植就国,使者灌均希旨,奏植醉酒悖逆,劫胁使者。"

〔四六〕李注:"植集曰:博士等议,可削爵土,免为庶人。"削,削减食邑户数。曹植建安二十二年食邑万户,黄初三年立为鄄城王,食邑二千五百户。黜,降贬,谓由县侯降为乡侯。

〔四七〕李注:"《广雅》曰:将,欲也。毛苌《诗传》曰:寊,致也。郑玄《礼记注》曰:理,治狱之官。《仪礼》曰:率,导也。"胡绍瑛曰:"率,类也。《汉书·外戚传》颜注:'率犹类也。'率与类古音通。"案李释率为导误,当从胡释类为得。

〔四八〕笃类,《铨评》:"《魏志》作笃同。"案笃类谓厚于兄弟。《魏志·陈思王植传》裴注引《魏书》载诏曰:"植,朕之同母弟。"

〔四九〕《礼记·檀弓篇》:"君之臣不免于罪,则将肆诸市朝。"郑注:"肆,陈尸也。大夫以上于朝,士以下于市。"案上已言暴,则肆复释为杀人陈其尸,则于暴字义复,疑肆与市义同。《后汉书·刘盆子传》章怀注:"肆,市列也。"可证。

〔五〇〕宪,法也。执宪,执法之官。小子,《铨评》:"子《文选》作臣。"梁章钜《三国志旁证》:"《文选》小子作小臣,与下滨字为韵,然作子,与上类肆字为韵亦得。既不复下臣韵,且与下嗟予小子、咨我小子文法一例。"胡绍瑛曰:"案善本作臣,故注引《仪礼》曰小臣正辞,此与下于河之滨韵,下臣身另自为韵,作子则失其韵,梁校非。"案顾炎武《日知录》:"古人但取文理明当而已,初不避重字也。"

〔五一〕李注:"《魏志》曰:帝以太后故,贬爵安乡侯。又曰:黄初二年,改封鄄城,属东郡,旧兖州之境。植表曰:行至延津,受安乡印绶。"

〔五二〕股肱，《广雅·释诂一》："臣也。"有君无臣，《公羊》僖二年传语。

〔五三〕荒，《诗经·蟋蟀篇》郑笺："废乱也。"淫，《周礼·宫正》郑注："放滥也。"阙，《左》宣二年传杜注："过也。"

〔五四〕茕茕，孤独之貌。李注："植集曰：诏云，知到延津，遂复来。《求出猎表》曰：臣自招罪衅，徙居京师，待罪南宫。然植虽封安乡侯，犹住冀州也。时魏都邺，邺，冀州之境也。一云：时魏以邺为京师，比尧之冀方也。"

〔五五〕殃，《广雅·释言》："讥也。"

〔五六〕李注："谓至京师，蒙恩得还也。植《求习业表》曰：虽免大诛，得归本国。"

〔五七〕李注："《周礼》曰：王之五冕，皆玄冕朱里。"要，系字之义。朱绂，系印红绶。

〔五八〕光光天使，《铨评》："《魏志》作朱绂光大。"案此句疑当作光光大魏。《太平御览》卷二百六十二引《桓阶别传》："岂况光光大魏。"此盖当时熟语。此篇及《魏志》、《文选》俱以脱文致误，不可从。我荣我，《铨评》："《魏志》作使我荣。"疑当从《魏志》正。此二句如作光光大魏，使我荣华，则辞达理顺矣。李注引《魏志》作朱绂光大，是唐时所见本已如是也。

〔五九〕剖符，已见前注。授玉，《铨评》："《文选》作授土。"案李注引《喻巴蜀檄》曰："剖符而封，析圭而爵。"于授土则未注，疑李氏所见本故作玉也，遂以析圭释之。宋刊本《曹子建文集》亦作玉，玉谓圭也。

〔六〇〕齿，《文选》枚乘《上书谏吴王》李注："齿，当也。"即承受之意。金玺，李注："《汉书》曰：诸侯王皆金玺。"策，封授之策。

〔六一〕隆，厚重之意。祗承，恭敬接受。怵惕，《广雅·释训》："恐惧也。"

〔六二〕咨，发语词。李注："《说文》：婴，绕也。"

〔六三〕逝，谓死亡。陵墓，喻曹操。操已死，用陵墓喻，不敢直斥也。阙庭，借喻曹丕。

〔六四〕《贾子》："弟敬爱兄谓之悌，反悌为傲。"

〔六五〕威灵，疑威灵犹威神。灵，神也。《鲁灵光殿赋》张注："威神，言尊严也。"没齿，李注："《论语》：子曰：管仲夺伯氏骈邑三百，没齿无怨言。孔安国曰：齿，年也。"谓尽其天年。

〔六六〕《铨评》："生《魏志》作性。"李注："言生之寿夭，不可预谋也。"

〔六七〕李注："《论语》曰：颠沛必于是。马融曰：颠沛，僵仆也。"黄垆，《淮南·览冥训》高注："黄泉下垆土也。"垆盖黑色而坚之土。见《禹贡》《释文》。此句比喻死亡。

〔六八〕蒙，冒字之义。李注："东岳，镇吴之境。子建诗曰：我心常怫郁，思欲赴太山。与此义同。"

〔六九〕毫厘，比喻微小。

〔七〇〕免戾即免罪。

〔七一〕湘，《铨评》："《韵补》五作湖。"疑作湖字是。谓三江五湖也。

〔七二〕李注："《左氏传》：吕相曰：天诱其衷。杜预曰：衷，中也。"案《国语·郑语》韦注："启，开也。"《史记·乐书》《正义》："中，心也。"《文选·西京赋》："天启其心。"与此义同。京畿谓京师。

〔七三〕李注："迟犹思也。"胡绍瑛曰："迟，待也，《易·归妹》：九四，迟归有时。《释文》引陆绩注曰：迟，待也。此谓待奉圣颜耳。"

〔七四〕云，语中助词。怆，悲伤之貌。其，亦语中助词。

〔七五〕李注："《史记》：子韦谓宋景公曰：天高听卑。"

〔七六〕《尔雅》曰："皇，君也。"又曰："肯，可也。"《广雅·释诂四》：
　　"照，明也。"微，贱也。见王肃《尚书注》。

　　《铨评》："《魏志》本传云：黄初四年徙封雍丘，其年朝京都，
上疏。《文选》六臣注李周翰曰：植尝与杨修、应场等饮酒醉，走
马于司禁门。文帝即位，念其旧事，徙封鄄城侯。后求见帝，帝
责之，置西馆，未许朝，故子建献此诗。"案《魏志·陈思王植传》
裴注引《魏略》曰："初植未到关，自念有过，宜当谢帝。乃留其从
官着关东，单将两三人微行，入见清河长公主，欲因主谢，而关吏
以闻。帝使人逆之，不得见。太后以为自杀也，对帝泣。会植科
头负鈇锧徒跣诣阙下，帝及太后乃喜。及见之，帝犹严颜色不与
语，又不使冠履。植伏地泣涕，太后为不乐，诏乃听复王服。"植
上《责躬》诗，是在这一情况下写成的。因此诗中多自谴之词，情
意凄惋，自艾自悔，笼罩全章。

应　诏〔一〕

肃承明诏〔二〕，应会皇都。星陈凤驾〔三〕，秣马脂车〔四〕。命彼掌
徒〔五〕，肃我征旅〔六〕。朝发鸾台，夕宿兰渚〔七〕。芒芒原隰〔八〕，祁
祁士女〔九〕。经彼公田，乐我稷黍〔一〇〕。爰有樛木〔一一〕，重阴匪
息〔一二〕。虽有糇粮〔一三〕，饥不遑食〔一四〕。望城不过，面邑不
游〔一五〕；仆夫警策〔一六〕，平路是由〔一七〕。玄驷蔼蔼〔一八〕，扬镳漂
沫〔一九〕。流风翼衡〔二〇〕，轻云承盖〔二一〕。涉涧之滨，缘山之
隈〔二二〕，遵彼河浒〔二三〕，黄阪是阶〔二四〕。西济关谷〔二五〕，或降或
升；騑骖倦路〔二六〕，载寝载兴〔二七〕。将朝圣皇，匪敢晏宁〔二八〕，弭
节长骛〔二九〕，指日遄征〔三〇〕。前驱举（燧）〔旞〕〔三一〕，后乘抗

旌〔三二〕；轮不辍运〔三三〕，鸾无废声〔三四〕。爰暨帝室，税此西墉〔三五〕；嘉诏未赐，朝觐莫从。仰瞻城阈〔三六〕，俯惟阙庭，长怀永慕，忧心如酲〔三七〕。

〔一〕《铨评》：“《御览》七百七十五作《应制》。”

〔二〕李注：“《尔雅》曰：肃，敬也。”承，承奉。

〔三〕星陈，李注：“《毛诗》曰：星言夙驾。”案《诗经·定之方中篇》《释文》引《韩诗》：“星，晴也。”晴古作姓，《说文》：“姓，雨而夜除星见。”陈，列也。夙，早也。

〔四〕秣马，《左》成十六年传杜注：“秣，谷马也。”犹言饲马。脂车，以油脂涂于轮轴，使车易于进行。

〔五〕掌徒，主管从行者之官吏。

〔六〕李注：“郑玄《礼记》注曰：肃，戒也。”

〔七〕李注：“鸾台、兰渚，以美言之。”

〔八〕芒芒，广阔之貌。原隰，《尔雅·释地》：“广平曰原。下湿曰隰。”

〔九〕祁祁，众多貌。

〔一〇〕公田，或指曹魏时代之屯田。黍，黄米。

〔一一〕爰，发语词。楙木，《诗经·楙木》序《释文》：“木下句曰楙。”

〔一二〕重阴犹浓荫。曹植于五月赴洛阳，气候炎热，因急于朝见，故遇浓荫，犹急于趱行也。

〔一三〕糇粮，李注：“《毛诗》曰：乃裹糇粮。毛苌曰：糇粮，食也。”案《左》宣十一年传杜注：“糇粮，干食也。”

〔一四〕不遑，不暇也。

〔一五〕面邑，《铨评》：“邑程、张作色。据《魏志》本传改正。”李注：“郑玄《周礼注》曰：面犹向也。”不，《铨评》：“《魏志》作匪。”

〔一六〕李注:"《舞赋》曰:仆夫正策。郑玄《周礼注》曰:警,敕戒之。"策,《说文》:"马棰也。"

〔一七〕由,行也。

〔一八〕玄驷,玄,黑色;驷,诸侯驾四马。蔼蔼,整齐貌。

〔一九〕李注:"《舞赋》:龙骧横举,扬镳飞沫。"案《舞赋》李注:"镳,马勒旁铁也,马举首而横走,动镳则飞马口之沫也。"

〔二○〕翼,扶也。衡,辕端横木。

〔二一〕承,举也。

〔二二〕李注:"《说文》:隈,曲也。"

〔二三〕李注:"《毛诗》曰:在河之浒。毛苌曰:水崖为浒。"

〔二四〕黄阪,《尔雅·释地》:"陂者曰阪。"即《赠白马王彪》之修坂。此去彼回,皆过之。阶,李注:"《尔雅》曰:阶,因也。"

〔二五〕济,《铨评》:"张作跻。"案济,渡也。关谷,李注:"陆机《洛阳记》曰:洛阳有西关,南伊阙。谷,即太谷也。"

〔二六〕骓骖,《铨评》:"《魏志》作骖骓。"李注:"《韩诗》曰:两骖雁行。薛君曰:两骖,左右骓骖。"案骓骖,辕外之马,左曰骖,右曰骓。

〔二七〕载,语词。兴,起也。

〔二八〕晏,《铨评》:"《艺文》三十九作燕。"案晏、燕古通。晏宁即安宁。

〔二九〕弭节,李注:"《楚辞》曰:吾令羲和弭节兮。司马彪《上林赋》注曰:弭节,安志也。"骛,驰也。

〔三○〕指,示也。指日,犹今语克期。

〔三一〕燧,李注:"《西京赋》曰:升觞举燧。薛综曰:燧,火也。"案燧疑为旞字之形误。《周礼·司常》:"道车载旞。"道车,王朝出入所乘。古代旗竿首饰有牦牛尾曰旌,再以五采全羽系于其上曰䃂。若释为火，恐违曹植诗原意。

〔三二〕李注："《周礼》曰：析羽为旌。"案《文选》江文通《从建平王登庐山香炉峰诗》："伏思托后旗。"李注："后旗，犹后乘也。"是后乘载旌之证。《说文》："旌，所以精进士卒也。"谓催促后车加速前行。

〔三三〕辍运，停止转动。谓车轮运转未曾停止。

〔三四〕《礼记·中庸》郑注："废，犹罢止也。"

〔三五〕李注："税，犹舍也。"西墉，疑指洛阳金墉城。《太平御览》一百七十六引《洛阳地记》："洛阳城内西北角有金墉城，东北角有楼高百尺，魏文帝造也。"《文选·西京赋》薛注："西方称之曰金。"则金墉或可称曰西墉。

〔三六〕城阈，李注："《说文》曰：阈，门楣也。"即门上横枋。

〔三七〕《诗经·节南山篇》："忧心如酲。"毛传："病酒曰酲。"

《铨评》："晏案：应诏当在黄初三年。子建到关不得见太后，故此诗云，嘉诏未赐，朝觐莫从。"案据《魏志》，黄初四年，曹丕始下令召诸王朝，三年曹植决无可能入京。《魏志·陈思王植传》："四年……朝京都，上疏曰……谨拜表献诗二篇"，即传中所载《责躬》、《应诏》诗，足证二首俱是四年入京所作。丁说未确。此篇首述奉诏后准备赴京之事前工作。芒芒四句写途中所见农村富庶之状。爰有六句，写匆匆道路情景。仆夫六句，写车马途中奔驰。涉涧八句，写跋涉艰苦。将朝八句，描叙渴求朝见之急迫心情。爰暨已下，宣吐到京后之遭遇而产生焦灼忧惧之心理状态。

《魏志·陈思王植传》："帝嘉其辞义，优诏答勉之。"《文选·

魏都赋》注云：“文帝答曹植诏曰：所献诗二篇，微显成章。”

七步诗^{〔一〕}

煮豆然豆萁^{〔二〕}，漉豉以为汁^{〔三〕}；萁在釜下然^{〔四〕}，豆在釜中泣。本是同根生^{〔五〕}，相煎何太急！

〔一〕《铨评》：“此诗程仅有四句。张据《世说新语》三所引为正文，又以四句者为附注。盖传者不同，故有详略之异，非有二诗也，今合并之。”

〔二〕《铨评》：“《世说》三作持作羹。”萁，豆茎。

〔三〕漉，《说文》：“浚也。”即今滤字之义。豉，《释名·释饮食》：“豉，嗜也。五味调和，须之而成，乃可甘嗜也。”案此谓煮熟之豆。

〔四〕在，《铨评》：“张作向。此二句程脱，依《世说》补。”案《文选·齐竟陵文宣王行状》李注引釜作灶。

〔五〕《铨评》：“是，《世说》作自。”此二句系双关语。以豆与萁同根，象征曹丕与己同一父母所生，而萁豆之相煎，以喻曹丕所加于己之政治迫害。

《铨评》：“《世说》：文帝尝令东阿王七步中作诗，不成者行大法，应声便为诗云云。帝深有惭色。《诗纪》云：本集不载，疑出附会。”案此故实已见于六朝文中，如任昉《齐竟陵文宣王行状》有句云：“陈思见称于七步。”似不能以本集不载，即云出于附会而删之，应存疑。

339

任城王诔有序〔一〕

昔二虢佐文〔二〕，旦奭翼武〔三〕。於休我王〔四〕！魏之元辅。将崇懿迹〔五〕，等号齐鲁〔六〕。如何奄忽，命不是与〔七〕。仁者悼没，兼彼殊类〔八〕，矧我同生〔九〕，能不憎悴〔一○〕！目想官墀〔一一〕，心在平素〔一二〕，仿佛魂神，驰情陵墓〔一三〕。凡夫爱命〔一四〕，达者徇名〔一五〕。王虽薨徂，功著丹青〔一六〕。人谁不没，贵有遗声〔一七〕。乃作诔曰：

幼有令德〔一八〕，光辉珪璋〔一九〕。孝殊闵氏〔二○〕，义达参商〔二一〕。温温其恭〔二二〕，爰柔克刚〔二三〕。心存建业〔二四〕，王室是匡。矫矫元戎〔二五〕，雷动(雨)〔云〕徂〔二六〕。横行燕代〔二七〕，威慑北胡〔二八〕。奔虏无窜〔二九〕，还战高柳〔三○〕；王率壮士〔三一〕，常为军首〔三二〕。宜究长年〔三三〕，永保皇家；如何奄忽，景命不遐〔三四〕！同盟饮泪〔三五〕，百寮咨嗟。

〔 一 〕《魏志·任城王彰传》："彰字子文。少善射御，膂力过人，手格猛兽，不避险阻。数从征伐，志意慷慨。太祖常抑之曰：汝不念读书，慕圣道，而好乘汗马击剑，此一夫之用，何足贵也！课彰读诗书。彰谓左右曰：丈夫一为卫、霍，将十万骑，驰沙漠，驱戎狄，立功建号耳，何能作博士耶！……建安二十一年封鄢陵侯(今河南鄢陵西北)。……黄初三年立为任城王。四年朝京都，疾薨于邸。"

〔 二 〕二虢，《左》僖五年传："虢仲、虢叔，王季之穆也。为文王卿士，勋在王室，藏于盟府。"

〔 三 〕旦,周公名;奭,召公名,辅佐武王,灭商,建立周王朝。

〔 四 〕於,叹美之词。休,美也。

〔 五 〕懿迹,优美之功绩。

〔 六 〕吕尚封于齐,周旦封于鲁。

〔 七 〕命,谓人生寿夭之命。

〔 八 〕殊类,谓异类。《礼记·曲礼》:"敝帷不弃,为埋马也;敝盖不
弃,为埋狗也。"句谓仁慈者,见异类死,犹有不忍之心。

〔 九 〕矧,况且之意。同生谓兄弟。

〔一〇〕憔悴,《铨评》:"悴程作怛,从《艺文》四十九。"案类、悴真韵叶,
作怛则失其韵矣。憔悴,悲伤之貌。

〔一一〕官,《铨评》:"《艺文》作宫。"墟,案《文选》潘岳《寡妇赋》李注引
墟作城。

〔一二〕在,《铨评》:"《艺文》作存。"平素,《文选·寡妇赋》李注:"素,
昔也。"平素,谓年少时。

〔一三〕驰情,犹情驰。

〔一四〕爱,《铨评》:"程作受,从《艺文》。"案宋刊本《曹子建文集》亦作
爱。爱命,爱惜性命。

〔一五〕徇名,《铨评》:"《艺文》徇作彻。"案犹《玄畅赋》徇功名,义见
彼注。

〔一六〕丹青,《汉书·司马相如传·子虚赋》颜注:"丹沙,今之朱砂
也。青雘,今之空青也。"丹青二色,久而不变。

〔一七〕《铨评》:"程作德贵有遗,张贵作德,从《艺文》。"案遗声,犹言
留名。

〔一八〕令德,《铨评》:"德《艺文》作质。"案宋刊本《曹子建文集》与《艺
文》同。令质,善良品质。

〔一九〕辉，《铨评》："《艺文》作耀。"耀，明也。珪璋，《诗经·旱麓篇》："如圭如璋，令闻令望。"珪璋，譬喻德行纯洁。

〔二〇〕闵氏，孔子弟子闵子骞。《论语·先进篇》："孝哉闵子骞，人不间于其父母昆弟之言。"殊，《后汉书·梁竦传》章怀注："犹过也。"

〔二一〕参商，参，曾参；商，卜商。皆孔子弟子。《孟子·公孙丑》章："北宫黝之养勇也，不肤挠，不目逃。思以一毫挫于人，若挞之于市朝。不受于褐宽博，亦不受于万乘之君。视刺万乘之君，若刺褐夫，无严诸侯，恶声至，必反之。孟施舍之所养勇也，曰：视不胜犹胜也。量敌而后进，虑胜而后会，是畏三军者也，舍岂能为必胜哉！能无惧而已矣。孟施舍似曾子，北宫黝似子夏。"义达参商，谓曹彰勇毅果敢之行，兼具曾子、子夏二人之风。

〔二二〕温温，《诗经·宾之初筵篇》："温温其恭。"郑笺："温温，柔和也。"

〔二三〕句谓用柔和以胜刚强。

〔二四〕句意谓内心常念如何能建功立业。

〔二五〕矫矫，《尔雅·释训》舍人注："得胜之勇也。"元戎，《释名·释兵》："元戎，车在军前，启突敌阵，周所制也。"此借为元帅之代词。《魏志·任城王彰传》："建安二十三年，代郡乌桓反，以彰为北中郎将行骁骑将军。"

〔二六〕雷动，象征武力猛烈。雨徂，《文选》王仲宝《褚渊碑文》李注雨作云。案作云字是。云徂，象征行军异常迅疾。

〔二七〕横行，任意前行，从无阻挠之者。燕，今河北省。代，《铨评》："程作氏，从《艺文》。"代，今山西省东北部地。

〔二八〕《魏志·任城王彰传》："时鲜卑大人轲比能将数万骑观望强弱，见彰力战，所向皆破，乃请服。"

〔二九〕战败奔溃之敌，无可逃亡。

〔三〇〕高柳，地名，在今山西阳高县西。《通典》云，此县中平中废。此诔作于黄初四年，盖曹植仍沿用旧名耳。

〔三一〕士，《铨评》："程作上，从《艺文》。"案宋刊本《曹子建文集》亦作士。上为士字之形误，壮上不词。

〔三二〕军首，《铨评》："军程作君，从《艺文》。"案军首，《礼记·射义》《释文》："首，先也。"谓为士卒先也。《魏志·任城王彰传》："彰北征，入涿郡界，叛胡数千骑卒至。时兵马未集，唯有步卒千人，骑数百匹。用田豫计，固守要隙，虏乃退散。彰追之，身自搏战，射胡骑，应弦而倒者前后相属。战过半日，彰铠中数箭，意气益厉，乘胜逐北，至于桑干，去代二百余里。长史诸将皆以为新涉远，士马疲顿；又受节度，不得过代，不可深进，违令轻敌。彰曰：率师而行，唯利所在，何节度乎！胡走未远，追之必破，从令纵敌，非良将也。遂上马，令军中：后出者斩。一日一夜与虏相及，击，大破之。"

〔三三〕《汉书·宣帝纪》颜注："究，尽也。"长年即久年。

〔三四〕景命，大命，谓年寿。遐，远也。

〔三五〕同盟，服虔《左传注》："宗盟，同宗之盟。"此谓同姓。

案此诔限于客观形势（详《世说·尤悔篇》），不能直抒胸臆，寄其哀愤，故词意含蓄而戛然中止。

洛神赋 有序

黄初三年〔一〕，余朝京师〔二〕，还济洛川〔三〕。古人有言，斯水之神名曰宓妃〔四〕。感宋玉对楚王说神女之事〔五〕，遂作斯赋。其词曰：

余从京域〔六〕，言归东藩〔七〕，背伊阙〔八〕，越轘辕〔九〕，经通谷〔一〇〕，陵景山〔一一〕。日既西倾〔一二〕，车殆马烦〔一三〕。尔乃税驾乎蘅皋〔一四〕，秣驷乎芝田〔一五〕，容与乎阳林〔一六〕，流（盼）〔眄〕乎洛川〔一七〕。于是精移神骇〔一八〕，忽焉思散〔一九〕，俯则未察〔二〇〕，仰以殊观〔二一〕。睹一丽人，于岩之畔。乃援御者而告之曰："尔有觌于彼者乎〔二二〕？彼何人斯〔二三〕，若此之艳也〔二四〕！"御者对曰："臣闻河洛之神，名曰宓妃，然则君王之所见也，无乃是乎〔二五〕！其状若何？臣愿闻之。"余告之曰：其形也，翩若惊鸿〔二六〕，婉若游龙〔二七〕。荣曜秋菊〔二八〕，华茂春松〔二九〕。髣髴兮若轻云之蔽月，飘飖兮若流风之回雪〔三〇〕。远而望之，皎若太阳升朝霞〔三一〕，迫而察之，灼若芙蓉出渌波〔三二〕。秾纤得衷〔三三〕，修短合度〔三四〕。肩若削成〔三五〕，腰如约素〔三六〕。延颈秀项〔三七〕，皓质呈露〔三八〕。芳泽无加〔三九〕，铅华弗御〔四〇〕。云髻峨峨〔四一〕，修眉连娟〔四二〕。丹唇外朗〔四三〕，皓齿内鲜〔四四〕。明眸善睐〔四五〕，（辅靥）〔靥辅〕承权〔四六〕。瓌姿艳逸〔四七〕，仪静体闲〔四八〕。柔情绰态〔四九〕，媚于语言。奇服旷世〔五〇〕，骨像应图〔五一〕。披罗衣之璀粲兮〔五二〕，珥瑶碧之华琚〔五三〕。戴金翠之首饰〔五四〕，缀明珠以耀躯〔五五〕。践远游之文履〔五六〕，曳雾绡之轻裾〔五七〕。微幽兰之芳蔼兮〔五八〕，步踟蹰于山隅〔五九〕。于是忽焉纵体，以遨以嬉〔六〇〕。左倚采旄〔六一〕，右荫桂旗〔六二〕。攘皓腕于神浒兮〔六三〕，采湍濑之玄芝〔六四〕。余情悦其淑美兮〔六五〕，心振荡而不怡〔六六〕。无良媒以接欢兮〔六七〕

托微波而通辞。愿诚素之先达兮^{〔六八〕}，解玉佩以要之^{〔六九〕}。嗟佳人之信修兮^{〔七〇〕}，羌习礼而明诗^{〔七一〕}。抗琼珶以和予兮^{〔七二〕}，指潜渊而为期^{〔七三〕}。执眷眷之款实兮^{〔七四〕}，惧斯灵之我欺^{〔七五〕}！感交甫之弃言兮^{〔七六〕}，怅犹豫而狐疑^{〔七七〕}。收和颜而静志兮^{〔七八〕}，申礼防以自持^{〔七九〕}。于是洛灵感焉，徙倚彷徨^{〔八〇〕}。神光离合^{〔八一〕}，乍阴乍阳^{〔八二〕}。竦轻躯以鹤立^{〔八三〕}，若将飞而未翔。践椒涂之郁烈^{〔八四〕}，步蘅薄而流芳^{〔八五〕}。超长吟以永慕兮^{〔八六〕}，声哀厉而弥长^{〔八七〕}。尔乃众灵杂遝^{〔八八〕}，命俦啸侣^{〔八九〕}，或戏清流，或翔神渚^{〔九〇〕}，或采明珠，或拾翠羽。从南湘之二妃^{〔九一〕}，携汉滨之游女^{〔九二〕}。叹匏瓜之无匹兮^{〔九三〕}，咏牵牛之独处^{〔九四〕}。扬轻袿之猗靡兮^{〔九五〕}，翳修袖以延伫^{〔九六〕}。体迅飞凫，飘忽若神。陵波微步，罗袜生尘^{〔九七〕}。动无常则，若危若安。进止难期，若往若还^{〔九八〕}。转（盼）〔眄〕流精^{〔九九〕}，光润玉颜^{〔一〇〇〕}。含辞未吐，气若幽兰^{〔一〇一〕}。华容婀娜^{〔一〇二〕}，令我忘餐。于是屏翳收风^{〔一〇三〕}，川后静波^{〔一〇四〕}，冯夷鸣鼓^{〔一〇五〕}，女娲清歌^{〔一〇六〕}。腾文鱼以（惊）〔警〕乘^{〔一〇七〕}，鸣玉銮以偕逝^{〔一〇八〕}。六龙俨其齐首^{〔一〇九〕}，载云车之容裔^{〔一一〇〕}。鲸鲵踊而夹毂^{〔一一一〕}，水禽翔而为卫。于是越北沚^{〔一一二〕}，过南冈，纡素领^{〔一一三〕}，回清扬^{〔一一四〕}。动朱唇以徐言，陈交接之大纲^{〔一一五〕}。恨人神之道殊兮^{〔一一六〕}，怨盛年之莫当^{〔一一七〕}。抗罗袂以掩涕兮^{〔一一八〕}，泪流襟之浪浪^{〔一一九〕}。悼良会之永绝兮，哀一逝而异乡^{〔一二〇〕}。无微情以效爱兮^{〔一二一〕}，献江南之明珰^{〔一二二〕}。虽潜处于太阴^{〔一二三〕}，长寄心于君王^{〔一二四〕}。忽不悟其所舍^{〔一二五〕}，怅神宵而蔽光^{〔一二六〕}。于是背下陵高，足往神留^{〔一二七〕}。遗情想像^{〔一二八〕}，顾望怀愁。冀灵体之复形^{〔一二九〕}，御轻舟而上溯〔一三〇〕。浮长川而忘反,思绵绵而增慕〔一三一〕。夜耿耿而不寐〔一三二〕,霑繁霜而至曙〔一三三〕。命仆夫而就驾,吾将归乎东路〔一三四〕。揽騑辔以抗策〔一三五〕,怅盘桓而不能去〔一三六〕。

〔 一 〕李注:“黄初,文帝丕年号。《魏志》曰:黄初三年,立植为鄄城王。四年徙封雍丘,其年朝京师。又《文纪》曰:黄初三年行幸许。又曰:四年三月,还雒阳宫。《魏志》及诸诗序并云四年朝,此云三年,误。”案李注是。

〔 二 〕京师,谓雒阳。

〔 三 〕洛川,李注:“洛水之川也。洛水出洛山。济,度也。”

〔 四 〕宓妃,李注:“《汉书音义》如淳曰:宓妃,宓牺氏之女,溺死洛水,为神。”

〔 五 〕《铨评》:“稈脱说,从《艺文》七十九。”案宋刊本《曹子建文集》有说字,《文选》无。神女之事,见《文选》宋玉《神女赋》序。序曰:“楚襄王与宋玉游于云梦之浦,使玉赋高唐之事。其夜,王寝,果梦与神女遇,其状甚丽,王异之,明日以白玉……王曰:若此盛矣,试为寡人赋之。”

〔 六 〕京域,《铨评》:“域张作师。”案《文选》作域,《初学记》卷六亦作师。李善注:“京域谓洛阳。”则所见本固作域也。

〔 七 〕言,发语词。李注:“东藩即鄄城。”案植封雍丘后朝京师,则归藩不得云反鄄城,东藩指雍丘,李注似未确。

〔 八 〕背,《铨评》:“《初学记》六作北过。”案北过盖传抄之误,不足据。伊阙,陆机曰:“洛有四关,斯其一焉。东岩西岭,并镌石开轩,高甍架峰,西侧灵岩下,泉流东注,入于伊水。”《水经·伊水篇》:“又东北过伊阙中。”注云:“伊水又北入伊阙。昔大禹疏以通水,两山相对,望之若阙,伊水历其间北流,故谓之伊

346

阙。"《方舆纪要》："阙塞山在河南府西南三十里,亦曰龙门,亦曰伊阙山。"

〔九〕轘辕,《元和郡县志》："道路险阻,凡十二曲,将去复还,故曰轘辕。"洪氏《图志》："轘辕,山名,在偃师县,东南接巩、登封二县界,上有关。今河南偃师县东南,巩县西南,登封县西北。"

〔一〇〕通谷,《铨评》："《御览》五十四作大。"案此即《赠白马王彪》诗之大谷。华延《洛阳记》："城南五十里有大谷,旧名通谷。"(见李注)《方舆纪要》："大谷,在河南府东南五十里。"

〔一一〕景山,李注："《河南郡图经》曰:'景山,缑氏县南七里。'"案今偃师县南二十里有缑氏城,汉缑氏县也。县有缑山,缑山之西北为景山。

〔一二〕日既西倾,谓时迫黄昏,将入暮也。

〔一三〕车殆,《广雅·释诂一》："殆,坏也。"马烦,《礼记·乐记》郑注："烦,劳也。"

〔一四〕蘅皋,李注："蘅,杜蘅也。皋,泽也。"

〔一五〕芝田,李注："钟山在北海之中,仙家数千,耕田种芝草,课计顷亩。"(见《十洲记》)此句芝田,盖谓野草茂盛之地,以美言之,非《十洲记》中之芝田也。

〔一六〕阳林,《铨评》："《文选》十九李注云:阳林一作杨林。"案李注："地名,生多杨,因名之。"是李善谓字当作杨也。宋刊本《曹子建文集》,《初学记》卷六俱作阳,惟汪本作杨。

〔一七〕流盼,《铨评》："盼《艺文》八作眄。"案《文选》亦作眄。作眄字是。《一切经音义》引《苍颉》："旁视曰眄。"

〔一八〕精移,《铨评》："精张作情。"案精、情古通。李注："移,变也。"骇,动也。

〔一九〕李注:"情思消散,如有所悦。"

〔二〇〕未察,李注:"犹未的审。"

〔二一〕李注:"所观殊异。"

〔二二〕乃援,《铨评》:"张本乃上有尔字。"案宋刊本《曹子建文集》与张本同,《文选》无尔字。疑无尔字者是。援,引也。觌,《铨评》:"《御览》八百八十三作睹。"案《广雅·释诂三》:"睹,见也。"《尔雅·释诂》:"觌,见也。"是觌睹同义。

〔二三〕斯,语尾助词。

〔二四〕若此,《铨评》:"此,《初学记》作斯。"案斯、此意同。艳,《左》桓元年传:"目逆而送之,曰美而艳。"杜注:"色美曰艳。"

〔二五〕然则,《铨评》:"张脱然。"《密韵楼丛书·曹子建文集》,亦无然字,疑非。应补。无乃,《铨评》:"程作奈,从《文选》。"案宋刊本《曹子建文集》亦作乃,汪本同。《初学记》作乃,迺、乃本一字,作奈非。无乃,犹今语莫非之意。

〔二六〕翩若惊鸿,形容洛神体态轻捷,翩翩然如鸿鹄之惊飞。

〔二七〕婉若游龙,李注:"《神女赋》曰:婉若游龙乘云翔,翩翩然若鸿雁之惊,婉婉然如游龙之升。"案《淮南·修务训》:"龙夭矫。"形容动作柔和,如龙行之蜿蜒而升。

〔二八〕谓颜色美丽,胜于秋日之菊。

〔二九〕李注:"朱穆《郁金赋》曰:比光荣于秋菊,齐英茂于春松。"谓肌体丰盈,如茂郁之青松。

〔三〇〕飘飘,《铨评》:"《御览》飘作扬。"流风回雪,谓肢体婀娜,有如风卷雪花回旋飞舞。

〔三一〕《文选·神女赋》:"其始来也,耀乎若白日初出照屋梁。"李注:"薛君曰:诗人所说者,颜色美盛,若东方之日。"

〔三二〕芙蓉,《铨评》:"《文选》蓉作蕖。"案宋刊本《曹子建文集》与《文选》同。芙蓉、芙蕖皆谓荷花。《尔雅·释草》:"荷,芙蕖。"渌,《铨评》:"《艺文》作绿。"《说文》糸部:"绿,帛青黄色也。"句意谓洛神亭亭玉立,色如芙蕖盛开之美艳也。

〔三三〕《铨评》:"衷,张作中。"案宋刊本《曹子建文集》亦作中,衷、中义同。句意谓洛神肥瘦适中。

〔三四〕谓身裁长短恰合标准。如宋玉《登徒子好色赋》所谓:"增之一分则太长,减之一分则太短"之意。

〔三五〕削成,谓两肩狭窄而下垂,有如刀削者然。

〔三六〕宋玉《登徒子好色赋》云:"腰如束素。"谓腰细而圆。

〔三七〕李注:"《说文》:项,颈也。延、秀皆长也。"

〔三八〕《文选》李注:"司马相如《美人赋》曰:皓质呈露。呈,见也。"

〔三九〕芳泽,犹《神女赋》之兰泽。李注:"以兰浸油泽以涂头。"

〔四〇〕铅华,李注:"《博物志》曰:烧铅成胡粉。"用以敷面。弗,《铨评》:"张作不。"弗御,案《独断》:"御者进也。"二句形容美丽天成,不假修饰。

〔四一〕云,谓发多。髻,将发绾于顶。峨峨,高耸貌。

〔四二〕修眉,李注:"修,长曲而细也。"连娟,《铨评》:"《文选》连作联。"连娟、联娟皆叠韵谦语。《神女赋》李注:"微曲貌。"

〔四三〕《神女赋》:"朱唇的其若丹。"

〔四四〕《登徒子好色赋》:"齿如含贝。"李注:"贝,海螺,其色白。"

〔四五〕李注:"睐,旁视也。"

〔四六〕《铨评》:"《初学记》十九作厣辅。"案作厣辅是。李注:"《离骚》王注:美人颊有厣辅也。"《淮南·修务训》高注:"酺辅,颊边文,妇人之媚也。"《说林训》高注:"酺辅在颊则美,在颡则丑。"

如王高二注，则靥辅即今所谓颊上酒涡。权，李注："两颊。"案权今字作颧。承权，意谓在颧骨之下。

〔四七〕李注："《神女赋》曰：瓌姿玮态。"案瓌或作瑰。《舞赋》："瑰姿谲起。"李注："瑰，美也。"

〔四八〕李注："《神女赋》曰：志解泰而体闲。仪静，安静也。体闲，谓肤体闲暇也。"

〔四九〕柔情，谓缠绵情致。绰态，谓绰约多姿。

〔五〇〕旷世，《尚书·皋陶谟》孔传："旷，空也。"

〔五一〕李注："《神女赋》曰：骨法多奇，应君之相。应图，应画图也。"

〔五二〕璀粲，李注："衣声。"案嵇康《琴赋》："新衣翠粲。"杨慎《丹铅录》以为鲜明之貌是也。璀、翠一声之转。璀粲、翠粲俱双声謰语义同。李注误。

〔五三〕《铨评》："琚程作裾，从《文选》。"《文选·秋兴赋》李注："珥，插也。"瑶碧，李注："郭璞曰：名玉也。"华琚，谓佩玉上雕琢有花文者。

〔五四〕李注："司马彪《续汉书》曰：太皇后花胜上为金凤，以翡翠为毛羽，步摇贯白珠八。"案司马彪《续舆服志》："皇太后簪以瑇瑁为擿，长一尺，端为华胜，上有凤皇爵，以翡翠为毛羽。下有白珠垂黄金镊，左右一，横簪之。"首饰，谓头上饰物，如钗簪之类。

〔五五〕明珠，《铨评》："《白帖》八作罗裳，耀《白帖》作深。"案《白帖》非是。谓首饰上复缀以明珠，珠光闪灼，故曰耀躯也。

〔五六〕远游文履，李注："繁钦《定情诗》曰：何以消滞忧，足下双远游。有此言，未详其本。"案刘桢《鲁都赋》："纤纤丝履，粲烂鲜新；表以文组，缀以朱蠙。"疑即赋之文履也。

〔五七〕李注:"绡,轻縠也。"裾,《方言》四注:"衣后裾也。"故曰曳。

〔五八〕李注:"芳蔼,芳香晻蔼也。"谓香气淡远。

〔五九〕《淮南·说林训》高注:"步,徐行也。"

〔六〇〕纵体,《淮南·精神训》:"故纵体肆意而度制。"高注:"纵,放也。"以遨,《铨评》:"《艺文》八遨作游。"案《初学记》六亦作游。《文选》作遨。

〔六一〕采旄,旄即幢,以五彩羽毛附于竿首,下垂旒苏。

〔六二〕桂旗,李注:"《楚辞》:辛夷车兮结桂旗。"谓结桂以为旗也。荫读为依廕之廕。

〔六三〕攘,《说文》曰:"推也。"谓推手使前。

〔六四〕湍濑,李注:"《汉书音义》应劭曰:濑,水流沙上也。傅瓒曰:濑,湍也。"案洪兴祖《楚辞补注》:"水激石间,则怒成湍。"玄芝,《抱朴子·仙药》:"石芝者,石象。芝生于海隅名山及岛屿之涯……黑者如泽漆。"

〔六五〕淑,善也。

〔六六〕振荡,犹振动也。

〔六七〕接欢,《铨评》:"《御览》欢作欣。"案《文选》作欢。

〔六八〕诚素,真诚之意愿。先,《庄子·秋水》《释文》:"谓宣其言也。"

〔六九〕以,《铨评》:"张作而。"案宋刊本《曹子建文集》亦作而。李注:"要,屈也。"之,指洛神。

〔七〇〕张衡《思玄赋》:"伊中情之信修兮。"旧注:"修,善也。"李注:"佳人信修整。"

〔七一〕羌,发语词。李注:"明礼谓立德。明诗谓善于言辞。"案《论语·季氏篇》:"曰:学诗乎? 对曰:未也。不学诗,无以言。"此或李注所本。

〔七二〕抗，举也。琼珶，谓美玉。和，答也。

〔七三〕李注："古人指水为信，如有如白水之类也。"案《离骚》："指西海以为期。"指，语也。期，会也。潜渊，洛神所居（见李注）。

〔七四〕眷眷，犹恋恋。款实，即诚实。

〔七五〕斯灵，谓洛神。我欺，即欺我。

〔七六〕李注："《神仙传》曰：切仙一出，游于江滨，逢郑交甫。交甫不知何人也，目而挑之，女遂解佩与之。交甫行数步，空怀无佩，女亦不见。"

〔七七〕怅，失望之貌。犹豫、狐疑，王念孙《广雅疏证》曰："狐疑、犹豫皆双声字。夫双声之字，本因声以见义，不求诸声，而求诸字，固宜其说之多凿也。"案王说是。犹豫，不定之意，与狐疑意同。

〔七八〕收和颜，谓收敛笑容。静志，谓宁静感情。

〔七九〕礼防，见卷一《愍志赋》注。李注："申，展也。子建自防持也。"案《尔雅·释诂》："申，重也。"持，《国语·越语》韦注："持，守也。"自持，犹言自守。

〔八〇〕彷徨，《铨评》："彷《文选》作傍。"《广雅·释训》："仿佯，徙倚也。"彷徨犹仿佯。《楚辞·哀时命》注："徙倚犹低徊也。"低徊如徘徊。徙倚、彷徨皆声转，义相通也（王念孙说）。

〔八一〕神光离合，谓神光时聚时散。

〔八二〕乍阴乍阳，谓时隐时显。

〔八三〕竦、耸古字通。鹤立，李注："言如鹤鸟之立望。"

〔八四〕犹言践郁烈之椒涂。李注："郁烈，香气之甚。"

〔八五〕蘅薄，杜蘅丛生之地。

〔八六〕超，高也。永慕，久慕之意。

〔八七〕厉,李注:"急也。"

〔八八〕众灵,众神。杂遝,李注:"众貌。"

〔八九〕啸侣,《匡谬正俗》三:"啸者谓若有所召命,若齐庄抚楹而歌耳。"则啸侣犹今言呼叫同伴。

〔九〇〕渚,《尔雅·释水》:"小州曰渚。"谓水中高地。

〔九一〕《山海经》:"洞庭之山,多黄金,其下多银铁。帝之二女,是常游江川澧沅之侧,交游潇湘之渊,在九江之间,出入必以飘风暴雨。"曹植此赋二妃,盖谓娥皇、女英,而不取《山海经》天帝之女之说,盖传闻有歧故也。

〔九二〕汉滨游女,曹植谓郑交甫过汉皋所遇赠佩之二女(见《太平御览》卷六十二引《韩诗》)。李善引《诗经·汉广》以释,或失原意。薛君《韩诗章句》谓游女为汉水之神,即此赋所本,曹植盖从《韩诗》说也。

〔九三〕姜皋曰:"按何(焯)校云:王子敬书作炰娲无匹,因疑瓟瓜为炰娲之讹。《易系辞疏》、《初学记》并引《帝王世纪》云:包牺氏没,女娲氏立。包牺即宓羲。包《列子》作庖,《汉书·律历志》作炮,故《路史注》、《女娲》亦作炮娲。娲字《山海经》郭注、《列子》张注、《古今人表》颜注皆音瓜,是匏者庖炮之音通,娲者因音瓜而讹也。《风俗通》以女娲为伏羲之妹,是或为无匹之说所本。且赋上文言南湘二妃、汉滨游女,下言牵牛、织女,中间似不得杂一瓟瓜星如注所言者。"(见《文选旁证》)案牵牛、织女正两星之名。瓟瓜疑当从李注:"《天官星占》曰:瓟瓜,一名天鸡,在河鼓东。阮瑀《止欲赋》曰:伤瓟瓜之无偶,悲织女之独勤。俱有此言,然无匹之义,未详其始。"此种传说,汉魏尚知之,唐代已不明其义。姜氏之释,似未的也。

〔九四〕李注:"牵牛一名天鼓,不与织女值者,阴阳不和。曹植《九咏》注曰:牵牛为夫,织女为妇,织女、牵牛之星,各处河鼓之旁。七月七日,乃得一会。"

〔九五〕袿,即今之褂字。刘熙《释名》:"妇人上服曰袿。其下垂者,上广下狭如刀圭也。"猗靡,《铨评》:"猗张作绮。"案宋刊本《曹子建文集》亦作绮。绮靡,精妙之意。兮,《铨评》:"张脱兮。"

〔九六〕张衡《舞赋》:"抗修袖以翳面。"延伫,已见卷一《玄畅赋》注。

〔九七〕李注:"陵波而袜生尘,言神人异也。洛灵即神,而言若者,夫神万灵之总称,言若所以类彼,非谓此为非神也。《淮南子》曰:圣足(人)行于水无迹也,众生行于霜有迹也。《说文》曰:袜,足衣也。"案陵,躐也。陵波犹言踏波。神行无迹而人行则有迹,窃疑子建盖以洛神拟人,故其思想、感情、行为一如人也,因曰如神、生尘以喻之。

〔九八〕此四句形容行动飘忽,出人意外,以描述心理状态。

〔九九〕《铨评》:"《文选》盼作眄。"宋刊本《曹子建文集》与《文选》同,作眄字是。眄,斜视也。流精,《荀子·解蔽篇》杨注:"精,目之明也。"是精即睛字,谓目光也。流,移也。

〔一〇〇〕此二句形容洛神娇媚之态。

〔一〇一〕句谓欲说话而未出口之状。幽兰谓如兰花逸馨。

〔一〇二〕华容,美丽容貌。婀娜,雷浚曰:"张平子《南都赋》李注:阿那,柔弱之貌。本无女旁,后人加之耳。"(见《说文外编》)疑婀娜当作阿那,如雷氏所说。

〔一〇三〕屏翳,李注:"王逸《楚辞注》曰:屏翳,雨师名。虞喜《志林》曰:韦昭云:屏翳,雷师。喜云雨师。然说屏翳者虽多,并无明据。曹植《诰洛(咎)文》曰,河伯典泽,屏翳司风。植既皆为风师,不可引他说以非之。"朱珔《文选集释》："余疑宋玉《风赋》：风起于青萍之末。萍即蓱也。《天问》之蓱一作萍，以为风师者，当出于此号。字本读平，作虚用。王注号呼也，然风可云号，雨不能云号。盖谓风之号而起雨，则屈子之意，亦正指风。屏与萍同声相通，似屏翳为风师近是。"

〔一〇四〕川后，李注："川后，河伯也。"

〔一〇五〕冯夷，《青令传》："河伯，华阴潼乡人也。姓冯名夷，浴于河中而溺死，是为河伯。"案上文李注以川后为河伯，与此意复，疑有误。

〔一〇六〕女娲，即女娲氏。案姜氏以瓠瓜为女娲，得此句，更知其误。

〔一〇七〕文鱼，《文选·吴都赋》李注："《西山经》曰：秦（今作泰）器之山，濩水出焉，是多鳐鱼，状如鲤鱼身而鸟翼，苍文而白首赤喙，夜飞而行。"惊，《铨评》："《文选》作警。"案《初学记》卷六亦作警。《文选》李注："警，戒也。文鱼有翅能飞，故使警乘。"作警字是。

〔一〇八〕玉銮，已见本卷《喜霁赋》注。

〔一〇九〕李注："《春秋命历序》曰：有神人，右耳苍色，大肩，驾六龙出辅，号曰神农。俨，矜庄貌。"案俨其犹俨然，高昂貌。谓六马一齐昂头而行。

〔一一〇〕云车，李注："《春秋命历序》曰：人皇乘云车，出谷口。《博物志》曰：汉武帝好道，西王母七月七日漏七刻，王母乘紫云车来。"容裔，舒缓安详貌。

〔一一一〕踊，《铨评》："《书钞》一百四十一作耸。"案《初学记》卷六引作涌，宋刊本《曹子建文集》亦作涌。涌，浮出。夹毂谓在两傍扶翼而行。

〔一二〕沚，水中之小块陆地。

〔一三〕素领，即白颈。

〔一四〕扬，《铨评》："程、张作阳，从《文选》。"案宋刊本《曹子建文集》亦作阳。《诗经·野有蔓草篇》："清阳婉兮。"《家语·致思》王注："清阳，眉目之间。"

〔一五〕动，《铨评》："《御览》三百六十八作启。"案傅毅《舞赋》："动朱唇。"《御览》作启，启，开也。交接，即古代所传房中术。张衡《同声歌》："素女为我师，仪态盈万方。众夫所希见，天姥教轩皇。"即此赋句所本。

〔一六〕兮，《铨评》："张脱兮。"案《初学记》卷六，宋刊本《曹子建文集》俱无兮字。

〔一七〕李注："盛年谓少壮之时，不能得当君王之意。"案《汉书·司马相如传》颜注："当，对偶也。"莫当犹言无偶。

〔一八〕《叙愁赋》："扬罗袖而掩涕。"与此句意同。

〔一九〕浪浪，李注："泪下貌。"

〔二〇〕李注："良会，夫妇之道。"案良会犹嘉会，非谓夫妇之道。良会永绝，如嘉会之无常。而犹如也。句与卷一《叙愁赋》"悲一别之异乡"意同。

〔二一〕无，《初学记》卷六作抚。《楚辞·东皇太一》王注："抚，持也。"《史记·魏世家》《索隐》："效，犹致也。"

〔二二〕献，《铨评》："《御览》七百十八作珥。"李注："服虔《通俗文》曰：耳珠曰珰。"

〔二三〕太阴，李注："众神之所居。"

〔二四〕君王指曹植。

〔二五〕其谓洛神。舍，止也。

曹植集校注

〔一二六〕神霄，《文选》霄作宵。李注："宵，化也。"朱珔《文选集释》："宵训化，当为消之借字。《史记·历书》：阴死为消，消有化义。《淮南·精神训》高注：化犹死也，人死则尽矣。故《说文》云：消，尽也。宵字义亦通消。《尔雅·释言》：宵，夜也。舍人注：宵，阳气消也。此处特训为化，盖不以宵字作夜字解耳。"案霄，《后汉书·仲长统传》章怀注："摩天赤气也。"蔽光谓蔽其形容也。

〔一二七〕《铨评》："神张作心。"案《淮南·原道训》高注："神，精神也。"

〔一二八〕遗情，犹言余留情实。

〔一二九〕灵体即神体，指洛神。复形，重现。

〔一三〇〕上溯，李注谓逆流而上。

〔一三一〕绵绵，连续不断之貌。增慕，增益思慕之情。

〔一三二〕《楚辞·远游》："夜耿耿而不寐兮。"王注："耿耿犹儆儆，不寐之貌。"

〔一三三〕繁霜，浓厚霜华。《楚辞·悲回风》："思不眠以至曙。"王注："曙，明也。"谓天明。

〔一三四〕东路，指反雍丘道路。

〔一三五〕抗策，犹言扬鞭。

〔一三六〕盘桓犹彷徨，见本卷《九愁赋》注。

按赋序李注："一云：《魏志》三年不言植朝，盖《魏志》略也。"考《魏志·文帝纪》："黄初二年十二月行东巡。三年正月庚午行幸许昌宫。三月甲午行幸襄邑。四月癸亥行还许昌宫。八月蜀大将黄权率众降。"裴注引《魏书》："权等诣行在所，帝置酒设乐，引见于承光殿。"据《洛阳宫殿簿》："许昌承光殿七间。"是黄初三年四至八月，丕俱在许昌，未反洛阳。赋序谓三年朝京师，京师指洛阳，不谓许昌。况赋中所叙地，如伊阙，如通谷，如景山皆在洛阳附近，则京都不指许昌，可以断言。曹丕在许昌，而植至洛阳朝见，于理难通。且曹丕即位之初，已下令禁诸侯朝见。《魏志·武文世王公传》："明帝赐幹玺书：高祖（曹丕）践阼，祗慎万机，申著诸侯不朝之令。朕……亦缘诏文曰：若有诏得诣京都。"而《晋书·礼志》："魏制藩王不得朝觐，明帝时朝者由特恩。"史实证明，侯王不奉召见之诏书，万无私离本国悄然去京之可能。曹植此时正受严峻法制之约束，而怀着栗栗危惧之心，何敢干犯法令贸然行动乎！或说《魏志》略而不言，盖属臆测。

有谓此赋为曹植和甄后恋爱一篇纪念文，完全是羌无故实依据之虚构，明清文士已作了许多驳正，无须诘难。案此赋具着完整的故事内容，叙述迷幻梦境，极意刻画和洛水之神经历了一段悲欢离合的生活过程，生动地塑造着洛神纯真美丽而热情的少女形象。通过艺术的描绘，将她缠绵的情致，轻盈的风度，婀娜的体态，驱使卓越的想象力尽善尽美地展示着，将彼此爱慕情感由浅而深，由淡而浓，若明若晦地渲染着一幅缥缈的人间仙境，赋予洛神真挚的人情味，从而增强了内容的真实感。结构布局，扬弃了陈旧的平铺直叙的呆板体式：如在洛神起游之后，突然插进众灵嬉戏的热闹场面，使组织形式变换而多姿，导致叙述转入另一新境。自洛神隐形后，着重写出悲离怀念的错综复杂的心境，因此频添了悠然不尽的余韵，构成含蓄的美感。此赋具有丰富的艺术魅力，感人至深，无怪晋代著名书家王羲之父子各写数十本（见王世贞《艺苑卮言》），足知东晋时代，已使文学艺术之士如此倾倒了。

赠白马王彪_{有序} 七首〔一〕

黄初四年五月〔二〕，白马王、任城王与余俱朝京师〔三〕，会节气〔四〕。到洛阳，任城王薨〔五〕。至七月，与白马王还国。后有司以二王归藩〔六〕，道路宜异宿止，意毒恨之〔七〕！盖以大别在数日〔八〕，是用自剖〔九〕，与王辞焉，愤而成篇。

谒帝承明庐〔一○〕，逝将归旧疆〔一一〕。清晨发皇邑〔一二〕，日夕过首阳〔一三〕。伊洛广且深〔一四〕，欲济川无梁。泛舟越洪涛〔一五〕，怨彼东路长〔一六〕。顾瞻恋城阙〔一七〕，引领情内伤〔一八〕。

〔一〕《铨评》："程缺序。《文选》二十四李善注：集云于圈城作。《魏志》本传注引《魏氏春秋》曰：是时待遇诸国法峻，任城王暴薨，诸王既怀友于之痛，植及白马王彪还国，欲同路东归，以叙隔阔之思，而监国使者不听。植发愤告离，而作诗。《楚王彪传》：字朱虎，黄初七年徙封白马。杭氏世骏《三国志补注》云：志称七年徙封白马，而陈思王诗称四年白马王朝京师，则当时未有此封，宜称吴王。洪氏亮吉云：今考《陈思王集》云：黄初四年五月，白马王、任城王与余朝京师，《魏氏春秋》亦载植是年还国，赠白马王彪诗。植传：黄初四年徙封雍丘王，则彪徙白马亦当在此时，传言七年，或误也。《艺苑卮言》云：此诗全法《大雅·文王之什》体，以故首二章不相承耳。后人不知，合而为一者，良可笑也！"案徐攀凤《选诗规李》："案此句之下，'太谷何寥廓，山树郁苍苍'，正蒙引领伤情说下。盖此篇自首句'谒帝承明庐'至'我马玄以黄'止一韵，是为其一，'玄黄犹能进'至'揽辔止踟蹰'为其二……恰好蝉联,恰好各自一韵,不宜作七段也。"

〔二〕《铨评》:"五张作正,从《文选》二十四。"案张本作正误,考《应诏》诗可证,丁据《文选》校改是。

〔三〕白马王曹彪,曹操妾孙姬所生,系曹植异母弟。白马,县名,今河南滑县东二十里。任城王曹彰字子文,卞太后所生,曹植同母兄。任城,县名,今山东济宁县。

〔四〕汉、魏制度,每年立春、立夏、立秋与立冬四节之前,举行迎气典礼,诸侯此时至京师,参预朝会,名会节气。

〔五〕古代天子死曰崩,诸侯死曰薨(见《礼记·曲礼》)。曹彰封王爵,故死亦称薨。《世说新语·尤悔》:"魏文帝忌弟任城王骁壮,因在卞太后阁共围棋,并啖枣。文帝以毒置诸枣蒂中,自选可食者而进。王弗悟,遂杂进之。既中毒,太后索水救之,帝预敕左右毁瓶罐,太后徒跣趋井,无以汲,须臾遂卒。复欲害东阿。太后曰:汝已杀我任城,不得复杀我东阿。"

〔六〕归藩,谓归所封之邑。

〔七〕毒,《广雅·释诂一》:"痛也。"毒恨,犹言痛恨。

〔八〕大,《吕览·慎大》高注:"长也。"大别犹长别。

〔九〕剖,分析之义。自剖谓自己剖心陈怀也。

〔一〇〕承明庐,《魏志·文帝纪》裴注:"案诸书记,是时帝居北宫,以建始殿朝群臣,门曰承明。陈思王植诗曰谒帝承明庐是也。"《文选》应璩《百一诗》李注:"陆机《洛阳记》:承明门,后宫出入之门。吾常怪谒帝承明庐,问张(华)公。张公言:魏明帝作建始殿,朝会皆由承明门,然直庐在承明门侧。"案《说苑·修文篇》:"天子左右之路寝,谓之承明何也? 曰:承平明堂之后者也。"是承明指天子所居,寝息之所。曹植与兄弟盖以骨肉之亲,得接见于宫内。

〔一一〕逝,发语词。旧疆,李注:"鄄城也。时植虽封雍丘,仍居鄄城。"案植《黄初六年令》所述,李注似未的。

〔一二〕皇邑,指洛阳。

〔一三〕首阳,陆机《洛阳记》:"在洛阳东北,去洛二十里,为邙山最高处。日光先照,故称首阳。"

〔一四〕伊,水名。出卢氏县熊耳山,东北过伊阙,到洛阳县南,北入于洛。洛,洛水,发源于陕西家岭山,流入河南,经洛阳县至巩县入黄河。广,《铨评》:"《魏志》本传注作旷。"案《文选》作广。

〔一五〕洪涛,《水经·伊水注》:"阙左壁有石铭云:黄初四年六月二十四日辛巳,大出水,举高四丈五尺。"即此诗所云洪涛。

〔一六〕东路,见《洛神赋》注。

〔一七〕顾瞻,《铨评》:"《志》作回顾。"城阙谓天子所居,不敢直斥,故言城阙。

〔一八〕引领,犹延颈,远望之貌。

其　二

太谷何寥廓〔一〕,山树郁苍苍〔二〕。霖雨泥我涂〔三〕,流潦浩纵横〔四〕。中逵绝无轨〔五〕,改辙登高冈〔六〕。修坂造云日〔七〕,我马玄以黄〔八〕。

〔一　〕太谷,即通谷,见《洛神赋》注。寥廓,形容幽静。

〔二　〕郁,茂盛。苍苍,《广雅·释训》:"茂也。"苍,青色,树木茂密则色苍然也。

〔三〕《尔雅·释天》注："雨自三日已上为霖。"涂，路也。

〔四〕潦，《文选·南都赋》李注："雨水。"浩，《一切经音义》七引《字林》："亦水大也。"《文选·鲁灵光殿赋》李注："纵横，四散也。"

〔五〕中逵，《铨评》："逵《志注》作田。"中逵谓路中。李注：《广雅》曰："轨，迹也。"

〔六〕辙，车迹曰辙。

〔七〕修，长也。修坂疑即《应诏诗》之黄坂。造，至也。云日形容高峻。

〔八〕李注："《毛诗》曰：陟彼高冈，我马玄黄。毛苌曰：玄马病则黄。"案王引之《经义述闻》："玄黄双声字，谓病貌也。传言玄马病则黄，失之。"案以字语中助词。

其 三

玄黄犹能进，我思郁以纡〔一〕。郁纡将（难进）〔何念〕〔二〕，亲爱在离居〔三〕。本图相与偕〔四〕，中更不克俱〔五〕。鸱枭鸣衡軛〔六〕，豺狼当路衢〔七〕；苍蝇间白黑〔八〕，谗巧（令）〔反〕亲疏〔九〕。欲还绝无蹊〔一〇〕，揽辔止踟蹰〔一一〕。

〔一〕李注："《楚辞》曰：愿假簧以舒忧，志纡郁其难释。王逸曰：纡，屈也；郁，愁也。"案纡郁双声謰语，即卷一《离友诗》之郁悒，说详彼注。以，语中助词。

〔二〕难进，《铨评》："《志注》作何念。"案宋刊本《曹子建文集》与《志注》同，作何念是。

〔三〕亲爱指兄弟。案此句正为上句作答。

〔四〕本图犹原谋。

〔 五 〕中更,谓中道发生变更。

〔 六 〕轙,《铨评》:"《志注》作轭。"案宋刊本《曹子建文集》亦作轭。
胡绍瑛云:"《庄子·马蹄》:夫加之以衡轙。《释文》:轙,叉马
颈者也。轙今扼字。《说文》:轭,辕前也。正字作轭。"

〔 七 〕豺狼,李注:"鸱枭、豺狼以喻小人也。"路衢,李注:"何休注曰:
路衢,郭内衢也。"

〔 八 〕李注:"郑玄曰:蝇之为虫,污白使黑,污黑使白,喻佞人变乱善
恶也。《广雅》曰:间,毁也。"

〔 九 〕《铨评》:"令《志注》作反。"案疑作反字是。《诗经·猗嗟篇》:
"四矢反兮。"反《韩诗》作变,是反变义同。反亲疏谓变亲为
疏也。

〔一〇〕蹊,《铨评》:"《艺文》二十一作径。"案《文选》作蹊,蹊、径意近,
俱指道路。意谓欲还京无路可走。

〔一一〕止,语中助词。踟蹰,踏步不前之貌。

其 四

踟蹰亦何留〔一〕?相思无终极〔二〕!秋风发微凉,寒蝉鸣我侧〔三〕。
原野何萧条〔四〕!白日忽西匿。归鸟赴乔林〔五〕,翩翩厉羽翼〔六〕;
孤兽走索群,衔草不遑食〔七〕。感物伤我怀,抚心长太息〔八〕。

〔 一 〕何,《公羊》桓三年传何注:"何者,将设事类之词。"

〔 二 〕极,《礼记·表记》郑注:"犹尽也。"终极复义词。犹今语穷尽
之义。

〔 三 〕李注:"蔡邕《月令章句》曰:寒蝉应阴而鸣,鸣则天凉,故谓之
寒蝉也。"

〔四〕萧条，《淮南·齐俗训》高注："深静也。"

〔五〕《铨评》："《志注》乔作高。"案《文选》作乔，乔、高义同。

〔六〕李注："厉，疾貌。"《铨评》："《志注》此二句在孤兽二句下。"

〔七〕索，求也。

〔八〕抚心即拊心，犹今语椎胸。太息，《铨评》："太《志注》作叹。"
《楚辞·九辩》王注："忧怀感结，重叹悲也。"《史记·苏秦传》
《索隐》："太息谓久蓄气而大吁也。"案太叹双声，故太一作叹，
义可通。

其　五

太息将何为〔一〕？天命与我违〔二〕！奈何念同生〔三〕，一往形不
归〔四〕。孤魂翔故域〔五〕，灵柩寄京师。存者忽复过〔六〕，亡殁身自
衰〔七〕。人生处一世，（去）〔忽〕若朝露晞〔八〕。年在桑榆间〔九〕，景
响不能追〔一〇〕。自顾非金石〔一一〕，咄唶令心悲〔一二〕。

〔一〕太，《铨评》："《志注》作叹。"将何，《铨评》："《志注》作何所。"案
《文选》作将何。

〔二〕天命，李注："郑玄《周易注》曰：命，所受天命也。"案命指人寿
夭，谓受之于天，故曰天命。李注："毛苌《诗传》曰：违，离也，
谓不耦也。"

〔三〕同生，李注："《魏志》曰：武皇帝卞皇后生任城王彰、陈思王植。
《左氏传》曰：郑罕、驷、丰同生。杜预曰：罕，子皮；驷，子晳；
丰，公孙段也。三家本同母兄弟也。"

〔四〕一往，喻死亡。

〔五〕故域，《铨评》："域《文选》作城。"案故域即故国，指任城。

〔六〕《铨评》：“忽《志注》作勿。”案《说文》勿有匆匆之意。后作忽。
《广雅·释诂一》：“忽，疾也。”存者谓己与白马王彪。

〔七〕《吕览·去宥》高注：“衰，肌肤消也。”

〔八〕去，《铨评》：“《志注》作忽。”案作忽字疑是。忽若犹忽如。李
注：“毛苌《传》曰：晞，干也。”朝露易干，以喻生命短促。

〔九〕李注：“日在桑榆，以喻人之将老。”桑榆已见卷一《酒赋》注。

〔一〇〕景响即影响。比拟生命短暂，有如影响顷刻即逝，不能追及。

〔一一〕李注：“郑玄《毛诗笺》曰：顾，念也。《古诗》曰：人生非金石，岂
能长寿考。”

〔一二〕《铨评》：“喈《志注》作咤。”李注：“《说文》曰：咄，叱也。《声类》
曰：喈，大呼也。言人命叱呼之间，或至夭丧也。”案咄咤犹咄
嗟。段玉裁《说文注》曰：“咄嗟，猝乍相惊之意。”

其　六

心悲动我神〔一〕，弃置莫复陈〔二〕。丈夫志四海，万里犹比邻〔三〕。
恩爱苟不亏〔四〕，在远分日亲〔五〕；何必同衾帱〔六〕，然后展殷
勤〔七〕！忧思成疾疢〔八〕，无乃儿女仁〔九〕。仓猝骨肉情〔一〇〕，能不
怀苦辛〔一一〕！

〔一〕神，《诗经·楚茨篇》《正义》：“神者魂魄之气。”

〔二〕《文选·古诗》：“欢乐难具陈。”李注：“陈犹说也。”

〔三〕犹，如也。

〔四〕《小尔雅·广言》：“亏，损也。”

〔五〕李注：“分，犹志也。”案《诗经大序》：“在心为志。”志今云感情。

〔六〕李注：“《毛诗》曰：抱衾与裯。毛苌曰：衾，被也。郑玄曰：裯，

床帐也。帱与裯古字通。”

〔七〕《隶释》：“殷勤并如字，俗本下并加心，非也。”案殷勤叠韵谰语，委婉曲折之意。

〔八〕疾疢，疢同疹，《文选·思玄赋》：“思百忧以自疹。”旧注：“疹，疾也。”

〔九〕儿女仁，《韩诗外传》：“爱由情出谓之仁。”

〔一〇〕仓猝，《后汉书·光武纪》章怀注：“谓丧乱也。”于此无义。仓卒双声谰语，犹造次，急遽之意。李注：“骨肉谓兄弟也。”

〔一一〕怀，藏也。

其 七

苦辛何虑思？天命信可疑！虚无求列仙〔一〕，松子久吾欺〔二〕。变故在斯须〔三〕，百年谁能持〔四〕。离别永无会〔五〕，执手将何时〔六〕？王其爱玉体〔七〕，俱享黄发期〔八〕。收泪即长路〔九〕，援笔从此辞〔一〇〕。

〔一〕虚无，犹言空虚不实。

〔二〕松子，赤松子。李注：“《论衡》曰：传称赤松、王乔，好道为仙，度世不死，是又虚也。魏武帝《善哉行》曰：痛哉世人，见欺神仙。”

〔三〕《铨评》：“变张作恋。”案张作恋误。李注：“郑玄《周礼注》曰：故，灾也。”考《荀子·荣辱篇》杨注：“变故，患难事故也。”指死亡祸灾等不幸事件而言。斯须，宋刊本《曹子建文集》作须臾。李注：“《礼记》郑玄曰：斯须犹须臾也。”是李氏所见本作斯须。斯须、须臾义同，皆谓极短之时。

〔四〕李注：“《古诗》：生年不满百。《吕氏春秋》曰：人之寿，久不过百。"案尽其天年之意。持，《吕览·至忠》高注："持犹得也。"

〔五〕曹丕禁止诸王相会，故植作是言。

〔六〕执手，喻相见也。

〔七〕王，谓曹彪。其，语中助词。爱，珍惜。玉体，宝贵之身体。玉，敬词。

〔八〕李注："杜预《左氏传》注曰：享，受也。"《尔雅·释诂》："黄发，寿也。"《后汉书·和帝纪》章怀注："黄谓发落更生黄者。"

〔九〕《铨评》："《志注》泪作涕。"案《广雅·释言》："涕，泪也。"即，就字之义。路，《铨评》："《志注》作涂。"

〔一〇〕援笔，《淮南·修务》高注："援，持也。"

诗分七段：一、写出洛阳后，眷恋京师，不忍远去。二、叙路中困顿、跋涉之苦。三、直陈监国谒者之迫害，无可控诉。四、写秋郊日暮景色，感物伤怀，借抒其哀怨，以寄其分离之思。五、此章蕴蓄"既痛逝者，行自念也"之死生之感。六、强作排遣之语，而内心有不能解除之痛苦存在，结尾二句，终于迸发极度悲伤骨肉之情。末章劝勉曹彪，故为诀别之辞。全篇情真意挚，死生之戚，离别之思，洋溢于楮墨之外，历代文士之所嗟叹，非无因也。

蝙蝠赋

367

吁何奸气〔一〕！生兹蝙蝠。形殊性诡〔二〕，每变常式。行不由足，飞不假翼〔三〕。明伏暗动〔四〕，□□□□〔五〕，（尽）〔昼〕似鼠形〔六〕，谓鸟不似，二足（为）〔而〕毛〔七〕，飞而含齿。巢不哺轂〔八〕，空不乳子〔九〕。不容毛群，斥逐羽族〔一〇〕。下不蹈陆，上不冯木〔一一〕。

〔 一 〕吁，惊讶之词。奸，《文选·西京赋》薛注："姦，邪也。"奸、姦古通用。奸气犹言邪气。

〔 二 〕形殊，如云形状特殊。性诡，谓性质怪异。

〔 三 〕假，借也。犹今语利用一词之义。

〔 四 〕明伏，白昼潜伏。暗动，黑夜活动。

〔 五 〕案此节有佚文，致句韵不协。考《白帖》引此赋于明伏暗动句下，空作四圈，是唐时所见本已现佚句，今无他书以拾补之。

〔 六 〕尽，《艺文》卷五十八引作昼。疑作昼字是。

〔 七 〕为毛，案为毛意不可通，疑为字误。《尔雅·释鸟》："二足而羽谓之禽，四足而毛谓之兽。"据此，为当是而字之误。蝙蝠二足而毛，既非鸟类，亦不能谓为兽类。

〔 八 〕哺㲉，《广雅·释鸟》："㲉，雏也。"哺，《后汉书·赵孝传》章怀注："哺，食之也。"句谓巢居不哺食鸟雏，无鸟类之特征。

〔 九 〕空，《铨评》："疑穴形近而误。"案丁说疑非。《集韵》："空，孔也。"《尔雅·释诂》郭注："孔，穴也。"是空有穴义，非误字。乳，《铨评》："程作浮，从《艺文》九十七。"案宋刊本《曹子建文集》亦作乳。《文选·东征赋》李注："《尸子》曰：卵生曰琢，胎生曰乳。"

〔一〇〕毛群指兽类，羽族谓鸟类。

〔一一〕冯，宋刊本《曹子建文集》作凭。凭通作冯。《文选·西京赋》薛注："凭，依托也。"《铨评》："篇首程有曰，依张删。"案《密韵楼丛书·曹子建文集》篇首亦有曰字，盖宋代从类书中辑录者所加，非原文也，丁删是。

《铨评》："嫉邪愤俗之词，末四句痛斥尤甚。"案据残存赋句，疑斥责监国谒者而作，惜佚脱过甚，文义不具。

鹞雀赋

鹞欲取雀。雀自言〔一〕："雀微贱，身体些小〔二〕，肌肉瘠瘦〔三〕，所得盖少，君欲相啖，实不足饱。"鹞得雀言，初不敢语。"顷来轗轲〔四〕，资粮之旅〔五〕。三日不食，略思死鼠〔六〕。今日相得，宁复置汝〔七〕！"雀得鹞言，意甚怔营〔八〕，"性命至重，雀鼠贪生；君得一食，我命是倾〔九〕。皇天降监〔一〇〕，贤者是听〔一一〕。"鹞得雀言，意甚怛愡〔一二〕。当死毙雀〔一三〕，头如蒜颗〔一四〕。不早首服〔一五〕，（烈）〔捩〕颈大唤〔一六〕。行人闻之，莫不往观。雀得鹞言，意甚不移。依一枣树，蘩蓑多刺〔一七〕，目如擘椒〔一八〕，跳萧二翅〔一九〕。我（当死矣）〔虽当死〕〔二〇〕，略无可避。鹞乃置雀，良久方去。二雀相逢，似是公妪〔二一〕，相将入草〔二二〕，共上一树。仍叙本末〔二三〕，辛苦相语〔二四〕。向者（共）〔近〕出〔二五〕，为鹞所捕。赖我翻捷〔二六〕，体素便附〔二七〕。说我辨语〔二八〕，千条万句。欺恐舍长，令儿大怖。我之得免，复胜于兔〔二九〕。自今徙意〔三〇〕，莫复相妒〔三一〕。

言雀者但食牛矢中豆，马矢中粟。《铨评》："《御览》八百四十一引《鹞雀赋》。此疑‘自言雀微贱’句下脱文。"

〔一〕雀自，《铨评》："程脱自，从《御览》九百二十六。"

〔二〕身体，《铨评》："体程作卑，从《艺文》九十一。"案《御览》引同。些本作呰。《史记·货殖传》《集解》："呰，弱也。"

〔三〕《铨评》："瘠《艺文》作消。"案瘠借作消。消瘦谓体无肉。

〔四〕轗轲，不遇也。犹言不顺利。

〔五〕句意谓在旅途中缺乏食粮。

〔六〕略思，稍想之意。

〔 七 〕宁，岂也。置，《汉书·尹赏传》颜注："放也。"

〔 八 〕《铨评》："怔程作征，从《御览》。"案怔营、征营俱叠韵谜语，形容惊惶不安之貌。

〔 九 〕是倾，《铨评》："是《御览》作陨。"陨倾，犹言丧失。

〔一○〕铨评："降《御览》作是。"案作降监为是。《诗经·殷武篇》："天命降监。"郑笺："降，下也。"监，察也，见《吕览·适音篇》高注。

〔一一〕《广雅·释诂一》："听，从也。"

〔一二〕怛惋，《铨评》："怛，《艺文》作沮。"案沮惋，沮丧之意。

〔一三〕毙，宋刊本《曹子建文集》作弊。《艺文》卷九十一引同。

〔一四〕蒜颗，《铨评》："程、张作果蒜。从《颜氏家训》下。"案《颜氏家训·书证篇》："《三辅决录》云：前队大夫范仲公，盐豉蒜果共一筒。果当作魏颗之颗，北土通呼物一凷（块）改为一颗，蒜颗是俗间常语耳。"案如颜氏说，果当作颗。但曹植此赋疑原作颗蒜，与惋唤观协韵，若作蒜颗，则失其韵矣，丁校疑误。

〔一五〕首服，《后汉书·西域传》章怀注："首犹服也。"首服复义词。

〔一六〕烈颈，《铨评》："《御览》烈作捩。"捩，转也，烈字于此无义。

〔一七〕《铨评》："此二句，程、张脱，依《御览》九百六十五补。"蕖蘼即葱茏。《文选·江赋》李注："青盛貌。"

〔一八〕目如，《铨评》："《颜氏家训》如作似。"如、似义同。擘椒，形容雀目圆而小，如擘开之椒子。

〔一九〕跳萧即跳踃，叠韵谜语。形容跳动不已之状。

〔二○〕《铨评》："当死矣《艺文》作虽当死。"案宋刊本《曹子建文集》与《艺文》同，应据以订正。

〔二一〕妪，《说文》曰："母也。"

〔二二〕将，《广雅·释言》："扶也。"

〔二三〕《铨评》："叙《艺文》作共。"案《御览》卷九百二十六引同。本末犹原委。

〔二四〕犹言相语辛苦。

〔二五〕向者，《铨评》："此二字程作而，从《艺文》。"案《御览》九百二十六引同。向，昔时也。共出，《铨评》："共《艺文》作近。"案《御览》引亦同。作近字是。

〔二六〕赖，《广雅·释诂三》："恃也。"翻捷，动作迅速。

〔二七〕句谓原就具有言辞敏捷之本能也。

〔二八〕辨，宋刊本《曹子建文集》作辩，《御览》引同。辨、辩古通。

〔二九〕兔，《铨评》："程作死，《御览》九百二十六作汝，从《艺文》。"案宋刊本《曹子建文集》正作兔。兔、妒韵协。

〔三〇〕徙意，《铨评》："《艺文》徙作从。"案《御览》亦作从。

〔三一〕妒，忌恨。

　　此赋残脱不全。仅就现存部份进行探索，它展示一幅雀与鹞生死博斗的过程。曹植运用象征的技巧，将强凌弱这一社会现象，委婉曲折地予以揭露，为了形象地反映具有深刻意义的内容，就抛弃赋传统的铺张技巧和华靡词藻，而采用对话和表述相结合的文学形式，将鹞与雀的动态、心情作了具体的表述，塑造了凶残与善良抗争的形象。曹植紧密地掌握这特殊的内容，寻求恰当的表现形式，因而取得内容与形式之高度和谐。

371

令禽恶鸟论〔一〕

国人有以伯劳（鸟）生献者〔二〕，王召见之。侍臣曰〔三〕：世人同恶伯劳之鸣〔四〕，敢问何谓也〔五〕？王曰：《月令》〔六〕：仲夏鵙始鸣。《诗》

云〔七〕：七月鸣鵙。七月夏五月〔八〕，鵙则博劳也〔九〕。昔尹吉甫（用）〔信〕后妻之谗〔一〇〕，而杀孝子伯奇〔一一〕；其弟伯封求而不得，作《黍离》之诗〔一二〕。俗传云〔一三〕：吉甫后悟，追伤伯奇。出游于田，见异鸟鸣于桑〔一四〕，其声嗷然〔一五〕。吉甫动心曰〔一六〕："无乃伯奇乎〔一七〕？"鸟乃抚翼〔一八〕，其音尤切〔一九〕。吉甫曰："果吾子也〔二〇〕。"乃顾谓曰〔二一〕："伯奇，劳乎〔二二〕！是吾子，栖吾舆；非吾子，飞勿居〔二三〕。"言未卒〔二四〕，鸟寻声而栖于盖〔二五〕。归入门，集于井干之上〔二六〕，向室而号〔二七〕。吉甫命后妻载弩射之〔二八〕，遂射杀后妻以谢之〔二九〕。故俗恶伯劳之鸣，言所鸣之家必有尸也〔三〇〕。此好事者附名为之说〔三一〕，令俗人恶之〔三二〕，而今普传恶之，斯实否也。伯劳以五月（而）鸣〔三三〕，应阴气之动〔三四〕，阳为（人）〔仁〕养〔三五〕，阴为贼害〔三六〕，伯劳盖贼害之鸟也〔三七〕。屈原曰〔三八〕："〔恐〕鶗鴂之先鸣，使百草为之不芳〔三九〕。"其声鵙鵙然，故以音名也〔四〇〕。若其为人灾害，愚民之所信，通人之所略也〔四一〕。鸟鸣之恶自取憎，人言之恶自取灭，不有能累于当世也〔四二〕。而凶人之行弗可易〔四三〕，枭（鸟）〔鵙〕之鸣不可更者〔四四〕，天性然也。昔荆之枭将徙巢于吴〔四五〕，鸠遇之曰："子将安之〔四六〕？"枭曰："将巢于吴。"鸠曰〔四七〕："何去荆而巢吴乎？"枭曰："荆人恶予之声。"鸠曰："子能革子之声则免，无为去荆而巢吴也〔四八〕。如不能革子之音〔四九〕，则吴、楚之民不异情也〔五〇〕。为子计者，莫若宛颈戢翼〔五一〕，终身勿复鸣也。"昔会朝议〔五二〕，有人问曰〔五三〕："宁有闻枭食其母乎？"有答之者曰："尝闻乌反哺，未闻枭食母也。"问者惭，唱不善也。孟春之旦〔五四〕，从太阳方贵放鸟雀者〔五五〕，加其禄也〔五六〕。得（蟠）〔喜〕者莫不（训）〔驯〕

而放之〔五七〕，为利人也。得蚤者〔五八〕，莫不糜之齿牙，为害身也。鸟兽昆虫犹以名声见异，况夫吉士之与凶人乎！

〔一〕《铨评》："《御览》九百二十三作《贪恶鸟论》。"案《毛诗·七月篇》《正义》引无令禽二字，《尔雅·释鸟》邢疏引与《诗》《正义》同，疑令禽二字当删。

〔二〕伯劳鸟，《铨评》："程、张脱鸟，依《御览》九百二十三补。"案《密韵楼丛书·曹子建文集》无鸟字，疑无鸟字是，伯劳固鸟名，无缘重赘鸟字也，《御览》增鸟字不足据补。生献，《铨评》："《御览》作献诸庭。"

〔三〕《铨评》："曰上《御览》有谓字。"

〔四〕世人，案宋刊本《曹子建文集》无人字。

〔五〕谓，《广雅·释诂二》："说也。"

〔六〕《月令》，《礼记》篇名。

〔七〕《诗》，指《诗经·豳风·七月篇》。"七月鸣鵙"，《七月》篇诗句。

〔八〕按周代以夏历十一月为正月，故周之七月即夏历之五月。

〔九〕《铨评》："以上二十三字程、张脱，依《御览》补。"博劳即白劳，博、白古音同。《释文》："博劳，搏又音白。"是其证。

〔一〇〕尹吉甫，周宣王卿士。用，《铨评》："《御览》作信。"案疑作信字是。谗，《铨评》："程、张作说。从《艺文》二十四。"案宋刊本《曹子建文集》亦作谗。

〔一一〕而，《铨评》："程、张脱而，从《御览》补。"

〔一二〕《黍离》之诗，《韩诗》："《黍离》，伯封作。"薛君《韩诗章句》："诗人求己兄不得，忧懑不识于物，视彼黍离离然，忧甚之时，反以为稷之苗，乃自知忧之甚也。"

〔一三〕俗传云，《铨评》："以上十六字程、张脱，依《御览》补。"

〔一四〕异鸟，《铨评》："程、张脱异，从《御览》补。"《铨评》："桑下程、张衍见，依《御览》删。"

〔一五〕噭然，《公羊》昭廿五年传何注："哭声貌。"

〔一六〕动心，《铨评》："《御览》作心动。"

〔一七〕无乃，《铨评》："程、张脱此二字，从《御览》补。"无乃犹今语莫非之意。伯奇，《铨评》："奇程、张作劳，从《御览》。"案宋刊本《曹子建文集》亦作奇。作奇是。

〔一八〕鸟，《铨评》："程、张脱鸟，从《艺文》补。"抚翼即拊翼，拊，拍也。

〔一九〕其音，《铨评》："音《御览》作声。"尤切，《后汉书·史弼传》章怀注："切，急也。"

〔二〇〕曰果吾子也，《铨评》："程、张脱此五字，依《御览》补。"

〔二一〕顾谓，案宋刊本《曹子建文集》无谓字。

〔二二〕伯奇，《铨评》："程、张脱奇，依《御览》补。"劳乎，犹今语辛苦吗？

〔二三〕居，止也。

〔二四〕言未卒，《铨评》："程、张脱此三字，依《御览》补。"卒，终也。

〔二五〕寻，《文选》陆士衡《悲哉行》李注："寻，犹缘也。"栖于，《铨评》："《御览》于作其。"盖，车盖。

〔二六〕井干，井上竖立之木架。

〔二七〕《铨评》："以上十三字程、张脱，依《御览》补。"号，呼也。

〔二八〕《铨评》："以上七字程、张脱，依《御览》补。"载弩，犹言取弩。

〔二九〕《后汉书·皇甫规传》章怀注："谢，犹雠也。"

〔三〇〕尸，《铨评》："《御览》作祸。"案《左》隐公元年传杜注："尸，未葬之通称。"

〔三一〕附名，谓傅会其名。

〔三二〕《铨评》：“程、张脱此五字，依《御览》补。”

〔三三〕而鸣，《铨评》：“程脱鸣，从《艺文》补。”案宋刊本《曹子建文集》
无而字，有鸣字是。《诗经·七月》《正义》、《尔雅·释鸟》邢疏
引与宋本《曹集》同，应据以删补。

〔三四〕古谓五月夏至节为阳衰阴生之节气，即寒气于此时开始发生，
故有夏至一阴生之谚。

〔三五〕《铨评》：“程、张脱此四字，从《御览》补。”案《诗经·七月》《正
义》引作“阳为生仁养”。阳气，温和之气。温和之气能使生物
繁茂，故曰仁养。此作人，疑系仁字之声误。

〔三六〕《铨评》：“贼害《御览》作残贼。”案《诗经·七月》《正义》引作
“阴为杀残贼”。谓寒冷之气能使生物枯槁死亡，因谓之为
残贼。

〔三七〕伯劳，《铨评》：“程、张脱此二字，依《御览》补。”案《诗经·七
月》《正义》引亦有伯劳二字。《文选·思玄赋》旧注：“服虔曰：
鵙鸠，一名鵙、伯劳。顺阴阳（疑误）气而生，贼害之鸟也。”

〔三八〕见《离骚》。

〔三九〕案《离骚》鵙上有恐字，疑此论挩。《临海异物志》：“鵙鸠，一名
杜鹃，至三月鸣，昼夜不止，夏末尽止。”王逸注：“以喻谗言先
至，使忠直之士被罪也。”《铨评》：“以上十五字程、张脱，依《御
览》补。”

〔四〇〕《铨评》：“程、张作故俗憎之，从《御览》。”案《诗经·七月》《正
义》、《尔雅》邢疏引作“故以其音名”。程、张误，当据以订正。

〔四一〕略，简也。

〔四二〕有能，案宋刊本《曹子建文集》有能二字乙。

〔四三〕易，变更。

〔四四〕枭鸟，《铨评》：“鸟《艺文》作鵩。”案宋刊本《曹子建文集》亦作鵩，应据改。鸣，《铨评》：“程作能，从《艺文》。”不，《铨评》：“《艺文》作弗。”

〔四五〕荆，《铨评》：“程、张衍人，依《艺文》九十二删。”案宋刊本《曹子建文集》荆下亦无人字。事见《说苑》。徙巢，《铨评》：“程、张脱徙，依《艺文》补。”

〔四六〕安之，犹言何处去。

〔四七〕鸠曰，《铨评》：“以上十二字程、张脱，依《艺文》补。”

〔四八〕无为，犹言不用。

〔四九〕如，《铨评》：“以上十六字程、张脱，依《艺文》补。”音，《铨评》：“《艺文》作声。”

〔五〇〕不异情，谓感情无不同。

〔五一〕宛，《汉书·杨雄传》颜注：“屈也。”

〔五二〕指汉宣帝时，公卿大夫朝会廷中之事。

〔五三〕有人，指丞相魏相。桓谭《新论》：“昔宣帝时，公卿大夫朝会廷中。丞相语次言：闻枭生子，子长且食其母，乃能飞，宁然耶？时有贤者应曰：但闻乌子反哺其母耳。丞相大惭，自悔其言之非也。”（见《御览》四九一又九二七引）

〔五四〕即夏历正月初一。

〔五五〕案《御览》九百五十一引作“从阳径生”，语不可解，疑有挩误。严可均《全三国文》作“贵方”。盖如旧俗所谓向吉利方向行，则获幸福之类，此民俗自汉已如此。

〔五六〕《铨评》：“以上十七字程脱，《御览》九百五十一引作曹植论，且连及得蟢得蚉四句，则确系此论脱文，与《魏德论》无涉。张另引作《魏德论略》，误，今移正。"禄，犹今云幸福。

〔五七〕蟢，《铨评》："程作善，张脱蟢，从《艺文》。"案宋刊本《曹子建文集》蟢作蟢。《说文》无蟢字，当作喜。陈奂《毛诗传疏》："《尔雅·释虫》郭注：小鼅鼄长脚者，俗呼为喜子。《义疏》云：蟏蛸长踦，一名长脚。荆州河内人谓之喜母。此虫来着人衣，当有亲客至，有喜也。"作蟢字疑误。训，《铨评》："《艺文》作驯。"案《御览》九百二十七引同。作驯是。

〔五八〕蚤，《铨评》："程作恶，从《艺文》。"案宋刊本《曹子建文集》亦作蚤。作蚤字是。

上先帝赐铠表〔一〕

先帝赐臣铠：黑光、明光〔二〕各一领，两当铠一领，环鏁铠一领〔三〕，马铠一领〔四〕。今(代)〔世〕以升平〔五〕，兵革无事〔六〕，乞悉以付铠曹自理〔七〕。

〔一〕先帝，谓曹操。

〔二〕明光，《铨评》："程脱光，从《书钞》二十一补。"案明光系铁铠，见《唐六典》卷十六。领，《铨评》："《书钞》作具。"

〔三〕鏁即锁字。

〔四〕马铠一领，《铨评》："以上九字程、张脱，依《书钞》补。《御览》三百五十六作两当铠二十领，兜鍪自副，铠百领，兜鍪自副，疑互有佚脱。"案自副不词，自当是百字之形误。

〔五〕《铨评》："代，《书钞》作世。"案作世字是。作代盖唐人避讳改。升平，《铨评》："程脱升，从《御览》补。"

〔六〕兵革，兵，指刀矛；革，指铠甲。无事，不用。

〔 七 〕铠曹,政府管理铠甲之官。

献文帝马表〔一〕

臣于先武皇帝世,得大宛紫骍马一匹〔二〕。形法应图〔三〕,善持头尾〔四〕,教令习拜,今辄已能〔五〕。又能行与鼓节相应〔六〕。谨以(表)奉献〔七〕。

〔 一 〕《铨评》:"张脱文帝二字。"

〔 二 〕大宛,汉西域国名,以产良马著称,即《汉书》所谓汗血马。骍,红色马。马,《铨评》:"程、张脱马字,从《艺文》九十三补。"案《御览》八百九十四,宋刊本《曹子建文集》俱有马字,丁校是。

〔 三 〕谓马形状与绘画之良马体貌完全相符。

〔 四 〕傅玄《乘舆马赋》:"头似削成,尾如植发。"《相马经》:"稍,尾之垂者;发,额上毛也。尾欲稍而长。"

〔 五 〕辄,每字之意。

〔 六 〕行走疾迟与鼓音急徐节奏相应和。

〔 七 〕案《艺文》九十三、《御览》八百九十四引皆无表字,应据删。

　　两表俱残伕太甚。黄初时,曹植之被疑忌,主要是防闲他夺取政权。颁布诸侯王严峻法令以及部曲给予老弱,可以证明。曹植诚恳剖白自己对丕之态度,更以献铠献马、缴纳战具的实际行动,表达绝无使用武力之企图,换取曹丕之谅解,因此出现黄初六年冬,曹丕至雍丘与植欢聚和解之事。

上银鞍表〔一〕

于先武皇帝世〔二〕,勑此银鞍一具〔三〕,初不敢乘,谨奉卜。

〔一〕《铨评》:"程缺。"

〔二〕世,《铨评》:"《初学记》二十二作代。"案《初学记》编者避唐讳改,原文当作世。

〔三〕勑或作敕。《独断》:"天子命令:四曰戒书。"戒书即敕也。

此表残缺。

浮萍篇[一]

浮萍寄清水[二],随风东西流。结发辞严亲[三],来为君子仇[四]。恪勤在朝夕[五],无端获罪尤[六]。在昔蒙恩惠,和乐如瑟琴[七];何意今摧颓[八],旷若商与参。茱萸自有芳,不若桂与兰[九];新人虽可爱[一〇],不若故(人)〔所〕欢[一一]。行云有反期,君恩傥中还!慊慊仰天叹,愁心将何愬?日月不恒处,人生忽若(遇)〔寓〕[一二]。悲风来入(帷)〔怀〕[一三],泪下如垂露。散箧造新衣[一四],裁缝纨与素[一五]。

〔一〕《铨评》:"《艺文》四十一作《蒲生行》。《乐府》三十五作《蒲生行·浮萍篇》。"

〔二〕清,《铨评》:"《艺文》四十一作绿。"

〔三〕《文选》杂诗李注:"结发,始成人也。谓男年二十,女年十五时,取笄冠为义也。"严亲谓父母。

〔四〕仇,配偶。

〔五〕恪勤,恭敬勤劳。

〔六〕无端,《铨评》:"《艺文》作中年。"案陆机《君子行》:"祸集非无端。"李注:"言无端绪也。"犹今语无缘无故之意。《铨评》:

"《艺文》罪作愆。"

〔七〕《诗经·常棣篇》："妻子好合,如鼓瑟琴。"

〔八〕摧颓,叠韵谦语。《易林·蛊之否》："中复摧颓,常恐衰微。"
《汉书·景十三王传》："日崔隤。"颜注："崔隤犹言蹉跎也。"

〔九〕茱萸香气辛烈,不及兰桂逸馨之淡远。古人常以茱萸象征小
人,而以兰、桂比喻贤者。

〔一〇〕新,《铨评》："《艺文》作佳。可爱,《艺文》作成列。"案宋刊本
《曹子建文集》与《艺文》同。

〔一一〕不,《铨评》："《乐府》三十五作无。"案宋刊本《曹子建文集》仍
作不。人,《铨评》："《艺文》作所。"案宋刊本《曹子建文集》亦
作所。作所是。《愍志赋》："望所欢之攸居。"《美女篇》："安知
彼所欢。"是其证。

〔一二〕遇,《铨评》："《乐府》作寓。"案宋刊本《曹子建文集》遇亦作寓。
《国语·吴语》："民生于地上,寓也。"作寓是。《广雅·释诂
三》："寓,寄也。"

〔一三〕帷,《铨评》："《乐府》作怀。"疑作怀是。

〔一四〕《铨评》："散,《乐府》作发,新作裳。"案《释名·释言语》："发,
拨也。拨使开也。"

〔一五〕《古诗》："被服纨与素。"

案此篇相和歌辞,清调曲。此托喻于弃妇,虽望旧恩中还,
然微示决绝之意,亦耻干媚以求亲,不欲委宛以自容,而自乐其
乐,以尽余年。

七　哀〔一〕

明月照高楼,流光正徘徊〔二〕。上有愁思妇,悲叹有余哀〔三〕。借问

叹者谁?〔四〕言是宕子妻〔五〕。君行踰十年〔六〕,孤妾常独栖〔七〕。君若清路尘,妾若浊水泥〔八〕;浮沈各异势〔九〕,会合何时谐〔一〇〕?愿为西南风〔一一〕,长逝入君怀〔一二〕。君怀良不开〔一三〕,贱妾当何依〔一四〕!

膏沐谁为容,明镜暗不治。《铨评》:"张本。见《文选》刘休玄《拟古诗》李注。"

南方有鄣气,晨鸟不得飞。《铨评》:"《文选》鲍明远《苦热行》李注引《七哀诗》。"

〔一〕《铨评》:"《文选》二十三、《乐府》四十一并作《怨诗行》。《宋书·乐志》作《明月诗》。《文选》六臣注向曰:谓痛而哀,义而哀,感而哀,怨而哀,耳闻目见而哀,口叹而哀,鼻酸而哀也。王粲亦有《七哀诗》。晏案:李冶《古今黈》谓人有七情,今哀戚太甚,喜、怒、乐、爱、恶、欲皆无,唯有一哀,故谓之七哀,与《选注》不同。何义门谓情有七,而遍主于哀,从李氏说,向注失之。《乐府》此诗亦载二首,云:一曲晋乐所奏,一曲本辞。程、张于《诗类》收本辞,于《乐府类》收晋乐,标为《怨歌行》,分析未当。且乐府内已收《箜篌引》本辞,何《七哀》本辞转以入诗,亦不一例。兹均移列乐府内,以晋乐附于本辞后,亦低一格别之。"案丁氏谓《文选》作《怨诗行》,考胡刻《文选》仍作《七哀》。晋乐既晋人所制,似不应羼入植集,今删去,惟录诗。

〔二〕《文选》李注:"夫皎月流辉,轮无辍照,以其余光未没,似若徘徊。前觉以为文外傍情,斯言当矣。"

〔三〕余哀,哀未尽也。

〔四〕借问,向傍人探询。

〔五〕言是，《宋书·乐志》作自云。宕，《铨评》："《文选》二十三作客。"案与《宋书·乐志》同。

〔六〕《宋书·乐志》君作夫，年作载。

〔七〕孤妾，《宋书·乐志》作贱妾。

〔八〕《白帖》三引作"君为清路尘，妾为浊水泥。"黄节《曹子建诗注》："清路尘与浊水泥是一物，浮为尘，沈为泥，故下浮沈异势，指尘泥也。"案黄说是。

〔九〕势，《文选》江文通《杂体诗》、阮步兵《咏怀》李注引势作世。案疑作势字是。《周礼·考工记》郑司农注："势，谓形势。"

〔一〇〕谐，《文选》李注："《尔雅》曰：谐，和也。"

〔一一〕西南风，杨慎曰："西南坤地，坤妻道，故愿为此风。"

〔一二〕长逝，《宋书·乐志》作吹我。

〔一三〕良，《铨评》："《艺文》三十二作时。"《宋书·乐志》良作常。

〔一四〕贱妾当，《铨评》："《艺文》作妾心将。"

　　《铨评》："此其望文帝悔悟乎？结尤悽惋。"案尘、泥本一物，因处境不同，遂出差异。丕与植俱同生，一显荣，一屈辱，故以此比况。其意若欲曹丕追念骨肉之谊，少予宽待，乃借思妇之语，用中己意。情辞委婉恳挚，缠绵悱恻，尤饶深致。

种葛篇

种葛南山下，葛藟自成阴〔一〕。与君初婚时〔二〕，结发恩意深〔三〕。欢爱在枕席，宿昔同衣衾〔四〕。窃慕棠棣篇，好乐如瑟琴〔五〕。行年将晚莫〔六〕，佳人怀异心。恩纪旷不接〔七〕，我情遂抑沉〔八〕。出门当何顾〔九〕！徘徊步北林。下有交颈兽〔一〇〕，仰见双栖禽。攀枝长叹息，泪下沾罗衿。良马知我悲，延颈(对)〔代〕我吟〔一一〕。昔为同池鱼，今为商与参〔一二〕。往古皆欢遇〔一三〕，我独困于今〔一四〕。弃置委天命〔一五〕，悠悠安可任〔一六〕！

〔一〕葛，豆科，多年生蔓草，茎长二三丈，缘附乔木而生。根可食，皮可织布。蘽，《铨评》："《艺文》四十二作蔓。"案宋刊本《曹子建文集》作蘽，蔓或属蘽、藟字之形误。蘽与葛形状相似，惟茎较巨。二物相近，故诗人往往连及而言。《诗经·旱麓篇》："莫莫葛蘽，施于条枚。"是其证。

〔二〕婚时，《铨评》："《艺文》作定婚。"疑误，与下文不相应。

〔三〕恩意，《铨评》："意《艺文》作义。"

〔四〕宿昔，犹言早晚，与夙夕意同。

〔五〕如，《铨评》："《乐府》六十四作和。"案宋刊本《曹子建文集》同。《浮萍篇》作如瑟琴，疑此亦当作如字为得。

〔六〕行年，《国语·晋语》："行年五十矣。"韦注："行，历也。"晚莫，喻年纪将老。与上文"与君初婚时"语意相俪。彼追思过去，而此俯念现时。

〔七〕恩纪，《礼记·文王世子》郑注："纪犹事也。"旷，《文选·答何劭诗》李注引《苍颉》："旷，疏旷也。"

〔八〕抑沉犹言低落。

〔九〕顾，念也。

〔一〇〕交颈兽，《庄子·马蹄篇》："喜则交颈相靡。"

〔一一〕对，《铨评》："《乐府》作代。"案宋刊本《曹子建文集》亦作代。作代义长。

〔一二〕商参，《左》昭元年传："子产曰：昔高辛氏有二子，伯曰阏伯，季曰实沈，居于旷林，不相能也。日寻干戈，以相征讨。后帝不臧,迁阏伯于商丘主辰,故辰为商星。迁实沈于大夏主参。"参商具永不相见之意。

〔一三〕欢遇,即卷一《感婚赋》之欢媾。《诗经·草虫篇》郑笺:"遘,遇也。"《正义》:"谓之遇者,男女精气相覯遇。"

〔一四〕案句当云于今我独困,以叶韵故倒。

〔一五〕委天命,《国语·越语》韦注:"委,归也。"天命犹命运。

〔一六〕《诗经·十月之交篇》毛传:"悠悠,忧也。"任,《国语·鲁语》韦注:"任,负荷也。"

此篇与《浮萍篇》命意相同,但存委曲求全之思,而归之于天命,缠绵悱恻,情辞委婉。

苦思行

绿萝缘玉树〔一〕,光耀灿相辉〔二〕。下有两真人〔三〕,举翅翻高飞。我心何踊跃〔四〕!思欲攀云追〔五〕。郁郁西岳巅〔六〕,石室青青与天连〔七〕。中有耆年一隐士,须发皆皓然,策杖从我游〔八〕,教我要忘言〔九〕。

〔一〕萝,《铨评》:"程作罗,从《艺文》四十一。"案宋刊本《曹子建文集》亦作萝。萝,藤属植物。即《诗经·頍弁篇》之女萝。缘,谓攀缘。

〔二〕句意谓玉树与绿萝光彩相互辉映。

〔三〕真人,即仙人。《颜修内传》谓:"河南相州栖霞谷居民桥顺,有二子在此遇仙,服飞龙丸一,十年不饥。"此疑即篇中两真人。

〔四〕《汉书·司马相如传》颜注引张揖:"踊跃,跳也。"

〔五〕攀云,《释名·释姿容》:"攀,翻也,连翻上及之也。"

〔六〕西岳,华山。

〔七〕石室,《铨评》:"张衍室,依《艺文》删。"青青,《铨评》:"《乐府》六十三作青葱,《艺文》作青忽。"案宋刊本《曹子建文集》与《艺文》同。青忽,深蓝色。

〔八〕我,《铨评》:"《艺文》作吾。"

〔九〕忘言,即《庄子》得意忘言,保持缄默之意。

　　此篇杂曲歌辞。曹植自黄初已来,处境艰险,无日不在忧谗畏讥之中,欲追踪仙人而不可得,既生于世,故以守默为全身远害之方。

矫　志

(芳)〔桂〕树虽香〔一〕,难以饵(烹)〔鱼〕〔二〕;尸位素餐〔三〕,难以成(名)〔居〕〔四〕。磁石引铁,于金不连〔五〕;大朝举士,愚不(闻)〔间〕焉〔六〕。抱璧途乞〔七〕,无为贵宝;履仁遭祸〔八〕,无为贵道。鸱雏远害〔九〕,不羞卑栖;灵虬避难〔一〇〕,不耻污泥。都蔗虽甘〔一一〕,杖之必折;巧言虽美〔一二〕,用之必灭。□□□□,□□□□;济济唐朝〔一三〕,万邦作孚〔一四〕。逢蒙虽巧〔一五〕,必得良弓;圣主虽知〔一六〕,(必得)〔亦待〕英雄〔一七〕。螳螂见叹,齐士轻战〔一八〕;越王轼蛙,国以死献〔一九〕。道远知骥,世伪知贤;□□□□,□□□□〔二〇〕。覆之焘之〔二一〕,顺天之矩〔二二〕。泽如凯风,惠如时雨。口为禁(阕)〔门〕〔二三〕,舌为发机〔二四〕;门机之(关)〔阖〕〔二五〕,楛矢不追〔二六〕。

　　仁虎匿爪,神龙隐鳞。《铨评》:"《文选》任彦升《宣德皇后令》李注引《矫志》诗。"

〔一〕芳树,《铨评》:"《艺文》二十三作芝桂,香作芳。"案宋刊本《曹子建文集》作桂树,疑作桂树是。黄节《曹子建诗注》引《阙子》:"鲁人有好钓者,以桂为饵……其持竿处位即是,然其得鱼不几矣。"

〔二〕饵烹,《铨评》:"《艺文》烹作鱼。"案《密韵楼丛书·曹子建文集》与《艺文》同,作鱼字是。

〔三〕尸位,《论衡·量知篇》:"无道艺之业,不晓政治,默坐朝庭,不能言事,与尸无异,故曰尸位。素餐谓无功而徒食禄。"

〔四〕名,《铨评》:"《艺文》作居。"案《密韵楼丛书·曹子建文集》亦作居。《说文》:"家,居也。"是居有家义。成居犹言成家。鱼居韵协。

〔五〕《淮南·说山训》:"慈石能引铁,及其于铜,则不引也。"金即铜。

〔六〕闻,案闻疑间字之形误。《左》庄九年传杜注:"间犹与也。"不间即不与。

〔七〕谓抱持玉璧而乞于道路。

〔八〕遭,《铨评》:"《艺文》作遭。"遭遘义同。

〔九〕鹓雏即凤。远害,避害。

〔一〇〕灵虬即神龙。

〔一一〕《铨评》:"刘向《杖铭》:都蔗虽甘,殆不可杖。"案都蔗即甘蔗。甘蔗质不坚,作杖必然断折。

〔一二〕巧,诈也。

〔一三〕此句上,疑原脱八字,致文义不贯。济济,《尚书·大禹谟》孔传:"众盛之貌。"

〔一四〕《诗经·文王篇》:"万邦作孚。"毛传:"孚,信也。"

〔一五〕逢蒙，古之善射者。或谓逢蒙曾学射于羿。

〔一六〕圣，《铨评》：“《艺文》作贤。”知，案宋刊本《曹子建文集》作智。

〔一七〕必得，《铨评》：“《艺文》作亦待。”案宋刊本《曹子建文集》与今本同，疑当从《艺文》作亦待，避与上文用字复。

〔一八〕《铨评》：“《韩诗外传》：齐庄公出猎，有螳螂举足，回车避之。于是齐国勇士皆愿为之效死。”

〔一九〕《铨评》：“《韩非子》：越王伐吴，出见怒蛙，为之式。”明年，越国人民请以己首来献者十余人。

〔二〇〕世伪知贤句下脱八字。黄节《曹子建诗注》：“疑《文选》任彦升《宣德皇后令》李注引《矫志》诗：仁虎匿爪，神龙隐鳞。为此节之佚句。”

〔二一〕焘，《铨评》：“程、张作寿，从《艺文》。”《礼记·中庸》：“无不覆帱。”帱与焘通。覆焘复义词。谓天无不涵盖之意。与《喜雨诗》：“天覆何弥广，苞育此群生”义同。

〔二二〕矩，法则。谓天无私覆之法则。

〔二三〕为，如字之意。闶，《铨评》：“《艺文》作门。”案据下文“门机之关”句，则此作门正与下句义相承应，作闶似非。

〔二四〕《说苑·谈丛》：“口者关也，舌者机也；出言不当，四马不能追也。”盖曹植所本。

〔二五〕关，《铨评》：“张作闿。”案作闿字是，闿，《一切经音义》十三引《声类》：“闿亦开字。”《周易》曰：“枢机之发，荣辱之主。”

〔二六〕栝，《尚书·禹贡》：“惟箘簬楛。”孔传：“箘、簬善竹，楛中矢干。”案《说苑·谈丛》：“蒯子羽曰：言犹射也，栝既离弦，虽有所悔焉，不可从而追也。”《庄子·齐物论》：“其发若机栝。”《文选·西京赋》李注：“括，箭括之御弦者也。”栝，亦作括。

此诗全篇用比喻之义以说明道理。四句一组:首二句是比喻,后两句是主意,以表达其思想内容,为诗之另一形式。

上牛表〔一〕

臣闻物以洪珍〔二〕,细亦或贵。故不见僬侥之微〔三〕,不知泱漭之泰〔四〕;不见果下之乘〔五〕,不别龙马之大〔六〕,高下相悬〔七〕,所以致观也〔八〕。谨奉牛一头,不足追遵大小之制〔九〕,形少有殊,敢不献上。

〔 一 〕《铨评》:"上张作献。"

〔 二 〕以,因也。

〔 三 〕僬侥,《国语·鲁语》韦注:"僬侥氏长三尺,短之至也。"《列子·汤问》:"从中州以东(西)四(三)十万里得僬侥国,人长一尺五寸。"张湛注:"事见《诗含神雾》。"

〔 四 〕广大之貌。

〔 五 〕果下之乘,《魏志·乌丸鲜卑东夷濊传》裴注:"按果下马,高三尺,乘之可于果树下行,故谓之果下。"

〔 六 〕龙马,《尔雅·释畜》:"马八尺为龙。"

〔 七 〕相悬,谓高小有极大距离。

〔 八 〕致观,《荀子·修身》杨注:"致犹极也。"致观即极观。

〔 九 〕遵,《尔雅·释诂》:"循也。"制谓制度。

黄初五年令〔一〕

令〔二〕:夫远不可知者天也〔三〕,近不可知者人也。《传》曰:"知人则哲,尧犹病诸〔四〕!"谚曰:"人心不同,若其面焉〔五〕!""唯女子与小人为难养也,近之则不逊,远之则有怨〔六〕。"《诗》云:"忧心悄悄,愠于群小〔七〕。"自世间人从〔八〕,或受宠而背恩,或无故而入叛〔九〕。违顾左右〔一○〕,旷然无信〔一一〕。大嚼者咋断其舌〔一二〕;右手执斧,左手执钺,伤夷一身之中〔一三〕,尚有不可信,况于人乎!唯无深瑕潜衅〔一四〕、隐过匿愆〔一五〕,乃可以为人君上〔一六〕,行刀锯于左右耳〔一七〕,前后无其人也〔一八〕。谚曰:"谷千驽不如养一(驴)〔骥〕〔一九〕。"又曰〔二○〕:"谷驽养虎〔二一〕,大无益也〔二二〕。"乃知韩昭侯之使藏弊裤〔二三〕,良有以也〔二四〕。使臣有三品〔二五〕:有可以仁义化者,有可以恩惠驱者〔二六〕;此二者不足以导之〔二七〕,则当以刑罚使之〔二八〕;刑罚复不足以率之〔二九〕,则明主所以不畜〔三○〕。故唐尧至仁,不能容无益之子〔三一〕;汤武至圣,不能养无益之臣。"九折臂知为良医"〔三二〕,吾知所以待下矣〔三三〕!诸吏各敬尔在位,孤推一概之平〔三四〕:功之宜赏,于疏必与;罪之宜戮,在亲不赦。此令之行,有若皦日〔三五〕。於戏!群臣其览之哉〔三六〕!

〔 一 〕《铨评》:"《文馆词林》六百九十五作《赏罚令》。"

〔 二 〕令,《铨评》:"程、张脱令,从《词林》六百九十五补。"

〔 三 〕语出《说苑》。

〔 四 〕《尚书·皋陶谟》。句意谓深入了解人之优劣短长,即为具有卓绝智慧之士,能如此即唐尧亦感困难。

〔 五 〕若其,宋刊本《曹子建文集》作其若,疑误乙。《左》襄三十一年传:"子产曰:人心之不同,如其面焉。"若、如义同。

〔 六 〕唯女子,《铨评》:"程脱子,从《艺文》五十四补。"案宋刊本《曹子建文集》与《艺文》同有子字。有怨，案宋刊本《曹子建文集》无有字，《艺文》引同。此三句见《论语·阳货篇》，怨上亦无有字。

〔七〕诗云，《诗经·邶风·柏舟篇》句。悄悄，毛传："忧貌。"《荀子·宥坐篇》曰："小人成群，斯足忧矣！"愠，《柏舟》毛传："怒也。"群小，指君侧险佞之人。

〔八〕人从，《铨评》："程、张脱从，从《词林》补。"案丁补是。人从谓在左右服役之人。

〔九〕入叛，《释名·释语言》："入，内也。"入叛即内叛。

〔一〇〕违，案《尚书·尧典》："静言庸违。"《论衡·恢国篇》引违字作回，是违与回通，则违顾犹言回顾。

〔一一〕旷，空也。《汉书·贾谊传》颜注："信，任也。"言无有可信赖者。

〔一二〕咋断，《铨评》："程咋作作，从《艺文》。"案宋刊本《曹子建文集》正作咋。咋断，犹咬断。

〔一三〕伤夷，即伤痍。《说文》："痍，伤也。"犹言创痍。《释名·释疾病》："创，戕也。戕，毁体使伤也。"

〔一四〕深瑕，谓隐蔽之缺点。潜衅，潜藏之罪恶。

〔一五〕隐过，不显明之过失。匿愆，未暴露之错误。

〔一六〕为人君上，作人民之统治者。

〔一七〕刀锯，《国语·鲁语》："中刑用刀锯。"韦注："割劓用刀，断截用锯。"此泛指刑罚。

〔一八〕《铨评》："以上十五字程、张脱，依《词林》补。"

〔一九〕谷千驽，《铨评》："《词林》有马。"谷，《文选·高唐赋》李注："食也。"驴，《铨评》："《词林》作骊。"案驴字当作骊。驽骊古多用为优劣之代词。

〔二○〕又曰,《铨评》:"程脱此二字,从《艺文》补。"

〔二一〕谷弩,《铨评》:"《词林》下有马。"

〔二二〕大,《铨评》:"《词林》作庸夫。"

〔二三〕乃,《铨评》:"程脱乃,从《艺文》补。"使藏,《铨评》:"程、张脱此
二字,依《艺文》补。"《韩非子·内储说》:"韩昭侯使人藏弊裤,
侍者曰:君亦不仁矣!弊裤不以赐左右而藏之。昭侯曰:非子
之所知也。吾闻明主之爱一嚬一笑,嚬有为嚬而笑有为笑,今
夫裤岂特嚬笑哉!裤之为嚬笑相去远矣,吾必待有功者,故收
藏之,未有予也。"

〔二四〕以,因也。

〔二五〕使,《铨评》:"《词林》上有役字。"案《说苑·政理》:"政有三品:
王者之政化之,霸者之政威之,强者之政胁之。夫此三者,各
有所施而化之为贵矣。夫化之不变而后威之,威之不变而后
胁之,胁之不变而后刑之。夫至于刑者,则非王者之所贵也。"
此曹植之所本。

〔二六〕驱,案《文选·东京赋》薛注:"敺与驱同。"《荀子·强国篇》杨
注:"敺谓驾驭之也。"

〔二七〕此二者,《铨评》:"程、张脱此三字,从《词林》补。"导,《论语·
为政篇》皇疏:"谓诱引也。"

〔二八〕则,《铨评》:"《词林》作乃。"刑罚使之,《铨评》:"程脱此四字,
依《艺文》补。"

〔二九〕率,《淮南·时则》高注:"使也。"

〔三○〕主,《铨评》:"程脱主,《词林》作圣,从张本。"所以,《铨评》:"张
脱以,从《艺文》补。"案宋刊本《曹子建文集》有以字。不畜,

《铨评》:"不下《词林》有能字。"畜,养也。

〔三一〕无益之子,指尧之子丹朱。《尚书·益稷篇》:"无若丹朱傲,惟慢游是好。"

〔三二〕《楚辞》:"九折臂而成医。"《左》定十三年传:"三折肱知为良医。"意谓从多次失败中,吸取教训,从而取得宝贵经验。

〔三三〕待,犹言对付。

〔三四〕孤,《铨评》:"张脱孤。"案宋刊本《曹子建文集》有孤字。概,平斗器。一概之平,谓对人无高低之别,平等一致。

〔三五〕皎日,《铨评》:"皎张作皓。"案皎与皦同。《诗经·大车篇》:"谓予不信,有如皦日。"毛传:"皦,白也。"张作皓误。

〔三六〕臣,《铨评》:"《艺文》作司。"

谢鼓吹表〔一〕

许以箫管之乐〔二〕,荣以田游之嬉〔三〕。陛下仁重有虞〔四〕,恩过周旦〔五〕,济世安宗〔六〕,寔在圣德。

〔一〕鼓吹,魏制不可考。据陈制:鼓吹一部十六人,箫十三人,笳二人,鼓一人(见《隋书·乐志》)。

〔二〕箫管,犹箫笳。

〔三〕田游,田猎。

〔四〕有虞指舜。舜弟象,日以杀舜为事。舜承尧帝位,而封象于有庳(事见《孟子·万章篇》)。

〔五〕见《尚书·蔡仲之命》。

〔六〕《尔雅·释言》:"济,成也。"

此表残缺,仅存数语。

鞞舞歌 有序　五首　程缺〔一〕

汉灵帝西园鼓吹有李坚者〔二〕，能鞞舞〔三〕，遭乱西随段颎〔四〕。先帝闻其旧有技〔五〕，召之。坚既中废〔六〕，兼古曲多谬误〔七〕，异代之文〔八〕，未必相袭〔九〕，故依前曲〔一〇〕，改作新歌五篇。不敢充之黄门〔一一〕，近以成下国之陋乐焉〔一二〕。

〔一〕《宋书·乐志》："鞞舞未详所起，然汉代已施于燕享矣。傅毅、张衡所赋，皆其事也。"

〔二〕西园，汉灵帝中平五年八月，初置西园八校尉。鼓吹，军乐。

〔三〕能，《铨评》："《御览》五百七十四作善。"

〔四〕遭乱，谓遭董卓之乱。段颎，《铨评》："《御览》作段煨。"段煨，武威人。初平二年，董卓使中郎将段煨屯华阴。兴平元年，车驾进至华阴，宁辑将军段煨具服御及公卿以下资储，请帝幸其营。三年，以段煨为安南将军，封閿乡侯。建安七年，征段煨为大鸿胪，病卒。

〔五〕旧有技，案《通典·乐五》、《通考·乐十四》引无有字。

〔六〕时坚已七十余岁，又停止长时间练习，故曰中废。废，止也。

〔七〕古，《铨评》："《御览》作故。"

〔八〕文，指歌辞。

〔九〕袭，《广雅·释诂四》："因也。"《铨评》："以上八字张脱，依《御览》补。"

〔一〇〕依前曲，《铨评》："张脱此三字，依《御览》补。"

〔一一〕黄门，《通典·职官三》："凡禁门黄閟，故号黄门。其官给事于黄閟之内。"《宋书·乐志》："汉世有黄门鼓吹。"

〔一二〕下国，韦昭《国语注》："天子为上国，故诸侯为下国。"《铨评》：

"以上十五字张脱，依《御览》补。"

圣皇篇

圣皇应历数[一]，正康帝道休[二]。九州咸宾服[三]，威德洞八幽[四]。三公奏诸公[五]，不得久淹留[六]。藩位任至重，旧章咸率由[七]。侍臣省文奏[八]，陛下体仁慈[九]，沉吟有爱恋[一〇]，不忍听可之[一一]。迫有官典宪[一二]，不得顾恩私[一三]。诸王当就国，玺绶何累缧[一四]！便时舍外殿[一五]，宫省寂无人[一六]。主上增顾念，皇母怀苦辛[一七]。何以为赠赐！倾府竭宝珍[一八]：文钱百亿万[一九]，采帛若烟云[二〇]。乘舆服御物[二一]，锦罗与金银。龙旂垂九旒[二二]，羽盖参班轮[二三]。诸王自计念[二四]，无功荷厚德；思一效筋力[二五]，糜躯以报国。鸿胪拥节卫[二六]，副使随经营[二七]。贵戚并出送，夹道交辎軿[二八]。车服齐整设，韡晔耀天精[二九]。武骑卫前后[三〇]，鼓吹箫笳声。祖道魏东门[三一]，泪下霑冠缨。扳盖因内顾[三二]，俛仰慕同生。行行日将暮，何时还阙庭？车轮为徘徊，四马踌躇鸣[三三]。路人尚酸鼻[三四]，何况骨肉情！

〔一〕圣皇，指曹丕。历数，《尚书·皋陶谟》："天之历数在尔躬。"《北堂书钞》引《洪范五行传》："历者，圣人所以揆天行而纪万国也。"句谓曹丕适应上天改朝易代之准则。

〔二〕正康即政康，正、政古通。《广雅·释诂》："政，正也。"《尚书·皋陶谟》："庶事康哉。"帝道，皇帝统治国家之准则。休，美也。

〔三〕宾服，《礼记·乐记》："诸侯宾服。"郑注："宾，协也。"

〔四〕《淮南·原道训》高注："洞，达也。"八幽，八方幽隐之区。

〔五〕三公,时司徒华歆、司空王朗、太尉贾诩也。诸公指曹彰、曹植、曹彪等。

〔六〕淹留,滞留。

〔七〕旧章犹旧则,见《责躬》诗注。率由,亦见《责躬》诗注。

〔八〕侍臣,皇帝左右之臣。考曹魏制度:通事郎主持诏书起草。其次为黄门郎。诏书由黄门郎署名之后,通事郎乃署名。然后将奏诏送入宫,读与皇帝听。皇帝若同意,即代皇帝签署。三公奏书,亦由通事郎省阅,始送皇帝。

〔九〕陛下指曹丕。体,《吕览·情欲篇》高注:"性也。"

〔一〇〕沉吟,迟疑不决之貌。

〔一一〕可,《礼记·玉藻》《正义》:"可者,通许之词。"汉魏制诏用语。

〔一二〕典宪,国家法制。

〔一三〕恩私,犹言恩爱,魏晋间常语。《释名·释亲属》:"此人与己姊妹有恩私也"可证。

〔一四〕累缤,《铨评》:"《乐府》五十三累作累。"案累缤双声謰语,与葳蕤义同。葳蕤,盛貌。

〔一五〕便时犹言即时。舍,居住。

〔一六〕宫省,见卷一《东征赋》注。黄节云:"此二句盖即《应诏诗》所云:爱暨帝室,税此西墉。嘉诏未赐,朝觐莫从事也。"案此篇所述乃延康元年诸侯就国情况之追叙,地在邺城。与《应诏诗》所陈,是黄初四年朝洛阳事,时地俱异,不可牵合为一,黄说非。

〔一七〕皇母,《铨评》:"指太后。"黄节云:"盖即裴注所引《魏略》:植伏地泣涕,太后为不乐,诏乃听复王服事也。"案黄说亦误,说见前。

〔一八〕府，《礼记·曲礼》郑注："谓宝藏货贿之处也。"

〔一九〕文钱，钱有文字，故称文钱。

〔二〇〕烟云，形容众多之貌。

〔二一〕乘舆，皇帝代词。

〔二二〕旂，《铨评》："《宋书·乐志》旂作旗。"龙旂，旗上画龙。皇帝之旂绘升龙，公侯之旗绘降龙。旒，旗上所附飘带。魏晋制度：皇帝金路车建大旗九旒，以会万国之宾；亦以赐上公及王子或母弟。当时规定，公旂八旒，侯七旒。此云九旒，盖自特恩。

〔二三〕羽盖，用鸟羽制成之车盖。有以翠鸟羽制者，则名曰翠盖。参，与字之意。班轮，车轮上用朱漆绘画之图案曰班轮。《晋书·舆服志》："天子之法车，皆朱班漆轮，画为櫎文。"

〔二四〕计念，谓忖度考虑。

〔二五〕效，《汉书·元后传》颜注："献也。"

〔二六〕鸿胪，官名，掌管诸侯封拜与朝贡行礼赞导等职。拥节，古代天子遣人使持节，作为奉命执行任务之标帜。

〔二七〕副使，鸿胪丞。经营，犹言往来照料。

〔二八〕辒，车名，门在后，有后辕，宫中女执事人所乘者。軿亦车名，四面遮蔽，无后辕，公主或王妃所乘。

〔二九〕天精指日。《孝经援神契》："天地至贵，精不两明。"注："天精为日，地精为月。"

〔三〇〕武骑，保卫京师之羽林骑兵。

〔三一〕祖饯，《汉书·刘屈氂传》颜注："祖者送行之祭，因设宴饮焉。"魏东门，谓邺城东门。《魏志·任城王彰传》："文帝即王位，彰与诸侯就国。"时丕为魏王，居邺，即位后，乃都洛阳。

〔三二〕内顾，《论语》皇疏："内犹后也。"内顾谓后顾。

〔三三〕四马,汉魏制度:"太子及诸侯王车驾四马。"踌躇即踟蹰。已
　　　见《赠白马王彪诗》注。

〔三四〕酸鼻,《文选·高唐赋》李注:"鼻辛酸,泪欲出也。"

　　《铨评》:"《宋书·乐志》云:当《章和二年中》。"案此篇叙述
延康元年曹植兄弟被遣反国之经过,虽致意铺叙出京盛况,但字
里行间却流露强迫归藩之隐痛,而篇末更微婉抒吐母子兄弟生
离之悲。

灵芝篇

灵芝生(天)〔玉〕地〔一〕,朱草被洛滨〔二〕。荣华相晃耀〔三〕,光采晔
若神〔四〕。古时有虞舜,父母顽且嚚〔五〕;尽孝于田垄,烝烝不违
仁〔六〕。伯瑜年七十,彩衣以娱亲〔七〕;慈母笞不痛,歔欷涕霑
巾〔八〕。丁兰少失母〔九〕,自伤早孤茕〔一〇〕。刻木当严亲,朝夕致
三牲〔一一〕。暴子见陵侮〔一二〕,犯罪以亡形〔一三〕,丈人为泣血〔一四〕,
免戾全其名〔一五〕。董永遭家贫〔一六〕,父老财无遗〔一七〕,举假以供
养〔一八〕,佣作致甘肥〔一九〕。责家填门至〔二〇〕,不知何用归〔二一〕!
天灵感至德〔二二〕,神女为秉机〔二三〕。岁月不安居〔二四〕!呜呼我
皇考〔二五〕!生我既已晚,弃我何其早〔二六〕!《蓼莪》谁所兴〔二七〕?
念之令人老〔二八〕。退咏南风诗〔二九〕,洒泪满袆抱〔三〇〕。乱曰:圣
皇君四海〔三一〕,德教朝夕宣〔三二〕,万国咸礼让,百姓家肃虔〔三三〕。
庠序不失仪〔三四〕,孝弟处中田〔三五〕。户有曾闵子〔三六〕,比屋皆仁
贤。鬇龀无夭齿〔三七〕,黄发尽其年。陛下三万岁,慈母亦
复然〔三八〕。

〔一〕天,《铨评》:"《宋书·乐志》作玉。"案《文选》江淹《杂体诗》李注:"陈思王《灵芝篇》曰:灵芝生玉池。"作玉池是。玉池,指灵芝池。《魏志·文帝纪》:"黄初三年穿灵芝池。"

〔二〕朱草,《抱朴子·金丹篇》:"朱草状如小枣,长三四尺,枝叶皆赤,茎似珊瑚,喜生名山岩石之下,刻之,汁流如血。"古谓圣王恩及草木,朱草即生于野。洛滨,洛水之滨。

〔三〕荣华,《尔雅·释草》:"木谓之华,草谓之荣。"皆言花也。晃耀,花之红色相互辉映。

〔四〕晔,谓花光彩耀目。

〔五〕顽嚚,《尚书·尧典》:"父顽母嚚。"孔传:"心不则德义之经为顽。"《左》僖二十四年传:"口不道忠信之言为嚚。"

〔六〕烝烝,王引之《经义述闻》:"烝烝是孝德之厚美也。"不违仁,《论语·雍也篇》:"子曰:其心三月不违仁。"谓不违反仁爱之道德准则。

〔七〕事见《说苑》。伯瑜姓韩,即俗所传之老莱子。

〔八〕歔欷,《文选·闲居赋》李注引《苍颉》:"泣余声也。"

〔九〕丁兰,汉代河内郡(今河南黄河以北之地)人。事见《逸人传》。

〔一〇〕孤茕,幼而无父曰孤;茕,独也。

〔一一〕三牲,谓牛羊豕。

〔一二〕暴子,凶暴之人。谓张叔。陵侮,压迫、侮辱。

〔一三〕亡形,即忘刑。

〔一四〕丈人,谓丁兰所祀父之木像。

〔一五〕戾,《尔雅·释诂》:"辜也。"案《逸人传》丁兰以杀人被捕时,向木像告别,像眼中落下泪,郡县知此事,俱赞美兰至孝通神而免其罪。

〔一六〕董永，山东千乘(山东高苑县北)人。

〔一七〕遗，余也。

〔一八〕举假，犹言告贷。

〔一九〕佣作，《一切经音义》六引蔡邕《劝学》注："佣，卖力也。"作，劳作。

〔二○〕责家，犹今云债主。填，《说文》："塞也。"塞门，言众多。

〔二一〕何用归，犹言用何偿还。

〔二二〕至德，卓绝品质。

〔二三〕秉机，持机织布。案此篇所述董永事，与刘向《孝子传》所载故事，小有出入，盖所据不一，致此差异也。

〔二四〕意谓岁月如流，时不再来。

〔二五〕皇考，谓曹操。

〔二六〕曹植生时，曹操已三十七岁，曹植二十八岁时，曹操病死洛阳。

〔二七〕《蓼莪》，《诗经·大雅》篇名。《诗》云："蓼蓼者莪，匪莪伊蒿。哀哀父母，生我劬劳！"谁所兴，谁所写作。

〔二八〕念之，之谓《蓼莪》诗句；令人老，《诗经·小弁篇》："惟忧用老。"老谓忧深也。

〔二九〕退，《说文》："却也。"南风，《尔雅·释天》："南风谓之凯风。"南风诗，即《诗经·凯风篇》。诗云："凯风自南，吹彼棘心；棘心夭夭，母氏劬劳。"曹植引诗以颂卞太后养育劳苦之恩。

〔三○〕《广雅·释器》："袆，蔽膝也。"有大巾之称，系于胸前，长可至膝；或蒙于头，曹魏时以绛纱为之。抱，《铨评》："张作袍，从《宋书》。"案袆、抱指衣胸前部分。

〔三一〕乱曰，《离骚》王注："乱，理也。所以发理词指，揔撮行要也。屈原舒肆愤懑，极意陈词，或去或留，文采纷华，然后结括一言，以明所趣。"曹植此语，义当与之近。圣皇谓曹丕。君，统治之意。

〔三二〕德教，仁惠教令。宣，颁布。

〔三三〕肃虔，严整恭敬之意。

〔三四〕庠序，《孟子·梁惠王章》："谨庠序之教。"赵注："庠序者，教化之宫也。殷曰序，周曰庠。"仪，《释名·释典艺》："仪，宜也，得事宜也。"

〔三五〕中田，犹田中。

〔三六〕曾闵，即曾参、闵子骞。

〔三七〕髫，《后汉书·伏湛传》章怀注："髫发，谓童子垂发也。"龀，《周礼·司厉》郑注："龀，毁齿也。男八岁、女七岁而毁齿，曰龀。"故髫龀谓儿童。夭，《诗经·隰有苌楚篇》毛传："夭，少也。"齿，《礼记·文王世子》郑注："人之寿数也。"是夭齿犹今语短命之意。

〔三八〕慈母，谓太后卞氏。

《铨评》："《宋书·乐志》云：当《殿前生桂树》。"案此篇历叙古代孝子事迹，借以申述己之孝思。末段歌颂政治教化之成功，具颂扬曹丕之意，为当时燕乐所必具之思想内容。

大魏篇

大魏应灵符〔一〕，天禄方甫始〔二〕。圣德致泰和〔三〕，神明为驱使〔四〕。左右为供养〔五〕，中殿宜皇子〔六〕。陛下长寿考，群臣拜贺咸悦喜！积善有余庆〔七〕，宠禄固天常〔八〕。众喜填门至〔九〕，臣子蒙福祥。无患及阳遂〔一〇〕，辅翼我圣皇。众吉咸集会，凶邪奸恶并灭亡。黄鹄游殿前,神鼎周四阿〔一〕。玉马充乘舆〔一二〕,芝盖树九华〔一三〕。白虎戏西除〔一四〕,舍利从辟邪。骐骥蹑足舞,凤凰拊翼歌〔一五〕。丰年大置酒,玉樽列广庭〔一六〕。乐饮过三爵〔一七〕,朱颜暴已形〔一八〕。式宴不违礼〔一九〕,君臣歌《鹿鸣》〔二〇〕。乐人舞鼙鼓〔二一〕,百官雷(忭)〔抃〕赞若惊〔二二〕。储礼如江海,积善若陵山。皇嗣繁且炽〔二三〕,孙子列曾玄〔二四〕。群臣咸称万岁,陛下长寿乐年。御酒停未饮〔二五〕,贵戚跪东厢〔二六〕。侍人承颜色,奉进金玉觞〔二七〕。此酒亦真酒〔二八〕,福禄当圣皇。陛下临轩笑〔二九〕,左右咸欢康。杯来一何迟〔三〇〕!群僚以次行〔三一〕。赏赐累千亿,百官并富昌。

〔 一 〕应灵符,谓曹丕代汉而即帝位,是承应上天之符命。《魏志·文帝纪》裴注引《魏书》:"许芝上奏曰:奇兽神物,众瑞并出,斯皆帝王受命易姓之符也。"

〔 二 〕天禄,《后汉书·桓帝纪》注:"天位也。"

〔 三 〕泰和,谓社会安定、生活丰裕之词。

〔 四 〕神明,谓天地众神。

〔 五 〕《铨评》:"为,《宋书·乐志》作宜。"案《礼记·檀弓》:"左右就养无方。"《正义》:"左右,仆从之臣。"供养,供,《周书·谥法》孔注:"奉也。"供养即奉养。《韩非子·外储说》:"子盛壮成人,其供养薄,父母怒而诮之。"

〔 六 〕中殿即殿中。

〔 七 〕见卷一《赠丁廙》诗注。

〔 八 〕宠,《说文》:"尊居也。"禄,福也。

〔 九 〕喜,《铨评》:"《宋书》作善。"

〔一〇〕无患，谓无灾害。阳遂，《文选·洞箫赋》李注："清通貌。"案即雨旸时若，时和岁丰之意。

〔一一〕周四阿，《文选·西都赋》："周阿而生。"李注："阿，庭之曲也。"谓神鼎设于庭中之四角。

〔一二〕玉马，古谓皇帝清明尊贤则玉马来。充，《公羊》桓四年传何注："备也。"

〔一三〕九华，九茎开花之灵芝。《大飨碑》："荫九层之华盖。"

〔一四〕除，宫殿台阶。

〔一五〕舍利、辟邪，皆兽名。是汉代宫廷杂技节目。按《汉官典职》云："正旦，天子幸德阳殿作九宾乐。舍利从东来，戏于庭。入殿前，激水化成比目鱼，跳跃漱水作雾，化为黄龙，高八十丈，出水戏庭中。"柎翼歌以上四句，是魏王朝承袭汉代正月朔日朝贺之仪式，故亦有技人装饰舍利、辟邪、麒麟、凤凰形象，于殿前舞蹈歌唱。

〔一六〕玉，《铨评》："《宋书》作王。"案作玉字是。《仙人篇》："玉樽盈桂酒。"王樽不词。

〔一七〕《左》宣二年传："臣侍君宴，过三爵，非礼也。"《礼记·玉藻》："君若赐之爵，礼已三爵，即油油已退。"郑注："礼饮过三爵，则敬杀。"

〔一八〕暴，《穀梁》隐元年传范注："露也。"形，《广雅·释诂三》："见也。"

〔一九〕式，发语词。不违礼犹言不失礼。

〔二〇〕《鹿鸣》，《诗经·小雅》篇名。《通考·乐十四》："曹孟德平刘表，而得汉雅乐郎杜夔。夔老，久矣不肄习。所得于三百篇者，唯《鹿鸣》、《驺虞》、《伐檀》、《文王》四篇而已，余声不传。"

又曰:"每正旦大会,太尉奉璧,群臣行礼东厢,雅乐常作者是
也。"荀勖云:"魏氏行礼,食举,再取周诗《鹿鸣》以为乐章。"

〔二一〕鼙鼓,即鼙鼓舞。参加舞者计十六人,为古代干戚舞之遗式。

〔二二〕雷忭,疑当作雷抃。《文选·琴赋》:"搏拊雷抃。"李注:"《说
文》曰:抃,抚手也。"犹今语掌声如雷也。赞若惊,《释名·释
典艺》:"称人之美曰赞。"谓欢呼之声震动宫廷也。

〔二三〕炽,盛也。

〔二四〕曾玄,《尔雅·释亲》:"孙之子为曾孙,曾孙之子为玄孙。"此谓
父、子、孙、曾、玄为五世,五世同堂,封建社会谓为家庭光荣
之事。

〔二五〕《宋书·礼志》:"又行御酒,御酒升阶,太官令跪授侍郎,侍郎
跪进御坐前。"

〔二六〕东厢,《文选·东京赋》薛注:"殿东西次为厢。"《仪礼·觐礼
记》郑注:"东厢,东夹之前,相翔待事之处。"按大飨礼群臣
在东。

〔二七〕《宋书·礼志》:"谒者引王诣樽酌寿尊,跪授侍中,侍中跪置御
坐前。王还自酌,置位前。谒者跪奏:藩王臣等奉觞再拜上千
万岁寿。侍中曰:觞已上。百官伏称万岁,西厢乐作,百官再
拜,已饮,又再拜。谒者引王等还本位。陛者传就席,群臣皆
跪诺。"

〔二八〕真酒,案《说文》:"真,仙人变形而登天也。"疑真酒或即仙酒之
代称。

〔二九〕临轩,《左》昭六年传疏:"临谓位居其上,俯临其下。"轩,《后汉
书·张奂传》章怀注:"轩,殿槛阑板也。"

〔三〇〕此时百官始传杯以饮,因愉快,故嫌杯传递缓慢。《宋书·礼

〔三一〕宴会告终，百官按其品级依次退席。

《铨评》："《宋书·乐志》云：当《汉吉昌》。"案魏代燕享仪式，纪载缺乏。此篇所述，可以窥其崖略。篇中极意地歌颂时和年丰、宴乐群臣之盛事。

精微篇

精微烂金石[一]，至心动神明[二]：杞妻哭死夫，梁山为之倾[三]。子丹西质秦，乌白马角生[四]。邹衍囚燕市，繁霜为夏零[五]。关东有贤女[六]，自字苏来卿[七]，壮年报父仇，身没垂功名。女休逢赦书[八]，白刃几在颈。俱上列仙籍[九]，去死独就生[一〇]。太仓令有罪[一一]，远征当就拘[一二]，自悲居无男，祸至无与俱[一三]。缇萦痛父言，荷担西上书[一四]，盘桓北阙下[一五]，泣泪何涟如[一六]！乞得并姊弟，没身赎父躯[一七]。汉文感其义，肉刑法用除[一八]。其父得以免，辩义在《列图》[一九]。多男亦何为！一女足成居[二〇]。简子南渡河[二一]，津吏废舟船[二二]。执法将加刑[二三]，女娟拥棹前[二四]。妾父闻君来，将涉不测渊[二五]，（长）〔畏〕惧风波起[二六]，祷祝祭名川[二七]。备礼飨神祇[二八]，为君求福先[二九]，不胜醮祀诚[三〇]，（教）〔致〕令犯罚艰[三一]。君必欲加诛，乞使知罪愆[三二]。妾愿以身代，至诚感苍天。国君高其义[三三]，其父用赦原[三四]。《河激》奏中流[三五]，简子知其贤；归聘为夫人，荣宠超后先[三六]。辩女解父命[三七]，何况健少年！黄初发和气[三八]，明堂德教施[三九]。治道致太平，礼乐风俗移[四〇]。刑措民无枉[四一]，怨女复何为[四二]！圣皇长寿考，景福常来仪〔四三〕。

〔 一 〕精微，《吕氏春秋·大乐篇》高注：“精，微也。”《太玄·元数》范
　　　注：“精谓精诚也。”烂金石，《后汉书·广陵思王荆传》：“精诚
　　　所加，金石为开。”

〔 二 〕至心，《诗经·节南山篇》郑笺：“至犹善也。”动，感动。

〔 三 〕《说苑·善说篇》：“华周杞梁战而死，其妻悲之，向城而哭，隅
　　　为之崩，城为之陁。”梁山崩，《左》成四年传：“梁山崩，雍河，三
　　　日不流。”似与杞妻哭夫无涉。或曹植误将二事牵合为一，抑
　　　亦有所本也，存之俟考。

〔 四 〕《燕丹子》：“燕太子丹质于秦，秦王遇之无礼，不得意，欲求归。
　　　秦王不听，谬言：令乌白头，马生角，乃可许耳。丹仰天叹，乌
　　　即白头，马生角。秦王不得已，而遣之。”

〔 五 〕《铨评》：“衍《宋书·乐志》作羡，夏作下。”案衍、羡声近，下应
　　　作夏。《后汉书·刘瑜传》章怀注引《淮南子》：“邹衍事燕惠
　　　王，尽忠，左右谮之，王系之，仰天而哭，五月天为之下霜。”

〔 六 〕关东，指函谷关以东之地，即今河南、山东省部分地区。

〔 七 〕自字犹自名。《乐府·陌上桑》：“自名为罗敷。”语式相同。

〔 八 〕女休，左延年《秦女休行》：“女休凄凄曳梏前。两徒夹我持刀，
　　　刀五尺余。刀未下，朣朦击鼓赦书下。”

〔 九 〕几，《尔雅·释诂》：“近也。”仙籍，与曹丕《与吴质书》之鬼录意
　　　同。美言之曰仙籍，质言之则死人名册。

〔一〇〕句谓苏来卿被刑，而女休独遇赦免。

〔一一〕太仓令，汉代主管全国粮食仓库之官。

〔一二〕征，召也。就拘，犹言将被拘执。

〔一三〕俱，《国策·齐策》高注：“偕也。”

〔一四〕荷担，《宋书·乐志》：“担作儋。”案《说文》：“儋，何也。”荷担即何儋。《国语·齐语》韦注：“肩曰儋。”西，谓西去长安。

〔一五〕盘桓，《文选·西京赋》薛注：“便旋也。”案盘桓叠韵謰语，犹徘徊也。北阙，未央宫外北面阙名，汉代上书言事者皆至北阙下。

〔一六〕涟如，泣下貌。

〔一七〕《史记·孝文纪》：“妾愿没入为官奴婢。”

〔一八〕用除，因此废除。

〔一九〕《列图》，系《列女传图》之简称。缇萦事见《列女·辩通传》。

〔二〇〕成居，见本卷《矫志诗》注。

〔二一〕简子，战国时赵简子，将进攻楚国，渡黄河。

〔二二〕津吏，守渡口之官。废，《礼记·学记》郑注：“弛也。”

〔二三〕加刑，加以杀戮。

〔二四〕娟，津吏女名。棹，桡也。

〔二五〕不测渊，谓极深之渊。

〔二六〕长惧，案《宋书·乐志》长字作畏。疑长、畏形近而误，作畏字是。

〔二七〕名川，大川，指黄河。

〔二八〕飨，《礼记·月令》郑注：“献也。”神祇，天神曰神，地神曰祇。

〔二九〕福先，《吕氏春秋·制乐篇》：“祥者福之先。”福先谓吉祥也。

〔三〇〕醮，案醮醮古通。段玉裁曰：“酌酒不酬酢为醮。”（《说文解字注》）盖谓独饮。

〔三一〕教，案《宋书·乐志》作至，至致古通用，疑作致字是。

〔三二〕罪愆谓过失。

〔三三〕高，《国策·秦策》高注：“贵也。”

〔三四〕《后汉书·刘焉传》章怀注："免也。"

〔三五〕《河激》，歌名，辞见《列女·辩通传》。

〔三六〕荣宠，光荣尊贵之义。超后先，谓超越前后之人。

〔三七〕辩女，谓女娟善于辩说，故称之曰辩女。

〔三八〕和气，"阴阳冲和之气也"。见《荀子·正名篇》杨注。

〔三九〕明堂，《素问·著至教论》："布政之堂也。八窗四闼，上圆下方，在国之阳，故曰明堂。"

〔四〇〕礼乐，《说苑·修文》："礼乐者，行化之大者也。"《吕氏春秋·孟夏纪》高注："礼所以经国家，定社稷，利人民。乐所以移风易俗，荡人之邪，存人之正性，故命乐师使习合之。"

〔四一〕刑措，见卷一《汉文帝赞》注。

〔四二〕怨女，指前述诸女。

〔四三〕景福，《诗经·楚茨篇》："以介景福。"郑笺："景，大也。"来仪，《方言》："仪，来也。陈颍之间曰仪。"

《铨评》："《宋书·乐志》云：当《关中有贤女》。"案此篇列叙古代人民负屈含冤，由于精诚终被昭雪之事迹，隐射自身受着监国谒者之诬陷，而期望获得曹丕的宽宥，可与《黄初六年令》参看。

孟冬篇

孟冬十月，阴气厉清〔一〕。武官诫田〔二〕，讲旅统兵〔三〕。元龟袭吉〔四〕，元光著明〔五〕。蚩尤跸路〔六〕，风弭雨停。乘舆启行〔七〕，鸾鸣幽轧〔八〕。虎贲采骑〔九〕，飞象珥鹖〔一〇〕。钟鼓铿锵〔一一〕，箫管嘈喝〔一二〕。万骑齐镳，千乘等盖〔一三〕。夷山填谷〔一四〕，平林涤薮〔一五〕。张罗万里，尽其飞走。趯趯狡兔〔一六〕，扬白跳翰〔一七〕；猎以青骹〔一八〕，掩以修竿〔一九〕。韩卢宋鹊〔二〇〕，呈才骋足〔二一〕。噬不尽绁〔二二〕，牵麋掎鹿〔二三〕。魏氏发机〔二四〕，养基抚弦〔二五〕，都卢寻高〔二六〕，搜索猴猿。庆忌孟贲〔二七〕，蹈谷超峦〔二八〕。张目决眦〔二九〕，发怒穿冠〔三〇〕。顿熊挖虎，蹴豹抟貔〔三一〕。气有余势，负象而趋。获车既盈，日侧乐终。罢役解徒，大飨离宫〔三二〕。乱曰：圣皇临飞轩，论功校猎徒〔三三〕。死禽积如京〔三四〕，流血成沟渠。明诏大劳赐，大官供有无〔三五〕。走马行酒醴，驱车布肉鱼〔三六〕。鸣鼓举觞爵，击钟醑无余〔三七〕。绝（纲）〔网〕纵麟麛〔三八〕，弛罩出凤雏〔三九〕。收功在羽校〔四〇〕，威灵振鬼区〔四一〕。陛下长欢乐，永世合天符〔四二〕。

〔 一 〕张衡《西京赋》："于是孟冬作阴，寒风肃杀于万物。孟冬十月，阴气始盛，万物雕落。"案阴气犹言寒气。

〔 二 〕诫、戒古通用。《左》宣十二年传杜注："戒，敕令。"田谓田猎。

〔 三 〕讲旅，《周礼·校人》郑注："讲犹简习。"旅，《周易·旅卦》《释文》："军旅也。"则讲旅犹言习武。统兵，《汉书·贾山传》颜注："统，治也。"统兵即治兵。

〔 四 〕元龟，大龟。袭吉，袭、协古通用。协，合也。古代田猎借以讲肄武事，是至为隆重典礼，采取卜之方式以选择时日，而决定行止。

〔 五 〕元光，彗星。著明，辉光明亮。彗星古谓除旧布新之象征。

〔 六 〕蚩尤，杨雄《羽猎赋》："蚩尤并毂。"蚩尤，我国上古部族，勇猛善战，故谓为猛勇之士之代词。跸路，即清道。古代皇帝出行，于所经过道路，禁止行人。张衡《西京赋》："蚩尤秉钺，奋鬣被般;禁御不若,以知神奸。"与此意同。

〔七〕《诗经·六月篇》:"以先启行。"

〔八〕幽轧,杨雄《羽猎赋》:"皇车幽輵。"李注:"幽輵,车声也。"幽轧犹幽輵,形容抑扬而有节奏之声。

〔九〕采骑,服采衣骑马扈从者。

〔一〇〕象,疑指以象牙嵌饰之车。飞,形容迅速。《离骚》:"杂瑶象以为车。"司马相如《上林赋》:"乘镂象。"张揖曰:"镂象,象路也。以象牙疏镂其车辂。"《韩子》曰:"黄帝驾象车。"珢鹮,已见卷一《鹮赋》注。

〔一一〕锵,《铨评》:"张作卫,从《乐府》六十四。"案铿锵,形容响亮悦耳之声,张作卫字误。

〔一二〕嘈喝,或作嘈唪,叠韵謰语。马融《长笛赋》:"啾咋嘈唪。"李注:"《埤苍》曰:声貌。"

〔一三〕镳,已见本卷《应诏诗》注。此二句形容猎徒行动整齐如一。

〔一四〕夷,削平。填,塞也。

〔一五〕薮,《周礼·太宰》郑注:"泽无水曰薮。"此二句形容人多。

〔一六〕趯趯,《铨评》:"《宋书·乐志》作翟翟。"《诗经·巧言篇》:"跃跃毚兔。"《广雅·释训》:"趯趯,跳也。"狡兔即《诗经》之毚兔。

〔一七〕扬白,白指兔足之白毛。疑此谓鹰捕兔时,兔仰卧于地,以足弹起泥土,用眯鹰目。跳翰,毛长曰翰。谓兔见人追急,踪跳奔驰。

〔一八〕青骹,张衡《东京赋》:"青骹挚于鞲下。"薛注:"鹰青胫者。"

〔一九〕掩,谓套取。修竿,即长竹竿。

〔二〇〕韩卢,韩国所产之黑色猎犬。宋鹊,宋国之白色猎犬。

〔二一〕呈才,表现能力。骋足,谓竭力驰逐。

〔二二〕绁，系犬绳。《西京赋》薛注："鹰下鞲而击，犬牵绁而啮，皆谓急搏，不远而获。"

〔二三〕麋，鹿类，较鹿大，雄者青黑色，雌者褐色。掎，《后汉书·崔寔传》章怀注："从后牵曰掎。"

〔二四〕魏氏，《吴越春秋》："陈音曰：黄帝作弓，以备四方。后有楚狐父，以其道传羿，羿传逄蒙，蒙传楚琴氏，琴氏传大魏。"《汉官解诂》："魏氏瑣连孙吴之法。"注云："兵书有魏氏瑣连之器，盖弩拊法也。"机，弩牙也。

〔二五〕养基，即楚之善射者养由基。《淮南·说山训》高注："养姓，由基名。"梁玉绳《人表考》谓养邑名，盖由基食邑于养，故以邑为氏也。抚弦，犹拊弦也。

〔二六〕都卢，张衡《西京赋》："都卢寻橦。"都卢指广东地区之少数民族，具有攀援技能。寻，缘也。

〔二七〕庆忌，春秋时，吴王僚之子。《吴越春秋》："吴王曰：庆忌之勇，世所闻也。走追猛兽，手接飞鸟。"孟贲，春秋时卫国力士。《说苑》："勇士孟贲，水行不避蛟龙，陆行不避虎狼。"

〔二八〕张衡《西京赋》："陵峦超壑。"

〔二九〕眦，眼眶。

〔三〇〕发怒，谓发竖立于顶如愤怒然。《淮南·泰族训》："闻者莫不瞋目裂眦，发植穿冠。"此二句形容武士勇猛之状。古人常以怒发冲冠一语以描述极度愤怒。曹植以穿冠代冲冠，虽源于《淮南·泰族训》，然违反修辞夸饰之准则，非是。说详黄侃《文心雕龙札记》。

〔三一〕顿熊，班固《西都赋》："顿象罴。"《广雅·释诂四》："顿，僵也。"扼虎，《西都赋》："扼猛噬。"李注："《说文》曰：捉，搤也，搤与扼古字通。"是扼虎犹捉虎。抟貙，抟疑为搏字之形误。《西都赋》李注："郭璞曰：空手执曰搏。"

〔三二〕大飨，举行盛大宴会。

〔三三〕校，谓校所得多少。校犹数也。见《周礼·鄻长》郑注。

〔三四〕京，《尔雅·释邱》："绝高谓之京。"

〔三五〕大官，谓大官令，掌皇帝饮食燕享之官。

〔三六〕张衡《西京赋》："酒车酌醴，方驾授饔。"谓飨食士众于广野中，酒肴皆以车布之。此《乐府》二句亦与赋意同。

〔三七〕击钟醿，《铨评》："《宋书》作钟击位。"案《宋书》疑误。张衡《西京赋》："升觞举燧，既醿鸣钟。"此二句形容秩序整肃，井然有章。

〔三八〕纲，《铨评》："《宋书》作网。"案作网字是。

〔三九〕《家语·王言篇》："田猎罩弋。"王注："罩，掩网。"弛，《左》昭三十二年传杜注："弛犹解也。"

〔四〇〕羽校，《文选·羽猎赋》李注："服虔曰：士卒负羽也。"犹言检阅士卒。

〔四一〕班固《典引》："威灵行乎鬼区。"蔡邕注："绝远之区。"

〔四二〕含有永久享受帝王尊号之意。

《铨评》："《宋书·乐志》云：当《狡兔》。"此篇叙述校阅军士盛况。古代借田猎为训练士卒作战方式之一。曹魏承袭汉制，于此可以考见。篇末仍寓颂祷之意。

黄初六年令〔一〕

令：吾昔以信人之心无忌于左右，深为东郡太守王机、防辅吏仓辑等（任）〔枉〕所诬白〔二〕，获罪圣朝〔三〕。身轻于鸿毛〔四〕，而谤重于太山〔五〕，赖蒙帝（王）〔主〕天地之仁〔六〕，违百师之典议〔七〕，舍三千之首戾〔八〕，反我旧居，袭我初服〔九〕，云雨之施，焉有量哉〔一〇〕！反旋在国〔一一〕，捷门退扫〔一二〕，形景相守，出入二载〔一三〕。机等吹毛求瑕〔一四〕，千端万绪〔一五〕，然终无可言者！及到雍〔一六〕，又为监官所举，亦以纷若〔一七〕，于今复三年矣〔一八〕。然卒归不能有病于孤者〔一九〕，信心足以贯于神明也〔二〇〕。昔熊渠、李广〔二一〕，武发石开〔二二〕；邹子囚燕，中夏霜下；杞妻哭梁，山为之崩〔二三〕：固精（神）〔诚〕可以动天地金石〔二四〕，何况于人乎〔二五〕！今皇帝遥过鄙国〔二六〕，旷然大赦〔二七〕，与孤更始〔二八〕，欣笑和乐以欢孤，陨涕咨嗟以悼孤。丰赐光厚〔二九〕，訾重千金〔三〇〕，损乘舆之副，竭中黄之府〔三一〕，名马充厩，驱牛塞路。孤以何德？而当斯惠〔三二〕；孤以何功？而纳斯贶〔三三〕。富而不吝，宠至不骄者，则周公其人也〔三四〕。孤小人尔，（身）〔深〕更以荣为戚〔三五〕。何者？将恐简易之尤〔三六〕，出于细微；脱尔之愆〔三七〕，一朝复露也〔三八〕。故欲修吾往业〔三九〕，守吾初志〔四〇〕。欲使皇帝恩在摩天，使孤心常存入地〔四一〕，将以全陛下厚德，究孤犬马之年〔四二〕。此难能也，然孤固欲行众人之所难〔四三〕。《诗》曰〔四四〕："德輶如毛，人鲜克举之〔四五〕。"此之谓也。故为此令，著于宫门〔四六〕，欲使左右共观志焉〔四七〕。

〔一〕《铨评》："《文馆词林》六百九十五作《自诫令》。此篇及逸文内《毁鄄城故殿令》，并见《文馆词林》。孙氏星衍收入《续苑》五。《词林》乃蕃舶之书，疑出后人依托增缀，然《文选》颜延年《赭白马赋》李注引此令中黄之副二句，又颜延年《北使洛诗》李注及《书钞》四十二引《毁鄄城故殿令》周之亡也四句，则非全无根据，故并存之。"

〔二〕魏世鄄城属东郡，故东郡太守有监察之责。防辅吏，侯国之官。任，《铨评》："《续苑》五作枉。"案任字于此无义，作枉字是。诬白，犹诬告。

〔三〕圣朝，《铨评》："以上三十五字程、张脱，依《词林》六百九十五补。"

〔四〕《燕丹子》："荆轲谓太子曰：烈士之节，死有重于太山，有轻于鸿毛者。"鸿毛喻极轻，而太山喻至重。

〔五〕谤，《一切经音义》六引《国语》贾注："对人道其恶曰谤也。"

〔六〕《广雅·释诂三》："赖，恃也。"《易经·明夷》《释文》引郑注："蒙，犹遭也。"帝王，《铨评》："《词林》王作主。"案宋刊本《曹子建文集》亦作主，《艺文》引同。作主是。帝主谓曹丕。天地之仁，广大无私之恩。

〔七〕百师，《铨评》："师《艺文》五十四作寮，张作司。"案宋刊本《曹子建文集》与《艺文》同。《尔雅·释诂》："寮，官也。"百寮即百官。张作司，或以臆改。典议，《魏志·陈思王植传》："有司请治罪。"《文选·责躬诗》注："《植集》云：博士等议，可削爵土，免为庶人。"

〔八〕舍，《铨评》："《艺文》作赦。"三千，《尚书·吕刑》："五刑之属三千。"首戾，《尔雅·释诂》："戾，辠也。"《尚书·吕刑》："而罪莫大于不孝。"谓法律中第一条罪行。

〔九〕《文选·西京赋》薛注："袭，服也。"

〔一〇〕云雨，《文选·东京赋》薛注："云雨者，天之膏润。"施，《国语·晋语》韦注："惠也。"云雨之施，谓云雨之惠，生物得以繁茂。

〔一一〕国,指鄄城。《求习业表》所谓"虽免大诛,得归本国"之意。

〔一二〕揵门,《庄子·庚桑楚》《释文》引向注:"揵,闭也。"退扫,即却扫。意谓闭门独处,不与交游往还。

〔一三〕形景即形影。出入,《左》成十三年传杜注:"犹往来。"

〔一四〕即今语吹毛求疵。瑕、疵义同。

〔一五〕如今语千头万绪。

〔一六〕雍谓雍丘。

〔一七〕纷若,犹《洛神赋》之纷其,形容复杂纷乱之状。

〔一八〕曹植于黄初四年徙封雍丘,至黄初六年,前后共三年。

〔一九〕卒归即终归,犹言结果。病,损害之意。

〔二○〕贯,《史记·乐书》《正义》:"贯犹通也。"

〔二一〕《新序·杂事》四:"楚熊渠子夜行,见寝石,以为伏虎,将弓射之,矢没其卫。"《史记·李广传》:"广为右北平太守,出猎,见草中石,以为虎而射之,中石没镞,视之石也。"

〔二二〕《文选·幽通赋》:"李虎发而石开。"此虎作武,武,勇也。见《广雅·释诂》。

〔二三〕邹衍、杞梁妻事,见《精微篇》注。

〔二四〕《文选·幽通赋》:"非精诚其焉通兮。"曹大家曰:"非精诚所感,谁能若斯。"此作精神,疑非。

〔二五〕《韩诗外传》:"熊渠子见其诚心而金石为之开,而况人乎!"案曹植此句所本。

〔二六〕《魏志·陈思王植传》:"黄初六年,帝东征,还过雍丘,幸植宫。"

〔二七〕旷然,《老子》王注:"旷然宽大。"

〔二八〕更,改易之意。

〔二九〕光厚，《诗经·敬之篇》毛传："光，广也。"《汉书·食货志》颜
　　　注："厚犹多也。"犹言品种多、数量大。

〔三〇〕訾、赀古通用，见《列子·力命》《释文》。《一切经音义》三引
　　　《通俗文》："平财贿曰赀。"

〔三一〕中黄之府，《后汉书·桓帝纪》章怀注引《汉官仪》："中黄藏府，
　　　掌中币帛金银诸货物也。"

〔三二〕斯惠，《铨评》："以上一百七十三字程、张脱，依《词林》补。"

〔三三〕贶，《尔雅·释诂》："赐也。"

〔三四〕《论语·泰伯篇》："子曰：如有周公之才之美，使骄且吝，其余
　　　不足观也已。"

〔三五〕身，《铨评》："《艺文》作深。"案疑作深字是。《孟子·滕文公
　　　篇》赵注："深，甚也。"

〔三六〕《魏志·陈思王植传》："性简易。"《王粲传》裴注："通侻者，简
　　　易也。"即简慢之意。尤，过失。

〔三七〕脱，《左》僖三十二年传："无礼则脱。"言轻率也。

〔三八〕复露，《铨评》："《词林》露作覆。"案复露谓再次暴露。

〔三九〕修，《铨评》："《词林》作循。"案作修字是。《离骚》："退将复修
　　　吾初服。"《论语》皇疏："治故曰修。"

〔四〇〕《诗经·鸤鸠》序《正义》："主而不失谓之守。"

〔四一〕《铨评》："入程、张作此，从《艺文》。"入地，喻低下，具小心戒惧
　　　之意。

〔四二〕究，穷也。见《尔雅·释言》。犬马，古代臣民对君上自谦
　　　之词。

〔四三〕孤，《铨评》："程、张脱孤，从《词林》。"人，《铨评》："程、张脱人，
　　　从《续苑》补。"所，《铨评》："程、张脱所，从《续苑》补。"

〔四四〕《诗》曰,《诗经·大雅·烝民篇》句。

〔四五〕輶,轻也。人,《铨评》:"程、张脱人,从《词林》补。"鲜,少也。

〔四六〕《汉书·张汤传》颜注:"著谓明书之也。"

〔四七〕《铨评》:"以上十六字程、张脱,依《词林》补。"志,《论语·学而》皇疏:"志谓在心未行也。"

文帝诔_{有序〔一〕}

文帝诔有序

惟黄初七年五月七日〔二〕,大行皇帝崩〔三〕。呜呼哀哉!于时天震地骇〔四〕,崩山陨霜,阳精薄景〔五〕,五纬错行〔六〕。百姓吁嗟,万国悲(悼)〔伤〕〔七〕。(若丧考妣,恩过慕唐)〔哀殊丧考,思慕过唐〕〔八〕。擗踊郊野〔九〕,仰想穹苍〔一〇〕。今日何(为)〔辜〕〔一一〕?早世陨丧〔一二〕。呜呼哀哉!悲夫大行,忽焉光灭〔一三〕。永弃万(民)〔国〕〔一四〕,云往雨绝〔一五〕。承问恍惚〔一六〕,惛懵哽咽〔一七〕。袖锋抽刃〔一八〕,欲自僵毙〔一九〕。追慕三良,甘心同穴〔二〇〕,感(彼)〔惟〕南风〔二一〕,惟以郁滞〔二二〕;终于偕没,指景自誓〔二三〕。考诸先纪〔二四〕,寻之哲言〔二五〕,生若浮寄〔二六〕,(惟德可论)〔德贵长传〕〔二七〕。朝闻夕逝,孔志所存〔二八〕。皇虽(殂)〔一〕没〔二九〕,天禄永延。何以述德?表之素旃〔三〇〕;何以咏功?宣之管弦〔三一〕。乃作诔曰:

皓皓太素〔三二〕,两仪始分〔三三〕。中和产物〔三四〕,肇有人伦〔三五〕。爰暨三皇〔三六〕,寔秉道真〔三七〕。降逮五帝〔三八〕,继以懿纯〔三九〕。三代制作〔四〇〕,踵武立勋〔四一〕。季嗣不(纲)〔维〕〔四二〕,网漏于秦〔四三〕。崩乐灭学〔四四〕,儒坑礼焚〔四五〕。二世而殄〔四六〕,汉氏乃因〔四七〕。弗求古训〔四八〕，嬴政是遵〔四九〕。王纲帝典〔五〇〕，阒尔无闻〔五一〕。末光幽昧〔五二〕，道究运迁〔五三〕。乾坤回历〔五四〕，简圣授贤。乃眷大行〔五五〕，属以黎元〔五六〕。龙飞启祚〔五七〕，合契上玄〔五八〕。五行定纪〔五九〕，改号革年〔六〇〕。明明赫赫〔六一〕，受命于天〔六二〕。仁风偃物〔六三〕，德以礼宣〔六四〕。(祥)〔详〕惟圣质〔六五〕，岐嶷幼龄〔六六〕。研几六典〔六七〕，学不过庭〔六八〕。潜心无(妄)〔罔〕〔六九〕，(抗)〔亢〕志清冥〔七〇〕。才秀藻朗〔七一〕，如玉之莹〔七二〕。听察无响，瞻睹未形〔七三〕。其刚如金，其贞如琼〔七四〕。如冰之洁，如砥之平〔七五〕。爵(必)〔功〕无私〔七六〕，戮违无轻。心镜万机〔七七〕，揽照下情〔七八〕。思良股肱，嘉昔伊吕。搜扬侧陋〔七九〕，举汤代禹。拔才岩穴，取士蓬户〔八〇〕。惟德是索，弗拘祢祖〔八一〕。宅土之(表)〔衷〕〔八二〕，率民以渐〔八三〕。道义是图，弗营厥险〔八四〕。六合是虞〔八五〕，齐契共检〔八六〕。导下以纯〔八七〕，民由朴俭〔八八〕。恢拓规矩〔八九〕，克绍前人。科条品制〔九〇〕，褒贬以因〔九一〕。乘殷之辂，行夏之辰〔九二〕。金根(华)〔黄〕屋〔九三〕，翠葆龙鳞〔九四〕。绂冕崇丽〔九五〕，衡紞惟新〔九六〕。尊肃礼容，瞩之若神〔九七〕。方牧妙举，钦于恤民〔九八〕。虎将荷节〔九九〕，镇彼四邻。朱旗所剿〔一〇〇〕，九壤披震〔一〇一〕。畴克不若〔一〇二〕，孰敢不臣。县旌海表〔一〇三〕，万里无尘〔一〇四〕。虏备凶彻〔一〇五〕，鸟殪江岷〔一〇六〕；(摧)〔权〕若涸鱼〔一〇七〕，干若脯鳞〔一〇八〕。肃慎纳贡〔一〇九〕，越裳效珍〔一一〇〕。条支绝域〔一一一〕，献款内宾〔一一二〕。德侪先(王)〔皇〕〔一一三〕，功侔太古。上灵降瑞，黄初俶祜〔一一四〕。河龙洛龟〔一一五〕，凌波游下〔一一六〕。平均应绳〔一一七〕，神鸾翔舞。数荚阶除〔一一八〕，(系)〔景〕风扇暑〔一一九〕。皓兽素禽〔一二〇〕，飞走郊野。神钟宝鼎，形自旧土〔一二一〕。云英甘露，灢涂被宇〔一二二〕。灵芝冒沼，朱华荫渚〔一二三〕。回回凯风〔一二四〕，祁祁甘雨。稼穑丰登〔一二五〕，我稷我黍〔一二六〕。家佩惠君〔一二七〕，户蒙慈父。图致太和，洽德全义〔一二八〕。将登（泰）〔介〕山〔一二九〕，先皇作俪〔一三〇〕。镌石纪勋，兼录众瑞〔一三一〕。方隆封禅〔一三二〕，归功天地。宾礼百灵〔一三三〕，勋命视规〔一三四〕。望祭四岳〔一三五〕，燎封奉柴〔一三六〕。肃于南郊〔一三七〕，宗祀上帝〔一三八〕。三牲既供，夏禘秋尝〔一三九〕。元侯佐祭〔一四〇〕，献璧奉璋。鸾舆幽蔼，龙旗太常〔一四一〕。爰迄太庙〔一四二〕，钟鼓锽锽〔一四三〕。颂德咏功，八佾锵锵〔一四四〕。皇祖既飨〔一四五〕，烈考来享〔一六〕。神具醉止〔一四七〕，降兹福祥。天地震荡，大行康之。三辰暗昧〔一四八〕，大行光之。皇纮（惟绝）〔绝维〕〔一四九〕，大行纲之〔一五〇〕。神器莫统〔一五一〕，大行当之。礼乐废弛〔一五二〕，大行张之。仁义陆沈〔一五三〕，大行扬之〔一五四〕。潜龙隐凤〔一五五〕，大行翔之。疏狄遐康〔一五六〕，大行匡之〔一五七〕。在位七载，（元）〔九〕功仍举〔一五八〕。将（永）〔承〕太和〔一五九〕，绝迹三五〔一六〇〕。宜作物师〔一六一〕，长为神主〔一六二〕。寿终金石，等算东父〔一六三〕。如何奄（息）〔忽〕〔一六四〕，摧身后土〔一六五〕。俾我茕茕〔一六六〕，靡瞻靡顾〔一六七〕。嗟嗟皇穹〔一六八〕，胡宁忍务〔一六九〕。呜呼哀哉！明监吉凶，体达存亡；深垂典制〔一七〇〕，申之嗣（王）〔皇〕〔一七一〕。圣上虔奉〔一七二〕，是顺是将〔一七三〕。乃（胁）〔启〕玄宇〔一七四〕，基为首阳〔一七五〕。拟迹谷林〔一七六〕，追尧（慕）〔篡〕唐〔一七七〕。合山同（陵）〔阪〕〔一七八〕，不树不疆〔一七九〕。涂车刍灵〔一八〇〕，珠玉靡藏〔一八一〕。百神警侍，来宾幽堂〔一八二〕。耕禽田兽〔一八三〕，望魂之翔。于是俟大隧之致力兮〔一八四〕，练元辰之淑祯〔一八五〕。潜华体于梓宫兮〔一八六〕,冯正殿以居灵〔一八七〕。顾皇嗣之号咷兮〔一八八〕,存临者之悲声〔一八九〕。悼晏驾之既(往)〔疾〕兮〔一九〇〕,感容车之速征〔一九一〕。浮飞魂于(轻)〔青〕霄兮〔一九二〕,就黄(墟)〔垆〕以(灭)〔藏〕形〔一九三〕。背三光之昭晰兮〔一九四〕,归玄宅之冥冥〔一九五〕。嗟一往之不返兮,痛闿闿之长扃〔一九六〕。咨远臣之眇眇兮〔一九七〕,感凶讳以怛惊〔一九八〕。心孤绝而靡告兮〔一九九〕,纷流涕而交颈〔二〇〇〕。思恩荣以横奔兮〔二〇一〕,阂阙塞之巉峥〔二〇二〕。顾衰经以轻举兮〔二〇三〕,(念)〔迫〕关防之我婴〔二〇四〕。欲高飞而遥憩兮,惮天纲之远经〔二〇五〕。(遥)〔愿〕投骨于山足兮〔二〇六〕,报恩养于下庭〔二〇七〕。慨拊心而自悼兮,惧施重而命轻〔二〇八〕。嗟微躯之是效兮,甘九死而忘生〔二〇九〕。几司命之役籍兮〔二一〇〕,先黄发而陨零〔二一一〕。天盖高而察卑兮〔二一二〕,冀神明(于)〔之〕我听〔二一三〕。独郁伊而莫告兮〔二一四〕,追顾景而怜形。奏斯文以写思兮〔二一五〕,结翰墨以敷诚〔二一六〕。呜呼哀哉!

〔一〕文帝,《魏志·文帝纪》:"文皇帝讳丕,字子桓,武帝太子也。"

〔二〕潘眉《三国志考证》:"帝以丁巳日崩,推是年五月辛丑朔,十七日乃得丁巳。谏当云五月十七日,今本脱十字也。"

〔三〕《铨评》:"以上十四字,程脱,依张补。"案《魏志·文帝纪》裴注引谏亦有此十四字,丁补是。大行,葛其仁《小尔雅疏证》:"《汉书·霍光传》注引韦昭曰:大行,不反之词也。天子崩,未有谥,故称大行也。案讳死者,不敢质言死,故讳之。"崩,古代天子死曰崩。

〔四〕骇,动荡之意。

〔五〕阳精,《龙鱼河图》:"阳积精为日。"(《御览》卷四引)薄景,《汉书·天文志》颜注:"孟康曰:日月无光曰薄。"景,光也。

〔六〕五纬,谓金、木、水、火、土五星。五纬错行,与《魏德论》"星辰逆行"意同。

〔七〕悼,《密韵楼丛书·曹子建文集》作悼。案《魏志·文帝纪》裴注引悼作伤。伤与上下韵协,作悼则失其韵矣,当据裴注引作伤字是。

〔八〕《铨评》:"《艺文》十三作哀殊丧考。"疑是。恩过慕,《铨评》:"《艺文》作思慕过。"案《艺文》是。思慕过唐,唐指唐尧。《尚书·舜典》:"二十有八载,帝(谓尧)乃殂落,百姓如丧考妣,三载四海遏密八音。"谏谓百姓思慕之情过于尧死之时也。

〔九〕擗,椎胸;踊,顿足。《礼记·问丧》:"辟踊哭泣。"辟踊即擗踊。

〔一〇〕仰想,《铨评》:"《艺文》想作愬。"案作愬字是。《武帝诔》:"仰愬上穹。"与此句意同。穹苍,《诗经·桑柔篇》:"以念穹苍。"毛传:"穹苍,苍天。"因天形穹隆,其色苍然,故曰穹苍。

〔一一〕佥曰,《尚书·尧典》:"佥曰于。"孔传:"佥,皆也。"何为,《铨评》:"为张作辜。"案宋刊本《曹子建文集》、《魏志·文帝纪》裴注为字俱作辜,作辜字是。《诗经·云汉篇》:"何辜今之人。"郑笺:"辜,罪也。"

〔一二〕曹丕死年四十,故曰早世。见《魏志·文帝纪》。

〔一三〕光灭,喻死,人死如光之熄灭。

〔一四〕万民,案宋刊本《曹子建文集》、《魏志·文帝纪》裴注引民俱作国,作国字是。天子曰兆民,诸侯曰万民,此不得曰万民也。

〔一五〕云往雨绝,潘岳诗:"雨绝无还云。"谓一去不复反之意。

〔一六〕承问,谓得曹丕死讯。

〔一七〕惛惛,犹闷瞀。《楚辞·九章·惜诵》:"中闷瞀之忳忳。"王注,

"闷,烦也;瞀,乱也。"哽咽,《文选》刘越石《扶风歌》:"哽咽不能言。"《说文》:"哽,语为舌所介也。"盖喉为气堵塞不能出声之貌。

〔一八〕袖锋,犹袖刀。

〔一九〕僵,《铨评》:"程作疆,从张本。"案宋刊本《曹子建文集》、《魏志·文帝纪》裴注引疆俱作僵。《吕览·贵卒篇》高注:"僵,毙也。"僵毙复义词,谓死亡。

〔二○〕三良,见卷一《三良诗》注。同穴,《诗经·大车篇》:"死则同穴。"郑笺:"穴,谓冢圹中也。"

〔二一〕感彼,案宋刊本《曹子建文集》、《魏志·文帝纪》裴注引彼字作惟。惟,思也,作惟字是。南风,见《灵芝篇》注。亦指太后卞氏,时卞氏尚存,故子建云然。

〔二二〕郁滞,《吕览·达郁篇》高注:"不通也。"

〔二三〕自誓,《铨评》:"誓程作逝,从张本。"案宋刊本《曹子建文集》、《魏志·文帝纪》裴注引逝俱作誓。潘岳《寡妇赋》"独指景而心誓兮",则作誓字是。《诗经·大车篇》:"谓余不信,有如皦日。"即诔句意所本。

〔二四〕先纪,案宋刊本《曹子建文集》、《魏志·文帝纪》裴注引纪俱作记。先记,古代学人之著述也。

〔二五〕哲言,《铨评》:"哲程作誓,从《艺文》。"案宋刊本《曹子建文集》、《魏志·文帝纪》裴注引誓俱作哲。哲言,哲人之言。

〔二六〕浮寄,《庄子》:"其生若浮。"《尸子》:"老莱子曰:人生天地之间寄也。"

〔二七〕《铨评》:"《艺文》作德贵长传。"案宋刊本《曹子建文集》、《魏志·文帝纪》裴注引与今本同。考《魏书》载曹丕与大理王朗书：“生有七尺之形，死唯一棺之土，惟立德扬名，可以不朽。”（见《魏志·文帝纪》裴注）据此疑当从《艺文》作德贵长传为得，与丕书意相合。

〔二八〕《论语·里仁篇》：“子曰：朝闻道，夕死可矣。”存，“谓其思念也。”见《礼记·祭义》郑注。

〔二九〕皇虽，《铨评》：“虽《韵补》二作维。”案《魏志·文帝纪》裴注引作虽。殪，《铨评》：“程作一，从《艺文》。”案《庄子·徐无鬼篇》《释文》：“一，身也。”一没犹身没，即身死也。《艺文》作殪，或非。没，《铨评》：“《韵补》作决。”案决显属没字之形误。

〔三○〕素旟，《周礼·司常》：“通帛曰旟。”即铭旌。

〔三一〕宣，播也。管弦，谓乐曲。

〔三二〕《文选》班孟坚《幽通赋》：“皓尔太素。”曹大家曰：“皓，白也；素，质也。”当天地未分之时，混沌如鸡子，谓之曰太素（本徐整《三五历纪》）。

〔三三〕两仪即二仪，谓天地也。

〔三四〕中和，《铨评》：“《御览》一中作冲。”中和，谓气候寒暑适中。产，生也。物，万物也。

〔三五〕肇，《尔雅·释诂》：“始也。”伦，《礼记·乐记》郑注：“谓人道也。”即父子兄弟夫妇诸家庭关系。

〔三六〕暨，《国语·周语》韦注：“至也。”三皇谓伏羲、神农、轩辕氏（本皇甫谧《帝王世纪》）。

〔三七〕秉，《广雅·释诂三》：“持也。”道真，谓无为而顺应自然之政治原则。

〔三八〕降逮，犹下及。五帝，谓少昊、颛顼、帝喾、唐尧、虞舜（亦本皇甫谧《帝王世纪》）。

〔三九〕懿，美也。纯，厚也。

〔四〇〕三代，夏、商、周。制作，谓制订政教制度。

〔四一〕踵武，《离骚》：“及前王之踵武。”王注：“踵，继也；武，迹也。”

〔四二〕季嗣谓周赧王。纲，《铨评》：“《韵补》一作维。”案宋刊本《曹子
建文集》、《魏志·文帝纪》裴注引亦作维。《周礼·节服氏》郑
司农注：“维，持之也。”则作维字是。

〔四三〕网，喻国家统治权力。漏，遗失。谓周朝统治权，为秦王所得。

〔四四〕《白虎通》：“至秦焚书，《乐经》亡。”故曰崩乐。灭学，消灭
学术。

〔四五〕儒坑，《史记·始皇本纪》：“‘诸生在咸阳者，吾使人廉问，或以
訞言以乱黔首。’于是使御史悉案问诸生，诸生传相告引，乃自
除犯禁者四百六十余人，皆坑之咸阳。”礼焚，孔安国《尚书
序》：“始皇灭先代典籍，焚书坑儒，天下学士，逃难解散。”

〔四六〕歼，《尚书·胤征》孔传：“灭也。”

〔四七〕《文选·东京赋》薛注：“因，仍也。”

〔四八〕古训，《诗经·烝民篇》：“古训是式。”郑笺：“古训，先王之遗
典也。”

〔四九〕嬴，《铨评》：“程作赢，从张本。”案宋刊本《曹子建文集》、《魏
志·文帝纪》裴注引俱作嬴。嬴，秦姓。作赢非。遵，《诗经·
汝坟篇》毛传：“循也。”句意谓汉代遵循秦之制度。

〔五〇〕《文选·剧秦美新》：“是以帝典阙而不补，王纲弛而未张。”谓
五帝三王之制度。

〔五一〕阒尔，清静貌。

〔五二〕末光，《铨评》：“末《艺文》作元。”案宋刊本《曹子建文集》仍作
末，《魏志·文帝纪》裴注引作求，疑属末字之形误。作末字

是。末光,余光也。幽昧,昏暗之意。谓刘协统治权力极为
微弱。

〔五三〕《文选·剧秦美新》:"道极数殚。"道,谓天道。究,《尔雅·释
诂》:"穷也。"运,《文选·运命论》李注:"谓五德更运,帝王所
禀以生也。"迁,《广雅·释言》:"移也。"

〔五四〕坤回历,《铨评》:"《艺文》作回历数。"案《论语·尧曰篇》:"天
之历数在尔躬。"《洪范五行传》:"历者,圣人所以揆天行而纪
万国也。"(见《北堂书钞》引)回,《诗经·云汉篇》毛传:
"转也。"

〔五五〕《尚书·大禹谟》:"皇天眷命。"孔传:"眷,视也。"

〔五六〕属,《荀子·礼论》杨注:"谓付托之。"黎元,谓百姓。

〔五七〕龙飞,见本卷《庆文帝受禅表》注。启祚,《铨评》:"启《艺文》作
践。"《礼记·文王世子》篇:"周公相,践阼而治。"郑注:"践,履
也。"谓践天子之位也。

〔五八〕上玄,《铨评》:"上张作主。"案《魏志·文帝纪》裴注引仍作上,
作上是。《文选·东京赋》:"祈福于上玄。"薛注:"玄,天也。"

〔五九〕五行,谓金、木、水、火、土。《史记·三代世表序》:"终始五德
之传。"《索隐》:"谓帝王更王,以金、木、水、火、土之五德,传次
相承,终而复始。"如秦以水德王,汉以火德王,魏承之,以土德
王。《魏略》载《文帝诏》:"汉,火行也。魏于行次为土。"是
其证。

〔六〇〕改号,改国号曰魏。革年,改延康元年为黄初元年。

〔六一〕《诗经·大明篇》:"明明在下,赫赫在上。"毛传:"明明,察也。
文王之德明明于下,故赫赫然著见于天。"《诗经·出车篇》毛
传:"赫赫,盛貌。"

〔六二〕受,《铨评》:"《艺文》作授。"于天,《铨评》:"《艺文》于作自。"

〔六三〕《铨评》:"《艺文》作风偃物化。"《论语·颜渊篇》:"草上之风必偃。"《华严经音义》引《珠丛》:"教成于上而俗易于下,谓之化也。"

〔六四〕以,《汉书·刘向传》颜注:"由也。"

〔六五〕祥,《铨评》:"《艺文》作详。"案作详字是。《卞太后诔》:"详惟圣善。"与此句式相同。详,审也。见《诗经·楚茨篇》毛传。惟,《尔雅·释诂》:"思也。"圣质,谓曹丕天资。

〔六六〕岐嶷,《铨评》:"程作嶷在,从《艺文》。"案《诗经·生民篇》:"克岐克嶷。"《文选·吴都赋》李注:"岐嶷谓有识知也。"幼龄,《铨评》:"龄程作妍,从《艺文》。"案幼妍不词,作龄字是。幼龄即幼年。

〔六七〕研,《铨评》:"程作庶,从《艺文》。"案作研字是。研,几也,见《易·系辞》。研、几意同。《文选·东京赋》薛注:"研,审也。"六典,谓《诗》、《书》、《易》、《礼》、《乐》、《春秋》。曹丕《典论自序》:"余是以少诵诗论,及长而备历五经四部《史》《汉》诸子百家之言,靡不毕览。"(《魏志·文帝纪》裴注引)

〔六八〕过庭,见卷一《学官颂》注。学不过庭,意谓曹丕读书,未受曹操之教诲。然《典论自序》云:"每每定省,从容常言,人少好学则思专,长则善忘,长大而能勤学者,唯吾与袁伯业耳。"是曹丕之好学,由曹操诱导之。曹植此语,盖为颂扬曹丕之夙慧早成也。

〔六九〕《铨评》:"妄《艺文》作内。"案宋刊本《曹子建文集》妄作罔,《魏志·文帝纪》裴注引同。罔或作冈,冈内形近致误,作罔是。《论语·为政篇》:"学而不思曰罔。"皇疏:"罔,诬罔也。"

〔七〇〕抗志，《铨评》：“抗程作元，从《艺文》。”案宋刊本《曹子建文集》抗字作亢。元，当属亢字之形误，作亢字是。抗、亢古通用。清冥，《铨评》：“《艺文》作高明。”案蔡邕《释诲》：“抗志高冥。”卷一《七启》：“抗志云际。”语意正同。高明、高冥、清冥俱谓天也。

〔七一〕才秀，《论语》皇疏：“才，才力也。”秀，《文选·七命》李注：“出貌也。”才秀犹言才力卓绝。藻朗，《后汉书·班彪传》章怀注：“藻，文藻也。”朗，“清彻也。”见《文选·游天台山赋》李注。《魏志·文帝纪》陈寿评：“文帝天资文藻，下笔成章。”

〔七二〕之，《铨评》：“《艺文》作如。”案疑作之字是。句意谓如玉之光洁也。

〔七三〕瞻，《铨评》：“《艺文》作视。”瞻、视义同。形，朕兆之意。二句意谓曹丕具有预测事物变化之智慧。

〔七四〕贞，《铨评》：“《艺文》作劲。”案《广雅·释诂一》：“贞，正也。”作贞字是。琼，《诗经·木瓜篇》毛传：“玉之美者。”

〔七五〕《诗经·大东篇》：“其平如砥。”砥，磨石。

〔七六〕爵必，《铨评》：“《艺文》必作功，私作重。”案宋刊本《曹子建文集》、《魏志·文帝纪》裴注引作“爵功无私”，当是也。与下句“戮违无轻”相俪成文。私从《艺文》作重，或失曹植原意。

〔七七〕镜，《广雅·释诂三》：“照也。”万几，《尚书·皋陶谟》：“一日二日万几。”谓国家政事。

〔七八〕揽，《铨评》：“《艺文》作鉴。”鉴照，谓观察明了。

〔七九〕侧陋，《尚书·尧典》：“明明扬侧陋。”孔传：“扬，举也。悉举贵戚及疏远隐匿者。”

〔八〇〕《尚书·说命》：“高宗梦得说，使百官营求诸野，得诸傅岩。”蓬户见卷一《说疫气》注。

〔八一〕德,《铨评》:"德程作听,从《书钞》一百五十八。"案宋刊本《曹子建文集》、《魏志·文帝纪》裴注引听俱作德。索,《铨评》:"《书钞》作营。"案宋刊本《曹子建文集》、《魏志·文帝纪》裴注引俱作萦,营、萦古通用,见《公羊》《释文》。《广雅·释诂一》:"营,度也。"祢祖,远祖。谓曹丕推行九品中正制度,用人不受门阀观念之拘束。沈约《宋书·恩倖传论》:"汉末丧乱,魏氏始基,军中仓卒,权立九品。盖以论人才优劣,非谓世族高卑。"即弗拘祢祖之意。

〔八二〕宅,居也。表,《铨评》:"《艺文》作中。"案表疑为衷字之形误。中、衷义同。土中,指洛阳。古代谓洛阳处我国之中。《汉书·地理志》:"昔周公营雒邑,以为在于土中。"《魏志·文帝纪》:"黄初元年十二月,初营洛阳宫。"

〔八三〕率民以渐,《铨评》:"程、张脱此四字,从《艺文》补。"《广雅·释诂二》:"渐,进也。"渐与下句险字协韵。

〔八四〕图,谋也。险,谓险隘之区。

〔八五〕六合,谓上下四方。是虞,《铨评》:"《艺文》作通同。"案通同复义词,谓和同也。见《易经·同人》《释文》。

〔八六〕《铨评》:"检程作遵,从《艺文》。"案检与俭协韵,作遵失其韵矣。程本非。契,《礼记·曲礼》郑注:"券,要也。"检,《文选·演连珠》李注引《苍颉》:"法度也。"齐、共,共同之意。句谓共同遵守国家之制度。

〔八七〕导下以纯,《铨评》:"程作下以纯民,从《艺文》。"案丁校改是。

〔八八〕朴俭,朴质节俭,不事浮华侈靡也。

〔八九〕恢拓,《铨评》:"拓程作折,从张本。"案《魏志·文帝纪》裴注引亦作拓。程作折，疑为柝字之形误。《淮南·原道训》："柝八极。"高注："柝，开也。"拓有开义，见《小尔雅·广诂》。恢拓，犹言扩张。规矩，制度。

〔九〇〕科条，谓法律政治之条目。品制，品级制度。

〔九一〕褒贬以因，意谓作为奖励惩罚之根据。

〔九二〕《论语·卫灵公篇》："颜渊问邦？子曰：行夏之时，乘殷之辂……"殷辂，木辂，取其俭。夏辰即夏历。

〔九三〕金根，车名。《晋书·舆服志》："金根车，驾四马，不建旗帜，其上如画轮车，下犹金根之饰。"华屋，华当属黄字之误。黄屋，天子车以黄缯作车盖里。

〔九四〕翠葆，以翠鸟羽制之车盖。魏文帝诏："前于阗王所上孔雀尾万枚，文彩五色，以为金根车盖，遥望耀人眼。"(《御览》卷九百二十四引)龙鳞谓龙旗，见《圣皇篇》注。

〔九五〕绋，系玺带。冕，皇冠。

〔九六〕衡紞，《周礼·追师》郑注："祭服有衡，垂于副之两旁，当耳，其以紞悬瑱。"

〔九七〕瞩，《铨评》："《艺文》作瞻。"瞻，仰视。

〔九八〕方牧，即《舜典》之四岳、十二牧，谓魏代之刺史、太守统治百姓之官。妙举，精细选拔也。钦，谨慎小心之意。恤，忧也。

〔九九〕荷节犹持节。如曹休、曹真俱持节抗吴御蜀。

〔一〇〇〕剿，剿绝、消灭。

〔一〇一〕九壤即九土，犹九州。披震，《铨评》："披程张作被，从《艺文》。"披震犹披攘，见《责躬》诗注。

〔一〇二〕畴克，谁能。若，《尚书·尧典》孔传："顺也。"

〔一〇三〕县旌，《说文》："县，垂也。"旌，指挥军队前进之旗帜。《公羊宣十二年传："庄王亲自手旌。"何注："旌首曰旐。"海表即海外。

〔一〇四〕无尘，象征社会安定。

〔一〇五〕虏备，备谓刘备。凶彻，案《魏志·文帝纪》裴注引彻作辙。凶辙指蜀汉地区险恶道路。

〔一〇六〕江岷，江谓大江，岷谓岷山。

〔一〇七〕摧，案《魏志·文帝纪》裴注引作权，作权字是，权谓孙权。魏明帝《善哉行》："权实竖子，备则亡虏；假气游魂，鸟鱼为伍。"亦以备、权并举可证。

〔一〇八〕若脯，《铨评》："张作腊矫。"案宋刊本《曹子建文集》与今本同。《魏志·文帝纪》裴注引同张本。未知孰是。脯鳞，似今所谓腌鱼。

〔一〇九〕肃慎，古国名，今吉林省混同江两岸之地。

〔一一〇〕越裳，《文选·东京赋》："南谐越裳。"薛注："今九真是也。"效珍，《礼记·曲礼》郑注："效，呈见也。"珍，宝也。

〔一一一〕条支，古国名，约在今叙利亚国境。绝域，即极远之地。

〔一一二〕献款，案宋刊本《曹子建文集》作"众子"。《魏志·文帝纪》裴注引作"侍子"。《魏志·文帝纪》："延康元年三月，濊貊、扶余、单于（当作箪于）、焉耆、于阗王皆各遣使奉献。"又"黄初三年二月，鄯善、龟兹、于阗王遣使奉献。诏曰：西戎即叙，氐羌来王，《诗》《书》美之！顷者西域外夷，并款塞内附，其遣使者抚劳之。"疑此似作献款二字为得。款，《广雅·释诂一》："诚也。"

〔一一三〕先王，案宋刊本《曹子建文集》王作皇。《魏志·文帝纪》裴注引亦作皇，作皇字是。先皇谓曹操，谥为武皇帝。

〔一一四〕俶祜，《铨评》："程俶作叔，从张本。"案《尔雅·释诂》："俶，始也。"作俶字是。

〔一一五〕河龙，伏羲世龙马负图出于河。洛龟，谓龟在洛河出现。《易·系辞》："河出图，洛出书，圣人则之。"

〔一一六〕犹言浮沈上下。

〔一一七〕应绳，似绳之平直。

〔一一八〕荚，蓂荚。孙氏《瑞应图》："蓂荚，叶圆而五色，一名历荚，十五叶，日生一叶，从朔至望，毕。从十六日毁一叶，至晦而尽。月小则一叶卷而不落。圣明之瑞也。"数，计算也。阶除，殿前台阶。

〔一一九〕系风，系疑属景字之形误。景风，《春秋考异邮》："四十五日景风至。景风强也，强以成之。"宋注："夏至之候也。强言万物强盛也。"《礼斗威仪》："王者乘火而王，其政升平，则祥风至。"宋注："即景风，其来长养万物。"（《御览》卷八百七十二引）

〔一二〇〕皓兽，曹丕受禅，郡国二十七言白虎见，郡国奏白鹿十九见（《魏略》）。素禽，白色鸟，见《魏德论讴》注。

〔一二一〕旧土，疑指邺。史缺纪载，不能指的。

〔一二二〕瀸涂，《广雅·释诂一》："瀸，渍也。"涂，道路。形容多。

〔一二三〕朱华，朱草之花。见《灵芝篇》注。

〔一二四〕回回，犹微微。

〔一二五〕《铨评》："《艺文》作稼惟岁丰。"

〔一二六〕《铨评》："《艺文》作登我稷黍。"应据《艺文》正。《礼记·月令篇》："农乃登麦。"郑注："登，进也。"稷、黍，见《应诏》诗注。

〔一二七〕惠君，《铨评》："君，《艺文》作尹。"《汉书·地理志》颜注："主也。"

曹植集校注

〔一二八〕谓恩德普遍,教化赅备。

〔一二九〕泰山,案宋刊本《曹子建文集》、《魏志·文帝纪》裴注引泰俱作介,作介是。《汉书·武帝纪》:"太初二年夏四月诏曰:朕用事介山,祭后土,皆有光应。"颜注:"文颖曰:介山,在河东皮氏县东南,其山特立,周七十里,高三十里。"

〔一三〇〕俪,耦也。见《左》成十一年传杜注。

〔一三一〕著录祥瑞事物如《受禅碑》所述者。

〔一三二〕方,将也。封禅,谓封泰山,禅梁父。即举祭天祀地之仪式。

〔一三三〕宾,敬也。百灵即百神。

〔一三四〕《续汉书·祭祀志》:"……二十二日辛卯晨,燎祭天于太山下,南方群神皆从(祀),用乐如南郊,诸王、王者后、二公、孔子后褒成君皆助祭位事也。"勋,谓功臣;命,谓王者及孔子后。视规,谓参加祭祀典礼。据此似魏代犹承东汉祭祀制度也。

〔一三五〕望,祭名。《周礼·牧人》郑注:"望,祀五岳四镇四渎也。"四岳指泰山、华山、恒山、衡山。

〔一三六〕封,《大戴礼·保傅》卢注:"谓负土石于泰山之阴为坛而祭天也。"奉柴谓祭时,堆积木柴,而将牛羊置柴上,用火焚之。此古代祭天之仪式。

〔一三七〕南郊,古代祭天之所。在洛阳南门之外,故曰南郊。

〔一三八〕宗祀,"宗,尊也"。上帝,"太微中五帝也"。本《东京赋》薛注。

〔一三九〕夏禘,《礼记·祭统》:"夏祭曰禘,秋祭曰尝。"祭祀祖先之典礼。

〔一四〇〕佐祭,即助祭。《说文》:"助,左也。"《孝经》:"子曰:四海之内,各以其职来助祭。"

〔一四一〕龙旗,见《圣皇篇》注。太常,《文选·东京赋》:"建辰旒之太常。"薛注："辰谓日月星也。画之于旌旗，垂十二旒，名曰太常。"

〔一四二〕迄，至也。

〔一四三〕镋镋，《文选·东京赋》："钟鼓喤喤。"薛注："喤喤，鼓声也。"案此形容钟鼓齐鸣而作洪亮之声。

〔一四四〕八佾，八人一行曰佾，皇帝舞队计六十四人，故曰八佾。锵锵，当属蹡蹡之假借字。《广雅·释训》："蹡蹡走也。"形容舞步伐整齐，仪容肃穆之状。

〔一四五〕皇祖，谓曹嵩。《魏志·文帝纪》裴注引《魏书》："辛酉，有司奏造二庙：立太皇帝庙，大长秋特进侯与高祖合祭，亲尽以次毁。特立武皇帝庙，四时享祀，为魏太祖，万载不毁也。"

〔一四六〕烈考，谓曹操。案从句中既字来字之义考察，似魏代祭祖典礼、先祖后父，分次举行，不如后世采取合祭之仪式也。

〔一四七〕《诗经·楚茨篇》句。郑笺："具，皆也。"《东京赋》薛注："神，谓先神也。具，俱也。止，已。"案止语尾助词。《正义》："于时神皆醉饱矣。"

〔一四八〕三辰，日月星也。暗昧，谓昏暗不明。

〔一四九〕纮，《淮南·原道训》高注："纮，纲也。若小车盖四维谓之纮，绳之类也。"皇纮谓国家政治纲领。惟绝，《铨评》："张作绝维。"案《魏志·文帝纪》裴注引与张本同。当是也。维绝，谓系网之绳断绝。意指破坏。

〔一五〇〕纲，《白虎通·三纲六纪》："纲者，张也。"

〔一五一〕神器，喻帝位。统，《汉书·贾山传》颜注引如淳："继也。"

〔一五二〕废弛，《礼记·学记》篇："教之所由废也。"郑注："废，弛。"是废弛义同。犹言坏乱失理。

〔一五三〕陆沈,《玉篇》水部:"野王案:陆沈犹沈翳也。"

〔一五四〕扬,举也。

〔一五五〕句意谓才能之人而沈沦莫显者。

〔一五六〕狄,仪狄;康,杜康,皆古代酒之创造者。疏遐即疏之远之之
　　　　义。谓禁酒法令。

〔一五七〕匡,《尔雅·释言》:"正也。"即今纠正之意。曹操初建魏国,以
　　　　粮食不足,曾严厉禁止酿酒(见《魏志·徐邈传》)。曹丕即位,
　　　　解除酒禁。但此《魏志》及裴注俱失载,据此可补史实之遗。

〔一五八〕元功,《铨评》:"元《艺文》作九。"案作九字是。九功,谓水、火、
　　　　金、木、土、谷与正德、利用、厚生(见《尚书·大禹谟》)。水火
　　　　金木土谷六种生活资料;正德,谓确定享受制度;利用,给予充
　　　　分发展生活资料之条件;厚生,使百姓物质生活非常富裕。仍
　　　　举,再次推行。

〔一五九〕将永,《铨评》:"永,《艺文》作承。"疑作承字是。承,《易经·师
　　　　卦》虞注:"受也。"

〔一六〇〕绝迹三五,谓曹丕功业踰越三皇五帝。

〔一六一〕物,万物。《后汉书·傅燮传》章怀注:"师,君也。"

〔一六二〕神主,《广雅·释诂一》:"主,君也。"

〔一六三〕等算,谓寿数同于。东父即东王父。见《远游篇》注。

〔一六四〕奄息,《铨评》:"息,《艺文》作忽。"案宋刊本《曹子建文集》、《魏
　　　　志·文帝纪》裴注引亦俱作忽,作忽是。奄忽,见《任城王
　　　　诔》注。

〔一六五〕后土,地神。

〔一六六〕《诗经·闵予小子篇》:"茕茕在疚。"郑笺:"茕茕然孤特。"

〔一六七〕《诗经·四月篇》句。瞻,观也。《离骚》:"瞻前而顾后兮。"句

意谓前无所瞻而后无可顾。

〔一六八〕嗟嗟，《诗经·烈祖篇》："嗟嗟烈祖。"郑笺："重言嗟嗟，美叹之声。"

〔一六九〕务，《铨评》："《艺文》作予。"案《诗经·四月篇》："胡宁忍予。"郑笺："宁犹曾也。"即今怎字。

〔一七○〕达，《铨评》："程作远，从《艺文》。"案作达字是。体达，体，性也（见《吕览·情欲》高注）；达，通也。言曹丕本性能洞澈死生之理。典制，指曹丕黄初三年冬十月所制之《终制》。见《魏志·文帝纪》。

〔一七一〕申，《荀子·富国篇》杨注："再令曰申。"嗣王，《铨评》："王《艺文》作皇。"案《魏志·文帝纪》裴注、《密韵楼丛书·曹子建文集》亦俱作皇，作皇字是。嗣皇，谓魏明帝曹叡。曹丕作《终制》时，曹叡未即帝位，故称嗣皇。

〔一七二〕时曹叡已即帝位，故称圣上。虔奉，诚敬接受。

〔一七三〕将，行也。

〔一七四〕㭫，《铨评》："《艺文》作启。"作启字是。《广雅·释诂三》："启，开也。"

〔一七五〕首阳，山名。《魏志·文帝纪》："黄初三年冬十月甲子，表首阳山东为寿陵。"首阳见《赠白马王彪诗》注。为，《铨评》："《艺文》作于。"

〔一七六〕谷林，尧葬之地。《水经·瓠子河注》："《帝王世纪》：尧葬济阴成阳四十里，是为谷林。"《一统志》："唐尧陵在山东曹州府菏泽县东北五十里。"《终制》："昔尧葬谷林通树之……故葬于山林，则合乎平林。封树之制非上古也，吾无取焉。"

〔一七七〕慕，《铨评》："《艺文》作纂。"案作纂字是。《尔雅·释诂》："纂，继也。”

〔一七八〕陵，《铨评》：“《艺文》作阪。”作阪字是。《尔雅·释地》：“陂者曰阪。”

〔一七九〕《终制》：“寿陵因山为体，无为封树，无立寝殿，造园邑，通神道。”

〔一八〇〕涂车，以泥土作车曰涂车。刍灵，用草制作人马曰刍灵。

〔一八一〕《终制》：“无藏金银铜铁，一以瓦器，合古涂车刍灵之义。饭含无以珠玉，无施珠襦玉匣。”

〔一八二〕来宾，《铨评》：“《艺文》作宾于。”《尚书·舜典》：“宾于四门。”郑注：“宾，摈也。”《周礼·大宗伯》郑注：“出接宾曰摈。”幽堂，指墓中。

〔一八三〕耕禽，古代传说：禹葬于会稽，鸟为之耕。田兽，舜葬于苍梧，象为之种。见刘赓《稽瑞》引《墨子》逸义。

〔一八四〕俟，《铨评》：“《艺文》作候。力《艺文》作功。”案宋刊本《曹子建文集》力亦作功。大隧，谓墓道。致功，谓工程结束。

〔一八五〕即练淑祯之元辰，此以叶韵倒。练，《文选·月赋》李注引《埤苍》：“择也。”元辰，《后汉书·张衡传》注：“吉辰也。”

〔一八六〕华，荣贵之意。华体，谓曹丕尸体。梓宫，指棺。《后汉书·明帝纪》章怀注：“梓宫以梓木为棺。”兮，《铨评》：“程脱兮，从张本。”案宋刊本《曹子建文集》亦有兮字。

〔一八七〕正殿，《魏书》：“殡于崇华前殿（案原文作殿前，据卢文弨校本改正）。”

〔一八八〕皇嗣，《铨评》：“皇程作望，从张本。”案宋刊本《曹子建文集》正作皇，程本误。皇嗣，谓曹叡。

〔一八九〕临，《吕览·观表篇》高注：“哭也。”

〔一九〇〕往，《铨评》：“《艺文》作俟。”案宋刊本《曹子建文集》作候。《魏志·文帝纪》裴注引作疾。晏驾，皇帝死之代词。既疾，既速也。作疾字是。

〔一九一〕容车，沈钦韩《后汉书疏证》：“《续志》：大驾甘泉卤簿，金根容车，中黄门尚衣奉衣登容。则容车载死者衣冠，所谓魂车也。”

〔一九二〕轻霄，疑当作青霄。《淮南·天文训》高注有青霄玉女之名，青霄，谓天也。

〔一九三〕黄墟，疑墟是垆字之形误。《魏志·后妃传》裴注引《魏书》载曹叡《郭后哀策》：“就黄垆而安厝。”与此句意同，足证墟字之误。黄垆，见《责躬》诗注。灭，《铨评》：“《艺文》作藏。”案作藏字是。

〔一九四〕三光，日月星也。昭晰，光明也。

〔一九五〕玄宅，《铨评》：“《艺文》作窀穸。”案《左》襄十三年传杜注：“窀，厚也；穸，夜也。厚夜犹长夜，长夜谓葬埋。”则玄宅与窀穸义同。

〔一九六〕阊阖，即《武帝诔》之潜阖，说详彼注。扃，关闭。

〔一九七〕远臣，曹植自谓。眇眇，《广雅·释训》：“远也。”

〔一九八〕感，《铨评》：“程张作成，据《韵补》一改。”案《魏志·文帝纪》裴注引正作感，作感字是。凶讳，谓死亡讯息。怛惊，谓怛然心惊。

436

〔一九九〕孤绝，形容百无依靠之状。

〔二〇〇〕纷，乱貌。

〔二〇一〕横奔，犹狂奔。《后汉书·酷吏传》章怀注：“横犹狂也。”

〔二〇二〕阂，隔也。阙塞，指洛阳之伊阙及诸山。嶕峣，高峻貌。

〔二〇三〕顾，《诗经·那篇》郑笺：“顾犹念也。”衰经，《后汉书·郭丹传》

章怀注：“絰之言实，衰之言摧，言实摧痛于中也。”衰，古代丧服。絰，孝子所戴之麻冠，或腰系之麻带。见《仪礼·丧服篇》。

〔二〇四〕念，案宋刊本《曹子建文集》、《魏志·文帝纪》裴注引俱作迫。卷一《愍志赋》：“迫礼防之我拘。”语意相同，似作迫字为得。关防，犹关禁也。萦，绕也。

〔二〇五〕天纲，《铨评》：“纲张作网。”案宋刊本《曹子建文集》、《魏志·文帝纪》裴注引俱作网。天网见《责躬诗》注。经犹系也。见《史记·田单传》《索隐》。

〔二〇六〕遥，《全三国文》严可均校曰：“《文选》潘安仁《寡妇赋》李注遥字作愿。”案作愿字是。班婕妤《自伤赋》：“愿归骨于山足。”即此诔句所本。投骨，即弃骨。

〔二〇七〕下庭，犹言臣庭。下系臣对君上之谦词。曹丕死时，禁止诸王入京吊唁，故此诔痛切言之，其防闲禁网之严密，由此可以考见。

〔二〇八〕施，《铨评》：“程作于，从张本。”案宋刊本《曹子建文集》、《魏志·文帝纪》裴注引亦俱作施。施重，见《鹦鹉赋》注。

〔二〇九〕九死，九，数之极也。见汪中《述学·释三九》。

〔二一〇〕几，《史记·晋世家》《索隐》：“几谓望也。”司命，见卷一《髑髅说》注。役籍，服役名册。

〔二一一〕陨零，喻死亡。

〔二一二〕盖，语中助词。

〔二一三〕于，案宋刊本《曹子建文集》、《魏志·文帝纪》裴注引俱作之字，应据正。

〔二一四〕郁伊，即郁邑，愁貌也。莫告，案宋刊本《曹子建文集》、《魏志·文帝纪》裴注引告字作愬。愬与诉同。

〔二一五〕写思,《诗经·竹竿篇》:"以写我忧。"见卷一《节游赋》注。

〔二一六〕翰墨,谓笔墨。结,联系之意,意谓作诔。敷诚,铺叙真挚之情感。

曹植集校注卷三_{太和}

辅臣论_{七首〔一〕}

盖精微听察〔二〕，理析毫分〔三〕；规矩可则〔四〕，阿保不倾〔五〕。群言系于口，而研摭是非〔六〕；典谟总乎心，而唯所用之者〔七〕，钟太傅也〔八〕。

〔 一 〕《铨评》："程缺。"

〔 二 〕精微，谓明密。

〔 三 〕毫分，喻细微。

〔 四 〕规矩，犹言轨仪，喻行为也。《魏志·钟繇传》："靖恭夙夜，匪遑安处。百寮师师，楷兹度矩。"

〔 五 〕阿保，《汉书·宣帝纪》："尝有阿保之功。"颜注引臣瓒曰："阿，倚；保，养也。"倾，《淮南·说山训》高注："邪也。"

〔 六 〕系，《说文》："繫也。"研摭，《铨评》："《御览》二百六摭作核。"案《文选·东京赋》："研核是非。"薛注："研，审也；核，实也。"

439

〔 七 〕典谟，《铨评》："谟《艺文》四十六作诰。"案《御览》卷二百六引同。典如《尧典》，诰如《酒诰》。总，《说文》："聚束也。"唯所用之，考《魏志·毛玠传》："大理钟繇诘玠曰：……《书》云：左不共左，右不共右，予则孥戮汝。……案《典谟》急恒寒若，舒恒燠若。"谓繇熟悉经典，以证成其言论。

〔 八 〕《齐职仪》："黄初七年诏太尉钟繇为太傅。"

清素寡欲〔一〕，明敏特达〔二〕。志存太虚〔三〕，安心玄妙〔四〕。处平则以和养德〔五〕，遭变则以（断踏义）〔义断事〕〔六〕，华太尉（歆之谓）也〔七〕。

〔 一 〕素，白也。《魏志·华歆传》："歆素清贫，禄赐以振施亲戚故人，家无儋石之储。"寡欲，华峤《谱叙》："歆淡于财欲，前后所赐，诸公莫及，然终不殖产业。陈群常叹曰：若华公可谓通而不泰，清而不介者矣！"

〔 二 〕明，《铨评》："《书钞》五十一作聪。"敏，《诗经·生民篇》《正义》："心识速疾谓之敏。"《魏志·华歆传》："同郡陶丘洪亦知名，自以明见过歆。时王芬与豪杰谋废灵帝……芬阴呼歆、洪共定大计。洪欲行，歆止之曰：夫废立大事，伊、霍之所难。芬性疏而不武，此必无成，而祸将及族，子其无往。洪从歆言而止。后芬果败，洪乃服。"

〔 三 〕存，在也。太虚犹太冲。《淮南·诠言训》："聪明虽用，必反诸神，谓之太冲。"即内心无所念虑之意。

〔 四 〕安心，案安疑宅之形误。宅或作托（见《仪礼·士相见礼》郑注）。托，寄也。玄妙，《淮南·齐俗训》："抱素反真，以游玄眇。"玄眇即玄妙也。谓深微之理。

〔五〕处平,处治世。《魏志·华歆传》:"歆为吏,休沐出府,则归家
阖门,议论持平,终不毁伤人。"

〔六〕断蹹义,《铨评》:"《书钞》作义断事。"案《礼记·乐记》郑注:
"断犹决也。"从《书钞》是。华峤《谱叙》:"避西京之乱,与同志
郑泰等六七人闲步出武关。道遇一丈夫独行,愿得俱,皆哀欲
许之。歆独曰:不可。今已在危险之中,祸福患害,义犹一也。
无故受人,不知其义,既已受之,若有进退,可中弃乎! 众不
忍,卒与俱行。此丈夫中道堕井,皆欲弃之。歆曰:已与俱矣,
弃之不义,相率共还出之,而后别去,众乃大义之。"

〔七〕案上下各章,官职下俱未附名字,此歆字与之谓二字,疑后人
误增,似应删去。

文武并亮〔一〕,权智时发〔二〕。奢不过制〔三〕,俭不损礼〔四〕。入毗
皇家〔五〕,帝之股肱。出则侯伯〔六〕,实抚东夏者〔七〕,曹大司
马也〔八〕。

〔一〕亮,明也。

〔二〕时发,《铨评》:"《书钞》五十一时作特。"案作时字是。时发,与
卷一《武帝诔》之时生义同。权智时发,谓权略智数因时而
生也。

〔三〕过制,谓超越制度规定之标准。

〔四〕损,《说文》:"减也。"礼,《管子·心术篇》:"礼者,因人之情,缘
义之理,而为之节文者也。"

〔五〕毗,辅佐。《魏志·曹休传》:"常从征伐,使领虎豹骑宿卫。"又
"太祖拔汉中,诸军还长安,拜休中领军。"

〔六〕侯伯,指州牧。州牧即古侯伯之任也。休领扬州刺史、拜扬

州牧。

〔七〕抚，《广雅·释诂一》："安也。"东夏，谓扬州。

〔八〕《铨评》："《书钞》云：谨案：大司马，曹仁也。"考《魏志·明帝纪》："黄初七年十二月，以太尉钟繇为太傅，征东大将军曹休为大司马，中军大将军曹真为大将军，司徒华歆为太尉，司空王朗为司徒，镇军大将军陈群为司空，抚军大将军司马宣王为骠骑大将军。"此七人即《辅臣论》所赞述者。曹仁，据《魏志》本传卒于黄初四年，而此论作于曹叡即位时，不得谓大司马为曹仁也。《书钞》原注实误，应作大司马曹休，乃符史实。

辨博通幽〔一〕，见传异度〔二〕。德实充塞于内〔三〕，知谋纵横于外〔四〕。解疑释滞〔五〕，剖散盘（错）〔结〕者〔六〕，王司徒（朗）也〔七〕。

〔一〕严可均《全三国文》校语："《御览》作辨博通幽，今从《文选·魏都赋》注作英辩博通。"案严校是。英辩，谓辩论卓绝。博通，博谓博洽，通谓通达。《魏志》朗评："王朗文博富赡。"《朗传》裴注引《魏书》："朗高才博雅。"

〔二〕异度，《铨评》："度，张作庆，从《御览》二百八。"《魏志·王朗传》裴注引《魏书》："性严整，慷慨多威仪，恭俭节约，自婚姻中表礼赘无所受。常讥世俗有好施之名，而不恤穷贱，故用财以周急为先。"

〔三〕德实，《吕览·审应篇》高注："实，德行为之实也。"则德实即道德。充塞犹充满。内，《文选·射雉赋》徐注："心也。"

〔四〕纵横，《铨评》："《书钞》五十二作弥缝。"案《左》昭二年传杜注："弥缝犹补合也。"于此无义，当作纵横为得。《文选·鲁灵光殿赋》李注："纵横，四散也。"于义为长，当从之。

〔五〕滞，《说文》：“凝也。”

〔六〕盘错，《铨评》：“错，《书钞》作结。”案盘错、盘结俱形容蟠屈纠
　　　互之状。《后汉书·虞诩传》：“不遇盘根错节，何以别利器
　　　乎？”作盘错语虽有所本，窃疑曹植原作盘结，后人习见《虞诩
　　　传》语，遂竟易结为错耳。者，《铨评》：“张脱者，从《御览》补。”

〔七〕朗也，《铨评》：“张脱朗，从《御览》补。”案丁补朗字误。朗字系
　　　后人所加。此论前后俱仅称官不称名，此无缘赘朗字，于例不
　　　合，应删去。

容中下士〔一〕，则众心不携〔二〕；进吐善谋，则众议不格〔三〕。□□
疏达〔四〕，至德纯粹者〔五〕，陈司空也。

〔一〕容，宽也。中，和也。下士，《铨评》：“士原作云，校改。”案作士
　　　字是。

〔二〕携，《国语·周语》韦注：“离也。”

〔三〕格，《公羊》庄三十一年传《正义》：“犹拒也。”

〔四〕原缺两字。《铨评》：“此则张仅有至德纯粹，进吐善谋者，陈司
　　　空也十三字，今依《书钞》五十二增补。”案严可均《全三国文》
　　　置此二句在容中下士句上。

〔五〕《魏志·陈群传》：“在朝无适无莫，雅仗名义，不以非道假人。
　　　文帝在东宫，深敬器焉！待以交友之礼。常叹曰：自吾有回，
　　　门人日以亲。”《铨评》：“《书钞》云：谨案司空，陈群也。”

智虑深奥，渊然难测〔一〕。执节平敌〔二〕，中表条畅〔三〕。恭以奉
上〔四〕，爱以接下〔五〕。纳言左右〔六〕，为帝喉舌〔者〕〔七〕，曹大将
军也。

〔一〕渊,《广雅·释诂三》:"深也。"难测,不易度量。测,度也,不知广深故曰测。

〔二〕执节,《魏志·曹真传》:"文帝即王位,以真为征西将军,假节。"节,《后汉书·光武纪》章怀注:"节所以为信也。以竹为之,柄长八尺,旄牛尾为其眊,三重。"

〔三〕中表,即中外。条畅,《文选·文赋》李注:"条直通畅也。"《魏志·曹真传》:"黄初三年还京都,以真为上军(此应删)大将军、都督中外诸军事。"

〔四〕《魏志·曹真传》:"诏曰:大司马蹈忠履节,佐命二祖,内不恃亲戚之宠,外不骄白屋之士,可谓能持盈守位,劳谦其德者也。"

〔五〕爱,《铨评》:"《书钞》五十一作严。"案疑作爱字是。《魏志·曹真传》:"真每征行,与将士同劳苦,军赏不足,辄以家财班赐,士卒皆愿为用。"据此可证严实误字。

〔六〕纳言,《尚书·尧典》:"命汝作纳言,夙夜出纳朕命为允。"此谓给事中之官。《魏志·曹真传》:"转中军大将军,加给事中。"给事中之职:常在帝侧顾问应对,宣布政令。故曰纳言左右。

〔七〕喉舌,《尚书·尧典》孔传:"纳言,喉舌之官。"《后汉书·光武纪》章怀注:"纳言,虞官也,掌出入王命。"即为皇帝代言人。案舌字下疑脱者字。《铨评》:"《书钞》云:谨案大将军,曹真也。"

魁杰雄特〔一〕,秉心平直〔二〕。威严足惮〔三〕,风行草靡〔四〕。在朝(廷)则匡赞时俗,百僚(侍)仪一〔五〕;临事则戎昭果毅〔六〕,折冲厌难者〔七〕,司马骠骑也〔八〕。

〔一〕《魏志·崔琰传》:"晋宣王方壮。琰谓朗曰:子之弟聪哲明允,刚断英特（原作峙，从裴注），殆非子之所及也。"

〔二〕秉心平，《铨评》："《书钞》六十四作事平心。"案《书钞》误。《诗经·小弁篇》："君子秉心。"郑笺："秉，执也。"作秉心是。

〔三〕足，《铨评》："《书钞》作允。"案足，《汉书·五行志》颜注："益也。"惮，畏也。

〔四〕《论语·颜渊篇》："草上之风必偃。"靡，《说文》："披靡也。"与偃字义同，盖曹植句所本。

〔五〕在朝廷，严可均《全三国文》无廷字。是也。此廷字疑衍。匡，正也；赞，助也。时俗，犹言社会风尚。侍仪，严可均《全三国文》无侍字，而以百僚仪一为句。案严校是。仪一，谓威仪无二致也。

〔六〕临事，事谓军事。则，《铨评》："以上十六字张脱，依《书钞》补。戎，《铨评》："张作我，从《御览》二百三十八。"果毅，《铨评》："《书钞》作勇敢。"案戎昭果毅，语出《左传》，张本及《书钞》俱误。戎，谓战争；昭，明也。果毅，杀敌为果，致果为毅。

〔七〕折冲，《吕览·召类》高注："有道之国，不可攻伐，欲使攻己者，折返其冲车于千里之外，不敢来也。"厌难，厌，《诗经·还篇》《释文》："止也。"难，《国策·秦策》高注："犹敌也。"

〔八〕《铨评》："《书钞》云：谨案司马骠骑者，晋宣王也。"

怨歌行

为君既不易，为臣良独难〔一〕。忠信事不显〔二〕，乃有见疑患〔三〕。周（公）〔旦〕佐（成王）〔文武〕〔四〕，金縢功不刊〔五〕。推心辅王（室）〔政〕〔六〕，二叔反流言〔七〕。待罪居东国〔八〕，泫涕常流连〔九〕。皇灵大动变〔一〇〕，震雷风且寒。拔树偃秋稼〔一一〕，天威不可干〔一二〕。

素服开金縢，感悟求其端〔一三〕。公旦事既显，成王乃哀叹〔一四〕。
吾欲竟此曲，此曲悲且长〔一五〕。今日乐相乐，别后莫相忘。

〔 一 〕《论语·子路篇》："为君难，为臣不易。"曹植换易其字以协韵。

〔 二 〕不显，不明白。

〔 三 〕见疑，即被疑。

〔 四 〕公，《铨评》："《艺文》四十一作旦。成王《艺文》作文武。"案宋
刊本《曹子建文集》与《艺文》同。《晋书·桓宣传》："周旦佐文
武。"作旦与文武是。周公辅佐文王、武王之事，载于《金縢》，
与成王无涉，应据诸书改正。

〔 五 〕金縢，《史记集解》："孔安国曰：藏之于匮，缄之以金，不欲人开
也。"功不刊，《史记·鲁周公世家》："周公藏其金縢匮中，诚守
者勿敢言。"刊，灭也。谓周公以身代武王之功，不可磨灭也
（事详《尚书·金縢篇》）。

〔 六 〕推心，推，《说文》："排也。"室，《铨评》："《艺文》作政。"案宋刊
本《曹子建文集》、《晋书·桓宣传》室字俱作政。作政是。《史
记·周公世家》："成王在襁褓之中……周公乃践阼，代成王摄
行政当国。"

〔 七 〕二叔，管叔、蔡叔。流言，《诗经·七月篇》序《正义》："造作虚
语，使人传之，如水之流然，故谓之流言。"《史记·周公世家》：
"管叔、蔡叔及其群弟流言于国曰：周公将不利于成王。"

〔 八 〕待罪，等候处罚。东国，周公征徐戎，因留不归。

〔 九 〕泫，《铨评》："《艺文》作泣。"案宋刊本《曹子建文集》与《艺文》
同。常流，《铨评》："《艺文》作当留。"案当为常字之形误。留、
流古通。流连，双声謰语，或作流涟。形容眼泪簌簌下落
之貌。

曹植集校注

〔一〇〕皇，《铨评》："程作里，从《艺文》。"案宋刊本《曹子建文集》与《艺文》同，作皇字是。皇灵，天帝也。动变，犹言灾异。

〔一一〕震雷，《尚书·金縢篇》："天大雷电以风，禾尽偃，大木斯拔。"偃，仆也。秋稼即禾也。

〔一二〕干，《诗经·兔罝篇》毛传："扞也。"即抗拒之意。

〔一三〕端，犹言原委。

〔一四〕叹，古韵翰寒韵协。宋玉《神女赋》端、干、叹协韵是其证。

〔一五〕竟，终也。悲且长，言情绪悲伤而不能完全抒吐也。

　　《铨评》："《乐府》四十二云：晋乐所奏。《书钞》二十九作魏文帝诗。《御览》六百二十三作古诗。惟《艺文》四十一引为植作。"此篇相和歌楚调曲辞。

　　案《魏志·杨阜传》："阜上疏曰：顷者天雨，又多卒暴，雷电非常，至杀鸟雀。天地神明以王者为子也，政有不当，则见灾谴……《书》曰九族既睦，协和万国。事思厥宜，以从中道。……时雍邱王植怨于不齿，藩国至亲，法禁峻密，故阜又陈九族之义焉。"按《宋书·五行志》，此次天灾发生在太和元年的秋天。植在发愤中写作此篇，是借用古事来发抒内心的愿望，而祈求曹叡一如成王之感悟，给予输力的机会。但此歌客观地写录史实即戛然中止，其意图则含蓄出之，悲且长三字蕴具着丰富的情感内容，使余韵隽永。此篇作于太和元年。

惟汉行

太极定二仪〔一〕，清浊始以形〔二〕。三光照八极〔三〕，天道甚著明〔四〕。为人立君长，欲以遂其生〔五〕。行仁章以瑞，变故诚骄盈〔六〕。神高而听卑，报若响应声〔七〕。明主敬细微〔八〕，三季瞀天经〔九〕。二皇称至化〔一〇〕，盛哉唐虞庭〔一一〕。禹汤继厥德，周亦致太平。在昔怀帝京，日昃不敢宁〔一二〕。济济在公朝〔一三〕，万载驰其名。

〔一〕太极，《淮南·览冥训》高注："天地始形之时也。"二仪，《穀梁序》《正义》："天地也。"

〔二〕清浊谓气，清者为天，浊者为地。《大戴礼·少闲篇》："先清而后浊者天地也。"卢注："清浊，谓阴阳也。"

〔三〕八极，谓八方辽远之地。

〔四〕著明，《广雅·释诂四》："著，明也。"著明，复义词。

〔五〕《广雅·释言》："遂，育也。"《左》襄十四年传："天生民而立之君，使司牧之，勿使失性。"此二句所本。

〔六〕章，明也。瑞，祥瑞。诚，《说文》："救也。"讥恶为诚。骄盈，骄傲自满。《宋书·五行志》："魏明帝太和初，太史令许芝奏日应蚀，与太尉于灵台祈禳。帝诏曰：盖闻人主政有不得，则天惧之以灾异，所以谴告使得自修也。故日月薄蚀，明治道有不当者。朕即位已来，既不能光明先帝圣德，而施化有不合于皇神，故上天有以寤之。……群公卿士，其各勉修厥职，有可以补朕不逮者，各封上之。"

〔七〕神高听卑，《淮南·道应训》："子韦曰：天之处高而听卑。"若响应声，言不爽也。政善则嘉瑞臻，福祥至。政恶则妖异见。其报应甚速。

〔八〕细微，《汉书·韦玄成传》："然用太子起于细微。"细微，谓贫贱者。

〔 九 〕三季，谓夏桀、殷纣、周幽也。瞢，《说文》："目不明也。"天经，《广雅·释诂一》："经，常也。"即天之法则。

〔一〇〕二皇，谓伏羲、神农。化，治也。至化，言至治。

〔一一〕唐虞庭，谓唐虞朝庭人才甚众，如八元、八恺。

〔一二〕日昃，《说文》："昃，日在西方时侧也。"宁，安也。

〔一三〕济济，《礼记·曲礼》："大夫济济。"《玉藻》篇郑注："庄敬貌。"

　　案此篇相和歌相和曲辞。曹叡因天灾颁布谴责自己的诏令，要求公卿匡正违失。因此激发曹植立功求名的宿愿，期求获得任用的机会。黄节《曹子建诗注》谓作于黄初后，似未确。疑作太和元年时。

当墙欲高行

龙欲升天须浮云；人之仕进待中人〔一〕。众口可以铄金〔二〕，谗言三至，慈母不亲〔三〕。愤愤俗间，不辨伪真〔四〕。愿欲披心自说陈，君门以九重〔五〕，道远河无津〔六〕。

〔 一 〕中人，犹今云介绍者。待，《铨评》："程作侍，据《乐府》六十一正。"

〔 二 〕《国语·周语》："众口铄金。"贾逵注："铄，消也。众口所恶，金为消亡。"或曰：人有纯金者，意欲售之，或疑金质不纯，售者急欲求售，乃溶金以示其纯（见应劭《风俗通》）。

〔 三 〕《战国策·秦策》："曾子居费，费人有与曾子同名族者而杀人。人告曾子母曰：曾参杀人。曾子之母曰：吾子不杀人，织自若。有顷，人又曰：曾参杀人。其母尚织自若。顷之，一人又告之，其母惧，投杼踰墙而走。"

〔四〕愦愦，《铨评》：“张作愦愦。”案《乐府》亦作愦愦。《广雅·释训》：“愦愦，乱也。”即今语胡涂之意。俗间，即世间。伪真，即真假。

〔五〕宋玉《九辩》：“君门以九重。”王逸注：“门闱扃闭，道路塞也。”

〔六〕津，《论语·微子篇》皇疏：“渡水处也。”宋玉《九辩》：“关梁闭而不通。”王逸注：“阍人承指，呵问急也。”

案此篇杂曲歌辞。考《魏志·明帝纪》裴注引《魏略》：“是时讹言云：帝已崩，从驾群臣迎立雍邱王植，京师自卞太后群公尽惧。及帝还，皆私察颜色。卞太后悲喜，欲推始言者。帝曰：天下皆言，将何所推。”曹植此篇，针对这一政治谣言而作出的申辩。创作时间，约在太和二年曹叡到长安后。

喜　雨

天覆何弥广〔一〕！苞育此群生〔二〕。弃之必憔悴〔三〕，惠之则滋荣〔四〕。庆云从北来〔五〕，郁述西南征〔六〕，时雨（终）〔中〕夜降〔七〕，长雷周我廷〔八〕。嘉种盈膏壤〔九〕，登秋（必）〔毕〕有成〔一〇〕。

太和二年大旱，三麦不收，百姓分于饥饿《铨评》：“《书钞》一百五十六引《喜雨诗》。此疑《喜雨诗》序。”

〔一〕弥，《仪礼·士冠礼》郑注：“犹益也。”何，语中助词。

〔二〕苞育即包育，苞、包古通用，见《左》僖四年传《释文》。《周礼·大祝》郑注：“包，兼也。”育，长养之意。群生谓生物。

〔三〕必，犹言肯定。憔悴，枯槁。

〔四〕则，即也。滋荣，生长繁茂。

〔五〕庆云即景云,见《仙人篇》注。

〔六〕郁述,《铨评》:"杨雄《甘泉赋》:雷郁律而岩窔兮。古律述音义同。"案丁说未允。《文选·江赋》:"时郁律其如烟。"李注:"烟上貌。"夏日北风起即雨,西南风则晴,云向西南浮动则将雨。如丁说郁述谓雷,则与下句长雷语意犯复,故疑非。

〔七〕时雨,《广雅·释诂一》:"时,善也。"《诗经·定之方中篇》:"灵雨既零。"灵亦善也。终,《铨评》:"《艺文》三作中。"案宋刊本《曹子建文集》亦作中,作中是。中夜即半夜。

〔八〕周,《国语·吴语》韦注:"绕也。"犹言盘旋。

〔九〕嘉,《铨评》:"程作喜,从《艺文》。"案作嘉字是。嘉种犹嘉禾。盈,《铨评》:"《艺文》作获。"疑作盈字是。盈,满也。膏壤,肥沃之土。

〔一〇〕登,《礼记·月令篇》:"农乃登麦。"郑注:"登,进也。"必,《铨评》:"《艺文》作毕。"疑作毕字是。《尔雅·释诂》:"毕,尽也。"

　　案曹植此篇通过喜雨的描写,象征对曹叡的希望,而祈求能如天之无私覆。弃之惠之,含意深广。运用必字、则字更足见其思想所托寄。据序文当作太和二年夏日。

求自试表〔一〕

臣植言:臣闻士之生世,入则事父〔二〕,出则事君〔三〕;事父尚于荣亲〔四〕,事君贵于兴国。故慈父不能爱无益之子,仁君不能畜无用之臣〔五〕。夫论德而授官者〔六〕,成功之君也;量能而受爵者,毕命之臣也〔七〕。故君无虚授,臣无虚受〔八〕。虚授谓之谬举,虚受谓之尸禄〔九〕,《诗》之素餐〔一〇〕,所由作也。昔二虢不辞两国之任，其德厚也〔一〕；且奭不让燕鲁之封，其功大也〔一二〕。今臣蒙国重恩，三世于今矣〔一三〕。正值陛下升平之际〔一四〕，沐浴圣泽〔一五〕，潜润德教〔一六〕，可谓厚幸矣！而（位窃）〔窃位〕东藩〔一七〕，爵在上列〔一八〕，身被轻暖，口厌百味〔一九〕，目极华靡〔二〇〕，耳倦丝竹者，爵重禄厚之所致也。退念古之受爵禄者，（有）〔则〕异于此〔二一〕，皆以功勤济国，辅主惠民。今臣无德可述，无功可纪〔二二〕，若此终年，无益国朝，将挂风人彼己之讥〔二三〕。是以上惭玄冕〔二四〕，俯愧朱绂。方今天下一统，九州晏如〔二五〕。顾西尚有违命之蜀，东有不臣之吴，使边境未得税甲〔二六〕，谋士未得高枕者〔二七〕，诚欲混同宇内，以致太和也〔二八〕。故启灭有扈而夏功昭〔二九〕，成克商奄而周德著〔三〇〕，今陛下以圣明统世〔三一〕，将欲卒（文武）〔武文〕之功〔三二〕，继成康之隆〔三三〕，简良授能〔三四〕，以方叔、召虎之臣〔三五〕，镇卫四境〔三六〕，为国爪牙者〔三七〕可谓当矣。然而高鸟未挂于轻缴〔三八〕，渊鱼未悬于钩饵者〔三九〕，恐钓射之术或未尽也〔四〇〕。昔耿弇不俟光武，亟击张步，言不以贼遗于君父（也）〔四一〕。故车右伏剑于鸣毂〔四二〕，雍门刎首于齐境〔四三〕，若此二子〔四四〕，岂恶生而尚死哉？诚忿其慢主而凌君也〔四五〕。夫君之宠臣，欲以除患兴利〔四六〕；臣之事君，必以杀身静乱〔四七〕，以功报主也。昔贾谊弱冠求试属国，请系单于之颈而制其命〔四八〕。终军以妙年使越，欲得长缨占其王，羁致北阙〔四九〕。此二臣者，岂好为夸主而曜世（俗）哉〔五〇〕！志或郁结，欲逞其才力，输能于明君也〔五一〕。昔汉武为霍去病治第，辞曰：匈奴未灭，臣无以家为〔五二〕！固夫忧国忘家〔五三〕，捐躯济难，忠臣之志也。今臣居外，非不厚也，而寝不安席，食不遑味者，（伏）〔恒〕以二方未克为念〔五四〕！伏见先武皇帝〔五五〕，武臣宿(兵)〔将〕年耆即世者〔五六〕，有闻矣。虽贤不乏世，宿将旧卒犹习战也〔五七〕。窃不自量，志在授命〔五八〕，庶立毛发之功〔五九〕，以报所受之恩。若使陛下出不世之诏〔六〇〕，效臣锥刀之用〔六一〕，使得西属大将军，当一校之队〔六二〕；若东属大司马，统偏(师)〔舟〕之任〔六三〕。必乘危蹈险〔六四〕，骋舟奋骊〔六五〕，突刃触锋〔六六〕，为士卒先。虽未能擒权馘亮〔六七〕，庶将虏其雄率〔六八〕，歼其丑类〔六九〕。必效须臾之捷〔七〇〕，以灭终身之愧，使名挂史笔，事列朝(荣)〔策〕〔七一〕。虽身分蜀境，首悬吴阙，犹生之年也〔七二〕。如微才弗试〔七三〕，没世无闻〔七四〕，徒荣其躯而丰其体，生无益于事，死无损于数〔七五〕，虚荷上位而忝重禄，禽息鸟视〔七六〕，终于白首，此徒圈牢之养物〔七七〕，非臣之所志也。流闻东军失备，师徒小衄〔七八〕，辍食(忘)〔弃〕餐，奋袂攘衽〔七九〕，抚剑东顾，而心已驰于吴会矣〔八〇〕！臣昔从先武皇帝，南极赤岸〔八一〕，东临沧海〔八二〕，西望玉门〔八三〕，北出玄塞〔八四〕，伏见所以行师用兵之势〔八五〕，可谓神妙也〔八六〕！故兵者不可豫(言)〔图〕，临难而制变者也〔八七〕。志欲自效于明时，立功于圣世。每览史籍，观古忠臣义士，出一朝之命〔八八〕，以殉国家之难，身虽屠裂〔八九〕，而功勋著于景钟〔九〇〕，名称垂于竹帛〔九一〕，未尝不拊心而叹息也。臣闻明主使臣，不废有罪。故奔北败军之将用，而秦鲁以成其功〔九二〕；绝缨盗马之臣赦，而楚赵以济其难〔九三〕。臣窃感先帝早崩〔九四〕，威王弃世〔九五〕，臣独何人，以堪长久〔九六〕。常恐先朝露〔九七〕，填沟壑〔九八〕，坟土未干，而声名并灭。臣闻骐骥长鸣，伯乐昭其能〔九九〕；卢狗悲号，〔则〕韩国知其才〔一〇〇〕。是以效之齐楚之路，以逞千里之任〔一〇一〕；试之狡兔之捷，以验搏噬之用〔一〇二〕。今臣志狗马之微功，窃自惟度〔一〇三〕，终无伯乐韩国之举〔一〇四〕，是以於悒而窃自痛者也〔一〇五〕。夫临博而企竦〔一〇六〕，闻乐而窃抃者〔一〇七〕，或有赏音而识道也〔一〇八〕。昔毛遂赵之陪隶〔一〇九〕，犹假锥囊之喻，以寤主立功〔一一〇〕，何况巍巍大魏多士之朝，而无慷慨死难之臣乎！夫自衒自媒者，士女之丑行也〔一一一〕；干时求进者〔一一二〕，道家之明忌也〔一一三〕。而臣敢陈闻于陛下者，诚与国分形同气〔一一四〕，忧患共之者也。冀以尘(雾)〔露〕之微，补益山海〔一一五〕；荧烛末光〔一一六〕，增辉日月。是以敢冒其丑而献其忠〔一一七〕，必知为朝士所笑。圣主不以人废言〔一一八〕，伏惟陛下少垂神听〔一一九〕，臣则幸矣！

〔　一　〕《铨评》："《魏志》本传：太和二年，复还雍邱。植常自愤怨，抱利器而无所施，上疏求自试。"

〔　二　〕入，谓家居。

〔　三　〕出，谓入仕。李注："《论语》：子曰：出则事公卿，入则事父兄。"

〔　四　〕《孝经》："立身行道，扬名于后世，以显父母。"

〔　五　〕畜，养也。《铨评》："《文选》三十七李善注：《墨子》曰：虽有贤君，不爱无功之臣；虽有慈父，不爱无益之子。"

〔　六　〕论德，《礼记·王制》郑注："谓考其德行道艺。"

〔　七　〕量，犹今语估计之意。受，《铨评》："程、张作授，从《魏志》本传。"案宋刊本《曹子建文集》亦作受。作受是。毕，尽也。《文选》李注："《史记》乐毅报燕惠王书曰：察能而授官者，成功之君也。《孙卿子》曰：论德而定次，量能而授官，君子之所长也。《尸子》曰：君子量才而受爵，量功而受禄。"

〔　八　〕虚，空也。李注："王符《潜夫论》曰：故明主不敢以私授，忠臣

曹植集校注

不敢以虚受。"

〔九〕谬，《广雅·释诂三》："误也。"谬举，错误选拔。尸禄，李注："《韩诗》曰：尸禄者，颇有所知，善恶不言，默然不语，苟欲得禄而已，譬若尸矣。"

〔一〇〕《诗》之素餐，《诗经·伐檀篇》："彼君子兮，不素餐兮！"李注："《韩诗》曰：何谓素餐？素者质也。人但有质朴而无治民之材，名曰素餐。"

〔一一〕二虢，《左》僖五年传："宫之奇谏曰：虢仲、虢叔，王季之穆也，为文王卿士，勋在工室，藏于盟府。"贾逵注："虢仲封东虢，虢叔封西虢。"《国语·晋语》韦注："二虢，文王弟，虢仲、虢叔也。"李注："《孙卿子》曰：德厚者进，廉节者起。"

〔一二〕李注："《史记》曰：武王杀纣，封周公旦于少昊之墟曲阜，是为鲁公。"又曰："周武王封召公奭于燕。"

〔一三〕三世，李注："谓武、文、（原作文武，似误）明也。"即曹操、曹丕与曹叡也。

〔一四〕升平，李注："《孝经钩命决》曰：明王用孝，升平致誉。"案《文选·东京赋》薛注："升平，谓国太平也。"

〔一五〕沐浴，《文选·答宾戏》："沐浴玄德。"沐浴，犹沉浸也。

〔一六〕潜润，犹渐渍。见《论语·颜渊篇》皇疏。句意谓深受恩惠教化。

〔一七〕位窃，《铨评》："《魏志》作窃位。"案宋刊本《曹子建文集》与《魏志》同。《文选》作位窃。李注："《论语》：子曰：臧文仲其窃位者与。"李注引此以注，则所见本固作窃位也，《文选》疑误。且本集《封二子为公谢恩章》："窃位列侯。"尤足为证。窃，盗也。东藩指为雍丘王。

〔一八〕上列，《国语·晋语》韦注："列，位也。"上列谓王爵。

〔一九〕厌，足也。今曰满足。百味，李注："崔骃《七依》曰：饔人调膳，展选百味。"百，言众多也。

〔二〇〕华靡，疑谓美色。与下文丝竹谓声乐相俪成文。

〔二一〕受，《铨评》："《魏志》作授。"案作授误。有，案宋刊本《曹子建文集》字作则，疑作则字是，则犹即也。

〔二二〕纪，《释名·释言语》："纪，记也，记识之也。"

〔二三〕风人，《诗经·国风》《释文》："风者诸侯之诗。"是风人即诗人。彼己，《铨评》："彼程作被，从《魏志》。"李注："《毛诗》：彼己之子，不称其服。"则作彼字是。

〔二四〕玄冕，李注："《周礼》曰：王之五冕，玄冕朱里。"

〔二五〕晏如，犹安然。

〔二六〕顾，《铨评》："顾上《魏志》有而字。"税甲，案《魏志》本传、宋刊本《曹子建文集》税俱作脱。《文选》作税，李注："税，舍也。"是所见本作税。《方言》注："税犹脱也。"脱与税古字通。

〔二七〕高枕，李注："《汉书》：贾谊曰：陛下高枕垂统，无山东之忧。"案高枕形容心无虑念之貌。

〔二八〕混同，《国语·周语》韦注："混，同也。"犹言混而为一。太和犹太平。

〔二九〕有扈，李注："《尚书》曰：启与有扈战于甘之野。《史记》曰：启遂灭有扈氏，天下咸朝夏。"案有发语辞。扈，夏代氏族之一，约在今陕西鄠县。昭，明也，犹显著。

〔三〇〕商奄，李注："《尚书》曰：武王崩，三监及淮夷叛。周公相成王，将黜殷命。孔安国曰：三监，管蔡商也。淮夷，徐奄之属。《史记》曰：成王东伐淮夷徐、奄。"案奄古代氏族，约在今山东曲阜境内。

〔三一〕统世，《汉书·贾山传》颜注：“统，治也。”统世即治世。

〔三二〕文武之功，李注：“假周之令德，以喻魏之先王也。”窃疑文武当作武文，谓曹操、曹丕。卒，终也。终武文之功，谓消灭吴蜀，统一宇内，以完成操、丕未竟之业，于义乃顺，作文武似失其意矣！

〔三三〕隆，盛也。

〔三四〕良，《铨评》：“《魏志》作贤。”案《文选》作良。宋刊本《曹子建文集》亦作良。

〔三五〕方叔，周宣王卿士。先伐玁狁，后征荆蛮。《诗经·采芑篇》：“方叔莅止，其车三千。”又曰：“征伐玁狁，蛮荆来威。”召虎，周宣王卿士。《诗经·江汉篇》：“江汉之浒，王命召虎。”召虎平淮夷。

〔三六〕镇卫，《铨评》：“卫《魏志》作御。”案《文选》作卫，宋刊本《曹子建文集》同。

〔三七〕爪牙，《荀子·臣道篇》杨注：“爪牙之士，勇力之臣。”《后汉书·度尚传》：“为国爪牙。”章怀注：“爪牙以猛兽为喻，言为国之捍卫也。”此指曹真御蜀，曹休防吴。

〔三八〕高鸟，喻蜀。轻缴，已见卷一《离缴雁赋》注。

〔三九〕渊鱼，《铨评》：“《艺文》五十三渊作潜。”案《文选》作渊。《艺文》作潜，或因避唐讳改。此指吴。钟会《刍荛论》：“吴之玩水若鱼鳖，蜀之便山若禽兽。”是魏代俱以鱼、鸟喻吴与蜀也。

〔四〇〕钓射之术，喻战略战术。

〔四一〕君父，李注：“《东观汉记》曰：耿弇讨张步，陈俊谓弇曰：虏兵盛，可且闭营休士，以须上来。弇曰：乘舆且到，臣子当击牛酾酒,以待百官,反欲以贼虏遗君父邪!及出大战,自旦至昏,大破之。"也,案宋刊本《曹子建文集》、张采《三国文》俱无也字,《魏志》同,似应据删。

〔四二〕车右,古代卫士,以勇敢而多力者任之,以坐于车右,故称曰车右。鸣毂,《铨评》:"程、张鸣作明,据《魏志》改。"案《文选》作鸣。考鸣、明古通用。

〔四三〕雍门,李注:"《说苑》:越甲至齐,雍门狄请死之。齐王曰:鼓铎之声未闻,矢石未交,长兵未接,子何务死,知为人臣之礼邪?雍门狄对曰:臣闻之,昔王田于囿,左毂鸣,车右请死之。王曰:子何为死?车右曰:为其鸣吾君也。王曰:左毂鸣此者,工师之罪也,子何为死?车右曰:吾不见工师之乘,而见其鸣吾君也。遂刎颈而死,有之乎?齐王曰:有之。雍门狄曰:今越甲至,其鸣吾君,岂左毂之下哉!车右可以死左毂,而臣独不可以死越甲邪?遂刎颈而死。是日,越人引甲而退七十里。齐王葬雍门子以上卿。"

〔四四〕二子,《铨评》:"子《魏志》作士。"案《文选》作子。

〔四五〕恶生,《论语•阳货篇》皇疏:"恶,憎疾也。"尚死,《汉书叙传》颜注:"尚,愿也。"慢主,《吕览•上德》高注:"慢易,不敬也。"凌君,《吕览•不侵》高注:"凌,侮也。"

〔四六〕宠,《国语•晋语》韦注:"荣也。"患,《铨评》:"《文选》作害。"

〔四七〕必以,《铨评》:"程、张脱以字,从《魏志》。"静,《铨评》:"《魏志》作靖。"案宋刊本《曹子建文集》靖作静,与《文选》同。靖、静义同。

〔四八〕贾谊,西汉孝文帝时人,《汉书》有传。弱冠,《礼记•曲礼篇》:"二十曰弱,冠。"《汉书•贾谊传》:"贾谊曰:何不试以臣为属国之官，以主匈奴，行臣之计，必系单于之颈而制其命。”

〔四九〕终军，汉武帝时人。十八岁选为博士弟子，上书言事。妙年，汪继培《潜夫论笺》：“妙读为眇，《方言》：眇，小也。”终军死时，年二十余，故世谓之终童。占，案《文选》作占，李注：“占，隐度也。”《魏志》本传占作缨，宋刊本《曹子建文集》同。疑缨借为婴，《荀子·富国篇》杨注：“婴，系于颈也。”李注：“《汉书》曰：南越与汉和亲，乃遣终军使南越，说其王，欲令入朝，比内诸侯。军自请，愿受长缨，必羁南越王而致之阙下。”

〔五〇〕夸，《广雅·释诂一》：“大也。”犹曰大言。曜世俗，案《魏志》无俗字，疑无俗字是。夸主、曜世，语正相俪，增俗字则赘矣。曜或作燿，《后汉书·班彪传》章怀注：“燿，眩燿也。”

〔五一〕郁结犹蕴结，情绪不舒畅之貌。逞，《左》襄廿五年传杜注：“尽也。”输，《说文》：“委，输也。”

〔五二〕霍去病，汉武帝征伐匈奴名将。《史记·骠骑列传》：“天子为治第，令骠骑视之。对曰：匈奴未灭，无以家为也。”

〔五三〕固，《铨评》：“程、张脱固，据《魏志》补。”案钱仪吉《三国志证闻》：“固改作故。固、故古通，不烦改字。”济难，《诗经·载驰篇》毛传：“济，止也。”

〔五四〕伏，《铨评》：“程、张脱伏，据《魏志》补。”案钱仪吉《三国志证闻》伏作恒。康发祥《三国志补义》引《曹子建文集》作但。案作恒字是，恒，常也。二方谓吴、蜀。

〔五五〕《铨评》：“程、张脱武皇二字，据《魏志》补。”案《文选》亦有武皇二字。

〔五六〕宿兵，《铨评》：“兵《魏志》作将。”案作将字是。宿将，旧将。年耆，年老。即世谓死亡。

〔五七〕宿将，案将字疑当作兵。句意谓曹操时之旧将死亡，已有所闻，而老兵旧卒，犹习战阵，语意方顺，作宿将则与上文宿将复矣，今本似误。犹习战也。《铨评》："《魏志》战作阵。"案殿本《魏志》作犹习战阵。丁校似非。

〔五八〕授命，《铨评》："授《魏志》作效。"案《文选》同。《左》昭廿六年传杜注："效，授也。"授，《周礼·邻长》郑注："授，犹付也。"则授命、效命俱谓付出生命。

〔五九〕毛发喻细微。

〔六〇〕不世，已见卷二《谢入觐表》注。

〔六一〕锥刀，《文选》李注："《东观汉记》：黄香上疏曰：以锥刀小用，蒙见宿留也。"

〔六二〕大将军，指曹真。《魏志·明帝纪》："太和二年，遣大将军曹真都督关右并进兵，右将军张郃击亮（诸葛亮）于街亭。"一校，《文选》李注："司马彪《汉书》曰：大将军营伍部校尉一人。"案古军制：五百人为校。

〔六三〕大司马，谓曹休。《魏志·明帝纪》："太和元年，以征东大将军曹休为大司马。太和二年，大司马曹休率诸军至皖。"统，《文选》李注："臣瓒《汉书》注曰：统，犹总览也。"偏师，《铨评》："师《魏志》作舟。"案宋刊本《曹子建文集》亦作舟，作舟是。《后汉书·隗嚣传》章怀注："偏舟，犹特舟也。"与下文骋舟义相承。

〔六四〕谓履蹈危险。

〔六五〕骋，驰也。骊，黑色马。

〔六六〕意与卷二《封二子为公谢恩章》"摧锋接刃"之义近。

〔六七〕馘，《文选》李注："郑玄《毛诗》笺曰：馘，所获之左耳也。"亮谓诸葛亮。

〔六八〕雄率谓大将。

〔六九〕丑类，《文选》李注：“《尔雅》曰：丑，众也。”案《左》文十八年传：
　　　　“丑类恶物。”杜注：“丑亦恶也。”

〔七〇〕须臾，《文选·北征赋》李注：“少时也。”捷，《文选》李注：“杜预
　　　　《左氏传注》曰：捷，获也。”

〔七一〕朝荣，《铨评》：“荣《魏志》作策。”案何焯、陈景云、潘眉校俱云
　　　　当作策。朝策犹言国史。策俗作筞，与荣形近致误。

〔七二〕犹生之年，意谓虽死犹生。《文选》李注：“傅武仲与荆文姜书
　　　　曰：虽死之日，犹生之年。”

〔七三〕弗试，《铨评》：“弗《艺文》作不。”案《公羊》僖廿六年传何注：
　　　　“弗者不之深者也。”《尔雅·释诂》：“试，用也。”

〔七四〕《文选》李注：“《论语》曰：君子疾没世而名不称。”

〔七五〕数，谓人数。《左》僖四年传杜注：“数者，物滋息之状。”此二句
　　　　谓生死之于国，不起任何影响。

〔七六〕重禄，《铨评》：“禄《艺文》作恩。”案作禄字是。《周礼·太宰》
　　　　郑注：“禄若今月奉也。”禽息鸟视，《吕氏春秋·孟春纪》高注：
　　　　“视，活也。”息视犹言生活。谓如雀鸟之生活也。

〔七七〕圈牢养物，李注：“《说文》曰：圈，养兽闲也。郑玄《周礼注》曰：
　　　　牢，闲也。”案此谓猪羊。

〔七八〕流闻，犹传闻。小衄，李注：“衄，犹挫折也。”《魏志·曹休传》：
　　　　“太和二年，休督（原作督休，据陈景云说乙）诸军向寻阳，贼将
　　　　（指周鲂）伪降，休深入不利，退还。宿石亭，夜惊，士卒乱，弃
　　　　甲兵辎重甚多。”

〔七九〕忘，《铨评》：“《魏志》作弃。”案宋刊本《曹子建文集》作弃。弃、
　　　　忘形近致误，弃、棄同，作弃是。奋袂犹挥袖。攘袵，李注：“郑

玄《周礼注》曰：攘，却也。谓却扳衽也。"案《方言注》："衽，衣
襟也。"则攘衽如提襟矣。

〔八〇〕吴、会谓吴郡、会稽郡，皆吴国地。

〔八一〕《尔雅·释诂》："极，至也。"赤岸，《七发》李注："赤岸盖地名
也。《曹子建表》曰：南至赤岸。山谦之《南徐州记》曰：京江，
《禹贡》北江，春秋分朔，辄有大涛，至江乘，北激赤岸，尤更迅
猛。然并以赤岸在广陵，而此文势似在远方，非广陵也。"《寰
宇记》："赤岸山在六合县东六十里。"赵一清《三国志补注》：
"赤岍，赤壁也，赤壁亦作赤岍。岍字或圻字之误。"案《江图》：
"自沙阳县下流一百一十里至赤圻，赤圻二十里至涂口。"疑此
指建安二十二年王军居巢时也。

〔八二〕东临沧海，案宋刊本《曹子建文集》无此四字，疑脱。朱珔《文
选集释》："案《魏志》：兴平元年，太祖征陶谦，拔五城，遂略地
至东海。此所谓东临也。"案朱说未确。考兴平元年，曹植甫
三岁余，恐无从征之理。建安十一年八月，曹操征管承，时植
已十五岁，或从军行。曹操《步出东门行》："东临碣石，以观沧
海。"沧海，即今之渤海。曹植此句，盖指征管承之役，非谓略
地至东海也。

〔八三〕西望，《铨评》："《书钞》十三望作至。"案作至字非。玉门，李
注："《汉书》：燉煌郡龙勒县有玉门关。"玉门在今甘肃省。《魏
志·武帝纪》："建安十六年冬十月，曹操从长安北征杨秋，围
安定。"安定在今甘肃镇原县，距玉门尚远，故曰望。

〔八四〕玄塞，李注："玄塞，长城也。北方色黑，故曰玄。"案即《魏志·
武帝纪》之卢龙塞。今河北省喜峰口。此谓建安十二年曹操
征乌桓战役。

〔八五〕行师，《铨评》："师《魏志》作军。"

〔八六〕也，《铨评》："《魏志》作矣。"

〔八七〕不可，《铨评》："《书钞》一百十三作先事。"案《书钞》作先事，误。豫言，《铨评》："言《书钞》作图。"案作图字是。豫图，《诗经·常棣篇》毛传："图，谋也。"临难，《铨评》："难《书钞》作□（缺此字）。"案《书钞》十三作临敌。考《战国策·秦策》高注："难，犹敌也。"是难与敌字义同。临难制变，意谓面对强敌，随时应付战争形势之变化。

〔八八〕出，《吕览·忠廉》高注，"去也。"一朝犹一日。命，生命。

〔八九〕难，《铨评》："程作身，从《魏志》。"身，《铨评》："程作难，从《魏志》。"案宋刊本《曹子建文集》与《魏志》同，身难二字应据乙。屠裂，谓为人分割也。

〔九〇〕功勋，《铨评》："《魏志》勋作铭。"案《文选》亦作铭。李注："《国语》：晋悼公曰：昔克路之役，秦来图败晋攻。魏颗以其身却退秦师于辅氏，亲止杜回，其勋铭于景钟。韦昭曰：景钟，景公钟也。"景钟，《铨评》："《魏志》景作鼎。"古将功绩铭刻于钟，以垂久远。

〔九一〕名称，称或作偁。《广雅·释诂四》："偁，誉也。"竹帛，竹谓简册。李注："《墨子》曰：以其功书于竹帛，传遗后子孙也。"

〔九二〕李注："《史记》曰：秦缪公使百里奚子孟明视、蹇叔子西乞术及白乙丙将兵袭郑。晋发兵遮秦兵于殽，虏秦三将以归。后还秦三将，穆公复三人官秩。复使将兵伐晋，大败晋人，以报殽之役。又曰：曹沫者，鲁人也，以勇力事鲁庄公，为鲁将，与齐战，三败（三）北，鲁庄公惧，乃献遂邑之地以和，犹复以为将。齐桓公许与鲁会于柯而盟。桓公与庄公既盟于坛上，曹沫执匕首劫齐桓公。公问曰:子将何欲? 曹沫曰:齐强鲁弱,而大国侵鲁,亦已甚矣! 今鲁城坏,即压境,君其图之。桓公乃许尽还鲁之侵地,曹沫三战所亡,尽复于鲁。"

〔九三〕绝缨,李注:"《说苑》曰:楚庄王赐群臣酒,日暮华烛灭,有引美人衣者,美人援绝冠缨,告王知之。王曰:赐人酒醉,欲显妇人之节,吾不取也。乃命左右勿上火,与寡人饮,不绝缨者不欢也。群臣缨皆绝,尽欢而去。后与晋战,引美人衣者五合五获,以报庄王。"盗马,李注:"《吕氏春秋》曰:昔者,秦缪公乘马右服失之,野人取之。缪公自往求之,见野人方将食之于岐山之阳。缪公笑曰:食骏马之肉,不饮酒,余恐伤汝也。遍饮而去。韩原之战,晋人已环缪公之车矣,晋梁靡已扣公左骖矣。野人尝食马于岐山之阳者三百有余人,毕力为缪公疾斗于车下,遂大克晋,及(反)获惠公以归。"楚赵,《魏志·陈思王植传》裴注:"臣松之案:秦穆公有赦盗马事,赵则未闻,盖以秦亦赵姓,故互文以避上秦字也。"何焯曰:"《秦本纪》:蜚廉子季胜之后造父,幸于周穆王,以赵城封造父,造父族由此为赵氏。蜚廉子恶来之后非子,以造父之宠,皆蒙赵城为赵氏。"

〔九四〕先帝,指曹丕。

〔九五〕威王,《铨评》:"《魏志·任城王传》:王薨,谥曰威。"谓曹彰。弃世,《铨评》:"世《文选》作代。"案原作世,李善避唐太宗讳改,非异字也。

〔九六〕堪,任也。

〔九七〕李注:"《汉书》:李陵谓苏武曰:人如朝露。"朝露易干,喻人死之速也。

〔九八〕李注:"《列女传》:梁寡妇曰:妾之夫,先犬马,填沟壑。"沟壑,喻埋葬。

〔九九〕李注:"《战国策》:楚客谓春申君曰:昔骐骥驾车吴坂,迁延负辕而不能进。遭伯乐,仰而长鸣,知伯乐知己也。"

〔一〇〇〕《铨评》:"韩字上《魏志》有则字。"案上句伯字上《魏志》亦有则字,似应据补。李注:"《战国策》曰:齐欲伐魏,淳于髡谓齐王曰:韩子卢者,天下之壮犬也。东郭俊者,海内之狡兔也。韩子卢逐东郭俊,环山者三,腾山者五,兔极于前,犬废于后,犬兔俱罢,各死其处。田父见之而擅其功。"高诱曰:"韩国之卢犬,古之名狗也。然悲号之义未闻也。"案六臣本《文选》刘良曰:"齐人韩国相狗于市,遂有狗号鸣,而国知其善。"不知刘良所本,录之存参。

〔一〇一〕李注:"齐楚,言远也。"逞,疑借为呈,《左》僖廿三年传《释文》:"逞或作呈。"《列子·天瑞篇》《释文》:"呈,示见也。"任,《吕览·察今篇》高注:"用也。"

〔一〇二〕搏,《史记·李斯传》《索隐》:"犹攫也,取也。"噬,《广雅·释诂三》:"啮也。"

〔一〇三〕惟度,犹今语揣想。

〔一〇四〕举,选拔。

〔一〇五〕於悒,李注:"《楚辞》曰:长呼吸以於悒。王逸曰:於悒,啼貌。"案於悒即抑郁,双声谜语。情绪闷塞不通之貌。自痛,犹自悼。

〔一〇六〕临博,李注:"《说文》曰:博,局戏也。"说详卷一《王仲宣诔》注。企竦,李注:"《说文》曰:企,举踵也。竦,犹立也。"

〔一〇七〕抃,李注:"《说文》曰:抃,拊也。"今曰拍手。

〔一〇八〕识道,邯郸淳《艺经》:"棋局纵横,各十七道,合二百八十九道。

白黑棋子,各一百五十枚。"则知道犹言知路数胜负。

〔一〇九〕陪隶,《后汉书·袁绍传》章怀注:"即陪台。"谓诸侯之臣。

〔一一〇〕窃主立功,李注:"《史记》曰:秦之围邯郸,赵使平原君求救,合从于楚,约与食客门下有勇力武备具者二十人俱,得十九人,余无可取者。毛遂前自赞于平原君。平原君曰:先生处胜之门下,几年于此矣?遂曰:三年于此矣!平原君曰:夫贤士之处俗,譬若锥之处囊中,其末立见。今先生处胜之门下三年,胜未有所闻。毛遂曰:臣乃今日请处囊中耳!使遂蚤得处囊中,乃颖脱而出,非特其末见而已也。平原君竟与毛遂偕十九人。平原君与楚合从,日出而言,日中不决。毛遂按剑历阶而上曰:合从者为楚,非为赵也。楚王曰:唯,谨奉社稷以从。"

〔一一一〕自衒,《说文》:"衒,行且卖也。"故自衒如今语自己吹嘘。丑行,可耻行为。李注:"《越绝书》曰:范蠡其始居楚,之越,越王与言终日。大夫石贾进曰:衒女不贞,衒士不信。客历诸侯,渡河津,无因自致,殆不真贤也。"

〔一一二〕干时,《尔雅·释言》:"干,求也。"求进,《荀子·大略篇》杨注:"进,位也。"

〔一一三〕明忌,李注:"《庄子》曰:功成者隳,名成者亏,孰能去功与名,而还与众人。"

〔一一四〕分形同气,《吕氏春秋·精通篇》:"父母之于子也,子之于父母也,一体而两分,同气而异息,若草莽之有花实也,若树木之有根心也。虽异处而相通,隐志相及,痛疾相救,忧思相感,生则相欢,死则相哀,此之谓骨肉之亲。"

〔一一五〕尘雾,《铨评》:"雾《文选》作露。"案作露字是。李注:"谢承《后汉书》:杨乔曰:犹尘附泰山,露集沧海,虽无补益,款诚至情,犹不敢嘿也。"或植句所本。

〔一一六〕荧烛，《铨评》："荧《文选》作萤。"案《魏志》作荧。张照曰："萤古字本作荧。"末，《吕氏春秋·精谕》高注："小也。"

〔一一七〕冒，《文选·吴都赋》刘注："犯也。"丑，耻也。

〔一一八〕圣人，谓孔子。《论语·卫灵公篇》："子曰：君子不以人废言。"

〔一一九〕神听，古以神为对天子尊敬之饰词。

考《魏志·陈思王植传》："二年，后还雍丘……上疏求自试。"案表句云："流闻东军失备，师徒小衄。"则此表当作于曹休战败之后。《明帝纪》："冬十月，诏公卿近臣举良将各一人。"或曹植因此上表，请求试用，故表中着重阐述己之军事才能，以为国立功，而偿宿愿。

杂　诗

仆夫早严驾〔一〕，吾行将远游〔二〕。远游欲何之〔三〕？吴国为我仇〔四〕。将骋万里涂〔五〕，东路安足由〔六〕！江介多悲风〔七〕，淮泗驰急流〔八〕。愿欲一轻济〔九〕，惜哉无方舟！闲居非吾志〔一〇〕，甘心赴国忧〔一一〕。

〔一〕仆夫，《文选·思玄赋》旧注："谓御车人也。"严驾，《说文》："严，教命急也。"是严驾谓具备行装。

〔二〕行将远，《铨评》："《文选》作将远行。"案李注引《楚辞》："愿轻举兮远游。"疑此原作远游，故引《楚辞》句以证，而今本误也。行，《文选·洞箫赋》李注："犹且也。"则行将犹言且将。

〔三〕游，《铨评》："张作行。"疑非。之，《尔雅·释诂》："往也。"

〔 四 〕指曹休战败事。故曰吴国为我仇。

〔 五 〕骋，《铨评》："程作聘，从《文选》。"案宋刊本《曹子建文集》与
《文选》同。骋，驰也。

〔 六 〕由，李注："《广雅》曰：由，行也。"

〔 七 〕江介，《文选·魏都赋》注引《韩诗章句》："介，界也。"

〔 八 〕淮泗，淮河发源河南桐柏山，经安徽、江苏入海；泗水，发源于
山东泗水县入淮。此二句形容淮泗流域军情紧急，而以悲风
急流以喻之。

〔 九 〕轻济，《汉书·贾谊传》颜注引苏林："轻，易也。"济，渡也。

〔一○〕闲居，《闲居赋》李注："不知世事，闲静居坐之意也。"

〔一一〕甘心，已见卷一《飞观百余尺诗》注。

　　黄节《曹子建诗注》："盖黄初四年，吴仍未下，观《魏志》是年
裴注丙午诏书可知。文帝征吴，不得已而休兵。植徙封雍丘后，
见江表未平，思渡淮、泗以勤王，故有此诗。"案《魏志》：太和二
年，吴将周鲂谲诱曹休引军迎鲂，遭遇陆逊截击，全军覆没，辎重
器械损失很多（见《魏志·贾逵传》），故植有"吴国为我仇"之句。
而曹叡不愿假予兵权，遂有惜无方舟之叹。证以《求自试表》，更
为有征。诗中洋溢着捐躯卫国、志不克展的悲愤情怀，而以激昂
慷慨之语发之，以寄其思致。

鰕䱇篇〔一〕

鰕䱇游潢潦〔二〕，不知江海流。燕雀戏藩柴〔三〕，安识鸿鹄游〔四〕。
世士诚明性〔五〕，大德固无俦〔六〕。驾言登五岳，然后小陵丘〔七〕。
俯观上路人〔八〕，势利惟是谋〔九〕。（雠高念）〔高念翼〕皇家〔一○〕，远

怀柔九州〔一〕。抚剑而雷音〔二〕，猛气纵横浮〔三〕。泛泊徒嗷嗷〔四〕，谁知壮士忧〔一五〕。

〔一〕《铨评》："《乐府》三十云：曹植拟《长歌行》为《鰕䱉》，一曰《鰕鳝篇》。《诗纪》云：一曰《鰕䱉篇》。《集韵》：䱉，上演切。《玉篇》：鱼似蛇，同鳝。"案《楚辞》王注："鰕，小鱼也。"今借作虾。䱉，《山海经·北山经》郭注："䱉，鱼似蛇。"今作鱓。

〔二〕潢潦，《左》隐三年传服注："蓄小水曰潢。"潦，《文选·南都赋》李注："雨水。"

〔三〕藩柴，犹今语曰篱栅。

〔四〕鹄，《铨评》："《艺文》四十二作鹤。"案《史记·陈涉世家》："燕雀安知鸿鹄之志哉！"《索隐》："鸿鹄是一鸟，若凤皇然，非鸿雁与黄鹄也。"《艺文》作鹤，鹤、鹄古通。见《庄子·天运篇》《释文》。

〔五〕《铨评》："《乐府》三十作世事此诚明。"案性，命也。明性，谓能了解己之命运。

〔六〕固，《铨评》："《艺文》作故。"《论语·子罕篇》皇疏："固，故也。"俦，匹也。

〔七〕驾言，言，语中助词。此二句如登东山而小鲁，登泰山而小天下之意。

〔八〕上路人，比喻官吏。

〔九〕案宋刊本《曹子建文集》作势利是谋雠。疑今本误。谋，犹图也。《史记·历书》《索隐》："雠，犹售也。"《魏志·董昭传》："国士不以孝悌清修为本，乃以趋势游利为先，合党连群，互相褒叹……附己者则叹之盈言，不附者则为作瑕衅。至乃相谓今世何忧不度邪！但求人道不勤、罗之不博耳，又何患其不知己矣。"曹植所述统治集团之争权夺利排除异己之状,与董昭此疏相应。

〔一〇〕宋刊本《曹子建文集》作高念翼皇家。疑今本误。与下句远怀柔九州,正相俪成文,应据改。高念,上念。翼,辅佐。皇家,指魏帝室。

〔一一〕远怀,犹远思。柔,安也。九州,指全国。

〔一二〕雷音,宋刊本《曹子建文集》音作息,疑作音字是。雷音,谓愤叱之音。

〔一三〕纵横,四散之意。浮,《广雅·释言》:"漂也。"

〔一四〕泛泊,案泛泊犹纷泊,一声之转,俱双声謰语。《文选·蜀都赋》刘注:"纷泊,飞薄貌。"徒,空也。嗷嗷,呼叫声。屈原《卜居》:"将泛泛若水中之凫乎?与波上下偷以全吾躯乎?"意与此同。盖曹植此句,指斥当时执政者,随俗浮沈,只谋保全己之名利,而不恤国事,如水中之凫相互追逐,嗷嗷呼叫而已。

〔一五〕壮士,曹植自况。

此篇相和歌辞平调曲。在曹魏中叶,势利是求的社会里,子建上表求自试,自己清醒地估计到"必为朝士所笑",故写此曲予当时嘲笑者以反击,语多讽刺,而形象地描绘王朝政权中人的可耻行为。

470

吁嗟篇

吁嗟此转蓬〔一〕,居世何独然〔二〕!长去本根逝,宿夜无休闲〔三〕。
东西经七陌,南北越九阡〔四〕。卒遇回风起〔五〕,吹我入云间〔六〕。
自谓终天路〔七〕,忽然下沉泉〔八〕。惊飙接我出,故归彼中田〔九〕。

当南而更北,谓东而反西。宕(若)〔宕〕当何依〔一〇〕?忽亡而复存。飘飖周八泽〔一一〕,连翩历五山〔一二〕,流转无恒处〔一三〕,谁知吾苦艰〔一四〕!愿为中林草,秋随野火燔〔一五〕,糜灭岂不痛〔一六〕?愿与(株)〔根〕荄连〔一七〕。

〔一〕吁嗟,叹词。转蓬,曹植借以象征己之处境。

〔二〕居世,犹言处世。然,如此也。

〔三〕宿夜,《铨评》:"宿《魏志》本传注作夙。夜《艺文》四十二作昔。"案宋刊本《曹子建文集》作宿夜。夙昔,宿夜犹言早晚。休闲,《国语·晋语》韦注:"闲,息也。"则休闲犹言休息。

〔四〕陌、阡,皆谓道路。窃疑此句,曹植比喻随从曹操讨伐豪强,往来道路,奔走风尘。

〔五〕卒遇,《汉书·司马相如传》:"卒然遇逸材之兽。"颜注:"卒,谓暴疾也。"回风,《尔雅·释天》:"回风为飙。"起,扬起也。

〔六〕云间,象征封侯。

〔七〕天路,象征在朝为国辅弼之臣。

〔八〕然,《铨评》:"《志注》作焉。"案:《左》庄十一年传:"其亡也忽焉。"杜注:"忽,速貌。"泉,《铨评》:"《志注》作渊,唐人避讳改渊为泉,当作渊为是。"案丁校改是。此句疑指黄初二年灌均希旨奏植罪,曹丕欲借此杀之。《魏志·周宣传》:"时帝欲治弟植之罪,逼于太后,但加贬爵。"沉渊,象征危急。

〔九〕中田,田中。此句疑指封安乡侯。

〔一〇〕宕若,《铨评》:"《志注》作宕宕。"案作宕宕是。宕宕犹荡荡,无定止之貌。

〔一一〕飘飖,飞扬貌。周,遍也。八泽,《尔雅·释地》:"鲁有大野,晋有大陆，宋有孟诸，楚有云梦，吴、越之间有具区，齐有海隅，燕有昭余祁，郑有圃田，周有焦护。"此九薮而云八，考《尔雅·校勘记》："周、秦同在雍州，又除畿内不数，故八。"此皆春秋时各国著名湖泊。

〔一二〕五山，谓五岳。二句形容流离播迁，遍历中国之状。

〔一三〕流转，犹移徙。《周礼·考工记》郑注："流，犹移也。"《左》昭十九年传杜注："转，迁徙也。"恒，常也。考《魏志·陈思王植传》：黄初二年贬爵安乡侯，其年改封鄄城侯，四年徙封雍丘。太和元年，徙封浚仪，二年复还雍丘。故曰无恒处也。

〔一四〕苦艰，即《转封东阿王谢表》所云："然桑田无业，左右贫穷，食裁糊口，形有裸露。"即困苦艰难生活之实况。

〔一五〕燔，焚烧也。

〔一六〕糜，《铨评》："《志注》作麋。"案麋字误。宋刊本《曹子建文集》麋作糜。《汉书·贾山传》："万钧之所压，无不糜灭者。"糜灭犹言糜烂。

〔一七〕株荄，《铨评》："《志注》作林叶。"案《御览》卷五百七十三作株叶。窃疑当作根荄。《后汉书·鲁恭传》："养其根荄。"章怀注："荄，草根也。"

《铨评》："乐府三十三云：曹植拟《苦寒行》为《吁嗟》。《魏志》本传注作琴瑟调歌辞。《御览》五百七十三作琴调歌。《韵补》二作琴瑟歌。《诗纪》云：《选诗拾遗》作瑟调《飞蓬篇》。《魏志》本传：十一年中而三徙都，常汲汲无欢，遂发疾薨。此诗当感徙都而作也。"案丁说是。疑作于自浚仪反雍丘时也。流离播迁，道路艰苦，情绪悲愤，故作绝灭之辞。

美女篇

美女妖且闲〔一〕，采桑歧路间〔二〕。柔条纷（冉冉）〔冄冄〕〔三〕，落叶何翩翩〔四〕。攘袖见素手〔五〕，皓腕约金环〔六〕。头上金爵钗〔七〕，腰佩翠琅玕〔八〕。明珠交玉体〔九〕，珊瑚间木难〔一○〕。罗衣何飘飘〔一一〕，轻裾随风还。顾（盼）〔昒〕遗光采〔一二〕，长啸气若兰。行徒用息驾〔一三〕，休者以忘餐〔一四〕。借问女何居〔一五〕？乃在城南端〔一六〕。青楼临大路〔一七〕，高门结重关〔一八〕。容华耀朝日〔一九〕，谁不希令颜〔二○〕。媒氏何所营〔二一〕，玉帛不时安〔二二〕。佳人慕高义〔二三〕，求贤良独难〔二四〕。众人徒嗷嗷〔二五〕，安知彼所（观）〔欢〕〔二六〕？盛年处房室，中夜起长叹〔二七〕。

〔一〕妖，美也，指颜色。闲，雅也，指品质。

〔二〕歧路，《尔雅·释宫》孙注："歧，道旁出也。"

〔三〕柔条，《铨评》："《书钞》一百三十六柔作弱。"案《广雅·释诂一》："柔，弱也。"谓桑之长枝。纷，《铨评》："《书钞》作日，《初学记》十九作芬。"案作纷是。纷，动扰貌。冉冉，案冉当作冄。《说文》："冄，毛冄冄也。"下垂之貌。

〔四〕落叶，案《初学记》作叶落。何，语中助词。翩翩，《广雅·释训》："翩翩，飞也。"王念孙《疏证》："《鲁颂·泮水》传云：翩，飞貌。重言之则为翩翩。"

〔五〕攘袖，《文选》李注："卷袂也。"

〔六〕约，《广雅·释诂三》："束也。"金环，《铨评》："环《初学记》作镮。"镮、环同。《文选》李注："环，钏也。"案《通俗文》："环臂谓之钏。"

〔 七 〕上,《铨评》:"《书钞》作带,《御览》七百十八作插,又作戴。"案《文选》作上。金爵,《铨评》:"《艺文》十八作三爵。《御览》作合欢。"案宋刊本《曹子建文集》作金爵,与《文选》同。李注:"《释名》曰:爵钗,钗头上施爵。"《艺文》、《御览》疑误。

〔 八 〕琅玕,案《淮南·墬形训》高注:"美玉。"郝懿行《尔雅义疏》以为非,而从琅玕石而似珠之说,盖本《说文》琅玕似珠者为证,疑是。

〔 九 〕交,连结之意。

〔一〇〕珊瑚,《文选》李注:"《南方草物状》曰:珊瑚出大秦国,有洲在涨海中。《广雅》曰:珊瑚珠也。"朱珔《文选集释》:"《太平御览》引《玄中记》云:珊瑚出大秦西海中,生水中石上。初生白,一年黄,三年赤,四年虫食败。"案《史记·司马相如传》《正义》引郭璞说:"珊瑚生水底石边,大者树高尺余,枝格交错,无有叶。"间,《左》庄九年传杜注:"间犹与也。"木难,《铨评》:"木程、张作玉,从《文选》二十七。《文选》李善注引《南越志》:木难,金翅鸟沫所成碧色珠也,大秦国珍之。"案宋刊本《曹子建文集》正作木,《初学记》引同。杨慎《丹铅录》:"木难,按其形色,则今夷方所谓祖母绿。"

〔一一〕飘飘,《铨评》:"《文选》作飘飖。"案《初学记》亦作飘飖。形容长裾飘动之状。

〔一二〕盼,宋刊本《曹子建文集》作眄。作眄是。眄,斜视。卷二《洛神赋》:"转眄流精。"与此意近,说详彼注。

〔一三〕行徒,行路人。用,因也。息驾,谓驻马。李注:"《慎子》曰:毛嫱、西施,衣以玄锡,则行者止。"

〔一四〕以亦因也。以、用义同,变文以避复。

〔一五〕何，《铨评》：“《文选》作安。”案《易经·象传》《正义》：“安，语辞也，犹言何也。”

〔一六〕乃，发语辞。南端，《文选》李注：“城之正南门也。”

〔一七〕青楼，黑漆髹饰之楼。路，《铨评》：“《白帖》十作道。”《文选》李注：“《列子》曰：虞氏梁之富人，高楼临大路。”《淮南·人间训》：“升高楼，临大路。”疑作路字是。

〔一八〕重关，即重门深邃之意。

〔一九〕耀，《铨评》：“《艺文》作晖。”案《文选》作耀。李注：“《神女赋》曰：耀乎若白日初出照屋梁。”是李氏所见本固作耀也。朝日，李注：“《韩诗》曰：东方之日兮，彼姝者子，在我室兮。薛君曰：诗人言所说者，颜色盛也，言美，如东方之日出也。”

〔二〇〕希，《后汉书·赵壹传》章怀注：“慕也。”

〔二一〕媒氏，《说文》：“媒，谋也，谋合二姓。”《诗经·伐柯篇》：“娶妻如之何，匪媒不得。”营，《楚辞·天问》王注：“为也。”

〔二二〕玉帛，纳采所赠礼物。安，李注：“《尔雅》曰：安，定也。”

〔二三〕高义，见卷一《娱宾赋》注。

〔二四〕良，《文选》王仲宣《咏史诗》李注：“信也。”

〔二五〕徒，《铨评》：“《文选》作何。”案徒，《仪礼·乡射礼记》郑注：“犹空也。”嗷嗷，《汉书·董仲舒传》颜注：“众怨愁声也。”

〔二六〕观，案《玉台新咏》作欢。疑作欢字是。卷一《愍志赋》：“望所欢之攸居。”《广雅·释诂一》：“欢，喜也。”

〔二七〕谓盛年已至，而犹独居房室，故中夜不寐，起而长叹息也。

《铨评》：“《乐府》六十三云：美女者，以喻君子，言君子有美行，愿得明君而事之，若不遇时，虽见征求，终不屈也。”曹植此篇借美女以自况，洋溢怀才不遇之感，以抒其恨愤。此篇杂曲歌辞齐瑟行。

杂　诗

南国有佳人〔一〕,容华若桃李〔二〕。朝游（北海）〔江北〕岸〔三〕,夕宿潇湘沚〔四〕。时俗薄朱颜〔五〕,谁为发皓齿〔六〕? 俯仰岁将暮〔七〕,荣曜难久恃〔八〕!

〔 一 〕《文选》李注:"南国谓江南也。"

〔 二 〕容华,谓颜色。

〔 三 〕北海,《铨评》:"《文选》作江北。《艺文》十八作江海。"案宋刊本《曹子建文集》作江北,与《文选》同,疑是。

〔 四 〕潇湘,案《文选》作"日夕宿湘沚"。考《说文》:"潇,深清也。"字亦作潇。《水经·湘水注》:"潇者,水清深也。"是潇非水名。湘,湖南水名。源出广西桂林兴安县海阳山,经长沙湘阴县,入洞庭湖。是潇湘犹言清湘。沚,《文选》李注:"毛苌《诗传》曰:沚,渚也。"

〔 五 〕时俗犹言社会风尚。薄,《文选》左太冲《咏史诗》李注:"轻鄙之也。"朱颜犹红颜。

〔 六 〕发皓齿,犹云启玉齿。司马彪《庄子》注:"启齿,笑也。"

〔 七 〕俯仰,喻时间短暂。

〔 八 〕荣曜谓美容颜。难,《铨评》:"《艺文》作宁。"

此篇与《美女篇》意同,而有时暮之感。

大司马曹休诔〔一〕

於穆公侯〔二〕,魏之宗室〔三〕。明德继踵〔四〕,奕世纯粹〔五〕。阐弘泛爱〔六〕，仁以接物〔七〕。艺以为华〔八〕，体斯亮实〔九〕。年没弱冠，志在雄英。高揖名师〔一〇〕，发言有章〔一一〕。东夏翕然〔一二〕，称曰龙光〔一三〕。贫而无怨，孔以为难〔一四〕。嗟我公侯，屡空是安〔一五〕。不耽世禄〔一六〕，亲悦为欢。好彼蓬枢〔一七〕，甘（彼）〔此〕瓢箪〔一八〕。味道忘忧〔一九〕，喻宪超颜〔二〇〕。矫矫公侯〔二一〕，不挠其尼〔二二〕。呵叱三军〔二三〕，躬奋雉戟〔二四〕。足蹴白刃〔二五〕，手（按）〔接〕飞镝〔二六〕。终弭淮南〔二七〕，保我疆埸〔二八〕。

〔　一　〕《铨评》：“《魏志·曹休传》：太和二年征吴，休不利，痈发背薨。”

〔　二　〕於，发语词。穆，美也。赞颂之词。公侯，休迁大司马，封长平侯，故称之为公侯。

〔　三　〕《魏志·曹休传》：“休字文烈，太祖族子也。”故植曰魏之宗室。

〔　四　〕继踵，《铨评》：“继程作纪，从《艺文》四十七。”案宋刊本《曹子建文集》亦作继。《广雅·释诂三》：“踵，迹也。”继踵犹继武。

〔　五　〕奕世，《国语·周语》韦注：“奕，亦前人也。”纯粹即淳粹。不浇薄曰淳，不混杂曰粹。

〔　六　〕阐弘犹言宽大。泛爱，《论语·学而篇》：“泛爱众，而亲仁。”泛爱犹博爱也。

〔　七　〕接物，接，交也。

〔　八　〕华，《文选·大将军讌会诗》李注：“谓采章。”《魏志·曹休传》：“太祖指休（此二字今本《魏志》脱，语意不完，据《御览》卷三百引补）谓左右曰：此吾家千里驹也。”曹操重视休，其原因史失载。然据史实，休非善战，石亭之役，可以知之。故诔所述，恐未确。

〔九〕斯，《铨评》："《艺文》作兹。"案斯兹义同。体，履也。古通用。亮，信也。实，《广雅·释诂一》："诚也。"

〔一〇〕高，《广雅·释诂一》："敬也。"

〔一一〕《礼记·缁衣篇》："出言有章。"郑注："章，文章也。"

〔一二〕翕然，盛貌。

〔一三〕龙光，《诗经·蓼萧篇》："既见君子，为龙为光。"龙光为君子之代词。《魏志·曹休传》裴注引《魏书》："休祖父尝为吴郡太守。休于太守舍，见壁上祖父画像，下榻拜涕泣，同坐者皆嘉叹焉。"

〔一四〕孔谓孔子。《论语·宪问篇》："子曰：贫而无怨，难。"

〔一五〕屡空，《论语·先进篇》："子曰：回也，其庶乎！屡空。"皇疏："空，穷匮也。"

〔一六〕耽，《诗经·氓篇》毛传："乐也。"世禄，《国语·晋语》韦注："世食官邑。"

〔一七〕蓬枢，《庄子·让王篇》："蓬户不完，桑以为枢。"司马云："屈桑条为户枢也。"枢，今曰门斗。

〔一八〕甘，厌也。彼，《铨评》："《艺文》作此。"疑作此字是，上文有彼字，作此以避复。瓢箪，《论语·雍也篇》："子曰：贤哉回也！一箪食，一瓢饮，居陋巷，人不堪其忧，回也不改其乐，贤哉回也！"

〔一九〕味道忘忧，沈潜领略人生哲理而忘除苦难生活。

〔二〇〕宪，原宪，孔子弟子，姓原，名思，字宪也。颜，颜回。《庄子·让王篇》："宪闻之，无财谓之贫，学而不能行谓之病。今宪，贫也，非病也。"又："颜回对曰：鼓琴足以自娱，所学夫子之道者足以自乐也。"

〔二一〕矫矫,《诗经·泮水篇》:"矫矫虎臣。"郑笺:"武也。"即勇壮之貌。

〔二二〕挠,屈也。犹言挫折。厄同厄,艰危之事。

〔二三〕呵叱,怒而大呼也。

〔二四〕奋,举也。雉戟,《铨评》:"雉,《艺文》作雄。"案宋刊本《曹子建文集》亦作雄。《史记·司马相如传》:"建干将之雄戟。"张揖注:"雄戟,胡中矩者,干将所造也。"《索隐》:"《方言》云:戟中有小子刺者,所谓雄戟也。"程瑶田《通艺录》:"三刃者,一援一胡一刺也。匽谓援上指,如偃矩,雄谓有刺也。"

〔二五〕蹴,《广雅·释诂二》:"蹋也。"

〔二六〕手按,《铨评》:"按《艺文》作接。"作接是。飞镝,飞形容快速。镝,《史记·匈奴传》《集解》引《汉书音义》:"箭也。"

〔二七〕弭,《汉书·谷永传》颜注:"安也。"淮南,安徽地区。《魏志·曹休传》:"夏侯惇薨,以休为镇南将军、假节都督诸军事。孙权遣将屯历阳,休到击破之。又别遣兵渡江,烧贼芜湖营数千家。迁征东将军领扬州刺史。帝征孙权,以休为征东大将军,假节钺,督张辽等及诸州郡二十余军,击权大将吕范等于洞浦(今安徽和县西南临江),破之。明帝即位,吴将审德屯皖,休击破之,斩德首。吴将韩综、翟丹等前后率众诣休降。迁大司马,都督扬州如故。"

〔二八〕疆埸,《铨评》:"程、张埸作场,失韵,今改正。"案宋刊本《曹子建文集》正作埸。《广雅·释诂三》:"埸,界也。"

案诔文有残挩,首尾不具。

转封东阿王谢表〔一〕

奉诏:"太皇太后念雍丘下湿少桑〔二〕,欲转东阿,当合王意! 可遣人按行〔三〕,知可居不?"奉诏之日,伏增悲喜! 臣以无功,虚荷国恩,爵尊禄厚〔四〕,用无益于时〔五〕,脂车秣马〔六〕,志在黜放。不图陛下天父之恩,猥宣皇太后慈母之念迁之〔七〕。陛下幸为久长计,圣旨恻隐〔八〕,恩过天地。臣在雍丘,勤劳五年〔九〕,左右罢怠〔一○〕,居业向定〔一一〕。园果万株,枝条始茂,私情区区〔一二〕,实所重弃〔一三〕。然桑田无业〔一四〕,左右贫穷,食裁糊口〔一五〕,形有裸露〔一六〕。臣闻古之仁君,必有弃国以为百姓〔一七〕。况乃转居沃土〔一八〕,人从蒙福〔一九〕。江海所流,无地不润;云雨所加,无物不茂〔二○〕。若陛下念臣(人)〔人〕从五年之勤〔二一〕,少见佐助,此枯木生华〔二二〕,白骨更肉,非臣之敢望也。饥者易食,寒者易衣〔二三〕,臣之谓矣!

〔 一 〕《铨评》:"程缺。"

〔 二 〕太皇太后,谓曹操妻卞氏,曹叡祖母,故称太皇太后。下湿,《尔雅·释地》:"下湿曰隰。"李注:"下湿谓土地窊下常沮洳,名为隰也。"

〔 三 〕按行,《文选·子虚赋》:"车按行。"李注引应劭:"按,按次第也。"犹言巡行。

〔 四 〕爵尊,谓王爵。禄厚,谓食邑户多。

〔 五 〕用,谓才具。

〔 六 〕已见卷一《应诏》诗注。

〔 七 〕猥,发语词。皇太后慈母,此曹植自称卞氏。

〔 八 〕恻隐，《汉书·鲍宣传》颜注：“皆痛也。”含哀痛之意。

〔 九 〕劬劳，《说文》：“劬，劳也。”劬、劳义同。卢文弨《钟山札记》：“犹今人之所谓劳碌。”五年，曹植自黄初四年移封雍丘，讫于太和二年，计五年。

〔一〇〕罢怠，犹今语云疲沓。

〔一一〕居业，居有家义，见卷二《矫志》诗注。向，《铨评》：“《艺文》五十一作同。”案同或向字之形误。向借为乡。《国语·周语》韦注：“乡，方也。”则向定犹言方定。《吕览·仲冬纪》高注：“定犹成也。”

〔一二〕区区，《广雅·释训》：“爱也。”

〔一三〕重，《管子·权修篇》尹注：“重，为矜惜之也。”

〔一四〕业，事也。见《尔雅·释诂》。

〔一五〕裁，《铨评》：“《艺文》作财。”案财裁古通。糊口，《左》隐十一年传《正义》：“糊者以鬻食口之名。”则谓食不充饥。

〔一六〕裸露，犹言赤身露体。

〔一七〕弃国以为百姓，《庄子·让王篇》：“太王亶父居邠，狄人攻之；事之以皮帛而不受，事之以犬马而不受，事之以珠玉而不受，狄人之所求者土地也。太王亶父曰：与人之兄居而杀其弟，与人之父居而杀其子，吾不忍也。子皆勉居矣！为吾臣与为狄人臣奚以异！且吾闻之，不以所用养害所养。因杖策而去之。”

〔一八〕转居，《左》昭十九年传杜注：“转，迁徙也。”沃土指东阿。

〔一九〕人从，指奴仆，服役者。

〔二〇〕江海、云雨，象征曹叡恩泽之广遍。

〔二一〕入从，案入当属人字之形误。应改正。

〔二二〕生华，案《封鄄城王谢表》作生叶，义详彼注。

〔二三〕两句谓饥寒之人于衣食之需易满足，以言无多奢望。

迁都赋序^{〔一〕}

余初封平原^{〔二〕}，转出临淄^{〔三〕}，中命鄄城，遂徙雍丘，改邑浚仪^{〔四〕}，而末将适于东阿^{〔五〕}。号则六易，居实三迁^{〔六〕}。连遇瘠土^{〔七〕}，衣食不继^{〔八〕}。

曹植集校注

〔一〕《铨评》："程缺。"

〔二〕《魏志·武帝纪》："十六年春正月。"裴注引《魏书》："庚辰天子报减户五千，分所让三县万五千封三子，植为平原侯……食邑五千户。"平原，县名，在今山东德县南。曹魏旧治在今县城南。

〔三〕《魏志·陈思王植传》："十九年徙封临菑侯。二十二年，增植邑五千，并前万户。"临菑，县名，顾祖禹谓在临菑县北八里。案故城在今山东广饶县南。

〔四〕浚仪，县名，在今河南开封市西北，《陈思王植传》：太和元年，徙封浚仪。二年复还雍丘。

〔五〕《陈思王植传》："三年，徙封东阿。"

〔六〕曹植封平原、临菑侯，皆未就国，仍居邺。惟鄄城、雍丘、浚仪三县始迁住，故曰居实三迁。

482

〔七〕瘠土指鄄城、浚仪、雍丘。

〔八〕《转封东阿王表》所谓："食裁糊口，形有裸露。"

序有脱文。

迁都赋〔一〕

览乾元之兆域兮〔二〕,本人物乎上世〔三〕。纷混沌而未分〔四〕,与禽兽乎无别。椓蠡螫而食蔬〔五〕,摭皮毛以自蔽〔六〕。

〔 一 〕《铨评》:"《文选》曹大家《东征赋》李注。"

〔 二 〕乾元,《易经·乾卦·彖辞》:"大哉乾元,万物资始。"乾元谓天。兆域,《尔雅·释言》:"兆,域也。"兆域复义词。

〔 三 〕本,《广雅·释诂一》:"始也。"上世谓上古。

〔 四 〕纷,乱貌。混沌,阴阳未分之时。

〔 五 〕椓,《广雅·释诂一》:"椎也。"《后汉书·蔡邕传》章怀注:"破之也。"蠡螫,《文选·东征赋》李注:"蠡与蠃古字通。"螫即蜊字。谓螺蚌也。李注:"《韩子》曰:民食果蓏蚌蛤。"《淮南子》曰:"古者,人茹草饮水,食蠃蚌之肉。"陈思之言,盖出于此也。

〔 六 〕摭,《方言》:"取也。陈宋之间曰摭。"

　　此篇《铨评》列于佚文,因系《迁都赋》语,故移入赋序后。赋文仅存篇首数句,余俱不存。

杂　诗

转蓬离本根〔一〕,飘飖随长风〔二〕。何意回飙举〔三〕!吹我入云中。高高上无极,天路安可穷〔四〕!类此(游客)〔流宕〕子〔五〕,捐躯远从戎。毛褐不掩形〔六〕,薇藿常不充〔七〕。去去莫复道〔八〕,沉忧令人老〔九〕。

〔 一 〕李注:"《说苑》曰:鲁哀公曰:秋蓬恶其本根,美其枝叶,秋风一起,根本拔矣。"

〔二〕长风,《文选·吴都赋》刘注:"远风也。"《华严经音义》引《兼名苑》:"风暴疾而起者谓之长风者也。"

〔三〕意,《礼记·少仪篇》郑注:"度也。"今曰考虑。回飙,李注:"《尔雅》曰:扶摇谓之猋,飙与猋同。"案飙今谓之旋风。举,《国语·晋语》韦注:"起也。"

〔四〕天路,李注:"仲长子《昌言》曰:荡荡乎若升天路而不知其所登,子若升天路也。"此象征高位。穷,终也。

〔五〕类,似也。游客,《铨评》:"《艺文》八十二作流宕。"疑作流宕是。《蜀志·许靖传》:"自流宕已来。"《晋书·石崇传论》:"流宕忘归。"流宕今曰流浪。

〔六〕掩形,犹言蔽体。

〔七〕薇藿,薇,茎叶皆似小豆,蔓生;藿,豆叶。充,《周礼·天府》郑注:"充犹足也。"与《赠徐幹诗》:"薇藿弗充虚,皮褐犹不全"意同,皆贫者所服食。黄节《曹子建诗注》引《迁都赋》:"啄蠡蛩而食蔬,摅皮毛以自蔽。"云即此诗毛褐二句意。考《迁都赋》语,以述上古之民原始生活,与此诗无关,黄说似误。

〔八〕复道,犹再说。

〔九〕沉忧即深忧。令人老,《诗经·小弁篇》:"惟忧用老。"

丁晏云:"结语换韵,如变徵声。"黄节云:"结句变韵,出于古乐府《艳歌行》翩翩堂前燕篇:石见何累累,远行不如归。"案黄说或未确。篇末变韵,盖由于作者情感变化而然,不能说完全出自于摹拟。此诗转蓬六句,描述流离播迁,居无恒处之苦境。毛褐二句,与《转封东阿王谢表》中之"桑田无业,左右贫穷,食裁糊口,形有裸露"雍丘生活状况相同。疑此篇或作太和二年时。

宜男花颂〔一〕

草号宜男，既晔且贞〔二〕。其贞伊何〔三〕？惟乾之嘉〔四〕。其晔伊何？绿叶丹（花）〔华〕〔五〕。光彩晃曜〔六〕，配彼朝日〔七〕。君子耽乐〔八〕，好和琴瑟〔九〕。固作螽斯〔一〇〕，惟立孔臧〔一一〕。福（济）〔齐〕太姒〔一二〕，永世克昌〔一三〕！

〔一〕宜男花，《风土记》："宜男，草也。高六七尺，花如莲，宜怀妊妇人，佩之必生男。"（见《艺文》八十一）晋嵇含有《宜男花序》。《序》曰："宜男花者，世有之久矣。多殖幽皋曲隙之侧，或华林、玄圃，非衡门蓬宇所宜序也。荆楚之士，号曰鹿葱，根苗可以荐于俎。世人多女，欲求男者，取此草服之，尤良也。"

〔二〕晔，光盛貌。贞疑借作祯，《诗经·惟清篇》毛传："祯，祥也。"

〔三〕其，《铨评》："《艺文》八十一作厥。"案其、厥意同。伊，语中助词。

〔四〕乾，谓乾卦，象征男子。嘉，《尔雅·释诂》："善也。"

〔五〕花当作华，花为晋宋间后出字。

〔六〕晃曜，见卷二《灵芝篇》注。

〔七〕配，匹也。朝日，宜男花红色，如日初出之光辉。

〔八〕耽乐，《尚书·无逸篇》："惟耽乐之从。"孔传："过乐谓之耽。"

〔九〕《诗经·常棣篇》："妻子好和，如鼓瑟琴。"

〔一〇〕《螽斯》，《诗经》篇名。诗曰："螽斯羽，莘莘兮，宜尔子孙蒸蒸兮！"诗人借螽之繁殖，象征子孙之众多。

〔一一〕惟，《铨评》："《艺文》作微。"案宋刊本《曹子建文集》亦作微。微立犹少立。含自修正慎其位之意（本《仪礼·乡射礼》郑

注)。孔,甚也。臧,善也。

〔一二〕济,案宋刊本《曹子建文集》济字作齐,《艺文》引同。作齐字
是。《淮南·精神训》高注:"齐,等也。"太姒,周文王妻。《诗
经·思齐篇》:"大姒嗣徽音,则百斯男。"

〔一三〕世,后嗣。昌,盛也。

案此颂四句转韵如嘉花叶,日瑟叶,臧昌叶,惟为首两句仅
一韵,疑有佚句。曹叡荒于女色,夺民间妇女,迫作嫔妃。高柔
曾上疏谏:"顷皇子连多夭逝,熊罴之祥,又未感应,且以育精养
神,专静为宝。"

释疑论〔一〕

初谓道术,直呼愚民诈伪空言定矣〔二〕!及见武皇帝试闭左慈等
令断谷,近一月〔三〕,而颜色不减,气力自若。常云可五十年不
食。正尔〔四〕,复何疑哉!令甘始以药含生鱼而煮之于沸脂中,
其无药者,熟而可食;其衔药者,游戏终日,如在水中也〔五〕。又
以药粉桑以饲蚕,蚕乃到十月不老。又以住年药食鸡雏及新生
犬子,皆止不复长〔六〕。以还白药食犬,百日毛尽黑〔七〕。乃知天
下之事不可尽知,而以臆断之〔八〕,不可任也〔九〕。但恨不能绝声
色,专心以学长生之道耳。

〔一〕《铨评》:"《抱朴子》内篇二。此论中述左慈、甘始事,与《辨道
论》略同,然非《辨道论》之文。"

〔二〕见卷一《辨道论》。定,犹今语的确之意,说见卢文弨《钟山札
记》。

〔三〕武皇帝谓曹操。

〔四〕正尔，犹言正如此。

〔五〕已见卷一《辨道论》注。

〔六〕住年药，案《御览》卷九百五作驻年药。案住古文驻。《抱朴子·金丹篇》：“又王君丹法：巴沙及汞，内鸡子中，漆合之。令鸡伏之，三枚以王相日服之，住年不老。小儿不可服，不复长矣。与新生鸡犬服之，皆不复大。鸟兽亦皆如此验。”

〔七〕还白药，《抱朴子·金丹篇》：“小神丹方：用真丹三斤，白蜜六斤，搅合，日暴煎之，令可丸。旦服如麻子许十丸。未一年，发白者黑，齿落者生……”

〔八〕臆，胸臆。犹今语主观判断之意。

〔九〕任，《汉书·哀帝纪》颜注：“任者，保也。”不可任，犹言不可保信。

　　案在《辨道论》中子建从统治者为了巩固政权的角度，批判方士之术，可是对一些现象作了保留。在晚年，由于自身的感受和客观情况的变化，对于方术出现了企羡的思想情感，因此在此论里，否定了在《辨道论》中所作的结论。此篇葛洪说是曹植晚年所作，或写于太和年间。疑为葛洪所节录，似非全文。

飞龙篇

487

晨游太山〔一〕，云雾窈窕〔二〕。忽逢二童，颜色鲜好〔三〕。乘彼白鹿，手翳芝草〔四〕。我知真人，长跪问道〔五〕。西登玉堂〔六〕，金楼复道〔七〕。授我仙药，神皇所造〔八〕。教我服食〔九〕，还精补脑〔一〇〕。寿同金石，永世难老〔一一〕。

芝盖翩翩《铨评》:"《文选》陆士衡《前缓声歌》李注引《飞龙篇》。"

南经丹穴,积阳所生;煎石流砾,品物无形《铨评》:"《书钞》一百五十八引飞篇。飞篇必《飞龙篇》之误。"

〔一〕太山,案宋刊本《曹子建文集》太作泰。《初学记》卷五引同。太、泰古通。

〔二〕窈窕,幽深之貌。

〔三〕二童,疑即卷二《苦思行》之两真人,说详彼注。

〔四〕翳,《文选·西京赋》:"翳云芝。"薛注:"翳,覆也。"

〔五〕长跪,古人席地而坐,坐则两膝置席上,而坐于足。若示敬,则挺身而跪曰长跪。《古诗》:"长跪问故夫。"道,谓长生之术。

〔六〕玉堂,《十洲记》:"昆仑有碧玉之堂,西王母所居。"在中国之西,故曰西登。

〔七〕复道,宫中楼阁,上下俱以走廊连接,相互通达,曰复道。《抱朴子·杂应篇》:"金楼玉堂,白银为阶。"

〔八〕仙,《铨评》:"《艺文》四十二作此。"神皇,疑指神农。所,《铨评》:"《艺文》作可。"案《礼记·中庸篇》郑注:"可犹所也。"是所、可义同。

〔九〕服食,《古诗》:"服食求神仙,多为药所误。"

〔一〇〕还精补脑,《列仙传》:"容成公者,能善导补之事,取精于玄牝。其要谷神不死,守生养气者也。发白复黑,齿落复生。御妇人之术,谓握固不泻,还精补脑也。"方士之术语谓此为取坎填离。坎为水,象征精。离为火,象征脑或气。还精补脑,谓取坎中之阳(即气)与离中之阴(即精),互相补充。故王文禄《参同契疏略》云:"阳气升,补脑也。"《抱朴子·释滞》:"房中之法十余家……其大要在于还精补脑之一事耳。此法乃真人口口相传，本不书也。虽服名药，而复不知此要，亦不得长生也。"

〔一一〕永世，《诗经·白驹篇》郑笺："永，久也。"永世犹言长年。

桂之树行

桂之树，桂之树，桂生一何丽佳〔一〕！扬朱华而翠叶〔二〕，流芳布天涯。上有栖鸾，下有蟠螭〔三〕。桂之树，得道之真人咸来会讲，仙教尔服食日精〔四〕。要道甚省不烦〔五〕，澹泊、无为、自然〔六〕。乘蹻万里之外，去留随意所欲存〔七〕。高高上际于众外〔八〕，下下乃穷极地天。

〔一〕丽佳即佳丽，以协韵倒。《战国策·中山策》高注："佳，大也。丽，美也。"

〔二〕扬，《铨评》："程作杨，从张本。"案宋刊本《曹子建文集》正作扬。《离骚》王注："扬，披也、举也。"

〔三〕蟠，宋刊本《曹子建文集》作盘。螭，《吕览·举难》高注："龙之别名也。"犹言上有凤栖，下有龙蟠。

〔四〕日精，《铨评》："《埤雅》：菊，日精。谓餐菊延龄也。"案以日精为菊，疑非曹植本意。盖方士谓日者霞之实，霞者日之精。则日精指朝霞。《远游篇》："仰首吸朝霞。"可为证。

〔五〕要道，即至道。求长生之方。

489

〔六〕《抱朴子·论仙篇》："何者，学仙之法，欲得恬愉澹泊，涤除嗜欲，内视反听，广居无心。"又曰："仙法欲静寂无为，忘其形骸。"

〔七〕乘蹻，《抱朴子·杂应篇》："若能乘蹻者，可以周流天下，不拘山河。凡乘蹻道有三法：一曰龙蹻，二曰虎蹻，三曰鹿卢蹻。

或服符精思，若欲行千里，则以一时思之。若昼夜十二时思之，则可以一日一夕行万二千里……或存念作五蛇六龙三牛交罥而乘之，上升四十里，名为太清。太清之中，其气甚劲，能胜人也……此言出于仙人，而留传于世俗耳。"

〔 八 〕众外，指高空。

考《沂南墓画像石》，描绘着想象中的神仙讲道的形状，内容存着浓厚的道教思想。曹植此篇素朴地叙述这一社会风尚，也反映着统治阶层追求长生的热烈愿望。此属鞞舞歌辞，即《殿前生桂树》。

平陵东〔一〕

阊阖开〔二〕，天衢通，被我羽衣乘飞龙〔三〕。乘飞龙，与仙期，东上蓬莱采灵芝〔四〕。灵芝采之可服食，年若王父无终极〔五〕。

〔 一 〕平陵，在今陕西省咸阳县西北。

〔 二 〕阊阖，《离骚》王注："天门也。"

〔 三 〕羽衣谓古之仙人，身生羽翼，故曰羽衣。

〔 四 〕蓬莱，古传三神山之一，在勃海中。

〔 五 〕若，《铨评》："若程作兴，疑与误，从《艺文》四十一。"案宋刊本《曹子建文集》亦作若。作若字是。王父，即东王父，见卷一《登台赋》注。无终，《铨评》："张作终无。"案宋刊本《曹子建文集》作无终。终极见卷一《送应氏》诗。作无终为是。

此篇相和歌辞。含有企羡长生的心情。

五游咏

九州不足步，愿得陵云翔。逍遥八纮外〔一〕，游目历遐荒。披我
丹霞衣〔二〕，袭我素霓裳〔三〕。华盖芳晻蔼〔四〕，六龙仰天骧〔五〕。
曜灵未移景〔六〕，倏忽造昊苍〔七〕。阊阖启丹扉〔八〕，双阙曜朱
光〔九〕。徘徊文昌殿，登陟太微堂〔一〇〕。上帝（休）〔伏〕西棂〔一一〕，
群后集东厢。带我琼瑶佩，漱我沆瀣浆〔一二〕。踟蹰玩灵芝，徙倚
弄华芳〔一三〕。王子奉仙药〔一四〕，羡门进奇方〔一五〕。服食享遐
纪〔一六〕，延寿保无疆〔一七〕。

〔一〕八纮，《淮南·墬形训》：“八殥之外，而有八纮。”高注：“维落天
　　　　地而为之表，故曰纮也。”八纮盖指八方极远之地。

〔二〕丹霞衣，此古方士想象神仙衣裳。如《三道顺行经》：“玉景真
　　　　人衣玄云锦衣。”

〔三〕袭，《文选·西京赋》薛注：“服也。”

〔四〕芳，《铨评》：“《艺文》七十八作纷。”晻蔼，《离骚》王注：“犹蓊
　　　　郁，荫貌也。”

〔五〕六龙，见卷二《洛神赋》注。骧，《文选·西京赋》薛注：“驰也。”

〔六〕曜灵，谓日。景即影字。

〔七〕倏忽，《文选·甘泉赋》李注：“疾貌也。”造，至也。

〔八〕丹扉，《文选·思玄赋》：“叫帝阍使辟扉兮。”旧注：“扉，宫门阖
　　　　也。”今曰门扇。

〔九〕阙，《铨评》：“《艺文》作关。”案宋刊本《曹子建文集》作阙。《释
　　　　名·释宫室》：“阙，阙也。在门两旁，中央阙然为道也。”《艺
　　　　文》作关，实阙字之形误。

〔一〇〕登陟，复义词，升也。太微见卷一《武帝诔》注。

〔一一〕休，案《艺文》七十八，宋刊本《曹子建文集》休俱作伏。疑作伏字是。《文选·西京赋》："伏棂槛而頫听。"薛注："伏犹凭也。"伏棂，犹临轩。

〔一二〕漱，孙希旦《礼记集解》："饮浆谓之漱。"沆瀣，《楚辞·远游》王注引《陵阳子明经》："冬食沆瀣，沆瀣者，北方夜半气也。"

〔一三〕徙倚，《楚辞·哀时命》王注："犹低徊也。"即俳個之义。弄，《尔雅·释言》："玩也。"

〔一四〕王子，指王子乔。

〔一五〕羡门，《史记·始皇纪》："始皇使燕人卢生求羡门。"韦昭曰："古仙人也。"

〔一六〕纪，年也。遐纪，犹言遐年，见卷一《王仲宣诔》。

〔一七〕保，安也。

此篇杂曲歌辞。五游谓四方不足游，而上游于天，故曰五游。丁晏评曰："精深华妙，绰有仙姿，炎汉已还，允推此君独步。"按此篇曹植从古代神仙传说中，吸取素材，发为篇章，借以抒写对于长生的渴慕，这与他当时生活状况分不开的。

远游篇

远游临四海，俯仰观洪波，大鱼若曲陵〔一〕，乘浪相经过〔二〕。灵鳌戴方丈〔三〕，神岳俨嵯峨〔四〕！仙人翔其隅，玉女戏其阿〔五〕。琼蕊可疗饥〔六〕，仰首（吸）〔漱〕朝霞〔七〕。昆仑本吾宅，中州非我家〔八〕。将归谒东父〔九〕，一举超流沙〔一〇〕。鼓翼舞时风〔一一〕，长啸激清歌〔一二〕。金石固易弊，日月同光华〔一三〕。齐年与天地〔一四〕,万乘安足多〔一五〕!

〔 一 〕曲陵,《尔雅·释地》:"大阜曰陵。"曲,犹屈也,言鱼脊高低如
　　　　大阜也。

〔 二 〕乘,《铨评》:"《乐府》六十四作承。"案《密韵楼丛书》本《曹子建
　　　　文集》亦作承。承、乘义通。经过犹来去。

〔 三 〕灵鳌,《文选·思玄赋》李注:"《列子》曰:勃海之东有大壑,其
　　　　山一曰岱舆,二曰员峤,三曰方壶,四曰瀛洲,五曰蓬莱。山高
　　　　下周围三万里,其头平地九千里。五山之根,无所连着,常随
　　　　潮流上下。帝命封禺,使巨龟十五举头而载之。迭为三番,六
　　　　万岁一交。龙伯国人一钓而连六龟,于是岱舆、员峤沉于大
　　　　海。"曹植作灵鳌,盖李注引文有误耳,非原文也。

〔 四 〕俨,《说文》:"昂头也。"引申有高义。嵯峨,高峻貌。

〔 五 〕玉女,太华山神女。《列仙传》:"毛女者,字玉美,在华阴山中,
　　　　体生毛,所止岩中有鼓琴声。"阿,《楚辞·山鬼》王注:"曲
　　　　隅也。"

〔 六 〕琼蕊,《文选·思玄赋》:"屑瑶蕊以为粮兮。"又曰:"羞玉芝以
　　　　疗饥。"疗,治也。

〔 七 〕《铨评》:"吸《乐府》作漱。"案《艺文》七十八作嗽。作漱字是,
　　　　已见前注。朝霞,案《真人周君内传》:"常以平旦日出之初,面
　　　　东漱日服气,旦旦如此。"

〔 八 〕昆仑,《史记·司马相如传》《正义》:"《海内经》云:昆仑去中国
　　　　五万里,天帝之下都也。其山广袤百里,高八万仞,增城九重,
　　　　面九井,以玉为槛。旁有五门,开明兽守之。"昆仑,传说为神
　　　　仙所居,故曰本吾宅。中州,指中国。

〔 九 〕谒,白也。东父,《铨评》:"东王父见《十洲记》。"

〔一〇〕流沙,谓沙漠。即今所云戈壁。

〔一一〕鼓,动也。舞,《广雅·释诂一》:"疾也。"时风,即和风。

〔一二〕啸,《诗经·江有汜篇》:"其啸也歌。"郑笺:"啸者蹙口而出声。"激,扬也。清歌犹高歌。《魏志·王粲传》裴注:"《魏氏春秋》:籍乃对之长啸,清韵响亮。苏门生迨尔而笑。籍既降,苏门生亦啸,若鸾凤之音焉!"

〔一三〕谓如日月,光景常新。

〔一四〕意谓与天地齐年。即寿命与天地相等同。

〔一五〕万乘,古天子兵车万乘,公侯千乘,故以万乘为天子之代词。意谓若能成仙,即以帝王之尊贵,亦蔑视之矣!如刘彻云:"吾诚得如黄帝,视去妻子如脱躧耳!"与此意同。

此篇杂曲歌辞。

驱车篇

驱车挥驽马〔一〕,东到奉高城〔二〕。神哉彼泰山〔三〕!五岳专其名〔四〕。隆高贯云蜺〔五〕,嵯峨出太清〔六〕。周流二六候〔七〕,闲置十二亭〔八〕。上下涌醴泉〔九〕,玉石扬华英〔一〇〕。东北望吴野〔一一〕,西眺观日精〔一二〕。魂神所系属〔一三〕,逝者感斯征〔一四〕。王者以归天,效厥元功成〔一五〕。历代无不遵,礼(记)〔祀〕有品程〔一六〕。探策或长短〔一七〕,唯德享利贞〔一八〕。封者七十帝〔一九〕,轩皇元独灵〔二〇〕。餐霞漱沆瀣〔二一〕,毛羽被身形〔二二〕。发举蹈虚廓〔二三〕,径庭升窈冥〔二四〕。同寿东父年〔二五〕,旷代永长生〔二六〕。

〔一〕挥,案宋刊本《曹子建文集》作撢。《广雅·释诂四》:"撢,提也。《说文》:"提,持也。"

〔 二 〕东到,自东阿往,奉高在东阿东,故曰东到。奉高,《铨评》:
"《史记·封禅书》:上令奉高作明堂汶上。"《晋太康郡国志》:
"奉高千五百六户。此为奉高者,以事东岳,帝王禅代之处,是
以殊之也。故有明堂,在县西南四里,又有奉高宫。"案奉高,
汉、魏县名,今山东泰安县境。

〔 三 〕神哉,伟大崇高赞仰之辞。彼,语中助词。

〔 四 〕专,《铨评》:"《艺文》四十二作显。"泰山五岳之首,古人言岳即
指泰山,故曰显其名。

〔 五 〕隆,大也。贯,《文选·秋胡诗》李注:"贯犹连也。"

〔 六 〕嵯峨,《广雅·释诂四》:"高也。"《文选·鲁灵光殿赋》李注:
"高峻貌。"太清谓天。

〔 七 〕周流,《文选·甘泉赋》李注:"流行周遍也。"案周流,叠韵谜
语,犹言周匝也。候,《周礼·遗人》郑注:"楼可以观望者也。"
二六,十二也。

〔 八 〕十,《铨评》:"程作一,从《艺文》。"案宋刊本《曹子建文集》亦作
十,与《艺文》同,作十字是。亭,《释名·释宫室》:"亭,停也,
亦人所停集也。"古代每十里一亭。《后汉书·光武纪》章怀
注:"亭、候,伺候望敌之所。"上二句形容泰山之高,而此二句,
则以形泰山之广。

〔 九 〕上下,案《密韵楼丛书·曹子建文集》下字作有,疑非。醴泉,
《从征记》:"庙中柏树夹两阶,大二十余围,树前有大井,极冷,
异于凡水。"

〔一〇〕玉石,《本草》:"紫、白二石英俱生泰山。"疑即诗所谓玉石也。
石英透明有光泽,故曰扬华英。

〔一一〕望吴野,谓登泰山,可望江苏平原。颜渊与孔子登泰山以望吴门,事见《韩诗外传》逸文。马弟伯《封禅仪记》:"太山吴观者,望见会稽。"《后汉书·百官志》章怀注引应劭《汉官仪》。

〔一二〕观日精,应劭《汉官仪》:"泰山东南岩名曰日观。日观者,鸡一鸣时,见日始欲出,长三丈许,故以名焉。"

〔一三〕系属,案系属复义词,连缀之义。《援神契》:"泰山,天帝孙也,主召人魂。"

〔一四〕逝者,谓死者。人死,魂灵必至泰山。死,人之所恶,故曰感斯征也。

〔一五〕归天,即卷二《文帝诔》"方隆封禅,归功天地"之意。效,《淮南·主术训》高注:"效,致也。"《五经通义》:"一曰岱宗,言王者受命易姓,报功告成,必于岱宗也。"

〔一六〕记,《铨评》:"《乐府》六十四作祀。"疑作祀字是。案祀谓封禅之祀礼,品谓俎豆珪璧之数,程谓献酬之礼。《史记·封禅书》:"封泰山下东方,如郊祀太一之礼。"又曰:"幸甘泉,令祠官宽舒等具太一祠坛。祠坛放薄忌太一坛,坛三垓。五帝坛环居其下,各如其方。黄帝西南,除八通鬼道。太一,其所用如雍一畤物,而加醴枣脯之属,杀一狸牛以为俎豆牢具。而五帝独有俎豆醴进。其下四方地,为醊食群神从者及北斗云。"

〔一七〕探,取也。探策,古谓泰山有金箧玉策,能知人寿命短长,汉武帝探策得十八,因倒读其文为八十,后果寿至八十而终(事见应劭《风俗通》)。

〔一八〕利贞,《易经·文言》传:"利者义之和也,贞者事之干也。"

〔一九〕七十,《史记·封禅书》:"管仲曰:古者封泰山、禅梁父者,七十二家,而夷吾所记者,十有二焉。"此言七十,盖举整数而言。

〔二〇〕轩皇即轩辕黄帝。灵，谓神灵。《史记·封禅书》："齐人公孙卿曰……封禅七十二王，唯黄帝得上泰山封……上封，则能仙，登天矣。"此句所本。

〔二一〕餐霞，《楚辞·远游》："漱正阳而食朝霞。"朝霞，见卷三《远游篇》注。漱或作嗽。沆瀣，见卷三《五游咏》注。

〔二二〕毛羽，见卷三《仙人篇》"潜光养羽翼"句注。

〔二三〕发举，《广雅·释诂一》："发，举也。"发举盖复义词，飞升之意。蹈，履也。虚廓犹空阔，谓高空。

〔二四〕径庭，《庄子·逍遥游篇》："大有径庭，不近人情焉。"成玄英疏："径庭，犹过差，亦是直往不顾之貌也。"则直往不顾之貌，疑如今语笔直之义。径庭，叠韵謰语。窈冥，深邃之貌。谓天空最高处。

〔二五〕东父，见卷一《登台赋》注。

〔二六〕旷，《广雅·释诂一》："远也。"

黄节云："明帝太和中，护军蒋济上疏曰：宜遵古封禅。诏曰：闻济言，使吾汗出流足。事寝历岁，后遂议修之，使高堂隆撰其礼仪。子建此篇，或当时作也。"案蒋济上疏有句云："自兹屠蜀贼于陇右。"盖指张郃败诸葛亮于街亭之役。而济为中护军在太和二年九月。本篇句云："东到奉高城。"曹植若在雍丘，据魏制不可能有此远行，自应在封东阿王后，即太和三年也。此篇杂曲歌辞。

望恩表〔一〕

臣闻寒者不贪尺玉〔二〕，而思短褐；饥者不愿千金，而美一餐。夫千金尺玉至贵，而不若一餐短褐者，物有所急也〔三〕。

〔一〕《铨评》："程缺。"

〔二〕尺玉犹尺璧。

〔三〕急，迫切之需。

此表残脱，仅存如前数语。此与《转封东阿王谢表》："若陛下念臣人从五年之勤，少见佐助"之语相应。故列于谢表之后。

谢赐谷表〔一〕

诏书念臣经用不足〔二〕，以（船）〔磐〕河邸阁谷五千斛赐臣〔三〕。

〔一〕《铨评》："程缺。"

〔二〕经，《广雅·释诂一》："常也。"

〔三〕船河，船字疑应作磐。磐河即《尔雅·释地》钩般，故道在今河北东光与山东德县之北，河道已湮没，无迹可寻。邸阁，汉魏时代国家储存粮食仓库，有官吏主之。

此表仅存此二句。

怀亲赋有序

济阳南泽有先帝故营〔一〕，遂停马住驾〔二〕，造斯赋焉！

猎平原而南骛〔三〕，睹先帝之旧营〔四〕。步壁垒之常制〔五〕，识（旌）〔麾〕旗之所停〔六〕。在官曹之典列〔七〕，心髣髴于平生〔八〕。回骥首而（来游）〔永逝〕〔九〕，赴修途以寻远〔一○〕。情眷（恋）〔眷〕而顾怀〔一一〕，魂须臾而九反〔一二〕。

〔一〕济阳,案两汉时属陈留郡,今河南省开封市东北。南泽,今河南兰考县东。先帝,谓曹操。曹丕即位,谥操曰武皇帝,故植称曰先帝。

〔二〕遂停马住驾,《铨评》:"程脱马住二字,据《艺文》十八引补。"

〔三〕猎,《铨评》:"程作犹,《艺文》作猎。"案《初学记》卷十七引亦作猎。犹盖猎字残夺致误,作猎字是。骛,疾驰。

〔四〕睹,《铨评》:"《初学记》十七作观。"《广雅·释诂一》:"睹,视也。"

〔五〕步,《淮南·说林训》高注:"徐行也。"常,《汉书·百官公卿表》颜注引应劭:"典也。"常制即典制。

〔六〕识犹记忆。旌旗,《铨评》:"《艺文》旗作麾。"案《初学记》卷十七引亦作麾。疑作麾字是。卷一《离思赋》:"欲毕命于旌麾。"《穀梁》庄二十五年传范注:"麾,旌幡也。"于此借为曹操之代词。

〔七〕在,《铨评》:"《初学记》作存。"案《礼记·祭义》郑注:"存,谓其思念也。"官曹,《蜀志·杜琼传》:"古者名官职不言曹,始自汉已来,名官言曹,吏言属曹,卒言侍曹。"典列,《铨评》:"《初学记》列作烈。"案作列字是。《国语·周语》韦注:"列,位次也。"典列即常位。

〔八〕髣髴,《一切经音义》引《声类》:"谓相似,见不谛也。"疑髣髴犹今语之恍忽,双声謰语。平生,《论语·宪问篇》《集解》引孔注:"平生犹少时。"

〔九〕来游,《铨评》:"来程、张作永,此从《初学记》。游《艺文》作逝。"案严可均《全三国文》作永逝。永逝,长往也。来游于此义不协,盖以形近致误。

499

〔一〇〕修途即长路。寻,《汉书·郊祀志》颜注引晋灼:"遂往之意也。"

〔一一〕眷恋,《铨评》:"《艺文》作眷眷。"案疑当从《艺文》作眷眷为得。《文选·登楼赋》李注:"《韩诗》曰:眷眷怀顾。"《楚辞·离世》王注:"眷眷,顾貌。"顾怀,《铨评》:"《初学记》顾作倾。"案作顾字是。杨雄《剧秦美新》:"后土顾怀。"李注:"眷顾而怀归。"

〔一二〕九反,犹司马迁《报任少卿书》:"肠一日而九回。"九反犹九回也。

此赋疑于封东阿王后。

梁甫行〔一〕

八方各异气〔二〕,千里殊风雨。剧哉边海民〔三〕,寄身于草(墅)〔野〕〔四〕。妻子象禽兽,行止依林阻〔五〕。柴门何萧条,狐兔翔我宇〔六〕。

〔 一 〕《文选》嵇叔夜《琴赋》李注:"曹植有《大山梁甫吟》。"

〔 二 〕异气,谓不同之风俗。

〔 三 〕剧,《文选·蜀都赋》刘注:"甚也。"边海,见本卷《辨道论》注。

〔 四 〕墅,《铨评》:"张作野。"案宋刊本《曹子建文集》亦作野。作野字是。

〔 五 〕林阻,《说文》:"阻,险也。"

〔 六 〕翔,《淮南·览冥训》高注:"犹止也。"

《铨评》:"《乐府》四十一云:曹植改《泰山梁甫篇》为《八方》。《艺文》四十一作《泰山梁甫行》。"考嵇康《琴赋》李注引左思《齐

曹植集校注

500

都赋》注：“东武、太山，皆齐之土风谣歌，讴吟之曲名也。”曹植采用山东地区民歌形式，描述百姓所受的艰辛生活。在曹叡时代徭役繁兴，赋敛苛细，百姓为了逃避征调，不敢家居的惨酷情景。此篇相和歌楚调歌辞。

与司马仲达书[一]

今贼徒欲保江表之城[二]，（守区区之吴尔）〔守欧吴耳〕[三]！无有争雄于宇内，角胜于平原之志也[四]。故其俗盖以洲渚为营壁[五]，江淮为城堑而已。若可得挑致[六]，则吾一旅之卒足以敌之矣[七]！盖弋鸟者矫其矢[八]，钓鱼者理其纶[九]，此皆度彼为虑[一〇]，因象设宜者也[一一]。今足下曾无矫矢理纶之谋，徒欲候其离舟，伺其登陆，乃图并吴会之地[一二]，牧东野之民[一三]，恐非主上授节将军之心也[一四]。

〔 一 〕《铨评》：“程脱与，依《艺文》五十九补。”

〔 二 〕贼指孙吴。江表犹言江外，谓长江以南地区。

〔 三 〕守区区之吴，《铨评》：“程作守欧吴耳，依《艺文》五十九改。”案宋刊本《曹子建文集》亦作守欧吴耳。考《周书·王会篇》：“欧人蝉蛇。”孔注：“东越之人也。”则欧吴犹言吴越。《艺文》或非。

〔 四 〕宇内，《铨评》：“程脱内，依《艺文》补。”宇内谓中国。角胜，《汉书·贾谊传》颜注：“角，校也，竞也。”角胜谓校胜负也。

〔 五 〕洲渚，《尔雅·释水》：“水中可居者曰洲，小洲曰渚。”营壁犹营垒。

〔 六 〕挑致，《说文》：“挑，挠也。”挑致犹言诱致。

〔 七 〕一旅,《周礼·夏官·序官》:"五百人为旅。"敌,《左》文四年传杜注:"敌犹当也。"矣,《铨评》:"程脱矣,从《艺文》补。"

〔 八 〕矫,正曲曰矫。

〔 九 〕纶,《诗经·采绿篇》郑笺:"钓缴也。"

〔一〇〕度,《尔雅·释诂》:"谋也。"案度犹《诗经·巧言篇》忖度之义,言测度也。虑,《广雅·释诂四》:"谋也。"

〔一一〕象,形象。因象,根据形势。设,《铨评》:"程作说,从《艺文》改。"案宋刊本《曹子建文集》正作设。设,施也。此语与《求自试表》"故兵者不可豫言,临难而制变者也"之意同。

〔一二〕吴会,吴郡、会稽郡,皆孙吴之境。

〔一三〕牧东,《铨评》:"《艺文》作收陈。"案宋刊本《曹子建文集》作牧东。作牧东是。《广雅·释诂一》:"牧,臣也。"东野指吴国。

〔一四〕将军,《铨评》:"程脱军,从张本补。"案司马懿时任骠骑大将军,加督荆豫二州诸军事,以御吴。

《晋书·宣帝纪》:"(太和三年)帝朝于京师,天子访之于帝……二虏宜讨,何者为先?对曰:吴以中国不习水战,故敢散居东关。凡攻敌必扼其喉而捣其心。夏口、东关,贼之心喉,若为陆军以向皖城,引权东下,为水战军向夏口,乘其虚而击之,此神兵从天而坠,破之必矣。天子并然之,复命帝屯于宛。"曹植此书,针对此而言。书系节录。见《艺文》五十九。

白马篇〔一〕

白马饰金羁〔二〕,连翩西北驰〔三〕。借问谁家子?幽并游侠儿〔四〕。
少小去乡邑,扬声沙漠垂〔五〕。宿昔秉良弓〔六〕,楛矢何参差〔七〕。

控弦破左的〔八〕，右发摧月支〔九〕。仰手接飞猱〔一〇〕，俯身散马蹄〔一一〕。狡捷过猴猿〔一二〕，勇剽若豹螭〔一三〕。边城多警急，虏骑数迁移〔一四〕。羽檄从北来〔一五〕，厉马登高堤〔一六〕。长驱蹈匈奴〔一七〕，左顾陵鲜卑〔一八〕。弃身锋刃端〔一九〕，性命安可怀〔二〇〕！父母且不顾〔二一〕，何言子与妻！名在壮士籍〔二二〕，不得中顾私〔二三〕。捐躯赴国难，视死忽如归〔二四〕。

〔一〕《铨评》："《御览》三百五十九作《游侠篇》。"案《文选》作《白马篇》，盖以首句二字作篇名也。

〔二〕《文选》李注："古《罗敷行》曰：青丝系马尾，黄金络马头。《说文》曰：羁，络头也。"案《说文》："马络头也。"

〔三〕连翩，迅急貌。西北驰，《晋书·郭钦传》："魏初人寡，西北诸郡，皆为戎居。"

〔四〕幽并，今河北与辽宁省之一部，即古幽州地。今河北中部之清苑、正定迤西至山西省北半部地区，即古并州地。游侠儿，谓重义气轻死生之青年男子。

〔五〕扬声，《铨评》："《艺文》声作名。"案宋刊本《曹子建文集》亦作名。《文选》作声。扬，《方言》郭注："播扬也。"垂，边也。

〔六〕秉，持也。良弓，《文选》李注："《墨子》曰：良弓难张，然可以及高入深。"则良弓即硬弓。

〔七〕楛矢，《魏志·挹娄传》："矢用楛，长尺八寸，青石为镞，古肃慎氏之国也。"参差，不整齐之貌。

〔八〕控，引也。的，《文选》李注："《毛诗》曰：发彼有的。的，射质也。"案今曰靶。

〔九〕右发，《铨评》："《御览》七百四十六作发矢。"案《文选》作右发，是也。月支，李注："邯郸淳《艺经》曰：马射，左边为月支王枚，马蹄二枚。"曹丕《典论·自叙》："夫项发口纵，俯马蹄而仰月支也。"

〔一〇〕接，李注："凡物飞迎前射之曰接。"飞猱，猱，李注："猨属也。"飞，形容动作敏捷。

〔一一〕散，颜延年《赭白马赋》："径玄蹄而雹散。"李注："玄蹄，马蹄也。射帖名也。言马既良，射者亦中，故玄蹄雹散也。"散，分散之义。

〔一二〕狡，《广雅·释诂四》："狯也。"猴猿，《铨评》："《乐府》六十三作猨猴。"

〔一三〕剽，李注："《方言》曰：剽，轻也。"螭，李注："猛兽也。"案《汉书·杨雄传》《音义》引韦昭："螭似虎而鳞。"

〔一四〕虏骑，《铨评》："《文选》二十七作胡虏。"

〔一五〕羽檄，《汉书·高帝纪》："吾以羽檄征天下兵。"颜注："檄者，以木简为书，长尺二寸，用征召也。其有急事，则加以鸟羽插之，示速疾也。"《魏武奏事》："今边有警急，辄露檄插羽。"

〔一六〕厉，急也。

〔一七〕蹈，践踏。匈奴，古代北方少数族。魏时分为五部，杂居于今山西省北部。

〔一八〕陵，《文选》作凌。《礼记·檀弓篇》郑注："陵，躐也。"李注："《苍颉篇》曰：凌，侵也。"疑失曹意。鲜卑，少数族，魏时散居今河北、山西地区。《魏志·鲜卑传》："太和二年，（田）豫遣译夏舍诣比能女婿郁筑鞬部，舍为鞬所杀。其秋，豫将西部鲜卑蒲头泄归泥出塞讨郁筑鞬，大破之。还至马城，比能自将三万骑围豫七日。"

〔一九〕弃,《铨评》:"《艺文》作寄。"案《文选》作弃。

〔二○〕怀,《诗经·将仲篇》郑笺:"怀私曰怀。"

〔二一〕顾,李注:"郑玄《毛诗笺》曰:顾,念也。"

〔二二〕名在壮士籍,《铨评》:"《艺文》作高名在壮籍。在《文选》作编。"案宋刊本《曹子建文集》作名在壮士籍。疑《艺文》误,壮籍不词。壮士籍,即兵卒名册。古代于一尺二寸之竹简上,详记兵卒年龄、籍贯、像貌。

〔二三〕中,《礼记·文王世子》郑注:"中,心中也。"

〔二四〕如,《铨评》:"《艺文》作若。"李注:"《吕氏春秋》:管子云:平原广城,车不结轨,士不旋踵;鼓之,三军之士,视死若归,臣不若王子城父也。"若、如义同。

曹叡时代,鲜卑强盛。部帅轲比仑与蜀汉联结,给曹魏西北边防以强大压力。而匈奴部族散居在长城之内,也予魏国安全以威胁,从郭钦、江统的言论得到证实。曹植鉴于当前客观形势于国家安危具有不利,因而叙述幽并游侠少年忠勇卫国、捐躯糜身的英雄形象,借以抒写自己为国展力的宿愿。此篇系杂曲歌辞齐瑟行。

乞田表〔一〕

乞城内及城边好田,尽所赐百年力者〔二〕。臣虽生自至尊〔三〕,然心甘田野,性乐稼穑。

〔一〕《铨评》:"程缺。"

〔二〕百年力者,《魏志·三少帝纪》:"齐王正始元年,巡洛阳县,赐高年力田各有差。"此百年即高年,力下脱田字,衍者字。《汉书·食货志》补注：“周寿昌曰：力田，农官之属。”

〔三〕至尊指皇室。

此表残缺，然借余存表句，可以窥见魏代土地制度崖略。疑作于徙东阿时。

豫章行

穷达难豫图[一]，祸福信亦然。虞舜不逢尧，耕耘处中田[二]。太公不遭文，渔钓终渭川[三]。不见鲁孔丘，穷困陈蔡间[四]。周公下白屋，天下称其贤[五]。

〔一〕豫图犹豫计。

〔二〕句谓舜不遇尧，惟毕生耕种陇亩。

〔三〕太公，吕尚。文，周文王。终，《铨评》：“《艺文》四十一作经。”终言终老，作经非。渭川即渭河。以上四句，提出穷达祸福不易预计之史例。

〔四〕鲁孔丘，孔子鲁国人，故曰鲁孔丘。陈，春秋时国名，在今河南、安徽省接近地区。蔡亦春秋国名，在今河南省上蔡、汝南县境。《庄子·让王篇》：“孔子穷于陈、蔡之间，七日不火食，藜羹不糁，颜色甚惫，而弦歌于室……孔子曰：是何言也！君子通于道之谓通，穷于道之谓穷。今丘抱仁义之道以遭乱世之患，其何穷之为！故内省而不穷于道，临难而不失其德，天寒既至，霜雪既降，吾是以知松柏之茂也。陈蔡之隘，于丘其幸乎！”此二句说处穷通之理，不因遭遇困厄而更易其志。

〔五〕白屋，《韩诗外传》：“周公践天子之位七年，成王封伯禽于鲁。周公诫之曰：无以鲁国骄士！吾文王之子，武王之弟，成王叔父也，又相天下，吾于天下，亦不轻矣！然一沐三握发，一饭三吐哺，犹恐失天下之士也。"此二句希望执政者如周公，甄拔隐沦，以巩固政权之统治基础。

《铨评》："《乐府》三十四云：曹植拟豫章为穷达。"

其　二

鸳鸯自朋亲[一]，不若比翼连[二]。他人虽同盟，骨肉天性然[三]。
周公穆康叔[四]，管蔡则流言[五]。子臧让千乘，季札慕其贤[六]。

〔一〕朋，《铨评》："《艺文》作用。"案宋刊本《曹子建文集》亦作朋。用为朋字之形误，作朋字是。《后汉书·张衡传》章怀注："朋犹侣也。"朋亲犹言乘居而匹处也。

〔二〕比翼，谓比翼鸟。见卷一《送应氏》诗注。句谓鸳鸯虽雌雄同居，朝夕不离，然不似比翼鸟，不比不飞。鸳鸯以喻朋友，比翼则象征兄弟。

〔三〕同盟，如曹丕与司马懿、陈群、吴质、朱铄为四友，此四人助丕继承王位者。骨肉喻兄弟。天性犹天生也。前二句是比喻，用以说明此二句之涵义。

〔四〕穆，亲厚之意。康叔名封，文王幼子，初封于康，故曰康叔。

〔五〕流言，已见前注。

〔六〕子臧，《左》襄十四年传："吴子诸樊既除丧，将立季札。季札辞曰：曹宣公之卒也，诸侯与曹人不义曹君，将立子臧，子臧去之，遂弗为也，以成曹君。君子曰：能守节。君义嗣也，谁敢奸君！有国非吾节也。札虽不才，愿附于子臧，以无失节。固立之，弃其室而耕于野。"

此二章俱属相和歌辞清调曲。

丹霞蔽日行

纣为昏乱，虐残忠正[一]。周室何隆？一门三圣[二]。牧野致功[三]，天亦革命[四]。汉(祚)〔祖〕之兴[五]，(秦阶)〔阶秦〕之衰[六]。虽有南面[七]，王道陵夷[八]。炎光再幽[九]，(忽)〔殄〕灭无遗[一〇]。

〔 一 〕《铨评》：“《艺文》四十一作残忠虐正。”《韩非子·杂言篇》：“故文王说纣，而纣囚之。翼侯炙，鬼侯腊，比干剖心，梅伯醢。”

〔 二 〕三圣，谓文王、武王与周公也。

〔 三 〕武王伐纣，至商郊牧野。纣军败溃，纣自焚。牧野在商都朝歌南郊三十里地，今河南淇县南。

〔 四 〕革命，《易经·革卦·爻辞》：“汤武革命，顺乎天而应乎人。”革，改也。命，所受天命也。

〔 五 〕祚，《铨评》：“《艺文》作祖。”案宋刊本《曹子建文集》亦作祖。汉祖谓刘邦。作祖字是。

〔 六 〕秦阶，《铨评》：“《艺文》作阶秦。”案作阶秦是。《小尔雅·广诂》：“阶，因也。”

〔 七 〕南面，《吕览·士容》：“南面称寡。”高注：“南面，君位也。”古帝王面南而坐，故以南面为帝王之代词。

〔 八 〕陵夷，《汉书·司马相如传》颜注：“谓弛替也。”

〔 九 〕炎光，象征汉朝统治权力。幽，暗也。谓王莽代汉，董卓擅权，故曰再幽。

〔一〇〕忽，《铨评》：“张作殄。”案作殄是。殄灭即绝灭。遗，余也。

《铨评》：“《诗纪》云：丹霞蔽日，采虹垂天。明帝《步出夏门

曹植集校注

行》亦云。"此篇相和歌瑟调歌辞。曹植采取周王朝之建立、秦汉之灭亡为题材,讽刺魏统治者疏远宗室,暗示将导致覆灭的危机。

卞太后诔有表[一]

大行皇太后资坤元之性[二],体载物之仁[三],齐美姜嫄[四],等德任姒[五]。佐政内朝[六],惠加四海。草木荷恩,含气受润[七]。庶钟元吉[八],(承育)〔永膺〕万祚[九]。何图一旦,早弃明朝。背绝臣庶[一〇],悲痛靡告。臣闻铭以述德[一一],诔尚及哀[一二]。是以冒越谅阴之礼[一三],作诔一篇。知不足赞扬明明[一四],贵以展臣蓼莪之思[一五]。忧荒情散[一六],不足观采[一七]。

率土喷薄[一八],三光改度[一九],陵颓谷踊[二〇],五行错互[二一]。皇室萧条,羽檄四布[二二]。百姓歔欷,婴儿号慕。若丧考妣[二三],天下缟素[二四]。圣者知命[二五],殉道宝名[二六];义之攸在,亦弃厥生。[二七]敢扬后德[二八],表之旍旌[二九]。光垂罔极[三〇],以慰我情。乃作诔曰:

我王之生[三一],坤灵是辅[三二]。作合于魏[三三],亦光圣武[三四]。笃生文帝[三五],绍虞之绪[三六]。龙飞紫宸[三七],奄有九土。详惟圣善[三八],岐嶷秀出[三九]。德配姜嫄,不忝先哲[四〇]。玄览万机[四一],兼才备艺[四二]。泛纳容众[四三],含垢藏疾[四四]。仰奉诸姑[四五],降接侇列[四六]。阴处阳(潜)〔观〕[四七],外明内察[四八]。及践大位[四九],母养万国[五〇]。温温其(人)〔仁〕[五一],不替明德〔五二〕。悼彼边氓，未遑宴息〔五三〕。恒劳庶事，兢兢翼翼〔五四〕。亲桑蚕馆〔五五〕，为天下式。樊姬霸楚，书载其庸〔五六〕；武王有乱，孔叹其功〔五七〕。我后齐圣〔五八〕，克畅丹聪〔五九〕，不出房闼，心照万邦〔六〇〕。年踰耳顺〔六一〕，乾乾匪倦〔六二〕。珠玉不玩〔六三〕，躬御绨练〔六四〕。日（旰）〔昃〕忘饥〔六五〕，临乐勿讙〔六六〕。去奢即俭〔六七〕，旷世作（显）〔检〕〔六八〕。慎终如始，蹈和履贞〔六九〕。恭事神祇，昭奉百灵。局天蹐地〔七〇〕，祇（异）〔畏〕神明〔七一〕。敬微慎独〔七二〕，（报）〔执〕礼幽冥〔七三〕。虔肃宗庙，蠲荐三牲〔七四〕。降福无疆〔七五〕，祝云其诚〔七六〕。宜享斯祜〔七七〕，蒙祉自天〔七八〕。何图凶咎〔七九〕，不（勉）〔免〕斯年〔八〇〕。尝祷尽礼〔八一〕，有笃无瘳〔八二〕。岂命有终？神食其言〔八三〕。遗孤在疚〔八四〕，承讳东藩〔八五〕。擗踊郊甸〔八六〕，洒泪中原。追号皇妣，弃我何迁〔八七〕！昔垂顾复〔八八〕，今何不然！空宫寥廓〔八九〕，栋宇无烟。巡省阶涂〔九〇〕，髣髴椫轩〔九一〕。仰瞻帷幄，俯察几筵〔九二〕，物不毁故〔九三〕，而人不存。痛莫酷斯〔九四〕，彼苍者天〔九五〕！遂臻魏都〔九六〕，游魂旧邑〔九七〕。大隧开涂〔九八〕，灵（魄）〔将〕斯戢〔九九〕。叹息雾兴〔一〇〇〕，挥泪雨集。徘徊輀柩〔一〇一〕，号咷弗及。神光既幽，伫立以泣。

　　容车饰驾，以合北辰《铨评》："《文选》颜延年《宋元皇后哀策文》李注引《上宣后谥表》。据《魏志》卞太后谥宣，故定为此表佚句。"案丁补是。

〔　一　〕《铨评》："《魏志·后妃传》：卞太后，明帝太和四年五月薨。"案《明帝纪》："（太和）四年六月戊子太皇太后崩。秋七月，武宣卞后祔葬于高陵。"潘眉曰："推太和四年五月无戊子，当是《后妃传》误。"案潘说是。据《通典》太和四年六月武宣皇后崩，二十六日既葬除服。盖葬距崩时二十六日,传言七月合葬,则五实为误字。

〔二〕坤元,《易经》象上传:"至哉坤元。"《九家注》:"坤者纯阴。"古人以坤象征女性。坤元之性谓具柔顺之品质。

〔三〕载物,《易经》象上传虞注:"坤所以载物。"坤为地,地生长万物。载物之仁谓备有仁爱之心性。

〔四〕姜嫄,已见卷一《姜嫄简狄赞》注。

〔五〕任、姒,任,大任,文王之母;姒,太姒,文王之妻。

〔六〕内朝,《周礼·朝士》郑司农注:"内朝在路门内。"谓后宫。

〔七〕含气,谓生物,如鸟兽。润,泽也,喻恩惠。

〔八〕钟,当也。元吉,犹言大吉。

〔九〕承育,《铨评》:"《艺文》十五作永膺。"疑作永膺是。膺,《后汉书·班彪传》章怀注:"犹受也。"万祚,《国语·周语》韦注:"祚,福也。"

〔一〇〕背,弃字之意。臣庶,谓群臣、百姓。

〔一一〕铭,《铨评》:"程作名,从《艺文》。"案作铭字是。《文选·文赋》李注:"铭以题勒示后。"故纪述其德行。

〔一二〕及哀,《文选·文赋》李注:"诔以陈哀,故缠绵凄怆。"《文心雕龙》云:"详夫诔之为制:盖选言以录行,传体而颂文,荣始而哀终。论其人也,瞬乎若可觌;送其哀也,凄焉如可伤,此其旨也。"

〔一三〕冒越,犹言干犯。谅阴,《论语·宪问篇》郑注:"凶庐也。"《春秋繁露·竹林篇》:"《书》云:高宗谅暗,三年不言,居丧之义也。"

〔一四〕明明,《铨评》:"此二字程作名,张脱一明,从《艺文》。"《尔雅·

释训》舍人注:"明明,言其明甚。"

〔一五〕展,《广雅·释诂四》:"舒也。"《蓼莪》,《诗经》篇名。"蓼蓼者莪,匪莪伊蒿。哀哀父母,生我劬劳。"即《蓼莪》之思也。

〔一六〕忧荒,思虑荒乱。情散,意志不集中。

〔一七〕《铨评》:"此下程原有左九嫔《上元皇后谏表》八十一字,非子建之文,系后人妄增。张本无,今删。"

〔一八〕率土,《诗经·北山篇》:"率土之滨。"毛传:"率,循也。"喷薄,见卷二《魏德论》注。

〔一九〕三光,日月星也。改度,改变运行之轨度。

〔二〇〕即《诗经·十月之交篇》"高岸为谷,深谷为陵"。言地貌发生剧烈变化。

〔二一〕错互,《铨评》:"程作牙错,《艺文》作互错,从张本。"案牙当作牙,牙即互字之异体。当从《艺文》作互错,与《文帝诔》五纬错行义同。

〔二二〕羽檄,《汉书·息夫躬传》颜注:"檄之插羽者也。"此指讣告,以羽檄宣布之。

〔二三〕《尚书·尧典》:"放勋乃殂落,百姓如丧考妣。"考妣,父母也。

〔二四〕缟素,《小尔雅·广诂》:"缟,素也。"缟素谓丧服。丧服白色。

〔二五〕圣者,指孔子。知命,《论语·为政章》:"子曰:五十而知天命。"知命,谓了解生命寿夭之理。

〔二六〕殉道,《论语·泰伯章》"守死善道"之义。宝名,珍惜声誉。

〔二七〕攸,所也;厥,其也。《孟子·告子章》"舍生取义",盖此句所本。

〔二八〕后德,严可均《全三国文》据《文选》谢希逸《宣贵妃诔》李注引作厚德。案厚德见《易经·坤卦》繇词:"君子以厚德载物。"厚德象征卞后卓异之操守。

〔二九〕旐旌，古代以死者不可识别，故以旗志之，而别贵贱，且用表德。本郑玄《士丧礼》注。

〔三〇〕光，《诗经·韩奕篇》郑笺："犹荣也。"罔极，即无极。

〔三一〕王，《铨评》："《艺文》作皇。"我皇谓卞后。

〔三二〕坤，《铨评》："《书钞》二十三作水，系巛误。"案《易·坤》《释文》："坤本作巛。"坤灵，地神。

〔三三〕作合，《诗经·大明篇》："天作之合。"《尔雅·释言》："作，为也。"合，毛传："配也。"《魏志·武宣卞后传》："年二十，太祖于谯纳后为妾。建安初，丁夫人废，遂以后为继室。"

〔三四〕圣武谓曹操。

〔三五〕笃生，《诗经·大明篇》："笃生武王。"毛传："笃，厚也。"《魏志·卞后传》："武宣卞太后，琅邪开阳人，文帝母也。"

〔三六〕绍，继也。绪，业也。《魏志·文帝纪》裴注引《魏书》载曹丕《禅让令》："昔者大舜饭糗茹草，将终身焉，斯则孤之前志也。及至承尧禅，被珍裘，妻二女，若固有之，斯则顺天命也。群公卿士诚以天命不可拒，民望不可违，孤亦曷以辞焉！"谓曹丕代汉而建魏国。

〔三七〕紫宸，《说文》："宸，屋宇也。"紫宸犹紫宫。《淮南·天文训》："紫宫者，太一之居也。"此喻帝位。

〔三八〕圣善，《诗经·凯风篇》："母氏圣善。"圣善见卷一《叙愁赋》注。案此与《文帝诔》"详惟圣质"，语意正同。

〔三九〕岐嶷，见《文帝诔》注。秀出，《文选·七命》李注："秀，出貌也。"则秀出犹言突出。

〔四〇〕忝，《国语·周语》："不忝前人。"韦注："忝，辱也。"

〔四一〕玄览,《文选·东京赋》:"睿哲玄览。"薛注:"玄,远也。"玄览即
　　　　远览。

〔四二〕才,艺能。

〔四三〕泛,《广雅·释诂四》:"博也。"

〔四四〕《左》宣十五年传:"山川藏疾,国君含垢。"贾注:"含,忍也。"服
　　　　注:"垢,耻也。"藏,匿也。

〔四五〕姑,说文:"姑,夫母也。"诸姑,谓曹嵩众妾。

〔四六〕俦列,谓曹操诸夫人。

〔四七〕潜,《铨评》:"《艺文》作观。"案宋刊本《曹子建文集》作"阴阳观
　　　　潜"。疑当从《艺文》。阴处,犹言静居。

〔四八〕外,《铨评》:"《艺文》作潜。"疑作潜字是。潜明谓明不外露。
　　　　内察,内,心也;察,审也。

〔四九〕及,《铨评》:"张作乃。"案宋刊本《曹子建文集》仍作及。《魏
　　　　志·卞后传》:"二十四年拜为王后。文帝即王位,尊后曰王太
　　　　后。及践阼,尊后曰皇太后,称永寿宫。"

〔五〇〕母养,《说文》:"母,牧也。"母养言抚育蕃滋也。

〔五一〕温温,《诗经·抑篇》:"温温恭人。"毛传:"温温,宽柔也。"其
　　　　人,《铨评》:"人《艺文》作仁。"案作仁是。《庄子·天地篇》:
　　　　"爱人利物之谓仁。"

〔五二〕替,废也。明德,至德也。不替明德犹言至德不替,以协韵倒。

〔五三〕宴,安也。宴息即安息。

〔五四〕兢兢,《论语·述而篇》皇疏:"戒慎也。"翼翼,《诗经·大明篇》
　　　　郑笺:"恭慎貌。"

〔五五〕蚕馆,育蚕之室。

〔五六〕樊姬,《列女传》:"楚庄王樊姬者,楚庄王之夫人也。王尝听朝

而罢晏。樊姬曰:何罢之晏也? 王曰:今且与贤者语。樊姬
曰:王之所谓贤者,诸侯之客与? 将国中士也? 王曰:虞邱子
也。樊姬掩口而笑曰:妾幸得充后宫,妾所进者九人,今贤于
妾者二人,与妾同列者七人。今虞邱子之相楚十余年矣! 今
所荐者,非其子孙,则族昆弟,未尝闻其进一贤而退不肖。夫
知贤而不进,是不忠也;若不知贤,是无知也,岂可谓贤哉! 庄
王以告虞邱子。虞邱子乃荐孙叔敖为令尹,数月,楚国大治。
故记曰:庄王之霸,樊姬之力也。”庸,功也。

〔五七〕武王有乱,《论语·泰伯章》:“武王曰:予有乱臣十人。”《释
文》:“予有乱十人,本或作乱臣,非。”案古本《论语》无臣字,此
诔亦称有乱而无臣字,则《释文》之说可信也。孔叹其功,《泰
伯章》:“孔子曰:才难,不其然乎! 唐虞之际,于斯为盛,有妇
人焉,九人而已。”乱,谓治政事者。妇人指太姒。

〔五八〕齐圣,《左》文十八年传:“齐圣广渊。”齐,中正。圣,通达。

〔五九〕丹聪,丹喻心;聪,智慧也。

〔六〇〕照,《广雅·释诂四》:“明也。”

〔六一〕耳顺,见《武帝诔》注。卞太后于光和五年年二十,至太和四年
死,计生年为六十九岁。故曰踰。

〔六二〕乾乾,《吕览·士容》高注:“进不倦也。”

〔六三〕《魏志·卞后传》裴注引王沈《魏书》:“后性约俭,不尚华丽,无
文绣珠玉,器皆黑漆。”

〔六四〕御,《文选·景福殿赋》李注引蔡邕《月令章句》:“凡衣服加于
身曰御。”绨,厚绸。练,白绢。

〔六五〕日旰,《铨评》:“《艺文》旰作昃。”案宋刊本《曹子建文集》作昃,
昃、昃一字。作昃是。《国语·楚语》:“文王至于日中昃,不遑

暇食,用咸和万民。"或植句所本。日昃,黄昏之时。

〔六六〕勿譁,《铨评》:"譁程作听,从《艺文》。"案宋刊本《曹子建文集》亦作譁,与《艺文》同。《文选·东都赋》李注引《韩诗章句》:"饮酒之礼,下跣而上坐者谓之宴。"宴、譁古通。勿譁谓不聚饮也。

〔六七〕《魏志·卞后传》裴注引《魏书》:"卞氏曰:吾事武帝四五十年,行俭日久,不敢自变为奢。"

〔六八〕旷世,见卷二《洛神赋》注。作显,案宋刊本《曹子建文集》显字作检,作检是。检含法度之意。

〔六九〕和,《广雅·释诂三》:"谐也。"贞,《广雅,释诂一》:"正也。"蹈、履俱践也,即行字之意。

〔七〇〕局天蹐地,《诗经·正月篇》:"谓天盖高,不敢不局;谓地盖厚,不敢不蹐。"局,《文选·东京赋》薛注:"伛偻也。蹐,累足也。"段玉裁《说文解字注》:"蹐,小步之至也。"局蹐,含戒慎之意。

〔七一〕祇异,案宋刊本《曹子建文集》异字作畏。作畏字是。祇畏即敬畏。

〔七二〕敬微,《铨评》:"微程作惟,从《艺文》。"案宋刊本《曹子建文集》亦作微。《礼记·坊记》郑注:"微,谓幽隐不著。"慎独,《礼记·中庸篇》:"是故君子戒慎乎其所不睹,恐惧乎其所不闻,莫见乎隐,莫显乎微,故君子慎其独也。"郑注:"慎其闲居之所。"

〔七三〕报礼,《铨评》:"报《艺文》作执。"案报当作执,形近致误。《礼记·月令篇》《正义》:"执者操持营为。"幽冥,《汉书·刘歆传》颜注:"犹暗昧也。"谓隐僻之处。

〔七四〕蠲,洁也。荐,进也。三牲,牛羊豕,谓祭品。

〔七五〕无疆,言无限界。犹《诗经·执竞篇》:"降福穰穰。"与此义同。

〔七六〕祝,《庄子·逍遥游》篇《释文》:"传鬼神语曰祝。"

〔七七〕祐,宋刊本《曹子建文集》作佑。佑,保佑。

〔七八〕蒙祉犹言受福。

〔七九〕凶咎谓祸灾。

〔八〇〕不勉,勉字于此无义,疑当作免,免,避也。即今语避免之意。

〔八一〕尝祷,《尔雅·释诂》:"尝,祭也。"《周礼·女祝》郑注:"祷,疾病求瘳也。"尽礼,极礼也。极诚敬之意。

〔八二〕笃,厚也。犹言加重。痊,痊愈。

〔八三〕食言,《尔雅·释诂》:"食,伪也。"则食言犹云假话。

〔八四〕在疚,《诗经·闵予小子篇》:"嬛嬛予在疚。"郑笺:"在忧病之中。"《文选·寡妇赋》李注:"凡人丧曰疚。"

〔八五〕讳,凶问也。东藩,植时封东阿王,东阿在洛阳东,故曰东藩。

〔八六〕擗踊,见卷二《文帝诔》注。郊甸,《铨评》:"甸《艺文》作畛。"案宋刊本《曹子建文集》亦作畛。《楚辞·大招》王注:"畛,田上道也。"

〔八七〕迁,去也。

〔八八〕顾复,《诗经·蓼莪篇》:"顾我复我。"郑笺:"顾,旋视也。"复,往来也。

〔八九〕寥廓,《礼记·檀弓篇》《正义》:"至大祥而寥廓,情意不乐而已。"寥廓,空虚貌。

〔九〇〕巡,《铨评》:"程作物,从《艺文》。"案宋刊本《曹子建文集》亦作巡。巡省即巡视。

〔九一〕髣髴,《说文》:"仿佛,相似,见不谛也。"棂轩,谓窗也。言在窗间恍忽如见卞后之形容也。

〔九二〕瞻,视也。帷幄,《释名·释床帐》:"帷,围也,所以自障围也。幄,屋也,以帛衣板施之,形如屋也。"俯察几筵,《说文》:"几,坐所以凭也。"筵,席也。《家语》:"俯察几筵,其器存不睹其人。"

〔九三〕毁,坏也。言器物未改变旧时之形状。

〔九四〕酷,《文选·洞箫赋》李注:"犹甚也。"斯,此也。

〔九五〕《史记·屈原列传》:"人穷则呼天。"即此意。

〔九六〕魏都,指邺。曹操葬于邺,卞后与之合葬。《魏志·卞后传》:"七月合葬高陵。"

〔九七〕旧邑,亦谓邺。

〔九八〕隧,墓道。开涂,犹言启路。

〔九九〕灵魄,《铨评》:"《艺文》魄作将。"案宋刊本《曹子建文集》亦作将。作将字是。因未葬,故曰将。

〔一〇〇〕雾兴,谓叹息之气如雾之起,形容人多。

〔一〇一〕輀,《说文》:"輀,丧车也。"枢,《礼记·曲礼》:"在棺曰枢。"《释名·释丧制》:"舆棺之车曰輀。輀,耳也。悬于左右,前后铜鱼摇绞之属耳耳然也。"

案此诔文有佚逸。

当欲游南山行〔一〕

东海广且深,由卑下百川。五岳虽高大〔二〕,不逆垢与尘〔三〕。良木不十围〔四〕,洪条无所因〔五〕。长者能博爱,天下寄其身〔六〕。大匠无弃材〔七〕,船车用不均〔八〕。锥刀各异能,何所独却前〔九〕。嘉善而矜愚,大圣亦同然〔一〇〕。仁者(各)〔必〕寿考〔一一〕,四座咸

曹植集校注

万年！

〔一〕当，代字之意。

〔二〕五岳，《周礼·大司乐》郑注："东曰岱宗，南曰衡山，西曰华山，
北曰恒山，中曰嵩高山。"

〔三〕逆，《国策·齐策》高注："拒也。"垢，滓也。《文选·上秦始皇
书》："是以太山不让土壤，故能成其大；河海不择细流，故能就
其深；王者不却众庶，故能明其德。"盖植句所本。

〔四〕十围，程瑶田《通艺录》："围皆具数于人之把。《丧服》传：苴绖
大搹。注云：盈手搹。搹，抈也。中人之抈围九寸，《庄周书》
言栎社树絜之百围。《吴越春秋》言伍子胥腰十围，然则十围
即十把也。"

〔五〕洪条，《广雅·释言》："条，枝也。"所因，《吕览·尽数》高注：
"因，依也。"所因即可依。

〔六〕寄，托也。

〔七〕《淮南·主术训》："是故贤主之用人也，犹巧工之制木也……
无大小修短，各得其所宜，规矩方圆，各有所施。"

〔八〕《淮南·齐俗训》："譬若舟车楯肆穷庐故有所宜也。"高注："水
宜舟，陆地宜车。"谓舟车之用，各具不同。

〔九〕锥刀，各具有不同之功能。却前犹进退，意谓何能有所轩轾。

〔一〇〕《论语·子张篇》："子曰：嘉善而矜不能。"大圣谓孔子。

〔一一〕仁者，指曹叡。《铨评》："各《艺文》四十二作必。"案《中论·夭
寿篇》："仁者利养万物，万物亦受其利矣，故必寿也。"疑作必
字是。寿考，《论语·雍也篇》："仁者寿。"末二句具颂祷之意，
是乐府之常例。

此篇相和歌辞。曹植主张国家用人，应该使人在统治机构里各尽其才能，不应有所偏废。因为国家管理工作，是多方面的。领导者之于人材，必需兼收并蓄，量材任使，无所偏废。与《陈审举表》内容大体是一致的。

当事君行

人生有所贵尚〔一〕，出门各异情〔二〕。朱紫更相夺色〔三〕，雅郑异音声〔四〕。好恶随所爱憎〔五〕，追举逐（声）〔虚〕名〔六〕。百心可事一君〔七〕？巧诈宁拙诚〔八〕。

〔一〕贵尚，尊重之意。

〔二〕出门，犹言入社会。门谓家门。异情，不同之思想。

〔三〕朱紫，朱喻善美，紫喻丑恶。句意谓善恶混乱不明。

〔四〕雅，正声；郑，淫声。《论语·阳货篇》："子曰：恶紫之夺朱也，恶郑声之乱雅乐也。"

〔五〕好恶随所爱憎，《魏志·董昭传》："合党连群，互相褒叹。以毁誉为罚戮，用党誉为爵赏。附己者则叹之盈言，不附者则为作瑕衅。"

〔六〕声名，案宋刊本《曹子建文集》声字作虚，疑是。《魏志·诸葛诞传》："言事者以诞飏等修浮华，合虚誉，渐不可长。"裴注引《世语》曰："是时当世俊士，散骑常侍夏侯玄、尚书诸葛诞、邓飏之徒，其相题表：以玄、畴四人为四聪，诞、备（辈）八人为八达，中书监刘放子熙、孙资子密、吏部尚书卫臻子烈三人，咸不及比，以父居势位容之为三豫，凡十五人。帝以构长浮华，皆免官废锢。"

〔七〕《铨评》:"《风俗通》引传曰:一心可以事百君,百心不可事一君。"案《晏子春秋》:"百心不可事一君。"曹植此句盖取反诘语式,犹云百心可事一君乎?

〔八〕巧诈宁拙诚,《铨评》:"《说苑·贵德篇》云:巧诈不如拙诚。"末二句俱本古语。案《说苑·谈丛》云:"智而用私,不如愚而用公。故曰:巧诈不如拙诚。"《魏志·刘晔传》裴注引《傅子》:"晔能应变持两端如此。或恶晔于帝曰:晔不尽忠,善伺上意所趋而合之。陛下试与晔言,皆反意而问之,若皆与所问反者,是晔常与圣意也。复每问皆同者,晔之情必无所逃矣!帝如言以验之,果得其情,从此疏焉……谚曰巧诈不如拙诚,信矣!"

《铨评》:"一句六言,一句五言合韵,别是一格。"案此篇杂曲歌辞。曹植鉴于魏明帝太和时代,统治集团内部出现着严重的朋党营私、追逐虚名的政治方面不良风尚,因而提出拙诚不欺,专一奉国的道德标准,反映了魏王朝潜在危机。

社 颂有序〔一〕

余前封鄄城侯〔二〕,转雍丘〔三〕,皆遇荒土〔四〕。宅宇初造〔五〕,以府库尚丰,志在缮宫室〔六〕,务园圃而已〔七〕,农桑一无所营〔八〕。经离(十)〔七〕载〔九〕,块然守空〔一〇〕,饥寒备尝〔一一〕。圣朝愍之〔一二〕,故封此县〔一三〕。田则一州之膏腴〔一四〕,桑则天下之甲第〔一五〕。故封此桑,以为田社〔一六〕。乃作颂云:

於惟太社〔一七〕,官名后土〔一八〕。是曰勾龙〔一九〕,功著上古〔二〇〕。

德配帝王〔二一〕，实为灵主〔二二〕。克明播植〔二三〕，农正曰柱〔二四〕。尊以作稷〔二五〕，丰年是与。义与社同，方神北宇〔二六〕。建国承家，莫不攸叙〔二七〕。

〔一〕《铨评》："程脱序。《御览》五百三十二作《赞社文》。"

〔二〕鄄城，曹植黄初二年改封鄄城侯。鄄城在今山东省濮县东二十里。

〔三〕雍丘，植黄初四年徙雍丘。雍丘在今河南省杞县。

〔四〕遇荒土，《铨评》："张作欲为上，从《御览》五百三十二。"张本误。考汉末年，群雄混战，鄄城、雍丘受兵祸极烈，人民流亡，土地荒芜，故曰荒土。

〔五〕初造犹云始建。

〔六〕缮宫室，《铨评》："张作善公夫，从《御览》。"缮，《华严经音义》引《珠丛》："凡治故造新皆谓之缮也。"见《毁鄄城故殿令》。

〔七〕园，《铨评》："张作完，从《御览》。"《转封东阿王谢表》"园果万株，枝条始茂"可证。

〔八〕农桑，谓种麦养蚕。一，《吕览·贵直》高注："犹皆也。"营，《小尔雅·广诂》："治也。"

〔九〕经离，犹经历。十载疑当作七载。曹植自黄初二年至太和三年转封东阿止计七年。汉代七与十字多形近致误，说详《陶斋藏石记跋》。

〔一〇〕块，《铨评》："张作瑰，从《御览》。"案作块字是。《汉书·陈汤传》颜注："块然，独处之貌。"空，《论语·先进》皇疏："穷匮也。"

〔一一〕备，尽也。备尝即尽尝。

〔一二〕详见《转封东阿王谢表》。

〔一三〕此县指东阿。在今山东省阳谷县东北阿城镇。

〔一四〕州,谓兖州。膏腴,肥沃之土。

〔一五〕甲第即甲等。《后汉书·郡国志》:"其地出缯缣,故秦王服阿缟。"徐广曰:"齐之东阿县,缯帛所出者也。"是东阿养蚕极盛。

〔一六〕东阿宜于种桑。《说文》:"社,地主也。《周礼》二十五家为社,各树其土所宜之木。"故植以桑为社树。

〔一七〕於惟,叹辞。太社,祭地神之所。

〔一八〕后土,《左》昭二十九年传:"土正曰后土。"平治水土之官。

〔一九〕勾龙,《左》昭二十九年传:"共工氏有子曰勾龙,为后土。"

〔二〇〕上,《铨评》:"《艺文》三十九作仁。"案作上字是。勾龙作土正,约当五帝之一颛顼之世,故曰上古。

〔二一〕王,《铨评》:"《艺文》作皇。"宋刊本《曹子建文集》与《艺文》同。帝皇谓五帝、三皇。

〔二二〕灵主即神主。《风俗通·十反》:"社,民神之主也。"勾龙勤于土功,死,百姓奉以为神而祀之。句下疑有佚句。

〔二三〕植,《铨评》:"《初学记》十三作殖。"植、殖义同。

〔二四〕曰柱,《铨评》:"程作曰社,张作日举,从《艺文》。"案《初学记》十二作日举。严可均《全三国文》作具举。考《左》昭二十九年传:"有烈山氏之子曰柱,为稷,自夏以上祀之。周弃亦为稷,自商以来祀之。"则曰柱二字是。农正,农官也。

〔二五〕稷,蔡邕《独断》:"稷,五谷之长也,因以稷名其神也。稷神,盖厉山氏之子柱也。"

〔二六〕北宇,案《初学记》十三北字作此。盖北、此形近致误,作北字是。《礼记·郊特牲》谓社祭,君南向于北墉下。杜佑《通典·礼》:"社坛在东,稷坛在西,俱北面。"故曰北宇。

〔二七〕攸,《铨评》:"《艺文》作修。"案《初学记》十三攸作修。疑作攸
　　　　字是。《尚书·洪范》:"彝伦攸序。"攸,所也。序,次序也。

藉田说二首〔一〕

春耕于藉田〔二〕,郎中令侍寡人焉〔三〕。顾而谓之曰〔四〕:"昔者神
农氏始尝万草,教民种植〔五〕。今寡人之兴此田,将欲以拟乎治
国,非徒供耳目而已也〔六〕。夫营畴万亩〔七〕,厥田上(下)〔上〕〔八〕,
经以大陌,带以横阡〔九〕;奇柳夹路,名果被园;宰农实掌〔一〇〕,是
谓公田〔一一〕,此亦寡人之封疆也〔一二〕。日昳没而归馆〔一三〕,晨未
昕而即野〔一四〕,此亦寡人之先下也。菽(蘁)〔藿〕特畴〔一五〕,禾黍
异田,此亦寡人之理政也〔一六〕。及其息泉涌〔一七〕,庇重阴〔一八〕,
怀有虞,抚素琴〔一九〕,此亦寡人之习乐也。兰、蕙、荃、蘅〔二〇〕,植
之近畴〔二一〕,此亦寡人之所亲贤也〔二二〕。刺藜、臭蔚〔二三〕,弃之
乎远疆〔二四〕,此亦寡人之所远佞也〔二五〕。若年丰岁登,果茂菜
滋〔二六〕,则臣仆小大咸取验焉〔二七〕。"

〔一〕《藉田说》,《铨评》:"《艺文》三十九、《御览》八百二十一均作
　　　《藉田论》。"案《艺文》三十九、宋刊本《曹子建文集》藉俱作籍。
　　　《礼记·祭义》:"天子为藉千亩。"郑注:"藉,藉田也。"《诗经·
　　　载芟篇》郑笺:"藉之言借也。借民力治之,故谓之藉田。"《文
　　　选·藉田赋》李注:"臣瓒《汉书注》曰:景帝诏曰:朕亲耕,本以
　　　躬亲为义。藉,谓蹈藉之也。"考藉籍本当作耤。《广雅·释诂
　　　二》:"耤,税也。"盖借民力以耕而征其税也。

〔二〕案耕耤之礼,孟春祈谷后,乃择元辰,故曰春耕。

〔三〕郎中令,《续汉书·百官志》:"皇子封王,其郡为国。每国置郎

中令一人，秩千石，掌王夫人郎中宿卫官也。"寡人，王侯自称。

〔四〕谓之曰，《铨评》："以上十七字，张脱。"

〔五〕见卷一《神农赞》注。

〔六〕供，《铨评》："《艺文》三十九作娱。"案宋刊本《曹子建文集》亦作娱。《说文》："娱，乐也。"

〔七〕营，《广雅·释诂一》："度也。"

〔八〕上下，《铨评》："《艺文》作上上。"《文选·西京赋》："厥田上上。"当作上上是。即《社颂》所云"田则一州之膏腴"之义。

〔九〕阡陌，见卷一《送应氏诗》注。

〔一〇〕宰，《铨评》："张作司。"宰农，主持农业之官，疑指屯田官吏。曹魏屯田属大司农，见《魏志·曹爽传》裴注引《魏略》。

〔一一〕公田，《铨评》："以上十六字程脱，张于赋类别列营畴二句及此十六字，题为《藉田赋》。今依《御览》八百二十一移补。"公田，疑谓屯田。

〔一二〕封疆，《周礼·地官·大司徒》："诸公之地，封疆方五百里，其食者半。"封疆谓疆界。

〔一三〕殄，《说文》："尽也。"没，《国语》韦注："入也。"殄没，谓时已入夜。

〔一四〕昕，《说文》："旦明，日将出也。"未昕即未明。即野，就野。

〔一五〕菽藿，藿字疑误，字当作藋。《韩非子·说林》："玉杯象箸，必不盛菽藋。"《延诰》："菽藋登年。"菽藋连文可证。藿，《尔雅·释草》："藿，芄兰。"不与菽类。似应订正。

〔一六〕理政，《铨评》："《艺文》作政理。"

〔一七〕泉涌，《铨评》："泉《艺文》作沸。"沸涌，盖谓喷泉。东阿属济水流域，故有喷泉。

〔一八〕庇,《尔雅·释言》:"荫也。"重阴已见《应诏》诗注。

〔一九〕有虞,虞舜。《孔子家语》:"舜弹五弦之琴,歌《南风》之诗:南风之薰兮,可以解吾民之愠兮!南风之时兮,可以阜吾民之财兮!"

〔二〇〕兰、蕙、荃、蘅皆香草,以喻贤者。

〔二一〕近畴,《铨评》:"以上十七字程脱,依《艺文》补。"近畴,指邻近居室之田。

〔二二〕亲贤,亲近贤者。

〔二三〕刺藜,《铨评》:"《艺文》作藜蓬。"案宋刊本《曹子建文集》仍作刺藜。刺藜形如赤根菜,子如细菱,三角四刺。实有仁。今曰刺蒺藜。臭蔚,亦名牡蒿,三月始生,七月开花,花如胡麻,色紫红。八月生荚,荚似小豆,尖而长。

〔二四〕之乎,《铨评》:"程脱乎,从《艺文》补。"据此疑植之近畴之字下亦脱乎字。乎,于也。远疆,盖谓边远之地。

〔二五〕远,《左》昭二十八年传杜注:"疏,远也。"佞,谄也。

〔二六〕岁登,《淮南·主术训》:"岁登民丰。"高注:"登,成也。"菜滋,滋,益也。

〔二七〕小大,《铨评》:"大张作人。"案作人字误。

又

封人有能以轻凿修钩去树之蝎者〔一〕,树得以茂繁〔二〕。中舍人曰〔三〕:"不识治天下者亦有蝎(者)乎〔四〕?"寡人告之曰:"昔三苗、共工、鲧、驩兜〔五〕,非尧之蝎欤?"问曰:"诸侯之国亦有蝎乎?"寡人告之曰:"齐之诸田〔六〕,晋之六卿〔七〕,鲁之三桓〔八〕,非诸侯之蝎欤? 然三国无轻凿修钩之任,终于齐篡鲁弱〔九〕,晋国以分〔一〇〕，不亦痛乎！"曰："不识为君子者亦有蝎乎〔一一〕？"寡人告之曰："固有之也〔一二〕。富而慢，贵而骄，残仁贼义，甘财悦色，此亦君子之蝎也〔一三〕。天子勤耘，以牧一国〔一四〕；大夫勤耘，以收世禄〔一五〕；君子勤耘，以显令德〔一六〕。夫农者，始于种，终于获。泽既时矣〔一七〕，苗既美矣，弃而不耘，则改为荒畴〔一八〕。盖丰年者期于必收，譬修道亦期于殁身也〔一九〕。"

寡人御辇登于金商之馆，察田夫之私者《铨评》："《书钞》三十九引《藉田论》。此疑篇首'春耕于藉田'下脱文。《藉田论》即《藉田说》，详题下注。"

使习壤者相泽，仁才者播种《铨评》："《书钞》三十九引《藉田论》。"

田修种理者，必赐之以巨觞；田芜种秽者，必戮之以柔桑《铨评》："《书钞》三十九引《藉田论》。"案严可均《全三国文》将"寡人御辇"起至"必戮之以柔桑"止，列于"是为公田"句下。今仍旧。

名王亲枉千乘于陇亩之中，执锄镢于畦町之侧；尊距勤于耒耜，玉手劳于耕耘者也《铨评》："《书钞》九十一引《藉田赋》。此条并下一条皆应属赋类。然张本之《藉田赋》，已据《御览》定为《藉田说》脱文。此二条皆不类赋语，疑亦《藉田说》佚句，故附于此。"

夫凡人之为圃，各植其所好焉！好甘者植乎荠，好苦者植《铨评》："植原作食，依上下文校改。"乎荼，好香者植乎兰，好辛者植乎蓼。至于寡人之圃，无不植也《铨评》："《御览》八百二十四引《藉田赋》。"

〔一〕《铨评》："篇首原有又曰，依张删。"封人，《荀子·尧问篇》杨注："掌疆界者。"轻凿，小凿。修钩，长钩。蝎，《尔雅·释虫》："桑蠹。"

〔 二 〕茂繁，《铨评》：“《艺文》作繁茂。”

〔 三 〕中舍人，诸侯王管理家务之官。

〔 四 〕治，《铨评》：“程脱治，从《艺文》补。”者，《铨评》：“张脱者。”案《艺文》无者字，疑应删，丁补或非。

〔 五 〕三苗，上古氏族之一。共工，见卷一《帝尧赞》注。鲧，禹之父，治水无功，为舜所斥逐。驩兜，上古氏族之一。《尚书·尧典篇》：“流共工于幽州，放驩兜于崇山，窜三苗于三危，殛鲧于羽山。”

〔 六 〕诸田，谓齐国田氏世族，执齐国之政者。

〔 七 〕六卿，即赵、韩、魏、智、范、中行氏。此六家族世掌晋国统治权。

〔 八 〕三桓，即孟孙、叔孙、季孙氏，皆鲁桓公子孙，专鲁国之政，故曰三桓。

〔 九 〕齐篡，齐为田常所篡。鲁弱，三桓专政，富于公室，国力衰微，后为齐所灭。

〔一〇〕晋国为赵、韩、魏三家所分。

〔一一〕亦有，《铨评》：“程脱有，从《艺文》补。”

〔一二〕固有，《国语·周语》：“固有之乎？”韦注：“固，尝也。”

〔一三〕甘，《尚书·五子之歌篇》孔传：“嗜无厌足。”蝎也，《铨评》：“也《艺文》作乎。”

〔一四〕牧，《铨评》：“《艺文》作收。”案疑作牧为是。《广雅·释诂一》：“牧，养也。”

〔一五〕世禄，赵岐《孟子》注：“官有世功者，其子虽未任居官，得世食其父禄。”

〔一六〕令德，《诗经·湛露篇》郑笺：“令，善也。”德，《易经·文言》传

《正义》:"德行也。"

〔一七〕泽谓雨泽。时,《广雅·释诂一》:"善也。"

〔一八〕改,《铨评》:"《艺文》作故。"案故与固通。《国语·鲁语》韦注: "固犹废也。"

〔一九〕期,《尚书·大禹谟》《释文》:"期,要也。"即今语要求之义。

　　疑此二段,同属一篇,盖从类书辑录而然,不是赋论两种文体之文误合。由于辑录者不审,还存在几段佚文,未及补入,则此篇非全文可知。藉田在封东阿时,鄄城、雍丘,农桑一无所营可证。此两段内容,和《陈审举表》相近,因此疑作于太和四年或五年之春,故列于此,可与《陈审举表》参阅。

薤露行

天地无穷极[一],阴阳转相因[二]。人居一世间,忽若风吹尘。愿得展功勤[三],输力于明君[四]。怀此王佐才[五],慷慨独不群[六]。鳞介尊神龙,走兽宗麒麟[七]。虫兽(岂)〔犹〕知德[八],何况于士人。孔氏删诗书[九],王业粲已分[一○]。骋我径寸翰[一一],流藻垂华芬[一二]。

〔一　〕《送应氏》诗:"天地无终极。"此作穷,穷犹终也。

〔二　〕因,依也。句谓寒暑运转,交相更代。

〔三　〕展,《广雅·释诂四》:"舒也。"勤,劳也。《左》僖廿八年传杜注:"尽心尽力无所爱惜为勤。"

〔四　〕输,《说文》:"委,输也。"《求自试表》:"欲逞其才力,输能于明君也。"与此意同。

〔　五　〕怀，抱也。王佐犹皇佐。

〔　六　〕慷慨，《铨评》："慨《艺文》四十一作恺。"慨、恺韵同。独不群谓
　　　　卓然独立，不同于流俗。

〔　七　〕宗，尊也。

〔　八　〕岂，《铨评》："张作犹。"案作犹字是。作犹与下句何况一词之
　　　　意相应。此四句表达己尊奉皇帝之思想，以示无有二心。

〔　九　〕孔子删定《诗经》为三百有六篇，《尚书》为百篇。

〔一〇〕王业，王者之事业。粲，《广雅·释诂》："明也。"

〔一一〕骋，《文选·射雉赋》李注引《韩诗章句》："驰也。"翰，谓笔。

〔一二〕流，《文选·典引》李注："演也。"藻，《七启》李注："文采也。"
　　　　垂，布也。华芬，亦指文章。疑句意复。

　　此篇属相和歌辞。曹植自认具备治理国家的才能，怀着输
力明君的热烈愿望。但由于政治上的因素，竟使他的意愿，没有
实现的机会。可是受着立名于世思想的支配，就一反青年时代
对于文学创作的轻视态度，转向借著述求得垂名的宿愿。《魏
略》曾有"陈思王精意著作，食饮损减，得反胃疾"的纪载，而且可
以从明帝诏令中，得到证实。

前录自序〔一〕

故君子之作也〔二〕，俨乎若高山〔三〕，勃乎若浮云〔四〕。质素也如秋
蓬〔五〕，摛藻也如春葩〔六〕。泛乎洋洋〔七〕，光乎皜皜〔八〕，与雅颂争
流可也〔九〕。余少而好赋，其所尚也，雅好慷慨〔一〇〕，所著繁多。
虽触类而作〔一一〕，然芜秽者众〔一二〕，故删定别撰〔一三〕，为前录七
十八篇。

〔 一 〕《铨评》:"程缺。《艺文》五十五作《文章序》。"

〔 二 〕作,谓文章。

〔 三 〕俨乎,《说文》:"俨,昂头貌。"引申有高义。

〔 四 〕勃乎,犹勃然,盛貌也。

〔 五 〕质谓内容。素,朴素。秋蓬,秋蓬开白花,故以喻文章内容之
　　　　素朴。

〔 六 〕摛藻,《文选·答宾戏》:"摛藻如春华。"《广雅·释诂四》:"摛,
　　　　舒也。"藻,文采也。

〔 七 〕泛,广大。洋洋,美盛之貌,谓内容。

〔 八 〕光,明也。皭皭,《铨评》:"《艺文》五十五作膈膈。"案膈字误,
　　　　当作皭。《广雅·释器》:"白也。"谓形式。

〔 九 〕雅,指《诗经》大、小《雅》。颂,指《诗经》《周颂》、《鲁颂》、《商
　　　　颂》。流,《汉书·外戚传》颜注:"谓等列也。"争列即争高下。

〔一〇〕雅,《史记·荆燕世家》《索隐》:"素也。"

〔一一〕触类,接触事物。

〔一二〕芜指内容芜杂。秽谓遣词不简洁。

〔一三〕删定,削除修改。别撰,犹另撰。

　　姚振宗《隋书经籍志考证》:"《陈思王传》注引《典略》:植与
杨修书曰:今往仆少小所著辞赋一通相与。修答书曰:猥受顾
赐,教使刊定云云,与此录自序所言相印合,其即此录尝以属杨
修点定者。建安十九年徙封临淄之后事也。"案姚氏谓自序写于
建安十九年后,而且指出此七十八篇赋即属杨修点定者。这一
论点之成立,是以曹植与杨修书和修复书为其论证的依据。考
序句云:"所著繁多,芜秽者众,故删定别撰。"是曹植自刊定,和

531

杨修没有必然的联系,而又缺乏史实的根据。从序文所述,《前录》包括赋计七十八篇,既说是前录,则必有后录。可以推测,曹植编集的原则,根据文体以类相从,或许又以创作先后为次第,而且手定目录,则写序必在晚年。因此《前录自序》,不可能作于建安时期,姚氏的意见,或者不足为定论。

求通亲亲表

臣植言:臣闻天称其高者,以无不覆[一];地称其广者,以无不载;日月称其明者,以无不照[二];江海称其大者,以无不容[三]。故孔子曰[四]:"大哉尧之为君! 惟天为大,惟尧则之[五]。"夫天德之于万物[六],可谓弘广矣! 盖尧之为教[七],先亲后疏,自近及远。其《传》曰:"克明峻德[八],以亲九族[九],九族既睦,平章百姓[一〇]。"及周之文王[一一],亦崇厥化[一二]。其诗曰:"刑于寡妻[一三],至于兄弟,以御于家邦[一四]。"是以雍雍穆穆[一五],风人咏之[一六]。昔周公吊管蔡之不咸[一七],广封懿亲[一八],以藩屏王室[一九]。《传》曰[二〇]:"周之宗盟[二一],异姓为后。"诚骨肉之恩,爽而不离[二二],亲亲之义,寔在敦固[二三]。"未有义而后其君,仁而遗其亲者也[二四]。"伏惟陛下资帝唐钦明之德[二五],体文王翼翼之仁[二六],惠洽椒房[二七],恩昭九亲[二八],群臣百僚[二九],番休递上[三〇],执政不废于公朝[三一],下情得展于私室,亲理之路通,庆吊之情展,诚可谓恕己治人[三二],推惠施恩者矣。至于臣者,人道绝绪[三三],禁锢明时[三四],臣窃自伤也[三五]。不敢乃望交气类[三六],修人事[三七],叙人伦[三八]。近且婚媾不通[三九],兄弟永绝[四〇],吉凶之问塞[四一],庆吊之礼废,恩纪之违[四二],甚于路人;隔阂之异,殊于(吴)〔胡〕越[四三]。今臣以一切之制[四四],永无朝觐之望。至于注心皇极,结情紫闼[四五],神明知之矣。然"天实为之,谓之何哉[四六]!"退省诸王,常有戚戚具尔之心[四七]。愿陛下沛然垂诏[四八],使诸国庆问,四节得展[四九],以叙骨肉之欢恩,全怡怡之笃义[五〇]。妃妾之家,膏沐之遗[五一],岁得再通,齐义于贵宗,等惠于百司[五二]。如此,则古人之所叹,风雅之所咏,复存于圣世矣!臣伏自惟省[五三],岂无锥刀之用[五四]。及观陛下之所拔授,若以臣为异姓,窃自料度,不后于朝士矣!若得辞远游[五五],戴武弁[五六],解朱组[五七],佩青绂[五八],驸马、奉车[五九],趣得一号[六〇],安宅京室[六一],执鞭珥笔[六二],出从华盖[六三],入侍辇毂[六四],承答圣问,拾遗左右[六五],乃臣丹情之至愿[六六],不离于梦想者也。远慕《鹿鸣》君臣之宴[六七],中咏《棠棣》匪他之诚[六八],下思《伐木》友生之义[六九],终怀《蓼莪》罔极之哀[七〇]。每四节之会[七一],块然独处,左右唯仆隶,所对惟妻子,高谈无所与陈[七二],发义无所与展[七三],未尝不闻乐而拊心,临觞而叹息也。臣伏以为犬马之诚不能动人,譬人之诚不能动天,崩城陨霜[七四],臣初信之,以臣心况[七五],徒虚语耳!若葵藿之倾叶太阳[七六],虽不为之回光,然终向之者诚也[七七]。臣窃自比葵藿[七八]。若降天地之施,垂三光之明者,寔在陛下。臣闻文子曰[七九]:"不为福始,不为祸先[八〇]。"今之否隔[八一],友于同忧[八二],而臣独唱言者[八三],何也[八四]?窃不愿于圣代[八五],使有不蒙施之物;有不蒙施之物[八六],必有惨毒之怀[八七]。故《柏舟》有天只之怨[八八],《谷风》有弃予之叹[八九]。伊尹耻其君不为尧舜[九〇]。孟子曰:"不以舜之所以事尧事其君者,不敬其君者也〔九一〕。"臣之愚蔽，固非虞伊；至于欲使陛下崇光被时雍之美〔九二〕，宣缉熙章明之德者〔九三〕，是臣慺慺之诚，窃所独守〔九四〕。寔怀鹤立企伫之心〔九五〕，敢复陈闻者，冀陛下傥发天聪而垂神听也〔九六〕。

〔一〕 以，用也，因也。《群书治要》卷二十六引无此四者字。《文选》有。

〔二〕《文选》李注："《礼记》：子夏问曰：何谓三无私？孔子曰：天无私覆，地无私载，日月无私照，此之谓三无私。"

〔三〕《文选》李注："《管子》曰：海不辞水，故能成其大。《墨子》曰：江河不恶小谷之满己也，故能大。"

〔四〕 见《论语·泰伯篇》。

〔五〕 则，效法。

〔六〕《铨评》："程、张脱之，据《魏志》本传补。"案《文选》亦有之字。

〔七〕 教，《贾子·大政》："教者政之本也。"犹言政教准则。

〔八〕 传曰，《尚书·尧典》。峻，《铨评》："《文选》三十七作俊。"案《尧典》作俊。郑玄曰："俊德，贤才兼人者。"《尚书义考》："案《夏小正》，正月时有俊风。说曰：俊者大也。古字俊、骏通。凡德行行事苟有所失，则如日月之蔽亏。克明者，言大德之昭显，无或蔽亏也。"

〔九〕 九族，上自高祖，下至玄孙，计九代，曰九族。睦，郑玄曰："亲也。"

〔一〇〕平章，《史记·五帝纪》作便章。《索隐》："今文作辩章。"郑玄曰："辩，别也。章，明也。"百姓，《诗经·天保篇》毛传："百姓，百官族姓也。"《国语·周语》韦注："百姓，百官也。官有世功，受姓氏也。"

〔一一〕之,案宋刊本《曹子建文集》无之字。《文选》五臣本亦无。

〔一二〕《文选》李注:"郑玄《礼记注》:崇,犹尊也。"化,谓教化。

〔一三〕其诗,《诗经·思齐篇》。毛传:"刑,法也。寡妻,适妻也。"

〔一四〕御,《文选》李注:"郑玄云:御,治也。文王以礼接其妻,至于宗族,又能为政,治于家邦。"

〔一五〕雍雍、穆穆,《诗经·思齐篇》:"雍雍在宫,肃肃在庙。"《诗经》作肃肃,此表作穆穆,疑本《韩诗》。《汉书·杨雄传》颜注:"雍、穆,和也。"李注引"天子穆穆"以证,则与"风人咏之"句意不相承,疑非。

〔一六〕风人即诗人。咏之,谓《思齐篇》。

〔一七〕《左》僖二十四年传:"富辰曰:昔周公吊二叔之不咸。"杜注:"吊,伤也。咸,同也。"

〔一八〕懿亲,《左》僖廿四年传:"不废懿亲。"杜注:"懿,美也。"

〔一九〕藩屏,《说文》:"藩,屏也。"藩屏复义词,言屏蔽也。

〔二〇〕《传》曰,《左》隐十一年传。

〔二一〕宗盟,《群书治要》卷二十六引宗字作同。服虔注:"宗盟,同宗之盟。"

〔二二〕《文选》李注:"《汉书》宣帝诏曰:盖闻象有罪,舜封之。骨肉之亲,粲而不殊。如淳曰:粲或为散。《尔雅》曰:爽,差也。"段玉裁曰:"粲当作爨,本谓散米,引申之凡放散皆曰爨。曹植盖本此诏而字作爽。案《大戴礼·夏小正》传:爽犹疏也,与此义近。"

〔二三〕敦固,敦,厚也;固,《国语·周语》韦注:"一也。"

〔二四〕此二句见《孟子·梁惠王篇》。

〔二五〕伏，《铨评》："程、张脱伏，从《魏志》补。"案宋刊本《曹子建文集》有伏字，《文选》同，丁补是。资，《铨评》："《文选》作咨。"案宋刊本《曹子建文集》亦作咨。咨与资通。《国语·晋语》韦注："资，禀也。"犹今曰秉赋。帝唐谓唐尧。钦明，马融曰："威仪表备曰钦。照临四方曰明。"德，品德。

〔二六〕翼翼，《诗经·大明篇》："惟此文王，小心翼翼。"郑笺："翼翼，恭慎貌。"

〔二七〕洽，《一切经音义》引《苍颉》："遍彻也。"椒房，《文选》李注："《汉旧仪》曰：皇后称椒房。"

〔二八〕昭，明也。九亲，《铨评》："亲《魏志》作族。"案《群书治要》卷二十六、宋刊本《曹子建文集》俱作亲。《文选》李注："九亲犹九族。"是李所见本作亲也。

〔二九〕臣，《铨评》："《魏志》作后。"案《文选》亦作后。群后，谓列侯。

〔三〇〕番休，《文选》李注："江伟上便宜曰：上下郎吏，计作四五番休。"番休，犹言轮番休息。递上，言依次入值。

〔三一〕废，停顿。

〔三二〕恕己治人，《文选》李注："《三略》曰：良将恕己而治人。"《论语·里仁篇》皇疏："恕谓忖我以度于人也。"

〔三三〕人道即人理。绪，《说文》："丝耑也。"绝绪，犹今语断绝联系。

〔三四〕禁锢，《文选》李注："杜预曰：禁固，勿仕也。"明时，犹曰盛世。

〔三五〕窃，《铨评》："程作切，从《魏志》改。"案《文选》作窃。窃犹私也。

〔三六〕乃，《铨评》："《魏志》作过。"案宋刊本《曹子建文集》作乃，《文选》同。乃，急辞。气类，见卷二《白鹤赋》注。

〔三七〕人事，谓亲友交往之事。

〔三八〕人伦，《孟子·滕文公篇》赵注："人伦者人事也。"《正义》："人
　　　　伦，君臣、父子、夫妇、兄弟、朋友是也。"

〔三九〕婚媾，《左》隐十一年传："如旧昏媾。"媾，《说文》："重婚也。"犹
　　　　言嫁娶。

〔四〇〕永绝，《铨评》："《魏志》永作乖。"案《文选》作永，宋刊本《曹子
　　　　建文集》与《文选》同。

〔四一〕问，《说文》："讯也。"塞，谓杜绝也。

〔四二〕恩纪，见卷二《种葛篇》注。违，疏远。

〔四三〕吴越，《铨评》："《魏志》吴作胡。"案《文选》亦作胡。李注："《淮
　　　　南子》曰：自其异者视之，肝胆胡越。许慎曰：胡在北方，越在
　　　　南方。"是吴实误字，应据改。

〔四四〕一切，《文选》李注："《汉书音义》曰：一切，权时也。"

〔四五〕注心，《国策·秦策》高注："注，属也。"皇极，《文选》李注："《尚
　　　　书考灵耀》曰：建用皇极。宋均曰：建，立也。皇，大；极，天
　　　　也。"《晋纪总论》李注引宋均曰："皇极，大中也。"结，系束也。
　　　　紫闼犹言天门。窃疑皇极紫闼相俪成文，若皇极释为大中，则
　　　　与紫闼不相应。考《说文》："极，栋也。"栋与闼俱为屋宇之代
　　　　词，语同一例也。皇极、紫闼皆谓帝居，盖假以为喻。

〔四六〕语出《诗经·北门篇》。

〔四七〕退省，《铨评》："省《魏志》作惟。"案宋刊本《曹子建文集》与《魏
　　　　志》同。惟，思也。戚戚具尔，《诗经·行苇篇》："戚戚兄弟，莫
　　　　远具尔。"毛传："戚戚，内相亲也。"具尔，郑笺："具犹俱也。"

〔四八〕沛然，《汉书·礼乐志》颜注："泛貌也。"垂诏犹下诏。

〔四九〕四节，谓立春、立夏、立秋与立冬。

〔五〇〕怡怡，《论语·子路篇》："子曰：兄弟怡怡如也。"《集解》："马

曰:怡怡,和顺之貌。"案此怡怡疑为兄弟之代词。笃义,深厚
情谊。

〔五一〕膏沐,《诗经·伯兮篇》:"岂无膏沐,谁适为容。"案膏谓脂膏,
沐,古甘浆之属。遗,赠予。

〔五二〕百司,即百官。

〔五三〕惟省,《铨评》:"《文选》作思惟。"案《群书治要》卷二十六亦作
思惟。

〔五四〕岂,《铨评》:"程、张脱岂,从《文选》补。"锥刀已见前注。

〔五五〕远游,冠名。董巴《汉舆服志》:"远游冠制如通天(徐广《舆服
杂注》曰:天子通天冠,高九寸,黑介帻,金博山),有展筒,横之
于前,无山。"蔡邕《独断》曰:"远游冠者,王侯所服。"辞远游,
即辞去王爵之意。

〔五六〕武弁,董巴《汉舆服志》:"武冠,一曰武弁,武官冠之。侍中、常
侍加黄金珰,附蝉为饰,谓之赵惠文冠。"

〔五七〕朱组,《广雅·释器》:"组,绶也。"《舆服志》:"王赤绶。"朱组即
赤绶。

〔五八〕青绂,《广雅·释器》:"绂,绶也。"《汉书·百官公卿表》:二千
石以上之官,皆银印青绶。

〔五九〕《文选》李注:"《汉书》曰:奉车都尉,掌御乘舆车。驸马都尉,
掌驸马。《说文》曰:驸,近也。"案《陈书·袁枢传》:"驸马都
尉,置由汉武,或以假诸功臣,或以加于戚属。是以魏曹植表:
驸马奉车,趣为一号。"《齐职仪》:"凡尚主必拜驸马都尉,魏晋
以来,因为瞻准。"

〔六〇〕趣,宋刊本《曹子建文集》作辄。《文选》作趣,《魏志》本传同。
《说文》:"趣,疾也。"一号,谓于奉车、驸马得其一职也。

〔六一〕宅,居也。

〔六二〕执鞭,《文选》李注:"范晔《后汉书》:岑彭谓朱鲔曰:彭往者得执鞭侍从。"珥笔,李注:"戴笔也。《汉书》:赵卬曰:张安世持橐簪笔。张晏曰:近臣负橐簪笔从也。"

〔六三〕华盖,见卷一《王仲宣诔》。

〔六四〕辇毂,李注:"胡广《汉官解诂注》曰:毂下,谕在辇毂之下,京兆之中。"

〔六五〕《齐职仪》:"魏侍中掌傧赞,大驾出,则以直,侍中护驾。正直省侍中负玺陪乘,不带剑,皆骑从。登御殿与散骑侍郎对接帝,侍中居左,常侍居右,备切问近对,拾遗补阙也。"(《初学记》卷十二引)

〔六六〕丹情,《铨评》:"《魏志》作诚。"案《淮南·缪称训》高注:"情,诚也。"丹情犹今语衷心之意。

〔六七〕《鹿鸣》,《诗经》篇名。李注:"《毛诗序》曰:《鹿鸣》,宴群臣嘉宾也。"其诗曰:"呦呦鹿鸣,食野之萍;我有嘉宾,鼓瑟吹笙。"

〔六八〕《棠棣》,《铨评》:"《魏志》棠作常。"陈启源《毛诗稽古篇》:"常棣,常本如字,俗间乃有读棠者。《示儿编》辨其误,当矣!此误大抵唐世以然。李商隐诗云:棠棣黄花发。近世有草,俗呼棣棠,华色黄,春末开,李诗定指此。意当时常字已有棠音,故颠倒俗呼以合雅花偶目,并改常下从木耳。曹子建《求通亲亲表》两引诗皆作棠棣,传写之误,不知始自何年,要皆因音误而字误也。"匪他,李注:"《毛诗序》曰:棠棣,燕兄弟也。《毛诗》曰:岂伊异人,兄弟匪他。"案二句见《诗经·頍弁篇》,非出自《常棣》诗篇。《頍弁》《小序》曰,当时贵族讽刺周幽王之诗。幽王不能宴乐同姓,亲睦九族,孤危将亡,作此诗,故曰诚(《群

〔六九〕《伐木》，《诗经》篇名。友生，《诗》曰："嘤其鸣矣，求其友生。矧伊人矣，不求友生。"李注："《毛诗序》曰：《伐木》，燕朋友故旧也。"

〔七〇〕怀，藏也。《蓼莪》，《诗经》篇名。罔极，李注："《毛诗·蓼莪》曰：父兮生我，母兮鞠我，欲报之德，昊天罔极。"何焯曰："此谓太皇太后四年崩也。"

〔七一〕案：汉魏时，节气日亲族相聚讌乐，有会节气之俗。

〔七二〕高谈，犹高论。无所，所犹可也。

〔七三〕发义，阐述道理。展，发舒。

〔七四〕崩城、陨霜，事见卷二《精微篇》注。

〔七五〕况，比也。

〔七六〕葵藿，李注："《淮南子》曰：圣人之于道，犹葵之与日，虽不能终始哉，其乡之者诚也。"案郑玄《仪礼》注："藿，豆叶也。"《说文》："葵，菜也。"朱骏声曰："《尔雅》：蒩，兔葵。"郭注："沰啖之滑。"《文选》潘安仁《闲居赋》李注引此表，阳字句绝。桂馥《说文义证》引此表，亦以阳字为句，盖本李注。

〔七七〕回，旋转也。然终，宋刊本《曹子建文集》无终字，《魏志》本传同。《文选考异》："茶陵本无然字。终下校语云：五臣作然，袁本无终字。校语云：善有终字。案《魏志》有然无终，疑茶陵所见得之。"

〔七八〕曹植意谓曹叡虽不顾，仍怀真诚爱戴之心，故以葵藿自喻也。

〔七九〕文子，李注："范子曰：文子者，姓辛，葵丘濮上人也。称曰计然，南游于越，范蠡师事。"

〔八〇〕福始、祸先，意谓不论致福或招祸，决不率先为之。

〔八一〕否隔，《广雅·释诂一》：“否，隔也。”否隔复义词。

〔八二〕友于，《尚书·君陈篇》：“友于兄弟。”友于为兄弟一词之歇后语，魏晋文士多用之。

〔八三〕唱言，《铨评》：“《魏志》唱作倡。”《国语·吴语》韦注：“发始为倡。”

〔八四〕何也，案宋刊本《曹子建文集》无何也二字，《魏志》本传同，《文选》有。

〔八五〕圣代，《铨评》：“代《魏志》作世。”案宋刊本《曹子建文集》亦作世。作代盖唐人避太宗讳改。

〔八六〕有不蒙施之物，《铨评》：“程脱此六字，从《魏志》补。”案宋刊本《曹子建文集》有此六字。《文选考异》：“茶陵本云，五臣再有有不蒙施之物六字，袁本再有，云善无有不蒙施之物六字。案此初无，尤修改添之。《魏志》再有，善亦当再有，传写脱去也。何校添，陈（景云）云：重六字为是。”丁校补此六字是也。

〔八七〕惨毒之怀，谓深切怨恨之情。

〔八八〕《柏舟》，《诗经》篇名。天只，李注：“《毛诗·柏舟》曰：母也天只，不谅人只。毛苌曰：谅，信也。母也天也，尚不信我也。”

〔八九〕《谷风》，《诗经》篇名。弃予，《谷风》诗曰：“将安将乐，女转弃予。”

〔九〇〕《铨评》：“《魏志》伊上有故字。”案宋刊本《曹子建文集》无故字。不为，《群书治要》卷二十六引为字作如。为、如草书形近致误。《尚书·说命篇》：“昔先正保衡作我先王，乃曰：予弗克俾厥后惟尧舜，其心愧耻，若挞于市。”

〔九一〕孟子曰以下二句，见《孟子·离娄篇》。

〔九二〕光被，即广被。时雍，《尚书义考》："犹言斯和也。"

〔九三〕缉熙，见卷二《制命宗圣侯孔羡奉家祀碑》注。章明，显明。

〔九四〕是臣，《铨评》："臣《魏志》作为。"案《文选》仍作臣，宋刊本《曹子建文集》与《文选》同，作臣字是。臣，曹植自谓。慺慺，谨敬貌。守，《易经·系辞》郑注："持不惑曰守。"

〔九五〕企伫，企，《汉书·高帝纪》颜注："谓举足而竦身。"伫，立也。

〔九六〕傥，或也。聪，《广雅·释诂四》："听也。"天聪、神听义同。天、神，古代臣下常以天或神字作尊崇帝王之饰词。

《铨评》："《魏志》本传：太和五年，复上疏求存问亲戚，因（《文选》李注作自）致其意。"案本传：诏报曰："盖教化所由，各有隆弊，非皆善始而恶终也，事使之然！故夫忠厚仁及草木，则《行苇》之诗作；恩泽衰薄，不亲九族，则《角弓》之章刺。今令诸国兄弟，情礼简怠；妃妾之家，膏沐疏略；朕纵不能敦而睦之。王援古喻义，备（《治要》卷二十六引备下有矣字）悉矣，何言精诚不足以感通哉！夫明贵贱，崇亲亲，礼贤良，顺少长，国之纲纪，本无禁固诸国通问之诏也，矫枉过正，下吏惧谴，以至于此耳！已敕有司，如王所诉。"此表怨而不怒，直抒胸臆，而文词剀切，述理明确，故曹叡复诏推责下吏，且纠正对诸王苛酷法制，导致颁布五年秋召诸王朝之诏令。

陈审举表〔一〕

臣闻天地协气而万物生〔二〕，君臣合德而庶政成。五帝之世非皆智，三季之末非皆愚〔三〕，用与不用，知与不知也。既时有举贤之名，而无得贤之实，必各援其类而进矣〔四〕！谚曰："相门有相，将门有将〔五〕。"夫相者,文德昭者也。将者,武功烈者也〔六〕。文德昭则可以匡国朝,致雍熙〔七〕,稷、契、夔、龙是(也)〔矣〕〔八〕。武功烈则可以征不庭〔九〕,威四夷〔一〇〕,南仲、方叔是矣〔一一〕。昔伊尹之为媵臣,至贱也〔一二〕;吕尚之处屠钓,至陋也〔一三〕。及其见举于(汤武)〔武汤〕、周文〔一四〕,诚道合志同,玄谟神通〔一五〕,岂复假近习之荐〔一六〕,因左右之介哉!书曰:有不世之君,必能用不世之臣;用不世之臣,必能立不世之功。殷周二王是矣〔一七〕。若夫龌龊近步〔一八〕,遵常守故,安足为陛下言哉!故阴阳不和〔一九〕,三光不畅〔二〇〕,官旷无人〔二一〕,庶政不整者,三司之责也〔二二〕。疆场骚动,方隅内侵〔二三〕,没军丧众,干戈不息者,边将之忧也。岂可虚荷国宠而不称其任哉!故任益隆者负益重,位益高者责益深。《书》称"无旷庶官"〔二四〕,《诗》有"职思其忧"〔二五〕,此其义也。陛下体天真之淑圣〔二六〕,登神机以继统〔二七〕,冀闻康哉之歌〔二八〕,偃武(行)〔修〕文之美〔二九〕。而数年以来,水旱不时〔三〇〕,民困衣食,师徒之发,岁岁增调〔三一〕。加东有覆败之军〔三二〕,西有殪没之将〔三三〕,至使蚌蛤浮翔于淮泗〔三四〕,鼍鼬欢哗于林木〔三五〕。臣每念之,未尝不辍食而挥餐〔三六〕,临觞而扼腕矣〔三七〕。昔汉文发代,疑朝有变〔三八〕。宋昌曰:内有朱虚、东牟之亲〔三九〕,外有齐、楚、淮南、琅邪〔四〇〕,此则磐石之宗〔四一〕,愿王勿疑。臣伏惟陛下远览姬文二虢之援〔四二〕,中虑周成、召、毕之辅〔四三〕,下存宋昌磐石之固〔四四〕。昔骐骥之于吴坂,可谓困矣!及其伯乐相之,孙邮御之〔四五〕,形体不劳,而坐取千里〔四六〕。盖伯乐善御马,明君善御臣;伯乐驰千里,明君致太平,诚任贤使能之明效也。若朝(司)〔士〕惟良〔四七〕,万机内理〔四八〕,武将行师,方难克弭〔四九〕，陛下可得雍容都城〔五〇〕，何事劳动銮驾暴露于边境哉〔五一〕！臣闻"羊质虎皮，见草则悦，见豺则战"〔五二〕，忘其皮之为虎也。今置将不良，有似于此。故语曰："患为之者不知，知之者不得为也。"昔乐毅奔赵，心不忘燕〔五三〕；廉颇在楚，思为赵将〔五四〕。臣生乎乱，长乎军〔五五〕，又数承教于武皇帝〔五六〕，伏见行师用兵之要，不必取孙吴而暗与之合〔五七〕。窃揆之于心〔五八〕，常愿得一奉朝觐〔五九〕，排金门，蹈玉陛〔六〇〕，列有职之臣，赐须臾之(问)〔闲〕〔六一〕，使臣得一散所怀，摅舒蕴积〔六二〕，死不恨矣！被鸿胪所下发士息书〔六三〕，期会甚急〔六四〕。又闻豹尾已建〔六五〕，戎轩鹜驾〔六六〕，陛下将复劳玉躬，扰挂神思〔六七〕。臣诚辣息〔六八〕，不遑宁处〔六九〕。愿得策马执鞭，首当尘露〔七〇〕，(撮)〔握〕风后之奇〔七一〕，接孙吴之要〔七二〕，追慕卜商，起予左右〔七三〕，效命先(躯)〔驱〕〔七四〕，毕命轮毂〔七五〕，虽无大益，冀有小补。然天高听远〔七六〕，情不上通，徒独望青云而拊心，仰高天而叹息耳！屈平曰："国有骥而不知乘，焉皇皇而更索〔七七〕。"昔管蔡放诛，周召作弼〔七八〕，叔鱼陷刑，叔向匡国〔七九〕。三监之衅，臣自当之〔八〇〕。二南之辅，求不必远〔八一〕，华宗贵族，藩王之中，必有应斯举者。故《传》曰：无周公之亲，不得行周公之事，惟陛下少留意焉！近者汉氏广建藩王，丰则连城数十〔八二〕，约则饔食祖祭而已〔八三〕。未若姬周之树国，五等之品制也〔八四〕。若扶苏之谏始皇〔八五〕，淳于越之难周青臣〔八六〕，可谓知时变矣〔八七〕。夫能使天下倾耳注目者，当权者是矣。故谋能移主〔八八〕，威能慑下〔八九〕，豪右执政〔九〇〕，不在亲戚。权之所(在)〔存〕，虽疏必重〔九一〕；势之所去，虽亲必轻〔九二〕。盖取齐者田族，非吕宗也〔九三〕；分晋者赵魏，非姬姓也〔九四〕，惟陛下察之！苟吉专其位，凶离其患者，异姓之臣也。欲国之安，祈家之贵，存共其荣，没同其祸者，公族之臣也。今反公族疏而异姓亲，臣窃惑焉！臣闻孟子曰："君子穷则独善其身，达则兼善天下〔九五〕。"今臣与陛下践冰履炭，登山浮涧，寒温、燥湿、高下共之〔九六〕。岂得离陛下哉！不胜愤懑〔九七〕，拜表陈情。若有不合，乞且藏之书府〔九八〕，不便灭弃〔九九〕。臣死之后，事或可思〔一〇〇〕。若有毫厘少挂圣意者，乞出之朝堂〔一〇一〕，使夫博古之士纠臣表之不合义者〔一〇二〕，如是则臣愿足矣。

〔　一　〕《铨评》："《艺文》五十三作《自试表》。程缺。"案《魏志》本传云"植复上疏陈审举之义"，似当作《陈审举表》为是。

〔　二　〕协气，气候适合。

〔　三　〕三季之末，谓夏、商、周之末代。

〔　四　〕援类，援引同类。指意气相合、关系密切者。进，《荀子·大略篇》杨注："仕也。"

〔　五　〕《史记·孟尝君传》："文闻：将门必有将，相门必有相。"此或战国时流传之语，故曰谚。《广雅·释诂四》："谚，传也。"谓流传俗语。

〔　六　〕文德，《尚书·大禹谟》："帝乃诞敷文德。"孔传："远人不服，大布文德以来之。"则文德盖谓政治措施也。昭，《文选·东京赋》："文德既昭。"薛注："昭，明也。"犹显著。烈，盛也，美也。

〔　七　〕雍熙，《文选·东京赋》："上下共其雍熙。"薛注："言富饶是同，上下咸悦，故能雍和而广也。"

〔　八　〕稷契夔龙四人，佐舜治理国家者。《尚书·舜典》："帝曰，弃，黎民阻饥,汝后(居)稷,播时百谷。帝曰:契,百姓不亲,五品不驯,汝作司徒。帝曰:夔,命汝典乐教胄子。帝曰:龙……命汝作纳言,夙夜出内,朕命惟允。"也,《铨评》:"《艺文》五十三作矣。"案作矣字是,与下句正相应。

〔 九 〕不庭,不朝也。见朱骏声《说文通训定声》。

〔一○〕威,畏也。

〔一一〕南仲,周宣王卿士。《诗经·出车篇》:"王命南仲,往城于方。出车彭彭,旗旐央央。天子命我,城彼朔方。赫赫南仲,玁狁于襄。"方叔,见《求自试表》注。

〔一二〕媵臣,《说苑·尊贤篇》:"邹子说梁王曰:伊尹,故有莘氏之媵臣也。"《左》僖五年传杜注:"送女曰媵。"

〔一三〕屠钓,吕尚屠于朝歌,钓于磻溪。陋,鄙小也。

〔一四〕汤武,案《魏志》本传作武汤,作武汤是也。考《诗经·玄鸟篇》:"古帝命武汤。"《史记·殷本纪》:"于是汤曰吾甚武,号曰武王。"是成汤亦曰武汤。伊、吕为殷汤、周文所选拔,与周武无涉。后人习见汤武联文而罕识武汤之即成汤,遂加乙改。下文明云殷周二王,作汤、武、周文,则是三王,与上下文义不相承应矣,其误的然,应订正。

〔一五〕道合志同,东方朔《非有先生论》:"心合意同。"与此义同。玄谟神通,《宋书·符瑞志》:"伊挚将应汤命,梦乘船过日月之旁。汤乃东至洛,观帝尧之坛,沈璧退立,黄鱼双涌,黑鸟随鱼止于坛,化为黑玉。又有黑龟并赤文成字,言夏桀无道,汤当代之。"《史记·周本纪》:"太公望以渔钓奸周。西伯将出,占之,曰:所获非龙非虎,非熊非罴,所获霸王之辅。西伯果遇太公渭滨。"此即所谓神通也。

〔一六〕近习，《礼记·月令篇》郑注："天子所亲幸者也。"

〔一七〕殷周二王，谓成汤、周文也。

〔一八〕龌龊，《史记·司马相如传》："委琐握龊。"《索隐》："局促也。"
　　　　近，迫也。

〔一九〕阴阳，寒暑也。

〔二〇〕畅，《史记·乐书》《正义》："通也。"

〔二一〕旷，《尚书·皋陶谟》孔传："空也。"

〔二二〕三司，谓司徒、司马、司空也。

〔二三〕方隅，犹方域也。指邻国。

〔二四〕《书》称，见《尚书·皋陶谟》。《论衡·艺增篇》："毋空众官，实
　　　　非其人。"与上文"官旷无人"意同。

〔二五〕《诗》有，《诗经·蟋蟀篇》。职，主掌其事。职思其忧，意谓邻
　　　　国侵略，是职掌其事者主要考虑之责任（说本郑笺）。

〔二六〕真，《庄子·渔父篇》："真者所以受于天也。"是天真犹言天性。
　　　　句正言当云"体淑圣之天真"。淑圣，淑，善也；圣，《尚书·大
　　　　禹谟》孔传："圣无所不通。"

〔二七〕神机，比喻帝位。统，业也。继统，谓继承帝业。

〔二八〕冀，希望。康哉之歌，《尚书·益稷篇》："乃赓再歌曰：元首明
　　　　哉，股肱良哉，庶事康哉！"康，安也。

〔二九〕行文，案《册府元龟》卷二百七十三引行字作修。疑作修字是。
　　　　修文，修治文教。偃，息也，止也。

〔三〇〕不时，《魏志·明帝纪》："太和二年五月大旱。四年九月大雨，
　　　　伊、洛、河、汉水溢。五年三月，自去冬十月至此月不雨。"

〔三一〕增调，增加兵员征召之人数。谓连年与吴、蜀作战也。

〔三二〕指曹休战败事。已详《求自试表》注。

〔三三〕《魏志·张郃传》："诸葛亮复出祁山，诏郃督诸将西至略阳。亮还保祁山，郃追至木门，与亮军交战，飞矢中郃右膝薨。"

〔三四〕蚌蛤，案《御览》卷五十七引蚌字作蜂。疑非。蚌蛤，指吴。

〔三五〕鼺，王引之谓即今之灰鼠。说见《广雅疏证》。鼬即今云黄鼠狼。此谓蜀。

〔三六〕挥，《礼记·曲礼》《正义》："挥，振去余也。"

〔三七〕扼腕，《史记·孝武纪》《集解》："扼，执持也。"此二句形容内心愤激之貌。

〔三八〕汉文发代。汉文谓汉文帝刘恒；发，《广雅·释诂二》："去也。"代，今山西平遥县西北。朝，朝廷。变，言变化。

〔三九〕宋昌，人名，时任代国中尉。朱虚，朱虚侯刘章；东牟，东牟侯刘兴居，章之弟，时俱在长安。

〔四〇〕齐，齐王刘肥；楚，楚王交；淮南，淮南王长；琅邪，琅邪王刘泽，皆刘邦兄弟或子。详《汉书·孝文帝纪》。

〔四一〕磐石之宗，谓宗族坚巨如大石之不可移动也。

〔四二〕姬文，周文王姬姓。二虢，虢仲、虢叔。

〔四三〕召、毕，召公奭、毕公高。

〔四四〕存，《周礼·司尊彝》郑注："省也。"磐石，《铨评》："张脱石，从《魏志》本传补。"

〔四五〕孙郦，《铨评》："郦《艺文》作子。"案孙郦即《左》哀二年之郦无恤，赵简子御者。说详梁履绳《左通补释》。

〔四六〕坐，自然之词。《张华》诗："兰膏坐自凝。"谓无故自凝也。

〔四七〕朝司，案《册府元龟》卷二百七十三引司作士。《求通亲亲表》："不后于朝士矣。"疑作士字是。

〔四八〕内理犹内治。

〔四九〕克弭，克，能也；弭，止也。

〔五〇〕雍容，从容优游之貌。

〔五一〕銮驾，犹鸾辂，谓天子之车。《吕览·孟春》高注："鸾鸟在衡，和在轼，鸣相应和。后世不能复致，铸铜为之，饰以金，谓之鸾辂也。"《礼记·明堂位》："鸾车，有虞氏之路也。"暴露边境，案《魏志·明帝纪》："太和二年，蜀大将诸葛亮寇边。丁未行幸长安。"据此表，曹叡亲征，或不仅此一次。盖史阙有间，今无可考。

〔五二〕羊质虎皮三句，引自扬雄《法言·吾子篇》。此讽刺魏之边防将帅贪婪而怯懦。《魏志·董昭传》："臧霸等既富且贵，无复他望，但欲终其天年保守禄祚而已。何肯乘危自投死地，以求侥幸。"

〔五三〕《史记·乐毅传》："乐毅伐齐，破之，下七十余城，惟莒、即墨未下。燕昭王死，子立，为燕惠王。惠王信齐间，疑乐毅，乃使骑劫代将而召毅。毅畏诛，遂西奔赵，赵以为上卿。惠王恐赵用乐毅以伐燕也，为书责之。毅乃报惠王书，示不背德，而往来燕赵。"

〔五四〕《史记·廉颇传》："廉颇为赵将，伐齐大破之，拜为上卿。赵孝成王卒，悼襄王立，使乐乘代之。颇怒，攻乐乘，遂奔魏之大梁。久之，魏王不能信用，而赵亦数困于秦兵。赵王思复得廉颇，廉颇亦思复用于赵。王以为老，遂不召。"

〔五五〕生乎乱，案曹植生于汉献帝初平三年。时司徒王允与吕布共杀董卓，卓将李傕、郭汜等杀允攻布，布败，东出武关，傕等擅朝政。长乎军，谓长于消灭割据豪强战争之中。

〔五六〕承教，接受教诲。武皇帝谓曹操。

549

〔五七〕孙吴，谓孙武、吴起兵法之书。

〔五八〕揆，《尔雅·释言》："度也。"

〔五九〕一奉，朱骏声《说文通训定声》："一，发语之辞。"案一犹或也。

〔六〇〕杨雄《解嘲》："历金门上玉堂有曰矣。"排，《广雅·释诂二》："推也。"《解嘲》李注："应劭曰：待诏金马门。"蹈，践也。玉陛，玉阶。

〔六一〕问，《群书治要》卷二十六、《册府元龟》卷二百七十三引问字俱作闲。案作闲字是。《左》昭五年传杜注："闲，暇也。"

〔六二〕攄舒，攄，申也；舒，展也。蕴积，犹菀结。《诗经·都人士篇》："我心苑结。"谓心情郁积不能发抒之意。

〔六三〕被，案《册府元龟》卷二百七十三引作披。披，《汉书·薛宣传》颜注："发也。"疑作披字是。鸿胪，官名，见卷二《圣皇篇》注。士息，士家子弟。

〔六四〕期会，犹言时限。

〔六五〕豹尾，皇帝外出，随行之车计八十一乘，而最后一车，上悬豹尾（《后汉书·舆服志》）。建，设也。

〔六六〕戎轩，兵车。骛，疾也。

〔六七〕扰挂，扰，烦也；挂，悬也。

〔六八〕竦息，《汉书》叙传："吏民竦息。"忧惧不安之貌。

〔六九〕遑，暇也。宁处，安居也。

〔七〇〕尘露，《铨评》："露《御览》三百五十九作路。"案作露字是。谓蒙犯尘与露也，作路疑非。

〔七一〕撮，潘眉《三国志考证》："撮字当作握。"奇，《老子》："以奇用兵。"

〔七二〕接，《广雅·释诂》："接，持也。"

〔七三〕追慕犹上慕。卜商,孔子弟子子夏,姓卜名商。起予,《论语·八佾篇》:"起予者商也。"起,今曰启发。

〔七四〕先躯,案《魏志》本传躯作驱。躯当属驱字之形误。

〔七五〕轮毂,谓轮毂之下。

〔七六〕天,象征曹叡。

〔七七〕屈平曰,梁章钜《三国志旁证》:"按此宋玉《九辩》第八章之词,子建云屈平误。"考《魏志·武帝纪》裴注引《魏武故事》载令曰:"舍骐骥而弗乘,焉遑遑而更求。"与此意同。

〔七八〕周公杀管叔而放蔡叔。《尚书·君奭》:"召公为保,周公为师,相成王左右。"

〔七九〕《左》昭十五年传:"晋邢侯与雍子争鄐田,久而无成。士景伯如楚,叔鱼摄理。韩宣子命断旧狱,罪在雍子。雍子纳其女于叔鱼,叔鱼蔽罪邢侯。邢侯怒,杀叔鱼与雍子于朝。宣子问其罪于叔向。叔向曰:三人同罪,施生戮死可也。雍子自知其罪而赂以买直;鲋也鬻狱;邢侯专杀,其罪一也。己恶而掠美为昏,贪以败官为墨,杀人不忌为贼。《夏书》曰:昏墨贼杀。皋陶之刑也,请从之。乃施邢侯而尸雍子与叔鱼于市。"

〔八〇〕三监,谓管叔、蔡叔、霍叔。衅,《左》宣十二年传杜注:"罪也。"

〔八一〕二南,成王分陕以东之地,命召公主之;陕以西之地,命周公主之。《诗经》之《周南》、《召南》,即周公、召公之地民歌。故二南以喻周公、召公,亦以象征曹姓诸王也,下文华宗贵族藩王之中必有应斯举者,正承此而言。

〔八二〕《汉书·高帝纪赞》:"汉兴,惩戒亡秦孤立之败,于是封王子弟,大者跨州兼郡,小者连城数十。"

〔八三〕《汉书·景帝纪赞》:"景帝遭七国之难,抑损诸侯,诸侯唯得衣

食租税,不与政事。"《史记·汉兴以来诸侯王年表序》:"上足
以奉贡职,下足以供养祭祀。"故仅能飨食祖祭而已,言其
约也。

〔八四〕五等,谓公、侯、伯、子、男五等封爵。

〔八五〕扶苏,始皇太子,为李斯、赵高、胡亥所害。其谏始皇之封建诸
侯言论,不见于《始皇本纪》,存参。

〔八六〕李慈铭《三国志札记》:"案博士齐人淳于越之难仆射周青臣
事,见《史记·秦始皇本纪》。"考淳于越曰:"臣闻殷、周之主,
封子弟功臣,千有余岁。今陛下君有海内,而子弟为匹夫,卒
有田常六卿之臣,而无辅弼,何以相救!"植引此而谓之知时
变,盖借古语以申今情也。

〔八七〕时变,时代政治形势之变化。

〔八八〕谓其智谋能改变主上之意旨。

〔八九〕威能慑下,即本卷《辅臣论·论司马骠骑》"威严足惮"之意。

〔九〇〕豪右,《后汉书·明帝纪》章怀注:"大家也。"谓士族中之有权
力者。

〔九一〕所在,案《南齐书·高祖十三王传论》在字作存。疑作存者是。
存犹在也。然作存,窃谓具"前有浮声,则后需切响"之理,若
作在、重,则异其韵趣矣。

〔九二〕势即权势,不用权,变文以避复也。

〔九三〕取齐者田族,已见本卷《藉田说》注。吕宗,吕太公望之姓。

〔九四〕分晋者赵魏,案赵韩魏三家分晋,而此独称赵、魏,李慈铭《三
国志札记》:"不云三家者,以韩为曲沃桓叔之后,本晋公
族也。"

〔九五〕《孟子》曰,见《孟子·尽心章》。窃谓在政治上志愿不能实现,

552

曹植集校注

则当独自修饬己之品德。达谓政治上能实践己之抱负,即应
兼利天下之人。

〔九六〕意谓己与国休戚相关,同其祸福。

〔九七〕愤懑,言烦闷。谓意结于胸,不能发舒也。

〔九八〕书府,案《册府元龟》卷六百二十引:"魏武帝为魏王,置秘书令
及二丞,典尚书奏事,即中书之任也。兼长图书秘记。"

〔九九〕不便,不即之意。

〔一〇〇〕思,念也。

〔一〇一〕朝堂,谓群臣治事之所。

〔一〇二〕博古之士,谓具有丰富历史知识者。纠,《周礼·邻长》郑注:
"举察也。"

《文馆词林》载魏明帝《答东阿王论边事诏》曰:"览省来书,
至于再三。朕以不德,夙遭闵凶。圣祖皇考,复见孤弃。武宣皇
后,复即玄宫。重此哀茕,五内伤剥。又以眇身,暗于从政,是故
二寇未诛,黔首元元,各不得所。虽复兢兢,坐而待旦,惧无云
益。王侠辅帝室,朕深赖焉!何乃谦卑,自同三监。知吴蜀未
枭,而海内虚耗为忧;又虑边将,或非其人,诸所开谕,朕敬德之,
高谋良策,思闻其次。"梁章钜《三国志旁证》:"按植集无《论边事
表》,或即是此篇。"

553

　　案司马懿以他政治军事才能,参与魏王继承权的斗争,取得
曹丕信任,承受顾命。在太和时期,权力在统治集团中,取得进
一步的发展,隐隐浮现着移夺政权的迹象。当时效忠魏王朝的
大臣如高堂隆在他奏疏中,已明确指出"……宜防鹰扬大臣,于
萧墙之内……"曹植虽在藩国,也洞察王朝内部存在的危机,因

此在表中直接提出强宗豪族对政权孕蓄着的危害性，而建议树立以皇族成员为骨干的统治核心组织，借以巩固魏王朝统治地位。他提出的论点，有和曹冏《六代论》是一致的，但没有引起曹叡的注意，这和曹丕遗诏分不开的，终于导致司马炎篡夺政权的事变发生，结束魏王朝的统治。曹植对于政治形势的预见性，从表中已深切著明了。

又

昔段干木修德于闾阎〔一〕，秦师为之辍攻，而文侯以安〔二〕。穰苴授节于邦境，燕晋为之退师，而景公无患〔三〕。皆简德尊贤之所致也。愿陛下垂高宗傅岩之明〔四〕，以显中兴之功。

〔一〕闾阎，《文选・西都赋》李注："《字林》曰：闾，里门也。阎，里中门也。"则闾阎犹言里巷。

〔二〕秦师，《铨评》："《艺文》五十三师作军。"《吕氏春秋・期贤篇》："段干木者，魏文侯敬之，过其庐而轼之。其仆曰：干木布衣耳，而君轼其庐，不亦过乎？文侯曰：干木不趣俗役，怀君子之道，隐处穷巷，声驰千里之外，未肯以己易寡人也。寡人光乎势，干木富于义。势不如德尊，财不如义高，吾安敢不轼乎！秦欲攻魏，而司马康谏曰：段干木贤者而魏礼之，天下皆闻，无乃不可加乎兵？秦君以为然，乃止。"

〔三〕授节，《后汉书・光武纪》章怀注："节，所以为信也。"授节，即任以为将。邦境，即国内。《史记・司马穰苴传》："司马穰苴者，田完之苗裔也。齐景公以为将军，将兵扞燕晋之师。燕晋闻之遂退，而失地以复。"

〔　四　〕《尚书·说命篇》："高宗梦得说,使百工营求诸野,得诸傅岩。"曹植希冀曹叡如殷武丁简拔民间智能之士,以明中兴之功。

《铨评》："张作《请用贤表》。此篇,程本篇首有'五帝之世非皆智,三季之末非皆愚'以下一百三十九字,即下《陈审举表》内之文,今删之,惟存篇末六十三字。然玩其文势,疑即《陈审举表》内脱文,张强立篇目似非。无文订正,姑附于此。"严可均《全三国文校语》："案篇首至此(五帝之世至任贤使能之明效也)与《魏志》本传所载《陈审举疏》文同。《艺文类聚》作又《求自试表》。考《文馆词林》载明帝答诏云:省览来书,至于再三,则求自试似非一表。盖《艺文》据植集本,因与本传异耳,录之不嫌复出。"案严氏谓植《求自试表》不仅一通,其依据为明帝答诏,至于再三一语,揆严氏之意,盖误解再三为再表三表也。所谓再三之意,仅云再三阅览,示郑重之旨,无它义也。考曹叡答诏正与《陈审举表》相应,如表云:"三监之衅,臣自当之。"答诏则云:"何乃谦卑,自同三监。"又如表云:"至使蚌蛤浮翔于淮泗,蟲鼬欢哗于林木。"诏云:"二寇未诛","吴蜀未枭。"表云:"数年以来,水旱不时,民困衣食,师徒之发,岁岁增调。"则答诏云:"海内虚耗。"表又云:"今置将不良,有似于此。"而答诏云:"又虑边将,或非其人。"则严氏之说,未可信也,固应从丁校为得。窃疑本传所载,或为陈寿所删节,非径录原文也。此六十三字,恐系原文,故录附于《陈审举表》后,而为说明如右。

皇子生颂[一]

於(圣)〔皇〕我后[二],宪章前志[三]。克纂二皇[四],三灵昭事[五]。

祗肃郊庙〔六〕，明德敬惠〔七〕。潜和积吉〔八〕，钟天之釐〔九〕。嘉月令辰〔一〇〕，笃生圣嗣〔一一〕。天地降祥，储君应祉〔一二〕。庆由一人〔一三〕，万国作喜〔一四〕。喁喁万国〔一五〕，炗炗群生〔一六〕，禀命我后〔一七〕，绥之则荣〔一八〕。长为臣(职)〔妾〕〔一九〕，终天之经〔二〇〕。仁圣奕代〔二一〕，永载明明〔二二〕。同年上帝〔二三〕，休祥淑祯。藩臣作颂〔二四〕，光流德声〔二五〕。吁嗟卿士，祗承予听〔二六〕。

〔一〕《铨评》:"《艺文》四十五作《皇太子颂》。"

〔二〕圣我，《铨评》:"张作我圣。《艺文》四十五作我皇。"案《初学记》卷十引作"於皇我后"。疑是。於，发语词。皇，大也。我后，谓曹叡。

〔三〕宪，《铨评》:"《艺文》作懿。"案作宪字是。《礼记·中庸篇》:"宪章文武。"《后汉书·班彪传》章怀注:"宪章，法则也。"犹遵循效法之意。前志，《周礼·小史》:"掌邦国之志。"郑司农注:"志谓记也。"前志，谓古代典籍。

〔四〕纂，《铨评》:"《艺文》作慕。"案宋刊本《曹子建文集》仍作纂，《初学记》卷十引与宋刊曹集同，疑作纂字是。纂，继也。二皇，《铨评》:"二《初学记》十作三。"案二皇谓曹操、曹丕。《初学记》作三误。

〔五〕三，《铨评》:"《初学记》作王。"案王系三字之形误。三灵，日月星也。昭事，《诗经·大明篇》:"昭事上帝。"郑笺:"昭，明也。"疑此以叶韵倒。

〔六〕祗肃，《尚书·太甲篇》:"社稷宗庙，罔不祗肃。"孔传:"肃，严也。"祗，敬也。郊，祀天地。庙，祭祖先。

〔七〕明德，《尚书·康诰》:"克明德。"《左》成二年传:"明德，务崇之

之谓也。"《正义》:"务崇之,谓务欲崇益道德。"惠,《铨评》:"程

作忌,从《艺文》。"案作惠字是。惠,仁爱。

〔 八 〕潜,《铨评》:"《艺文》作阳。"和,《铨评》:"《韵补》四作精。"吉,

《铨评》:"程作石,从《艺文》。"案《密韵楼丛书·曹子建文集》

与程本同。《论衡·量知篇》:"铜未铸铄曰积石。"孙诒让《札

迻》:"积为矿朴之名。"疑此句意谓孕育男胎。

〔 九 〕钟,聚集也。釐,谓幸福。

〔一〇〕嘉月令辰,《魏志·明帝纪》:"太和五年秋七月乙酉,皇子殷

生,大赦。"

〔一一〕笃生,见卷二《责躬诗》注。圣嗣,夏侯玄《皇胤赋》:"在太和之

五载,肇皇胤之盛始。时惟孟秋,和气淑清,良辰既启,皇子

诞生。"

〔一二〕应祉,《铨评》:"此二句程、张脱,从《书钞》二十二补。"储君,谓

太子。时曹叡尚未有子,殷生,将立以为嗣,故曰储君。应祉,

谓当此福也。

〔一三〕一人,《尚书·君奭篇》孔传:"天子也。"谓曹叡。

〔一四〕喜,《铨评》:"程作嘉,从《艺文》。"案祉、喜协韵,作嘉则失韵,

作喜是。作喜犹言造福。《尚书·吕刑篇》:"一人有庆,兆民

赖之。"

〔一五〕喁喁,《说文》:"喁,鱼口上见。"《汉书·司马相如传》颜注:"喁

喁,众口向上也。"王筠《说文句读》:"颜注实则以鱼口譬人口

也。"此形容百姓生活困苦、急望拯济之貌。

〔一六〕岌岌,《孟子·万章篇》:"天下殆哉,岌岌乎!"赵注:"岌岌乎,

不安貌也。"群生谓百姓。《魏志·华歆传》:"如闻今年征役,

颇失农桑之业,为国者以民为基,民以衣食为本,使中国无饥

寒之患,百姓无离土之心,则天下幸甚!"又《杜恕传》:"帑藏岁虚而制度岁广,民力岁衰而赋役岁兴。"

〔一七〕禀命,《国语·晋语》:"将禀命焉。"韦注:"禀,受也。"命,死生曰命。谓百姓之死生实禀受于曹叡。

〔一八〕绥之,安之。荣,言繁盛康乐。

〔一九〕臣职,《铨评》:"职《艺文》作妾。"作臣妾是。《左》僖十七年传:"男为人臣,女为人妾。"郑玄曰:"臣妾,厮役之属也。"

〔二〇〕天经,见本卷《惟汉行》注。

〔二一〕代,《铨评》:"《艺文》作世。"奕世,见卷二《责躬诗》注。

〔二二〕永载,永久尊奉。明明,形容尊贵至极之词。

〔二三〕谓寿命与上帝相同。

〔二四〕藩臣,曹植自谓。

〔二五〕光流,犹言广布。德声,仁惠声闻。

〔二六〕祗承,恭敬接受。听,《吕览·知士》高注:"许也。"予听犹言许予。

太和时代,曹叡对吴蜀接连用兵,又大修宫殿,赋役繁重,劳民伤财,百姓极为困苦。曹植在颂里积极强调应给与百姓休养生息之时间,并提出百姓苦乐在于曹叡个人的措施。辞意婉约,刘勰《文心雕龙》称之:"陈思所缀,以皇子为标。"这是有识鉴的评论。

(诰)〔诘〕咎文 有序〔一〕

五行致灾,先史咸以为应政而作〔二〕。天地之气,自有变动,未必政治之所兴致也〔三〕。于时大风,发屋拔木〔四〕,意有感焉!

聊假天帝之命〔五〕，以(诰)〔诘〕咎祈福〔六〕。〔其〕辞曰〔七〕：

上帝有命，风伯雨师。夫风以动气〔八〕，雨以润时〔九〕；阴阳协和〔一〇〕，庶物以滋〔一一〕。亢阳害苗〔一二〕，暴风伤条〔一三〕，伊周是(遇)〔过〕〔一四〕，在汤斯遭〔一五〕。桑林既祷，庆云克举〔一六〕。偃禾之复，姬公去楚〔一七〕。况我皇德，承天统民〔一八〕，礼敬川岳，祈肃百神〔一九〕，享兹元吉，釐福日新〔二〇〕。至若炎旱赫羲〔二一〕，飙风扇发〔二二〕，嘉卉以萎〔二三〕，良木以拔。何谷宜填，何山应伐〔二四〕，何灵宜论〔二五〕，何神宜谒〔二六〕？于是五灵振悚〔二七〕，皇祇赫怒〔二八〕，招摇惊怛〔二九〕，欃枪奋斧〔三〇〕。河伯典泽〔三一〕，屏翳司风〔三二〕，回(呵)〔诃〕飞廉〔三三〕，顾叱丰隆〔三四〕，息飙遏暴〔三五〕，元敕华嵩〔三六〕，庆云是兴，效厥年丰〔三七〕。遂乃沈阴块圠〔三八〕，甘泽微微〔三九〕，雨我公田，爰暨(于)〔予〕私〔四〇〕。黍稷盈畴，芳草依依〔四一〕，灵禾重穗〔四二〕，生彼邦畿，年登岁丰，民无馁饥〔四三〕。

〔一〕诰咎，案《文选·洛神赋》李注引虞喜《志林》作诘咎。胡克家《文选考异》："王伯厚尝言曹子建《诘咎文》，假天帝之命，以诘风伯雨师，名篇之意显然矣。"据此则诰实为诘字之形误。《艺文》卷一百引亦作诘。《广雅·释诂一》："诘，责也。"

〔二〕五行，指金、木、水、火、土。致灾，《汉书·公孙弘传》颜注："致引而至也。"先史，谓《左氏传》及史籍中之《五行志》。应政而作，《淮南·时则训》高注："孟春木德用事，法当宽仁，如行大德，热气动于上，则致旱。"亦见《礼记·月令篇》。此古代五行家以相生相克之迷信说在政治上之比附，希图解释天灾形成之原因。

〔三〕曹植以为天灾有其自具之规律，决非政治治乱所能影响者，与

《荀子》"天行有常，不为尧存，不为桀亡"之说相近。

〔四〕发，《广雅·释诂一》："举也。"

〔五〕聊，姑且。天帝，《铨评》："天程作六，从《艺文》一百改。"案《公羊传》何休注："帝，皇天大帝，在北辰之中，主总领天地五帝群神也。"丁校是。

〔六〕诰，亦当作诘。

〔七〕辞曰，案宋刊本《曹子建文集》辞上有其字，《艺文》卷一百引同，似应据补。

〔八〕动气，《释名·释天》："风，放也。气放散也。"此谓风促使气候变化。

〔九〕润时，适应节令之雨，草木受之而生长。

〔一〇〕阴阳，谓寒暑。

〔一一〕庶，《铨评》："程、张作气，从《艺文》。"庶物犹言万物，作庶字是。以滋，因此繁茂。

〔一二〕亢阳，《广雅·释诂四》："亢，高也。"谓高温。苗，《公羊》庄七年传何注："苗者禾也。生曰苗，秀曰禾。"

〔一三〕条，《说文》："小枝也。"

〔一四〕伊，发语词。周，谓周成王时。遇，《铨评》："程作过，从《艺文》。"案作遇字是。详本卷《怨歌行》注。

〔一五〕汤，成汤。遭犹遇也。

〔一六〕桑林，已见卷一《汤祷桑林赞》注。举，与也。

〔一七〕周，姬姓，故周公或称姬公。去，《铨评》："《艺文》作走。"案《怨歌行》云居东，而此云走楚，似为二事。宋翔凤《书说》："奔楚与居东实一事，传记说之各异。"如宋说，则一事耳。

〔一八〕承天，承受上天意旨。

〔一九〕祈，《文选·东京赋》薛注："求福也。"

〔二〇〕元吉，大吉。新，《左》僖二十年经《正义》："言新以易旧。"

〔二一〕赫羲，见卷一《大暑赋》注。

〔二二〕飙风，《尔雅·释天》孙注："回风从下上曰飙。"扇发，犹言猛烈
　　　　吹动。

〔二三〕嘉卉，指禾。萎，《铨评》："程、张作委，从《艺文》。"案作萎是。

〔二四〕伐，谓斫断也。《左》昭十六年传："秋郑大旱，使屠击、祝疑、竖
　　　　柎有事于桑山，斩其木，不雨。"或古代天旱，有斫伐森林求雨
　　　　之事，故植云"何山宜伐"也。

〔二五〕灵，神也。论，《荀子·王制篇》杨注："说赏罚也。"

〔二六〕谒，《汉书·百官公卿表》颜注："应劭曰:谒，请也，白也。"

〔二七〕五灵，东方青帝灵威仰，南方赤帝赤熛怒，中央黄帝含枢纽，西
　　　　方白帝白昭矩，北方黑帝协光纪（《周礼·太宰》《正义》）。振
　　　　悚，震动恐惧。

〔二八〕皇祇，皇，天神;祇，地神。赫怒，《诗经·皇矣篇》："王赫斯
　　　　怒。"郑笺："赫，怒意。"

〔二九〕招摇，北斗第七星。古代天文家谓之备兵难之星。考《晋书·
　　　　天文志》："帝席北三星曰梗河，天矛也。其北一星曰招摇，一
　　　　曰矛楯。郑氏以北斗第七星摇光为招摇，非也。"（本刘宝楠
　　　　《愈愚录》）惊怯，《铨评》："惊《艺文》作警。"

〔三〇〕欃枪，《尔雅·释天》："彗星为欃枪。"奋斧之义未详。

〔三一〕河伯，河神。典泽，主管降雨。

〔三二〕屏翳，见《洛神赋》注。

〔三三〕回，《铨评》："《艺文》作右。"案宋刊本《曹子建文集》同。呵，疑
　　　　当作诃。《说文》："诃，大言而怒也。"飞廉，《铨评》："廉程作

厉,从《艺文》。"《离骚》王注:"飞廉,风伯也。"曹植此文既以屏
翳为风伯,则飞廉疑为电神,惟乏确证,存参。

〔三四〕叱,责骂之意。丰隆,《铨评》:"丰程作风,从《艺文》。"《穆天子
传》:"天子升昆仑封丰隆之葬。"郭注:"丰隆,云师,御云得大
壮卦,遂为雷师。"窃疑丰隆雷声,故以为雷师也。

〔三五〕遏暴,遏,阻止;暴,谓暴雨。

〔三六〕元敕,首先敕戒。华、嵩,华山、嵩山。古谓山为兴云降雨
之神。

〔三七〕年丰,《铨评》:"程、张作丰年,从《艺文》。"案风、隆、嵩、隆四字
协韵,作丰年则失韵,《艺文》是。

〔三八〕沈阴谓密云。块圠,《文选·鵩鸟赋》:"块圠无垠。"应劭曰:
"其气块圠,非有限齐也。"案此形容雨云广布天空之貌。

〔三九〕甘泽,谓雨。微微,谓细雨蒙蒙然。

〔四○〕《诗经·大田篇》:"雨我公田,遂及我私。"此植句所本。于私,
《铨评》:"《艺文》于作予。"案宋刊本《曹子建文集》同。于或予
字之形误。

〔四一〕芳草,疑谓农作物。依依,茂盛貌。

〔四二〕灵禾,神禾。重穗,即卷二《魏德论讴》之协穗。说见彼注。

〔四三〕馁,饿也。

箜篌引〔一〕

置酒高殿上,亲友从我游〔二〕。中厨办丰膳〔三〕,烹羊宰肥牛〔四〕。
秦筝何慷慨〔五〕,齐瑟和且柔〔六〕。阳阿奏奇舞〔七〕,京洛出名
讴〔八〕。乐饮过三爵〔九〕,缓带倾庶羞〔一○〕。主称千金寿〔一一〕,宾
奉万年酬〔一二〕。久要不可忘〔一三〕,薄终义所尤〔一四〕。谦谦君子

德〔一五〕，磬折何所求〔一六〕。惊风飘白日，光景驰西流〔一七〕，盛时不再来〔一八〕，百年忽我遒〔一九〕。生存华屋处〔二〇〕，零落归山丘〔二一〕。先民谁不死？知命复何忧〔二二〕。

〔 一 〕《铨评》：“《乐府》三十九作《野田黄雀行》。又云：晋乐奏东阿王置酒高殿上，始言丰膳乐饮，盛宾主之献酬；中言欢极而悲，嗟盛时之不再；终言归于知命而无忧也。《空侯引》亦用此曲。《乐府》载二首，云一曲晋乐所奏，一曲本辞。程、张仅收本辞，与《七哀诗》兼收晋乐者不一例。然晋乐所奏，乃晋人改以入乐，不关援引之异，难列于注。兹于本辞后附列晋乐，低一格别之。”案晋乐所奏，当如程、张本删之，不必羼入本集为是，以复其旧。《文选》李注：“《汉书》曰：塞南越，祷祠太一后土，作坎侯。坎，声也。应劭曰：使乐人侯调作之，取其坎坎应节也，因其姓号名曰坎侯。苏林曰：作箜篌。”案《事物原始》：箜篌形曲而长，二十三弦，抱于怀，双手拨弄。

〔 二 〕友，《铨评》：“《乐府》三十九作交。”案宋刊本《曹子建文集》字作友，与《文选》同。

〔 三 〕膳，《铨评》：“《白帖》十五作馔。”《文选》李注：“郑玄《周礼》注曰：膳之言善。”是善所见本固作膳也。

〔 四 〕宰，李注：“《声类》曰：宰，治也。”

〔 五 〕慨，《铨评》：“《艺文》四十二作恺。”慨、恺同。卷一《赠丁廙》：“秦筝发西气。”与此意同，说见彼注。

〔 六 〕《赠丁廙》：“齐瑟扬东讴。”亦见彼注。

〔 七 〕阳阿，李注：“《汉书》曰：孝成赵皇后，及壮，属阳阿主家，学歌舞。”案《淮南·俶真训》：“足蹀阳阿之舞。”高注：“阳阿，古之名倡也。”奏，《广雅·释诂二》：“进也。”奇，异也。

〔八〕京洛，曹丕建都洛阳，故称洛阳为京洛。讴，歌者。

〔九〕三爵，李注："《礼记》曰：君子之饮酒也：一爵而色洒如；二爵而言言斯；三爵而油油以退。"案《左》宣二年传："臣侍君宴，过三爵，非礼也。"《正义》："《玉藻》曰：君子之饮酒也：受一爵而色洒如也；二爵而言言斯礼已；三爵而油油以退。"郑玄云："礼饮过三爵则敬杀，可以去矣。"是三爵礼讫，自当退也。

〔一〇〕缓带，《穀梁》文十八年传何注："优游之称也。"倾，犹尽也。庶羞，李注："《仪礼》曰：上大夫庶羞二十品。"案《周礼·膳夫》郑注："羞出于牲及禽兽以备滋味，谓之庶羞。"

〔一一〕称，《尔雅·释言》："举也。"千金寿，李注："《史记》曰：平原君以千金为鲁仲连寿。"案《后汉书·明帝纪》章怀注："寿者人之所欲，故卑下奉觞进酒，皆言上寿。"

〔一二〕奉，进也。酬，《仪礼·乡射礼》郑注："劝酒也。"

〔一三〕久要，李注："《论语》曰："久要不忘平生之言，亦可以为成人矣。"案何晏《集注》引孔传："旧约也。"《广雅·释诂一》："约，好也。"是旧约犹旧好。

〔一四〕终，《铨评》："《初学记》十七作我。"案李注："《列子》曰：或厚之于始，或薄之于终。"则李见本作终，终字是。义，谓道义。尤，过也。

〔一五〕谦谦，李注："《周易》曰：谦谦君子，卑以自牧。"案《周易·谦卦释文》："谦，卑退为义，屈己下物也。"

〔一六〕磬，《铨评》："程、张作罄，从《文选》。"案宋刊本《曹子建文集》亦作罄。《后汉书·马援传》章怀注："罄折者屈身如磬之曲折。"盖以示敬。何所，《铨评》："《文选》作欲何。"

〔一七〕光景，日光。驰，喻急速。流，行也。

〔一八〕盛时，犹壮年。《太玄·元冲》范注："盛，壮也。"再来，《铨评》：
　　　　"《文选》作可再。"

〔一九〕遒，李注："《毛诗》传曰：遒，终也。"

〔二〇〕存，《铨评》："《文选》作在。"案《晋书·乐志》在作存，疑是。华
　　　　屋，采绘之屋。此句顺言生存处华屋，此倒，或以音节故。

〔二一〕零落，李注："《古董逃行》曰：年命冉冉我遒，零落下归山丘。"
　　　　零、落皆坠也。以草木之零落，比喻人之死亡。山丘，喻坟墓。

〔二二〕先民，《诗经·那篇》："先民有作。"先民犹古人也。知命，谓知
　　　　天命。李注："《周易》曰：乐天知命故不忧。"

　　　朱绪曾云："刘履云：此盖子建既封王之后燕享宾亲而作。
案子建在文帝时，虽膺王爵，'四时之会，块然独处。'至明帝时，
始上疏求问存亲戚，恐无燕享宾亲事，然则此篇作于平原、临菑
侯时也。"案朱说近是，亦有不安者，植封平原、临菑，盖在壮年，
正欲建功业，垂声名，意气风发，观与杨修、吴质书可以知之，怎
能有"盛时不再，百年我遒"的萧索情绪呢！东阿物产丰饶，而曹
叡下令放宽控制诸王的禁令，燕飨亲友，才有可能。况且篇章音
节，不似建安时期之高昂慷慨，而显现抑郁低沉了。因此疑作于
太和五年上《求通亲亲表》后，故列于此。

当车以驾行〔一〕

欢坐玉殿，会诸贵客。侍者行觞〔二〕，主人离席。顾视东西
厢〔三〕，丝竹与鞞铎〔四〕。不醉无归来〔五〕，明灯以继夕。

〔一〕以，案宋刊本《曹子建文集》以字作已。

〔二〕行觞，犹奉觞。觞，酒杯。

〔三〕东西厢，《文选·东京赋》薛注：“殿东西次为厢。”《鲁灵光殿赋》：“西厢踟蹰以闲宴，东序重深而奥秘。”张注：“闲，清闲也。可以宴会。”

〔四〕丝竹，谓相和歌。鞞，《铨评》：“程作鞞，从《乐府》六十一。”案《文选·藉田赋》李注：“鞞与鼙同。”《仪礼·大射仪》郑注：“鼙，小鼓也。”《广雅·释器》：“铎，铃也。”此汉魏时代舞名，在燕飨之时演奏。

〔五〕《诗经·湛露篇》：“厌厌夜饮，不醉无归。”

此篇杂曲歌辞。曹植叙记飨宴宾客情况，反映魏代燕享仪式，疑作于太和年间在东阿时。

谏取诸国士息表〔一〕

臣闻古者圣君与日月齐其明，四时等其信。是以戮凶无重，赏善无轻，怒若惊霆〔二〕，喜若时雨，恩不中绝，教无二可〔三〕。以此临朝，则臣下知所死矣〔四〕！受任在万里之外，审主之所以授官，必己之所以投命〔五〕，虽有构会之徒〔六〕，泊然不以为惧者〔七〕，盖君臣相信之明效也。昔章子为齐将，人有告之反者。威王曰：“不然。”左右曰：“王何以明之？”王曰：“闻章子改葬死母，彼尚不欺死父，顾当叛生君乎〔八〕！”此君之信臣也。昔管仲亲射桓公，后幽囚，从鲁槛车载〔九〕，使少年挽而送齐。管仲知桓公之必用己，惧鲁之悔，谓少年曰：“吾为汝唱，汝为和声，和声宜走。”于是管仲唱之，少年走而和之，日行数百里，宿昔而至〔一〇〕，至则相齐。此臣之信君也〔一一〕。臣初受封策书曰：“植受兹青社〔一二〕，封于东土，以屏翰皇家〔一三〕，为魏藩辅〔一四〕。"而所得兵百五十人，皆年在耳顺〔一五〕，或不踰矩〔一六〕。虎贲官骑及亲事凡二百余人。正复不老，皆使年壮〔一七〕，备有不虞〔一八〕，检校乘城〔一九〕，顾不足以自救，况皆复耄耋罢曳乎〔二〇〕！而名为魏东藩，使屏翰王室〔二一〕，臣窃自羞矣！就之诸国，国有士子合不过五百人。伏以为三军益损，不复赖此。方外不定〔二二〕，必当须办者，臣愿将部曲〔二三〕，倍道奔赴〔二四〕，夫妻负襁〔二五〕，子弟怀粮，蹈锋履刃，以徇国难，何但习业小儿哉〔二六〕！愚诚以挥涕增河，鼷鼠饮海〔二七〕，于朝万无损益，于臣家计甚有废损。又臣士息前后三送，兼人已竭〔二八〕，惟尚有小儿七八岁已上、十六七已还，三十余人。今部曲皆年耆，卧在床席，非糜不食〔二九〕，眼不能视，气息裁属者〔三〇〕，凡三十七人。（疲癃风靡）〔罢癃风痹〕、疣盲聋聩者，二十三人〔三一〕。惟正须此小儿，大者可备宿卫，虽不足以御寇，粗可以警小盗。小者未堪大使，为可使耘鉏秽草，驱护鸟雀。休候人则一事废〔三二〕，一日猎则众业散，不亲自经营则功不摄〔三三〕，常自躬亲，不委下吏而已。陛下圣仁，恩诏三至，士子给国，长不复发，明诏之下，有若曒日〔三四〕。保金石之恩〔三五〕，必明神之信，画然自固〔三六〕，如天如地。定习业者并复见送，晻若昼晦〔三七〕，怅然失图〔三八〕。伏以为陛下既爵臣百寮之右〔三九〕，居藩国之任，为置卿士，屋名为宫，冢名为陵，不使其危居独立，无异于凡庶。若（柏）〔伯〕成欣于野耕〔四〇〕，子仲乐于灌园〔四一〕。蓬户茅牖，原宪之宅也〔四二〕；陋巷箪瓢，颜子之居也〔四三〕。臣才不见效用，常慨然执斯志焉！若陛下听臣悉还部曲，罢官属，省监官〔四四〕，使解玺释绂〔四五〕，追柏成、子仲之业，营颜渊、原宪之事，居子臧之庐,宅延陵之宅〔四六〕,如此虽进无成功,退有可守〔四七〕,身死之日,犹松乔也〔四八〕。然伏度国朝终未肯听臣之若是,固当羁绊于世绳〔四九〕,维系于禄位〔五○〕,怀屑屑之小忧〔五一〕,执无已之百念〔五二〕,安得荡然肆志〔五三〕,逍遥于宇宙之外哉!此愿未从〔五四〕,陛下必欲崇亲亲〔五五〕,笃骨肉,润白骨而荣枯木者〔五六〕,惟遂仁德〔五七〕,以副前恩〔五八〕。

〔 一 〕《铨评》:"程缺。《魏志》本传注引《魏略》曰:是后大发士息、及取诸国士。植以近前诸国士息已见发,其遗孤稚弱,在者无几,而复被取,乃上书。"

〔 二 〕惊霆犹急雷。

〔 三 〕教,谓教令。二可,《后汉书·皇甫规传》章怀注:"可犹宜也。"二可即两宜。

〔 四 〕所死,犹言如何死。

〔 五 〕投,《广雅·释诂一》:"弃也。"投命犹弃生。

〔 六 〕构会之徒,谓挑拨离间者。

〔 七 〕泊然,《汉书·杨雄传》:"泊如也。"颜注:"泊,安静也。"

〔 八 〕事出《战国策·齐策》。

〔 九 〕槛车,囚车。《释名·释车》:"槛车上施阑槛,以格猛兽;亦囚禁罪人之车也。"

〔一○〕宿昔言早晚也。

〔一一〕见《吕览·顺说篇》。

〔一二〕青社,古代诸侯受封,各割其方色土与之以作社,东方则与青色土,故曰青社。说详《白虎通·社稷篇》。

〔一三〕屏翰,犹屏郭。

〔一四〕藩辅,《汉书·武五子传》:"世世为汉藩辅。"藩辅,言扞卫助佐。

〔一五〕耳顺,见《武帝诔》注。

〔一六〕不踰矩,《论语·为政篇》:"七十而从心所欲不踰矩。"不踰矩于此作七十岁之代词。

〔一七〕年壮,《礼记·曲礼篇》:"三十曰壮。"

〔一八〕不虞,《诗经·抑篇》:"用戒不虞。"毛传:"非度也。"谓意料不及之事。

〔一九〕检校,《后汉书·周黄徐姜申屠传》章怀注:"检,察也。"《汉书·卫青传》颜注:"校者,营垒之称。"乘城,《史记·高帝纪》:"坚守乘城。"《索隐》引韦昭:"乘,登也。"

〔二〇〕耄耋,八十、九十岁曰耄耋。罢曳,《后汉书·冯衍传》:"年虽疲曳。"行动无力迟缓之貌。

〔二一〕王室,谓魏朝。

〔二二〕方外,《汉书·董仲舒传》补注王先谦曰:"方外,殊域。"指吴蜀。

〔二三〕部曲,王侯家兵,即士家。

〔二四〕倍道,犹言兼程。

〔二五〕负襁,《匡谬正俗》五:"按孔子云:四方之人,襁负其子而至。谓以绳络而负之。"《博物志》:"织缕为之,广八寸,长一尺二寸,以负小儿背上。"

〔二六〕习业谓学事。

〔二七〕鼷鼠,《庄子·逍遥游篇》:"偃鼠饮河,不过满腹。"《释文》引李注:"偃鼠,鼷鼠。"《博物志》:"鼠之最小者,或谓之耳鼠。"增河、饮海以喻增损极微。

〔二八〕兼人，《论语·先进篇》注："胜人也。"盖谓壮健成年男子。

〔二九〕糜谓粥。

〔三〇〕裁属，言仅续。

〔三一〕疲癃，疑当作罢癃。《史记·平原君传》《索隐》："罢癃，背疾，言腰曲而背隆高也。"风靡，靡疑为痹字之形误。《灵枢·寿夭刚柔篇》："病在阳者命曰风，病在阴者命曰痹，阴阳俱病曰风痹。"即四肢麻木不仁，俗谓中风。尪，《说文》："颤也。"聩，《说文》："生而聋也。"

〔三二〕候人，《诗经·候人篇》："彼候人兮。"毛传："道路迎送宾客者。"

〔三三〕摄，收敛之意。

〔三四〕皦日，《诗经·大车篇》："谓予不信，有如皦日。"毛传："皦，白也。"

〔三五〕金石，《汉书·韩信传》颜注："称金石者，取其坚固。"言不可变易也。

〔三六〕画然，界限分明之貌。

〔三七〕晻，《尔雅·释言》："暗也。"昼晦，昼暗也。

〔三八〕怅，《说文》："望恨也。"失图，《铨评》："图张作圆，从《魏志》本传注改。"作图字是。失图，犹言失计。

〔三九〕右，《汉书·尹翁归传》颜注："右犹上也。"

〔四〇〕柏成，案柏疑当作伯。《庄子·天地篇》："尧治天下，伯成子高立为诸侯。尧授舜、舜授禹，伯成子高辞为诸侯而耕。禹往见之，则耕于野。"

〔四一〕子仲，《列女传》作子终。《高士传》："陈仲子名子终。"灌园，陈仲子之楚，楚王知其贤，欲厚与之禄，聘为相。仲子与其妻谋，乃偕去为人灌园(事详《高士传》)。

〔四二〕茅牖,诸书俱作瓮牖。俟考。见本卷《曹休诔》注。

〔四三〕箪,《铨评》:"《志》注作单。"作单误。亦见《曹休诔》注。

〔四四〕监官,指监国谒者。

〔四五〕谓辞去王爵。

〔四六〕延陵,谓吴季札,封于延陵,今江苏武进县,称延陵季子。已详本卷《豫章行》其二注。

〔四七〕可守,《诗经·凫鹥》序《正义》:"主而不失谓之守。"

〔四八〕松乔,谓赤松子、王子乔也。

〔四九〕羁绊,言牵挂。世绳,谓社会存在之规章制度。

〔五〇〕禄位,谓俸禄爵位。

〔五一〕屑屑,《方言》:"屑屑,不安也。"

〔五二〕无已,无穷尽。百念,言忧虑非一,故谓百念。

〔五三〕荡然,宽大之貌。肆志,《史记·鲁仲连传》《索隐》:"肆,放纵也。"

〔五四〕从,《小尔雅·广言》:"遂也。"

〔五五〕崇,《诗经·烈文篇》郑笺:"厚也。"亲亲,《周礼·大宰》郑注:"若尧亲九族也。"

〔五六〕犹言"白骨更肉,枯木生华"。

〔五七〕遂,《广雅·释诂三》:"竟也。"

〔五八〕前恩,《铨评》:"恩张作思,从《志》注。"案作恩字是。前恩,指前"士子给国,长不复发"之诏而言。

当来日大难〔一〕

日苦短,乐有余,乃置玉樽办东厨〔二〕。广情故〔三〕,心相于〔四〕。

阊门置酒，和乐欣欣〔五〕。游马后来〔六〕，辕车解轮〔七〕。今日同堂，出门异乡。别易会难，各尽杯觞。

〔一〕当，代字之意。《乐府》古辞《善哉行》首句："来日大难。"曹植此篇取以命题，如云拟《善哉行》。

〔二〕东厨，古人设厨于东方，因称厨为东厨。

〔三〕情故，犹言情素。《列子·汤问篇》张注："故犹素也。"情素即情实。

〔四〕于，《吕览·不侵篇》高注："于犹厚也。"则相于犹相厚之意。

〔五〕欣欣，欢乐貌。

〔六〕游马，《周礼·师氏》郑注："游，无官司者。"游马疑指贵游子弟所乘之马。

〔七〕解轮，《后汉书·陈遵传》："遵好客，每宴会，辄取客车辖投井中。"投辖与解轮意近，皆喻主人殷勤留客之至意。

此篇相和歌辞瑟调曲。

释愁文

予以愁惨〔一〕，行吟路边〔二〕，形容枯悴〔三〕，忧心如（醉）〔焚〕〔四〕。有玄（灵）〔虚〕先生见而问之曰〔五〕："子将何疾以至于斯〔六〕？"答曰："吾所病者，愁也。"先生曰："愁是何物，而能病子乎？"答曰："愁之为物，唯惚惟怳〔七〕，不召自来，推之弗往，寻之不知其际〔八〕，握之不盈一掌。寂寂长夜，或群或党〔九〕，去来无方〔一〇〕，乱我精爽〔一一〕。其来也难退，其去也易追，临餐困于哽咽〔一二〕，烦冤毒于酸嘶〔一三〕。加之以粉饰不泽〔一四〕，饮之以兼肴不肥〔一五〕，温之以（金）〔火〕石不消〔一六〕，摩之以神膏不希〔一七〕，授之以巧笑不悦〔一八〕，乐之以丝竹增悲〔一九〕。医和绝思而无措〔二〇〕，先生岂能为我蓍龟乎〔二一〕！"先生作色而言曰〔二二〕："予徒辩子之愁形〔二三〕，未知子愁何由为生〔二四〕，我独为子言其发矣〔二五〕。方今大道既隐〔二六〕，子生末季〔二七〕，沉溺流俗〔二八〕，眩惑名位〔二九〕，濯缨弹冠〔三〇〕，咨诹荣贵〔三一〕。坐不安席，食不终味〔三二〕，遑遑汲汲〔三三〕，或憔或悴。所鬻者名〔三四〕，所拘者利〔三五〕，良由华薄〔三六〕，凋损正气。吾将赠子以无为之药，给子以澹薄之汤〔三七〕，刺子以玄虚之鍼〔三八〕，灸子以淳朴之方〔三九〕，安子以恢廓之宇〔四〇〕，坐子以寂寞之床〔四一〕。使王乔与子（遨游而逝）〔携手而游〕〔四二〕，黄公与子咏歌而行〔四三〕，庄（子）〔生〕与子具养神之馔〔四四〕，老聃与子致爱性之方〔四五〕。趣遐路以栖迹〔四六〕，乘（青）〔轻〕云以翱翔〔四七〕。"于是精骇魂散〔四八〕，改心回趣〔四九〕，愿纳至言〔五〇〕，仰崇玄度〔五一〕。众愁忽然，不辞而去。

〔　一　〕愁惨，忧愁之意。

〔　二　〕行吟，《楚辞·渔父》："行吟泽畔。"吟，叹也。且行且叹也。

〔　三　〕枯悴，《楚辞·渔父》："形容枯槁。"王注："癯瘦瘠也。"与此义同。

〔　四　〕醉，《铨评》："《艺文》三十五作焚。"案疑作焚字是。《诗经·云汉篇》："忧心如熏。"毛传："熏，灼也。"焚、熏义同。

〔　五　〕玄灵，《铨评》："《艺文》灵作虚。"《后汉书·仲长统传》："安神闺房，思老氏之玄虚。"玄虚先生盖曹植假托道家之士，疑作玄虚为是。

〔　六　〕将，且也。

〔七〕惚，《铨评》："程、张作恍，从《艺文》。"忕，《铨评》："程、张作惚，从《艺文》。"案宋刊本《曹子建文集》与《艺文》同，丁校是。忕与往、掌、党为韵，作惚则失其韵矣，当非。

〔八〕寻，《汉书·郊祀志》颜注："就也。"际，《小尔雅·广诂》："界也。"

〔九〕党，众也，群也。

〔一〇〕方，《论语·里仁篇》《集解》引郑注："方，常也。"

〔一一〕精，《铨评》："程、张作情，从《艺文》。"案宋刊本《曹子建文集》亦作精。《左》昭七年传："用物精多，则魂魄强，是以有精爽。"作精爽是。精爽犹言心神。

〔一二〕哽咽，谓不能进食也。

〔一三〕烦冤，忧愁之貌。毒于，《广雅·释诂四》："毒，苦也。"毒于犹言苦如。酸嘶，《周礼·天官·疾医》《正义》："人患头痛，则酸嘶而痛。"孙诒让《正义》："巢元方《诸病源候总论》作瘄厮。酸、瘄声同，嘶、厮亦声相转。"是酸嘶形容头痛剧烈之貌。《诗经·小弁篇》："心之忧矣，疢如疾首。"与此义同。

〔一四〕粉饰，《史记·滑稽列传》："共粉饰之如嫁女。"贾思勰《齐民要术》有傅面粉，亦即《七启》所谓铅华也。泽，《荀子·礼论》杨注："颜色润泽也。"

〔一五〕饮之，犹食之。兼肴，《文选·西京赋》薛注："倍也。"肴，《楚辞·招魂》王注："鱼肉为肴。"

〔一六〕金，《铨评》："《艺文》作火。"疑金字于此无义，作火是。

〔一七〕摩，《铨评》："程、张作麾，从《艺文》。"案宋刊本《曹子建文集》亦作摩，麾为摩字之形误，字作摩是。希，减少。

〔一八〕授，《铨评》："《艺文》作受。"案作授字是。巧笑，《诗经·硕人篇》:"巧笑倩兮。"即《洛神赋》"明目善睐"之意。

〔一九〕增悲,增益感伤之谓。

〔二○〕医和,《左》昭元年传:"晋侯求医于秦,秦伯使医和视之。"医和春秋时名医,故晋大夫赵孟谓之为良医。绝思,用尽心力。无措,案措借为错。《礼记·仲尼燕居篇》郑注:"施行也。"

〔二一〕蓍龟,蓍,陆玑《草木疏》:"蓍似藾萧,青色,科生。"古代用占吉凶。龟,用以卜。蓍龟既占示祸福,于此假喻明确指示。

〔二二〕作色,《礼记·哀公问篇》:"孔子愀然作色而对。"郑注:"作,犹变也。"

〔二三〕辩,疑字应作辨,辨明也。

〔二四〕何由,何因。

〔二五〕我,《铨评》:"《艺文》作吾。"发,《淮南·主术训》高注:"生也。"

〔二六〕方,案宋刊本《曹子建文集》无方字。大道,《周书·周祝》孔注:"天道也。"隐,消失。

〔二七〕末季,《广雅·释言》:"末,衰也。"则末季犹言衰世。

〔二八〕流俗,《礼记·射义》郑注:"失俗也。"谓社会不良风尚。

〔二九〕眩惑,犹迷瞀。

〔三○〕弹冠,见卷一《赠徐幹》诗注。

〔三一〕诹,《铨评》:"程、张作趣。"案趣字疑误。《诗经·皇皇者华篇》:"周爰咨诹。"咨诹,谋也。荣贵,谓爵高禄厚者。

〔三二〕终,毕也。终味谓毕一餐。

〔三三〕遑遑、汲汲,俱匆迫貌。

〔三四〕憔,《铨评》:"《艺文》作惨。"案《诗经·月出篇》释文:"忧貌。"悴,面容枯稿。承上文形容枯悴而言。鬻,《淮南·说山训》高注:"买也。"今语曰追求。

〔三五〕拘,《淮南·泛论训》高注:"检也。"检,《一切经音义》引《广雅》:"检,拮也。"拮,指取物也。见《列子·汤问篇》《释文》。

〔三六〕良,甚也。华薄,虚浮不厚重。

〔三七〕澹薄,即淡泊。《东观汉纪·郑均传》:"淡泊无欲,清静自守。"

〔三八〕鍼,《素问·血气形志篇》:"形乐志乐,病生于肉,治之以鍼石。"王注:"夫卫气留满,以鍼写之。"针即鍼字,古今字耳。

〔三九〕灸,《素问·异法方宜论》:"火艾烧灼谓之灸焫。"

〔四〇〕安,《左》文十一传杜注:"处也。"恢廓,广大貌。宇,屋室也。

〔四一〕床,《释名·释床帐》:"人所坐卧曰床。"

〔四二〕遨游,《铨评》:"《艺文》作携手。"逝,《铨评》:"《艺文》作游。"疑当据《艺文》校正。

〔四三〕黄公,疑指黄石公,以太公兵法授张良者。见《史记·留侯世家》。

〔四四〕庄子,案宋刊本《曹子建文集》作庄生,疑是。与,《铨评》:"《艺文》作为。"馔,《铨评》:"程、张作撰,从《艺文》。"案宋刊本《曹子建文集》与《艺文》同。考《论语·为政篇》:"先生馔。"《集解》引马注:"饮食也。"《诗经·卷阿篇》《释文》:"馔本作撰。"是撰与馔通。

〔四五〕与,《铨评》:"《艺文》作为。"为,《吕览·审为篇》高注:"为谓相为之为。"为、与义同。爱性,爱惜生命。

〔四六〕遐,《铨评》:"程、张作避,从《艺文》。"《七启》:"不远遐路。"避字于此不词,似非。栖迹,《广雅·释诂三》:"迹,止也。"栖迹即栖止。

〔四七〕青云,案《艺文》卷三十五引青字作轻。宋刊本《曹子建文集》亦作轻,作轻是。翱翔,《铨评》:"翱《艺文》作高。"高翔即高飞。

〔四八〕魂散，《铨评》：“魂《艺文》作意。”案卷二《洛神赋》：“精移神骇，
　　　　忽焉思散。”与此义近。

〔四九〕趣，《文选·东京赋》薛注：“意也。”回趣犹转意。

〔五〇〕纳，接受。至言，《周礼·考工记》郑注：“至犹善也。”则至言即
　　　　善言。

〔五一〕仰，下托上曰仰。崇，尊也。玄度，《铨评》：“度张作旨。”案作
　　　　度字是。度，法也。玄度，妙法之意。

　　曹植政治上追求的“勠力上国，流惠下民”的宿愿，处于绝望
的边缘，精神上的负担，是极为沉重的。为了摆脱名利的桎梏，
在时代社会意识支配下，倾向于道家与方士合流的长生观，企图
借以排除忧患，消遣生涯。运用朴质的语言，宣泄内心积存的苦
闷，是曹植思想感情迁化的标志，应予以必要的注意。

秋思赋〔一〕

四节更王兮秋气悲〔二〕，遥思恼悗兮若有遗〔三〕。原野萧条兮烟
无依〔四〕，云高气静兮露凝（玑）〔衣〕〔五〕。野草变色兮茎叶稀〔六〕，
鸣蜩抱木兮雁南飞〔七〕。西风凄悢兮朝夕臻〔八〕，扇籧屏弃兮絺
绤捐〔九〕。归室解裳兮步庭前，月光照怀兮星依天〔一〇〕。居一世
兮芳景迁〔一一〕，松乔难慕兮谁能仙〔一二〕？长短命也兮独何（愆）
〔怨〕〔一三〕！

〔　一　〕《铨评》：“程、张秋作愁，依《初学记》三改。”案《御览》卷二十五
　　　　引亦作秋，作秋字是。

〔二〕四节，《铨评》："《初学记》三节作时。"案《左》僖十二年传杜注："节，时也。"故四时亦可谓之四节。《文选·赠五官中郎将》："四节相推斥，岁月忽欲殚。"王，《周礼·占梦》《正义》引《春秋纬》："当时者王。"王，盛也。今作旺。秋，《铨评》："程作愁，从《初学记》。"案《宋玉九辩》："悲哉秋之为气也。"此赋句所本，当作秋字是。

〔三〕惆，《铨评》："程作惆，从《艺文》三十五。"案《楚辞·远游》："怊惆悗而乖怀。"作惆字是。王注："惆怅失望，志乖错也。"《玉篇》心部："惆悗，失志不悦貌。"遗，失也。谓如有所失。

〔四〕萧条，见卷一《送应氏》诗注。依，倚也。烟无依，谓烟消失无形也。

〔五〕云高气静，《铨评》："《初学记》作高云静气。"案宋玉《九辩》："泬寥兮天高而气清。"疑《初学记》误。云高谓秋天高朗。静，《文选·思玄赋》旧注："清，静也。"曹植于此句，盖易清为静，清、静皆有洁义，则气静犹气洁也。玑，《铨评》："《书钞》一百五十三玑作衣。"案宋刊本《曹子建文集》、《御览》卷二十五引同，似应据改。曹丕《善哉行》："霜露沾人衣。"陶潜《归田园居》："夕露沾我衣。"疑作衣字是。

〔六〕变色，深秋既至，百卉枯黄，不如春日碧绿之色。茎叶稀，《九辩》："草木摇落而变衰。"王注："华叶陨零，肥润去也。形体易色，枝枯槁也。"

〔七〕鸣蜩，《诗经·小弁篇》："鸣蜩嘒嘒。"毛传："蜩，蝉也。"抱木，秋至蝉抱木而不鸣。故《九辩》曰："蝉寂寞而无声。"王注："蟪蛄敛翅，而伏藏也。"

〔八〕西风，秋风。悽悢，《汉书·外戚传》："秋风潜以凄泪兮。"颜

注:"寒凉之意也。"悽惋、凄泪俱双声謰语。臻,至也。

〔 九 〕箑,扇也。屏,《广雅·释诂四》:"屏,藏也。"絺,细葛。绤,粗
葛。捐,弃也。西风二句,《铨评》无,今据严辑《全三国文》补
入。捐,严辑作损,据影宋本《御览》卷二十五校正。臻、捐韵
不协,疑臻下或有佚句,然无证以订补。

〔一○〕星依天,秋夜云薄天高,星光晶莹,如钉于碧空之象。

〔一一〕一世,《论衡·宣汉篇》:"一世,三十年也。"芳景,犹韶光,言人
生少年时也。《诗经·巷伯篇》毛传:"迁,去也。"

〔一二〕松乔见卷一《神龟赋》注。慕,《说文》:"慕,习也。"

〔一三〕长短,《铨评》:"短程作寿,从《艺文》。"案长短谓生命之长短,
作寿字误。愆,《铨评》:"《艺文》作怨。"案宋刊本《曹子建文
集》愆作悲。案疑当从《艺文》作怨。怨与泉协,见宋玉《讽
赋》。则先韵与愿韵协,盖古韵不分平仄也。怨,恨也。

案此赋系节录,而非全文,盖宋人自类书辑录编集者。据赋
中情感似作于太和时,故附于此。

谢入觐表〔一〕

臣得(出)〔去〕幽屏之城〔二〕,获觐百官之美〔三〕,此一喜也。背茅
茨之陋〔四〕,登闔阖之闳〔五〕,此二喜也。必以有腼之容〔六〕,瞻见
穆穆之颜〔七〕,此三喜也。将以梼杌之质〔八〕,禀受崇圣之训〔九〕,
此四喜也。

〔 一 〕《铨评》:"程缺,《御览》作《礼上表》。"

〔 二 〕出,《铨评》:"《御览》四百六十七作去。"疑作去字是。《国策·
齐策》高注:"去,离也。"幽屏,隐僻。

〔 三 〕覵,《尔雅·释诂》:"见也。"

〔 四 〕背,弃去也。茅茨,茅盖之屋。陋,《广雅·释诂一》:"陜也。"

〔 五 〕阊阖,《文选·西京赋》薛注:"天有紫微宫,王者象之。紫微宫
门名曰阊阖。"《藉田赋》李注:"《洛阳宫舍记》曰:洛阳有阊阖
门。"闼,《文选·西京赋》薛注:"宫中之门,小者曰闼。"

〔 六 〕有腼,《诗经·何人斯篇》:"有腼面目。"《后汉书·乐成靖王党
传》章怀注:"腼,姡然无愧。"

〔 七 〕穆穆,《礼记·曲礼篇》:"天子穆穆。"《正义》:"威仪多貌也。"
即严肃庄重之貌。

〔 八 〕梼杌,《左》文十八年传:"颛顼氏有不才子:不可教训,不知话
言,告之则顽,舍之则嚚,傲狠明德,以乱天常,天下之民,谓之
梼杌。"质,品质。

〔 九 〕崇圣,崇,尊也;圣,《左》文十八年传《正义》:"圣者通也。博达
众务,庶事尽通也。"此以赞颂曹叡。训,《广雅·释诂四》:"教
也。"今曰教导。

此表系节录。严可均《全三国文》列于太和六年。按《魏
志·明帝纪》:"太和五年八月诏曰:古者诸侯朝聘,所以敦睦亲
亲,协和万国也。先帝著令,不欲使诸王在京都者,谓幼主在位,
母后摄政,防微以渐,关诸盛衰也。朕惟不见诸王,十有二载,悠
悠之怀,能不兴思,其令诸王及宗室公侯各将适子一人朝。"《陈
思王植传》:"其年冬,诏诸王朝。"《中山恭王衮传》:"五年冬入
朝。"《楚王彪传》:"太和五年冬朝京都。"窃谓五年八月诏诸王
朝,诸王于冬朝京师。此表疑写于奉诏之后,未朝见之前,故有
"将以"之句,应列于太和五年冬,严氏列于六年盖误。

谢明帝赐食表[一]

近得赐御食,拜表谢恩。寻奉手诏,愍臣瘦弱[二]。奉诏之日,涕泣横流[三]。虽（文武）〔武文〕二帝所以愍怜于臣[四],不复过于明诏。

〔 一 〕《铨评》:"程缺。"

〔 二 〕《铨评》:"《御览》三百七十八引明帝手诏曰:王颜色瘦弱,何意耶?腹中调和不?今者食几许米,又啖肉多少?见王瘦,吾惊甚,宜当节水加餐。"

〔 三 〕涕泣,《铨评》:"《御览》三百七十八作泣涕。"案《诗经·氓篇》:"泣涕涟涟。"《一切经音义》引《字林》:"无声而泪曰泣。"

〔 四 〕文武二帝,案《御览》卷三百七十八引作武文,作武文是。武,曹操谥,文则曹丕谥也。后人习见文武联文,而未细绎表意,遂径改为文武,盖误,应据乙。

此表亦节录,首尾不具。

谢周观表[一]

诏使周观:初玩云盘[二],北观疏圃[三],遂步九华[四]。神明特处[五],谲诡天然[六]。诚可谓帝室皇居者矣!虽昆仑阆风之丽[七],文昌之居[八],不是过也。

〔 一 〕《铨评》:"程缺。"

〔 二 〕云盘,即承露盘。云,形容高。

〔 三 〕疏圃,《淮南·览冥训》高注:"疏圃在昆仑之上。"曹叡借以作

〔四〕九华，《魏志·文帝纪》："黄初七年三月，筑九华台。"

〔五〕神明，神灵。特处，独居。此赞颂之辞。

〔六〕谲诡，《文选·东京赋》薛注："变化也。"天然，《广雅·释诂》："然，成也。"天然犹言天成。

〔七〕阆风，《离骚》王注："阆风，山名也，在昆仑之上。"

〔八〕文昌，天帝所居，亦赞颂之辞。

案此表亦属节录。考《水经·谷水注》："谷水又东枝分南入华林园，历疏圃南。圃中有古玉井，井悉以珉玉为之，以缙石为口，工作精密，犹不变古，灿然如新。又径琼华宫南，历阳山北。山有都亭，堂上结方湖，湖中起御坐石也。御坐前建蓬莱山。曲池接筵，飞沼拂席。南面射侯，夹席并峙。背山堂上则石崎岖，岩嶂峻险。云台风观，缨峦带阜。游观者升降阿阁，出入虹陛，望之状凫没鸾举矣。其中引水飞皋，倾澜瀑布。或枉渚声溜，潺潺不断。竹柏荫于层石，绣薄丛于泉侧。微飙暂拂，则芳溢于六空，实为神居矣！其水东注天渊池，池中有魏文帝九华台，殿基悉是洛中故碑累之，今造钓台于其上。"此虽郦道元述元魏当时之所见，但建筑规模，犹存曹魏旧制，因表残佚太甚，录之以资参证。

承露盘铭有序〔一〕

夫形能见者莫如高，物不朽者莫如金〔二〕，气之清者莫如露〔三〕，盛之安者莫如盘〔四〕。皇帝乃诏有司铸铜建承露盘〔五〕，在芳林园中〔六〕。茎长十二丈，大十围〔七〕，上盘径四尺九寸〔八〕，下盘径五尺〔九〕。铜龙遶其根〔一〇〕。龙身长一丈，背负两子。自立于芳林园〔一一〕，甘露（乃）〔仍〕降〔一二〕。使臣为颂（铭）〔一三〕，铭曰〔一四〕：

（岩岩）〔苕苕〕承露〔一五〕，峻极太清〔一六〕。神（君）〔石〕礌碨〔一七〕，洪基岳停〔一八〕。下潜醴泉〔一九〕，上受云英〔二〇〕。和气四充〔二一〕，翔风所经〔二二〕。匪我明君〔二三〕，孰能经营〔二四〕。近历（躔）〔阐〕度〔二五〕，三光朗明。殊俗归义，祥瑞混并〔二六〕。鸾凤晨栖，甘露宵零。神（物）〔明〕攸（协）〔挟〕〔二七〕，高而不倾。（奉天戴巍）〔奉戴巍巍〕〔二八〕，恭统神器〔二九〕。固若露盘〔三〇〕，长存永贵〔三一〕。贤圣继迹，奕世明德。不忝先功〔三二〕，保兹皇极〔三三〕。垂祚亿兆〔三四〕，永荷天秩〔三五〕。

弊之天壤，以显元功《铨评》："《文选》沈休文《安陆昭王碑文》李注引《露盘铭》。"

〔 一 〕《铨评》："此篇程列于铭类。张既于颂类载之，注云一作铭，而又收入铭类，复沓未检，今删，并注其异同。"

〔 二 〕金谓铜。《说文》："金，五色金也，黄为之长，久薶不生衣，百炼不轻。"故曰不朽。

〔 三 〕《艺文》引《五经通义》："和气津凝为露。"

〔 四 〕盛，《周礼·甸师》郑注："在器曰盛。"安，定也。犹言稳定。《铨评》："以上二十九字程、张脱，依《御览》十二补。"案《初学记》二引亦有此二十九字，丁校补是。

〔 五 〕皇，《铨评》："程作明，从张本。"案作皇字是。明，乃曹叡死后谥号，此时何得有是称谓，盖浅人妄改。皇帝谓曹叡。乃诏有

583

司,《铨评》:"程、张脱此四字。从《御览》。"案《初学记》二引亦有此四字,应据补。铜建,《铨评》:"程、张脱此二字,从《御览》。"案《初学记》二引同。《铨评》:"《魏略》云:中尚方纯作玩弄之物,炫耀后园,建承露之盘。晏案《三辅黄图》:长安洛城门,又名鹳雀台门,外有汉武承露盘,在台上。魏明帝仿之。"

〔 六 〕在芳林园中,《铨评》:"程、张脱此五字,从《御览》七百五十八补入。"案宋刊本《曹子建文集》无此五字。则宋代编集时已脱逸矣,丁补是。

〔 七 〕茎,指露盘之柱。大十,《铨评》:"程及张铭类此二字误合为本,从张本。"案高似孙《纬略》引作大十二字。

〔 八 〕九寸,《铨评》:"程、张脱此二字,从《御览》。"案《纬略》亦无九寸二字。

〔 九 〕五尺,《铨评》:"《御览》尺作寸。"案作寸字误,或有脱文。

〔一○〕遶,《铨评》:"程及张铭类作达,从《御览》。"案宋刊本《曹子建文集》作绕,达盖遶字之形误。《纬略》亦作遶。字当作绕,《说文》:"绕,缠也。"遶后出字。

〔一一〕芳林,《铨评》:"程及张铭类芳作上,从张本。"案宋刊本《曹子建文集》正作芳,作芳字是。

〔一二〕乃,《铨评》:"《艺文》九十八作仍。《初学记》二引魏明帝与东阿王诏曰:昔先帝时,甘露屡降于仁寿殿前,灵芝生芳林园中。自吾建承露盘已来,甘露复降芳林园仁寿殿前。"据此诏,则作仍字是。《小尔雅·广诂》:"仍,再也。"

〔一三〕使臣,《铨评》:"臣,《艺文》作王。"案宋刊本《曹子建文集》亦作王。考此序曹植所写,对曹叡不能自称曰王也,作臣字为允。为颂铭,《铨评》:"张颂类脱铭。"案《纬略》引无铭字,疑是。

〔一四〕铭曰，《铨评》：“张颂类铭作颂。”

〔一五〕岧岧，案岧疑当作苕，《文选·西京赋》：“状亭亭以苕苕。”薛
注：“苕苕，高貌也。”

〔一六〕《诗经·嵩高篇》：“峻极于天。”峻极，高至之意。太清，《文
选·吴都赋》刘注：“太清，天也。”

〔一七〕神君，案严可均《全三国文》君字作石，疑作石字是。礌磈或作
礧磈，大石貌。

〔一八〕洪基，广大基址。岳停，岳谓山岳。停，《释名·释言语》：“停，
定也，定于所在也。”

〔一九〕醴泉，《礼记·礼运篇》：“天降膏露，地出醴泉。”醴泉谓泉水味
甘如醴。《尚书中候》：“俊乂在官，则醴泉出也。”

〔二〇〕云英谓甘露。

〔二一〕和气，谓阴阳冲和气也。

〔二二〕祥风，《铨评》：“《艺文》七十三作凤。”案《密韵楼丛书·曹子建
文集》仍作风，作风字是。《文选·圣主得贤臣颂》：“恩从祥风
翔，德与和气游。”《礼斗威仪》：“君乘大而王，其政颂平，则祥
风至。”宋均注：“即景风也，其来长养万物。”如作凤，则与下文
“鸾凤晨栖”语复，似非。经，《鬼谷子·抵巇》注：“经，始也。”

〔二三〕明君，《铨评》：“《艺文》君作后。”案《纬略》君亦作后。《易经》
象传虞注：“后，继体之君。”

〔二四〕经营，《诗经·灵台篇》：“经之营之。”郑笺：“度始灵台之基趾，
而表其位。”则经营之义，犹今所谓规画也。

〔二五〕近历，《吕览·执一》高注：“近，犹知也。”历，《大戴礼·曾子天
图篇》：“圣人慎守日月之数，以察星辰之行，以序四时之顺逆，
谓之历。”躔度，《铨评》：“躔《艺文》作阐。”案《纬略》躔亦作阐。

《易经·系辞》王注:"阐,明也。"作阐字是。度,《后汉书·明帝纪》章怀注:"谓日月星辰之行度也。"

〔二六〕混并,《文选·蜀都赋》:"冠带混并。"混并,众多之貌。

〔二七〕神物,《铨评》:"物《艺文》作明。"案宋刊本《曹子建文集》物亦作明。《纬略》作民。神物即神明。《汉书·终军传》颜注:"明者明灵,亦谓神也。"民或亦明字之音讹。协,《铨评》:"《艺文》作挟。"案挟,《广雅·释诂四》:"护也。"攸挟,谓所护,故云高而不倾。考《孝经》:"高而不危,所以长守贵也。"曹植意或本此。

〔二八〕奉天戴巍,《铨评》:"《艺文》作奉戴巍巍。"案宋刊本《曹子建文集》与《艺文》同,《纬略》亦同,《艺文》引是也。奉,《匡谬正俗》:"奉谓恭而持之。"戴,奉也。在上曰戴。巍巍,《论语·泰伯章》:"巍巍乎舜禹之有天下也。"皇疏:"高大之称也。"

〔二九〕统,治理。神器,《文选·东京赋》薛注:"帝位也。"

〔三〇〕固,《铨评》:"张铭类作因。"案固字是。固,坚固。

〔三一〕长,常也。

〔三二〕《国语·周语》:"奕世载德,不忝前人。"此曹植铭句所本。韦注:"忝,辱也。"功谓王业。先功谓前人建立之王业。

〔三三〕皇极,《文选·晋纪总论》李注引《书考灵耀》宋注:"大中也。"案此喻帝位。

〔三四〕垂祚,《铨评》:"祚程、张作作,从《艺文》。"案宋刊本《曹子建文集》与《艺文》同。祚,福也。作祚字是。亿兆,《尚书·泰誓》:"受有亿兆夷人。"《左》昭二十年杜注:"万万曰亿,万亿曰兆。"《御览》卷七百五十引《风俗通》:"十万谓之亿,十亿谓之兆。"此谓亿兆年。

〔三五〕永荷，永久承受。天秩犹言天禄。

丁晏曰："子建当明帝太和六年十一月庚寅薨，此铭作于太和之时。"是也。然《年谱》列此铭于太和三年，是错误的。案曹植于太和五年冬入朝，因得周观苑囿，则此铭必作于五年冬，似无可怀疑的。曹植洞察当时政治潜伏着危机，初见曹叡不便于直抒所怀，借此颂铭，运用传统象征的技巧，寓箴规于赞颂之中，要求曹叡"不忝先功，保兹皇极"，以利于巩固魏政权统治。

妾薄命

携玉手〔一〕，喜同车〔二〕，比上云（阁）〔合〕飞除〔三〕。钓台蹇产清虚〔四〕，池塘（观）〔灵〕沼可娱〔五〕。仰泛龙舟绿波〔六〕，俯擢神草枝柯〔七〕。想彼宓妃洛河〔八〕，退咏汉女湘娥〔九〕。

〔　一　〕玉手，女子之手，温润如玉。

〔　二　〕同车，《诗经·有女同车篇》："有女同车，颜如舜华。"

〔　三　〕比，《铨评》："张作北。"案疑作比字是。比上谓并上。阁，《铨评》："《艺文》四十一作合。"案《艺文》是。阁，《说文》："所以止扉也。"与合音义俱隔，无缘假借，然唐后俱以阁代合矣。云合，疑指陵云台，曹丕黄初二年建。《世说新语·巧艺篇》刘注："《洛阳宫殿簿》：陵云台上壁方十三丈，高九尺；楼方四丈，高五丈；栋去地十三丈五尺七寸五分也。"杨龙骧《洛阳记》："高二十丈（《艺文》卷六十二、《御览》卷一百七十七引俱作二十三丈），登之见孟津。"飞除，即卷一《节游赋》之飞陛。《元河南志》："《晋城阙宫殿·古迹》引《述征记》：台有明光殿，西高八丈，累砖作道，通至台上。登台回眺，究观洛邑，暨南望少室，亦山岳之秀极也。"则飞陛即《述征记》之累砖为道也。

〔四〕钓台，案《御览》卷六十七引《晋宫阙名》："灵芝池广长五百五十步，深二丈，上有连楼飞观，四出阁道钓台……"寋产，《文选·西京赋》："既乃珍台寋产以极壮。"薛注："形貌也。"《广雅·释训》："寋产，诎曲也。"案寋产、偃寋俱叠韵谦语，《西都赋》："遂偃寋而上跻。"李注引《楚辞》王逸注："偃寋，高貌也。"东方朔《七谏》："望高山之巀嶭。"则崇高谓之寋产。若释为诎曲，与下清虚之义不协矣，似未确。清虚，疑指天。

〔五〕观，《铨评》："《艺文》作灵。"案疑作灵字是。灵沼盖谓灵芝池，黄初五年曹丕所掘。

〔六〕泛，浮也。绿，《铨评》："《艺文》作渌。"案作绿字是。《说文》："漉，浚也，从水鹿声。或从录。"于此无义。

〔七〕擢，引取。神草，疑谓灵芝。卷二《灵芝篇》："灵芝生天池。"

〔八〕宓妃，洛河女神，见《洛神赋》注。

〔九〕汉女，汉水女神。湘娥，湘江女神。

此篇揭示太和五年冬应诏赴洛，游观苑囿所见。曹叡征发民间少女，以充后宫（见《魏志》高柔及杨阜传）。偕同嫔妃登临台榭，泛舟作乐。曹植如实地勾勒曹叡荒淫生活的片断，在《魏志·明帝纪》裴注引《魏略》取得实证。

其 二

日（月）既逝〔矣〕西藏〔一〕，更会兰室洞房〔二〕。华灯（步障）〔先置〕舒光〔三〕，皎若日出扶桑。促樽合座行觞〔四〕，主人起舞娑盘〔五〕，能者穴觸別端〔六〕。腾舷飛爵闌干〔七〕,同量等色齊顏〔八〕。任意交屬所歡〔九〕,朱顏發外形蘭〔一〇〕。袖隨禮容極情〔一一〕,妙舞仙仙體輕〔一二〕。裳解履遺絕纓〔一三〕,俛仰笑喧無呈〔一四〕。覽持佳人玉顏〔一五〕,齊舉金爵翠盤〔一六〕,手形羅袖良難〔一七〕,腕弱不勝珠環〔一八〕。坐者歎息舒顏〔一九〕。御巾裹粉君傍〔二〇〕,中有霍納、都梁〔二一〕,雞舌、五味雜香〔二二〕,進者何人齊姜〔二三〕,恩重愛深難忘。召延親好宴私〔二四〕,但歌杯來何遲。客賦既醉言歸〔二五〕,主人稱露未晞〔二六〕。

齊歌楚舞紛紛,歌聲上徹青雲《銓評》:"張本。見《文選》左太冲《吳都賦》李注引。"

輜軿飛轂交輪《銓評》:"《文選》陸士衡《長安有狹邪行》李注引《妾薄命》。"

還行秋殿層樓,御輦□從好仇,□□入侍君王,□□玉囷椒房,丹帷楚組連綱《銓評》:"《書鈔》一百三十二引《妾薄命》。張收入補遺,作還行秋殿,入侍君王,椒房丹帷,楚組連綱。標為古詞。今移附于此。"

〔 一 〕月既逝,《銓評》:"《藝文》作既逝矣。"案宋刊本《曹子建文集》與《藝文》同。西藏謂日,與月無關,時已入夜矣,當據《藝文》及宋刊《曹集》校改。

〔 二 〕更會,謂晝已歡宴,入夜復會,故曰更會。蘭室洞房,形容幽靜深邃之屋。

〔 三 〕華燈,《銓評》:"《玉臺》作花燭。"案宋刊本《曹子建文集》作華燈。華燈謂雕刻精工之燈臺,疑即當時所謂九華燈。步障,《銓評》:"《藝文》作先置。障《玉臺》作帳。"案步障謂道路兩旁

589

用布幅遮隔者。《世说新语·汰侈篇》："(王)君夫作紫布步障，碧绫里四十里，石崇作锦步障五十里以敌之。"是兰室洞房之内无需步障也。疑当从《艺文》作先置为得。谓洞房之内，华灯先置，吐布光辉如朝日之明也。舒光，《铨评》："《玉台》作辉煌。"舒光见卷一《慰子赋》注。

〔四〕樽，《铨评》："《艺文》作酒。"案《史记·滑稽列传》："日暮酒阑，合尊促席。"东方朔《六言诗》："合樽促席相娱。"左思《蜀都赋》："合尊促席，引满相罚。"诸篇俱作合樽，而《艺文》作合酒，疑误。合，同也。促，《广雅·释诂三》："近也。"行觞犹传杯。

〔五〕盩盘即娑娑，亦《诗经·东门之枌篇》之婆娑，皆叠韵谜语。《尔雅·释训》："婆娑，舞也。"形容回旋轻捷之舞姿。此句倒文以协韵。沈钦韩《三国志补注》："《通典·乐五》云：前代宴乐必舞，魏晋以来尤重以舞相属。谢安以属桓温是也。案《后汉书·蔡邕传》：徙朔方，赦还，太守王智饯之，起舞属邕，邕不为报，智衔之，是宾主欢洽之常态也。"

〔六〕能者指客人。穴触，黄节《曹子建诗注》："侧则相触。别端谓正则相分。"《淮南·齐俗训》："古者歌乐而无转。"又《修务训》："今鼓舞者，绕身若环。"此当时舞姿也。

〔七〕腾觚、飞爵，见卷一《酒赋》注。阑干，横斜之貌。

〔八〕量，《礼记·月令篇》郑注："斗斛曰量。"此应作酒量解。色、颜皆谓客、主面颜酒色。

〔九〕所欢，指女。

〔一〇〕形兰，谓女子美好体态。盖倒文以协韵。

〔一一〕礼容即体容。犹言姿态。情借为精。句谓女子舞时，长袖婀娜，姿态极为精妙。《七启》："长袖(原作裾，从宋本改)随风。"

即此意。

〔一二〕妙,《铨评》:"《艺文》作屡。"案《诗经·宾之初筵》篇:"屡舞翩翩。"仙仙即僊僊,仙为僊之后出字。《广雅·释训》:"僊僊,舞也。"

〔一三〕裳解,《铨评》:"《艺文》作解裳。"履遗,《史记·滑稽列传》:"男女同席,舄履交错,罗襦襟解,微闻芗泽。"或曹植句所本。绝缨,见本卷《求自试表》注。

〔一四〕无呈,案呈疑借为程。《文选·魏都赋》李注:"程与呈通。"程,法也,度也。无呈,无法度之义。

〔一五〕览疑借为揽。《广雅·释诂三》:"揽,持也。"揽持复义词。

〔一六〕翠盘,黄节《曹子建诗注》:"盘《艺文》作槃。"案盘本作槃。翠槃疑即张衡《四愁诗》之青玉案,《汉书·许后传》:"许后朝皇太后,亲奉案上食。"案即今所谓承槃,以玉为饰,上陈食品。

〔一七〕黄节曰:"谓舞毕袖举而手见。"良难,黄谓"腕弱不胜也"。案如黄释与下文意复,似非。良难,犹言甚难。句意手见于罗袖之外其不易也。

〔一八〕句极意形容女子娇羞之态。

〔一九〕坐者谓宾客。舒颜谓面色舒展,即笑貌。

〔二〇〕御,进也。裛粉,《铨评》:"《书钞》一百三十五作粉于。"案作裛粉是。《文选》陶渊明《杂诗》李注:"《文字集略》曰:裛坌,衣香也。"

〔二一〕霍纳即藿香。都梁,兰花。

〔二二〕鸡舌即丁香。五味疑即卷一《九华扇赋》之五香,说见彼注。

〔二三〕齐姜,疑借《诗经·硕人篇》"齐侯之子"作喻。比喻年轻而美之女。

〔二四〕宴私，或作燕私，《诗经·楚茨篇》："备言燕私。"毛传："燕而尽
其私恩。"案宴私窃谓指沈荒淫渎之宴（本《论语集解》引孔
传）。

〔二五〕《文选·南都赋》："客赋醉言归。"李注："《毛诗》曰：鼓咽咽，醉
言归。"

〔二六〕《文选·南都赋》："主称露未晞。"李注："又曰：湛湛露斯，匪阳
不晞。厌厌夜饮，不醉无归。"晞，干也。

此篇描写太和五年入朝，所见权贵纵情歌舞，征逐声色的荒
淫腐烂生活面貌。曹丕《典论》："雒阳令郭珍，居财巨亿。每暑
夏召客，侍婢数十，盛装饰，披罗縠，袒裸其中，使之进酒。"（见
《御览》四百七十二）可作参证。朱嘉征谓此篇"自伤不遇"，朱乾
则说："通首不言薄命，而薄命自见。"皆泥于标题《妾薄命》作如
此解释，不知《妾薄命》系《乐府》曲调名，和此篇内容缺乏联系，
强作解说，反违原旨。

名都篇

名都多妖女〔一〕，京洛出少年。宝剑直千金〔二〕，被服丽且鲜〔三〕。
斗鸡东郊道〔四〕，走马长楸间〔五〕。驰（骋）〔驱〕未能半〔六〕，双兔过
我前。揽弓捷鸣镝〔七〕，长驱上南山〔八〕。左挽因右发〔九〕，一纵两
禽连〔一〇〕。余巧未及展〔一一〕，仰手接飞鸢〔一二〕。观者咸称善，众
工归我妍〔一三〕。我归宴平乐〔一四〕，美酒斗十千〔一五〕。脍鲤臇（胎）
〔鲐〕鰕〔一六〕，炮鳖炙熊蹯〔一七〕。鸣俦啸匹侣〔一八〕，列坐竟长
筵〔一九〕。连翩击鞠壤〔二〇〕，巧捷惟万端〔二一〕。白日西南驰，光景
不可攀〔二二〕。云散还城邑〔二三〕，清晨复来还。

〔一〕名都，大都，谓洛阳。妖，《铨评》：“《艺文》四十二作丽。”案《文选》作妖。宋刊本《曹子建文集》同。《一切经音义》引《三苍》：“妖，妍也。”

〔二〕《文选》李注：“《史记》曰：陆贾宝剑直千金。《论衡》曰：世称利剑有千金之价。”

〔三〕丽，《铨评》：“《文选》二十七作光。”案宋刊本《曹子建文集》仍作丽。《广雅·释诂一》：“丽，好也。”鲜，《淮南·俶真训》高注：“明好也。”

〔四〕东郊，《铨评》：“《艺文》作长安。”案《邺都故事》：“魏明帝太和中筑斗鸡台。”此篇所述为洛阳所见，无缘远涉长安，疑《艺文》误。

〔五〕走马，《左》襄三十年传杜注：“速疾之意也。”李注：“《汉书》：睦弘少时，好斗鸡走马。”盖贵游子弟驱马并驰，以争胜负也。长楸，《铨评》：“《复斋漫录》：陈沈炯诗：弥意长楸道，金鞍背落晖。杜诗：顿骖飘赤汗，局蹐顾长楸。《苕溪渔隐》云《文选》注：古人种楸于道，故曰长楸。”案《楚辞·哀郢》：“望长楸而太息兮。”王注：“长楸，大梓。”盖古人于大道夹路种楸，故植曰长楸间也。

〔六〕驰骋，《铨评》：“《艺文》作驱驰，《乐府》六十三作驰驱。”案宋刊本《曹子建文集》作驰驱。《文选》作驰骋。《考异》云：“茶陵本下驰字作骋，袁本亦作驰驰。案驰，行也，驰驰犹行行耳，骋字盖后改之。”窃疑作驰驱为得。《说文》：“驰，大驱也。驱，马驰也。”则驰驱即疾驰之义。古书有驰驱连文，似未见驰驰为词者，且魏晋文士字有常检，则《考异》校语，或未允也。

〔七〕捷，《铨评》：“《御览》七百四十六作挟，张作捷。”李注：“《仪礼》

曰:司射搢三挟一。郑玄曰:搢,插也。"《考异》:"袁本、茶陵本插作捷,是也。今《仪礼》《释文》亦误改捷为插,与此正同。"案宋潭州本《仪礼·士冠礼》《释文》:"捷本又作插。"是捷、插古通。捷,《淮南·兵略训》高注:"取也。"挟,《仪礼·乡射礼》郑注:"方持弦矢曰挟。"鸣镝,李注:"《汉书》曰:匈奴冒顿乃作为鸣镝,习勒其骑射。《音义》曰镝,箭也。如今鸣箭也。"

〔八〕案宋刊本《曹子建文集》作驱上彼南山。《文选》与今本同。南山,疑即大石山。《水经·伊水注》:"大石山……山在洛阳南面。"《一统志》:"大石山在河南府洛阳县东南四十里。"

〔九〕因,就字之意。

〔一〇〕纵,《诗经·大叔于田篇》毛传:"发矢曰纵。"两禽,李注:"郑玄《周礼注》曰:凡鸟兽未孕曰禽也。两禽,双兔也。"

〔一一〕及,《铨评》:"《御览》作尽。"案《文选》作及。宋刊本《曹子建文集》与《文选》同,作及是。

〔一二〕接,见《白马篇》李注。鸢,李注:"毛诗曰:鸢飞戾天。郑玄曰:鸱之属也。"

〔一三〕众工,谓善射者。归我妍,一致赞扬推崇射法之精妙。

〔一四〕我归,《铨评》:"《艺文》作归来。"案《文选》作我归。李白《将进酒》:"陈王昔时宴平乐,斗酒十千恣欢谑。"疑李所见曹集作我,我,盖植自谓也。平乐,观名。汉明帝所建。《东京赋》薛注:"为大场以作乐,使远(人)观之,谓之平乐。"在洛阳西门外。

〔一五〕斗十千,《野客丛书》引《典论》:"(汉)灵帝末年,百司浦酒,一斗直十千文。"太和时,酒价或亦如此,故植句云然。

〔一六〕脍鲤,《文选》李注:"毛诗曰:炮鳖脍鲤。"脍,《释名·释饮食》:

"脍，会也。细切肉令散分，其赤白异切之已，乃会合和之也。"
腩，李注："《苍颉解诂》曰：腩，少汁臛也。"案《说文》："臛，肉羹
也。"朱珔《文选集解》："臛，俗臛字。"臛虽云肉羹，然不芼以
菜，质较干，似今俗所谓焖或烧之义也。胎，疑当作鲐。《说
文》："鲐，海鱼名。"鰕，《说文》："魵也。"即班鱼。鱼蓁《魏略》：
"濊国出班鱼皮，汉时恒献之。"（《御览》卷九百三十九）

〔一七〕炮鳖，《铨评》："《文选》炮鳖作寒鳖。李善注引《释名》韩羊韩
鸡，本出韩国所为，韩与寒古文通。《丹铅总录》谓当作寒，然
诗有炰鳖脍鲤，作炮亦通。"朱珔《文选集释》："《七启》李注：寒
今胜肉也。胜与鲭同，酱类也（中略），酱称寒者，《广雅》：醶，
酱也。醶与凉通。"案方以智《通雅》谓为今之冻肉。熊蹯，
《左》文元年传释文："蹯，掌也。"熊蹯即熊掌。

〔一八〕即卷二《洛神赋》"命俦啸侣"之义，说见彼注。

〔一九〕长筵，见卷一《斗鸡》诗注。

〔二〇〕连翩，连续迅急之意。鞠，李注："郭璞《三苍解诂》：鞠，毛丸，
可蹋戏。"《史记·卫将军传》《索隐》："鞠戏以皮为之，中实以
毛，蹴蹋为戏也。"似今之足球。壤，《艺经》："壤，以木为之，前
广后锐，长尺四，阔三寸，其形如履。将戏先侧壤于地，遥于三
四十步，以手中壤敲之，中者为上。"（《御览》卷七百五十五引）
亦见周处《风土记》。

〔二一〕端，绪也。万端，言巧捷不可方物也。

〔二二〕光景谓时间。攀，《广雅·释诂一》："引也。"

〔二三〕傅毅《舞赋》："云散城邑。"李注："中夜，车皆归，城邑之中寂然
而空，有同云散也。"

此篇属杂曲歌辞《齐瑟行》。考洛阳曹丕初建都时，郊外长

着杂乱的林木（见《魏志·王昶传》），经过十余年的经营，一变荒凉残破的面貌。曹叡又在郊外建斗鸡台，为娱乐场所。而魏国经济取得进一步的发展，因此贵游子弟席丰履厚，追求华靡服饰，且日事于斗鸡走马，射猎饮宴，日复一日地追求奢逸的生活。曹植运用细致的笔触，勾勒着贵游子弟生活片段，故疑此篇记录了太和入京之所见，因列于此。

谢赐柰表[一]

即（日）〔夕〕殿中虎贲宣诏[二]，赐臣等冬柰一奁[三]，诏使温啖[四]。夜非食时，而赐见及[五]。柰以夏熟，今则冬至[六]。物以非时为珍，恩以绝口为厚[七]，实非臣等所宜〔蒙〕荷（之）[八]。

〔一〕《铨评》：“《白帖》九十九作《谢赐冬至柰表》。”

〔二〕即日，《铨评》：“《艺文》八十六日作夕。”案宋刊本《曹子建文集》亦作夕，作夕字是，与下文“夜非食时”意正相承，似应据改。

〔三〕臣等，考《魏志·武文世王公传》，太和五年入朝有曹彪、曹衮等，故植称臣等。冬柰，《汉书·地理志》：“甘州土贡冬柰。”柰即今苹婆果。奁，《华严经音义》引《珠丛》：“凡底物小器皆曰奁。”

〔四〕诏，《铨评》：“诏下张衍赐，依《艺文》删。”案宋刊本《曹子建文集》无赐字，有赐于文为复，丁校删是。温啖谓热食。

〔五〕《铨评》：“以上十三字程脱，依《艺文》补。”

〔六〕冬至，案宋刊本《曹子建文集》至字作生。明帝诏曰：“此柰从梁州来。”作至字与此句相应，疑作至字是。

〔 七 〕《铨评》：“恩《御览》九百七十作甘，程衍施，依《艺文》删。”案宋
刊本《曹子建文集》亦无施字，丁删是。绝口，《铨评》：“程脱
绝，从《艺文》补。”案宋刊本《曹子建文集》亦有绝字，丁补是。
绝，止也。《吕览·权勋》：“嗜酒甘而不能绝于口。”此绝口
所本。

〔 八 〕实，《铨评》：“程、张脱实，从《御览》。”荷之，《铨评》：“《御览》作
蒙荷。”案作蒙荷是。蒙荷，承受之意。

《铨评》：“《御览》又引答诏曰：此柰从梁州来，道里既远，（又
东）来转暖，故柰（中）变色（不佳耳）。”（《铨评》引《御览》句有脱
字，今据《初学记》卷二十八引补）案严可均列此表于太和六年。
窃谓此表作于五年冬。

冬至献袜履颂有表〔一〕

伏见旧仪〔二〕：国家冬至献履贡袜，所以迎福践长，先臣或为之
颂〔三〕。臣既玩其嘉藻〔四〕，愿述朝庆。千载昌期〔五〕，一阳嘉
节〔六〕，四方交泰〔七〕，万物昭苏〔八〕。亚岁迎祥〔九〕，履长纳
庆〔一〇〕。不胜感节〔一一〕，情系帷幄〔一二〕，拜表奉贺，并献（白）纹
履七量〔一三〕，袜若干副〔一四〕。茅茨之陋，不足以入金门、登玉
台也〔一五〕。上献以闻〔一六〕，谨献〔一七〕。

597

玉趾既御〔一八〕，履和蹈贞〔一九〕。行与禄迈〔二〇〕，动以祥并〔二一〕。
南窥北户〔二二〕，西巡王城〔二三〕。翱翔万域〔二四〕，圣体浮轻〔二五〕。

暑景舒长《铨评》：“《书钞》一百五十六引《冬至献袜履颂》。舒原作
耶，校改。”

〔一〕《铨评》:"程脱履,依《御览》六百九十七补。《御览》作《贺冬表》。程、张均分表与颂为二,今合之。"

〔二〕旧仪,沈约《宋书·礼志》:"冬至朝贺享礼,皆如元日之仪,又进履袜。"北魏崔浩《女仪》:"近古率以冬至日上袜履于舅姑,践长至之义也。"冬至献履袜,自汉讫于元魏,其俗犹存。臣献于君,民间则献于舅姑。

〔三〕先臣,未知曹植所指,东汉崔骃制《袜铭》:"玑衡建子,万物含滋。黄钟育化,以养元基。长履景福,至于亿年……"或即植颂所指,但植称曰颂,而不曰铭,存参。

〔四〕玩,《文选》潘正叔《赠陆机诗》:"玩尔清藻。"李注:"玩犹爱也。"藻,文藻。

〔五〕昌期,吉庆之时。

〔六〕一阳,谓阳气始生。《孝经援神契》:"冬至日,阳气动。"

〔七〕交泰,《易经乾凿度》:"泰者天地交通,阴阳用事,长养万物也。"即天气下降,地气上腾,草木萌动之意。

〔八〕物,《铨评》:"《御览》二十八作汇。"案《广雅·释诂三》:"汇,类也。"犹万物。昭苏,《礼记·乐记篇》:"蛰虫昭苏。"郑注:"昭,晓也。蛰虫以发出为晓,更息为苏。"

〔九〕亚岁,沈约《宋书·礼志》:"魏晋冬至日,受万国及百寮称贺,因小会,其仪亚于岁朝也。"

〔一〇〕履长,《玉烛宝典》:"十一月建子,周之正月。冬至日,日极南,影极长,阴阳明,万物之始,律当黄钟,其管最长,故有履长之贺。"

〔一一〕感节,节谓节气。

〔一二〕帷幄,谓帝居,不敢直言,故称帷幄以代。

〔一三〕白，《铨评》："程、张脱白，从《御览》六百九十七补。"案《初学记》卷四无白字，疑是。纹履即绣有纹饰之履也。量，《铨评》："《御览》作緉。"案《初学记》卷四亦作緉，《御览》卷二十八引则作量。《诗经·南山篇》："葛屦五两。"《正义》："履必两只相配，故以一两为一物。"则量、緉皆两字之借。

〔一四〕若干，《铨评》："此二字《御览》作百，又作七。"案影宋本《御览》仍作若干。

〔一五〕台也，《铨评》："以上十四字程脱，依《书钞》一百五十六补。"金门、玉台俱谓帝居。

〔一六〕上献以闻，《铨评》："献《御览》作表。"案《初学记》卷四仍作献，影宋本《御览》同。

〔一七〕谨献，《铨评》："此六字张脱。"案《初学记》卷四、《御览》卷二十八有此六字。丁补是。

〔一八〕玉趾，《左》昭七年传："今君若步玉趾。"杜注："趾，足也。"玉，尊称之辞。御，《独断》："凡衣服加于身曰御。"则履加于足亦云御也。

〔一九〕蹈、履皆践也。和，和平。贞，正。

〔二〇〕迈，《铨评》："《御览》作遇。"案《广雅·释诂》："迈，往也。"

〔二一〕祥，《铨评》："《艺文》七十作福。"案祥、福义同。

〔二二〕窥，《方言》："视也。"北户，日南郡（见《尔雅·释地》《正义》）。

〔二三〕王城，指西王母国。约在今甘肃省境。

〔二四〕万域，即万国。

〔二五〕浮轻，刘勰《文心雕龙·指瑕篇》："浮轻有似于胡蝶，施之尊极，岂有当乎？"窃审曹植遣词之旨，似以浮轻象征仙人，与《驱车篇》"餐霞漱沆瀣，毛羽被身形。发举蹈虚廓，径庭升窈冥。

同寿东父年,旷代永长生"之意同,盖祝曹叡永享遐龄耳。刘氏指摘,或失原旨。

案此表颂有佚句,非全章。《文心雕龙·指瑕篇》:"陈思之文,群才之俊也。而……《明帝颂》云:圣体浮轻。"据此颂作于太和五年冬至前。

请赴元正表〔一〕

曹植集校注

欣豫百官之美,想见朝觐之礼〔二〕,耳存九成〔三〕,目想率舞〔四〕。

〔 一 〕《铨评》:"程缺。"元正,正月元日庆祝典礼。

〔 二 〕想见,谓仿佛如有所见。

〔 三 〕九成,《尚书·益稷篇》:"箫韶九成。"郑注:"成犹终也。"乐队奏终一曲曰成。九成谓多次演奏乐曲。

〔 四 〕率舞,《尚书·益稷篇》:"百兽率舞。"率,循也。率舞谓遵循乐曲节拍而舞。

此表残拽太甚,仅存四句。曹植以舜比况曹叡,希望能参预正月元日朝会。

元 会〔一〕

初岁元祚〔二〕,吉日惟良〔三〕。乃为(佳)〔嘉〕会〔四〕,讌此高堂〔五〕。尊卑列叙,典而有章〔六〕。衣裳鲜洁,黼黻玄黄〔七〕。清酤盈爵〔八〕,中坐腾光〔九〕。珍膳杂遝〔一〇〕,充溢圆方〔一一〕。笙磬既设〔一二〕,筝瑟俱张〔一三〕。悲歌厉响〔一四〕,咀嚼清商〔一五〕。俯视文轩,仰瞻华梁〔一六〕。愿保兹(喜)〔善〕〔一七〕,千载为常〔一八〕。欢笑尽娱,乐哉未央〔一九〕！皇家荣贵〔二〇〕,寿考无疆〔二一〕。

〔 一 〕元会,《铨评》:"《御览》二十九作正会。黄初元年。此诗程、张均收入诗类,张于补遗内又收之,较诗类增多八句,复沓未检,今删并。"

〔 二 〕初岁,正月。元祚,《尔雅·释诂》:"元,始也。"祚,福也。

〔 三 〕吉日,《周礼·太宰》郑注:"吉,谓朔日。"即夏历初一。良,《尔雅·释诂》:"良,首也。"

〔 四 〕佳会,《铨评》."《艺文》四佳作嘉。"案《初学记》卷四引与《艺文》同。本集卷一《送应氏》:"嘉会不可常。"嘉,美也,作嘉字是。

〔 五 〕高堂,疑指洛阳宫之建始殿。《魏志·王朗传》:"今当建始之前,足用列朝会。"是建始殿曹叡时朝会群臣之所。

〔 六 〕典,谓礼制。章,谓程序。《铨评》:"此二句程脱,依《御览》二十九补。"

〔 七 〕黼黻,《左》桓二年传杜注:"白与黑谓之黼,形若斧。黑与青谓之黻,黻若两已(阮元谓应为两弓。见郝懿行《尔雅义疏》引)相背也。"盖谓用有色线绣斧、弓形图案于衮服之上。于此黼黻作衮服之代词。玄黄,玄,黑色,谓冕;黄,指裳。

〔 八 〕酤,《说文》:"一宿酒也。"《诗经·烈祖篇》:"既载清酤。"《西京赋》薛注:"清酤,美酒也。"爵,《左》桓二年传杜注:"饮酒器也。"

〔 九 〕《铨评》:"此二句程脱,依《御览》补。"腾光,谓光采浮荡。

〔一〇〕珍膳,《文选·南都赋》:"珍羞琅玕。"《周礼·天官·序官·膳夫》郑注:"膳之言善也,今时美物曰珍膳。"杂沓,《铨评》:"遝程作环，张作绕，从《艺文》。"案《初学记》卷四亦作遝，作遝是。环、绕或传刻之形误。杂遝见卷二《洛神赋》注。

〔一一〕圆方，《文选·南都赋》："充溢圆方。"圆方谓食器。《淮南·泰族训》高注："器方中为簋，圆中者为簠也。"

〔一二〕笙磬，《仪礼·大射仪》："笙磬西面。"《诗经·鼓钟篇》："笙磬同音。"毛传："笙磬，东方之乐也。"

〔一三〕筝，《铨评》："张作琴。"案《楚辞·愍命》王注："筝，小琴也。"张，《吕览·先己篇》高注："张，施也。"施、设义同。

〔一四〕厉响，谓高亢之音。

〔一五〕咀嚼，《文选·西京赋》："嚼清商而却转。"李注："宋玉《笛赋》：吟清商。"是咀嚼具吟唱之义。清商，乐调名，为周代房中乐之遗声，散佚于唐代。《铨评》："以上四句程脱，依《御览》补。"

〔一六〕文轩，华梁，谓绘有彩色图案之栏板与屋梁。

〔一七〕喜，《铨评》："《艺文》作善。"案《初学记》卷四引亦作善，《古文苑》同。作善字是。善，《广雅·释言》："佳也。"

〔一八〕为犹如也。

〔一九〕未央，《广雅·释诂一》："央，尽也。"未央，未尽也。

〔二〇〕皇家，《铨评》："张作室家，《艺文》作皇室。"案宋刊本《曹子建文集》作皇家，《古文苑》家作室，与《艺文》同。本集《登台赋》："翼佐我皇家兮。"似作皇家为允。荣贵，《铨评》："《书钞》一百五十五作华贵。"疑作荣贵是。

〔二一〕考无疆，《铨评》："张作若东皇，《书钞》作若东王。"案宋刊本《曹子建文集》作寿考无疆，与《艺文》同，疑是。

案古直《层冰堂曹子建诗笺》："丁俭卿曰：黄初元年。直按《魏志》：文帝以延康元年冬十一月（当作十月）受禅，改元黄初。

则黄初元年,不得有元会,丁说非也。又据《宋书·礼志》:魏元会实始黄初三年。"黄节《曹子建诗注》:"节按朱氏《考异》以为此诗作于黄初五年,谓文帝惟五年正月朔在许故也。然考《魏志》:黄初五年秋七月幸许。八月循蔡、颍浮淮幸寿春。九月遂至广陵。十月行还许昌宫。六年二月,遣使者循行许昌以东。三月幸召陵,乙巳还许昌宫。是五年十月还许昌宫后,至六年三月,方自许幸召陵,则六年正月朔,文帝亦在许,不独五年也。此诗作于黄初五年或六年。"案朱、黄、古三家俱征引《魏志》去探索《元会》诗写作时日。由于都忽略了这一基本历史情况,即《晋书·礼志》:"魏制藩王不得朝觐,明帝时有朝者由特恩。"《魏志·武文世王公传》裴注引《袁子》:"……县隔千里之外,无朝聘之仪,邻国无会同之制。诸侯游猎不得过三十里,又为设防辅监国之官以伺察之。"即使曹丕、曹叡举行元会,没有诏令藩王参加,则藩王绝对不可能离开本国。历史纪载,曹植赴洛阳计二次:一在黄初四年五月;另一在太和五年冬,至六年春反国,《元会》诗是曹植参加正月元日的朝宴而写,则创作时日必在太和六年正月,是确然可信的。丁、朱、黄、古四家的结论都误。

平原懿公主诔[一]

俯振地纪[二],仰错天文[三]。悲风激兴[四],霜猋雪雰[五]。凋兰夭蕙[六],良干以泯[七]。於惟懿主[八],瑛瑶其质[九]。协策应期[一〇],含英秀出[一一]。岐嶷之姿,寔朗寔(极)[一][一二]。(在生)〔生在〕十旬[一三],察人识物[一四]。仪同圣表[一五],声协音律[一六]。骧眉识往[一七],俛首知来[一八],求颜必笑[一九],和音则孩[二〇]。阿保接手〔二一〕，侍御充傍〔二二〕，常在襁褓〔二三〕，不停帏(床)〔第〕〔二四〕。专爱一宫〔二五〕，取玩圣皇〔二六〕。何图奄忽，罹天之殃〔二七〕！魂神迁移〔二八〕，精爽翱翔〔二九〕。号之不应，听之不聆〔三〇〕。帝用吁嗟〔三一〕，呜(呼)〔咽〕失声〔三二〕。呜呼哀哉！怜尔早殁，不逮阴光〔三三〕；改封大郡，惟帝旧疆〔三四〕。建土开家〔三五〕，邑移藩王，琨佩惟鲜〔三六〕，朱绂斯煌〔三九〕。国号既崇，哀尔孤独；配尔君子〔三八〕，华宗贵族〔三九〕。爵以列侯，银艾优渥〔四〇〕。成礼于宫〔四一〕，灵輀交毂〔四二〕。生虽异室，殁(同山)〔乃同〕岳〔四三〕。爰构玄宫〔四四〕，玉石交连〔四五〕；朱房皓壁〔四六〕，(日)〔曘〕曜电鲜〔四七〕。饰终备卫〔四八〕，法生象存。长挺缮修〔四九〕，神闺(掩)〔启〕扉〔五〇〕。二柩并降〔五一〕，双魂孰依？人谁不殁，怜尔尚微。阿保激感〔五二〕，上圣伤悲〔五三〕。城阙之诗，以日喻(岁)〔月〕〔五四〕；况我爱子，神光长灭。扃关一阖〔五五〕，曷(其)〔期〕复晰〔五六〕！

〔一〕 平原懿公主，《铨评》："平原张作平阳。公主程误主公，依《艺文》十六改。《魏志·文昭甄皇后传》：太和六年，明帝爱女淑薨，追封谥淑为平原(懿)公主，为之立庙。取后亡从孙黄与合葬，追封黄列侯。"

〔二〕 振，《广雅·释诂一》："动也。"纪，理也。地纪即地理。振地理谓山崩川竭自然现象。

〔三〕 错，《尚书·微子序》孔传："乱也。"天文，日月星辰运行规律。此二句如《文帝诔》之天震地骇，崩山陨霜，阳精薄景，五纬错行四句意。

〔四〕 激兴犹言急发。

〔五〕 猋与飙同。雪雾，《诗经·信南山篇》："雨雪雾雾。"陈奂《毛诗传疏》:"雾雾犹纷纷。"谓雪飘落之貌。

〔 六 〕夭蕙,《铨评》:"夭程作天,从《艺文》十六。"案宋刊本《曹子建文集》亦作夭,天系夭之形误,作夭字是。《国语·鲁语》韦注:"草木未成曰夭。"兰蕙,象征曹淑优秀品质。

〔 七 〕良干,亦喻曹淑。泯,灭也。

〔 八 〕於惟,案《初学记》卷十惟作维。惟维古通。於惟,悲叹之辞。懿主,《铨评》:"主程作王,从《艺文》。"案《初学记》卷十引同。懿主,即懿公主之简称。

〔 九 〕瑛瑶,玉名。谓曹淑天资如玉之莹洁无瑕也。

〔一〇〕协策,协,同也;策,《国策·秦策》高注:"著也。"著谓占筮。应期,应,当也;期,运也。

〔一一〕含英,《淮南·原道训》高注:"含,怀也。"《广雅·释诂一》:"英,美也。"秀出,《文选·七命》李注:"秀,出貌也。"犹今语曰突出。

〔一二〕寔极,《铨评》:"极,《初学记》十作一。"案宋刊本《曹子建文集》极作贵。失韵疑误。疑字当作一,一与质、出、物、律韵协。一,《淮南·说山训》高注:"情专也。"寔,语中助词。

〔一三〕在生,《铨评》:"《艺文》作生在。"案作生在是,谓生存之期。十旬,《宋书·礼志》:"淑涉三月而夭。"十旬,百日,与《宋书·礼志》合。

〔一四〕察人,谓能认识人。

〔一五〕仪,形容。圣表,曹叡体貌。

〔一六〕句谓发声合于音乐节奏。

〔一七〕骧眉,扬眉。

〔一八〕俛首,《铨评》:"《艺文》首作瞳。"《一切经音义》引《埤苍》:"瞳,目珠子也。"

〔一九〕求，《礼记·学记》郑注："谓招来也。"颜，《说文》："眉目之间也。"

〔二〇〕孩，《铨评》："程、张作该，从《艺文》。"案《初学记》卷十引作即孩。《说文》："孩，小儿笑也。"作孩字是。

〔二一〕阿保，《后汉书·崔寔传》章怀注："即傅母。"接手，抱持在手。

〔二二〕侍御，女侍。

〔二三〕褓，《铨评》："《艺文》作抱。"案《汉书·贾谊传》："昔者成王幼在襁抱之中。"张华《博物志》："襁，织缕为之，广八寸，长丈二，以约小儿于背上。"褓，《说文》："小儿衣也。"《吕览·明理篇》高注："褓，小儿被也。"

〔二四〕帏床，《铨评》："帏《艺文》作第。"案宋刊本《曹子建文集》亦作第，《初学记》卷十引同。第，床席。作第是。

〔二五〕一宫，《礼记·内则》："异为孺子室于宫中。"郑注："特扫一处以处之。"

〔二六〕取玩犹取爱。圣皇谓曹叡。

〔二七〕罹，《铨评》："《初学记》作惟。"案作罹是。罹，遭也。

〔二八〕迁移，《礼记·祭义》《正义》："人生时形体与气合共为生。其死则形与气分。"故曰魂神迁移。

〔二九〕翱翔，《铨评》："《艺文》翱作翩。"《荀子·不苟篇》杨注："翩，小飞也。"《祭义·正义》："其气之精魂发扬升于上为昭明者，言此升上为神灵高明也。"精爽即灵魂。

〔三〇〕不聆，《铨评》："不《艺文》作莫。"

〔三一〕用，因也。吁嗟，叹息声。

〔三二〕呜呼失声，《铨评》："程、张脱此四字，从《艺文》。"案《初学记》

卷十亦有此四字,惟呼字作咽。疑作呜咽是。呜咽或作欨喝,
双声謰语。《淮南·览冥训》:"孟尝君为之增欷欨喝。"高注:
"欨喝,失声也。"谓气壅喉头不觉噭然而哭也。

〔三三〕阴光,《铨评》:"《初学记》作光阴。"案阴与上下文疆、王、煌韵
不协,《初学记》误,仍作阴光为得。《释名·释形体》:"阴,荫
也。"光,《太玄经》范注:"光谓公侯也。"意谓尚未接受曹叡之
封爵。

〔三四〕大郡,谓平原郡。今山东省乐陵、长清、平原诸县境。《魏志·
明帝纪》:黄初三年封为平原王。平原为曹叡旧日封邑,故曰
旧疆。

〔三五〕建土,犹云建国。开家,创立家庭。

〔三六〕琨,《铨评》:"《艺文》作绲。"案宋刊本《曹子建文集》作琨,作琨
是。说见卷一《七启》注。鲜,明也。

〔三七〕朱绂,案绂为韨之借,字或作芾。《诗经·采芑篇》:"朱芾斯
皇。"芾,蔽膝,今曰围裙。煌,光明貌。

〔三八〕君子,《铨评》:"《初学记》作名才。"案《艺文》卷十六作名子,宋
刊本《曹子建文集》同。名子谓甄黄。

〔三九〕甄黄,曹叡母甄皇后之从孙,于魏为亲贵外戚。

〔四〇〕银艾,银,谓银印;艾,绿色系印之绶。优渥犹优厚。

〔四一〕成礼,举行婚礼。

〔四二〕灵輀,丧车。交毂即接毂,并列前行。

〔四三〕同山,《铨评》:"《初学记》作乃同。"案《诗经·大车篇》:"谷则
异室,死则同穴。"此曹植句所本。疑当从《初学记》作殁乃同
岳,与上句相俪。

〔四四〕玄宫,即《文帝诔》之玄宇。谓坟墓中置棺之室。

〔四五〕玉石交错砌成墓室。

〔四六〕皓壁,《铨评》:"壁程作璧,从《艺文》。"案宋刊本《曹子建文集》亦作壁。《初学记》卷十引同。程本误。

〔四七〕日曜,《铨评》:"日程、张作皓,《艺文》作暠,从《书钞》九十四。"案宋刊本《曹子建文集》字作暠,疑作暤字是。《文选·鲁灵光殿赋》:"皓壁暤曜以月照。"暤曜,白貌。丁氏从《书钞》校作日,似未确。电鲜,《淮南·俶真训》高注:"鲜,明好也。"电鲜,如电光之耀目。

〔四八〕饰终,考《魏志·陈群传》:"后皇女淑薨,追封谥平原懿公主。群上疏曰……八岁下殇,礼所不备,况未期月,而以成人礼送之,加为制服,举朝素衣,朝夕哭临,自古已来,未有此比。而乃复自往视陵,亲临祖载,愿陛下抑割无益有损之事,但悉听群臣送葬,乞车驾不行。"备卫,《铨评》:"卫程作泣,从《艺文》。"案宋刊本《曹子建文集》卫字作位。程作泣,疑为位字之形误。《周礼·太宰》郑注:"位,爵次也。"

〔四九〕长埏,《文选·杨武仲诔》李注引《声类》:"埏,墓隧也。"缮,《广雅·释诂三》:"治也。"缮修复义词。

〔五○〕神闺,谓墓门。掩,《铨评》:"《初学记》作启。"案作启字是,故下句云二柩并降。作掩则句意不相承,作掩或非。

〔五一〕柩,《广雅·释器》:"柩,棺也。"《小尔雅·广名》:"有尸谓之柩。"二柩谓曹淑、甄黄之柩也。

〔五二〕激感,《铨评》:"感《艺文》作摧。"案激,感也。摧,《易经·晋卦》虞注:"忧愁也。"

〔五三〕上圣,案《艺文》卷十六引作圣上,谓曹叡。

〔五四〕城阙,《诗经·子衿篇》:"佻兮达兮,在城阙兮;一日不见,如三月兮。"喻，《铨评》："程、张作踰，从《艺文》。"案丁校改是。喻，比喻。岁疑当从《诗经》作月，与下句灭、晰协韵，作岁则失韵矣，似应订正。

〔五五〕扃关，指墓门。

〔五六〕曷其，案其字疑误。《武帝诔》："曷时复形。"语意正同，其或当作期，盖残脱致误。

答明帝诏表〔一〕

奉诏并〔二〕见圣恩〔三〕所作故平原公主诔。文义相扶〔四〕，章章殊兴〔五〕，句句感切；哀动神明，痛贯天地。楚王臣彪等闻臣为读〔六〕，莫不挥涕〔七〕。

〔一〕《铨评》："程缺。"

〔二〕并，《铨评》："张脱并，从《御览》五百九十六补。"

〔三〕见圣恩，《铨评》："张脱此三字，从《书钞》一百二补。"

〔四〕句意谓诔之词藻与情意取得相互辉映之效果。

〔五〕章章谓每一段各具不同情感内容。

〔六〕臣彪等，谓曹彪、曹衮等。读，《广雅·释诂二》："说也。"即解释之义。马融曾从班昭受《汉书》读可证。

〔七〕挥涕，《铨评》："以上二十一字张脱，依《御览》补。"

《铨评》："《御览》五百九十六引明帝诏云：吾既薄才，至于赋诔特不闲，从儿陵上还，哀怀未散，作儿诔，为田家公语耳。"案《魏志·杨阜传》："帝爱女淑未期而夭，帝痛之甚，追封平原公主，立庙洛阳，葬于南陵，将自临送。阜上疏曰：文皇帝、武宣皇后崩,陛下皆不送葬,所以重社稷备不虞也,何至孩抱之赤子而可送葬也哉！帝不从。"此篇系节录,首尾不具。

改封陈王谢恩章

臣既弊陋〔一〕,守国无效〔二〕,自分削黜〔三〕,以彰众诫〔四〕。不意天恩滂霈〔五〕,润泽横流〔六〕,猥蒙加封〔七〕,茅土既优〔八〕,爵赏必重〔九〕。非臣虚浅〔一〇〕,所宜奉受。非臣灰身〔一一〕,所能报答〔一二〕。

〔一〕弊陋,弊,罢也;陋,鄙小也。

〔二〕效,《广雅·释言》:"效,验也。"

〔三〕削黜,《铨评》:"程作出削,从《艺文》五十一。"案程本作出,出或黜字之形误。削,谓削减食邑户数。黜,谓降封爵等级。或谓具有罢免、斥逐之义。

〔四〕彰,明也。今曰显示。众诫,《铨评》:"诫程作诚,从《艺文》。"案丁校是。诫,讥恶为诫。见《越绝书》。犹今曰警告。

〔五〕滂霈,广大貌。双声謰语。

〔六〕润泽,谓雨露,以喻恩惠。横流,遍布之意。

〔七〕加封,《魏志·陈思王植传》:"太和六年二月,以陈四县封植为陈王。"

〔八〕茅土,《后汉书·鲍永传》:"我受汉茅土之封。"章怀注:"王者封五色土为社。封诸侯则各割其方面之土与之,焘以黄土,苴以白茅,使归立社也。"优,谓封以陈郡四县地。

〔九〕爵赏,爵谓由县王晋封郡王,赏谓食邑三千五百户。

〔一〇〕虚浅,空虚浮浅。

〔一一〕灰身与糜躯同意。糜躯，见卷二《圣皇篇》注。

〔一二〕报答，案《艺文》卷五十一答字作塞。塞有答义，见《汉书·终军传》颜注。

考《汉杂事》："凡群臣之书通于天子者四品：一曰章。章者，需头称稽首上以闻，谢恩、陈事、诣阙通者也。"

谢妻改封表〔一〕

玺书〔二〕：今以东阿王妃为陈王妃，并下印绶，因故上前所假印，(以)其〔以某〕拜授〔三〕。书以即日到。臣辄奉诏拜〔四〕。(其)〔某〕才质底下〔五〕，谬同受私〔六〕，遇宠素餐〔七〕，臣为其首。陛下体乾坤育物之德〔八〕，东海含容之大〔九〕，乃复随例〔一〇〕，显封大国〔一一〕。光扬章灼〔一二〕，非臣负薪之才所宜克当〔一三〕，非臣秽衅所宜蒙获〔一四〕。夙夜忧(叹)〔勤〕〔一五〕，念报罔极〔一六〕。洪施遂隆〔一七〕，既荣枝干〔一八〕，猥复正臣妃为陈妃〔一九〕。光曜宣朗〔二〇〕，非妾妇惷愚〔二一〕，所当蒙被〔二二〕。葵藿草物〔二三〕，犹感恩养；况臣含气〔二四〕，衔佩弘惠〔二五〕，没而后已，诚非翰墨屡辞所能报答〔二六〕。

〔　一　〕《铨评》："张作《谢妻改封陈妃表》。"

〔　二　〕玺书，《国语·鲁语》："追而与之玺书。"韦注："玺封书也。"《独断》："秦以来，天子独以印称玺，又独以玉，群臣莫敢用也。"

〔　三　〕以其拜受，疑当作其以某拜受。其，汉魏诏令常用语，详《风俗通》。《汉书·高祖纪》："其以沛为朕汤沐邑。"是其证。某，曹植妻姓代词。《礼记·曲礼》《正义》："某者是氏。"

〔四〕奉诏拜，《铨评》："程脱拜，从《艺文》五十一补。"案丁校补是。

〔五〕案其字亦当作某，与上文以其之其字误同。某亦为植妻姓氏之代词。底，《铨评》："程作伍，从《艺文》。"案宋刊本《曹子建文集》底作伍，疑为低字之形误。《释名·释地》："地者底也，其体底下载万物也。"底下，复义词。

〔六〕受私，《仪礼·燕礼》："寡君之私也。"郑注："私，独受恩厚也。"

〔七〕遇，《文选·出师表》李注："遇谓以恩相接也。宠，《汉书·匡衡传》颜注：'踊也。'素餐，见本卷《求自试表》注。

〔八〕乾坤，天地。育物，长养万物。

〔九〕含，容也。含容复义词。

〔一〇〕随例，古制妻以夫贵，故曰随例。《说文》："例，比也。"

〔一一〕显封犹荣封。大国指陈国。

〔一二〕光扬犹荣耀。章灼，显著也。

〔一三〕负薪，《左》昭七年传："其父析薪，其子弗克负荷。"比喻才能薄弱。

〔一四〕非臣，《铨评》："程脱此二字，从《艺文》补。"案宋刊本《曹子建文集》与《艺文》同，此脱，文义不具，丁校补是。秽，谓行为芜秽。衅，谓罪衅。即监国谒者灌均希指奏植醉酒悖慢，劫胁使者。故植于表申言之。

〔一五〕忧叹，案叹疑当作勤。《诗经·卷耳序》："朝夕思念，至于忧勤也。"《吕览·古乐篇》高注："勤，忧也。"此盖曹植句所本。

〔一六〕罔极，《诗经·蓼莪篇》："欲报之德，昊天罔极。"言无穷竟也。

〔一七〕洪施犹大恩。隆，《史记·礼书》《索隐》："隆犹厚也。"

〔一八〕枝干，案曹植《封二子为公谢恩章》："既荣本干，枝叶并蒙。"干，植自喻；枝，以喻其子。

〔一九〕正,《周礼·宰夫》郑注:"正犹定也。"

〔二〇〕光曜,《铨评》:"《艺文》作熠耀。"案《一切经音义》引《字林》:
　　　 "熠耀,盛光照也。"宣朗犹显明。

〔二一〕惷愚,《淮南·泛论训》:"愚夫惷妇。"高注:"惷亦愚无知之
　　　 貌也。"

〔二二〕蒙被,承受。

〔二三〕草物,《国语·晋语》:"如草木之产也各以其物。"韦注:"物,类
　　　 也。"草物即草类。

〔二四〕含气,已见含气受润句注。

〔二五〕衔佩,谓衔之于口,佩之于身,具身受之意。

〔二六〕报答,《铨评》:"程脱此二字,从《艺文》补。"案《密韵楼丛书·
　　　 曹子建文集》与《艺文》同,丁补是。

感节赋

携友生而游观,尽宾主之所求。登高壃以永望〔一〕,冀消日以忘
忧〔二〕。欣阳春之潜润〔三〕,乐时泽之惠休〔四〕。望候雁之翔集,想
玄鸟之来游〔五〕。嗟征夫之长勤〔六〕,虽处逸而怀愁〔七〕。惧天河
之一回,没我身乎长流〔八〕。岂吾乡之足顾,恋祖宗之灵丘〔九〕。
唯人生之忽过,若凿石之(未)〔末〕耀〔一〇〕。慕牛山之哀泣,惧平
仲之我笑〔一一〕。折若华之翳日〔一二〕,庶朱光之常照〔一三〕。愿寄
躯于飞蓬〔一四〕,乘阳风之远飘〔一五〕。亮吾志之不从,乃拊心以叹
息。青云郁其西翔〔一六〕,飞鸟翩而止匿〔一七〕。欲纵体而从
之〔一八〕,哀余身之无翼。大风隐其四起〔一九〕,扬黄尘之冥
冥〔二〇〕。鸟兽惊以来群〔二一〕,草木纷其扬英〔二二〕。见游鱼之潆

潏〔二三〕，感流波之悲声。内纡曲而潜结〔二四〕，心怛惕以中惊〔二五〕。匪荣德之累身〔二六〕，恐年命之早零〔二七〕。慕归全之明义〔二八〕，庶不忝其所生〔二九〕。

商风入帷《铨评》：“《书钞》一百五十三引《感节赋》。”

〔一〕永，《诗经·白驹篇》郑笺：“久也。”

〔二〕冀，希望。

〔三〕阳春，《诗经·七月篇》：“春日载阳。”《尔雅·释天》：“春曰青阳。”潜润见本卷《求自试表》注。

〔四〕时泽，时雨。惠休，惠，《诗经·燕燕篇》毛传：“顺也。”休，美也。

〔五〕候雁，《周礼·太宗伯》郑注：“雁取其候时而行。”故曰候雁。玄鸟，《礼记·月令篇》郑注：“玄鸟，燕也。”

〔六〕征夫，《诗经·皇华篇》毛传：“行人也。”长勤，常勤。曹叡征吴伐蜀，人民勤苦，不得休息。

〔七〕处逸而怀愁，曹植自谓。

〔八〕天河，《诗经·云汉篇》毛传：“云汉，天河也。”一回，一，或也；回，《云汉篇》：“昭回于天。”毛传：“回，转也。”长流谓天河。

〔九〕顾，念也。灵丘指坟墓。

〔一〇〕末耀，案《古乐府》句云：“凿石见能几时。”《抱朴子·勤求篇》亦云：“凿石有余焰，年命已雕颓。”与此意同。疑末耀当作末耀，末耀即余光也。

〔一一〕牛山，在今山东临菑县南。平仲，齐景公相晏婴字。《晏子春秋》：“景公游于牛山，北临齐国，流涕曰：若何去此而死乎！艾孔、梁丘据皆泣，晏子独笑。公收涕而问之？晏子曰：使贤者常守，则太公、桓公有之；使勇者常守，则庄公有之，吾君安得有此，而为流涕，是不仁也。见不仁之君一，谄谀之臣二，所以独笑也。”

〔一二〕若华，《山海经》：“灰野之山，有树青叶赤华，名曰若木，日所入处。”《离骚》：“折若华以拂日。”李注：“拂，蔽也。以若木蔽日，使不得过。”案蔽翳义同。

〔一三〕朱光喻日。常，宋刊本《曹子建文集》作长。《艺文》卷二十八引同。

〔一四〕飞蓬，陆佃《埤雅》：“蓬末大于本，遇风辄拔而旋。”案蓬菊科植物，花如球，遇风连根吹起，故曰飞蓬。

〔一五〕阳风，东风。之，《铨评》：“《艺文》二十八作而。”案作而字是。

〔一六〕郁其，犹郁然，密云滃郁之貌。

〔一七〕止匿，《铨评》：“《艺文》止作上。”案宋刊本《曹子建文集》仍作止，作止字是。止匿谓栖息隐藏也。

〔一八〕纵体，《淮南·精神训》：“故纵体肆意而度制。”高注：“纵，放也。”

〔一九〕隐其，犹隐然。《文选·蜀都赋》刘注：“隐盛也。”

〔二〇〕扬，《广雅·释诂一》：“举也。”《列子·黄帝篇》《释文》：“扬犹飏，物从风也。”冥冥，昏暗之貌，谓黄尘蔽天，日光暗淡也。

〔二一〕鸟，《铨评》：“《艺文》作野。”案作野字是。来群，《铨评》：“《艺文》来作求。”案宋刊本《曹子建文集》亦作求。王粲《登楼赋》：“兽狂顾以求群兮。”曹植《赠白马王彪》诗：“孤兽走索群。”索求义同，应据改。

〔二二〕纷其犹纷然。《离骚》王注：“纷，盛貌。”扬英，犹今曰扬花。

〔二三〕涔澑即瀺灂，双声謰语。《文选·闲居赋》：“游鳞瀺灂。”李注：

“瀺灂，出没貌。”恽敬《大云山房笔记》：“瀺灂读如弹拍，鱼开合口貌。”

〔二四〕纡曲，犹纡郁。双声謰语。潜结，不舒畅之貌。

〔二五〕怛惕，惊惧貌。中惊即心惊。上言心，下言中，变文以避复。

〔二六〕荣德累身，即《谏取诸国士息表》句“维系于禄位”之意。

〔二七〕早零，言早终。

〔二八〕归全，《礼记·祭义篇》：“父母全而生之，子全而归之，可谓孝矣。”《正义》：“不亏其体，不辱其身，可谓全者矣。非直体全，又须善名得全也。”即归全之义。明义，《广雅·释诂一》：“明，通也。”

〔二九〕忝，《尔雅·释言》：“辱也。”其，《铨评》：“《艺文》作乎。”所生，谓父母。《诗经·小宛篇》：“无忝尔所生。”

门有万里客

门有万里客，问君何乡人？褰裳起从之〔一〕，果得心所亲〔二〕。挽衣对我泣〔三〕，太息前自陈：本是朔方士〔四〕，今为吴越民〔五〕。行行将复行，去去适西秦〔六〕。

〔一〕褰裳，《广雅·释言》：“褰，抠也。”《礼记·曲礼篇》《正义》：“抠，提挈也。”

〔二〕亲，爱也。

〔三〕衣，《铨评》：“《艺文》二十九作裳。”案《密韵楼丛书·曹子建文集》亦作裳。挽裳犹牵裳。

〔四〕朔方，见卷一《送应氏》诗注。

〔五〕吴越民，指魏国遣戍备吴之士卒。

〔　六　〕西秦,谓御蜀。

　　此篇相和歌辞瑟调曲。曹叡连年伐吴御蜀,东西用兵。人民担负沉重兵役,奔走道路。此篇借役者之口,倾诉当时人民遭受的苦难,不作结语,言简意深,更易激起对穷兵黩武者之憎恶情绪。

临观赋

登高墟兮望四泽〔一〕,临长流兮送远客〔二〕。春风畅(而)〔兮〕气通灵〔三〕,草含干兮木交茎〔四〕。邱陵崛兮松柏青〔五〕,南国蔓兮果载荣〔六〕。乐时物之逸豫〔七〕,悲予志之长违〔八〕。叹《东山》之愬勤〔九〕,歌《式微》以(诉)〔咏〕归〔一〇〕。进无路以效公〔一一〕,退无隐以营私〔一二〕,俯无鳞以游遁,仰无翼以翻飞〔一三〕。

〔　一　〕泽,《风俗通·山泽》:“水草交厝名之曰泽。”今曰湖泊。

〔　二　〕长流谓河。

〔　三　〕畅,《文选·西京赋》李注:“条畅也。”而,《铨评》:“《艺文》六十三作兮。”案作兮字是,则上下文一致。气,气候。通,畅达。灵,淑和。

〔　四　〕含干,谓野草萌发。交茎,谓生长新枝。形容草木茂盛之状。

〔　五　〕崛,高貌。

〔　六　〕蔓,竹木茂密貌。果载荣,果树发花。载,语中助词。

〔　七　〕时物,指上文所言节令气候及树果繁茂。逸豫,《诗经·十月之交篇》郑笺:“逸,逸豫也。”逸豫,复义词,逸乐也。

〔　八　〕违,《广雅·释诂二》:“背也。”

617

〔九〕《东山》,《诗经》篇名。之,《铨评》:"《艺文》作以。"愬,《铨评》:"程作朔,从《艺文》。"案宋刊本《曹子建文集》与《艺文》同。愬即诉字。愬勤,《东山》诗序:"君子之于人,序其情而闵其劳。"其诗云:"我徂东山,慆慆不归。我来自东,零雨其濛。我东曰归,我心西悲。制彼裳衣,勿士行枚。蜎蜎者蠋,烝在桑野。敦彼独宿,亦在车下。"诗凡四章。

〔一〇〕《式微》,《诗经》篇名。诉归,《铨评》:"《艺文》诉作咏。"案作咏是,作诉与上句愬意复,咏诉盖涉形近而误。其诗云:"式微式微胡不归? 微君之故,胡为乎中露?"诗凡三章。诗人见服役者,长久辛苦劳动,往反道路,不遑宁处,为之发归家之呼吁。

〔一一〕效公,《铨评》:"公,程、张作功,从《艺文》。"公谓国家。效公,即《求自试表》"欲逞其才力,输能于明君"之意。

〔一二〕无隐,谓不能隐身潜居。营私,即《谏取诸国士息表》"追伯成子仲之业,营颜渊原宪之事"之意。

〔一三〕鳞谓鱼,翼谓鸟,言不能如鱼鸟之翱翔浮游,而进退维谷也。

(自试表)〔请招降江东表〕[一]

臣闻士之羡永生者[二],非徒以甘食丽服[三],宰割万物而已[四]。将有补益群生[五],尊主惠民,使功存于竹帛[六],名光于后嗣[七]。今臣文不昭于俎豆[八],武不习于干戈[九],而窃位藩王,尸禄东夏[一〇]。消损天日[一一],无益圣朝。淮南尚有山窜之贼[一二],吴会犹有潜江之虏[一三],使战士未获归于农亩,五兵未得收于武库[一四]。盖善论者不耻谢[一五],善战者不羞走[一六]。夫凌云者,泥蟠者也[一七];后申者,先屈者也[一八]。是以神龙以为德,尺蠖以求申〔一九〕。昔汤事葛〔二〇〕，文王事犬夷〔二一〕，固仁者能以大事小。若陛下遣明哲之使〔二二〕，继能陆贾之踪者〔二三〕，使之江南，发恺悌之诏〔二四〕，张日月之信〔二五〕，开以降路，权必奉承圣化〔二六〕，斯不疑也。

〔一〕《铨评》："《艺文》五十二作《降江东表》。张作《请招降江东表》。"案今本标题误，从张本或是。

〔二〕羡，《广雅·释诂一》："欲也。"永生，长生。

〔三〕甘食，美食也。

〔四〕宰割，《汉书·叙传》："宰割诸夏。"《广雅·释言》："宰，制也。"割，《广雅·释诂二》："割，裁也。"则宰割犹言制裁。

〔五〕群生，《汉书·宣帝纪》："养育群生。"王先谦补注："群生，庶物也。"案群生谓百姓。

〔六〕竹帛，《墨子·明鬼篇》："故书之竹帛，传遗后世子孙。"竹谓简册，帛谓缣素。

〔七〕光，明也，显也。

〔八〕俎豆，《论语·卫灵公章》："俎豆之事，则尝闻之矣。"皇疏："俎豆，祭器也。"不昭俎豆，犹言不明晓政教。

〔九〕干戈，武器，以喻军旅之事。

〔一〇〕尸禄，见《求自试表》注。

〔一一〕消损，犹言消耗。天日，时日。

〔一二〕淮南指今安徽合肥地区。山窜之贼指山越。

〔一三〕吴会，指江、浙二省地。潜江之虏，谓孙权。

〔一四〕五兵，指矛、戟、钺、楯、弓矢五种武器。收，《铨评》："《艺文》作戢。"案宋刊本《曹子建文集》亦作戢。《诗经·思文篇》："载戢干戈。"《左》宣十二年传杜注:"藏也。"

〔一五〕善论,《铨评》:"程脱善,从张本补。"案丁补是。善论与善战语正相俪。论,辩说。谢,《说文》:"辞去也。"谓善于辩说者,不以辞屈而惭愧。

〔一六〕不羞走,《铨评》:"不程作之,走作去,从《艺文》。"案程本误。不羞走,言不以退却为耻辱。

〔一七〕凌,《文选·东京赋》薛注:"升也。"凌云即升云。泥蟠,即蟠于土中,谓龙。

〔一八〕后申先屈,案《易·系辞》:"尺蠖之屈,以求信也。"

〔一九〕尺蠖,《尔雅翼》:"尺蠖,屈申虫也,状如蚕而绝小,行则促其腰,使首尾相就,乃能进步,屈中有伸,故曰屈伸。"求申,《铨评》:"《艺文》作昭义。"案宋刊本《曹子建文集》与《艺文》同。昭义即明理。

〔二〇〕葛,夏代诸侯,其地约在今河南葵丘县东。汤事葛,汤,成汤,事见《孟子·梁惠王章》。

〔二一〕犬夷,《孟子·梁惠王章》作昆夷。昆、犬一声之转。古代西方少数族之一,地约在今陕西凤翔北境。亦见《梁惠王章》。

〔二二〕陛下谓曹叡。明哲即明智。

〔二三〕陆贾,汉高祖时辩士。继踪犹继迹。赵佗据番禺称王,刘邦遣陆贾往说之,佗乃许称臣奉汉约。孝文帝刘恒时,佗又称皇,复遣贾之番禺,劝佗去黄屋称制,比诸侯,佗亦接受(事详《汉书》陆贾及南越传)。

〔二四〕恺悌,《诗经·泂酌篇》:"恺悌君子,民之父母。"《汉书·刑法志》颜注:"言君子有和乐简易之德,则其下尊之如父,亲之如母也。"

〔二五〕张，《铨评》："张作明。"案张，《广雅·释诂三》："开也。"犹展
　　　示。日月，喻明确。

〔二六〕权，孙权。圣化，《说文》："化，教行也。"圣谓曹叡。

　　案《魏志·刘放传》："太和末，吴遣将周贺浮海诣辽东，招诱
公孙渊，帝欲邀讨之，朝议多以为不可。"疑此表作此时。曹植在
京，洞察政权存在的危机，反国后，知人民苦于兵役，而曹叡外勤
征役，年谷饥俭，因此上表劝沮曹叡用兵，建议遣使去吴，不必劳
师远征，耗损民力。此表似未全，有佚句。

谏伐辽东表

臣伏以辽东负阻之国〔一〕，势便形固，带以辽海〔二〕。今轻车远
攻〔三〕，师疲力屈〔四〕，彼有其备〔五〕，所谓以逸待劳〔六〕，以饱待饥
者也〔七〕。以臣观之，诚未易攻也。若国家攻（之）而必克〔八〕，屠
襄平之城〔九〕，悬公孙之首，得其地不足以偿中国之费，虏其民不
足以补三军之失，是我所获不如所丧也。若其不拔，旷日持久，
暴师于野。然天时（不）〔难〕测〔一〇〕，水湿无常〔一一〕。彼我之兵，
连于城下〔一二〕，进则有高城深池，无所施其功〔一三〕；退则有归途
不通，道路滢洳〔一四〕。东有待衅之吴，西有伺隙之蜀。吴起东
南〔一五〕，则荆扬骚动〔一六〕；蜀应西境〔一七〕，则雍凉（三）〔参〕分〔一八〕。
兵不解于外〔一九〕，民罢困于内〔二〇〕。促耕不解其饥〔二一〕，疾蚕不
救其寒〔二二〕。夫渴而后穿井，饥而后殖种，可以图远〔二三〕，难以
应卒也〔二四〕。臣以为当今之务〔二五〕，在于省徭役〔二六〕，薄赋
敛〔二七〕，勤农桑〔二八〕。三者既备，然后令伊管之臣得施其

621

术[二九]，孙吴之将得奋其力。若此，则太平之基可立而待，康哉之歌可坐而闻[三〇]，曾何忧于二敌[三一]，何惧于公孙乎！今不(息)〔恤〕邦畿之内[三二]，而劳神于蛮貊之域[三三]，窃为陛下不取也。

〔一〕辽东，汉代辽东郡，今辽宁省地。负阻即恃险。

〔二〕带，《广雅·释诂三》："束也。"辽海，即今渤海。

〔三〕轻车，《铨评》："《艺文》二十四作轻军。"

〔四〕力屈，《吕览·安死篇》高注："屈，尽也。"力屈即力尽。

〔五〕彼谓公孙渊。

〔六〕逸，《吕览·重己篇》高注："安也。"

〔七〕待饥，《铨评》："待，《艺文》作制。"《国策·秦策》高注："制，御也。"今曰控制。

〔八〕攻之，案宋刊本《曹子建文集》无之字，《艺文》引同，疑应删去。

〔九〕襄平，约在今辽宁辽阳县北。为公孙渊政权驻地。

〔一〇〕不测，《铨评》："不《艺文》作难。"案作难字是。难测，不易揣测。

〔一一〕《魏志·明帝纪》："会连雨十日，辽水大涨，诏(毌丘)俭引军还。"又《公孙度传》："会霖雨三十余日，辽水暴涨。"而杜佑《通典·兵》云："会霖潦大水，平地数尺，三军恐惧，欲移营。"足以证表语非诬。

〔一二〕连，结也。《魏志》："宣王曰：贼坚营高垒，欲以老吾兵也，攻之正如其计。"(见《御览》卷二百八十五引)与曹植表语可相证。

〔一三〕功，力也，施功，犹展力也。

〔一四〕瀸洳，《铨评》："程作纤好，从《艺文》改。"案作瀸洳是。《一切经音义》引《通俗文》:"淹渍谓之瀸洳。"

〔一五〕起,《铨评》:"程作越,从《艺文》。"案作起字是。起,发动之义。

〔一六〕则,《铨评》:"程脱则,从《艺文》补。"案丁补是。荆扬,荆指湖
　　　　北长江以北之地,扬谓今合肥、庐江等地,魏属扬州刺史所治。

〔一七〕应,响应。《吴志·吴主传》:"黄龙元年:若有害汉,则吴伐之;
　　　　若有害吴,则汉伐之。"谓吴起兵伐魏,蜀则兴师响应于西也。

〔一八〕雍凉,雍今陕西,凉今甘肃。三分,案《艺文》三字作参,作参字
　　　　是。《荀子·成相篇》杨注:"参,错杂也。"

〔一九〕不解,《仪礼·大射仪》郑注:"解犹释也。"

〔二○〕罢即疲字。

〔二一〕促,急也。解,《易经·杂卦传》:"缓也。"

〔二二〕疾蚕,《诗经·召旻篇》郑笺:"疾犹急也。"疾蚕,急于育蚕。

〔二三〕图远,《尔雅·释诂》:"图,谋也。"

〔二四〕应卒,《汉书·辛庆忌传》:"则亡以应卒。"颜注:"谓暴也。"则
　　　　卒指猝然出现之事。

〔二五〕务,事也。

〔二六〕徭役,《魏志·王肃传》:"夫务畜积而息疲民,在于省徭役而勤
　　　　稼穑。"

〔二七〕赋敛,犹今日税收。

〔二八〕勤农桑,《铨评》:"勤《艺文》作劝。"案宋刊本《曹子建文集》仍
　　　　作勤,疑作勤字是。考《魏志·杨阜传》:"方今二虏合从,谋危
　　　　宗庙,十万之军,东西奔赴,边境无一日之娱,农夫废业,民有
　　　　饥色,陛下不以是为忧,而营作宫室,无有已时。"与此表意同。

〔二九〕伊,伊尹;管,管仲。

〔三○〕康哉之歌,《尚书·益稷篇》:"元首明哉,股肱良哉,庶事

康哉!"

〔三一〕二敌谓吴蜀。

〔三二〕不息,《铨评》:"息《艺文》作恤。"案作恤是。恤,忧也。

〔三三〕蛮貃之域,指公孙渊。

　　《铨评》:"《魏志·明帝纪》:景初元年,遣幽州刺史毌丘俭屯辽东南界。公孙渊发兵反,俭进军讨之。二年,诏司马宣王帅众讨辽东。"丁晏引此,以此表写于景初元、二年间。考景初时,曹植死已四、五年,怎能上此表呢?严可均《全三国文》引此表列于《求自试表》与《转封东阿王谢表》之间,盖谓此表作于太和二、三年间,也不足信。考《魏志·蒋济传》裴注引司马彪《战略》:"太和六年,明帝遣平州刺史田豫乘海渡,幽州刺史王雄陆道,并攻辽东。"窃以此表因此战役而上,当作于太和六年。又据蒋济谏语:"得其民不足益国,得其财不足为富。"与此表语:"得其地不足以偿中国之费,虏其民不足以补三军之失。"意正相同,更足证此表作于太和六年。此表分析敌我形势,政治状况,俱极深刻、真实、正确,语言亦简练有力,可以说这一篇是曹植现存的最后之政治性的文章。

曹植集校注卷四曹植作品有不能推究创作时期者，汇编于此。

杂　诗

悠悠远行客〔一〕，去家千余里。出亦无所之〔二〕，入亦无所止〔三〕。
浮云翳日光〔四〕，悲风动地起〔五〕。

〔一〕《诗经·载驰篇》毛传："悠悠，远貌。"

〔二〕所，犹可也。之，往也。

〔三〕入，谓反家。止，《诗经·相鼠篇》毛传："止，所止息也。"

〔四〕《古诗》："浮云蔽白日。"

〔五〕动地起，《铨评》："程作起动地，从《艺文》二十七。"案从《艺文》
　　　校改是，若从程本，则失其韵矣。

625

又程缺

美玉生磐石〔一〕，宝剑出龙渊〔二〕。帝王临朝服，秉此威百蛮〔三〕。
□□历见贵〔四〕，杂糅□刀间〔五〕。

〔　一　〕磐石，大石。

〔　二　〕龙渊，案浙江龙泉县南五里溪水，取以淬剑，刃极锋利。

〔　三　〕服，《吕览·孟春纪》高注：“服，佩也。”《广雅·释诂三》：“秉，持也。”

〔　四　〕历见贵三字上，原脱二字。

〔　五　〕糅下原脱一字。《铨评》：“此二句张脱，依《书钞》一百二十二补。”

失　题

皇考建世业〔一〕，余从征四方。栉风而沐雨〔二〕，万里蒙露霜。剑戟不离手，铠甲为衣裳。

〔　一　〕皇考谓曹操。世业即大业。

〔　二　〕栉，《说文》：“梳比之总名也。”句犹言风吹雨洗，谓辛苦。

此篇见《太平御览》卷三百三十九，句有遗脱。

失　题程缺

双鹤俱遨游，相失东海旁；雄飞窜北朔，雌惊赴南湘〔一〕。弃我交颈欢〔二〕，离别各异方。不惜万里道，但恐天网张〔三〕。

〔　一　〕赴，《铨评》：“《诗纪》作越。”

〔　二　〕交颈，《庄子·马蹄篇》：“喜则交颈相靡。”此喻亲昵。

〔　三　〕天网喻法制。

宝刀铭

造兹宝刀,既砻既砺〔一〕。匪以尚武〔二〕,予身是卫。麟角(是)〔匪〕觓〔三〕,鸾距匪蹳〔四〕。

〔 一 〕砻,《广雅·释诂三》:"磨也。"砻、砺义同。

〔 二 〕尚,《国语·晋语》韦注:"好也。"

〔 三 〕是,《铨评》:"《艺文》六十作匪。"案作匪字是。觓,《说文》:"牴也。"今曰牴觓。

〔 四 〕距,《淮南·原道》高注:"爪也。"蹳,《文选·羽猎赋》李注:"踏也。"

闺　情〔一〕

揽衣出中闺〔二〕,逍遥步两楹〔三〕。閒房何寂寞〔四〕,绿草被阶庭。空穴自生风〔五〕,百鸟翔南征〔六〕。春思安可忘?忧戚与君并〔七〕。佳人在远道〔八〕,妾身单且茕〔九〕。欢会难再逢〔一〇〕,芝兰不重荣〔一一〕。人皆弃旧爱,君岂若平生〔一二〕。寄松为女萝〔一三〕,依水如浮萍。赍身奉衿带〔一四〕,朝夕不堕倾〔一五〕。傥终顾盼恩〔一六〕,永副我中情〔一七〕。

〔 一 〕《玉台新咏》题作杂诗。

〔 二 〕揽,《广雅·释诂》:"持也。"闺,《尔雅·释宫》:"宫中之门谓之闱,其小者谓之闺。"

〔 三 〕两楹,《楚辞·愍命》王注:"两楹之间,户牖之前,尊者之所处也。"

〔四〕閒房，宋刊本《曹子建文集》作闲房。閒、闲古通用。《楚辞·招魂》王注："空宽曰闲。"寞，《铨评》："《艺文》三十二作寥。"《楚辞·九叹·忧苦》王注："寂寞，无人声也。"

〔五〕空穴，《铨评》："穴张作室。"案宋刊本《曹子建文集》作穴。《文选·风赋》："空穴来风。"李注：司马彪《庄子》注："门穴孔空，风善从之。"

〔六〕翔，《铨评》："《艺文》作翩。"案宋刊本《曹子建文集》作翩。翩，疾飞貌。

〔七〕忧戚，忧惧之意。君，《铨评》："张作我。"黄节《曹子建诗注》："《玉台》作我，《艺文》作君。"并，《说文》："相从也。"

〔八〕佳人，犹良人。

〔九〕单茕，犹孤茕，谓孤独也。

〔一〇〕逢，《铨评》："《艺文》作遇。"案宋刊本《曹子建文集》作逢。

〔一一〕荣，谓华。《尔雅·释草》："草谓之荣。"

〔一二〕平生，谓少年时。

〔一三〕寄，《广雅·释诂四》："依也。"为，与如同义。女萝，《诗经·頍弁》："茑与女萝，施于松柏。"陆玑《诗疏》："女萝，今兔丝，蔓连草上生，黄赤如金。"

〔一四〕赍，《仪礼·聘礼记》郑注："犹付也。"赍身犹言委身。奉，《广雅·释诂二》："进也。"衿，《诗经·子衿》《正义》："领之别名。"

〔一五〕堕，《后汉书·列女传》章怀注："废也。"倾，《淮南·原道》高注："覆也。"

〔一六〕盼，《铨评》："《艺文》作眄。"宋刊本《曹子建文集》作眄。顾，旋视。眄，斜视。眷恋之意。

〔一七〕永，犹言永久。副，《汉书·礼乐志》颜注："称也。"今语曰符合。中情，内心感情。

其　二

有一美人[一]，被服纤罗[二]。妖姿艳丽[三]，嵡若春华[四]。红颜
韡晔[五]，云髻嵯峨[六]。弹琴抚节[七]，为我弦歌。清浊齐均[八]，
既亮且和[九]。取乐今日，遑恤其他[一〇]。

〔一〕一美，《铨评》：“《艺文》十八作美一。”《诗经·野有蔓草》：“有
　　美一人。”

〔二〕被服，古诗：“被服罗裳衣。”

〔三〕妖姿，妍美之姿容。

〔四〕嵡，盛貌。

〔五〕韡晔，光彩盛貌。

〔六〕云形容繁多。髻，《一切经音义》十三引《字林》：“絜发也。”嵯
　　峨，《铨评》：“艺文作峨峨。”嵯峨，高耸貌。

〔七〕抚节，犹击拍。

〔八〕清浊，谓声之长短轻重。齐，《国语·楚语》韦注：“一也。”均，
　　《楚辞·惜誓》王注：“调也。”

〔九〕亮，谓声音明亮。和，谓节拍协调。

〔一〇〕遑，《诗经·谷风》郑笺：“暇也。此言不暇。”恤，《说文》：
　　“忧也。”

诘纣文[一]

崇侯何功[二]？乃用为辅。西伯何辜[三]？囚之图圄[四]。图圄既
成，负土既盈[五]，兴立炮烙[六]，贼害忠贞[七]。

〔一〕《铨评》缺，据严可均《全三国文》引《封氏闻见记》六补。

〔二〕崇侯谓崇侯虎。

〔三〕西伯谓周文王。辜,罪也。《史记·周本纪》:"崇侯虎谮西伯
于殷纣曰:西伯积善累德,诸侯皆向之,将不利于帝。纣乃囚
西伯于羑里。"

〔四〕囹圄,《礼记·月令》郑注:"囹圄,所以禁守系者,若今别狱
矣。"应劭《风俗通》:"周曰囹圄,令圄举也。言人幽闭思愆,改
恶为善,因原之也。"

〔五〕《唐语林》卷八引《诘纣文》云:"观此意,见文王所囚之地,纣使
负土实此城也,未详子建所据。今按此,东顿丘、临黄诸县,多
有古小城,周一里或二百步,其中皆实。郭缘生《述征记》云:
彭城东有桄城,云是崇侯冢。自淮迄于河上,城而实中谓之
桄,邱垄可阻谓之固,然则城小而实,皆古人因依立冢,以为保
固。子建所谓'负土既盈',或承流俗之传耳。"

〔六〕炮烙,案当作炮格(本王念孙说)。《吕氏春秋·过理篇》高注:
"格以铜为之,布火其下,以人置上,人烂堕火而死。"

〔七〕忠贞,如比干、邢侯等。

萤火论〔一〕

《诗》云:熠耀宵行〔二〕。章句〔三〕以为鬼火,或谓之燐〔四〕。未为得
也〔五〕。天阴沉数雨〔六〕,在于秋日,萤火夜飞之时也,故云宵
行〔七〕。然腐草木得湿而光,亦有明验,众说并为荧火,近得
实矣。

〔一〕《铨评》缺,张文虎《舒艺室杂著》据《诗经·东山篇》《正义》
引补。

〔二〕熠燿，光亮闪灼之貌。《东山篇》毛传："熠燿，燐也。燐，萤火也。"

〔三〕章句，疑指薛君《韩诗章句》。

〔四〕《说文》："粦，兵死及牛马之血为粦。粦，鬼火也。"

〔五〕得，《礼记·大学篇》郑注："谓得事之宜也。"

〔六〕阴沉，天色昏暗。

〔七〕郝懿行《尔雅义疏》："萤火有二种：一种飞者，形小头赤；一种无翼，形似大蛆，灰黑色，而腹下火光大于飞者，乃诗所谓宵行。然两者随地皆有，飞亦行也。"

仁孝论〔一〕

且禽兽悉知爱其母，知其孝也。唯白虎（通）麒麟称仁兽者〔二〕，以其明盛衰知治乱也〔三〕。孝者施近〔四〕，仁者及远〔五〕。

〔一〕《铨评》："程缺。"

〔二〕《铨评》虎下有通字。案《御览》卷四百十九引无通字，是，应据删。白虎即驺虞。《瑞应图》："白虎，义兽也。白虎黑文，不食生物，有至信之德应之。一名驺虞。"（《白帖》卷九十八引）麒麟或云即今之长颈鹿。古代称之为不伤害生物之仁兽。

〔三〕白虎、麒麟乱世隐匿不见，太平则出，谓其知国家之盛衰。

〔四〕施近，《诗经·六月篇》毛传："善父母为孝。"孝者只及父母，故曰施近。《广雅·释诂三》："施，予也。"

〔五〕及远，《庄子·天地篇》："爱人利物谓之仁。"故曰及远。

征蜀论〔一〕

今将以谋谟为剑戟〔二〕，以策略为旌旗〔三〕，师徒不扰，藉力天师。下礧成雷〔四〕，榛残木碎。

干戈所拂，则何房不崩；金鼓一骇，则何城不登。《铨评》："《书钞》一百十七引《征蜀论》。"

〔一〕《铨评》："程缺。"

〔二〕谋谟谓战略。

〔三〕策略，案严可均《全三国文》作仁义。校语："一本作策略。"《淮南子·兵略训》："修政于境内，而远方慕其德；制胜于未战，而诸侯服其威。"此或曹植句所本。

〔四〕此二句亦见《左》襄十年传《正义》引陈思王《征蜀论》。下礧指曹操所制发石车。见《魏志·袁绍传》裴注。

九　咏〔一〕

芙蓉车兮桂衡〔二〕，结萍盖兮翠旌〔三〕；驷苍虬兮翼毂〔四〕，驾陵鱼兮骖鲸〔五〕。（茵）〔菌〕荐兮兰席〔六〕，蕙帱兮（苓）〔荃〕床〔七〕。抗南箕兮簸琼蕊〔八〕，挹天河兮涤玉觞〔九〕。灵既降兮泊静默〔一〇〕，登文阶兮坐紫房〔一一〕。服春荣兮猗靡〔一二〕，云裾绕兮容裔〔一三〕；冠北辰兮岌峨〔一四〕，带长虹兮陵厉〔一五〕。兰肴御兮玉俎陈〔一六〕，雅音奏兮文（虞）〔虡〕罗〔一七〕。感《汉广》兮羡游女〔一八〕，扬《激楚》兮咏湘娥〔一九〕。（临）〔乘〕回风兮浮汉渚〔二〇〕，目牵牛兮眺织女〔二一〕。交有际兮会有期〔二二〕，嗟痛吾兮来不时。来无见兮讲无闻,泣下雨兮叹成云。先后悔其靡及,冀后王之一悟〔二三〕;犹搦辔而繁策〔二四〕,驰覆车之危路。群乘舟而无楫〔二五〕,将何川而能度?何世俗之蒙昧〔二六〕!悼邦国之未静。(焚)〔任〕椒兰其望治〔二七〕,(由)〔犹〕倒裳而求领〔二八〕。寻湘汉之长流,采芳岸之灵芝。遇游女于水裔〔二九〕,采菱华而结词〔三〇〕。(野萧条以极望〔三一〕,旷千里而无人〔三二〕。民生期于必死,何自苦以终身!宁作清水之沉泥〔三三〕,不为浊路之飞尘。)

蔓葛滋兮冒神宇《铨评》:"《文选》潘安仁《寡妇赋》李注引《九咏》。"

何孤客之可悲《铨评》:"《文选》谢灵运《七里濑诗》李注引《九咏》。"

皇祇降兮潜灵舞《铨评》:"《文选》颜延年《三月三日曲水诗序》李注引《九咏》。"

云龙兮衔组,流羽兮交横《铨评》:"《文选》颜延年《三月三日曲水诗序》李注引《九咏》。"

停舟兮焉待?举帆兮安追《铨评》:"《书钞》一百三十八引《九咏》。"

温风翕兮煎沙石,鸟罔窜兮兽无跖《铨评》:"《御览》三十四引《九咏》。"

乘逸向(响)兮执电鞭,忽而往兮怳而旋《铨评》:"《御览》三百五十九引《九咏》。"

越江兮刈兰,暮秋兮薄寒,被蓑兮戴笠,置露兮践欢《铨评》:"《御览》七百六十五引《九咏》。"

徒勤躬兮苦心《铨评》:"《文选》王简栖《头陀寺碑文》李注引《拟九咏》。"

抗玉手吹箫《铨评》:"《书钞》一百十一引《九歌咏》。"

瞍文详《铨评》:"三字疑。"□素筝,抗玉枠兮骇鼍鼓《铨评》:"《书钞》一百八引《九歌咏》。又一百二十一引作《楚辞》。"

过穴兮清泠，木鸣条兮动心《铨评》："《书钞》一百五十八引《七咏》。"

践丹穴兮观鸾居，通朱雀兮息南巢《铨评》："《书钞》一百五十八引《七咏》。"

运兰棹以速往，□回波之容与《铨评》："《书钞》一百三十八引《拟楚辞》。"

建五旗兮华采占，扬云麾兮龙凤《铨评》："《书钞》一百二十引《拟辞》。"

愬流风兮上迈，贝船兮荷盖《铨评》："《书钞》一百三十七引《拟辞》。"

《铨评》："以上十六条，引为《九咏》者仅八条，外《拟九咏》一条，《九歌咏》二条，《七咏》二条，《拟楚辞》一条，《拟辞》二条。子建盖拟《楚辞》之《九歌》为《九咏》，故称目错出。前正文《九咏》篇首，芙蓉车兮桂衡二句，《书钞》一百四十一即作《拟楚辞》，是其证也。其称七咏者，文误耳。兹掇举明引《九咏》者于前，而余八条附之。"

〔 一 〕九咏，《铨评》："《御览》九百七十五作《九愁》。"

〔 二 〕芙蓉，荷花。衡，《释名·释车》："衡，横也，横马颈上也。"

〔 三 〕结，《楚辞·逢纷》王注："结犹联也。"翠旍，翠羽为旍。

〔 四 〕驷，《铨评》："程作四，从张本。"《诗经·清人篇》郑笺："驷，四马也。"苍虬即青龙。翼毂，夹毂也。

〔 五 〕陵鱼，海中鱼，面及手足皆似人，惟身仍鱼形（见《山海经·海内北经》）。骖鲸，《诗经·大叔于田篇》郑笺："在旁曰骖。"谓鲸在辕之侧。

〔六〕茵,《铨评》:"《艺文》五十六作菌。"案作菌字是。《素问·方盛衰论》王注:"菌,香草。"朱骏声谓即七里香,亦名零陵香(见《说文通训定声》)。荐,坐褥。兰,《铨评》:"《书钞》一百三十三作芷。"

〔七〕帱,《铨评》:"《书钞》作帷。"案《尔雅·释训》:"帱谓之帐。"苓,《铨评》:"《书钞》作荃。"案作荃字是。荃,香草。

〔八〕抗,举也。南箕,《诗经·大东篇》:"维南有箕,不可以簸扬。"《尔雅·释天》郭注:"箕,龙尾。"朱骏声《说文通训定声》:"东方苍龙七宿,箕四星,形如簸箕,大口向西。"

〔九〕挹,犹今语舀字之义。涤,洗也。

〔一〇〕灵,《离骚》王注:"灵犹神也。"泊,寂然清静之貌。

〔一一〕文阶,刻有图案之石阶。紫房,犹言紫宫。

〔一二〕春荣,春华。猗靡,《汉书·司马相如传》:"扶舆猗靡。"刘奉世曰:"猗靡,衣裳称美之貌耳。"猗靡叠韵谦语。

〔一三〕云裾,《铨评》:"裾程作居,从《艺文》。"案作裾字是。容裔,飘浮往还之貌。容裔双声谦语。

〔一四〕北辰,北斗星。岌峨,《文选·鲁灵光殿赋》:"层槛礚嵬以岌峨。"岌峨,高貌。

〔一五〕长,《铨评》:"《艺文》作冕。"宋刊本《曹子建文集》亦作冕。案冕疑当作宛。《七启》"垂宛虹之长綛"可证。冕虹不辞。陵厉,蜿蜒之貌。双声谦语。

〔一六〕兰肴,《九歌·东皇太一》:"蕙肴蒸兮兰藉。"兰肴即蕙肴。王逸曰:"蕙肴,以蕙肴蒸肉也。"玉俎,《铨评》:"《书钞》一百四十二俎作药。"案作俎字是。《一切经音义》引《字书》:"俎,四脚小盘也。"陈,《广雅·释诂一》:"列也。"

〔一七〕文虡,案宋刊本《曹子建文集》虡作虡。作虡字是。《说文》:
"虡,钟鼓之柎也,饰为猛兽。"故曰文虡。罗,列也。虞、虡盖
以形近致误。

〔一八〕羡,《铨评》:"《艺文》作美。"案宋刊本《曹子建文集》仍作羡,作
羡字是。羡,《文选·思玄赋》旧注:"慕也。"游女,《诗经·汉
广篇》:"汉有游女,不可求思。"《韩诗》:"游女,汉神也。"

〔一九〕《激楚》,《楚辞·招魂》:"发《激楚》些。"王注:"激,清声也。复
作激楚之声,以发其音也。"案《激楚》古曲名,见《后汉书·边
让传》章怀注。湘娥,湘水女神,即舜二妃娥皇、女英。

〔二〇〕临,《铨评》:"《书钞》一百五十五作乘。"疑作乘字是。回风,
《楚辞·悲回风》:"悲回风之摇蕙兮。"王注:"回风谓之飘风。"
汉,《铨评》:"《书钞》作海。"

〔二一〕目,《左》桓元年传杜注:"目者极视睛不转也。"牵牛,《文选》曹
丕《燕歌行》李注引曹植《九咏注》:"牵牛为夫,织女为妇,织
女、牵牛之星,各处一旁,七月七日,得一会同矣。"

〔二二〕际,《小尔雅·广言》:"际,界也。"期,《史记·万石张叔传》《正
义》:"期犹常也。"

〔二三〕后王,《铨评》:"王,程作土,从《艺文》。"案宋刊本《曹子建文
集》与《艺文》同。一悟,犹言或悟。

〔二四〕搦篙,《文选·江赋》:"舟子于是搦棹。"李注:"搦,捉也。"搦篙
即捉篙。繁策,《淮南·原道训》:"棰策繁用者,非致远之术
也。"高注:"繁,数也。"

〔二五〕乘,《铨评》:"程作秉,从《艺文》。"案作乘字是,乘、秉形近致
误。楫,桡也。

〔二六〕蒙昧，《广雅·释诂四》："昧，冥也。"谓蒙蔽无知也。

〔二七〕焚，《铨评》："《艺文》作任。"案作任字是。《周礼·牛人》郑注："任犹用也。"椒兰，椒指楚怀王大夫子椒，兰，楚怀王少弟令尹子兰。屈原《离骚》："余既以兰为可恃兮，羌无实而容长；委厥美以从俗兮，苟得列乎众芳。椒专佞以慢慆兮，樧又欲充夫佩帏。既干进而务入兮，又何芳之能祗！"此盖植引古以喻当时在朝媒蘗其短之人。

〔二八〕由疑当作犹。《尔雅·释言》："犹，若也。"倒裳求领，喻毫无可能。

〔二九〕水裔，《广雅·释言》："裔，边也。"

〔三○〕采，《铨评》："张作探。"案探或采字之形讹，宋刊本《曹子建文集》正作采。然上文采芳岸之灵芝，而此曰采菱华，两用采字犯复，存疑。结词，《楚辞·逢纷》王注："结犹联也。"今曰致词。

〔三一〕案自此至以下五句，已见《九愁赋》，疑系错简而误收者，似应订正。

〔三二〕而，《铨评》："《艺文》作以。"案《九愁赋》作而。

〔三三〕沉，《铨评》："《艺文》作污。"案《九愁赋》作沉。

案《九咏》规摹屈原《九歌》而作，其体制当与之相应，但今本既从类书辑录，已非旧式。而类书所存尚有溢于今本之外者，且与《九愁赋》相乱，是掇拾者之疏也。《文选》李注引曹植《九咏注》，严可均《全三国文》列为植作；古人虽有自注之例，然辄定为植作，究乏确证。又《九咏》句有先后、后王之语，疑谓操、丕。而假椒兰以比况魏朝臣诽谤植者，故疑此篇或作于黄初之际，惜史实难征,姑附于三卷之末。

髑髅说

曹子游乎陂塘之滨〔一〕,步乎蓁秽之薮〔二〕,萧条潜虚〔三〕,经幽践阻〔四〕。顾见髑髅,块然独居〔五〕。于是伏轼而问之曰〔六〕:子将结缨(首)〔手〕剑殉国君乎〔七〕?将被坚执锐毙三军乎?〔八〕将婴兹固疾命陨倾乎〔九〕?将寿终数极归幽冥乎〔一〇〕?叩遗骸而叹息〔一一〕,哀白骨之无灵〔一二〕;慕严周之适楚,倪托梦以通情〔一三〕。于是(伻)〔砰〕若有来〔一四〕,怳若有存〔一五〕,景见容隐〔一六〕,厉声而言曰:子何国之君子乎?既枉舆驾〔一七〕,愍其枯朽〔一八〕,不惜咳唾之音〔一九〕,而慰以(若)〔苦〕言〔二〇〕,子则辩于辞矣!然未达幽冥之情〔二一〕,识死生之说也〔二二〕。夫死之为言归也〔二三〕。归也者,归于道也。道也者,身以无形为主〔二四〕,故能与化推移〔二五〕。阴阳不能更〔二六〕,四时不能亏〔二七〕。是故洞于纤微之域〔二八〕,通于怳惚之庭〔二九〕,望之不见其象〔三〇〕,听之不闻其声;挹之不(充)〔冲〕〔三一〕,注之不盈〔三二〕,吹之不凋〔三三〕,嘘之不荣〔三四〕,激之不流,凝之不停〔三五〕,寥落冥漠〔三六〕,与道相拘〔三七〕,偃然长寝〔三八〕,乐莫是踰〔三九〕。曹子曰:予将请之上帝,求诸神灵,使司命辍籍〔四〇〕,反子骸形。于是髑髅长呻,廓然叹曰〔四一〕:甚矣!何子之难语也。昔太素氏不仁〔四二〕,无故劳我以形,苦我以生〔四三〕。今也幸变而之死,是反吾真也〔四四〕。何子之好劳,而我之好逸乎〔四五〕?子则行矣〔四六〕!予将归于太虚〔四七〕。于是言卒响绝,神光雾除〔四八〕。顾命旋轸〔四九〕,乃命仆夫:拂以玄尘〔五〇〕,覆以缟巾〔五一〕,爰将藏彼路滨〔五二〕,覆以丹土,翳以绿榛〔五三〕。夫存亡之异势〔五四〕，乃宣尼之所陈〔五五〕，何神凭之虚对，云死生之必均〔五六〕。

〔一〕曹子，曹植自称。陂塘，《国语·周语》："陂唐污庳。"韦注："畜水曰陂。唐，堤也。"陂塘即陂唐。

〔二〕蓁秽，野草灌木。薮，丛生之地。

〔三〕潜虚，幽静之意。

〔四〕谓通过僻静荒野，踏上崎岖之路。

〔五〕髑髅，头骨。块然，《楚辞·初放》王注："独处貌。"

〔六〕轼，车前横木。伏轼，用以示敬。

〔七〕将，即今语或许之意。结缨，《左》哀十五年传："卫浑良夫与太子入，舍于孔氏之外圃，欲劫孔悝而纳太子。季子曰：太子无勇，若燔台半，必舍孔叔。太子闻之惧，下石乞、盂黡敌子路，以戈击之，断缨。子路曰：君子死，冠不免。结缨而死。"首剑疑即手剑。《庄子·达生篇》《释文》："首本作手。"《公羊》庄十二年传何注："手剑，持拔剑。首手古通用。"宋大夫仇牧闻闵公被弑，即入宫，至门外，遇弑闵公者宋万，手剑而叱之。万侧手击之，脑碎，齿着于门阖（事见《公羊》庄十二年传）。

〔八〕坚谓铠甲，锐谓刀矛。毙三军，指在战争中死亡。

〔九〕疾，《铨评》："程作命，从《艺文》十七。"案宋刊本《曹子建文集》亦作疾。固疾，久病也。《说文》作痼。作命误。命，《铨评》："程作疾，从《艺文》改。"案宋刊本《曹子建文集》亦作命，盖程本命疾二字误乙也。陨倾，陨或作殒，《后汉书·隗嚣传》章怀注："殒，绝也。"《文选》孙子荆《征西官属诗》李注："倾，犹尽也。"命陨倾，喻死亡。

〔一〇〕数极，谓寿数已尽。幽冥，《楚辞·招魂》王注："幽都，地下后土所治也。地下幽冥,故称幽都。"是幽冥为地下之代词。

〔一一〕叩,击也。遗骸,即余骸。

〔一二〕灵,神也。无灵,犹言无知。

〔一三〕严周即庄周。《庄子·至乐篇》:"庄子之楚,见空髑髅,髐然有形,撽以马捶,因而问之,曰:夫子贪生失理,而为此乎?将子有亡国之事,斧钺之诛,而为此乎?将子有不善之行,愧遗父母妻子之丑,而为此乎?将子有冻馁之患,而为此乎?将子之春秋故及此乎?于是语卒,援髑髅,枕而卧。夜半,髑髅见梦曰……"

〔一四〕伻若,案伻字疑误。《尔雅·释诂》:"伻,使也。"于此无义。字或当作砰,《广雅·释诂四》:"砰,声也。"与下句厉声相应。

〔一五〕怳若,犹怳然,仿佛之貌。

〔一六〕景见,即影现。容隐,形容隐蔽。

〔一七〕声,《铨评》:"《艺文》作响。"枉,《铨评》:"程作往,依《艺文》改。"案《密韵楼丛书·曹子建文集》与《艺文》同。作枉字是。枉,《楚辞·远游》王注:"屈也。"舆驾,谓车,此为代人之谦词。

〔一八〕愍,《铨评》:"程作闲,依《艺文》改。"案宋刊本《曹子建文集》愍作闲,疑为闵字之形误,闵,《诗经·汝坟序》《释文》:"忧伤也。"愍、闵古通。

〔一九〕咳唾,《文选》卢谌《赠刘琨书》:"锡以咳唾之音,慰其违离之意。"李注:"《庄子》:孔子谓渔父曰:丘窃侍于下风,幸闻咳唾之音也。"咳唾则为语言之代词,且含尊重之意。

〔二〇〕若言,《铨评》:"若,《艺文》作苦。"案作苦字是。《文选·吊屈原文》李注引应劭曰:"苦,劳苦。"苦、若形近致误。

〔二一〕幽冥,《淮南·说山训》:"视之无形,听之无声,谓之幽冥。"

〔二二〕识，《铨评》：“程张脱，依《艺文》补。”说，《铨评》：“程作设，从《艺文》正。”案宋刊本《曹子建文集》正作说，作说字是。

〔二三〕《淮南·精神训》：“死，归也。”《说苑·反质》：“且夫死者，终生之化而物之归者。”

〔二四〕身，犹今语本质之意。《说苑·反质》：“其真冥冥，视之无形，听之无声，乃合道之情。”

〔二五〕化，自然之规律。推移，犹言适应。

〔二六〕阴阳，谓寒暑。更，《后汉书·郎𫖮传》章怀注：“犹变改也。”

〔二七〕四时，《铨评》：“时，《艺文》作节。”亏，毁损。

〔二八〕纤微之域，即细小之境。

〔二九〕悦，《铨评》：“《艺文》作恍。”悦、恍古通。悦惚即恍忽。《素问·灵兰秘典论》王注：“恍惚者若有若无也。”

〔三〇〕象，形象。

〔三一〕充，《铨评》：“《艺文》作冲。”案作冲字是。《淮南·道应训》：“冲而不盈。”高注：“冲，虚也。”

〔三二〕注，《铨评》：“《艺文》作满。”案《说文》水部：“注，灌也。”

〔三三〕吹，《声类》：“出气急曰吹。”《老子》：“或呴或吹。”注：“吹寒也。”雕，《吕氏春秋·辩土》：“寒则凋。”高注：“雕，不实也。”

〔三四〕嘘，《声类》：“出气缓曰嘘。”刘琨遗石勒书：“吹之则寒，嘘之则温。”荣，华也。

〔三五〕凝，《广雅·释诂四》：“定也。”

〔三六〕寥落，虚静之貌。冥漠，幽深之貌。

〔三七〕拘，《后汉书·王霸传》章怀注：“犹限也。”

〔三八〕偃然，《庄子·至乐篇》成疏：“安息貌。”长寝，即长眠。

〔三九〕莫，《铨评》“《书钞》九十二作无。”是踰，《铨评》：“张于诗类又列此四句为髑髅诗。寏作牢,漠作寏,拘作驱,偃作隐,末句作其乐无踰。今删。"

〔四〇〕司命,主宰人寿命之神。辍,止也。籍,谓名簿也。犹言鬼箓。

〔四一〕廓然,《铨评》:"然,《艺文》作眲。"案眲,眼眶。

〔四二〕《铨评》:"程、张脱昔,依《艺文》补。"太素氏,《列子·天瑞篇》:"太素者,质之始也。"张湛注:"质,性也。"

〔四三〕无故,《铨评》:"程、张脱此二字,依《艺文》补。"形,《铨评》:"《御览》一作体。"

〔四四〕《说苑·反质篇》:"归者得至,而化者得变,是物各反其真。"《汉书·杨王孙传》:"以反吾真。"颜注:"真者自然之道也。"

〔四五〕《铨评》:"张脱乎。"案宋刊本《曹子建文集》有乎字,当据补。

〔四六〕子则行矣,《铨评》:"程脱此四字,从《艺文》补。"

〔四七〕太虚,《素问·天元纪大论》:"空元之境。"《文选·游天台山赋》:"太虚辽廓而无阂。"李注:"太虚谓天也。"

〔四八〕雾除,谓如雾之散去也。

〔四九〕轸,《周礼·考工记》郑注:"舆也。"旋轸犹言回车。

〔五〇〕玄尘,黑色拂尘。

〔五一〕缟巾,《后汉书·顺帝纪》章怀注:"缟,皓也,缯之精白者曰缟。"

〔五二〕藏,《礼记·檀弓》:"藏也者,欲人之弗得见也。"是藏、葬义同。

〔五三〕覆,《铨评》:"《艺文》作壅。"《诗经·无将大车篇》郑笺:"壅犹蔽也。"翳,《广雅·释诂三》:"障也。"榛,《礼记·曲礼》郑注:"木名,榛实似栗而小。"《淮南·原道训》:"隐于榛薄之中。"高注:"藂木曰榛。"

〔五四〕势,《铨评》:"程、张作世,从《艺文》。"《周礼·考工记》郑司农

注:"势,谓形势。"

〔五五〕宣尼,《汉书·平帝纪》:"元始元年,追谥孔子曰褒成宣尼公。"
《说苑·辨物》:"子贡问孔子,死人有知无知也？孔子曰:吾欲
言死者有知也,恐孝子顺孙妨生以送死者。欲言无知,恐不孝
子孙弃不葬也。赐欲知死人有知将无知乎？死,徐自知之,犹
未晚也。"陈,《文选·古诗》:"欢乐难具陈。"李注:"陈犹
说也。"

〔五六〕《左》僖五年传贾注:"均,同也。"《庄子·至乐篇》郭注:"所谓
齐者,生时安生,死时安死,生死之情既齐,则无为当生而忧
死。"此与曹植意同。

案《隋书·经籍志》、《唐书·艺文志》俱载曹植《列女传颂》
一卷,不编于集。宋人掇缉曹集,始事合并,非旧式也。今别录,
附于集后。

列女传颂

尚卑贵礼,来世作程。

此颂仅存二句,见《文选·新刻漏铭》李注引。

母仪颂〔一〕

殷汤令妃〔二〕,有莘之女〔三〕,仁教内修,度仪以处〔四〕。清谧后
宫〔五〕,九嫔有序〔六〕。伊为媵臣,遂作元辅〔七〕。

〔一〕《铨评》:"《艺文》十五引此并下《明贤颂》,均次于成公绥诗后,
未系作者姓名,《初学记》十引为植作。张作《汤妃颂》。"案旧

志俱载曹植《列女传颂》一卷，此必为植作无疑。《母仪》本《列女传》旧题，张作《汤妃颂》，恐以臆改。

〔二〕令，《诗经·閟宫篇》：“令妻寿母。”郑笺：“令，善也。”

〔三〕有莘，有，发语词；莘，夏代氏族之一。《括地志》：“古莘国在汴州陈留县东五里，故莘城是也。”案约在今山东省曹县北。《列女传》：“汤妃有莘氏之女。”

〔四〕仪，《铨评》：“《艺文》十五作义。”案《左》昭廿四年传：“同德度义。”杜注：“度，谋也。”

〔五〕后，《铨评》：“《艺文》作後。”案《礼记·曲礼》郑注：“后之言後也。”后、後古通。后宫，妃嫔所居。清谧犹言宁静。

〔六〕九嫔，古代天子一后、三夫人、九嫔。《周礼·天官·序官》：“九嫔掌妇学之法，以教九御者也。”序，《礼记·中庸篇》郑注：“序犹次也。”

〔七〕伊，《铨评》：“《艺文》作尹。”媵，《尔雅·释言》：“媵、将，送也。”媵臣，《史记·殷本纪》：“伊尹名阿衡，……乃为有莘氏媵臣。”犹今云陪送奴隶。元辅，首辅。即后代丞相。

明贤颂〔一〕

於铄姜后〔二〕，光配周宣〔三〕。非（礼）〔义〕不动〔四〕，非礼不言。晏起失朝〔五〕，永巷告愆〔六〕。王用勤政，万国以虔〔七〕。

〔一〕《铨评》：“《艺文》十五作《贤明颂》，张作《姜后颂》。”案贤明，《列女传》旧题，当据《艺文》订正，张本误改。

〔二〕於铄，赞美之辞。姜后，《列女传》：“周宣王姜后者，齐侯之女，宣王之后也。”

〔三〕光,《广雅·释诂四》:"明也。"

〔四〕礼,《铨评》:"《艺文》十五作义。"案疑作义字是。《左》隐三年传《正义》:"动合事宜乃谓之义。"作义避复。《列女传》:"事非礼不言,行非礼不动。"

〔五〕失,《铨评》:"《艺文》作早。"案作失字是。

〔六〕永巷,《后汉书·马后纪》章怀注:"宫中署名也。"愆,过也。《列女传》:"宣王常夜卧而晏起,后夫人不出于房。姜后既出,乃脱簪珥,待罪于永巷,使其傅母通言于王曰:妾不才,妾之淫心见矣!故君王失礼而晏朝。"

〔七〕虔,《广雅·释诂一》:"敬也。"

曹植集校注卷五 宋人纂辑《曹植集》，其文有非植所撰，而误收入集者。今录原文，附前贤考证于后，以资参证，置于本集之末。

愁霖赋

夫何季秋之淫雨兮〔一〕，既弥日而成霖。瞻玄云之晻晻兮，听长空之淋淋〔二〕。中宵卧而叹息〔三〕，起饰带而抚琴。

〔一〕《铨评》："篇首程有又曰，依张删。程、张脱何字，依《艺文》补。"

〔二〕空，《铨评》："《艺文》作雷。"

〔三〕卧，《铨评》："《艺文》作夜。"

　　严可均《全三国文》校语："案前明刻《子建集》，既载前赋（指迎朔风而爱迈兮篇，见集中），复载一赋云：'夫何季秋之淫雨兮'凡六句，张溥本亦如此，盖据《艺文类聚》连载两赋也。考《文选》曹植《美女篇》注、张协《杂诗》注，知第二赋是蔡邕作，《类聚》误编耳，今删。"

代刘勋妻王氏见出为诗

人言去妇薄，去妇情更重。千里不唾井，况乃昔所奉。远望未为遥，踟蹰不得共。

《铨评》："程大昌《演繁露》。晏案：《演繁露》引此诗，谓据《玉台新咏》。又释之云：观此意兴，乃为常饮此井，虽舍而去之千里，知不复饮矣，然犹以尝饮乎此，而不忍唾也，况昔所尝奉以为君子乎！李太白又采用此意为《平虏将军妻诗》曰：古人不唾井，莫忘昔缠绵。李济翁《资暇录》：谚云：千里井，不反唾。唾当为莝。莝，草也。言尝有经驿舍，反马莝于井，后经此井，汲水为莝所哽也。姚令威著《残语》，太白此诗，亦引济翁不莝井语，不以曹植诗为证也。今检《玉台》刻本无此诗，程氏所引，盖《玉台》足本也。"如上所述，疑此篇非植所制，或后人依托也。

善哉行

来日大难，口燥唇干。今日相乐，皆当喜欢。经历名山[一]，芝草翩翩。仙人王乔，奉药一丸。自惜袖短，内手知寒。惭无灵辄[二]，以救赵宣[三]。月没参横，北斗阑干。亲友在门[四]，饥不及餐[五]。欢日尚少，戚日苦多，以何忘忧，弹筝酒歌。淮南八公，要道不烦，参驾六龙，游戏云端[六]。

如彼翰鸟，或飞戾天《铨评》："张本。见《文选》潘安仁《悼亡诗》李注引《善哉行》。"

〔 一 〕《铨评》："《艺文》四十一经作径。"

〔二〕《铨评》:"《艺文》辙作辄。"

〔三〕《铨评》:"救,《宋书·乐志》作报。"

〔四〕友,《铨评》:"《宋书》作交。"

〔五〕饥不及,《铨评》:"《御览》四百十作忘寝与。"

〔六〕《铨评》:"以上八句程脱,依《乐府》三十六补。"

《铨评》:"此篇张无之。《乐府》三十六,《御览》四百十均作古辞,程误收入,提要已加驳正,惟《艺文》四十一引为植作,今姑存之。然细味诗意,乃汉末贤者忧乱之诗,似非子建作也。"

仓舒诔

建安十二年五月甲戌,童子曹仓舒卒。乃作诔曰:

於惟淑弟,懿矣纯良。诞丰令质,荷天之光。既哲且仁,爰柔克刚。彼德之容,慈我聿行。猗欤□□,终然允臧。宜逢分祚,以永无疆。如何昊天,凋斯俊英。呜呼哀哉!惟人之生,忽若朝露,促促百年,亹亹行暮。矧尔既夭,十三而卒;何辜于天,景命不遂。兼悲增伤,佗傺失气。永思长怀,哀尔罔极,贻尔良妃,禫尔嘉服。越以乙酉,宅彼城隅。增丘峨峨,寝庙渠渠。姻媾云会,充路盈衢。悠悠群司,岌岌其车;倾都荡邑,爰迄尔居;魂而有灵,庶可以娱。呜呼哀哉!

《铨评》:"《魏志·邓哀王冲传》:字仓舒,少聪察岐嶷。年十三,建安十三年疾病,太祖亲为请命。及亡,哀甚,为娉甄氏亡女与合葬。又《邴原传》:原女早亡,时太祖爱子仓舒亦殁。太祖欲求合葬,原辞,太祖乃止。案此篇《古文苑》九、《艺文》四十五皆引为魏文帝作。今玩其词气,清幽文秀,实与丕他作相类,不似陈思之朴茂。且诔内有'宜逢分祚,以永无疆'之句,亦非陈思所宜出。疑张因《艺文》所引,与陈思《任城王诔》相连而误采也。以旧本所有,姑附存之而正其误。《古文苑》视此仍增多数十句,亦不取以校补。"严可均《全三国文》:"张溥本有《仓舒诔》,乃文帝作,误收之耳。"案今据《古文苑》补足,用资比较。既确定为曹丕文,故不加注。

君子行

君子防未然,不处嫌疑间。瓜田不纳履,李下不整冠〔一〕。叔嫂不亲授,长幼不并肩。和光得其柄,谦恭甚独难。周公下白屋,吐哺不及餐;一沐三握发,后世称圣贤〔二〕。

〔 一 〕整,《铨评》:"《艺文》四十一作正。"

〔 二 〕世,《铨评》:"《艺文》作人。"

　　《铨评》:"张缺。《文选》二十七、《乐府》三十二均作古辞。惟《艺文》四十一引为植作。"案《文选》卷二十八《君子行》李注引"君子防未然"二句云《古君子行》。是李氏未定为曹植作,或是,当从之。

附　录

一、逸文

悲命赋《文选》江文通《别赋》李注。

哀魂灵之飞扬。

感时赋《文选》鲍明远《苦热行》李注。

惟淫雨之永降，旷三旬而未晞。

宴乐赋《书钞》一百十三。

神龟歌舞异俗，猨戏索上寻橦。

慰情赋《书钞》一百五十六。

651

黄初八年正月雨，而北风飘寒，园果堕冰，枝干摧折。

　　案此疑赋序。黄初无八年，疑字误。

洛阳赋《书钞》一百五十八。

狐貉穴于紫闼兮，茅莠生于禁闼。本至尊之攸居，□于今之可悲。

案《铨评》以脱字在今字之下，此据严可均《全三国文》订正。

射雉赋《初学记》三。

暮春之月，宿麦盈野，野雉群飞。

案亦赋序。

扇　赋《初学记》十九。《御览》三百八十一。

情驰荡而外得[一]，心悦豫而内安。增吴氏之姣好，发西子之玉颜。

〔一〕《铨评》："《初学记》驰误驹，依《御览》改。"

《铨评》："此疑为《九华扇》捝文，然无文订之。"

遥　逝《书钞》一百五十八。

晨秋气之可悲兮，凉风肃其严厉。神龙盘于重泉兮，腾蛇蛰于幽穴。

案严可均《全三国文》引晨字作哀，疑是。

妒

嗟尔同衾，曾不是志[一]，宁彼冶容，安此妒忌。

〔一〕《铨评》："《艺文》三十五不作弗。"

芙蓉池

逍遥芙蓉池，翩翩戏轻舟。南杨双栖鹤[一]，北柳有鸣鸠。

〔一〕《铨评》："双栖《艺文》九作栖双。"

言　志

庆云未时兴，云龙潜作鱼。神鸾失其俦，还从燕雀居。

杂　诗

离思一何深。

　　《铨评》:"《文选》陆士衡《赴洛诗》李注引《杂诗》。"

离别诗

人远精神近,寤寐梦容光。

　　曹植诗《文选》谢玄晖《和王主簿怨情诗》李注引。

一顾千金重,何必珠玉钱。

　　案《铨评》钱字作贱。

长歌行程缺

墨出青松之烟[一],笔出狡兔之翰。古人感鸟迹,文字有改判。

〔一〕《铨评》:"张脱之,据《书钞》一百四补。"案判,《御览》六百五引
　　　曹植乐府作刊。

　　苦热行《文选》鲍明远《苦热行》李注引。程缺。

行游到日南,经历交趾乡,苦热但暴露,越夷水中藏。

　　案《文选》李注引露字作霜。

　　结客篇《文选》鲍明远《结客少年场行》李注引。程缺。

结客少年场,报怨洛北荒。

　　案《文选》李注引《结客篇》北荒作北芒。

利剑手中鸣,一击两尸僵。

　　《铨评》:"《文选》张景阳《杂诗》李注引《结客篇》,此疑报怨
　　洛北荒句下脱文。"

陌上桑程缺

望云际,有真人,安得轻举继清尘。执电鞭,驰飞麟[一]。

天地篇_{程缺}

俱为时所拘,羁绁作微臣。

乐府歌_{程缺}

胶漆至坚,浸之则离;皎皎素丝,随染色移。君不我弃,谗人
所为。

乐　府_{程缺}

市肉取肥,沽酒取醇。交觞接杯,以致殷勤。

乐府歌词_{程缺}

所赍千金之宝剑[一],通犀文玉间碧玗[二]。翡翠饰鸡璧,标首明
月珠。

〔　一　〕《铨评》:"张脱之宝二字,据《书钞》一百二十二引补。"

〔　二　〕文玉,《铨评》:"张脱此二字,据《书钞》补。"间,《铨评》:"《书
　　　　钞》作系。"

乐府歌_{《御览》八百三十六引。程缺。}

巢许蔑四海,商贾争一钱。

欧冶表_{程缺}

昔欧冶改视,铅刀易价;伯乐所盼[一],驽马百倍。

〔　一　〕《铨评》:"《御览》三百四十六盼作眄。"

作车帐表_{程缺}

欲遣人到邺,市上党布五十匹,作车上小帐帷,谒者不听。

曹植集校注
654

七　咨《铨评》：“程缺。《初学记》十作七忿。”

素冰象玉，难可磨荡；结土成龙，遭雨则伤。

寡妇诗《文选》谢灵运《庐陵王墓下作》李注。

高坟郁兮巍巍，松柏森兮成行。

述　仙《文选》谢灵运《入华子冈诗》李注。

游将升云烟。

失　题《书钞》一百五十八。

游鸟翔故巢，狐死反丘穴。我信归旧乡，安得惮离别。

失　题《文选》谢灵运《拟邺中集诗》李注。

高谈虚论，问彼道原。

失　题《书钞》一百十。

弹筝奋逸响，新声妙入神。

《铨评》：“此二句见《古诗十九首》，《书钞》引为植作，当别有据，姑附录以广异闻。”

失　题《书钞》一百三十二。

华屏列曜，藻帐垂阴。

失　题《书钞》一百四十五。

寒鸱蒸麑。

失　题《书钞》一百五十四。

秋商气转微凉。

失　题《御览》三百四十六。

长铗鸣鞘弓。

呕出行《文选》谢玄晖《和王著作八公山诗》李注。

蒙雾犯风尘。

对酒行《文选》任彦升《到大司马记室笺》李注。

含生蒙泽,草木茂延。

秋胡行《文选》颜延年《宋元皇后哀策文》李注。

歌以永言,大魏承天玑。

对酒歌《文选》沈休文《安陆昭王碑文》李注。

　　《铨评》:"《书钞》三十五引作赋。"

蒲鞭苇杖示有刑。

　　《铨评》:"《书钞》作苇杖示刑。"

忿　志《书钞》四十五。

舜流共工。

西仪篇《初学记》六。

帝者化八极,养万物,和阴阳。阴阳和,风至河洛翔。

　　案西仪或系两仪之形误。

乐　府《书钞》一百四十二。

口厌常珍,乃购麟凰。熊蹯豹胎,百品异方。蕙肴兰藉,五味杂香。

失　题《文选》江文通《望荆山诗》李注。

金樽玉杯,不能使薄酒更厚。

失　题《书钞》一百十。

乌鸟起舞,凤凰吹笙。

失　题《书钞》一百四十二。

鲂腴熊掌，豹胎龟肠。

失　题《御览》九百七十一。

橙橘枇杷，甘蔗代出。

王陵赞《韵补》四。

从汉有功，少文任气。高后封吕，直而不屈。

黻　赞《韵补》四。

有皇子登，是临天位。黻文字裳，组华于黻。

王霸赞《韵补》四。

壮气挺身奋节，所征必拔，谋显垂惠。

《铨评》："此有脱字。"

孔甲赞《韵补》四。

行有顺天，龙出河汉，雌雄各一，是扰是豢。

罢朝表《文选》陆士龙《大将军讌会诗》李注。

觐玉容而庆荐，奉欢宴而慈润。

失　题《文选》潘安仁《西征赋》李注。

情注于皇居，心在乎紫极。

案在字疑当作存。

失　题《书钞》一百四十四。

诸公熙朝之辅，每作粥食之候，肴惟蔬薤。

失　题《书钞》一百三十六。

即日奉油囊之赐。

《铨评》："奉原作表，校改。"

失　题《书钞》一百三。

即日奉手诏，惊喜踊跃也。

失　题《书钞》十九。

赐迈越紞縠。

失　题《文选》潘安仁《河阳县诗》李注。

身轻蝉翼，恩重泰山。

失　题《文选》张茂先《答何劭诗》李注。

爵重才轻。

求习业表《文选》曹子建《责躬诗》李注。

虽免大诛，得归本国。

求出猎表同上

臣自招罪衅，徙居京师，待罪南宫。

辨　问《铨评》："所采皆零句，故分注所出于各句下。"

赫然而日曜之《文选》潘安仁《关中诗》李注。君子隐居以养真也。衡门茅茨《文选》陶渊明《还江陵诗》李注。游说之士，星流电耀《文选》刘孝标《广绝交论》李注。子徒苞怀仁义，锐精诗书《书钞》九十七。

全集遗句《铨评》："编校此集，凡群书所引，有篇题可标者，均附归各类。其无标题，不知于诗文何属者，悉萃于此。"

明镜于三光《书钞》七。探海出珠，举网罗凤《书钞》十一。群士慕响，俊乂来仕《书钞》十一。鳞集帝宇《书钞》十一。奇才美艺，通微入神《书钞》十二。至治洞和《书钞》十五。国静民康，充实殷富《书钞》十五。泰阶夷清《书钞》十五。仁圣相袭《书钞》十七。天罔不矜《书钞》二十一。离宫观画《书钞》二十五。野无旨酒，进兹行潦《书钞》八十九。《铨评》："此二句上原有鹿生公三字，不可解，今删。"

二、板本卷帙

直斋书录解题卷十六

《陈思王集》二十卷。

魏陈王曹植子建撰，卷数与前《通考》引作唐是也。志合，其间亦有采取《御览》、《书钞》、《类聚》诸书中所有者，意皆后人附益，然则亦非当时全书矣！其间或引挚虞《流别集》。此书国初已亡，犹是唐人旧传也。

郡斋读书志卷四

《曹植集》一卷。《铨评》："以《通考》所引校之，一卷当作十卷。后同。"

右魏曹植子建也。太祖子，文帝封植为陈王，卒年三十一，《铨评》："陈王卒年四十一，此误。"谥曰思。年十余岁，诵读诗论及辞赋数十万言。善属文，援笔立成。自少至终，篇籍不离于手。景初中，撰录植所著赋颂诗铭杂论凡百余篇。今集仅二百篇，通为一卷。《铨评》："《通考》引作《隋志》《植集》三十卷，《唐志》《植集》二十卷。今集十卷，比隋唐本有亡逸者，而诗文近二百篇，近溢于本传所载，不晓其故。"

四库全书提要

《曹子建集》十卷。

魏曹植撰。案《魏志》植本传：景初中，撰录植所著赋、颂、诗、铭、杂论凡百余篇，副藏内外。《隋书·经籍志》载《陈思王集》三十卷，《唐书·艺文志》作二十卷，然复曰又三十卷。盖三十卷者隋时旧本，二十卷者为后来合并重编，实无两集。郑樵作《通志略》亦并载二本。焦竑作《国史经籍志》，遂合二本卷数为一,称《植集》为五十卷,谬之甚矣!陈振孙《书录解题》亦作二十卷。然振孙谓其间颇有采取《御览》、《书钞》、《类聚》中所有者,则捃摭而成,已非唐时二十卷之旧。《文献通考》作十卷,又并非陈氏著录之旧。此本目录后有嘉定六年癸酉字,犹从宋宁宗时本翻雕,盖即《通考》所载也。凡赋四十四篇,诗七十四篇,杂文九十二篇,合计之得二百十篇。较《魏志》所称百余篇者,其数转溢。然残篇断句,错出其间。如《鹦雀》、《蝙蝠》二赋,均采自《艺文类聚》。《艺文类聚》之例,皆标某人某文曰云云,编是集者遂以曰字为正文,连于赋之首句,殊为失考。又《七哀诗》,晋人采以入乐,增减其词,以就音律,见《宋书·乐志》中,此不载其本词,而载其入乐之本,亦为舛错。《弃妇篇》见《玉台新咏》,亦见《太平御览》。《镜铭》八字,反覆颠倒,皆叶韵成文,实为回文之祖,见《艺文类聚》,皆弃不载。《铨评》:"谨案今本《艺文类聚》七十三,有殷仲堪《酒盘铭》八字,颠倒成文,并无《镜铭》,未知所据何本。"而《善哉行》一篇诸本皆作古辞,乃误为植作,不知其下所载《当来日大难》,即当此篇也。使此为植作,将自作之而自拟之乎?至于《王宋妻诗》,《艺文类聚》作魏文帝,邢凯《坦斋通编》据旧本《玉台新咏》称为植作,今本《玉台新咏》又作王宋自赋之诗,则众说异同,亦宜附载,以备参考。

《铨评》:"谨案今本《艺文类聚》二十九有魏文帝代《刘勋出妻王氏诗》,别无《王宋妻诗》,未知所据何本。《演繁露》引《玉台新咏》曹植《代刘勋妻王氏见出诗》,与《艺文》全异,今已收入逸文。"乃竟遗漏,亦为疏略,不得谓之善本。然唐以前旧本既佚,后来刻《植集》者,率以是编为祖,别无更古于斯者,录而存之,亦不得已而思其次也。

三、旧序

李 序

李梦阳曰：予读植诗，至《瑟调怨歌》、《赠白马》、《浮萍》等篇，暨观《求试》、《审举》等表，未尝不泫然出涕也。曰：嗟乎植！其音宛，其情危，其言愤切而有余悲，殆处危疑之际者乎？予于是知魏之不竞矣！先王之建国也：重本以制外，敦睦以叙理；然后疏戚有等，治具可张。故曰："九族既睦，平章百姓。"又曰："至于兄弟，以御于家邦。"曹操以雄诈智力，盗取神器。丕席父业，逼禅据尊。乃不趁时改行，效重本敦族之计；而顾凋翦枝干，委心异族。有弟如植，俾之危疑禁锢，睹事扼腕，至于长叹流涕，转徙悲歌不能自已。嗟乎，予于是知魏之不竞矣！且以植之贤，稍自矜饬，夺储特反掌耳。而乃纵酒铲晦，以明己无上兄之心。善乎，文中子曰："陈思王达理者也，以天下让而犹衷曲莫白，窘迫殁身。"至今萁豆之吟，吁嗟之歌，令人惨不忍读，丕之于兄弟诚薄矣！嗟乎，此魏之所以为魏也矣。按植《审举表》云："权之所在，虽疏必重；势之所去，虽亲必轻。"予尝抚卷叹息，以为名言。其又曰："取齐者田族，分晋者赵魏。"意若暗指司马氏者。叡号明主，乃竟亦不悟，卒使植愤闷发疾以死，悲夫！而或以为扶苏杀而秦灭，季札藏而吴乱，天之意非为扶苏、札，将以灭秦而乱吴也。若是则魏之不能用植，固亦天弃之矣。然予又独怪操之能生植焉，岂亦所谓不系世类者哉！北郡李梦阳撰。

《铨评》:"晏案此序不为空谈,明人之有学识者,极有关系之文,北地第一篇文字,其理胜也。"

题　辞

余读陈思王《责躬》、《应诏》诗,泫然悲之,以为伯奇《履霜》、崔子《渡河》之属。既读《升天》、《远游》、《仙人》、《飞龙》诸篇,又何翩然遐征、览思方外也。王初蒙宠爱,几为太子,任性章轷,中受拘挛,名为懿亲,其朝夕纵适,反不若一匹夫徒步,慷慨请试,求通亲戚,贾谊奋节于匈奴,刘胜低首于闻乐,斯人感概,岂空云尔哉!司马氏睥睨神器,魏忽不祀,彼所绸缪者藩防,而取代者他族,思王之言不再世而验,然则《审举》诸文,固魏宗之磐石也。集备群体,世称绣虎,其名不虚。即自然深致,少逊其父;而才大思丽,兄似不如。人但见文帝居高,陈王伏地,遂谓帝王人臣,文体有分,恐淮南、中垒不为武、成受屈也。黄初二令,省愆悔过,诗文怫郁,音成于心。当此时而犹泣金枕,赋《感甄》,必非人情。论者又云:禅代事起,子建发服悲泣,使其嗣爵,必终身臣汉。若然,则王之心其周文王乎!余将登箕山而问许由焉。娄东张溥题。

吴　序

诗自汉魏以来,卓然大家,上追《骚》《雅》,为古今诗人之冠,陈思王其首出也。隋、唐志集皆著录,久佚不传。其传者皆掇拾丛残,仅存其略。明张溥集本讹脱颇夥。自来未有注家,亦无善本。山阳丁俭卿先生年逾七旬,耄而好学,撰《铨评》十卷,于是思王集始可读矣。余初宰清河,即与先生交契。迨奉

663

命督漕河，驻节淮上，延主丽正书院讲席。先生教士有方，士之膺选拔，举优行，登贤书，捷南宫，官薇省，馆芸阁者若而人。余刻《望三益斋丛书》，皆经先生手订。每得古书，乞为序引，谈艺论文，深资就正。先生著书等身，已刻《颐志斋丛书》数十种，此集特其一脔之味耳。后之读思王集者，得此为先路之导，如出隘巷而适康庄，胜于旧刻多多矣。昔之称陈思王者，大抵目为才人。陈寿称其文才富艳，鱼豢称其华采，思若有神。惟先生此书，发明忠孝大节，独具精鉴，度越前贤，匪独《曹集》之功臣，抑亦思王之知己也。同治五年仲冬盱眙吴棠序。

丁　序

《隋书·经籍志》《魏陈思王集》三十卷，唐志二十卷，原本久佚。今《四库》著录集十卷，据宋嘉定翻刻之本，赋四十四篇，诗七十四篇，杂文九十二篇。余所见者，明万历休阳程氏刻本十卷。其赋、诗篇数与宋本同，杂文较宋本多三篇。余以《魏志》传注、《文选》注、《初学记》、《艺文类聚》、《北堂书钞》、原注："影宋本，未经陈禹谟窜改者。"《白帖》、《太平御览》、《乐府解题》、冯氏《诗纪》诸书校之，脱落舛讹，不可枚举。《宝刀赋》、《离缴雁赋》各脱数句，《孔羡碑》仅存颂语，《左嫔诔》误入晋辞，皆误之甚者也。《文选》以《献责躬诗表》并诗连载，程本分置前后。《冬至献袜履颂》有表，《卞太后诔》有表，皆当并合为一，以省两读，程本俱分为二，非也。程本《七哀诗》，《艺文》引此为曹植《闺情诗》。程本又有《怨歌行》七解，略与《七哀》同。《诗纪》云：晋乐所奏，《七哀诗》是此篇本辞。《宋书·乐志》明月一篇，云东阿王词，即此《七哀诗》也。程本《善哉行》"来日大难"，《乐府解题》以为古辞,郭氏云:"曹植拟《善哉行》为日苦短。"《艺文》引陈思王《善哉行》"君子防未然",《文选》以为古辞。《艺文》四十一引曹植《君子行》,《诗纪》云《子建集》有。明人所见《曹集》,载此诗也。程本有《箜篌引》、《野田黄雀行》,前后分载二篇。《乐府解题》称《野田黄雀行》,郭云:右一曲晋乐所奏,一曲本辞。《艺文》引魏陈思王《箜篌引》,即此诗也。又明季张溥《百三家集》本,据《乐府解题》增《鼙舞》五篇;据《玉台新咏》增《弃妇》一篇,补缺正误,视程氏为优,然臆改沿讹,亦复不少。如程本《自试》末　表:"五帝之世非皆智,三季之末非皆愚"云云,与张本《陈审举疏》文同。表末有云:"昔段干木修德于闾阎,秦师为之辍攻,而文侯以安;穰苴授节于邦境,燕鲁为之退师,而景公无患,皆简德尊贤之所致也。愿陛下垂高宗傅岩之明,以显中兴之功",此六十三字,张本别为《请用贤表》。《艺文类聚·荐举》引曹植《自试表》与程本同,张本非也。程《相论》后云:"《荀子》曰:以为天不知人事邪?则周公有风雷之灾,宋景有三舍之福。以为知人事邪?楚昭有弗禜之应,魏文无延期之报。由是言之,则天道之与相占,可知而疑,不可得而无也",此六十七字,张本无,而《艺文·相术》引曹植论有之,与程本悉同,张本脱也。余编校《曹集》,依程氏十卷之本。张本亦掇拾类书,非其原本。兹乃两本雠校,择善而从。《曹集》向无注本,其已见《文选》李善注,家有其书,不复殚述。义或隐滞,略加表明。取刘彦和"铨评昭整"之言,撰次十卷,并以余旧所撰诗序年谱,附载于后。庶后之读陈王集者,有所资而考焉。同治四年九月朔旦山阳丁晏叙。

刘　跋

右《曹集铨评》十卷,《逸文》一卷,山阳丁俭卿先生所纂集也。先生与湘乡曾相国为文字交。同治戊辰冬,相国移督畿辅,道出山阳晤先生,询所未刊书。先生出是集相质。相国读而善之,为谋授梓。寿曾与校字,既蒇事,先生属跋尾。谨案:先生初校是集,系据休阳程氏本,嗣得娄东张氏本参校。凡集中诗古文辞,程、张两收者,题下皆不注。程无而张有者则注程缺,张无而程有者则注张缺,新增诗文为程、张所失收者,另编为《逸文》,附全集后。其正误之例:凡程、张字句与群书异而义得通者,皆仍而不革,但注群书异文。其显然讹舛者,乃校改之,并注所据书名于字句下。其补脱之例:凡程、张所脱字句,见于群书征引者,必涉及上下文,乃据以补入,注曰依某书补。其单辞断句,虽审知其脱佚之处,以无证验,概不补入,另于本篇后,亚一格录之,注曰某书引某篇,以示区别。又以程、张误脱字句,既据群书补正其误脱,必当标明,故凡程、张均误者,则注程、张作某;程、张均脱者,则注以上若干字、若干句程、张脱;或程误而张与群书同者,但注程作某;或程无此篇,及张与程违而不审出何书者,但注张作某,补脱亦然。其义例可谓矜慎详密矣!此集久无善本。四库著录虽据宋嘉定旧本,《提要》犹惜唐以前旧本之佚,谓不得已而思其次。闻上元朱氏述之校注是集,所据宋刻,不止一本。顾阁本、宋本,先生均未得见;其据程、张两本,意若深有歉者!然所据校,多唐、宋以前之书,正误补脱,实远出程、张两本上,其致力之勤,似校宋刻之难尤倍蓰也。先生为江淮宿儒,著述刊行者已数十种。其《颐志斋四

曹植集校注

谱》《诗礼七编》，曾属先君子校字。寿曾梼昧，未能缵述先业，承命跋尾，感与惧并。惟念先生此书《自序》作于乙丑秋，距今已四年，其间续有修改，义例稍变，有《自序》所未详者，谨补著之于右，以谂读者。若夫思王忠孝大节，得先生论定，粲然别白，与日月争光。相国之乐于表章，固将扶翼世教，毗赞政化，非徒供考古者拾诵之资而已。挂名简末，有荣幸焉！同治己巳冬十月仪征后学刘寿曾识。

四、旧评

《世说新语》:"曹子建七步成章,世目为绣虎。"

《宋书·谢灵运传论》:"子建、仲宣以气质为体,并标能擅美,独映当时。是以一世之士,各相慕习。原其飙流所始,莫不同祖《风》《骚》;徒以赏好异情,故意制相诡。"

又云:"子建函京之作;仲宣灞岸之篇;子荆零雨之章;正长朔风之句,并直举胸情,非傍诗史。正以音律调韵,取高前式。"《铨评》:"晏案函京之作,子建《赠丁仪王粲》云:从军度函谷,驱马过西京。"

《文心雕龙·明诗》云:"暨建安初,五言腾踊。文帝、陈思,纵辔以骋节。王、徐、应、刘,望路而争驱。并怜风月,狎池苑,述恩荣,叙酣宴,慷慨以任气,磊落以使才。造怀指事,不求纤密之巧;驱辞逐貌,唯取昭晰之能,此其所同也。"

又云:"若夫四言正体,雅润为本;五言流调,清丽居宗,华实异用,唯才所安。故平子得其雅,叔夜含其润,茂先凝其清,景阳振其丽,兼善则子建、仲宣,偏美则太冲、公幹。"

《乐府》云:"凡乐辞曰诗,诗声曰歌,声来被辞,辞繁难节。故陈思称李延年闲于增损古辞,多者则宜减之,明贵约也。观高祖之咏大风,孝武之叹来迟,歌童被声,莫敢不协。子建、士衡,咸有佳篇,并无诏伶人,故事谢丝管。"案《铨评》此段上有论魏世三祖乐府一节,似与子建无涉,故删去。

《杂文》云:"陈思《客问》,辞高而理疏。"晏案《客问》今不传。

又云:"陈思《七启》,取美于弘壮。"

《谐隐》云:"魏文、陈思,约而密之。"

《章表》云："陈思之表，独冠群才。观其体赡而律调，辞清而志显，应物掣巧，随变生趣，执辔有余，故能缓急应节矣。"

《神思》云："子建援牍如口诵。"

《声律》云："若夫宫商大和，譬诸吹籥；翻回取均，颇似调瑟。瑟资移柱，故有时而乖贰；籥含定管，故无往而不一。陈思、潘岳，吹籥之调也；陆机、左思，瑟柱之和也。"

《练字》云："陈思称扬马之作，趣幽旨深。读者非师传不能析其辞，非博学不能综其理。岂直才悬，抑亦字隐。"

《时序》云："魏武以相王之尊，雅爱诗章；文帝以副君之重，妙善辞赋；陈思以公子之豪，下笔琳琅，并体貌英逸，故俊才云蒸。"

《才略》云："魏文之才，洋洋清绮，旧谈抑之，谓去植千里。然子建思捷而才俊，诗丽而表逸。子桓虑详而力缓，故不竞于先鸣。而乐府清越，《典论》辨要，迭用短长，亦无懵焉！但俗情抑扬，雷同一响，遂令文帝以位尊减才，思王以势窘益价，未为笃论也。"此下旧有丁氏议论，言多迂拘，似未了彦和立言旨趣，故未掇录。

《知音》云："陈思论才，亦深排孔璋。敬礼请润色，叹以为美谈，季绪好诋诃，方之于田巴，意亦见矣！"

钟嵘《诗品》云："曹公父子，笃好斯文；平原兄弟，郁为文栋；刘桢、王粲，为其羽翼。次有攀龙托凤，自致于属车者，盖将百计，彬彬之盛，大备于时矣！"

又云："陈思为建安之杰，公幹、仲宣为辅；陆机为太康之英，安仁、景阳为辅；谢客为元嘉之雄，颜延年为辅；斯皆五言之冠冕，文词之命世也。"

又云植诗："其源出于《国风》。骨气奇高，词采华茂，情兼雅怨，体被文质，粲溢今古，卓尔不群。嗟乎！陈思之于文章也，譬人伦之有周孔，鳞羽之有龙凤，音乐之有琴笙，女工之有黼黻，俾尔怀铅吮墨者抱篇章而景慕，映余辉以自烛。故孔氏之门如用诗，则公幹升堂，思王入室，景阳、潘、陆自可坐于廊庑之间矣。"

又云："昔曹刘殆文章之圣，陆谢为体贰之才。锐精研思，千百年中，而不闻宫商之辨，四声之论。或谓前达偶然不见，岂其然乎？尝试言之：古曰诗颂，皆被之金竹，故非调五音，无以谐会。若'置酒高堂上'，'明月照高楼'，为韵之首。故三祖之词，文或不工，而韵入歌唱，此重音韵之义也，与世之言宫商异矣！"

又云："陈思赠弟，仲宣《七哀》，公幹思友，阮籍《咏怀》，子卿双凫，叔夜双鸾，茂先寒夕，平叔衣单，安仁倦暑，景阳苦雨，灵运《邺中》，士衡《拟古》，越石感乱，景纯咏仙，王微风月，谢客山泉，叔源离宴，鲍照戍边，太冲《咏史》，颜延入洛，陶公《咏贫》之制，惠连《捣衣》之作，斯皆五言之警策者也。所谓篇章之珠泽，文采之邓林！"

《文中子·事君篇》云："陈思王可谓达理者也，以天下让，时人莫之知也。"

又云："君子哉！思王也。其文深以奥。"

《魏相篇》云："谓陈思王善让也，能污其迹，可谓远刑名矣！人谓不密，吾不信也。"

《法苑珠林》："陈思王曹植尝游鱼山,忽闻空中梵天之响,清雅哀婉,其声动心。独听良久,乃摹其声节,写为梵呗,撰文制音,传为后式。"

李白云:"子建之牢笼群彦,士衡之籍甚当时;并文苑之羽仪,诗人之龟鉴。"

元稹《杜甫墓志》云:"建安之后,天下文士遭罹兵战。曹氏父子鞍马间为文,往往横槊赋诗。故其遒文壮节,抑扬怨哀,悲离之作,尤极于古。"

李商隐诗:"宓妃愁坐芝田馆,用尽陈王八斗才。"

又东阿王诗云:"国事分明属灌均,西陵魂断夜来人;君王不得为天子,半为当时赋洛神。"《铨评》:"晏案义山此诗,殆以感甄为真有其事耶? 然当时媒蘖之辞,谗诬之语。《洛神》自仿楚《骚》,于甄何与? 辨见本赋篇下(今删)。义山又有诗云:'宓妃留枕魏王才',亦用甄后赉枕事,何义门已辨之矣!"

皎然《诗式》云:"邺中七子,陈王最高。刘桢辞气偏正得其中。不拘对属,偶或有之,语与兴驱,势逐情起,不由作意,气格自高。与《十九首》其流一也。"

《宣和书谱》:"曹植甫十岁,善属文,若素构。自诗道云亡,风流扫地。而植以八斗之才擅天下,遂以词章为诸儒倡。"

《释常谈》:"谢灵运尝曰:天下才有一石,曹子建独占八斗,我得一斗,天下共分一斗。"

敖陶孙《诗评》云:"魏武帝如幽燕老将,气韵沉雄;曹子建如三河少年,风流自赏。"

陈绎曾《诗谱》云:"陈思王斫削精洁,自然沈健。"

《艺苑卮言》云："子建天才流丽，虽誉冠千古，而实避父兄。何以故？才太高，辞太华。"

又云："子建才敏于父兄，然不如其父兄质。汉乐府之变，自子建始。"

又云："子建'谒帝承明庐'，'明月照高楼'，非邺中诸子可及。仲宣、公幹远在下风。吾每至谒帝一章，便数十过不可了，悲惋弘壮，情事理境，无所不有。"

《谈艺录》云："曹丕资近美媛，远不逮植。然植之才不堪整栗，亦有憾焉！子建骨气奇高，词采华茂，情兼雅怨，体被文质。嗣宗言在耳目之内，情寄八荒之表。子桓之杂诗二首，子建之杂诗六首，可入《十九首》，不能辨也。若仲宣、公幹，便觉自远。子建真可称建安才子，其次文举，又其次为公幹、仲宣。"

胡应麟《诗薮》内编曰："陈王才藻宏富，骨气雄高，八斗之称，良非溢美。"

沈德潜《古诗源》例言："苏李以后，陈思继起，父兄多才，渠尤独步，故应为一大宗。邺下诸子，各自成家，未能方埒也。"

五、曹植年谱

汉献帝初平三年壬申（公元一九二）　曹植生

曹植字子建，曹操第四子，曹丕同母弟。

按《魏志·武帝纪》：初平二年，袁绍表太祖为东郡太守，治东武阳。三年，鲍信与州吏万潜等至东郡迎太祖，领兖州牧。则曹操或徙家由东武阳而居鄄城。

按《武纪》：夏四月，司徒王允与吕布共杀（董）卓。卓将李傕、郭汜等杀允攻布，布败，东出武关，傕等擅朝政。故植表云"生乎乱"也。

按《武纪》：追黄巾至济北乞降。冬，受降卒三十余万，男女百余万口，收其精锐者号为青州兵。何焯曰："魏武之强自此始。"

四年癸酉（公元一九三）　二岁

《武纪》："春，军鄄城。"

兴平元年甲戌（公元一九四）　三岁

《魏志·荀彧传》："太祖征陶谦，任彧留事。"是时荀彧与程昱共守鄄城。

二年乙亥（公元一九五）　四岁

《武纪》："秋八月，围雍丘。冬十月，天子拜太祖兖州牧。……兖州平。"

建安元年丙子（公元一九六）　五岁

《武纪》："太祖遂至洛阳，卫京都。洛阳残破，董昭等劝太祖都许。天子拜公司空。……是岁用枣祗、韩浩等议，始兴屯田。"裴注引《魏书》:"是岁乃募民屯田许下,得谷数(据《御览》八百二十一引补)百万斛……征伐四方,无运粮之劳,遂兼灭群凶(据《御览》八百二十一引改),克平天下。"家属由鄄城徙许。

二年丁丑(公元一九七) 六岁

《武纪》:"公到宛,张绣降,既而悔之,复反。公与战,军败,为流矢所中,长子昂、弟子安民遇害。"

三年戊寅(公元一九八) 七岁

《武纪》:"春正月,公还许,初置军师祭酒。……九月,公东征(吕)布。……生擒布、宫,皆杀之。"

四年己卯(公元一九九) 八岁

《武纪》:"袁绍将进军攻许。公进军黎阳。十二月公军官渡。袁术病死。""刘备至下邳,遂杀徐州刺史车胄,举兵屯沛。"

阮瑀入魏。

按《金楼子》:"刘备叛走,曹操使阮瑀为书与备。"是刘备去操时,阮瑀已入操幕府矣。

五年庚辰(公元二〇〇) 九岁

《武纪》:公东征备,备奔袁绍。公还官渡。绍众大溃。绍及谭弃军走。

刘桢入魏。

考谢灵运《拟魏太子邺中集诗》:"北渡黎阳津。"是操战袁绍时,刘桢入操幕府。

应场入魏。

考谢灵运《拟魏太子邺中集诗》:"官度厕一卒。"可证。

六年辛巳(公元二〇一) 十岁

《魏志·陈思王植传》:"年十余岁,诵读诗论及辞赋数十万言,善属文。"

七年壬午(公元二〇二) 十一岁

《武纪》:进军官渡。绍自军破后,发病欧血,夏五月死。

八年癸未(公元二〇三) 十二岁

《武纪》:"夏四月,进军邺。五月,公还许。八月,公征刘表,军西平。"

九年甲申(公元二〇四) 十三岁

陈琳入魏。

《武纪》:"尚惧,遣(据何焯说补)故豫州刺史阴夔及陈琳乞降。邺定。家属迁居邺。"

十年乙酉(公元二〇五) 十四岁

《武纪》:"正月,攻谭破之,斩谭,诛其妻子,冀州平。冬十月,公还邺。"

十一年丙戌(公元二〇六) 十五岁

《武纪》:"秋八月,公东征海贼管承,至淳于。植从征。"《求自试表》:"东临沧海。"指此。

十二年丁亥(公元二〇七) 十六岁

《武纪》:"春正月,公自淳于还邺。夏五月,北征三郡乌桓,至无终。"

植从征。《求自试表》:"北出玄塞。"即指此行。

徐干入魏。

《魏志·王粲传》:"干为司空军谋祭酒掾属。"裴注引《先贤行状》："建安中，太祖特加旌命，以疾休息。"

十三年戊子（公元二〇八）　十七岁

《武纪》："正月，公还邺。作玄武池以肄舟师。夏六月，以公为丞相。秋七月，公南征刘表。九月，公到新野，琮遂降。"
曹植从征。

按《求自试表》："南极赤岸。"赵一清曰："赤岸，赤壁也。赤壁亦作赤岍，岍或为圻字之形误，谓征刘表。"

王粲入魏。

按《魏志·王粲传》："表卒，粲劝表子琮令归太祖。太祖辟为丞相掾，赐爵关内侯。"

孔融死。

按《魏志·崔琰传》裴注引《魏氏春秋》："十三年，融对孙权使有讪谤之言，坐弃市。"《后汉书·孔融传》："曹操既积嫌忌，而郗虑复构成其罪，遂令丞相军谋祭酒路粹枉状奏融。书奏，下狱弃市。"

十四年己丑（公元二〇九）　十八岁

《武纪》："春三月，军至谯。作轻舟治水军。秋七月，自涡入淮，出肥水，军合肥。十二月军还谯。"

曹丕作《浮淮赋》。疑植亦从征。

十五年庚寅（公元二一〇）　十九岁

《武纪》："春，下令曰：自古受命及中兴之君，曷尝不得贤人君子与之共治天下者乎！及其得贤也，曾不出闾巷……今天下得无有被褐怀玉而钓于渭滨者乎？又得无盗嫂受金而未遇无知者乎？二三子其佐我明扬仄陋，唯才是举，吾得而用之。

冬作铜爵台。"

曹植作《七启》,见集。

十六年辛卯(公元二一一) 二十岁

《武纪》:"春正月,天子命公世子丕为五官中郎将,置官属为丞相副。"裴注引《魏书》:"封植为平原侯,邑五千户。"

《魏志·邢颙传》:"是时,太祖诸子高选官属。令曰:侯家吏,宜得渊深法度如邢颙辈。遂以为平原侯植家丞。颙防闲以礼,无所屈挠,由是不合。庶子刘桢书谏植曰:家丞邢颙,北土之彦,少秉高节,玄静澹泊,言少理多,真雅士也!桢诚不足同贯斯人,并列左右。而桢礼遇殊特,颙反疏简。私惧观者将谓君侯习近不肖,礼贤不足,采庶子之春华,忘家丞之秋实,为上招谤,其罪不小,以此反侧。"

《晋书·司马孚传》:"为魏陈思王植文学掾。植负才凌物,孚每切谏,初不合意,后乃谢之。"

《武纪》:"秋七月,公西征。"

曹丕《感离赋》:"建安十六年,上西征,余居守,老母诸弟皆从。"植从征,作《离思赋》,见集。

十七年壬辰(公元二一二) 二十一岁 阮瑀死。

《武纪》:"春正月,公还邺。冬十月,公征孙权。"曹丕《登台赋序》:"建安十七年春,上游西园,登铜爵台,命余兄弟并作。"

《魏志·陈思王植传》:"时邺铜爵台新成,太祖悉将诸子登台,使各为赋。植援笔立成,可观,太祖甚异之。"《登台赋》见集。植从征孙权。

十八年癸巳(公元二一三) 二十二岁

《武纪》："正月，进军濡须口。乃引军还。夏四月至邺。五月，天子策命公为魏公。以冀州之河东、河内、魏郡、赵国、中山、常山、钜鹿、安平、甘陵、平原凡十郡封君为魏公。九月，作金虎台。"

曹丕《临涡赋序》："上建安十八年至谯，余兄弟从上拜坟墓，遂乘马游观东园，遵涡水，相佯乎高树之下。"植当亦偕游也。

《武纪》："秋七月，天子聘公三女为贵人，少者待年于国。"植作《叙愁赋》，见集。

《魏志·梁习传》："建安十八年，使于上党取大材，供邺宫室。"扩建邺宫或始此。

十九年甲午（公元二一四）　二十三岁

《魏志·陈思王植传》："十九年，徙封临菑侯。太祖征孙权，使植留守邺。戒之曰：吾昔为顿丘令，年二十三，思此时所行，无悔于今。今汝年亦二十三矣，可不勉与。植既以才见异，而丁仪、丁廙、杨修等为之羽翼。太祖狐疑，几为太子者数矣。"

同上传裴注引《文士传》："廙少有才姿，博学洽闻。初辟公府。建安中，为黄门侍郎。廙尝从容谓太祖曰：临菑侯天性仁孝，发于自然，而聪明智达，其殆庶几。至于博学渊识，文章绝伦。当今天下之贤才君子不问少长，皆愿从其游而为之死，实天所以钟福于大魏，而永受无穷之祚也。欲以劝动太祖。太祖答曰：植，吾爱之，安能若卿言！吾欲立之为嗣何如？"

《魏志·王粲传》裴注引《魏略》："时五官将博延英儒，亦宿闻

（邯郸）淳名，因启淳，欲使在文学官属中。会临菑侯植亦求淳，太祖遣淳诣植。植初得淳，甚喜。延入坐，不先与谈。时天暑热，植因呼常从取水自澡讫，傅粉（《书钞》卷三十五、《御览》卷七百十九引作以粉自傅）。遂科头拍袒，胡舞五椎锻，跳丸，击剑，诵俳优小说数千言讫，谓淳曰：邯郸生何如邪？于是乃更着衣帻，整仪容，与淳评说混元造化之端，品物区别之意，然后论羲皇以来，贤圣名臣烈士优劣之差；次颂古今文章赋诔及当官政事宜所先后；又论用武行兵倚伏之势。乃命厨宰，酒炙交至，坐席默然，无与伉者。及暮，淳归，对其所知叹植之材，谓之天人。"

杨修《出征赋》："公命临菑，守于邺城。侯怀大舜，乃号乃慕。"

二十年乙未（公元二一五）　二十四岁

《武纪》："三月，公西征张鲁。"植从行。

植作《赠丁仪王粲》诗、《三良》、《述行赋》。

《武纪》："夏四月，公自陈仓以出散关至河池。"

按《求自试表》："西望玉门。"盖指此役。

二十一年丙申（公元二一六）　二十五岁

《武纪》：二月，公还邺。夏五月，天子进公爵为魏王。

《魏志·崔琰传》："植，琰之兄女婿也。"裴注引《世语》："植妻衣绣，太祖登台见之，以违制命，还家赐死。"

《武纪》："冬十月治兵，遂征孙权。十一月至谯。"

《魏志·后妃传》裴注引《魏书》："二十一年，太祖东征，武宣皇后、文帝及明帝、东乡公主皆从，时后以病留邺。"则植未从行，亦未在邺，疑时在孟津也。存参。

二十二年丁酉（公元二一七）　二十六岁

《武纪》：正月，王军居巢。二月进军屯江西郝溪，权退走。三月，王引军还。

《魏志·王粲传》："二十二年春，道病卒。幹、琳、玚、桢二十二年卒。"

曹丕《与吴质书》："昔年疾疫，亲故多离其灾，徐、陈、应、刘一时俱逝，痛可言耶！"

《魏志·陈思王植传》裴注引《世语》："（杨）修与丁仪兄弟皆欲以植为嗣。太子患之，以车载废簏，内朝歌长吴质与谋。修以白太祖，未及推验。太子惧，告质。质曰：何患。明日复以簏受绢车内以惑之，修必复重白，重白必推而无验，则彼受罪矣。世子从之。修果白而无人，太祖由是疑焉。修与贾逵、王凌并为主簿，而为植所友。每当就植，虑事有阙，忖度太祖意，豫作答教十余条，勑门下，教出以次答。教裁出，答已入。太祖怪其捷，推问始泄。太祖遣太子及植各出邺城一门，密勑门不得出，以观其所为。太子至门，不得出而还。修先戒植：若门不出侯，侯受王命，可斩守者。植从之。"

《武纪》："冬十月，以五官中郎将丕为魏太子。"《魏志·贾诩传》："是时文帝为五官将，而临菑侯植才名方盛，各有党与，有夺宗之议。文帝使人问诩自固之术。诩曰：愿将军恢崇德度，躬素士之业，朝夕孜孜，不违子道，如此而已。文帝从之，深自砥砺。太祖又尝屏除左右问诩，诩默然不对。太祖曰：与卿言而不答，何也？诩曰：属适有所思，故不即对耳！太祖曰:何思?诩曰:思袁本初、刘景升父子也。太祖大笑。于是太子遂定。"

《魏志·陈思王植传》:"二十二年,增植邑五千,并前万户。"

二十三年戊戌(公元二一八)　二十七岁

《武纪》:"正月,汉太医令吉本与少府耿纪、司直韦晃等反,攻许。秋七月,治兵,遂西征刘备。"

《魏志·王粲传》裴注引《世语》:"魏王尝出征,世子及临菑侯植并送路侧。植称述功德,发言有章,左右属目,王亦悦焉。世子怅然自失,吴质耳曰:王当行,流涕可也。及辞,世子泣而拜,王及左右咸歔欷。于是皆以植辞多华而诚心不及也。"

二十四年己亥(公元二一九)　二十八岁

《武纪》:"三月,王自长安出斜谷,军遮要以临汉中,遂至阳平。夏五月,引军还长安。八月,汉水溢灌(于)禁军,军没,羽获禁,遂围仁。冬十月,军还洛阳。"

《魏志·陈思王植传》:"二十四年,曹仁为关羽所围。太祖以植为南中郎将行征虏将军,欲遣救仁,呼有所敕戒。植醉不能受命,于是悔而罢之。"

裴注引《魏氏春秋》:"植将行,太子饮焉,逼而醉之。王召植,植不能受王命,故王怒也。"同上传:"植尝乘车行驰道中,开司马门出。太祖大怒,公车令坐死,由是重诸侯科禁,而植宠日衰。"裴注引《魏武故事》载令:"始者谓子建,儿中最可定大事。"又令:"自临菑侯植私出,开司马门至金门,令吾异目视此儿矣!"又令:"诸侯长史及帐下吏知吾出,辄将诸侯行意否?从子建私开司马门来,吾都不复信诸侯也。恐吾适出,便复私出，故摄将行，不可恒使吾尔(以)谁为心腹也。"

《水经·谷水注》："渠水自铜驼街东，径司马门南，自此南直宣阳门。经纬通达，皆列驰道，往来之禁，一同两汉。曹子建尝行御街，犯门禁，以此见薄。"

戴延之《西征记》："金瀍谷二水合处有千金竭，即魏陈思王所立，引水东注，民今赖之。"(见《御览》卷七十三引)植立竭，《魏志》无征，姑附于此。

《魏志·陈思王植传》："太祖既虑终始之变，以杨修颇有才策，而又袁氏之甥也，于是以罪诛修。植益内不自安。"

裴注引《典略》："至二十四年秋，公以修前后漏泄言教，交关诸侯，乃收杀之……。修死后百余日，而太祖薨。"

《续汉书》："人有白修与临菑侯曹植饮，醉共载从司马门出，谤讪鄢陵王彰。太祖闻之，大怒，故遂收杀之，时年四十五矣。"(《后汉书·杨彪传》注引)疑此史实有误，姑录以广异闻。

二十五年庚子(公元二二〇) 二十九岁

《武纪》："春正月，至洛阳。庚子，王崩于洛阳。二月丁卯，葬高陵。"有《武帝诔》见集。

《魏志·贾逵传》："太祖崩洛阳，逵典丧事。时鄢陵侯彰行越骑将军从长安来赴，问逵先王玺绶所在。逵正色曰：太子在邺，国有储副，先王玺绶，非君侯所宜问也。遂奉梓宫还邺。"

《魏志·任城威王彰传》："太祖至洛阳，得疾。驿召彰，未至，太祖崩。"

裴注引《魏略》："彰至，谓临菑侯植曰：先王召我者，欲立汝也。植曰:不可,不见袁氏兄弟乎!"

陆机《吊魏武帝文序》:"持姬女而指季豹以示四子,曰以累汝,因泣下。"

《文帝纪》:"嗣位为丞相、魏王。改建安二十五年为延康元年。"

《陈思王植传》:"文帝即王位,诛丁仪、丁廙,并其男口。植与诸侯并就国。"

《魏志·陈矫传》:"矫曰:王薨于外,天下惶惧,太子宜割哀即位,以系远近之望。且又爱子(指曹植)在侧,彼此生变,则社稷危矣!即具官备礼,一日皆办。明旦,以王后令,策太子即位。"

植于丕即王位后,改封鄄城,史未言,盖略也。《植集》有《鄄城上九尾狐表》可证。

《文纪》:"冬十月庚午,王升坛即阼,百官陪位。事讫降坛,视燎成礼而反。改延康为黄初。"

《魏志·苏则传》:"初,则及临菑侯植闻魏氏代汉,皆发服悲哭。文帝闻植如此,而不闻则也。"

裴注引《魏略》:"初则在金城,闻汉帝禅位,以为崩也,乃发丧。后闻其在,自以不审,意颇默然。临菑侯植自伤失先帝意,亦怨激而哭。"

植作《上庆文帝受禅表》、《魏德论》见集。

黄初二年辛丑(公元二二一) 三十岁

《陈思王植传》:"二年,监国谒者灌均希指,奏植醉酒悖慢,劫胁使者。有司请治罪。"曹植《上责躬诗表》李注引《求出猎表》："臣自招罪衅，徙居京师，待罪南宫。"植集："博士等议：可削爵土，免为庶人。"复徙邺。《九愁赋》："恨时王之谬听，受奸枉之虚辞。扬天威以临下，忽放臣而不疑。登高陵而反顾，心怀愁而荒悴。"丕本欲杀之。《魏志·周宣传》："时帝欲治弟植之罪，逼于太后，但加贬爵。"《陈思王植传》裴注引《魏书》载诏曰："植，朕之同母弟。朕于天下，无所不容，而况植乎！骨肉之亲，舍而不诛，其改封植。"复由邺反洛阳。植集载诏曰："知到延津，遂复来。"植表曰："行至延津，受安乡侯印绶。"

《陈思王植传》："其年改封鄄城侯。"

《黄初六年令》："吾昔以信人之心无忌于左右，深为东郡太守王机、防辅吏仓辑等枉所诬白，获罪圣朝。反旋在国，捷门退扫，形影相守，出入二载。机等吹毛求瑕，千端万绪，然终无可言者。"

三年壬寅（公元二二二）　三十一岁

《文纪》："三月乙丑，立帝弟鄢陵公彰等十一人皆为王。夏四月戊申，立鄄城侯植为鄄城王。"钱大昕曰："鄄城王植以四月戊申封，与任城诸王不同日，且是县王，非郡王，故不在此数。"

有《毁鄄城故殿令》，见集。

四年癸卯（公元二二三）　三十二岁

《陈思王植传》："四年，徙封雍丘王。其年，朝京都。"

《文选·洛神赋序》："黄初三年，余朝京师。"李善注："《魏志》及诸诗序并云四年朝，此作三年，误。"

684

《文选·赠白马王彪诗》李善注引植集："黄初四年五月,白马王、任城王与余俱朝京师,会节气。"

《陈思王植传》裴注引《魏略》："初植未到关,自念有过,宜当谢帝。乃留其从官着关东,单将两三人微行,入见清河长公主,欲因主谢。而关吏以闻,帝使人逆之,不得见。太后以为自杀也,对帝泣。会植科头负鈇锧徒跣诣阙下,帝及太后乃喜。及见之,帝犹严颜色,不与语,又不使冠履。植伏地泣涕,太后为不乐,诏乃听复王服。"

《应诏诗》:"爰暨帝室,税此西墉;嘉诏未赐,朝觐莫从。"

任城王彰薨于邸。

《世说新语·尤悔》:"魏文帝忌弟任城王骁壮,因在卞太后阁,共围棋,并啖枣。文帝以毒置诸枣蒂中,自选可食者而进。王弗悟,遂杂进之。既中毒,太后索水救之。帝豫敕左右毁瓶罐。太后徒跣趋井,无以汲,须臾遂卒。复欲害东阿。太后曰:汝已杀我任城,不得复杀我东阿。"

《文选·赠白马王彪诗》李注引植集:"至七月,与白马王还国。后有司以二王归藩,道路宜异宿止,意毒恨之!盖以大别在数日,是用自剖,与王辞焉,愤而成篇。"又植集:"于圈城作。"

《社颂序》:"余前封鄄城侯,转雍丘,皆遇荒土。宅宇初造,以府库尚丰,志在缮宫室,务园圃而已。"

五年甲辰(公元二二四)　三十三岁

集有《黄初五年令》。

六年乙巳(公元二二五)　三十四岁

《文纪》:"十二月,行自谯过梁。"

《陈思王植传》:"六年,帝东征,还过雍丘,幸植宫,增户五百。"

集有《黄初六年令》。

七年丙午(公元二二六) 三十五岁

《文纪》:"三月,筑九华台。夏五月丙辰,帝疾笃。丁巳,帝崩于嘉福殿。"

有《文帝诔》见集。

太和元年丁未(公元二二七) 三十六岁

《陈思王植传》:"太和元年,徙封浚仪。"

二年戊申(公元二二八) 三十七岁

《明纪》:"春正月丁未,行幸长安。夏四月丁酉,还洛阳宫。秋九月,曹休率诸军至皖,与吴将陆议战于石亭,败绩。庚子,大司马曹休薨。冬十月,诏公卿近臣举良将各一人。"

《明纪》裴注引《魏略》:"是时讹言,云帝已崩,从驾群臣迎立雍丘王植,京师自卞太后群公尽惧。及帝还,皆私察颜色。卞太后悲喜,欲推始言者。帝曰:天下皆言,将何所推!"

《陈思王植传》:"二年,复还雍丘。植常自愤怨,抱利器而无所施,上疏求自试。"

裴注引《魏略》:"植虽上此表,犹疑不见用。故曰:夫人贵生者,非贵其养体好服,终竟年寿也,贵在其代天而理物也。夫爵禄者,非虚张者也,有功德然后应之,当矣!无功而爵厚,无德而禄重,或人以为荣,而壮夫以为耻。故太上立德,其次立功。盖功德者所以垂名也。名者不灭,士之所利,故孔子有夕死之论,孟轲有弃生之义。彼一圣一贤岂不愿久生哉?志或有不展也。是用喟然求试,必立功也。呜呼!言之未用,欲使后之君子知吾意者也。"

曹植表称诏曰:"皇帝问雍丘王,先帝昔常非于汉氏诸帝积贮衣被,使败于函箧之中,遗诏以所服衣被赐王公卿官僚诸将。今以十三种赐王。"《初学记》卷二十引。

三年己酉(公元二二九) 三十八岁

《陈思王植传》:"三年,徙封东阿。"

《转封东阿王谢表》见集。

《会稽典录》:"虞歆字文肃,历郡守,节操亢厉。魏曹植为东阿王,东阿先有三十碑铭,多非实,植皆毁除之;以歆碑不虚,全焉。"《北堂书钞》卷一百二引。

四年庚戌(公元二三〇) 三十九岁

《明纪》:"四年,六月戊子,太皇太后崩。秋七月,武宣卞后祔葬于高陵。"

《卞太后诔》见集。

《魏略》:"陈思王精意著作,食饮损减,得反胃病。"《太平御览》卷三百七十六引。

《广弘明集》:"植每读佛经,辄流连嗟玩。以为至道之宗极也。遂制转读七声,升降曲为之响,故世之讽诵感弘章焉。尝游鱼山,闻空中梵音之赞,乃摹而传于后。"

五年辛亥(公元二三一) 四十岁

《明纪》:"秋七月乙酉,皇子殷生。"

《皇子生颂》见集。

《陈思王植传》："五年，复上疏求存问亲戚，因致其意。"

《明纪》："八月，诏曰：古者诸侯朝聘，所以敦睦亲亲，协和万国也。先帝著令，不欲使诸王在京都者，谓幼主在位，母后摄政，防微以渐，关诸盛衰也。朕惟不见诸王，十有二载，悠悠之怀，能不兴思！其令诸王及宗室公侯各将适子一人朝。"

《陈思王植传》："其年冬，诏诸王朝。"案《纪》言八月，指颁诏之时，冬谓入朝之日，中山王衮、楚王彪传俱言冬朝京师可证，非《纪》《传》记叙有异也。

《谢入觐表》

《谢赐食表》

魏明帝手诏曹植："王颜色瘦弱，何意耶？腹中调和不？今者食几许米，又啖肉多少？见王瘦，吾惊甚，宜节水加餐。"《太平御览》卷三百七十八引。

《谢周观表》

《谢赐柰表》

报陈王植等诏："此柰从梁州来，道里既远，又东来转暖，故柰中变色不佳耳！"《初学记》卷二十八引。

《冬至献袜履颂》见集。

《请赴元正表》

六年壬子（公元二三二）　四十一岁

《元会诗》

《明纪》："春二月，诏曰：其改封诸侯王，皆以郡为国。"

《陈思王植传》："二月，以陈四县封植为陈王，邑三千五百户。"

《改封陈王谢恩章》见集。

《谏伐辽东表》

《魏志·蒋济传》裴注引司马彪《战略》："太和六年,明帝遣平州刺史田豫乘海渡,幽州刺史王雄陆道,并攻辽东。蒋济谏曰:凡非相吞之国,不侵叛之臣,不宜轻伐。伐之而不制,是驱使为贼。故曰:虎狼当路,不治狐狸;先除大害,小害自已。今海表之地,累世委质,岁选计考,不乏职贡。议者先之,正使一举便克,得其民不足益国,得其财不足为富;傥不如意,是为结怨失信也。帝不听,豫行竟无成而还。"

《明纪》:"十一月庚寅,陈思王植薨。"

《陈思王植传》:"植每欲求别见独谈,论及时政,幸冀试用,终不能得。既还,怅然绝望。时法制待藩国既自峻迫,寮属皆贾竖下才。兵人给其残老,大数不过二百人。又植以前过,事事复减半。十一年中而三徙都,常汲汲无欢,遂发疾薨,时年四十一。"

《陈思王植传》:"以小子志保家之主也,欲立之。子志嗣。"

《晋书·曹志传》:"志字允恭。陈思王植孽子,立以为嗣。"

葬鱼山。

《陈思王植传》:"初植登鱼山,临东阿,喟然有终焉之心,遂营为墓。"

《述征记》:"鱼山临清河,旧属东阿。东阿王曹植每升此山,有终焉之志。植之所游,池沼沟渠悉存。既葬于山西,有二石柱犹存也。"《太平御览》卷五百五十六引。

《陈思王植传》:"景初中,诏曰:陈思王昔虽有过失,既克己慎行，以补前阙。且自少至终，篇籍不离于手，诚难能也！其收黄初中诸奏植罪状，公卿已下议，尚书、秘书、中书三府、大鸿胪者，皆削除之。撰录植前后所著赋、颂、诗、铭、杂论凡百余篇，副藏内外。"

六、曹植文学成就及其对后代的影响

一

东汉末年，汉王朝内部爆发了外戚宦官肉血相搏的火并。黄巾农民军领导者张角兄弟在人民生活濒于绝境的年代里，号召起义，展开了如火如荼的阶级斗争。豪门士族企图保全生命和财产，就把所控制的农奴，编勒成军，修筑堡坞，和革命武装对垒拒抗。袁绍、袁术、刘表等地方士族，趁着汉政权不能控制的机会，占据州郡，聚兵储粮，为建立自己的新王朝作好准备。当时形势，正如曹丕《典论·自序》所述：

> "山东大者连郡国，中者婴城邑，小者聚阡陌，以还相吞灭。会黄巾盛于海岳，山寇(指黑山)暴于并冀，乘胜转攻，席卷而南。乡邑望烟而奔，城郭睹尘而溃，百姓死亡，暴骨如莽。"

曹操是豪族地主集团中，乘时崛起的一人。

曹操既是在剧烈阶级斗争浪潮中成长起来，从严酷的政治斗争现实中，吸取了不少经验和教训。利用农民革命暂时转入低潮之际，诱骗青州黄巾军百余万人归其节制。终于倚靠这支革命武装，推行农战政策，逐渐统一黄河南北广阔地区。汉末凋敝的农村经济，农民在较为安宁的境遇里，从事于辛勤农业生产劳动，有了初步的恢复，这就给曹魏政权提供了丰厚的生活资源，客观上为建安文学繁荣奠定了物质基础。

曹操消灭雄据四州的袁绍，在邺建立政治中心。长期转徙流离的知识分子，因曹操殷勤招邀，聚集邺城。曹植以贵公子之尊，和他们缔结深厚的友情。如《文心雕龙·明诗篇》所说：

> "暨建安初，五言腾踊。文帝、陈思，纵辔以骋节；王、徐、应、刘，望路而争驱。并怜风月，狎池苑，述恩荣，叙酣宴，慷慨以任气，磊落以使才。造怀指事，不求纤密之巧；驱辞逐貌，唯取昭晰之能，此其所同也。"

由于他们在文酒之会中，相互奖藉，相互探索，又相互评论，曹植文学造诣具备了提高的条件。

陈寿指出，曹植十岁余诵读诗、论及辞赋数十万言，显然是善属文的基本因素，这与杜工部"读书破万卷，下笔如有神"同一旨趣。所以杨修曾惊叹地说："若成诵在心，借书于手。"这就充分揭示敏捷才华的生动形象。但必须指出，他在晚年，为了不让芜秽作品遗留给后世，曾付出巨大的椎炼推敲的辛勤劳动。即使犯了沉重的反胃病，也没有挫伤他删定别撰的顽强意志。曹植之所以取得卓越的成就，是以优异才能及其艰辛地创作实践密切结合的产物。

曹植文学成就，固如上述，试再进行探索，则还系于他对现实生活之深刻观察与了解。比如诗篇大部分叙述他的经历和感受。由其真挚地抒吐心灵深处的情感，而又善于从人生旅程中捕捉事物的特征，极意形容，在一定程度上客观地反映了社会现实。他在长期播迁的生活体验中，穷困遭遇折磨中，不合理的现实的刺激中，观察越发深邃，表达技巧从不倦的艺术实践里，更日进于精湛之境，创作态度又严肃认真，将汉代朴质的五言诗体推向前所未有的艺术高峰。

二

　　曹植常从纷杂的社会现象里，选取具有典型性的题材，通过缜密的构思，精巧的刻画，平常事物，一经其剪裁渲染，便赋予不朽的艺术生命，而展示他内心世界的活动，表达了复杂的爱憎感情。如《名都篇》，他着意反映洛阳贵游子弟淫靡逸豫的生活面貌。诗篇发端首将他们炫耀服饰、追求娱乐的思想和行动作了概括的提示，接着驱使工致的笔触，展开游猎的情景。插入观者赞美，众工阿谀，有力地烘托环境气氛，晕染着贵游子弟在一片奉承声里洋洋自得的骄矜神态。曹植运用民歌铺叙手法，精意地给这豪华奢侈的宴会以出色的描绘。呼啸喧哗，击壤踢鞠的形象，也就如同浮雕似的呈现于纸上。精炼的语言，勾勒着他们恣意嬉戏的心灵状态。结尾悠然含蓄，调动联想，丰富补充，增强感染的艺术效果，完满地达成主题的谴责目的。

　　曹植以浪漫主义的描写技巧，发抒他理想与愿望。奇丽的幻想是建筑在现实生活基础之上的，具着丰富的情感内容。正如周扬同志所说：

　　　　"他们在揭示现实的种种不合理现象的时候，总是把他们的社会理想、强烈的爱憎和明确的褒贬体现在作品中所描写的人物的性格和关系上；同时他们的昂扬热情和崇高理想又总是由于现实的不合理的现象所激发，植根于生活的土壤的〔一〕。"

693

〔一〕《我国社会主义文学艺术的道路》。一九六〇年《文艺报》第十三、四期。

曹魏对待藩国制度，把侯王行动限制在三十里范围之内^{〔一〕}。曹植《文帝诔》作了这样的叙述："顾衰经以轻举兮，念关防之我婴。欲高飞而遥憩兮，惮天网之远经。"而日常生活又受谒者严密监视，于是他从幻想中去追求自由的乐园。如《仙人篇》：

> "四海一何局，九州安所如？韩终与王乔，要我于天衢。万里不足步，轻举凌太虚。"

而《五游咏》：

> "九州不足步，愿得凌云翔。逍遥八纮外，游目历遐荒……"

曹植以他酣畅的笔触，纵情地描画想象中奇幻缥缈的仙境，衬托所遭受的残酷现实，从而表现沉重压迫之下的反抗精神。但因他对统治者还寄予幻想，怀着"入金门、登玉陛"的希望。他有时描写的是天上宫阙和群仙宴乐：

> "回驾观紫微，与帝合灵符。阊阖正嵯峨，双阙万丈余。玉树扶道生，白虎夹门枢。"

于《五游咏》里又作了这样的描述：

> "徘徊文昌殿，登陟太微堂。上帝休西棂，群后集东厢。带我琼瑶佩，漱我沆瀣浆。蹀躞玩灵芝，徙倚弄华芳。"

他以丰富的想象精制理想的乐园，然而这理想中的乐园，却彷佛现实宫庭生活的倒影。可以说曹植思想从优美的幻景中，仍然回复到现实中来。

〔一〕《魏志·武文世王公传》裴注引《袁子》。

曹植拈取同一主题,从各个角度抓着它典型部份,运用不同的表现形式和技巧,而把情景交融的韵趣纳入艺术构思中,显示着蕴藉与明快的风格。

《杂诗》"微阴翳阳景"篇,因物起兴,唤起他对役夫长年不归、男女怨旷的联想,而直抒恻怆心情。《杂诗》"西北有织妇"篇,塑造了烦忧总萃的思妇形象,从细腻的雕镂中,曲折地传达思妇婉娈的柔情,纷乱的愁思,伶仃寂寞的无尽哀怨。飞鸟索群,感物伤心,渲染惦念深挚的心境,激发愿化作日光的奇妙幻想,愈突出会合相依的迫切愿望。乐府之"门有万里客"篇,则用粗放的线条,勾画着仆仆风尘、不得宁居的征夫神态。因作者与征夫生活感受统一了,情感相互渗透溶合了,故能使用精炼而性格化的语言,表述征夫之愤怒情绪,从而显示隐藏在心的反抗力量。基于此,便不再借助于隐喻、比拟与补充的形容语来增强表现力。

上述诗篇与乐府,俱以揭发残酷的徭役制度为其主题。但篇中蕴蓄的情感,清楚反映着浮浅沉深的差异。这固然基于他所感受深度广度不同,更重要的则还系于他的思想意识的变化,是可以肯定的。

三

文学形式是适应着作品内容而产生,有了丰富的内容,然后才可能有完美的表现形式。离开完美形式,即使有丰富的内容,也不能完满地表达出来。因为作者的思想感情,必须通过艺术形式才能传达给读者感官的。因之内容与形式之密切配合和浑然的统一,而后乃能产生优秀的作品。诗的表现形式,正如刘勰《明诗篇》所指出：

　　"四言正体，雅润为本；五言流调，清丽居宗。"

曹植诗篇以四言表述的，如《应诏》、《责躬》、《元会》、《矫志》等篇，是对君上申明己意为其内容特征，因此要求体制平正，词义典雅，气息雍和渊懿，而蓄具《雅》《颂》的情韵。至于抒写感情，刻画风物，采用五言，才能达致"婉转附物，怊怅切情"的境界。曹植因注意于形式之精确运用，就使内容充分地表达出来，从而取得积极的艺术效果。宋代诗人颜延之在他撰述的《庭诰》里，作了如此的评价。他说：

　　"五言流靡，则刘桢、张华；四言侧密，则张衡、王粲，若夫陈思王可谓兼之矣[一]！"

似非过情之誉吧！

　　诗人虽具丰沛的感情，恰当的艺术形式，如果蔑视言语在诗歌里所起的巨大作用，而要求作品蕴蓄感染力量，是难以设想的。须知语言是增强作品艺术力的主要组成部分，同时又是作者传达思想感情的工具，完全不能忽视其作用。诗歌既受严密格式之制约，故必须以最洗炼、最精彩的语言，表达复杂的思想感情。所以诗人选词用字，自有一定的整炼阶段，章无虚语，句无冗词，叙事抒情都取得凝炼和概括，表现优美的意境。曹植语言选择费过一翻探索的功夫，创造了真挚动人的诗篇。如：

　　"飞观百余尺，临牖御棂轩，远望周千里，朝夕见平

〔一〕《宋书·颜延之传》。

原。"(《杂诗》之一)

豪放雄浑的语言,反映着宏阔的意境,悲壮的情怀。

> "雛高念皇家,远怀柔九州。抚剑而雷音,猛气纵横浮。"(《鰕鲌篇》)

这是豪迈激昂的心声,表现着蔑视一切的凌厉气概。

> "人皆弃旧爱,君岂若平生! 寄松为女萝,依水如浮萍。"(《闺情》)

恻怆委婉的细语,倾吐着内心的哀怨。曹植语言由其遣词精切,语贵创造,而又俱从生活中来,形成了独特的风格。

他以锐敏深刻的观察力,猎取生活事物的形象。有如苏轼所说:"作诗火急追亡逋,清景一失后难摹[一]。"曹植从储备丰富的语言宝库里,选择唯一的词汇,力争把事物的形色、意趣最完整、最贴切地体现着。如:

> "明月澄清景,列宿正参差。秋兰被长坂,朱华冒绿池。"(《公宴诗》)

绮丽的语言,绘出西园绚烂的秋色。而被字与冒字把茂密的物象形容极致。对偶精工,置之于唐人律体,也并不逊色。

> "员阙出浮云,承露概太清。"(《赠丁仪王粲》)

这展示帝京景物壮丽的特色,而出、概二字形象地突现器物凌云的伟观。

因此,若果只赞誉曹植"词采华茂",而忽视遣词精切的特质,则对他艺术成就的认识,可能不够全面吧!

〔一〕苏轼《蜡日游孤山访惠勤惠思二僧》诗句。

诗歌语言，必须具有强烈的音乐感，咏之适口，听之忘倦，长歌恬吟，从抑扬顿挫的和谐音节里，领受诗篇孕蓄的情感。所以，诗歌谐适韵律，成为我国诗人劳精殚思、毕生追求的目的，矻矻孜孜，务穷秘蕴，不惜精力和时日。杜工部曾说："新诗改罢自长吟。"又自诩："晚节渐于诗律细[一]。"可见诗人于此是如何寄思了。

验声之术，在汉魏已前，审声定韵，全凭耳治，而无准则作依据。要求诗歌必具"清浊齐均，既亮且和"的美感，是不容易达到的。若果轻视而不讲求，必然会使喉舌謇碍而唇吻告劳。曹植取得精邃的音乐素养[二]，接受民歌的韵律，又可能受印度文学之影响。鸠摩罗什论印度文学时说过：

"天竺国俗，甚重文制，其宫商体韵，以入管弦为善。凡觐国王，必有赞德，经中偈颂，皆其式也[三]。"

而僧徒相传，曹植曾仿制梵呗：

"陈思王尝登鱼山，临东阿。忽闻岩岫有诵经声，清遒深亮，远谷流响，肃然有灵气，不觉敛衿祇敬，便有终焉之志，即效而则之。今之梵唱，皆植依拟所造[四]。"

释慧皎《高僧传·十三经师论》也说："梵呗之起，肇自陈思。"暂置不论僧徒纪录是否真确，但可以肯定曹植为了增进诗歌语言的谐和美，确曾吸取众长，丰富诗篇的韵律。如他写：

〔一〕杜甫《解闷》、《遣闷戏呈路十九曹长》诗句。
〔二〕《魏志·武帝纪》裴注引《魏书》："及造新诗，被之管弦，皆成乐章。"曹植当受此影响。
〔三〕《晋书·鸠摩罗什传》。
〔四〕杭世骏《三国志补注》引《异苑》。

"始出严霜结,今来白露晞。"(《杂诗》)

"孤魂翔故域,灵柩寄京师。"(《赠白马王彪》)

平仄调协,音节铿锵,给诗歌声律化奠定了坚实基础。

诗之需要押韵,不仅使语言本身具有抗坠急徐的韵致,而且还有助于情感之宣泄与抑制。西晋诗人陆云对于押韵深感困难,故在他给陆机信里,不只一次地透露着急苦的心情。如:

"《喜霁赋》:俯顺习坎,仰炽重离,以下重得数语为佳,思不得韵,愿兄为益之[一]。"

"彻与察皆不与日韵,思惟不能得,愿赐此一字[二]。"

曹植遣词叶韵,成为西晋诗人的准则。陆云给陆机信,曾经提到:

"李氏云:雪与列韵,曹便复不用。人亦复云:曹不可用者,音自难得正[三]。"

曹植押韵既这样谨严,而为诗人所遵守。但还须知他利用字音之高低、平仄的特质,来表达情绪的变化,而非一韵终始,无有更易。如《杂诗》"转蓬离本根",至"薇藿常不充",俱用平声字押韵,可是末句,却突然改用上声的老字作韵脚。我们知道,平声之字,高亢舒扬,用以体现激昂的情韵,是适当的。上声之字,则具着凄厉的音色,用它入韵,确能表达抑郁愁苦的心境。曹植以老字押韵,结束全章,更衬出怨愤已深的决绝情绪。又如《浮萍篇》,自"浮萍寄清水"至"君恩傥中还"句,中虽换韵,然

〔一〕严可均《全晋文》卷一百二陆云。

〔二〕同前。

〔三〕同前。

都用平声字协，而"慊慊仰天叹"以下，押韵俱易仄声，也是同一思致。顾炎武《音论》说：

> "古之为诗，主乎音者也；江左诸公之为诗，主乎文者也。文者一定而难移，音者无方而易转。"

可知曹植协韵，声随情变，何曾斤斤墨守一般格律呢！

曹植诗中，往往使用双声叠韵的复音词，符合钟嵘《诗品》提示的"清浊通流，口吻调利"的调声原则。例证繁多，无须列举。

曹植赋今集中纪载的，共计四十四篇。除《洛神》等三四篇外，多数是残缺不全。可是明代文学家李献吉却不明乎此，竟说：

> "凡作赋者以巨丽为主。子建诸篇不数言辄尽，读之者忘其短，但觉袅袅有余韵。"

这样论点，是不符合历史实际的。今仅就遗存部分的表象观察，约略可分为三类：抒情如《节游》、《愍志》、《怀亲》诸赋；效物则有《芙蓉》、《鹦鹉》、《宝刀》等篇。至于《洛神赋》，兼具两类的特点。抒情情感真挚，词旨婉约。宋末逸民刘会孟评《释思赋》说："临菑笃于友于，故随所寄咏，无不剀切。"而效物刻画精工，曲尽物态。明人蒋仲舒叹赏《九华扇赋》形容的工致，不禁写出"字字圆通，中酿异采。其缕折九华之妙，虽未经目，恍如见之"的评语。可见不论抒情、效物，达到了一定的艺术水平。但是二者不是对立而是相互渗透的。效物等赋之图绘物象，原藉以寄寓理想，抒发怀抱，绝对不是单一地就物写物为其主要目的。例如《蝉赋》，曹植赋予蝉以人类意识和感情，宣示与物无求而含和独乐的处世态度,可是在现实社会里,却处处遭遇着死亡的威胁。

> "苦黄雀之作害兮,患螳螂之劲斧。冀飘翔而远托兮,
> 毒蜘蛛之网罟。欲降身而卑窜兮,惧草虫之袭予。"

影射周遭密布众多的贼害者,生动地写着动与祸邻的恐怖环境,企图寻求安静地方。于是

> "遥迁集乎宫宇,依名果之茂阴兮,托修干以静处。"

复不自料遇着狡童。极意摹绘狡童捕捉的举动、心理,暗示贼害者的卑劣意图及其阴狠手段,则更突出艰危境遇之难于趋避,这就形象地把可憎恨的人与人的社会关系,具体地显现在眼前,使读者感到惊人的艺术魅力。

曹植各赋,以较汉人所作,篇幅简短,情韵不匮,和诗保持着千丝万缕的联系,自然与汉赋之铺陈堆砌,迥异其趣,而开六朝小赋的先声。

曹植各表,以其饱满的政治热情,辅之精密观察,洞悉魏王朝内部潜伏的危机。运用表这种散文形式向曹叡揭露权臣营私危国的阴谋,而力争宗室取得自由生活和政治权力的享有。在叙说里,驱使朴质平易的语言,洋洋洒洒,将隐微事理表达得十分明畅,不受任何形式的范制。亦庄亦谐,或骈或散,一任思想之自由发抒,而巧妙地运用比喻与象征的技巧,将抽象概念具体化,形象鲜明,感情充沛,因此具有巨大的说服力。例如:

> "臣闻羊质虎皮,见草则悦,见豺则战,忘其皮之为虎

也。今置将不良,有似于此〔一〕。"

曹植借用杨雄《法言》的话,轻轻一提,曹魏大将贪懦无能的行为,便清楚地显现出来。

> "高鸟未絓于轻缴,渊鱼未悬于钩饵者,恐钓射之术或未尽也〔一〕。"

高鸟渊鱼象征蜀吴。委婉地指摘应付蜀吴战略的错误,着墨不多,词意含蓄。

> "臣伏以为犬马之诚不能动人,譬人之诚不能动天,崩城陨霜,臣初信之,以臣心况,徒虚语耳!若葵藿之倾叶太阳,虽不为之回光,然终向之者诚也。臣窃自比葵藿〔二〕。"

用葵藿之向日性,说明拥护曹叡政权的真诚与决心,同时曲折地暗示曹叡对他的冷漠态度,贴切、生动,充分表述自己的情绪。又如:

> "臣窃感先帝早崩,威王弃世,臣独何人,以堪长久。常恐先朝露,填沟壑,坟土未干,而声名并灭〔三〕。"

倾泻沉痛的感情和迫切要求立功的愿望。

> "臣伏自惟省,岂无锥刀之用。及观陛下之所拔授,若以臣为异姓,窃自料度,不后于朝士矣〔四〕!"

这多么深刻尖锐的讽刺。所以刘勰对他写作的表,给了很高的评价。他说:

〔一〕《陈审举表》。
〔一〕《求自试表》。
〔二〕《求通亲亲表》。
〔三〕《求自试表》。
〔四〕《求通亲亲表》。

"陈思之表，独冠群才。观其体赡而律调，辞清而志显，应物制（据《御览》改）巧，随变生趣，执辔有余，故能缓急应节矣[一]！"

充分指明曹植散文的艺术性及其优越的表现技巧，不必再事辞费了。

四

曹植创作，影响后世最深的，莫如诗歌。这里举出几件故事，藉以说明。

"羊昙为（谢）安所爱重。安薨后，辍乐弥年，行不由西州路。尝因石头大醉，扶路唱乐，不觉至州门。左右白曰：此西州门。昙悲感不已，以马策扣扉，诵曹子建诗曰：'生存华屋处，零落归山丘（《箜篌引》句）。'恸哭而去[二]。"

"成帝召（桓）伊饮讌，（谢）安侍坐。帝命伊吹笛。伊神色无迕，即吹为一弄，乃放笛云……伊便抚筝而歌《怨诗》曰：'为君既不易，为臣良独难。忠信事不显，乃有见疑患。周旦佐文武，金縢功不刊。推心辅王政，二叔反流言。'声节慷慨，俯仰可观。安泣下沾襟，乃越席而就之，捋其须曰：使君于此不凡！帝甚有愧色[三]。"

"乃与夫人妃嫔已下决，莫不欷歔掩涕。嫔赵国李氏诵陈思王诗云：'王其爱玉体，俱享黄发期（《赠白马王彪》

〔一〕《文心雕龙·章表篇》。
〔二〕《晋书·谢安传》。
〔三〕《晋书·桓宣传》。

句）。’皇后以下皆哭〔一〕。”

南北朝士大夫和宫庭妃嫔都能背诵曹植诗句，可见流播的广泛性。明代文学家王弇州诵读《赠白马王彪》诗，回环往复数十遍，犹不能自休〔二〕。足证曹植诗中，蕴蓄着丰富而真挚的情感，而这种情感在封建社会里带有普遍性，因此有人藉它来表达其所感受的悲愤，仿佛是自己从内心发泄出的。可见诗篇感人之深了。

陈寿在《魏志》本传对此作了正确的评语：“文才富艳，足以自通后叶。”西晋已下的诗人，很多仿效其体制。比如左思《咏史·主父篇》，用八句叙述四件史实，以收八句结论穷通之理，正和《豫章行》同一结构。《赠白马王彪》诗，用次章的首句蝉连上章之末句，颜延之《秋胡行》便规摹而作。至于《杂诗》“仆夫早严驾”篇的组织形式，为杜甫的《潼关吏》与《新安吏》的先导。北周诗人王褒诗：“斗鸡横大道，走马出长楸。”显然承用《名都篇》之“斗鸡东郊道，走马长楸间”的词意。《赠白马王彪》诗的警语：“丈夫志四海，万里犹比邻。”却为初唐诗人王勃所本，而写出了“海内存知己，天涯若比邻”的名句。

综上所述，曹植文学给与后代的影响，无疑地是深且巨的。“自通后叶”的结论，陈寿早已予以肯定了。

〔一〕《魏书·嫔妃传》。
〔二〕王世贞《艺苑卮言》。

再版后记

　　先父《曹植集校注》写成于上世纪五十年代。一九八四年由人民文学出版社出版。出版后受到学术界关注，有多篇评介文章发表。他们有：

　　　　杨苏宜：《曹植集校注》献疑，《文学遗产》一九八五年第四期。

　　　　熊清元：《曹植集校注》志疑一则，《学术研究》一九八六年第五期。

　　　　江殷：《曹植集校注》得失评，《文学遗产》一九八七年第四期。

　　　　邓安生：《曹植集校注》质疑，《天津师范大学学报》（社会科学版）一九九一年第三期。

　　　　熊清元：《曹植集校注》商兑，《古籍整理研究学刊》一九九七年第一期。

　　　　陈长华：《曹植集校注》献疑，《古籍整理研究学刊》二〇〇四年第五期。

梁春胜：曹植集词语校释，《古籍研究》二〇〇五第
　　一期。

梁春胜：《曹植集校注》札记，《安庆师范学院学报》
　　(社会科学版)二〇〇五年第五期。

梁春胜：曹植佚文辑考，《古籍整理研究学刊》二
　　〇〇八年第五期。

应超：论赵幼文《曹植集校注》的笺注特色——兼谈
　　与黄节《曹子建诗注》的比较，《新余学院学报》二
　　〇一三年第三期。

李修余、宋洁：曹植集流传整理说略，《社科纵横》二
　　〇一三年第三期。

先父在世，读杨苏宜、熊清元、江殷、邓安生诸先生论文，曾语振铎曰："书出版了，有人写文章评论，说明它有社会影响，应该是一件好事。论文里面有一些意见值得重视，下次再版时应该考虑采纳。"终因疾病缠身，未能如愿，振铎亦因课务繁重，不遑及此。今已年近九旬，健康状况日益不佳，手足不仁，耳目不聪明，无力伏案写作，每忆及此，如芒刺背，抱恨终身，愧对先父于九泉。

中华书局编辑部建议重印此书，谈及虽存在以上诸文指出的一些遗憾，然创始者难为力，作为第一部通注曹集的撰著，"开辟之功，至为钜大"。至其训释简净，文辞朴茂，所引书证，但求切当，深得训诂家清通简要之旨，尤为今日失于别择，不重心裁，注书事同抄书，洋洋千言而不止者所当镜鉴，

至今仍不失为一部阅读曹集、进入曹植精神世界的优秀读本。至于校勘、系年、注释、辑录等方面的疏漏，读者可与以上诸文相参读，则思过半矣。

此次再版，中华书局编辑部复核底本，又改正了初版的一些讹错，并将先父于校勘记中确然校正、刊落之字，均采用增删符号体现在曹集正文中，给读者极大方便。谨此对上提诸位先生的匡正，对中华书局编辑部和责任编辑朱兆虎先生为再版此书所付出的劳动，深致谢忱。

振铎谨记，时年八十有八